L. Hoffmann

Das Buch vom gesunden und kranken Hunde

L. Hoffmann

Das Buch vom gesunden und kranken Hunde

Unveränderter Nachdruck der Originalausgabe von 1901.

1. Auflage 2022 | ISBN: 978-3-36826-747-6

Verlag: Outlook Verlag GmbH, Zeilweg 44, 60439 Frankfurt, Deutschland
Vertretungsberechtigt: E. Roepke, Zeilweg 44, 60439 Frankfurt, Deutschland
Druck: Books on Demand GmbH, In de Tarpen 42, 22848 Norderstedt, Deutschland

Das Buch vom gesunden

und kranken Hunde.

LEHR- UND HANDBUCH

über das

Ganze der wissenschaftlichen und praktischen Kynologie.

Bearbeitet von

Professor L. Hoffmann,

Lehrer für Thierzucht und Vorstand der Hunde-Klinik an der K. thierärztlichen Hochschule
in Stuttgart, Ehrenmitglied vom Verein der Hundefreunde etc.

WIEN 1901.

VERLAG VON MORITZ PERLES

Stadt, Sellergasse 4 (Graben).

Druck von Johann N. Vernay in Wien.

Vorrede.

In der Vorrede hat der Autor das Recht, mit dem Leser in directen Verkehr zu treten. Ich will davon Gebrauch machen und zunächst das, was mich bewogen hat, dieses Buch zu schreiben, und das, was mich geleitet hat, von dem Entschlusse bis zur Fertigstellung, mittheilen.

Mein Beruf als Vorstand eines Hundespitales, meine Aufgabe als Lehrer für Thierzucht, meine zahlreichen literarischen Arbeiten auf diesem Gebiete, meine persönlichen Liebhabereien für den Hund, mein persönlicher Verkehr mit Hundefreunden, Sportsmännern auf diesem Gebiete, Künstlern, Jägern und gelegentlich auch Hundenarren und Hundepeinigern, brachten es mit sich, dass ich den Hund — „den Liebling und treuesten Freund des Menschen" — von sehr verschiedenen Seiten kennen lernte und auch die ebenso mannigfachen Anforderungen an ihn und seine Leistungen oft mit Staunen zu beobachten Gelegenheit hatte.

In der Literatur über dieses specielle Gebiet, die reichlich ist und viele ganz vortreffliche Werke besitzt, glaubte ich, sollte ein Werk, das die Gesammtheit der Kynologie behandelt, wohl noch am Platze sein.

Ganz besonderen Werth habe ich darauf gelegt, die speciellen Züchtungsprincipien eingehend darzulegen und damit beizutragen, damit das Verständniss der Regeln für die Zucht gefördert, und dadurch die Zahl Derjenigen, welche den Namen „Züchter" thatsächlich verdienen, weil sie in klar bewusster Weise ihr Ziel verfolgen können, vermehrt werde.

Ich habe es für dringlich nothwendig gehalten, die Rassenconstanz in Wort und Bild zur Geltung zu bringen, und habe deshalb für eine grössere Zahl von Rassen deren Abstammung und das

a

frühere Aussehen derselben erforscht, und halte es für diesen Zweck für bedeutsam, dass ich aus früheren kynologischen Werken, die theils nur schwer zugänglich sind, und von alten Gemälden und dergleichen charakteristische Abbildungen bekommen konnte. In diesem Bestreben bin ich vielfach ermuntert und auch gefördert worden, und es gereicht mir zur angenehmen Pflicht, an dieser Stelle hiefür auch öffentlich Dank auszusprechen. Namentlich habe ich dem königlichen Herrn Oberjägermeister Freiherrn v. Plato dafür zu danken, dass er mir die Erlaubniss ertheilt hat, an den Bildwerken und anderen künstlerischen Darstellungen aus früherer Zeit, in den königlichen Schlössern Studien zu treiben und Abbildungen herzustellen. Diese Capitel: Zucht sowie die speciellen Abhandlungen über einzelne Rassen, glaube ich erstmals in dieser Weise zur Förderung der praktischen Zucht bearbeitet zu haben. Aber auch den sonstigen Gebieten, die dazu gehören um Anspruch auf die Bezeichnung „Vollständigkeit" erheben zu können, habe ich nicht weniger Aufmerksamkeit und Sorgfalt geschenkt, und ich habe es nicht fehlen lassen, überall mein volles Wissen und Können und meinen Fleiss einzusetzen und die zahlreichen Gebiete in bestmöglichster Weise und Form darzustellen.

Von der Zeit des Entschlusses an, ein derartiges Werk zu schreiben, bis zu derjenigen, dass es fertig mit meinem Segenswunsche in die Welt gesendet wird, ist ein weiter und mühevoller Schritt gewesen. Der Entschluss ist vergleichbar mit der Lust der Empfängniss, die Ausarbeitung und Drucklegung mit der Beschwerde der Schwangerschaft und den Schmerzen und der Gefahr der Geburt. Möge sich nun dieses „Kind" als wohlgerathen erweisen und sich Freunde erwerben und den Nutzen in der edlen Kynologie stiften, wie ich es ihm zur Aufgabe gestellt habe.

Ueber die Illustration dieses Buches habe ich noch anzufügen, dass beabsichtigt war, typische Rassebilder, in grösserem Format als für die Zwecke dieses Buches erlaubt sein kann, von Künstlerhand geschaffen und möglichst in Farben ausgeführt, auszugeben. Um jedoch den Hauptzweck dieses Werkes, ein nicht zu theures Werk, das die Grundregeln der Zucht und Haltung vorführt, auszugeben, nicht zu stören, musste abgesehen werden diese jedenfalls sehr theuren Illustrationen einzufügen, anderseits konnte ich mich auch nicht entschliessen, aus den bereits zahlreich vorhandenen Rassebildern viele Abbildungen zu geben. Ich habe deshalb geglaubt, dem Zwecke am besten zu dienen, wenn ich nur die typischen Erscheinungen aus früherer Zeit vorführte, einigemale, um die Abänderungen zu zeigen, ein modernes Bild beisetzte, sonst aber kein Bilderbuch schaffe, welches dem gereiften Züchter nur die Vorführung bekannter Darstellungen gegeben hätte. Dagegen habe ich das Anerbieten der Verlagsbuchhandlung, einige künstlerisch ausgeführte Abbildungen aus dem berühmten Werk von Dombrowski in das Buch aufzunehmen, sehr gern acceptirt.

Damit empfehle ich das Buch dem Wohlwollen meiner Freunde, hoffend, dass ich den geehrten Leser als solchen gewinne.

Stuttgart, im April 1900.

L. Hoffmann.

INHALT.

I. ABTHEILUNG.

I. Capitel

II. Capitel.

III. Capitel.

IV. Capitel.

V. Capitel.

VI. Capitel.

II. ABTHEILUNG.

III. ABTHEIL.....

Abbildungen.

I. ABTHEILUNG.

ALLGEMEINES.

I. Capitel.

Allgemeines über den Hund.

Der Haushund, *Canis domesticus s. familiaris*, gehört zu der grossen zoologischen Familie der Hunde, Caniden, zu welcher auch folgende zoologische Rassen gehören:

Der Kolsum, auch Dole, *Canis dukhunensis.*
  „ Buansu, auch Buansuah, *Canis primaevus.*
  „ Nippon, *Canis javanicus.*   } In Asien.
  „ Adjag, *Canis rutilans.*
  „ Hund von Sumatra, *Canis sumatrensis.*
  „ Kabaru, *Canis simensis.*
  „ Dhib oder Wolfshund, *Canis Anthus.* } In Afrika.
  „ Dingo oder Waragal, *Canis Dingo.*
  „ rothe Wolf, *Canis lupus s. vulgaris.*
  „ schwarze Wolf, *Canis occidentalis.*
  „ Schakal (in verschiedenen Rassen), *Canis aureus.*
  „ Präriewolf, *Canis latrans.*
  „ Fuchs (in verschiedenen Rassen), *Canis vulgaris.*

Sprachlich heisst der Hund folgendermassen:

Schwedisch: Hund.   Holländisch: Hond.
Englisch: Dog.   Italienisch: Cane.
Französisch: Chien.   Spanisch: Perro.
Illirisch: Pes, Pas.   Griechisch: Kyon, Knydos.
Sarazenisch: Kepb, Kolpb.   Persisch: Sag, Sig.
Arabisch: Kelbe.   Chaldäisch: Kalba.
Hebräisch: Keleb.

Die Zahl der Hunde ist in allen Culturstaaten mit der Zunahme der städtischen Bevölkerung in Abnahme begriffen, im Verhältniss zur Einwohnerzahl gegenüber dem Lande. Als Beispiel hiefür mag dienen, dass in Irland auf 1000 Einwohner noch 73 Hunde kommen, in Grossbritannien auf 1000 Einwohner nur noch 38. Verhältnissmässig am wenigsten Hunde hat Deutschland: auf 1000 Ein-

1*

wohner nur 31. Dagegen nimmt in allen Culturländern die Zahl der Hunderassen ganz bedeutend zu.

Ueber die Hunde in vorgeschichtlicher Zeit haben besonders die Ausgrabungen der Pfahlbauten Aufschluss gegeben und es sind für mitteleuropäische Verhältnisse die Arbeiten der Schweizer Gelehrten Rütimeyer und Studer grundlegend und massgebend. Der prähistorische Mensch hatte den Hund bereits im Besitze und die Pfahlbauer hatten bereits mehrere Rassen. Sie hatten ziemlich hochbeinige mit rundlichem Kopfe ausgestattete Rassen. Rütimeyer bezeichnet den Kopf des einen kleinen Pfahlhundes wachtelhundartig.

Da wir über Aussehen, Charakter und Stellung des Hundes zum Menschen aus der prähistorischen Zeit nur wenig Sicheres mittheilen können, so halten wir es für lohnender, über diese genannten Verhältnisse bei historischen Völkern kurze Umschau zu halten:

Bei dem ältesten hervorragenden Culturvolke, den Aegyptern, wurde der Hund sehr in Ehren gehalten und Diodorus Siculus (1, 87) sagt hierüber: „Die Aegypter stellen den Gott der Wachsamkeit Anubis mit einem Hundskopfe dar, um damit anzudeuten, dass er der Leibgardist des Osiris und der Isis gewesen ist. Einige sagen auch, die Hunde hätten, als Isis den Osiris gesucht habe, aus lauter Liebe zu ihr mitgesucht und sie hätten wilde Thiere und Gefahren abgewendet, weshalb verordnet worden sei, dass an Festen der Isis die Hunde die Procession eröffnen mussten. Aelian (10, 45) ergänzt diese Angaben durch folgende Mittheilung: „Die Aegypter halten den Hund für heilig und sie haben auch einen District nach ihm benannt. Ueber die Ursache, dem Hunde diese Ehren zu erweisen, hat er folgende Angaben: 1. weil Isis, als sie Osiris suchte, Hunde bei sich hatte, die überall für sie spürten und sie schützten, und 2. weil der Nil das Land zu bewässern beginnt, wenn am Himmel der Hundsstern erscheint." — Die alten Aegypter hatten schon sehr verschiedene Hunderassen, wie wir aus den Abbildungen in den Pyramiden ersehen. Sie hatten grosse und kleine windhundähnliche, mit gestellten und halbgestellten Ohren, sie hatten stärkere und niedere mit Hängeohren und sie hatten einen niederen, kleinen, dachshundähnlichen, mit gestellten Ohren.

Vielfach wurden bei den alten Aegyptern die Hunde einbalsamirt und diese Thierverehrer ahnten damals wohl nicht, welchen Dienst sie hiedurch der heutigen Wissenschaft erwiesen. Im Jahre 1889 kamen unter anderen Thiermumien zwei ganze Mumien von Haushunden, 9 Köpfe von erwachsenen und 6 Köpfe von jungen Haushunden nach Deutschland. Auch bei dem Aztekenvolke im alten Peru war das Einbalsamiren der Hunde vor Jahrtausenden üblich und die heute dort ausgegrabenen Reste beweisen, dass die

zur Zeit in diesen Ländern einheimischen Hunderassen seit jener Zeit nur
wenig geändert haben. Bei den Griechen stand der Hund zwar in
hohem Ansehen, aber eine göttliche Verehrung genoss er nicht. Sie
hatten grosse, starke muthige Hunde, Jagd-, Hirten- und Hofhunde,
verehrten dieselben ihrer Eigenschaften wegen, bezahlten sie wohl
auch sehr theuer, denn Alkibiades gab für einen Hund 70 Minen
(5064 Mark) und ganz Athen wurde empört als Alkibiades diesem
Thiere den Schwanz abschlagen liess. Die den Hund weniger em-
pfehlenden Eigenschaften machten ihn aber den Griechen vielfach
verächtlich; auf heiligem Boden, in Delos und den heiligen Inseln
durften keine Hunde gehalten werden. Es scheint, dass sich diese Miss-
achtung erst allmälig ausbildete, denn im Olympos selbst standen zwei
eherne Hunde, die Hephästos für Zeus zu Wächtern geschmiedet und
die dieser nachher belebt hatte. Der Tarnhelm des Gottes Neptun, der
unsichtbar machte, war mit Hundefell überzogen. Kerberos, der
Höllenhund, d. h. der Wächter der Unterwelt, begrüsst und liebkost
die Schatten, die herabsteigen, und im Tempel des Aesculap bewachten
Hunde die Kostbarkeiten. Welch schönes Denkmal Homer dem
Hunde Argos des Odysseus gesetzt hat, ist allgemein bekannt.
Alexander der Grosse hatte einen Hund, Peritas, den er selbst aufgezogen hatte und den er sehr liebte. Als ihm dieser in Indien
starb, liess er ihm zu Ehren eine Stadt gleichen Namens erbauen.
Der Lehrer Alexander's, Aristoteles, spricht aber schon viel mehr
von der Unverschämtheit, Unreinlichkeit, Unzucht, Kargheit und
Gierde der Hunde, wie von deren Tugenden. Der Name „Hund"
war schon frühzeitig bei den Griechen ein Schimpfname. Achilles nennt
seine Feinde, den Agamemnon und Peisandros, „schändliche Hunde".
Die Namen „Hundsgesicht", „Hundsfliege" u. a. waren Schimpfnamen.
Sokrates dagegen schwur beim Hunde, weil dieser das Symbol der
Treue ist. Diogenes bekam den Schimpfnamen „Hund" = Kynos. Seine
Philosophie wurde „Hundswissenschaft" = Kynismos (Cynismus) genannt
und seine Nachfolger hiessen später „Hundemänner" = Kyniki oder
Cyniker. Ja, alle Handlungen sclavischen Geistes hiessen „Hundigung".
— Bei den Persern wurden die Hunde sehr gut gehalten und verehrt,
weniger wegen ihrer Eigenschaften, als wie wegen des Glaubens an
eine Seelenwanderung, doch hatten sie auch mächtige Gebrauchshunde. In uralten Werken der Chinesen ist der Hund hochberühmt,
bei dem jüngeren Chinesenvolke wird er gegessen, auch im Alterthum gab es ein Volk, die „Kynophagen" = Hundeesser oder Hundemelker, von denen die Griechen sagten, dass von deren Opfer zu
essen, sonst Niemand gelüste. Bei den Baktriern und Assyrern hatte
man eine sehr grosse Rasse, welche „Todtengräber" hiessen. Diese
Thiere waren nicht freilaufend und halbwild, wie die heutigen Pariahs
in den orientalischen Städten, sondern es galt bei diesen alten
Völkern der Gebrauch, die Leichen von Hunden zerreissen zu lassen,

für eine durch Religion und Moral geheiligte Sitte. Bei den Juden war der Hund verachtet, doch gibt es auch Ausnahmen. Bei den alten Deutschen, den Cimbern, Teutonen, Galliern und Kelten gab es Hunde verschiedener Rasse, zum Krieg und zur Jagd und bei den Römern finden sich nicht nur zahlreiche Rassen für alle möglichen Zwecke, sondern auch eine hohe Anerkennung und Achtung. Nicht nur des Dienstes wegen, zum Nutzen, wie andere Hausthiere, hielt man ihn, sondern „beim Hunde fragt man nicht nach dem Ertrage der Haltung", sagt Strabo, und ferner „man hält Hunde als Freunde für Städter, Männer, Frauen, Kinder, Arme und Reiche". Wie man dem jungen, vornehmen Römer einen Lehrer und Stallmeister hielt, so hielt man ihm auch einen „Hundemeister". Der römische Kaiser Hadrian nennt seine Hündin vortrefflich, wunderschnell, wunderklug, ja göttlich — er hatte seine Hunde so lieb, dass er ihnen Grabmale setzte. „Heliogabal fütterte seine Hunde mit Gänselebern. Er spannte auch vier grosse Hunde vor seinen Wagen und kutschirte mit ihnen in seiner königlichen Wohnung oder auf seinen Landgütern."

Zahlreiche Denkmale in Gärten, Weinbergen, auf Aeckern, in Feld und Wald, welche die alten Römer ihren verstorbenen Hunden setzten, zeugen noch heute von der Liebe zu diesen.

„Die Kunst, aus den Eingeweiden des Hundes zu weissagen, hat wohl Thrasybulus erfunden; vorher ist sie wohl bei keinem Volke üblich gewesen," sagt Pausanias.

Die alten Römer, ebenso auch die Karthager, assen auch die Hunde, wenn sie vorher besonders gefüttert und zubereitet waren.

Auch die üblen Eigenschaften der Hunde kannten und verachteten sie, das Wort Hund oder hündisch war ein Schimpfname, übertriebene Liebe zu den Hunden wurde verhöhnt. Cäsar sagte zu einem Mann, der ein Hündchen im Busen trug und es liebkoste, „ob denn die Frauen seines Volkes keine Kinder bekämen". Plinius erzählt folgende bei den Römern existirende, die Hunde verachtende Sitte:

„Als einmal die Gallier heimlich bei Nacht das Capitol erstiegen, haben sich die Gänse grossen Ruhm erworben, indem sie durch ihr Geschrei die Feinde verriethen, die Hunde zeigten sich damals nicht wachsam und werden deswegen seitdem jährlich abgestraft, indem man welche lebendig zwischen den Tempeln des Juventas und des Summanus vermittels einer Gabel, die aus Hollunderholz gefertigt ist, an einen Baum hängt."

In welcher Weise in der Neuzeit die Hunde von einzelnen hervorragenden Menschen verehrt wurden, geht aus folgender Mittheilung Eichelberg's („Die Hauptfächer des Thierreichs", 1847) hervor:

„Heinrich II. von Frankreich wendete jährlich 100.000 Thaler an Vögel und Hunde. Unter anderen hatte er 3 Lieblingshunde, welche er in einem mit einer prächtigen Kette an seinem Halse aufgehangenen Körbchen trug. So ging er dann in seinem Zimmer umher und hatte sein grosses Vergnügen, wenn er mit den kleinen Thierchen allein sein konnte."

Aehnliches ist von Jakob I. in England mitgetheilt. — Vom Alterthum des Menschengeschlechtes bis in die Neuzeit war der Hund bei allen Völkern nicht bloss geduldet, sondern in verschiedenster Weise, in verschiedenen Rassen und zu mancherlei Dienst verwendet, und er ist Gegenstand hoher Verehrung, wie schlechtester Behandlung. — Betrachten wir nun seine allgemeinen Eigenschaften:

Allgemeine Eigenschaften des Hundes.

Der Hund wurde Hausthier, weil er dem Menschen nützt durch seine Dienste zur Jagd, zum Fischfang, zum Hüten von Heerden und Eigenthum, dass er als Nahrung diente und dass er dem Menschen Treue bis zum Tode bewahrt. Seine Schönheit der Gestalt, seine Stärke, sein Muth, seine Geschicklichkeit, Leichtigkeit der Bewegungen und seine Ausdauer sind Vorzüge, die er vor anderen Thieren besitzt, aber weit höher hob ihn sein Verstand, seine gute Denkungsart, sein Gemüth, sein liebebedürftiges Herz, das ihn zum Freund und Genossen des Menschen erhob, wie kein zweites Thier der Schöpfung. Durch die ihm innewohnende Intelligenz kann ihn der Mensch in hohem Grade bilden, kann ihn veredeln, beleben, regieren, kann in ihm Begierden erwecken, kann in ihm Willen zur Thätigkeit entfalten oder unterdrücken. Nicht um sich zu erhalten, um seine Ruhe zu pflegen, sobald der Dienst gethan ist, arbeitet der Hund mit Pünktlichkeit seine Aufgabe, sondern um seinem Herrn zu dienen, ihm zu gefallen, ist er fortwährend bereit zu leisten, es ist seine Freude, sein Glück, etwas thun zu dürfen und sieht er, dass er beachtet wird, dass seine Thätigkeit nützt und er dafür belobt wird, so opfert er sich jederzeit. Er ist unermüdlich in Verrichtungen, die dem Menschen die Arbeit erleichtern, er sorgt mit hingebender Treue für die Sicherheit seines Herrn, er steht ihm bei in Gefahr, er vertheidigt ihn, und nach den grössten Leistungen ist er der unterwürfigste Sclave, der sich einzuschmeicheln sucht; durch seine unablässigen Dienstleistungen und Liebkosungen vermag er sich einen Tyrannen zu seinem Freund und Beschützer zu gestalten und auf der ganzen Welt kann kein Mensch so roh sein, dass ihm nicht sein Hund endlich Zuneigung abgewänne. Kriechend legt er seine Stärke und seinen Muth und alle seine Eigenschaften seinem Herrn zu Füssen, mit rührender Ergebenheit erwartet er gespitzten Ohres die Befehle, er fragt aufs demüthigste und unter Liebkosungen um den Willen seines Herrn, er ist vollkommenster Diener, er ist ganz Eifer, Emsigkeit und Gehorsam. Selbst wenn er mit vielen seines Gleichen sich in spärliche Gunstbezeugungen theilen muss, wenn er in der Meute erzogen wird und ihn die Hetzpeitsche oft bis zur Verwundung trifft, oder wenn er einzeln als Dressirhund monatelang gequält wird, wenn ihn übermässige Arbeit, Hunger, ja Misshandlungen ruiniren, ist seine Zuneigung, sein freudiger Wille stets derselbe. Er vergisst nie der Wohlthaten und seine ganze Widersetzlichkeit besteht in flehendem Winseln, in Geduld und Demuth, sobald er von der Unabänderlichkeit seiner Stellung überzeugt ist, und das ist er stets; wenn ihm die Sicherheit seines Benehmens bleibt, dann findet er sich auch in die Bewegungen, die Gewohnheiten und Manieren seines Herrn, er nimmt den Ton und die Art des Hauses an, er ist ein Freund, dessen Treue unbestechlich ist. Fühlt er das, so wird er stolz und herablassend wie sein Herr, er behandelt die Freunde des Herrn mit ausgesuchter Aufmerksamkeit und er ist ein Feind der Bettler. Sein Bellen ist ein Drohwort, ein Commando, ein Befehl, wenn er im Auftrag seines Herrn sich glaubt, tief aus der Seele knurrt er seine Entschlossenheit hervor, wenn er glaubt schützen zu müssen, und gegen den Feind ist er furchtbar und grausam. Wie unablässig ist er im Wachdienste, wie eilt er hin und her, horcht hier und dort, schleicht und prüft mit seinen scharfen Sinnen und wenn er Gefahr entdeckt, dann wird sein Bellen zum Toben und grimmigen Geheul und mit Wuth fasst er den zehnmal stärkeren Feind, doch noch im Angriff, ja im halben heisserkämpften Siege lässt er auf Zuruf seines Herrn den Angegriffenen los und eilt zurück. Sein Gehorsam in allen Fällen hat ihm eine Machtstellung unter den Thieren verschafft, er herrscht über die Heerden, er führt die Rinder zur Tränke und treibt das Pferd vorwärts, er verlangt, dass ihm die verzogene faule Katze den Platz räumt, er hält Frieden unter den Anderen, er lässt in grossmüthiger Weise seine Autorität von den Kleinsten antasten, und er ist mild und sanft im Umgang mit den Schwachen. Seine Sinne sind scharf und seine Gewandtheit staunenerregend. Auf der Jagd, im Kampfe mit anderen Thieren, im Aufsuchen, Ueberlisten, in der Anwendung von Kriegslist und Kunstkniffen ist er leidenschaftlich in seinem Elemente. Er ist fähig, Gegend und Weg nach langer Zeit zu erkennen und er hat einen bis zu einer solchen Höhe entwickelten Ortssinn, dass der Mensch weit zurückstehen muss. Wenn auch die heutigen Culturverhältnisse den Hund entbehrlicher machten wie früher, wenn man heute sich die Existenz der Culturmenschen vielfach, ja meistens ohne Hund wohl denken kann, früher war das anders und der bewundernde Ausruf Buffon's: „Was wäre der Mensch ohne Hund geworden?“ hat seine volle Berechtigung.

Thatsächlich kann aber heute noch Jedermann einen Hund gebrauchen zum Schutz, zur Unterhaltung, zur Gelegenheit zur Zerstreuung und als Quelle reinen Vergnügens. Freilich, zu gemeinsamen Festen und geselligen Unterhaltungen eignet er sich nicht, weil er einseitig nur für die Interessen seines Herrn bedacht ist. Wir fügen dieser allgemeinen Schilderung des Rühmenswerthen noch diejenigen einiger hervorragender Naturforscher bei: Cuvier sagt von ihm („Le Règne animal", Vol. I, p. 149): „Er ist die merkwürdigste, vollendetste und nützlichste Eroberung, die der Mensch je gemacht hat, denn die ganze Gattung ist sein Eigenthum geworden. Jedes Individuum gehört seinem Herrn gänzlich, richtet sich nach seinen Gebräuchen, kennt und vertheidigt dessen Eigenthum und bleibt ihm ergeben bis zum Tode. Und Alles dieses entspringt weder aus Noth, noch aus Furcht, sondern aus reiner Erkenntlichkeit und Freundschaft. Die Schnelligkeit, die Stärke und der Geruch des Hundes haben für den Menschen einen mächtigen Gehilfen aus ihm gegen die anderen Thiere gemacht und vielleicht war er sogar nothwendig zum Bestand der Gesellschaft des menschlichen Vereines. Der Hund ist das einzige Thier, welches dem Menschen über den ganzen Erdball gefolgt ist."

Linné sagt in seinem Werke („C. Linaei Systema naturae", T. I, p. 69): „Der Hund nährt sich von Fleisch, Aas, verdaut Knochen, Mehlspeisen, frisst aber kein Kraut. Er reinigt sich den Magen durch Grasfressen; legt seine Excremente auf Steine; pisst nach der Seite, mit Bekannten oft hundertmal, säuft lappend, beriecht andere Hunde am After, hat einen vortrefflichen Geruchsinn und eine feuchte Nase, läuft schief, tritt mit den Fingerspitzen auf, springt kaum; heiss geworden, lässt er die Zunge heraushängen, läuft um den Ort herum, wo er sich will schlafen legen, schläft mit gespitztem Ohr, träumt. In der Liebe ist er gegen seine Mitbuhler grausam, die Hündin lässt mehrere zu, sie beisst sie, bleiben lange aneinander hängend, sie trägt 63 Tage, wirft 4 bis 8 Junge. Die männlichen gleichen dem Vater, die Batzen der Mutter; ist das allergetreueste Thier, wohnt beim Menschen, schmeichelt dem kommenden Herrn, trägt dessen Schläge ihm nicht nach, läuft auf der Reise vor ihm her, sieht sich um an einem Kreuzweg, sucht gelehrig Verlorenes, hält des Nachts Wache, meldet den Ankömmling, bewacht das Eigenthum, hält das Vieh vom Felde ab, die Rennthiere zusammen, schützt Rindvieh und Schafe vor wilden Thieren, hält den Löwen ab, jagd das Wild, stellt die Enten, kriecht nach dem Netze und bringt das Geschossene seinem Herrn, ohne es zu berühren. In Frankreich dreht er den Spiess, in Sibirien zieht er den Schlitten. Bei Tisch bettelt er, hat er gestohlen, so schleicht er mit eingebogenem Schwanze davon. Er frisst nicht, unter seines Gleichen ist er zu Hause der Herr. Feind der Bettler, fällt er auch harmlose Unbekannte

an. Durch Lecken lindert er Wunde, Podagra, Geschwüre, er heult
zur Musik, beisst in vorgeworfenen Stein, vor dem Gewitter stinkt
er, leidet an Bandwurm, verbreitet die Tollheit, und wird endlich
blind."

So vortrefflich sich nun der Hund entwickelt, wenn er einen
guten Herrn hat, ebenso trägt er alle Mängel in erhöhtem Masse
zur Schau, wenn er inconsequent behandelt wird, wenn er den
Gehorsam aufgibt, auf eigene Rechnung und Gefahr Pläne macht
und ausführt, da gilt dann bei ihm nur noch der kahlste Egoismus,
ja, wenn er gar zum Herrscher seiner Gebieterin geworden ist, dann
ist ihm kein seidenes Bettchen mehr weich genug und keine Delicatesse
mundet ihm mehr, er lässt seine schlechte Laune walten, wird griesgrämig, knurrt, beisst wohl auch und zeigt andere Untugenden;
damit im Vereine seine Eigenheiten, die Linné so köstlich vorführte,
ferner wird ihm nachgesagt, dass er sich vor einem leeren Weinglase
fürchtet, daher den Mond nicht leiden kann, dass er halbverfaultes
Fleisch lieber frisst, als frisches, dass er sich auf dem Aase wälzt,
dass er gerne herrenlos umherstreift, dass er Alles beschnoppert,
Vieles besudelt und oft Aergerniss gibt und all das hat Veranlassung
gegeben, dass ihm heute eine grosse Zahl von Menschen gram ist und
ihm alles Schlimme auf das Kerbholz setzt.

Die Liebhaber und Bewunderer des Hundes kennen nur Gün-
stiges von ihm, über seine Anhänglichkeit und Treue, über einzelne
Heldenthaten sind ganze Bücher geschrieben, auch über seine Geschicklichkeit, Kraftleistung und Ausdauer im Laufen, Schwimmen, Klettern,
Raufen, Beissen u. s. w. Von dabei entwickeltem Muth und Ueberlegung, sowie über die Leistungen, welche die Dressur hervorrufen
können, existiren fast unglaubliche Beweise und sobald alles Rühmens-
werthe, was für die Gesammtheit gilt, zusammengefasst wird, so
lässt es sich nicht anders geben als: der Hund ist der edelste Besitz
des Menschen, er ist achtunggebietend, er ist, wie sich schon Arrian
aussprach, vortrefflich, wunderklug, ja „göttlich". Wo viel Licht,
ist auch viel Schatten, und wenn alle Beobachtungen des Gegentheils
zusammengestellt werden, wenn die Hundegegner die Charakter-
mängel schlechtgezogener Hunde vorführen, wenn man die körperlichen Mängel zusammenstellt, so hört man, der Hund ist physisch
und sittlich unrein, er ist verkleinerungs- und schmähsüchtig, ver-
rätherisch, neidisch, ordinär, geil, unreinlich, bissig, gefrässig,
unverschämt, heimtückisch, rachsüchtig, feige, neidig, verworfen,
schäbig, übelriechend, ansteckende Krankheiten verbreitend, voll
Schmarotzer, ekelhaft und wuthverbreitend, kurzweg hündisch.

Wenn man die Eigenschaften der Hunde im Einzelnen
vorführt, so gewähren diese Thiere dem Menschen Nutzen und Vergnügen,
durch ihre seelische Anlage, vorzügliche Eigenschaften und Tugenden,
durch ihre Schönheit, Stärke, Schnelligkeit, Gelehrigkeit, Feinheit

der Sinne und Treue. Sie nützen als Hirten-, Schutz- und Jagdhunde, letztere auf und unter der Erde, für Vierfüssige, Vögel und
Fische; sie treten Maschinenräder, ziehen und tragen Lasten, suchen
Trüffel, es werden Theile von ihnen zu den verschiedensten technischen Zwecken gebraucht, Fleisch und Fett genossen.

Die jungen Hunde werden ziemlich hilflos geboren,
sie haben aufgedunsenen Leib, dicke Schnauze, grossen Kopf und eine
unverhältnissmässig schlechte Figur, dabei sind sie blind und anfangs
auch taub, die Augenlider lösen sich erst allmälig nach 8 bis 12
Tagen, zwar sagt man, sie seien 9 Tage blind, bald werden sie
aber lebhaft und es zeigt sich bald ein höchst drolliger Muthwille und in
anderen Situationen ein komischer Ernst, die Entwicklung geht verhältnissmässig sehr rasch, die Zeit der Jugend dauert bis etwa
zum zweiten Jahre, bei kleinen Rassen etwas kürzer, dann kommt
die Zeit der Entwicklung, der Blüthe, von 2 bis 4 Jahren, und dann
die volle Entwicklung, das Stadium der Reife und Vollkraft von 4,
6 bis 8 Jahren, von da an je nach Rasse und individueller Anlage
die Abnahme, das Alter, etwa von 8 Jahren an und endlich das
hohe Greisenalter. Im grossen Ganzen ist die Lebensdauer der
Hunde kurz. Gebrauchsthiere kommen selten über 8 Jahre,
höchstens 10 Jahre, Ausnahmen gibt es überall, sie bestätigen die
Regel; regelrecht gehaltene, nicht verzärtelte Luxushunde können
15 bis 20 Jahre alt werden, ja noch höhere Alter sind bekannt. Der
Hund des Odysseus war 20 Jahre alt. Voigt sagt in seinem „Lehr-
buch der Zoologie" 1835: „er kann 27 Jahre alt werden" und
Bechstein theilt in seiner „Naturgeschichte" 1801 Folgendes mit:

„In Gotha habe ich einen weissen Spitzhund gekannt, der
über 26 Jahre alt wurde. Freilich ward er wie ein alter Mensch
gepflegt, denn er bekam in seinen alten Tagen nichts als weisses
Brot und kräftige Fleischbrühe, ward sogar eingesiegelt, wenn der
Besitzer wegging, so lieb hatte er den alten treuen Gefährten. Er
war zuletzt fast ganz blind und gänzlich taub."

In „The Field" ist berichtet, dass ein Spaniel 26 und ein
anderer 28 Jahre alt geworden sei. — Die Alterserscheinungen
sind: grössere Bedächtigkeit, weniger Freude an der Bewegung, mehr
Neigung zur Ruhe, Ueberlegung ob eine anstrengende Handlung
umgangen oder leichter ausführbar ist, die Kraft und Ausdauer lässt
nach, der Appetit wird kleiner, die Nahrungsaufnahme wählerischer,
die Zähne werden stumpf, bekommen Zahnstein, die kleinen Zähne fallen
aus, die Haare werden grau, besonders am Kopfe, die Thiere sind
verstimmt, misslaunig, träge, schlafsüchtig, sie verlieren die Schärfe
des Gesichtes, des Geruches und Gehörs, sie werden einfältig, kin-
disch, unreinlich und ekelhaft und endlich sterben sie an Altersschwäche. Ich habe das noch nie erlebt, alle wurden schliesslich
ihren Besitzern so zur Last, dass sie „das Thier von seinen Leiden

erlösen wollten". Dass es auch hier vereinzelte andere Fälle gibt, beweisen die vorstehenden Angaben.

Das Fleisch der Hunde wird vielfach gegessen und Bechstein führt hiefür Folgendes an:

„Ihr Fleisch ist schmackhaft und in Grönland, Ostindien, China und an der Goldküste hält man ganze Heerden, die man mästet, schlachtet und isst. Und es scheint in der That, als ob die Vorsehung uns durch ihre so starke Vermehrung ein schickliches und wohlfeiles Nahrungsmittel hätte anbieten wollen. Vor Allem wurde es nach Hippokrates' Bericht in Griechenland und nach Plinius' Zeugniss in Rom gegessen. Auf den neuentdeckten Inseln des Südmeeres, besonders auf Otaheiti, wird der von Vegetabilien genährte und in heissen Steinen gebackene Hund als eine grosse Delicatesse nicht allein von den Eingeborenen, sondern selbst von den Europäern gespeist."

In Afrika, besonders im deutschen Gebiete Kamerun, werden Hunde vielfach gegessen. In Deutschland gilt seit länger her der Aberglaube, dass Hundefleisch und Hundefett ein Heilmittel gegen Schwindsucht sei und vielfach wird von solchen Kranken „ein Hund gegessen". Allmälig hat sich auch die frühere Abneigung gegen Hundefleisch so gemildert, dass in grossen Städten in den Schlachthäusern Hunde geschlachtet und das Fleisch nachher ausgehauen wird. Der Consum von Hundefleisch ist im Zunehmen und zu empfehlen.

Die Haut wird zu Decken und Teppichen gegerbt oder zu Leder verarbeitet. Hundepelze sind in China und dem östlichen Russland sehr geschätzt, auch zu Mützen und Handschuhen, zu Strümpfen gegen Rheuma und als Muff wird der Pelz gebraucht, das Leder wird besonders verarbeitet, zu Stiefeln und Schuhen, und sie sollen Anlass geben, dass lebende Hunde den Träger angreifen. Der Koth wird zur Saffianlederbereitung und als Medicin verwendet. Von kraushaarigen Hunden gewinnt man die Hundewolle, namentlich von Pudeln, doch ist dieselbe rauh, „hundehaarig", feiner sind die Wollhaare unter dem Schlichthaar etwa bei Bernhardinern. Zur Zeit werden nur ausnahmsweise Gespinnste davon verfertigt. Auf der Haut werden von den reichlich vorhandenen Talgdrüsen auch die specifisch und unangenehm riechenden Butter- und Baldriansäuren ausgeschieden, welche den „Hundegeruch" bilden, der namentlich bei langhaarigen Hunden, und nachdem das Haar benässt war und trocknet, stark auftritt.

Eigenartig ist, dass die Hunde, männliche von etwa 1 Jahr ab, und alte weibliche zum Harnentleeren das Bein hochheben, um den Harn nicht auf den Boden, sondern auf erhöhte Gegenstände, an Wände, Bäume, Ecksteine etc., sehr oft zu entleeren, ebenso dass sie bei der Defäcation ihren Koth auf erhöhte Gegenstände oder kahle Plätze aufzulegen suchen. Es ist aber zweifellos, dass sich dadurch die Thiere zusammenfinden und dass sie dadurch über die vorhandene Zahl, die Nahrung, die allgemeinen und speciellen Verhältnisse von den Hunden an diesem Orte sehr weitgehende Schlüsse ziehen können.

Ueber die sonderbare Erscheinung „Gras zu fressen" sagt Albertus Magnus im Jahre 1545:

„Wenn die Hund massleidig und unlustig werden zu der Speis, fressen sie Gras damit sie sich selbst aller schädlicher überflüssiger Feuchte purgiren."

Solche Ueberlegung und therapeutische Eingriffe, gegen momentan aufretende krankhafte Zustände, um sich „schädlicher überflüssiger Feuchte" zu entledigen, ist aber doch nicht zu erwarten. Es wird auch bekanntlich sehr verbreitet angenommen, dass sich das Wetter ändert, wenn die Hunde Gras fressen. Bei dem ausserordentlich fein entwickelten Nervensystem, der hohen Sensibilität, die sich auch in anderen Dingen geltend macht, ist aber wahrscheinlich, dass namentlich bei Föhnwind und ähnlichen stark elektrischen Strömungen, die ja auch schon bei vielen Menschen Magenkatarrh und Uebelkeit verursachen, aber auch bei zahlreichen anderen Luftdruck- und Feuchtigkeitsänderungen die Hunde ein unangenehmes und zum Erbrechen reizendes Gefühl bekommen, gegen welches sie, ebenso vererbt, wie das auffallende Harnen, Kothentleeren oder Trippeln vor dem Niederlegen etc., Gras, Stroh oder Holz nagen oder auch einzelne Theile davon aufnehmen, das thun aber nicht nur die Hunde, sondern auch andere Thiere, sogar der Mensch in gewissem Alter. Das Grasfressen und dem Aehnliches ist somit etwas sehr häufig Vorkommendes und weit hinaus über das Hundegeschlecht Verbreitetes.

Trippeln vor dem Niederlegen ist eine instinctive Handlung, welche dem in Freiheit lebenden Hundestammvater sehr zu Statten kam, weil er sich dadurch ein passendes Lager zurechttrippelte.

Plinius sagt (8, 39, 61.):

„Es ist gewiss, dass ägyptische Hunde nur laufend das Wasser des Nils leckten, um nicht den Krokodilen zur Beute zu werden."

Wenn man auf der Jagd mit einem heiss und durstig gewordenen Hunde an einen Bach oder Fluss kommt und erlaubt dem Hunde zu trinken, so läuft er in das Wasser, lappt einige Schluck, läuft dann in der Regel einige Schritte weiter und trinkt wieder, ganz mässig und nicht im Stehen. Das ist Alles sehr zweckmässig, in derselben Weise sollte der Mensch Wasser aufnehmen, wenn er erhitzt ist; ob die Hunde am Nil noch andere Eigenschaften zeigen oder ob diese allgemein verbreiteten auf die Krokodile bezogen wurden, ist fraglich. Im nicht erhitzten Zustande trinken die Hunde auch ohne dabei umherzulaufen; erst auf specielle Beobachtungen wäre die Plinius'sche Behauptung zu entscheiden.

Bei einzelnen Rassen vererben sich in verhältnissmässig kurzer Zeit erworbene Fähigkeiten; so erzählt Darwin von einem jungen Wachtelhund, der nie eine Becassine gesehen hatte, aber dennoch durch den Geruch einer solchen sehr aufgeregt wurde, und Freville berichtet in seiner „Geschichte berühmter Hunde", 1779:

„Der Reisende Aloas sagt, er habe hundertmal zu Sinia bemerkt, dass die spanischen Hunde die indianische Menschenrasse kannten und sie ebenso lebhaft verfolgten, als ihre Ahnen unter Fernando Cortez."

Ueber die folgenden Erscheinungen, über die sich Bechstein („Naturgeschichte", 1801) äussert: „Es ist wunderbar, dass viele Hunde den hellscheinenden Vollmond, fürchterliche Gestalten, Blasinstrumente, das Geläute der Glocken u. s. w. verabscheuen und dies durch grässliches Geheul zu erkennen geben, besonders eigen ist ihnen auch noch, dass sie sich auf allem Aase wälzen" ist zu berichten, dass das Anbellen des Mondes auf ein sehr empfindsames Seelenleben hinweist. Es ist nicht statthaft, diese Erscheinung einfach in das Reich der Fabel zu weisen und das Anheulen des Mondes lediglich als Ausdruck der Langeweile oder des Hungers oder der Sehnsucht zu deuten. Man weiss, wenn ein bei Tag oder heller Nacht heulender Hund in einen ganz finsteren Stall gesperrt wird, dass er dann nicht heult. Die Frage, inwieweit das „Mondlicht" einen Einfluss auf die Hunde ausübt, muss man genau auf dieselbe Stufe stellen, wie das Mondlicht auf den Menschen wirkt; die Frage ist zur Zeit noch nicht spruchreif. Anders ist es mit dem „grässlichen Geheul", wenn die Hunde Blasinstrumente, Glockengeläute etc. hören. Nicht immer reagiren die Hunde mit Geheul auf diese Schallarten, sie heulen aber auch auf Gesang und Musik. Die Erziehung spielt zweifellos eine Rolle. Hunde an diese genannten Schallschwingungen gewöhnt, reagiren nicht mehr mit Geheul, man kann sie aber auch gewöhnen, dass sie regelmässig mitheulen. Sie bringen anfangs zweifellos ein Missbehagen zum Ausdruck. Der heftige Schall ist ihnen zuwider, er stört ihre ruhige Beobachtung, der gellende Lärm schmerzt sie, treibt sie an vor ihm zu fliehen und da dies vergeblich ist, die Ursache des Schalles für sie nicht bekämpfbar, unsichtbar ist, so fürchten sie ihn und wehklagen, heulen. Hat der Hund ein Musikinstrument, namentlich eine glänzende Trompete oder Aehnliches als tongebend erkannt, so fürchtet er auch das Instrument, es ist ihm unheimlich, wie er überhaupt ihm Unbegreifliches sehr leicht fürchtet. Einzelne Hunde sollen schon die Violinbogen gestohlen und versteckt haben.

Dass er sich auf dem Aase wälzt, ist eine Liebhaberei von seiner zoologischen Stellung aus als Aasfresser. Wie ihm auch faulendes Fleisch angenehmer ist wie frisches, so ist ihm der Geruch von

Aas so ausserordentlich anregend, reizend, dass, wenn der Genuss
desselben unmöglich erscheint, doch ein Hineinwälzen, ein Baden
in der ihm angenehmen Duftschichte ein Hochgenuss ist.

Ueber die in der Hundewelt übliche Begrüssung durch gegen-
seitiges „Beschnoppern" sagt Albertus Magnus 1545:

„Die Hunde haben vor anderen Thieren ein sonderliche Art,
dass sie einander selbst an ihr Hintertheil ohne Unterlass riechen,
gleich als ob sie eine sonderliche Kraft dadurch empfingen."

Beim Hunde ist der Geruchsinn weit schärfer entwickelt wie der
Gesichtsinn, er leitet ihn daher viel sicherer, sodann hat jede Thierart ihren bestimmten Duft, den charakteristischen Hundeduft erkennt
auch jeder Mensch, aber auch jedes Individuum hat seinen ihm
eigenartigen specifischen Duft, der je nach der Seelenstimmung und
den körperlichen Zuständen abgeändert wird. Es überzeugt sich
somit der Hund durch Beschnoppern eines anderen von dessen
persönlicher Stimmung gegen den Besuch und er überzeugt sich von
den Allgemeinzuständen des Berochenen. Wie ausserordentlich das
Geschlechtsleben damit zusammenhängt, ist beim Besitz einer
„läufigen" Hündin sehr auffallend zu beobachten. Mit dieser Eigenschaft des „Beschnopperns" hängen auch die weiter obengenannten,
sogenannten Sonderbarkeiten des Koth- und Harnabsetzens an auffallenden Orten zusammen.

Wenn die Thiere ruhen, so sitzen sie 1. auf den Hinterbeinen, oder 2. sie legen sich mit untergeschlagenen Hinterbeinen,
die Vorderbeine vorne heraus, auswärts gerichtet, so dass sie den
Kopf dazwischen legen können, oder 3. in der Sonne legen sie
sich seitlich und strecken alle vier Füsse von sich und endlich
4. bei Nacht, oder wenn es kühl ist, oder sie schlafen wollen, so
krümmen sie den Rücken, rollen sich seitlich zusammen und stecken
die Schnauze zwischen die Hinterbeine. Der Schlaf ist sehr leise,
sie träumen lebhaft, sie haben im Einschlafen unruhige Bilder,
dann ein kurzes Stadium ruhigen Tiefschlafes, in dem sie schnarchen,
und ein längeres des Traumschlafes, in dem sie nicht selten Brummen,
Bellen, Zuckungen haben, ja selbst sich im Traume erheben um zu
fliehen oder etwa zu verfolgen.

Freville sagt in seinem Buche „Geschichten berühmter
Hunde", 1789:

„Geschickt zu mancherlei Verrichtungen, denn er hütet Wagen,
hütet die Heerde, dreht den Bratenwender, jagd Füchse, Wölfe,
Hasen, Rebhühner, taucht zum Fischfang unter das Wasser, läuft
als Bote und überbringt wichtige Depeschen, so pünktlich wie ein
Courier, dient mit einem Wort in Krieg und Frieden, bei dem Allem
wird er auch ein guter Schauspieler."

Um gerade letztere Eigenschaften zu illustriren, soll nicht an
die zahlreichen Verstellungskünste erinnert sein, die an anderer

Stelle zur Abhandlung gelangen, sondern an bewusstes, auf Dressur vervollständigtes Schauspielern; Cedren, ein griechischer Mönch aus dem 11. Jahrhundert, erzählt: „zu Justinian's Zeiten war ein Gaukler, der zu Constantinopel mit seinem Hunde viel Geld verdiente; wenn er nach seiner Gewohnheit eine grosse Menge Neugieriger und Müssiggänger um sich versammelt hatte, so liess er seinen Hund verschiedene Kunststücke vormachen, z. B.: er liess die Umstehenden etwas Beliebiges, einen Handschuh, Etui, Routeau, oder ein Stück Geld auf den Platz werfen. Darauf befahl der Gaukler seinem Hunde die verschiedenen Sachen zu suchen. Pünktlich ging der Hund auf seines Herrn Befehl, nahm die Sachen der Leute zwischen die Zähne und brachte, ohne sich zu irren, jedem das Seinige.

Wenn sich das Thier auf diese Weise viel Beifall errungen hatte, so gab ihm der Gaukler etwas zu essen, was er als „Gift" bezeichnete, und kurze Zeit nachdem das Thier dasselbe genossen hatte, fing es an Krämpfe zu bekommen, wehklagte, legte sich und spielte den schmerzlich zu Tode Gequälten und nach einiger Zeit fiel es um und starb unter Zuckungen. Nun wehklagte und weinte der Gaukler, wendete das Thier nach allen Seiten, hob es am Kopfe und Schwanze auf, wobei das Thier alle Theile lose baumeln liess, endlich aber, auf ein gegebenes Zeichen, sprang der Hund auf, wedelte, bellte freudig und machte vor den Umstehenden einen Fussfall etc."

Es kann keinem Zweifel unterliegen, dass in solchen hohen Graden der Verstellung das Thier genau die Empfindungen des Schauspielers hat, es muss sich in die Rolle des Vorgestellten hineinleben und seine Handlungen in feinster Abstufung willkührlich dem fortschreitenden Verhältniss anpassen. Auch aus neuerer Zeit sind eine Menge Mittheilungen von hochentwickeltem Schauspieltalent der Hunde bekannt. Die Vorführungen von Hunden, die rechnen und Domino spielen, beruhen aber auf Täuschung des Publicums, der Hund kann nicht addiren und mit mehrstelligen Zahlen umgehen, er kann auch nicht Domino spielen, sondern er holt die betreffende Zahl aus der Masse der vorgelegten auf ein Zeichen, die bezeichnete Karte, nicht die erkannte Zahl bringt er. Dass ein Hund die Zahlen an einer Uhr erkennen kann und dass er die Zahlen durch Bellen angeben kann, dass er so oft anschlägt wie die Zahl zählt, halte ich für möglich; dass er sich auf einer Uhr mit zwei Zeigern zurechtfindet, ist kaum denkbar, dass man ihm aber beibringen kann, dass er nach dem Glockenschlage einer Uhr die Zeit anzeigt und zu einer bestimmten Zeit etwas ausführt, halte ich für möglich, z. B. sich Morgens um 1 Uhr oder 2 Uhr von dem Hunde wecken zu lassen. Jedenfalls müsste man dazu den Rath Cato's befolgen:

„Bei Tage müssen die Hunde eingesperrt sein, damit sie Nachts desto besser wachen."

Dass man Hunde mit einer in ein Holz eingesetzten Kreide an eine Tafel schreiben und zeichnen lassen kann, halte ich ebenfalls für möglich, nur muss sich das Vorgeführte in höchst primitiven Dingen bewegen.

Leibnitz erzählt, dass ein Hund verschiedene Wörter sprechen konnte: „Thee, Kaffee, Assemblée."

Eine derartige Sprachkenntniss steht dicht neben dem auf Commando ausgeführten Bellen: „wie spricht der Hund". Die Worte, die er aussprach, waren jedenfalls ein sehr mässiges „Lallen", eine Art „Heulen", das aber jedesmal auf dasselbe Commando in derselben Weise hervorgebracht wurde.

Die Eigenschaften zum Kriegs- und Patrouillendienst sind schon sehr lange bekannt und verwendet und in der Neuzeit wieder in Aufnahme gekommen. Freville sagt in seiner „Geschichte berühmter Hunde":

„Die Kelten hatten die Gewohnheit, Bataillone von Hunden zur Schlacht abzurichten, bewaffneten sie mit Halsbändern, die mit Nägeln versehen waren, und harnischten sie mit Eisenblech; sowie das erste Zeichen gegeben wurde, stürzten sich diese Thiere muthig auf den Feind, sie liessen sich eher zerhacken als dass sie gewichen wären, und mehr als einmal entschieden sie den Sieg zu Gunsten ihrer Herren."

Als die Cimbrer in der raudischen Ebene von den Römern geschlagen waren, mussten Letztere nochmals einen Kampf um die Wagenburg der Besiegten gegen die Hunde unternehmen. Solche „Kriegshunde" zum Angriff und zur Vertheidigung wurden mit Einführung der Feuerwaffen überflüssig, was aber in der Neuzeit probirt wird, das ist, den Hund als Träger von Meldungen, namentlich von den Vorposten zur Truppe zurück zu gebrauchen. Es handelt sich darum, dass der Hund den betreffenden Truppentheil aufsucht und findet. Man wird also mit ihm von der Truppe abmarschiren und sendet man ihn mit der Depesche zurück, so geht er an den Ort wo er die Truppe verlassen hat und folgt dann der Spur derselben, bis er sie findet, ebenso macht er den Weg zum Vorposten zurück. Der Hund soll somit auf „Fährte" mit „tiefer Nase" suchen. Lässt man ihn nach dem „Gesicht" laufen, so wird er im Ernstfalle, wenn viele Truppen im Felde sind, sich nicht zurechtfinden.

Erstes Preissuchen bei der Probe moderner Kriegshunde am 12. September 1888:

Es liefen: deutsche Dogge, Leonberger, Neufundländer, Hühnerhund, im Ganzen 6 Stück. Die Thiere wurden eingeschlossen. Nun entfernten sich die Herren, 2 km weit auf der Chaussée, im scharfen Schritt in 23 Minuten, nachdem diese angekommen, liess man die Hunde in Zwischenpausen von 2 Minuten los. Die Bahn, welche die Hunde zurückzulegen hatten, war ziemlich gerade, bot aber Hindernisse wegen eines Bahnbaues, der überschritten werden musste. Sieger wurde die Dogge, dieselbe lief den Weg in 4 Minuten 9 Secunden, der Hühnerhund erst in 7 Minuten 19 Secunden.

Ferner findet sich in der Zeitschrift „Der Hund", 1889, p. 107, Folgendes:

„Das grossherzoglich meklenburgische Jägerbataillon Nr. 14 in Schwerin stellt eifrig und mit recht günstigem Erfolge Versuche in der Verwendung von Hunden zu militärischen Zwecken an. Das Bataillon besitzt etwa 12 Hunde verschiedener Rasse. Am gelehrigsten, klugsten und ausdauerndsten sind die Schäferhunde."

Aehnliche Versuche sind zu Nimes von dem französischen Kriegsministerium angeordnet und mit Erfolg durchgeführt worden.

Nach späteren Mittheilungen sollen sich besonders die Collies hiezu ausgezeichnet haben, eine sehr ausgedehnte Verwendung haben jedoch die Hunde zu Militärzwecken nicht erlangt.

Eine jedenfalls sehr. bemerkenswerthe Erscheinung ist, dass der Hund im Allgemeinen kein Freund von Klettern und Bergsteigen ist, wenn er diese Thätigkeit auch nicht gerade scheut und wenn auch die Leistungen der St. Bernhardshunde gewiss bezeugen, dass man den Hund an Hochgebirgsterrain gewöhnen kann, so ist ebenso Thatsache, dass der Hochgebirgsjäger in der Regel keinen Hund hat und dass Hunde im hohen Gebirge leicht die Bergkrankheit bekommen. Bergsteigerhunde sind sehr selten und es ist folgender Bericht („Hundesport und Jagd", 1892, p. 787) von Bedeutung, weil er eine Ausnahme von der Regel darstellt:

„Ueber einen Bergsteigerhund wird aus der Schweiz berichtet: Wie mir verschiedene Mont-Blanc-Führer versicherten, ist es ausserordentlich selten, dass sich Hunde, selbst Bernhardiner, auf den Gletschern wohl fühlen. Sie leiden an der Bergkrankheit wie die Menschen, doch sind sie ihr viel leichter zugänglich als diese. Ein älterer Führer erinnerte sich indes noch eines Hundes, der ein geborener Alpinist war. Er gehörte dem Grindelwalder Führer Almer, der den Köter, als dieser etwa 10 Monate alt war, mit auf den Tschingel (in den Berner Alpen) hinaufnahm und ihm auch deshalb diesen Namen beilegte. Drei Jahre später schenkte er diesen Hund dem englischen Alpinisten Coolidge. Das Thier begleitete Coolidge sowie dessen Tante auf allen Bergtouren. So bestieg er die Blümlisalp, das Balmhorn, Nesthorn, Alatschhorn, Breithorn, Matterhorn, den Monte Rosa (er wurde darauf von den englischen Alpenclubs feierlich zum Ehrenmitgliede ernannt), Eiger, Jungfrau, den Mont-Blanc u. A. m. Er war der dritte Hund, welcher auf dem Mont-Blanc gewesen war; doch, während die Vorgänger von den Führern hinaufgetragen werden mussten, da sie von der Bergkrankheit befallen waren, so stieg unser Held fröhlich bellend eigenfüssig hinauf. Als sein Herr

von der italienischen Seite aus das Matterhorn erstieg, liess er
einige Kleidungsstücke in Breuil zurück und „Tschingel" hielt Wache.
Mr. Coolidge wurde durch die Ungunst des Wetters drei Tage lang
zurückgehalten, fand aber, als er zurückkehrte, den Hund noch
immer auf den Kleidern, von denen er die ganze Zeit nicht gewichen war, so dass man das Fressen ihm dort reichen musste, wo
er lag. Die letzten Tage seines Daseins verlebte „Tschingel" bei
der vorher genannten Tante seines Herrn, deren Tod er sich so zu
Herzen nahm, dass er bald darauf verendete. Sein Herr liess ihm
ein Denkmal errichten, das von elf ersten Besteigungen und mehreren
Hundert anderen Kunde gibt. „Tschingel" soll aus der Kreuzung
eines Dachs- und Wachtelhundes hervorgegangen und kaum 50 cm
hoch gewesen sein."

Ueber Nachtheile, welche die Hunde verursachen, ist von
den „Hundefeinden" Vieles geredet worden, als das Schlimmste von
allen ist die Hundswuth, Wasserscheu, bezeichnet worden. (Vgl.
Abschnitt Krankheiten.) In Centraldeutschland, wo eine geordnete
Polizei und zweckmässige Verordnungen durchgeführt sind, gibt es
seit langer Zeit keine Hundswuth, nur an der Grenze dringen ab und
zu.noch einzelne Nachrichten aus fremden Ländern über Hundswuth
herüber und verursachen dort eine kleine Enzootie. Dieser Nachtheil
ist somit sehr klein und nur noch örtlich und kann man sich durch
sorgsames Halten der eigenen Hunde ziemlich davor schützen. Ein
anderer Verwurf ist, dass Hunde die Echinokokkenkrankheit des
Menschen und die Cönuruskrankheit der Schafe und anderer
Thiere erzeugen, dies erfolgt aber nur, wenn die Hunde nicht rationell
gehalten werden, wenn sich Menschen von ihren Hunden Gesicht und
Hände belecken lassen, was schon aus Rücksicht auf Reinlichkeit und
Appetitlichkeit unterbleiben sollte, oder wenn den Hunden die an
Blasenwurm erkrankten Theile der geschlachteten Schafe zugeworfen
werden. Bei sorgsamer Haltung ist somit Beides, vielfach auch die
Bandwurmkrankheit, zu umgehen. Dass Hunde die Krätze, Flöhe
und Anderes verbreiten, ist nur bis zu einem bestimmten Grade
richtig. Reinlich und gut gehaltene Thiere haben keine Schmarotzer auf der Haut und finden sich je solche, so sind die gewöhnlichen mit Insectenpulver sofort vernichtet, bei tiefersitzenden Leiden
aber wird thierärztlicher Rath das für den Fall Passende angeben. Hunde haben nicht einmal so viele Hautkrankheiten wie die
Menschen. Dass Hunde die Katzen nicht leiden mögen, ist manchmal
gar kein Fehler, Jagd- und Dachshunde werden absichtlich „scharf"
gemacht auf das „Raubzeug". Dass ein solcher Hund einmal auch
einen „Katzenliebling" beleidigt, kommt vor und das verursacht
dann 1000fache Rache gegen alle Hunde seitens des gekränkten
Besitzers. Bei Liebhabern von vielerlei Thieren vertragen sich aber
die Hunde auch mit Katzen und allen möglichen anderen Geschöpfen.

Es sind innige Freundschaften der Hunde nachgewiesen mit folgenden anderen Thieren: Katzen, Marder, Rehkitz, Fischotter, Löwen, Grizzlibären, Schafen, Huhn, Hasen, Kaninchen, Affen, Raben, Staaren, Gans u. A. Es gibt sicher noch weit mehr Thiere mit denen der Hund ein sehr freundschaftliches Verhältniss einginge, nur dass er auch ein solches mit dem Wolf gehabt hätte, ist bis jetzt unbekannt geblieben.

Früher knüpfte sich eine Menge von Aberglauben an den Hund, z. B. jeder Hund hat unter der Zunge den sogenannten „Tollwurm"; schneidet man denselben heraus, so bringt er Heilung für kranke Menschen. Wenn ein Blinder oder ein Schwindsüchtiger einen Hund verspeist, so verschwindet die Krankheit. Wenn auf eine Bisswunde Hundehaar gelegt wird, so eitert dieselbe nicht. Wer einen Hundebackenzahn bei sich trägt, ist vor Hundebiss sicher. Hundeherz und Hundeblut sind Mittel gegen Hexerei. Wenn man baumwollene Dochte mit Ohrenschmalz vom Hunde bestreicht und sie an einer grünen Lampe mit Oel anzündet, so scheinen alle herumsitzenden Personen Hundeköpfe zu haben. (Bechstein, „Naturgesch." p. 606). Wer Hundekrallen bei sich trägt, ist unüberwindlich. Wenn man einen gewissen Segen spricht, können die Hofhunde nicht mehr bellen. Wenn man einem Hund ein Läppchen zuwirft, das an Secret einer färbenden Hündin gewischt ist, so ist er gegen den Dieb „Gutfreund". Hat ein Hund den Namen von einem Wasser, z. B. Neckar, Donau etc., so kann man ihm das Bellen durch Zauberspruch nicht hindern. — Diese kleine Blumenlese mag genügen, es gibt eine Legion abergläubischer Dinge, die mit dem Hund in Beziehung stehen, und nicht selten liegt ihnen eine theilweise wahre Beobachtung zu Grunde.

Auch im Sprichwort ist der Hund vielfach Gegenstand, um die gemeinte Wahrheit vorzuführen, z. B.:

„Der Hund lässt nicht vom Pelze." Ungefähr: „Die Katze lässt das Mausen nicht."

„Der feigste Hund bellt am lautesten."

„Dem bösen Hund gibt man zwei Brote."

„Der gierige Hund bellt über der Wurst bis sie verdorben ist."

Freville sagt zu diesem Gegenstande:

„Das ist augenscheinlich und ausgemacht, dass die Natur den Hund ausdrücklich für den Menschen geschaffen hat, um ihm Gesellschaft, Schutz und Vertheidigung zu gewähren und dass er keinen echteren Freund bekommen werde, woher das Sprichwort stammt: Der Mensch, das Pferd und sein Hund verunreinigen sich nicht." Ferner: Der Mensch liebt und verehrt seinen Hund und nichts kann wahrer sein, als das Sprichwort: „Wer meinen Hund angreift, greift mich an." — Und um die Gefühle zu illustriren, welche selbst den Aermsten veranlassen, seinen Hund behalten zu wollen, sei noch

aus Freville's „Geschichte berühmter Hunde", 1797, folgendes hübsche
Geschichtchen angeführt: Ein Armer, der an der Kathedrale eine
Portion Brot erhielt, bat um mehr. Der Geistliche fragte ihn, warum
er das thue? Der Arme ist ausser Fassung gebracht, stottert einige
Worte hervor und erröthet. Man dringt auf Erklärung. Er muss
gestehen, dass er einen Hund habe. Der Geistliche bedeutet ihm, dass
er bloss für Arme Brot habe und dass die Rechtschaffenheit erheische,
dass er seinen Hund abschaffe. Der Unglückliche, von allen Freunden,
Verwandten, von der ganzen Welt Verlassene ruft unter Thränen aus:
„Ha! wenn ich meinen Hund nicht mehr habe, wer wird dann mich
lieben?"

Ueber die Abstammung der Hunde.

Eine der anziehendsten Fragen für den Liebhaber des Hundes
wie den Forscher ist die von der Abstammung des Hundes und
unter welchen Umständen der Mensch dieses Hausthier gewann:
lebte der Hund fertig gebildet in Freiheit und durfte der Mensch
nur einen Griff thun, um sich eines solchen wilden Thieres zu
bemächtigen? Stammen also alle Hunderassen der Jetztzeit — vom
langhaarigen, zottigen, gewaltigen Neufundländer bis zum kleinsten,
seidegelockten Spaniel, vom riesenmässig angelegten, plumpen, glatthaarigen Mastiff und der kolossalen, gelben Ulmer Dogge bis zum
kleinsten maushaarigen Zwergpintscherchen, vom rauhhaarigen Wolfs-
und Schäferhunde bis zu dem nur faustgrossen Miniaturrattler, vom
Wind- und Jagdhunde, dem Pudel und Spitz, dem nackten Hunde
Afrikas bis zum krummbeinigen Dachshunde — sammt und sonders
von einem einzigen Hunde, der in Freiheit existirte und den der
Mensch zum Hausthier gemacht hat? Lebten vielleicht die Stammeltern unserer sämmtlichen Hunderassen in derselben oder nur etwas
veränderten Form in Freiheit? Und hatte endlich der Mensch durch
alle Zeiten und an allen Wohnorten, seitdem wir Beweise von seiner
Existenz haben, den Hund in seiner jetzigen Gestalt und jetzigem
Wesen im Besitz?

Für den hier nach Wahrheit Suchenden stellt sich ein weites
Feld zur Erforschung, und je emsiger Beweis auf Beweis gesammelt
wird, umso mächtiger wird das Material, umso verwickelter die
Einleitung und Beurtheilung des Gesammelten, umso vielgestaltiger
werden die Schlüsse und umso zögernder und vorsichtiger ist das
Urtheil abzugeben.

Zoologisch zeichnen sich die Caniden, die auf Seite 1 vorgeführt
sind, durch folgende Merkmale vor den Katzen dadurch aus, dass
sie je die zwei letzten Backenzähne nicht als Höckerzähne, sondern
als Mahlzähne besitzen, sie somit nicht so vollkommene Fleischfresser darstellen, wie jene. Thatsächlich sind die Caniden in Freiheit nicht so auf reine Fleischnahrung, besonders nicht so auf frisches,

noch vom Blute rauchendes Fleisch erpicht, wie die Katzen, auch bei keinem Caniden ist die Mordlust so gross, wie bei Katzen. Selbst die reissendsten unter ihnen, wie der Wolf, begnügen sich, von der Heerde ein Stück zu stehlen, aber nicht, wie der Tiger, eine ganze Heerde zu würgen, oder wie ein Marder im Taubenschlage, alles Lebendige zu vernichten. Gemeinsam sind den Caniden folgende Merkmale: Magere Gestalt, spitzer Kopf, meist gestellte Ohren bei den wilden, die Nase ist stumpf, das Geruchsorgan vortrefflich, die Brust tief, die Beine hoch, verhältnissmässig dünn, die Winkelung der auf einander gestellten Knochen nicht so spitz, wie bei der Katze, deshalb sind die Sprünge auch kürzer, dagegen haben sie grosse Ausdauer im Trablaufen. Die Zehen, vorne fünf, hinten vier, sind stumpf und nicht einziehbar, wie die Krallen der Katze. Die Stimme geht vom Bellen durch das Heulen bis zum vollständigen Pfeifen und letztere Eigenschaft zeichnet besonders auch den Pinsch und einzelne Jagd hunde aus. Von Letzteren zeichnen sich noch einige alte, besonders intelligente Exemplare durch ein eigenartiges Klappern mit den Lippen aus, welches eine entfernte Aehnlichkeit mit dem Lachen des Menschen hat, aber bei der Einziehung der Luft, der Inspiration, erzeugt wird.

Als besonders wichtig für die Abstammung der Haushunde heben wir hervor die grosse Zahl der zoologischen Rassen der Caniden mit Unterrassen und die grosse Zahl derjenigen, die in der Gefangenschaft gehalten, gezüchtet oder mit anderen vermischt werden:

a) die Urhunde *(Cuones)*, mit 4 bis 5 Unterrassen oder Species;

b) die Wölfe *(C. lupus)*, mit
1. Wölfen, 5 bis 6 Species,
2. Schakalen ca. 8 Species,
3. Goldwölfen ca. 5 bis 6 Species;

c) die Füchse *(C. vulpes)*, mit ca. 8 Species;

d) die Haushunde.

Gezähmt und in Gefangenschaft gezüchtet und vielfach mit anderen vermischt, werden von dem Menschen gehalten:

a) der Falklandswolf der Falklandsinseln,

b) der Wechsel- oder Falbwolf der Indianer,

c) der Strandschakal aus Abessinien *(Canis riparius)*,

d) Dieba *(C. Dieba)*, nur aus Nord- und Ostafrika,

e) der Coyote oder Präriewolf aus Ungarn und Spanien;

f) von den eigentlichen Urhunden:

α) Kolsum *(C. dukhunensis)* aus Indien, ferner der
β) Buansu *(C. primaevus)* aus Kaschmir, und der
γ) Jamaica *(C. Aumatreiss)* in Japan. Manche dieser sind in mehreren Varietäten gezähmt; von diesen sind einzelne in ihren Heimatgegenden nicht nur gezähmt, sondern domesticirt.

Es sind ferner theils in Zähmung und theils in Vermischung mit dem Haushunde:

g) der verwilderte Hund *(C. Dingo)* in Egypten,

h) der egyptische Schakal *(C. Sacalius aureus)* Ost- und Nordafrikas,

i) der rothe Wolf *(C. jubatus)* aus Südamerika, und

k) auch der Karasissi *(C. cancrivorus)* in den Antillen ist in ähnlichen Verhältnissen.

In den Höhlen des schwäbischen Jura, speciell der Heppenlochhöhle bei Guttenberg, die von Hedinger ausgegraben wurde, finden sich Reste von fossilen und halbrecenten Caniden und einer der wichtigsten dort gemachten Funde ist ein Art Cuon, den Nehring als *Cuon fossilis* festgestellt hat. Nach Vergleichungen ist diese fossile Cuonart am nächsten verwandt mit *Cuon alpinus Gall.* in Sibirien. Der kleinen Unterschiede wegen hat Nehring den Cuon vom Heppenloch als *Cuon alpinus fossilis* bezeichnet. Ausser dem Cuon fand sich in der Heppenlochhöhle eine Affenart und zudem so zahlreiche Reste, welche auf eine sehr lange Dauer der Frequentirung dieser Höhle hinweisen, so dass die Annahme, dass der *Cuon fossilis* der schwäbischen Alb in dieser Gegend gezähmt und als Hausthier, resp. als Höhlenthier gehalten wurde und sich mit anderen dort vorkommenden Caniden vermischt habe, ganz wohl möglich ist. Ein Zweifel darüber, dass der Mensch sehr frühzeitig in den Besitz des Hundes gelangt ist, existirt nicht. Wir wissen, dass zahlreiche wilde Völkerstämme theils gar keine, theils eine oder einige Hunderassen besitzen und dass sich die Zahl der Rassen mit der Zunahme der Cultur vermehrt. Wir wissen, dass im Alterthum bei den verschiedensten Völkern sehr verschiedene Hunderassen existirten und wir wissen ferner, dass sich sämmtliche Hunderassen fruchtbar vermischen und dass sehr verschiedene in Freiheit lebende Caniden heute noch als Hausthiere gehalten werden. Wir kommen deshalb zu dem Schlusse, dass nicht eine wilde Rasse Caniden den Haushund geliefert hat, sondern dass in den sämmtlichen heutigen Haushunderassen die Nachkommen von den folgenden wilden Caniden zu sehen sind:

1. Dingo aus Egypten.
2. Präriewolf *(C. latrans)* in Nordamerika.
3. Echter Schakal *(Sacalius aureus)*, Afrika und Europa.
4. Rother Wolf *(C. jubatus)*, Südamerika.
5. Wilder Hund *(C. primaevus)*, Indien.
6. Kaberu *(C. simensis)*, Nordafrika.
7. *Cuon alpinus fossilis*, Deutschland.

Ueber die äussere Eintheilung und Benennung des Hundes.

Die äussere Eintheilung.

Das Skelet des Hundes und die Zähne.

Im Nachstehenden geben wir zwei Abbildungen mit den äusseren Eintheilungen und Benennungen der Körpertheile. In Fig. 1 dieselben im Allgemeinen und wenig specialisirt, wie dies im täglichen Leben Gebrauch ist. In Fig. 2 die Theile durch Linien umgrenzt und mit regionenweiser Abtheilung und mit viel eingehenderer Be-

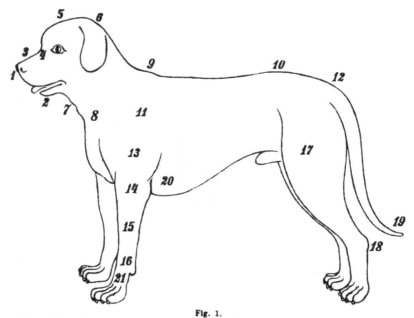

Fig. 1.

1 Nase. 2 Unterkiefer. 3 Nasenrücken. 4 Auge. 5 Stirne. 6 Genick. 7 Kehle. 8 Vorderbrust. 9 Stock oder Widerrist. 10 Kruppe. 11 Schulter. 12 Schwanzansatz. 13 Bug. 14 Ellenbogen. 15 Vorderbein. 16 Afterklaue. 17 Hinterschenkel. 18 Sprunggelenk. 19. Schwanzspitze. 20 Unter- und Seitenbrust. 21. Pfote.

zeichnung, wie dies für die Zwecke des Preisrichters und Kynologen wünschenswerth ist.

Das Skelet des Hundes besteht (abgesehen von den Zähnen und Gehörknöchelchen) aus 228 bis 232 Knochen, davon kommen 26 auf den Kopf, 46 bis 50 auf die Wirbelsäule, 34 auf den Brustkorb, 62 auf die Vorder- und 56 auf die Hinterextremitäten. Ausser diesen sind noch Knochen in einzelnen Weichtheilen: das Zungenbein, der Penisknochen und einige Knöchelchen im Schenkel. Zähne sind vorhanden 42. Zu diesen kommen noch als weitere ganz kleine aber wohl charakterisirte Knochen die Gehörknöchelchen, jederseits 4 Stück.

Nach Falk wiegt das Skelet des Hundes (inclusive Zähne)
8·8% des Körpergewichtes, ohne Zähne 8·53%. Von dem gesammten
Knochengewicht kommen 16·78% auf die Kopfknochen, 23·13%
auf die Wirbelsäule allein, inclusive der Brustknochen 32·44%.
Die Knochen der Vorderextremität wiegen 23·28% und die der
Hinterextremität 27·49%. Die Knochen der 4 Extremitäten betragen
4·3% vom ganzen Körpergewicht, vom Skeletgewicht aber 50·78%.

Man unterscheidet auch die Hunde in zwei grosse Gruppen:
a) die Langschädel oder Dolichocephalen, und b) die Breit-

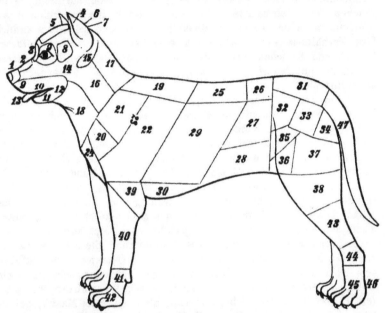

Fig. 2.

1 Nasenkuppe. 2 Nasenrücken. 3 Einsattelung der Stirne. 4 Ohren. 5 Stirne. 6 Oberkopf
zwischen den Ohren. 7 Genick. 8 Schläfen. 9 Auge. 9, 10, 11, 12 Lippen oder Lefzen mit der
Mundspalte (nicht Maulspalte). 13 Zunge. 14 Wangen. 15. Speicheldrüsen oder Feifel- oder
Mumpsgegend. 16. Halsseite. 17. Oberhals, Kamm, auch Handgriff (weil an dieser Stelle eine
Hautfalte gemacht und der junge Hund an derselben hochgehoben wird). 18 Kehle und bei
Hautdublicatur nach abwärts: Wamme. 19 Widerrist oder Stock. 20 Schultergelenk. 21 Vordere
Schultergegend. 22 Hintere Schultergegend. 23 Schultergräte. 24 Vorderbrust. 25 Rücken. 26 Lenden.
27 Hungergrube. 28 Flanken. 29 Seitenbrust. 30 Unterbrust. 31 Kruppentheil, oberer, mit
Schwanzansatz. 32 Hüftwinkel. 33 Hüftgelenk. 34 Sitztheil. 35 Kniefalte. 36 Hinterbein.
37 Gesässpartie. 38 Oberschenkel und die Äusseren, dort gelagerten Muskel: Hosen. Von
hier abwärts das Hinterbein, von 39 abwärts das Vorderbein. 40 Vorarm. 41 Fusswurzel
mit Afterklauen. 42 Pfote. 43 Unterschenkel. 44 Sprunggelenk. 45 Pfote. 46 Afterklauen.
47 Schwanz oder Ruthe.

schädel oder Brachycephalen. Die Ersteren haben einen langgestreckten, schmalen Kopf, z. B. die Windhunde, die Letzteren
dagegen einen kurzen, breiten Kopf, z. B. die Bulldoggen. Das Verhältniss der Länge zur Breite des Kopfes ist bei den Langschädeln
1·0 zu 0·6 bis 0·65, bei den Breitschädeln 1·0 zu 0·84 bis 0·9.

Die relative grosse Länge des Kopfes der Langschädel ist bedingt durch eine sehr starke Entwicklung des Gesichts, die grosse Breite des Kopfes bei den Breitschädeln durch sehr kurzes Gesicht und breit abstehende Jochbogen.

Anatomische Rasseunterschiede sind ausser der Grösse, die ja ganz ausserordentlich variirt, nicht wesentlich bei Muskeln, Gefässen, Nerven und Eingeweiden. Nur bei krummbeinigen Hunden, z. B. dem Dachshund, tritt entsprechend der Drehung der Extremitätenknochen eine gewisse Abweichung in Bezug auf Richtung der Flächen der Extremitäten ein; die dadurch hervorgerufenen Abweichungen in der Lage der Muskeln u. s. w. sind selbstverständlich. Das Verhältniss der Muskeln zu einander und zu den Gefässen, Nerven und Knochen bleibt aber unverändert. Dagegen treten Rassemerkmale an den Knochen auf, die anatomisch folgendermassen angeführt sind:

Am ersten Halswirbel, Atlas, sind die Flügelfortsätze bei kleinen, wenig musculösen Rassen (Dachshunden, Wachtelhunden, Affenpintscher und Windspiel) scharfrandig, weniger entwickelt und im Allgemeinen fast rein horizontal abstehend, während sie bei muskelstarken Hunden (Doggen, Mastiff) stärker entwickelt und abwärts gerichtet sind und einen breiten, starken Rand besitzen. Am zweiten Halswirbel, Epistrophäus, ist bei grossen musculösen Hunden der Kamm hoch und stumpfrandig, bei kleinen nieder und scharf. Diese Partie betrifft somit, von aussen betrachtet, den hinteren Theil des Genicks, die Uebergangsstelle vom Kopf zum Halse und es erscheint zweifellos, dass diese Veränderung, die als Rassezeichen angesprochen wird, auf den Gebrauch der Organe zurückzuführen sein wird. An den sämmtlichen Hals- und Rückenwirbeln sind keine weiteren Verschiedenheiten constatirt, bis zum Kreuzbein, *V. sacrales*. Dieses ist kurz und breit (breiter als lang) beim Mastiff, bei der Ulmer und dänischen Dogge, beim Bulldogge; es ist fast genau so lang wie breit beim Jagdhund, beim Bullterrier; es ist lang und schmal (länger als breit) beim Windhund und Mops. Die vordere Gelenkfläche des Kreuzbeines verhält sich, in Bezug auf ihre Breite zur Höhe, bei weiblichen Thieren wie 1 : 2, bei männlichen wie 1·5 : 2·5. Am Oberhauptsbein *(Os occipitale)* findet sich in der Mitte oft eine glatte durchscheinende halbkugelige Hervorragung, die Bulla mediana; das sogenannte Reissbein, dieses fehlt bei muskelkräftigen Hunden. Oft fehlt auch der Kamm, der sonst in der Mitte des Knochens verläuft, und es sind deren zwei aber kurze, die parallel laufen, vorhanden. Auch ist an der Hinterfläche dieser Knochen bei ganz grossen Hunden eine flächenartige Verbreiterung der sonst kammähnlichen Querlinie, an der sich das Nackenband anhaftet. Am Rande der Augenhöhle bildet das Stirn- mit dem Thränenbein eine bogige, kleinen Hunden fehlende Hervorragung zur Anheftung eines Muskels.

Nach der Gesammtformation des Kopfes unterscheidet man die Seite 25 schon genannten zwei grossen Gruppen von Hunderassen, Dolichocephalen und Brachycephalen. Zu den Ersteren gehören: Dogge, Hof-, Wind-, Schäfer-, Vorstehhund, Pudel, Bernhardiner und Neufundländer, zu den Letzteren: Mops, Bulldogge und Seidenspitz. Zwischen Beiden steht der weisse Spitz, der Pintscher und der Dachshund.

Es ist bekannt, dass diese Eintheilungen in Dolichocephale oder Langköpfe und Brachycephale oder Breitköpfe zuerst für den Menschen gemacht wurden, allmälig wurden die Messungen auch auf Thiere, besonders Hausthiere, angewandt, so hat z. B. Wilkens die Rinderköpfe in Dolichocephale und Brachycephale eingetheilt; ich habe jedoch bei den Rosensteiner Rindern, die seit mehr als 60 Jahren in Inzucht fortgezogen werden, dieselben Unterschiede feststellen können und auch dieses hier vorliegende Resultat scheint mir noch nicht von solcher Bedeutung, dass es viel mehr als wie den Anfang einer interessanten Studie darstellt. Will man, was doch der Endzweck dieser Eintheilung sein muss, dadurch einen Fingerzeig für die Abstammung erhalten, so sind die bis jetzt erlangten Gruppen viel zu heterogen, um sie als unter sich näher verwandt wie mit den Anderen anzusehen. Dass die deutsche, auch Ulmer oder dänische Dogge, ebenso der Mastiff Bulldoggerscheinungen und Bulldogg-charakter haben, somit eine gewisse Verwandtschaft existiren muss, die näher ist, wie zwischen ihnen und den Jagdhunden, die aber zu den Dolichocephalen gehören, das ist bis jetzt angenommen und kann vorerst durch die neu gewonnene Eintheilung nicht erschüttert werden. Wir stehen hier an einer ähnlichen Erscheinung wie sie Darwin am skeletirten Kopfe der Tauben nachgewiesen hat; dort sind die Unterschiede in der Bildung zum Mindesten ebenso bedeutend wie bei den Hundeschädeln, trotzdem leitet Darwin sämmtliche von einem Stammvater ab und er unterlässt es, sie nach der Schädel-form in Gruppen einzutheilen, weil dadurch die Klarheit nichts gewinnt. Es müssen die Formationen an den übrigen Knochen des Körpers für die Rassezeichen für ebenso charakteristisch gehalten werden wie diejenigen des Kopfes, wir finden aber z. B., dass die *Incisura scapulae* bei Bullterriers ebenso gebildet ist wie beim Windhunde, während sie andere Rassen, z. B. Bulldogg und Mops, kaum sichtbar besitzen und der Jagdhund hier in der Mitte steht, und Aehnliches liesse sich noch Vieles aufbringen.

Immerhin wollten wir das Ergebniss der sorgsamen Untersuchungen von Ellenberger und Baum hier nicht vorenthalten.

Die Zähne des Hundes.

1. Schneidezähne oder Incisivi $= I.$ 12; Eckzähne oder Canini $= C.$ 4; Backenzähne, die gewechselt werden, Prämo-laren $= P.$ 16; Backenzähne, die nicht gewechselt werden, Molaren $= M.$ 10.

Die Formel lautet folgendermassen:

$$I. \quad \frac{3.3}{3.3} \qquad C. \quad \frac{1.1}{1.1} \qquad P. \quad \frac{4.4}{4.4} \qquad M. \quad \frac{2.2}{3.3}$$

Die Zähne haben eine Wurzel, d. h. den Theil, der im Kiefer steckt, was darüber heraussieht, ist die Krone, die Grenze zwischen beiden bildet ein hervorstehender Rand; der untere Theil der Krone, der über diesem Rand anschliesst, heisst Hals. Die Schneidezähne, je 6 im Ober- und 6 im Unterkiefer, stehen dicht gedrängt nebeneinander und sind in einem flachen Bogen angeordnet. Die Wurzeln derselben sind einfach, ungetheilt, sie sind dadurch charakterisirt, dass sie in der Jugend dreilappig sind.

Am deutlichsten ist die Dreispitzigkeit an den zwei mittelsten, den sogenannten Zangenzähnen (I. 1), weniger deutlich, aber doch noch sehr ausgesprochen, bei den zwei nächststehenden, den Mittelzähnen (I. 2), während am Eckzahn (I. 3) der mittlere Lappen des Zahnes sehr deutlich entwickelt ist und die seitlichen, namentlich der äussere, sehr klein sind. Im Allgemeinen sind die Schneidezähne des Hundes verhältnissmässig klein, und am kleinsten die mittelsten, die zweiten und dritten werden jeweils etwas grösser.

2. Die Hakenzähne, Fangzähne, *Dentes canini* = C. sind sehr stark entwickelt, viel länger und stärker wie die Schneidezähne, regelmässig sind auch diejenigen des Unterkiefers noch kräftiger wie die des Oberkiefers, die Wurzel ist sehr lang, seitlich zusammengedrückt, so dass sie wie ein Keil tief in der Zahnhülse oder Alveole steckt. Die Hakenzähne greifen namentlich bei Dachshunden mit langen Köpfen wie eine doppelte Nute ineinander. Das Dachshundgebiss ist deshalb besonders charakteristisch, aber auch Windhunde, Jagdhunde, Ulmer Doggen haben ähnlich ineinander greifende Hakenzähne, während die Bulldoggen, Möpse etc. schlecht ineinander passende Hakenzähne besitzen. Die Milchhakenzähne sind kleiner und sehr spitzig.

3. Backenzähne, a) Prämolaren = *P.*, d. h. diejenigen, die einem Zahnwechsel unterworfen sind, je 4 in jedem Ober- und Unterkiefer. Die 4 Prämolaren werden von hinten nach vorne gezählt, d. h. der hinterste Prämolarzahn, der an den nun nach dem Rachentheil folgenden Molar anstösst, wird mit P. 1 bezeichnet, der nächstfolgende nach vorne gegen die Lippen als P. 2 u. s. f., so dass der dem Hakenzahn zunächst stehende als letzter Prämolar, als P. 4 bezeichnet wird. P. 1, der erste Prämolarzahn oder, wenn man vom Hakenzahn aus nach rückwärts zählt, der vierte, ist der grösste Zahn, den der Hund im Oberkiefer besitzt, und er heisst Reisszahn oder Fleischzahn, *Carnassier*. Es ist also sehr wohl zu unterscheiden zwischen diesem und dem Fangzahn! Im Unterkiefer wird der Reisszahn von dem *M.* 1

gebildet! Es wird somit der Reisszahn des Oberkiefers gewechselt, es geht ihm ein Reissmilchzahn voraus, im Unterkiefer aber nicht. Die Prämolaren nehmen nach vorne an Grösse ab. *P.* 2 ist viel kleiner, *P.* 3 noch kleiner und *P.* 4 ist der kleinste. Das Verhältniss ist oben wie unten. Die Prämolarzähne sind seitlich zusammengedrückt und haben schneidende Kronen, die dreieckig hervorstehen und die Spitzen, auch Lappen oder Höcker genannt werden und getheilt sind, der vordere gegen die Lippen gerichtete Rand ist scharf, der hintere dagegen mehr stumpf und durch eine Einkerbung in zwei Höcker getheilt, oder es gibt noch einen Nebenhöcker. Die Prämolaren haben je 2 Wurzeln, der Reisszahn jedoch ist dreiwurzelich. *b)* Die Molaren, oben je 2, unten je 3. Im Oberkiefer ist *M.* 1 der zweitgrösste Zahn, *M.* 2 ist viel kleiner, jeder hat 3 Wurzeln. Im Unterkiefer bildet *M.* 1 den Reisszahn, der hier auch noch viel mächtiger ist wie im Oberkiefer, somit der stärkste Zahn des Hundes ist. Der Reisszahn des Unterkiefers greift mit dem des Oberkiefers scheerenartig übereinander, die Beisswirkung ist eine sehr grosse, mit diesen 4 Reisszähnen zermalmt der Hund die Knochen. *M.* 2 im Unterkiefer ist viel kleiner und *M.* 3 bildet nur noch einen kleinen, einfachen stumpfen Kegel, in Ausnahmefällen hat er auch einen oder zwei Höckerchen.

Die Stellung der Backenzähne ist derart, dass die Reisszähne von rechts und links am entferntesten sind, im Oberkiefer stehen sie in der Form einer Lyra, die Unterkieferzähne bilden bei dem scheerenartigen Uebereinandergreifen die inneren Blätter.

Altersbestimmung nach dem Zahnausbruch und Zahnwechsel. Neugeborene Hunde haben noch keine Zähne. Im Alter von 4 bis 6 Wochen wachsen die Milchschneidezähne hervor, dieselben wechseln vom 2. bis 5. Monat, meist im 5. Monat. Die Milchhakenzähne brechen durch im Alter von 3 bis 4 Wochen, dieselben sind dünn, stärker gekrümmt und sehr spitz, zwischen $4\frac{1}{2}$ und 6 Monaten werden sie gewechselt. Die Milchbackenzähne, *P.* 2 und 3, erscheinen in der 3. bis 6. Woche und werden zwischen $4\frac{1}{2}$ bis 6 Monaten gewechselt. Der Reisszahn erscheint im 4. bis 5. Monat. *M.* 1 im 5. bis 6. Monat und *M.* 2 im 6. bis 7. Monat. *P.* 4 bricht im 4. bis 5. Monat durch. Mit $\frac{1}{2}$ bis $\frac{3}{4}$ Jahren hat der Hund alle bleibenden Zähne.

Altersbestimmung nach der Zeit des Zahnwechsels ist an den Zähnen schwierig. Im Allgemeinen sind frische junge Ersatzzähne weiss, stehen in schöner Reihe, das Zahnfleisch umschliesst fest am Halse des Zahnes und die sämmtlichen Zähne sind am freien Rande scharf, die Hakenzähne nicht abgerieben und namentlich keine seitlichen Einreibungen von den gegenüberstehenden vorhanden. Die dreilappige Bildung an den Schneidezähnen verschwindet im 4. bis 5. Jahre, von dieser Zeit ab sind die Kronen stumpf, die Zähne gelb, oft mit Zahnstein belegt, das Zahnfleisch welk, die Wurzeln zum Theile sichtbar, die an die Hakenzähne anschliessenden Backenzähne lassen Lücken zwischen sich, bilden nur noch kleine Stümpfe, wackeln und fallen mit 8 bis 10 Jahren in der Regel aus, ebenso ist es mit den Schneidezähnen, die immer kürzer und stumpfer werden, unregelmässig gestellt sind und schliesslich ausfallen, die Hakenzähne werden im Alter zunehmend stumpfer und an den Seiten von gegenüberstehenden abgerieben, so dass sie flach werden und nicht selten messerscharfen Rand besitzen.

Protoplasma und Zellen.

In früherer Zeit hatte man die Ansicht, dass der Körper entstehe und gebildet werde aus dem „Urschleim" (Oken hat das Wort zuerst gebraucht), auch dem Lebensstoff, Blastem oder organischer Lymphe. Man glaubte, dasselbe lagere sich nach der allgemein regulirenden Macht der Lebenskraft zusammen und bilde dadurch den Körper. Erst durch das Mikroskop wurden kleinste, organische, schleimartige Wesen entdeckt, deren ganzer Leib beweglich ist, und Kühne bezeichnete dieselben als Sarkode. 1835 ist erstmals von Dujardie nachgewiesen, dass die Sarkode des Pflanzen- und Thierreiches ähnlich ist, und 1839 gab Schwann sein epochemachendes Werk über die Uebereinstimmung der Structur und dem Wachsthum der Thiere und Pflanzen heraus. Der Name Protoplasma für die schleimiggelbartige Masse, die wenig organisirte Sarkode, ist von Remak eingeführt. Nach unserer heutigen Kenntniss ist Protoplasma eine ziemlich gleichförmige Mischung verschiedener Eiweisskörper, die zum Theil gelöst und gequollen sind und zwischen denen sich mancherlei Stoffe eingelagert finden (Fetttropfen, Farbstoffe, Krystalle, Glykogenkörper und deren Producte aus dem Zerfall organischer Körper). Auf elektrische, thermische, mechanische und chemische Reize contrahirt sich dasselbe und seine Bewegungen haben Aehnlichkeit mit der des Darmes, wurmförmig. Nach Untersuchungen von Löwe und Pokorny gibt es lebendiges und todtes Protoplasma und ersteres ist entweder thätig oder ruhend. Es hat rhythmischen Kraft- und Stoffwechsel und dadurch qualitativ und quantitativ verschiedene Zusammensetzung. Seine Lebenserscheinungen werden erzeugt durch die Anwesenheitbe stimmter Aldehydgruppen, und wenn es frei liegt, so sind seine Bewegungen amöboid oder flimmernd, eingeschlossen kann es aber die raschen Bewegungen der Muskelcontractur oder der Nerventhätigkeit bilden. Lebendiges, ruhendes Protoplasma ist „latent", es ist im ähnlichen Zustande wie Thiere im Winterschlaf, die wie todt aussehen, aber jederzeit zum Leben erwachen können. Lebendiges Protoplasma hat einen rhythmischen Kraft- und Stoffwechsel, todtes kommt in den Zustand der Quellung, zerfällt und löst sich auf. Man spricht von einem Knorpel-, Knochen-,

Muskel- und Nervenprotoplasma etc. und je nach seiner Zusammensetzung erfolgt das Wachsthum der Zellen, der Organe und des
Gesammtkörpers, sowie die Grenzen von Jugend, Alter und Leben.
Die ersten primitivsten Bildungen des Protoplasmas sind die
Zellen, selbständige, mikroskopische, aber kaum wägbare Individuen.
Es verhalten sich dieselben zum Protoplasma wie etwa der Krystall
zur Mutterlauge, sie bilden die Elementorgane des Körpers, der aus
einer Anzahl von Zellen besteht, wie ein Staat von Bürgern. Die
einfachste Zelle ist ein Protoplasmaklümpchen mit einem Kern,
hierauf eine sich nach aussen abschliessende mit einem Häutchen,
so dass sie ein kugeliges Bläschen darstellt, und ihre Lebenserscheinungen sind: a) Ernährung, b) Wachsthum, c) Bewegung und
d) Fortpflanzung. Die Zelle wird geboren und viele haben eine
Altersgrenze, in der sie sich verändern, verkäsen, verkalken, ver-
welken oder aufquellen, dann sterben und sich auflösen, viele aber
leben fort, sie theilen sich ins Unendliche, aber an ein Sterben ist
physiologisch nicht zu denken. Namentlich die Geschlechtszellen
zeigen keine Lebensgrenze, an der sie sterben müssen. Mit den
zur Fortpflanzung gelangenden Zellen lässt sich der Begriff der
Unsterblichkeit verbinden. Thierische Zellen, welche die verschiedenen
Organtheile bilden, haben im Allgemeinen verschiedene Formen und
kurze Lebensdauer. Die Urform ist rundlich, aber sie werden viereckig in der Cornea, fünfeckig in der Leber, ferner cylindrisch,
kolbenförmig, spindelförmig, flaschenartig, es finden sich Stachel-,
Riff-, Geisel- und Wimperzellen, solche, die ihre Form dauernd behalten, sowie solche, die wechseln. Auf ihrer Vermehrung beruht
die Forterhaltung alles Lebendigen und dieselbe ist von der einfachsten Theilung bis zur complicirten Erweckung zur Theilung,
durch differenzirtes Protoplasma, von verschiedenen Individuen
stammend, durch alle Stadien vorhanden. Jede Zelle führt zwar ein
geschlossenes Leben für sich, aber sie leistet mehr, als nur zu
ihrer Erhaltung und Fortpflanzung nöthig ist, dadurch macht sie
sich ihrer Umgebung günstig bemerkbar und die Gesammtthätigkeit
der Zellenleistung bildet die in die Augen tretende Gesammtleistung
der Organe des Körpers. Nur wenn alle Zellen des Körpers gut
ernährt sind, wenn reichliche Blut- und Sauerstoffzufuhr vorhanden
und die Fortschaffung des Verbrauchten zugegen ist, dann arbeiten
die Zellen regelrecht, dennoch verbrauchen sie sich. In ihr Gewebe,
das Zellenprotoplasma oder Organeiweiss, lagern sich nach und nach
auch fremde Stoffe, Farben, Knochensalze, Kalke u. A., die Leistung
wird dadurch mangelhaft, die Zellhülle verdickt. Das Wachsthum,
die Theilung hört auf und schliesslich stirbt die Zelle und ihr Leib
wird fortgeschafft. Zwar nehmen neue Zellen den Raum ein, aber
der Alterungsprocess schreitet fort und schliesslich ist die Grenze
des Lebens erreicht und das physiologische Ende, der Tod an

Altersschwäche tritt ein und mit ihm die Zersetzung und die endliche Auflösung in Ammoniak, Kohlensäure und Wasser, den Urstoffen, aus denen sich die Pflanzen aufbauen, wodurch der Kreislauf von Neuem beginnt.

Ueber Grössenverhältnisse und Proportion.

Die Grössenverhältnisse des Hundekörpers stehen in einem gewissen Zusammenhange zu den Leistungen desselben und die Erforschung und Zusammenstellung, sowie die Beurtheilung des Verhältnisses der einzelnen Theile zueinander und zum Ganzen bildet einen Theil der Grundlage der Gebrauchs- und Zuchtlehre. Freilich wird manche Rasse nicht auf Leistung, sondern auf Sonderbarkeit gezogen, bei solchen gilt letztere auch für die Preisrichter. Neben dem Sicht- und Messbaren ist oft noch die Frage, wie sich ein junges Thier nach dieser oder jener Richtung hin entwickeln wird. Schon seit den ältesten Zeiten der Culturvölker hat man den Thierkörper nach bestimmten Regeln beurtheilt und nachgebildet, aber erst in verhältnissmässig neuer Zeit ist nach der Ideal- oder Grundform der Wesen gesucht worden. Leonardo da Vinci hat die wissenschaftliche Proportionslehre zum ersten Mal für die Menschen festgestellt und dieselbe ist von Albrecht Dürer vervollständigt worden. Zeissing hat den „goldenen Schnitt" für den menschlichen Körper verwendet und die Fachmänner haben es nie fehlen lassen, dieselben Methoden für den Thierkörper zu gebrauchen. Die Form hat von jeher eine grosse Rolle gespielt und Rütimeyer sagt: „Die Form ist über das materielle Substrat erhoben, denn wir bezeichnen Thierformen noch mit denselben Namen wie vor Jahrhunderten und sie sind noch ebenso vorhanden, wie damals, obgleich die Thiere immer neu erzeugt und nicht immer unter denselben Verhältnissen lebten." Beim Suchen nach der Urform, dem Urtypus, gelangt man zum Transscendentalen und es ist nicht überflüssig, Einiges hierüber kurz anzuführen: Alle lebenden Wesen sind Verbindungen von Kräften mit einem vegetativen Princip, d. h. mit Stoffen, die an einen bestimmten Raum gebunden sind und durch Linien begrenzt werden. Die Urbestandtheile aller geradlinigen Figuren sind drei- bis viereckig und diese Figuren bilden auch die Urformen der Krystalle und die sämmtlichen anorganischen Verbindungen sind Trümmer von solchen, ebenso gehören die Urformen aller leblosen Körper, überhaupt die der Metalle, Erde, Salze und Steine hieher. In der organischen Welt ist aber von geradlinigen Formen keine Rede mehr, sondern die Elementartheile haben, wie der ausgebildete Körper, Curven und abgerundete Gestalten und geht man noch einen Schritt weiter, so trifft man das Gebiet der schönen Künste, in dem die Spirale, die Ellipse, die Gewölblinie unter anderen herrschen. Ebenso wie die gerade Linie, die durch alle Räume und Unendlichkeiten sich fortsetzt, ohne sich je zu schliessen, mit dem Dreieck die Urlinien für die anorganische Welt darstellt, so gibt es Urlinien höherer Ordnung, die Parabel, Ellipse und Hyperbel, welche die Urtypen für andere Linien 1., 2., 3., 4. u. s. f. Ordnung bilden. Schon Newton kannte 72 Arten der 3. Ordnung und Euler in der 4. Ordnung 176 Geschlechter, ja in der 5. Ordnung geht die Zahl der Gestalt der Urlinien nach Tausenden von Geschlechtern. Wenn man, diese Kenntnisse vorausgesetzt, in Betracht zieht, dass ein Schneckenhaus, das doch sehr einfach gebildet erscheint, an jedem einzelnen Theil einen anderen Krümmungshalbmesser und andere Bedingungen seines Wachsthums hat und jetzt in Erwägung zieht, dass bei der Bildung des Körpers dieselben mathematischen Gesetze der Symmetrie etc. herrschen, wie bei der Krystallbildung, nur Alles feiner und verklärter, so muss man allerdings zugeben, dass ein Grundtypus für die Thierart besteht, den zu erkennen durch zahlreiche Vergleiche einzelner Thierabtheilungen kaum möglich ist. Was bis jetzt geschehen ist, z. B. von Settegast das Parallelogramm, von Nathusius das Dreieck als Grundgestalt für den Windhund darzustellen, etc., das sind ganz werthlose, rohe Schematisirungen. Geht man jedoch auf den Grund der transscendentalen Begriffe mit den angedeuteten Linien, so verschwindet der reale Boden und man gelangt zu Schlüssen, von deren Resultaten Deiters sagt: „Die ästhetische Befriedigung hat oft zu einer Ueberschätzung der wissenschaftlichen Bedeutung geführt." His und Rütimeyer haben den Urtypus des Schädels für die Schweizer Bevölkerung gesucht und mit feinen Instrumenten Tausende von Schädeln gemessen und sie gelangen zu dem Schlusse, dass „das Auge der feinste Beurtheiler für alle Formen ist", von ihnen oft schon auf den ersten Blick ein deutlicher Unterschied im ganzen Eindruck festgestellt wurde, den das Instrument kaum zu fixiren vermochte, ja sogar die Zeichnungen zweier, demselben Typus angehöriger Schädel übereinandergelegt, die sich vollkommen decken, haben ihre Eigenthümlichkeiten, die nur das Auge, aber nicht mehr das Instrument feststellte. Aeby hat die Ansicht ausgesprochen, dass sich überhaupt keine Form dem idealen Grundtypus anschliesse, aber dieser bilde die Gleichgewichtslage, um welche alle Formen sich bewegen müssen. Wie ausserordentlich wichtig für die Praxis diese Fragen werden können, erklärt sich daraus, dass Buffon seinerzeit behauptet hat, der Urtypus des Guten und Schönen für eine Thierart sei nie einzig in einer Gegend zu finden, sondern sei über die ganze Erde zerstreut und wenn man ihn wolle, müsse man die vorzüglichsten Thiere kreuzen. Damit ist die Praxis an diese Frage herangeführt und der drastische Beweis gegeben, dass durch das rücksichtslose Uebertragen von philosophischen Problemen recht erhebliche Fehler gemacht werden können, denn durch Kreuzung und Suchen der Grundgestalt und dem Urtypus, durch Vergleiche, Messungen und

Mittelherausrechnen kommt man eben auf Exterieur und Mittelmässigkeiten, die aber in der Thierzucht, wo man heute nach Leistungen züchten soll, somit nach einseitigen Richtungen strebt, nicht brauchbar sind. Man würde für jede Hunderasse einen besonderen Urtypus gebrauchen und wo hat derselbe mit dem gesteckt, wenn die Rasse erst neu erstanden ist, und wo kommt er hin, wenn dieselbe sich alle paar Jahre ändert? Skeletmessungen ergeben, dass die domesticirten Hunderassen derart differiren, wie entfernt nicht die in Freiheit lebenden Caniden, und erstere ändern sehr rasch. Der Körper ist sozusagen weich, biegsam, und folgt der Idee des Züchters. Allerdings sind diese Anforderungen nur in den Grenzen der Möglichkeit zu stellen. Man kann den Typus des Mastiffs in Mopsgrösse züchten und die kleinste Form in der grössten, aber man kann nicht einen Hund züchten, so gross wie ein Pferd oder ein Elephant, oder so klein wie eine Maus, denn wenn die Grenze der gesetzmässig und harmonisch zusammenwirkenden Kräfte überschritten wird, so ist das Gleichgewicht gestört und der Körper hört auf zu leben. Man kann daher auch nicht einen Hund züchten, dessen Nase z. B. sich trichterförmig nach vorne erweitert, ohne auch andere Theile an ihm zu verändern, wodurch seine Leistungsfähigkeit, ja Existenz in Frage gestellt wird. Leben ist ein Spiel grosser und kleiner complicirter Bewegungen, es ist die Zusammensetzung, Vergesellschaftung, Gruppirung von tausenden von Millionen kleinster Organismen, die nur nach Regeln geordnet der Gesammtheit leisten können und dadurch selbst alle ihre Existenzbefriedigung erhalten können. Es muss der Körper deshalb ein elementares und ein specifisches Wachsthum haben, beide aber sind voneinander abhängig, so dass eine gewisse Grösse nach oben oder unten nicht überschritten werden kann. Das Schematisiren bringt hier schlechte Früchte.

Das Haar.

Lange oder kurze steife Haare sind auf dem Querschnitt drehrund; gewellte, gelockte Haare sind glatt bandförmig. Je drehrunder das Haar, umso schlichter ist es, weil ein Cylinder weniger Neigung hat zu biegen als eine Platte oder ein Streifen und je platter, bandartiger ein Haar ist, umsomehr kräuselt es. Bei dunklen Haaren ist das ganze Haar gefärbt und die Färbung ist am dunkelsten in der Marksubstanz desselben. Ueber die Bildung des Haares ist Folgendes mitzutheilen: Am Embryo bilden die oberflächlich gelagerten Theile, die vom äusseren Keimblatt stammen, kleine Wucherungen, die in die Lederhaut kleine zapfenförmige Fortsätze senden, welche an ihrem unteren Ende eine winzige birnförmige Verdickung erhalten, unter dieser bildet sich die Haarpapille, welche in dieses Knötchen eine Vertiefung eindrückt. Die Zellen der Lederhaut formen um diese Gebilde eine bindegewebige

Hülle, den Haarsack oder Haarbalg, der mit einigen Muskelfasern, den Aufrichtern der Haare, versehen ist, wodurch die Haare im ausgebildeten Zustande aufgerichtet gesträubt werden können, was namentlich bei kurzem steifen Haar gut gelingt und besonders an den Rückenhaaren, welche die stärksten Aufrichter im Affect, deutlich wird. Die am meisten entwickelten Haarsackmuskeln zum Aufrichten der Haare hat auffallenderweise der Pudel. Die innerhalb dem Haarbalg gelagerte Schichte aus Epithelzellen heisst Wurzelscheide, die ursprünglich nach oben geschlossen ist, und in ihr liegt das junge Haar, das sich von unten her immer mehr verlängert, dadurch, dass auf der Haarpapille, welche durch starke Blutgefässe das Ernährungsmaterial liefert, fortwährend neue Zellen gebildet werden, die verhärten, verhornen. Schliesslich dringt die Spitze des Haares durch den Verschluss und wird frei. Das fernere Wachsthum des Haares entsteht dadurch, dass die Zellen, welche die Papille überziehen, fortwährend sich vermehren und dass sich die jungen Zellen in Haarsubstanz umbilden. Das Haar selbst besteht aus der äusseren, dünnen Schichte, der Oberhaut, die sich loslöst und fast dachziegelförmig wird, wenn das Haar mit Schwefelsäure übergossen wird, dann folgt die Hauptmasse des Haares, die Rindenschichte, dieselbe besteht aus Spindelzellen, die an beiden Enden spitz zulaufen und durch gegenseitige Abplattung kantig wurden. Innen ist die Marksubstanz, die nur stellenweise abgelagert ist, vielfach aber fehlt, so dass das Haar ein feines, in seinem Inneren nur theilweise und unregelmässig angefülltes Röhrchen darstellt. Nach unten ist das Haar kolbig verdickt, die Haarzwiebel, diese steckt in dem Haarbalg, der auf der Haarpapille sitzt. Während der Entwicklung des Haares entstehen noch einige seitwärts gehende Zapfen, in welchen sich Epidermiszellen anhäufen, und durch weitere Trennungen bilden sich hieraus die Talgdrüsen, die mit ihrem Ausführungsgange in der Haarscheide münden, dorthin ihr Secret, eine talgähnliche ölige Schmiere, entleeren und so das Haar einfetten. Wie schon erwähnt, ist bei dunklen Haaren das ganze Haar gefärbt, obwohl ein eigentlicher Farbstoff in den Haaren nicht existirt. Bei hellen und endlich wenig gefärbten Haaren ist ebenso wie an der Iris des Auges die ganze Farbenerscheinung auf Lichtreflexe, nicht auf gefärbte, chemische Körper zurückzuführen. Wenn das Haar im Alter an der Rindenschichte splitterig wird, die Zellen desselben durch Eintrocknen an Umfang verlieren, so dringt Luft dort ein und die Haarfarbe wird silbergrau, weisslich, es ergraut. Der Luftgehalt in den Spalträumen des Haares spielt für dessen Färbung eine grosse Rolle, doch können einige Pigmente nicht ganz abgesprochen werden, obwohl es auch braune Haare gibt, die ganz pigmentlos sind. Chloreinwirkung bleicht die Haare, aber auch plötzliches Ergrauen durch grossen Schreck wurde schon verschiedenemale berichtet. Am wider-

standsfähigsten gegen äussere Einwirkungen ist das rothe Haar.
Hundemumien aus dem alten Egypten oder aus Peru haben alle röthliche
Haare. Mit der Zeit wird durch äussere Einwirkung anders gefärbtes
Haar röthlich. Bei älteren Thieren haben die Haare mehr Kieselsäure,
es sind die weichen ersten flaumigen, auch Narrenhaare, dünner und
thatsächlich weicher, wie die später gewachsenen. Ueber den Haarwechsel ist mitzutheilen, dass derselbe regelmässig jährlich zweimal
stattfindet: im Herbst fallen die Sommerhaare aus, es kommen dafür
die viel längeren, stärkeren, mit Unterwolle versehenen Deckhaare,
die Winterhaare, die dann im Frühjahr ihrerseits wieder ausfallen
um dem Sommerhaar Platz zu machen. Der mikroskopische Vorgang
ist der, dass sich die Verbindung zwischen Haar und Papille lockert,
dadurch die Keimschichte abstirbt und das Haar aus dem Haarbalg
ausfällt, gleichzeitig entwickelt sich in demselben Haarbalg ein neuer
Keim für das neue Haar, welches unter Umständen hervorsprossen
kann, bevor das alte ausgefallen ist. Eine Eigenartigkeit bei Doggen
aber auch vielen anderen Hunden ist, dass die Haare namentlich an
der Innenfläche der Schenkel in Büscheln in dem Haarbalg stecken.
Die namentlich bei langhaarigen Hunden zu beobachtenden zweierlei
Haare a) lange, dünne, gewellte, wollige, sogenannte Unter- oder
Wollhaare, finden sich besonders noch bei den langhaarigen Bernhardinern, sie gelten als Fehler, die darüber gehenden mehr schlichten,
stärkeren, glänzenden, heissen Deckhaare. Die Tasthaare werden
nicht regelmässig gewechselt. Der Bereich der Hautfläche, auf der
die Haare in einer Richtung stehen, heisst Haarfeld. Stellen, an
denen die Haare von verschiedenen Seiten zusammenstossen, heissen
Haarwirbel. Stellen, von denen die Haare nach allen Richtungen
auseinanderweichen, heissen Haarstern, und solche, an denen die
Haare linienförmig nach rechts und links fallen, Haarscheide.
Ueber die Wichtigkeit der Vererbung der Haarlänge und Haarfarbe
gibt schon der Züchtergrundsatz Aufschluss, dass Hunde, die ihr
Haar auf ihre Jungen vererben, auch in der Uebertragung anderer
elterlichen Eigenschaften sicher sind. In der Sicherheit der Vererbung
des Haares kann man auf das Alter und die Constanz der Rasse
schliessen. Zur Zeit haben wir wenig Hunderassen, welche in der
Haarvererbung sicher sind, sowohl in Länge wie in Farbe verschieden,
liegen Junge von einem Wurfe beieinander. Das erste Haar der
Jungen ist vielfach anders gefärbt wie das spätere, namentlich sind
oft langhaarige oder später rauhhaarige Hunde, besonders rauhhaarige
Affenpinscher, in der Jugend im ersten Haarschmuck reizend schön
gezeichnet. Ich habe solche Thierchen gesehen, die gelbliches langes
welliges, seideähnliches Haar mit schwarzen Spitzen besassen, die
aber nachher ganz rauhhaarig und rothgefärbt oder gemischt roth,
braun und weisslich waren. In der Regel sind die Kopfhaare noch
am ehesten wie die nachherige Farbe werden wird. Im Alterthum

und in der Züchteranschauung mancher heutiger Dilettanten glaubte und glaubt man noch, dass die Haarfarbe von der Gegend und namentlich dem Trinkwasser abhängig sei, auch auf Mondeinflüsse schob man die Färbung. Die Lebhaftigkeit und Vielfachheit der Farben ist durch die Domestication sehr erhöht worden.

Die Farben der Thiere hat man von jeher auch mit gewissen geheimnissvollen Dingen in Verbindung gebracht, auch aus Zweckmässigkeit einzelne Farben bevorzugt. Weiss ist die Farbe von Licht und Leben, von Heil und Freude. Die Farbe des reinen Lichtes, der Flammenspitze ist weiss. Weisse Hunde waren bei vielen Völkern, bei denen die Hunde nicht unrein waren, den Göttern geheiligt. Für die Hofjagden, wo Ross und Jäger der Meute folgen sollen, wählt man gerne weisse Farbe an den Hunden, ebenso für Vorstehhunde, die Hof- und Schäferhunde hatten früher hauptsächlich weiss zu sein, damit sie bei Nacht von den Wölfen unterscheidbar wurden. Auf den Anstand nimmt man wegen der noch in der Dämmerung weithin sichtbaren Farbe nicht gerne weisse Hunde. Weisse Hunde und Schecken mit viel Weiss hielt man von jeher nicht für sehr dauerhaft. Nach der Temperamentlehre bilden die weissen Hunde die Phlegmatiker und diese seien lieb, angenehm, weder falsch noch treu, aber zur Trägheit neigend. — Schwarz ist die Farbe des Düsteren, Bösen, der unheimlichen Nacht. Es ist die Wirkung des Brennens und bedeutet in verschiedenen Sprachen: Panzer, Horn, Harnisch, Pfeil, Geschoss, Keil, Bolzen, Wurf, Schuss. Die schwarzen Hunde waren dem Gott der Unterwelt, Pluto, geheiligt. Oft gehen der Volkssage nach böse Geister, ja der Teufel selbst in Gestalt eines schwarzen Hundes mit feurigen Augen. Nachtthiere haben bei schwarzer Farbe grosse Vortheile, wenn sie auf Raub ausgehen, auch bei Tage sind solche, die das Wild beschleichen, gegenüber den hellfarbigen Hunden sehr im Vortheil. Schwarze hielt man für Melancholiker. Ernst, düster, wenig anhänglich, aber nie untreu, doch rachsüchtig. — Rothe Farbe (rubrum, robur) steht mit Kraft in Verbindung, ebenso mit ride, roth, streifen, reiten, fahren. Die rothe Farbe lässt die Körperform am vortheilhaftesten hervortreten. Man brachte die rothe Farbe mit Blut, Zorn und Mord in Verbindung und hielt rothhaarige Thiere für bissiger und ungetreuer. Man hielt sie zur Zeit der Temperamentlehre auf philosophischer Basis für Sanguiniker. Aufgeregt, lebhaft, rasch erfassend und rasch vergessend. — Braunhaar ist das Symbol der ruhigen, bewussten Kraft. Von jeher war diese Farbe beliebt, sie steht zwischen roth und schwarz. Hunde mit dieser Farbe sollen die Choleriker vertreten, ernst, aber nicht düster, kraftvoll, treu, anhänglich, aber furchtbar im Grimm. — Gelb, falb, fahl ist die Farbe des Todes, des Neides, der Falschheit. Heimtücke, Rachsucht, Wildheit, aber auch Härte, enorme Leistungen bei wenig Kraft soll dieselbe auszeichnen. — Schecken. „Fliehe den Schecken, wie die Pest, heisst ein arabisches Sprichwort, und ein anderes: „Narren und Gecken haben gern Schecken." Alle Gemischtfarbigen sollen die Temperamente gemischt enthalten und bald dieses, bald jenes hervorkehren, so dass sie ihrem Besitzer ein ewiges Räthsel bleiben. Es hat aber die ganze Symbolik der Farben und die Temperamentlehre das Vertrauen verloren und die Aussprüche aus alter Zeit sind mehr von geschichtlichem, wie von wirklichem Werthe. — Blau, griechisch glaukos, blaih. Wurzel: bal, bla, Plaga-Schlag, Beil. Blau ist die Farbe des Himmels, der Luft, des Nichts, Nirwana. — Gemischtfarbige sind mit wenigen grossen, fleckigen Feldern = Schecken, mit kleinen, zahlreichen Flecken == Tiger. — Wenn zweier- oder dreierlei gefärbte Haare wechselweise nebeneinander stehen, so entsteht der Schimmel. Wenn zwischen dunklem, einfarbigen Haarkleid einzelne weisse Haare stehen, oder zwischen hellen, weissen einzelne schwarze, so entsteht der Gestichelte. Wenn verschieden gefärbte Eltern Junge erzeugen, so haben letztere in der Regel die Farben gemischt, aber von z. B. weiss und schwarz nicht Schecken, sondern viel eher Schimmel. Oft vererbt sich die Farbe der Voreltern durch Rückschlag, oft geht die Farbe stets nach einem der Elternthiere. Ein berühmtes schwarzes englisches Windspiel warf stets lauter schwarze Junge, die Farbe des Vaters mochte sein wie sie wollte. — Abzeichen sind weisse Haarflecken an einzelnen Körperstellen und an diesen ist die Haut meist ebenfalls weiss, pigmentlos, sie kommen vor am Kopfe als „wenig weisse Haare an der Stirn", als Blümchen, Sternchen und Blässe, an der Brust als „wenig weisse Haare", als „Büschchen", Strich, Fleck oder weisse Brust. An den Füssen als halb- oder ganz weisse Pfote, als weisse Manschette, halb- oder gestiefelt und als weisser Fuss. An der Schwanzspitze ohne besondere Benennungen. Braune, rothe oder gelbe Haare bei schwarzen Hunden, oder gelbe bei braunen an diesen Stellen gehören in der Regel zu den Rassemerkmalen, z. B. beim Gordonsetter oder bei schwarzen oder bei noch einigen Dachshunden, und heissen solche mit zwei rundlichen, gelben Punkten über den Augen vieräugig. Zwischen der Epithelschichte und der Lederhaut ist die sogenannte Schleimschichte oder die malpighische Schichte gelagert, woselbst dunkle Pigmentzellen lagern, die aber dunkles, negerfarbiges oder helles Aussehen der Haut bedingen. Wenn kein Pigment abgelagert ist, so haben die Hunde eine hellrosa Hautfarbe, weisse Haare und in der Regel hellblaue, in einigen Fällen rothe Augen, die sogenannten Albinos oder Kakerlaken. Es ist eine der merkwürdigsten Erscheinungen und zuerst von Darwin für die Katzen, von mir für die Hunde nachgewiesen, dass ganz weisse Thiere mit blauen Augen regelmässig taub sind. Von zwei derart tauben Ulmerdoggen hat nach dem Tode derselben auf mein Ersuchen Herr Prof. Dr. Steinbach mikroskopische Untersuchungen an dem Gehörorgan angestellt, ohne ein bestimmtes Resultat zu erlangen. Später habe ich Fälle von Taubheit bei weissen Foxterriers beobachtet und hier hatten die Thiere sogar einige kleine dunkle Flecken am Kopfe. Die Beobachtungen sind jetzt von Anderen ergänzt.

Bezeichnung von Farbenvarietäten.

Die ungenauen Bezeichnungen, oft sogar noch umständlichen, die officiell eingeführt sind, geben vielfach Ursache zu Irrthum und Aergerniss, z. B. ein schwarzbrauner Teckel ist durchaus nicht schwarz- oder kaffeebraun, sondern er hat schwarzrothe Grundfarbe und die rostbraunen „Brandzeichen". (4 Augen und braune Pfoten.)

Tigerdoggen sind nicht von der gestromten Farbe wie ein Tiger, sondern meist schwarz- und weissgefleckte Hunde.

Stichelhaariger Vorstehhund bezeichnet beim Hunde nicht gestichelte Farbe, wie sie bei Pferden bezeichnet wird, d. h. einzelne helle zwischen dunklen stehende Haare, sondern es sind meist weisse Hunde mit braunen Platten. Das „Gestichelte" bedeutet hier „Rauhhaar".

Wenn man weiss, dass ein „Affenpinscher" ein „rauhhaariger deutscher Zwergpinscher" ist, so wird man selbstverständlich nur ersteren Namen anwenden, ob man dann immer verstanden wird, ist eine andere Sache.

Ein Vorschlag: 1. einfarbige Teckel solche zu nennen, die wirklich einfarbig, gelb oder roth sind ; 2. zweifarbige die „gebrannten", d. h. schwarzen und braunen mit gelben Extremitäten, und 3. dreifarbige die Tigerteckel. Allein so praktisch das auf den ersten Blick erscheint, so stösst das auf Widerspruch, weil diese Bezeichnungen viel zu präcis sind. Ein einfarbiger Teckel ist der werthvollste, hat ein solcher ein paar weisse Härchen an der Brust, so will man deshalb nicht sogleich zu den Zweifarbigen herabrücken. Zweifarbiger Teckel musste der oben bezeichnete „schwarzbraune" heissen, so geht er für den Nichtkenner als einfarbig. Die Tigerteckel sollten nach dem Vorschlag dreifarbig heissen, womit aber die Züchter gar nicht einverstanden sind, sondern die wollen ihren Teckel als zweifarbig gegolten wissen.

Der drahthaarige Vorstehhund hat Haare „die sich zu Draht verhalten wie ein Haar zu einer Borste", die Bezeichnung ist hyperbolisch. Am besten hätte man ihn rauhhaarig oder stachelhaarig genannt, auch der für Teckel eingeführte Name „Rauhbart" wäre viel besser gewesen.

(Es ist noch auf einige reizende Barbarismen hingewiesen worden, ganz ähnlich denen der „Reitende und Artillerie-Kaserne" oder der „Geräucherten Wurstwaarenhändler", z. B. „Rauhhaariger Pinscher-Club", „Langhaariger, russischer Windhund-Club", „Oldenglisch Mastiff-Club" etc.)

II. Capitel.

Die züchterischen Grundsätze.

Ueber den Begriff „Blut".

In züchterischem Sinne ist der Begriff „Blut" etwas ganz Anderes, wie im anatomischen und physiologischen, der „Blutbegriff" hat, seit dem Alterthum etwas Geheimnissvolles. „Blut ist ein ganz besonderer Saft." Die Besonderheit des Saftes, der mit Gewalt aus dem verletzten Körper hervorschiesst und die Folgen, die tödtliche sein können, hat die Menschheit, unter meist schaurigen Gefühlen, gesehen. Schon in vorhistorischer Zeit hat sich ein Mythenkreis um das Blut gebildet, der bis jetzt immer noch dichter gewoben wurde. Hinter dem Ereigniss zieht die Poesie ihre Ranken. Die jetzt vorhandenen wissenschaftlichen Feststellungen über die Beschaffenheit des Blutes und seine Leistungen zeigen etwas ganz Anderes, als was die uralte Volksmeinung festgestellt hatte. In züchterischen Kreisen aber, wo man heute noch so gerne mit Geheimnissen spielt und gerne da, wo das eigene Wissen aufhört, die Wissensgrenze überhaupt annimmt und sich dann etwas zusammen reimt, da ist der dehnbare „Blutbegriff" etwas Willkommenes, ja Unentbehrliches geworden. Es ist somit festzustellen, dass heutigen Tages für den wissenschaftlichen Begriff im anatomischen und physiologischen Sinne etwas Anderes unter Blut verstanden ist, als wie im züchterischen. Der Züchter kümmert sich im Grossen und Ganzen hier nicht um die wissenschaftlichen Feststellungen, sondern er legt dem Blute beharrliche und schöpferische Eigenschaften bei, dass es Dinge bewirken soll, welche er auf andere Weise nicht erklären kann. Nothwendig ist aber für den Züchter und Kenner, zu wissen, was überhaupt mit dem Blutbegriff seit alten Zeiten verbunden wird. Aristoteles behauptete: das dünnere und kältere Blut erwirkt im Geschlecht der Thiere Gefühl und Verstand, das dickere und wärmere die Kraft. Dementgegen ist zu sagen, dass die Bluttemperatur aller Hunde und unter allen Zonen so gut wie gleich hoch ist und in normalen Verhältnissen nur sehr wenig schwankt, kälteres Blut ist heute subnormale Temperatur, eine Erscheinung von Lebensschwäche, und höhere Temperatur ist im Fieber vorhanden, mit dem Charakter und dem Verstande haben diese Bluttemperaturen gar nichts zu thun. Plinius sagt: „weil der Esel das Fetteste und sehr wenig Blut hat, dadurch macht sich seine Stärke und theilweise seine Verstandeslosigkeit". Heute wissen wir, dass die Stärke in den Muskeln, der Verstand aber im Gehirn seinen Sitz und Ursache hat Die Ansicht des Hippokrates, dass das Blut des Körpers eines der vier Elemente, die die ganze Welt bauen sollten, nämlich das Feuer, darstellte, hat Jahrtausende lang die Ansichten der Gelehrten und Nichtgelehrten beherrscht. Die Lebens- und Blutwärme war für die chemielosen Zeiten das unauflösliche Räthsel. Erst seit Lavoisier's Sauerstoffentdeckung, Ende des vorigen Jahrhunderts, konnte die Blutchemie beginnen und durch das Mikroskop hat Schulze eine solche Menge körperlicher Bestandtheile gefunden, dass er den Ehrennamen „Blutschulze" in der Wissenschaft führt, obwohl er erst die Grundlagen gezeigt hat. Züchterisch musste das Blut fabelhafte Eigenschaften besitzen und bis die Begriffe für nachfolgende Bezeichnungen festgestellt waren: Reinblut, Vollblut, Halbblut, edles, gemeines, kaltes, heisses Blut etc., da dauerte es sehr lange. Bei der Erzeugung eines Jungen sollte das Blut von den Eltern auf das Junge übertreten, im Blute sollte der Same vorbereitet sein, es sollte Generationen und Geschlechter durchdringen und ähnlich erhalten, in ihm sollte die ganze Folge der Nachkommenschaft aufgespeichert und vorgebildet liegen, aus ihm sollte sich der Körper gesund, normal und kräftig hervorbilden, das Blut war unerschöpfliche Quelle von Gesundheit, Fülle und Kraft, aber auch von Leiden und Uebel. Was infolge der Harvey'schen Lehre vom Blutkreislaufe durch die Bluttransfusion und infolge der Lehre vom Aderlass, von Botal, Hequet, Prevot, Beaugrand u. A. für verderbliche Ansichten verbreitet wurden, dass das Blut im Körper, einer Quelle ähnlich, reichlich ausgeschöpft werden müsse etc., das ist Alles hier bloss zu erwähnen, aber nicht weiter auszuführen nöthig, um zu begreifen, dass der Züchter mit dem Ausdruck „Blut" nicht nur kleine Gruppen, sondern ganze Rassen umfassen will, dass er damit scheinbar ebensogut die weitesten Grenzen des Thierreiches zu umfassen vermag, wie, dass er damit einen Punkt an einem Individuum bezeichnet. Die Verwendung des Wortes „Blut" für die Begriffe rasserein, edel, Adel, leistungsfähig oder für hervorragende Eigenschaften eines Individuums beweisen dies. Es liegt im Blute, ist eine Bezeichnung, die Alles erklären soll, man braucht für sie keine Erklärung und sie duldet keinen Widerspruch, mit ihr kommt der sogenannte „Rassengrübler", der Alles, was er am Jungen findet, schon an den Urureltern vorfinden will, ganz vollständig aus, denn wer nicht seines Glaubens leben will, den hält er für einen den Mysterien der Blutwirkungen fernstehenden Profanen. Das Blut, das voll, halb, viertel, achtel, sechszehntel etc. bis zum Tausendstel, ja bis zum eingesprengten Tropfen vorhanden ist, kann Alles, macht Alles und steht ausser der Einwirkung seitens des Züchters, denn nach dessen Ansicht ist es an sich heute noch unverletzlich, so wie es im Paradiese geschaffen wurde. Man kann es mit anderem „mischen", kann es auffrischen, kann die kalten und warmen Qualitäten mengen, aber mehr lässt es sich nicht gefallen und wenn der Züchter zu heterogenes Blut zusammen bringen will, so misslingt die Zucht ebenso, als wie wenn er zu nahe verwandtes vermengt. Die Namen „Blutsverwandtschaft," „Blutschande" und anderseits, „Blut wird nie zu Wasser" und „fremdes Blut stösst sich ab," etc. etc. beweisen dies. Gang und gebe ist es geworden, das Wort „Blut" für die Begriffe „Rasse" oder „Temperament" zu setzen und mit ihm Tugenden und Fehler, Anatomisches und Physiologisches zu bezeichnen. Gerade in jeder Zucht des Hundes existiren noch zum Theil die veralteten Ansichten der „Constanztheoretiker", deren unsinnigen Lehren Nathusius, Settegast, Rueff u. A. den Garaus gemacht zu haben schienen, die aber durch ihre „Individualpotenzlehre" leider wieder etwas Radicales an deren Stelle setzten, was allerdings nicht vollständig Ersatz bieten konnte. Als ganz zweifellos richtig kann hier zum Schlusse angeführt werden, dass der Name „Blut" für den nicht naturwissenschaftlich gebildeten Züchter ein bequemes Aushilfsmittel ist, für alle Fälle, in denen etwas erklärt werden soll oder er will, was ausserhalb des geistigen Horizontes des Erklärers liegt, womit sich ebenfalls der nichtwissende Frager vollauf begnügt. Für einen „Techniker" wäre die Bezeichnung „Blut" nicht nöthig, aber sie bildet auch da ein bequemes Hilfsmittel und eine Menge von Begriffen sind mit Termini charakterisirt, die mit „Blut" in Verbindung stehen, so dass, um sich auf kürzestem Wege verständlich zu machen, eine vollständige Vermeidung zur Zeit nicht gut möglich erscheint. Bei dem Zuge, das naturwissenschaftliche Wissen und Können zum Gemeingute Aller zu machen, ist zu hoffen, dass über kurz oder lang auch bei den Thierzüchtern, ebenso wie bei den Aerzten, das Blut seines geheimnissvollen Schleiers entledigt wird, dass man es als das anerkennt, was es ist, ein rasch vergängliches Gewebe des Thierkörpers in flüssiger Form, das den Stoffwechsel vermittelt — sonst nichts.

Kreuzung.

Kreuzung heisst Vermischung. Verschiedene Rassen zu vermengen, die Eigenschaften derselben zu kreuzen, Producte zu bilden, deren Aussehen von dem der Eltern verschieden ist, ist Kreuzung. Eine Kreuzung im zoologischen Sinne ist z. B. die Paarung zwischen einem Fuchs und einem Hund, oder einem Wolf und einem Hund. Das Product, welches in seinen Eigenschaften zwischen beiden Eltern steht, heisst Bastard. Eine Kreuzung im züchterischen Sinne ist aber auch schon, wenn z. B. ein Pudel mit einem Hühnerhund u. dgl. oder noch näher stehende gepaart werden. Das Product heisst hier auch Bastard, Blendling, wie auch Fixköter oder Scheerenschleifer etc. Der Bastard im zoologischen Sinne, also Nachkomme von Fuchs oder Wolf etc. mit Hund, ist in der Regel unfruchtbar;

der Nachkomme von verschiedenen Haushundrassen ist dagegen in der Regel fruchtbarer und lebensfähiger, wie reinrassige Thiere.

Die Kreuzung ist namentlich Ende des vorigen Jahrhunderts von dem französischen Naturforscher Buffon als das beste Mittel, um vorzügliche Thiere zu erzielen, gepriesen worden. Er sagte unter Anderem: Hausthiere, die in verschiedenen Gegenden, Ländern und Zonen einheimisch sind, zeigen naturgemäss einige Verschiedenheiten, überall werden die Einheimischen gute und schlechte Eigenschaften haben und es werden auch nicht überall dieselben Eigenschaften gut oder schlecht sein. Will man daher Thiere, welche in allen Theilen die vollkommensten Bildungen besitzen, so muss man solche aus den verschiedenen Ländern suchen und vermischen, kreuzen.

Zur Zeit, als Buffon dies schrieb, kannte man die geringe Vererbungsfähigkeit der Eigenschaften, von den Kreuzungsproducten, den Bastarden, noch nicht. Buffon kannte die Schwierigkeit der Vermischung zoologischer Rassen, z. B. von Wolf und Hund, auch noch nicht. Buffon glaubte, wenn man z. B. einen Pudel und einen Jagdhund kreuzt und der Bastard hat von beiden Eltern Eigenschaften, so dass man ihn als Gemisch erkennt, dass dann dieser Bastard seine Eigenschaften ebenso sehr auf seine Nachkommen übertrage, wie dies bei reinrassigen Thieren, die schon lange in vielen Generationen solche Eigenschaften besitzen, der Fall ist. Diese total verfehlte Ansicht stand aber bei Buffon als sichere Wahrheit fest und so kam es, dass er nach seiner Idee Nachkommen von Wolf und Hund, wie sie in der 1., 2., 3. und 4. Generation aussehen sollen, abbilden liess, Thiere, die nie gelebt hatten; ja, sein Glaube an die Beständigkeit der einmal in den Bastarden auftretenden Formen war so gross, dass er alle Haushunde als vom Schäferhund abstammend ansah und die einzelnen Formen jederzeit für willkürlich erzeugbar hielt, weshalb er die Eintheilung in Hauptrassen und Blendling- oder Bastardrassen 1., 2. und 3. Ordnung vornahm.

Diese Idee Buffon's, welche für die ganze Hausthierzucht lange Zeit als massgebend angesehen wurde und von vielen Zoologen, z. B. auch von Fitzinger, heute noch anerkannt wird, ist aber schon in den Dreissigerjahren dieses Jahrhunderts als irrig erkannt worden und man hat der planlosen Kreuzung durch Entgegenstellen der Constanztheorie ein jähes Ende bereitet, bis sich dann endlich auch die Constanztheorie als nicht in allen Theilen richtig erwies und abermals die Lehre von der Kreuzung unter dem Namen Individualpotenz auf den Schild gehoben wurde.

Irrthümer wurden auf Irrthümer gehäuft und zahlreiche Schriftsteller, welche weder die Breite noch die Tiefe des Stoffes kennen, vertheidigen heute noch bald das Eine, bald das Andere, wie eine eben von ihnen erfundene Wahrheit.

Für die Rassenbildung im zoologischen Sinne sind die Kreuzungen von keinem oder doch nur ganz kleinem Einflusse. Für die Rassenbildung bei Hausthierrassen mögen sie etwas mehr Einfluss haben, aber weitaus nicht den, den man ihnen seit Buffon zuschrieb. Die Kreuzungsproducte zwischen Pudel und Jagdhund sehen von denselben Eltern nicht das einemal wie das anderemal aus, die Thiere verschiedener Geburten sind verschieden und es haben die Geschwister der Bastarde eines Wurfes nicht alle gleiches Aussehen. Die Nachkommen von den Bastarden sind aber noch viel verschiedener. Das tritt umso deutlicher auf, je verschiedener die elterlichen Eigenschaften sind. Die Mischung der elterlichen Eigenschaften in den Bastarden ist eine ziemlich zufällige, so dass auch die Vererbung dieser Eigenschaften auf weitere Nachkommen ebenso zufällig ist.

Wenn man alle Nachkommen von einem Pudel und einem kurzhaarigen Jagdhund, oder auch anderen, die auch in der Grösse und Farbe noch verschieden sind, in grosser Zahl und in verschiedenen Generationen zu einer Heerde vereinigen würde, so wäre es eine Mischung der allerverschiedensten Thiere, von denen die einen mehr jagdhund-, die anderen mehr pudelartig wären, doch würde sich Haar und Farbe ebenfalls in der verschiedensten Weise auf die einzelnen Thiere vertheilen, so dass thatsächlich von hundert Nachkommen dieses Paares nicht zwei einander gleich wären. Erst wenn man die zwei ähnlichsten als Paar aussuchen und mit diesen fortzüchten und dabei Alles, was nicht ganz diesen Typus hat, rücksichtslos ausmerzen würde, könnte man in langer Zeit auf eine Zucht gelangen, die ähnliche Eigenschaften hätte.

Um eine neue Rasse zu erzielen, ist es daher vollkommen verfehlt, zu kreuzen. Man erlangt in den Kreuzungen nicht Thiere, die in bestimmter Richtung vollkommener sind, sondern es sind Zufallsproducte. Der Züchter weiss hier nicht, was das Resultat seiner Zucht sein wird, er züchtet „ins Blaue“ und regelmässig wird er sich „verzüchten“, d. h. er wird Producte erzeugen, die kein Mensch will, und das Ende vom Lied ist in der Regel Ausrottung der ganzen Brut.

Man muss nicht das Kind mit dem Bade ausschütten, was man nicht in kurzer Zeit durch ein paar Generationen mit wenigen Thieren durch Kreuzung erreichen kann, das lässt sich in längeren Zeiträumen und mit zahlreichen Thieren bei systematischer Anwendung und rücksichtsloser Auswahl für das Ideale wohl durchführen.

Blutauffrischen.

Blutauffrischen oder Beimengung eines Tropfen Blutes.

Man hat eine wohl ausgebildete „typirte“ Rasse in zahlreichen Exemplaren, dieser Rasse wünscht man aber eine weitere Eigenschaft, die sie noch gar nicht hat, und nun sucht man ein Thier von anderer Rasse, das gerade diese gesuchte Eigenschaft in sehr ausgebildeter Weise besitzt, paart damit einmal und züchtet dann wieder mit den eigenen Producten weiter, unter Ausmerzung aller der nicht erwünschten Eigenschaften.

Als Beispiel diene Folgendes: Ein Windhundzüchter hat vortrefflich schöne und schnelle Hunde, dieselben fangen einen Hasen mit Leichtigkeit, aber es fehlt den Thieren „das Herz", den Hasen zu fassen, zu packen und abzuwürgen. Man suchte nun nach demjenigen Hund, der am meisten diese Eigenschaften hat, und fand ihn in diesem Falle in der Bulldogge. Nun wurden alle weiblichen Windhunde mit einem besonders scharfen Bulldoggmännchen gekreuzt. Von den jungen Bastarden wurden die schnellsten und wildesten nur wieder mit Windhunden gepaart und so gelang es, nach einiger Zeit Windhunde zu haben, die von dem Bulldogg äusserlich keine Erscheinungen zeigten, wohl auch an Schnelligkeit die Vorfahren erreichten, aber den Muth des Bulldoggs besassen. Wenn auch das Verfahren etwas umständlich ist, auf diese Weise allein, nämlich bewusstes Ziel und beharrliche Verfolgung, ist etwas zu erreichen. Die Mittel sind verschieden. Kreuzung aber und planlose Weiterzucht der Producte, das führt zum Verderben. Man hätte in diesem Falle dies bei den Windhunden sicher auch dadurch erlangen können, dass man bei der Dressur besondere Rücksicht auf „das Herz" im genannten Sinne genommen und dass man bei der Zuchtwahl nur die schärfsten herausgesucht hätte. Welcher Weg der kürzere, der sicherere ist, bleibt für jeden Fall der Einsicht und dem Geschick des Züchters zu entscheiden.

Constanztheorie und Individualpotenz.

Entgegen der in der Thierzucht planlos waltenden Methode der Kreuzung nach Buffon'schem Recept, haben die Thierzüchter, namentlich Justinus, Mentzel, Wekherlin u. A. Stellung genommen und sie haben die Vererbungsfähigkeit lediglich als Rassenmerkmal aufgefasst. Je älter die Rasse, je reiner dieselbe, umso befestigter sind die Eigenschaften in den einzelnen Thieren. Nur reinrassige Thiere übertragen deshalb mit Sicherheit Körperliches und Geistiges auf ihre Nachkommen und umso sicherer, je mehr Generationen bereits in diesen Principien gezüchtet sind. Je mehr reinrassige Ahnen ein Thier hat, umso sicherer überträgt es seine Eigenschaften, und zwar zunächst nur diejenigen der Rasse, nicht auch die individuellen. Wenn ein solches reinrassiges Thier mit einem anderen gepaart wird, dessen Eigenschaften noch nicht so befestigt sind, so wird ersteres den Ausschlag geben, das Junge wird den reinrassigen ähnlicher sein, wie dem anderen. Man suchte das durch folgende Rechnung klar zu machen:

Ein rassereines oder Vollbluttthier hat Eigenschaften = 100. Ein unbekanntes, oder neuentstandenes, oder Kreuzungsproduct, ein sogenanntes gemeines, hat Eigenschaften = 0. Diese beiden gemischt, erhält das Junge von jedem Elternthier die Hälfte, d. h. von dem reinrassigen 50 Punkte, von dem gemeinen, das selbst nichts hat = 0. Dieses Junge ist somit halb soviel werth wie das reinrassige und man bezeichnete es als Halbblut. Wenn nun dieses Halbblut wieder mit Rein- oder Vollblut gemischt wurde, so gab es folgendes Resultat:

$$\text{Reinblut oder Vollblut} = 100$$
$$\text{Halbblut} = 50$$
$$\overline{\text{Summe} \quad 150}$$

Das Junge von jedem die Hälfte $= 50 + 25 = 75$. Ein solches Thier hiess Dreiviertelblut, und so construirte man weiter $^4/_5 - ^5/_6 - ^7/_8 - ^9/_{10} - ^{10}/_{11} - ^{11}/_{12}$ etc. bis zum $^{15}/_{16}$, womit man dann das Junge der alten Rasse ebenbürtig geworden hielt.

Die Rasse war Alles, das einzelne Thier, das Individuum galt nichts, es war nur der Träger der Rasseeigenschaften und mochte selbst aussehen wie es wollte, wenn es nur reinrassig war. Auf jene Zeit sind die Anfänge der „Stammbücher" und „Stammbäume" in unserer deutschen Hausthierzucht zurückzuführen.

Der Grundfehler, den diese sogenannten Constanztheoretiker machten, war, dass sie das Einzelwesen, das Individuum als solches, als etwas Gleichgiltiges, Nebensächliches für die Zucht behandelten und somit auch von einem individuell schlechtgebildeten Thiere, alle Rassenvorzüge in seiner Nachkommenschaft erwarteten wie von einem gutentwickelten, wenn es nur reinrassig war. Dadurch wurden einzelne Zuchten, lediglich um sie „reinrassig" zu haben, ohne weitere Auswahl betrieben und durch die Fehler der Elternthiere ebenso sicher fortgepflanzt. Zudem hatten die Constanztheoretiker die Meinung, dass eine Zucht in der Blutsverwandtschaft unter allen Umständen unschädlich sei und diese beiden Grundfehler ruinirten die schönen Bestände, es gab sogenannte „Rassekrüppel" in Masse.

Praktische Züchter kehrten sich bald nicht mehr an die Theorie und wenn auch diese letztere in der Oeffentlichkeit und in den Stammbäumen herrschend war, heimlich führten die Züchter „frisches Blut" in ihre Heerden und Koppeln und erzielten durch „Kreuzung", d. h. in diesem Falle „Blutauffrischen", viel grössere, lebensfähigere und schönere Thiere.

Endlich ging man auch der Theorie zu Leibe und ebenso einseitig wie seinerzeit die Constanztheoretiker an Stelle der Buffon'schen Kreuzungslehre — ohne sie übrigens zu nennen — ebenso setzten Nathusius, Settegast, Rueff u. A. die „Constanztheorie ab und die alte Buffon'sche Kreuzungstheorie, eingefasst in einige neue Sätze, an die Stelle derselben: „Jedes Individuum, gleichgiltig, ob aus alter

Rasse oder aus Kreuzung entstanden, vererbt gleich gut," so sagten diese Theoretiker — in der Idee genau so wie Buffon gelehrt hatte, und sie gaben sich den Schein, als hätten sie etwas Neues erfunden, ja sie stritten sich um die Autorität ihrer Erfindungen.

Es gehen lächerliche Dinge in der Welt vor, für den, der die Geschichte genau kennt.

Selbstverständlich hat sich die „Lehre von der Kreuzung" in dem neuen Gewande der „Individualpotenz" ebensowenig gehalten, wie in der Form, in der sie Buffon vorgetragen hatte. Die Fehler, welche die Constanztheoretiker machten, dass sie das Individuum für gar nichts und die Rasse für Alles verantwortlich machten, dass sie die Blutsverwandtschaftszucht als vollständig belanglos bezeichneten, die machten die modernen Kreuzungstheoretiker oder Individual-potenzlehrer ebenfalls, indem sie nur einzig und allein das Individuum gelten liessen, die Rasse für gar nichts achteten und die Blutsver-wandtschaftszucht wie ein Gespenst fürchteten.

Hier ruht die Wahrheit in der Mitte!

Thiere aus reiner Rasse, die einander sehr ähnlich sind, und zwar nicht nur äusserlich, sondern durch den ganzen Bau, ja in den geistigen Eigenschaften, die vererben unter sich ihre Eigen-schaften auf die Jungen viel sicherer als wie wenn die Eltern ver-schiedener Abstammung sind, sie vererben aber auch die Fehler ebenso sicher. Wenn in einer Dachshundfamilie der Unterkiefer zu kurz ist, so werden die Jungen eines Wurfes viel eher Neigung haben, alle zu kurze Unterkiefer zu bekommen, als wie dies der Fall ist, wenn eines der Eltern aus anderer Familie ist, in der auf-einanderpassende Zähne Rasseeigenschaft sind. Ebenso ist die Bluts-verwandtschaftszucht weder so vollständig gleichgiltig noch so zu fürchten, wie es von den Parteien vorgetragen wurde. Wenn in den Producten nahe verwandter Eltern Fehler sind und es wird trotzdem wieder in der Verwandtschaft fortgezüchtet, so steigen diese Fehler und namentlich verliert die Fortpflanzungsfähigkeit. Wenn ein paar Blutsverwandte miteinander unfähig sind, Junge zu erzeugen, so ist möglich, dass jedes mit einem Individuum, mit dem es nicht ver-wandt ist, Nachkommen liefert. Wenn das Junge Blutsverwandter schwach, elend und kaum lebensfähig ist, so ist dasjenige derselben Eltern aber mit Thieren von verschiedenen Rassen erzeugt, in der Regel energisch, lebenskräftig und wird im Wachsthum seine Eltern überholen. Beides, die Rasse wie das Individuum, ist für die Zucht wesentlich. Man wählt aus reiner Rasse die am besten ausgebildeten Thiere zur Zucht heraus und so lange keinerlei Fehler an den Jungen auftreten und die Fruchtbarkeit gut ist und die Geburten regel-mässig sind, kann man mit Blutsverwandten weiter züchten, sobald sich aber irgend welche Mängel zeigen, namentlich die Fruchtbarkeit nachlässt, die Thiere sich schwer begatten, schwer aufnehmen, wenig Junge haben, sich Schwergeburten zeigen, dann muss frisches Blut herein. Es muss „aufgefrischt werden". Am schnellsten gehen Kreuzungsproducte durch Inzucht zu Grunde.

Inzucht, Blutsverwandtschaft.

Die Fortpflanzung unter nahe verwandten „Blutsverwandten-thieren" heisst im engsten Kreise: Incestzucht, im weiteren Inzucht oder Blutverwandtschafts-, auch Blutschandenzucht. Die Inzucht beginnt in der Regel bei den „Geschwisterkindern". Incestzucht heissen die engeren Kreise: Der allerengste ist die Paarung der Geschwister, oder die eines Jungen mit einem Elternthiere.

Durch die Verwandtschaftszucht werden die elterlichen Eigenschaften am sichersten auf die Jungen übertragen, darin besteht der grosse Vortheil. Wenn also eine Zucht vortrefflich in der Entwicklung ist, wenn die Elternthiere ausgezeichnet und gesund und die seitherigen Nachkommen dies ebenfalls sind, namentlich kein Nachlass in der Fortpflanzungsfähigkeit vorhanden ist, dann gewährt diese Zucht Nutzen. Anderseits werden Fehler und Mängel jeder Art auf das Junge übertragen und treten an demselben in erhöhtem Masse auf. Mangelhaftes Wachsthum, Zierlichkeit, Reizbarkeit und namentlich Beeinträchtigung der Fortpflanzungsfähigkeit sind die Folgen. Geringer Geschlechtsreiz oder, falls dieser existirt, mangelhafte Ausführung des Deckactes, schwere Befruchtung der Weibchen, Unfähigkeit die Jungen ohne Kunsthilfe zu gebären, mangelhafte Ausbildung der Jungen und sehr geringe Anzahl in den einzelnen Würfen sind das Ende. Sobald sich solche Erscheinungen, wenn auch nur in geringer Stärke und Zahl zeigen, so ist es Zeit, die Inzucht aufzugeben und „frisches Blut" einzuführen.

Es gibt aber nicht nur eine Verwandtschaftszucht in Bezug auf Abstammung, sondern auch in Bezug auf die Lebensreize. Zwei Thiere, die von Jugend auf unter denselben Verhältnissen gehalten wurden, die gleiche Arbeit, das gleiche Lager, die gleiche Nahrung erhielten etc., die sind in ihren Körperverhältnissen einander viel ähnlicher, als wenn eines davon in anderer Gegend, vielleicht anderem Klima, anderer Nahrung, anderer Arbeit etc. erzogen wurde. Im ersteren Falle werden die Folgen der Verwandtschafts-zucht früher auftreten wie in letzterem. Es genügt in der Regel, die Folgen der Verwandtschaftszucht für einige Zeit wieder aufzuheben, wenn ein Thier derselben Rasse, ja desselben Verwandtschaftsgrades aus anderer Gegend zur Zucht verwendet wird. Je verbreiteter eine Rasse ist, umso zahlreicher sie existirt, umso leichter ist es, rasse-reine Thiere aus anderen Gegenden, die wenig oder nur in sehr weit zurückliegenden Generationen verwandt sind, zu paaren. Wer Verwandtschaftszucht treiben will, muss sehr achtsam auf die ge-

nannten Erscheinungen sein und beim ersten Anzeichen sofort die
genannte Abhilfe eintreten lassen, sonst — es sei nochmals betont —
droht Untergang. Die durch Inzucht in den Fortpflanzungsorganen
zu weit heruntergestimmten Thiere sind auch durch zu spät angewandte
„Blutauffrischung" nicht mehr zu retten. Nicht der Grad der Verwandtschaft allein schliesst somit die eventuelle Gefahr derselben ein,
sondern auch die gleichen Lebensreize und die individuelle Ausbildung
sind daran betheiligt.

Infection = Ansteckung.

In der Thierzucht und namentlich der Hundezucht, ist seit langer
Zeit und weit verbreitet die Meinung, eine Hündin werde von einem
Hund, namentlich dem, der sie erstmals bezieht, inficirt, derart, dass
alle späteren Würfe dieser Mutter, auch wenn sie von einem anderen
Vater stammen, eine Aehnlichkeit mit dem ersten haben. Z. B. eine
Jagdhündin wird zum ersten Mal von einem Schnauzer bezogen, der
Wurf ähnelt dem Schnauzer mehr als der edlen Rassehündin und
die ganze „Brut" wird vernichtet. Später wird die Hündin wieder
läufig und diesmal wird für einen rasseächten Rüden gesorgt, trotzdem sind aber in dem Wurfe noch eines oder mehrere Junge, die
Aehnlichkeit haben mit dem Schnauzer. Man hat nun das Vorkommniss
derart zu erklären gesucht: Wenn eine Mutter die Gestalt des
ersten Vaters sehr tief in das Seelenleben aufnimmt, so wird sie
auch während einer späteren Schwangerschaftsperiode, so oft, so
viel und so innig sich das erste Bild vorstellen, dass dasselbe auf
die Bildung des Jungen von Einfluss ist. Abgesehen, dass anatomisch
gar keine Nervenverbindung zwischen dem Gedankenfache der Mutter
und dem Embryo vorhanden ist, wodurch die Erregungen des mütter-
lichen Seelenlebens auf das Junge übertragen werden könnten, stammt
diese Ansicht, von der Infection, aus einer Zeit, in der es sogenannte „Ovulisten" gab. Leuwenhöck und andere Männer seiner Zeit
glaubten, das Ei enthalte Alles, in ihm seien die Jungen vorgebildet,
etwa im Eierstock des ersten, im Paradies geschaffenen Hundes, seien
alle späteren Hunde eingeschlossen gewesen und sie werden nur allmälig entwickelt, vom innersten Kern gewissermassen abgeblättert, wie
Schichte auf Schichte an einer Zwiebel, Evolutions- oder Einschach-
telungstheorie nannte man diese Ansicht auch nach dem französischen
Philosophen Maupertus. Es sollte das Ei zur Entwicklung nur angestossen werden, etwa wie der Pendel einer Uhr angestossen wird,
ja man philosophirte, dass der männliche Same, der bei der Begattung eindringt, den schlafenden Embryo dadurch zum Leben
weckt, dass er das Herz desselben zur Pulsation anstösst, so dass
dieses nun fortarbeitet und so die Entwicklung des Jungen bedingt.
Selbstverständlich war in jener Zeit auch noch die Ansicht von der

„Lebenskraft" dem „Bildungstrieb," *Nisus formativus* etc. vertreten. Die männlichen Samentheile hatten nach dieser Ansicht nur die Aufgabe einer rein mechanischen Thätigkeit und sie konnten eventuell bei geschickter, passender Einwirkung, etwa durch einen Nadelstich, ersetzt werden. Wie auf diese Weise aber die Aehnlichkeit des Jungen mit dem Vater erklärt werden sollte, das blieb Räthsel und so construirte man den Nerveneinfluss, dass die Mutter durch ihr eigenes Seelenleben, auch die Aehnlichkeit des Vaters übertrage und aus dieser Meinung entstand dann die andere, dass dies auch mit anderen Gegenständen, und aus anderer Schwangerschaftsperiode stattfinden könne. Es ist somit die „Infection", dem Wesen nach, sehr nahe mit dem „Versehen" verwandt und Alles, was gegen Letzteres spricht, spricht auch gegen die Infection. Mit der besseren Erkenntniss von den Befruchtungs- und Entwicklungsvorgängen verschwanden in der Wissenschaft die Haltpunkte für diese Meinungen, in der Praxis aber haben sie sich erhalten, jedoch ist auch der Rest des Aberglaubens, und etwas Anderes ist die Infection in diesem Sinne nicht, hier im Erbleichen.

Versehen.

Von dem Lehrer Alexander's des Grossen, dem erhabenen Gelehrten Aristoteles, erzählt man, dass, als seine Gemahlin, eine ebenfalls vollblütige, antike Griechin, eines Tages einen kleinen Negerknaben gebar, Aristoteles, der grosse griechische Weise, das Factum durch die Worte erklärte, „sie hat sich versehen!". Angewandt auf die Thier-, speciell Hundezucht, wird man, wenn z. B. eine Hühnerhündin, von zweifellos echtem Hund bezogen, alle oder einen grossen Theil schnauzerähnlicher Bastarde im Wurfe hat, sagen: „sie hat sich versehen".

Das „Versehen" spielte zu allen Zeiten und heute noch eine grosse Rolle. Man hatte die Ansicht, dass ein mächtiger Sinneseindruck auf die Mutter im Momente der Befruchtung oder ein solcher, oder ein sehr anhaltender, während der Zeit der Schwangerschaft, so einwirken könne, dass das Junge hienach gebildet werde. Also die Gemahlin des Aristoteles ist nach des Gelehrten Ansicht an einem Neger erschrocken, oder hat sehr oft einen solchen sehen müssen, der einen tiefen (sei es angenehmen oder unangenehmen) Eindruck verursachte. Oder die angeführte Jagdhündin hat im Acte der Begattung einen zudringlichen Schnauzer abwehren müssen, oder sich mit einem solchen oft und heftig, unter Angst, herumgebissen oder auf angenehme Weise sich geistig mit ihm beschäftigt.

Man vergleiche, was über diese Sache in der Bibel steht, wie Jakob, der Erzvater, die Schafe und Ziegen des Laban durch „Versehen" zwang, weisse, gescheckte und schwarze Junge zur Welt zu bringen, oder den so oft wiederholten Rath, um schöne Kinder zu bekommen, dürfen einer Schwangeren nur zahlreiche schöne Bilder vorgeführt werden u. dgl. m.

Zerlegt man den dunklen Gedankengang, der noch der Naturwissenschaft entbehrenden alten Weisen und den der jüngeren und jungen, nur philosophisch, aber nicht auch physiologisch Geschulten — (oder auch Ersteres nicht) — in seine Wurzeln, so findet man die Ansicht massgebend, dass jede Seelenbewegung der Mutter auf das Junge übergehe und hier eine günstige oder ungünstige Wirkung ausübe, also den Bildungsgang unterbreche und ein neues Leitmotiv dafür einsetze, sogar im Momente der Begattung, der doch oft, erst nach Stunden, ja selbst nach Tagen die Befruchtung folgt und der Embryo Tage und Wochen nur eine höchst einfache Zellenanhäufung darstellt — soll der seelische Eindruck so heftig sein, dass sich die ganze Bildung des Jungen danach richtet und mit dem Gegenstand, der die Mutter erschreckte oder erfreute, Aehnlichkeit bekommen?! Wäre es so, so müsste die Vererbung nicht in die tausendjährigen Merkmale der Rasse zurückgehen können, sondern die Jungen wären Zufallsproducte einer mehr oder weniger reizbaren oder launenhaften Mutter.

Aber selbst, wenn man diese Gründe nicht als Gegenbeweis nähme, wenn man den Einfluss als bestehend ansehen und erklären wollte, so käme man sofort in die Brüche, denn das Nervensystem der Mutter hängt gar nicht zusammen mit dem des Jungen. Letzteres erhält von der Mutter bloss Ernährungsmaterial, aber keine Nervenreize. Die Bildung liegt in den Keimen der elterlichen Befruchtungszellen, nachher hat die Mutter keinen Einfluss mehr, sonst müsste ja auch der Einfluss der Mutter den des Vaters um Vieles überragen, was nicht der Fall ist. Abgesehen von dieser Auseinandersetzung, hat man in einem englischen Gebärhause durch mehrere Jahre nach einem eingehenden Schema jede aufgenommene Schwangere befragt, um nachher besondere Bildungen an dem Jungen mit solchen seelischen Eindrücken in Verbindung zu bringen und das Resultat war, dass da, wo man infolge heftiger Gemüthserschütterung abnorme Bildung erwartete, das Junge normal war und dass Missgeburten etc. nach ganz regelrechtem Verlaufe auftraten.

Wenn man die Fälle von Missbildungen infolge von Spaltungen oder anderen mechanischen Störungen während der Entwicklung, die des Rückschlages und die der unbekannten oder verheimlichten Begattung mit noch einem anderen Männchen ausschliesst, so bleibt für das Versehen nichts mehr. Was auch dafür angeführt werden mag, es sind mangelhafte Beobachtungen oder wissentliche Entstellungen. Wir müssen zur Zeit darauf beharren: „es gibt kein Versehen".

Rückschlag, Atavismus.

Bei Rückschlag, Atavismus, sehen die Kinder nicht den Eltern, sondern den Voreltern ähnlich.

Die Eltern und die Voreltern bis zu den Uranfängen bilden die Ascendenz, die Kinder und Enkel bis in die jüngsten Geschlechter die Descendenz. Der erste erschaffene Stammvater hatte bloss Descendenz, der jüngste Spross hat bloss Ascendenz. Da eine Schöpfung in der seither angenommenen Weise nicht existirt, jedenfalls die von Buffon eingeführte Lehre, dass alle Haushunde vom Schäferhund abstammen, somit dieser der „Geschaffene" im Paradies „Erzeugte" und in der Arche Noah „Erhaltene" sei, irrig ist, die Haushunde mit ihren wildlebenden Vettern der Canidenfamilie nahe verwandt sind, so hat es nie einen Hund gegeben, der nur Nachkommen (Descendenz) aber keine Voreltern (Ascendenz) gehabt hätte. Die gesammten fleischfressenden Säugethiere sind nahe verwandt. Wenn man aber den Stammbaum der Haushunde derart aufzulösen sucht, dass man die einzelnen Rassen derselben als Zweige an mehr oder weniger starken Aesten, die schliesslich sich immer mit stärkeren verbinden und endlich aus dem Stamme hervorgehen, und wenn die Blätter, Blüthen und Früchte des Baumes die jetzt lebenden der Rasse vorstellen, das Holz aber die Voreltern derselben, so ist klar, dass man für jede Rasse auf einen Anfang, auf einen Stammvater kommen muss, der von seinen Vorgängern so verschieden war, dass er eine Rasse mit bestimmten Merkmalen begründen konnte.

Es kann nun sein, dass in zurückliegenden Generationen schon einmal ein Thier mit solchen Eigenschaften vorhanden war, so dass das mit den wiederholt neu auftretenden nur eine Wiederholung, ein „Rückschlag" auf jenen Ahn gewesen ist. In der Hundezucht haben wir tagtäglich Beispiele genug. Es ist noch gar nicht lange her, dass man allgemeiner auf „Rasseeinheit" hält. Alles Mögliche und Unmögliche hat man aus Gleichgiltigkeit oder nach Buffon'schem Muster zusammengelassen, dazu besteht noch eine besondere Neigung der Hündinnen, Hunde anderer Rasse zu bevorzugen, ebenso ist es beim männlichen Hunde. Wenn man nun, wie dies bei den meisten modernen Rassen der Fall ist, z. B. den deutschen Jagdhunden, oder den Bernhardinern, aus dem vorhandenen Material eine Anzahl von Thieren heraussucht und damit eine bestimmte Form züchten will, so sind in einem Wurfe nicht nur solche Junge, die den Elternthieren ähnlich sind, sondern auch zahlreich andere. Wenn man z. B. zwei langhaarige Bernhardiner mischt, so können in dem dadurch erlangten Wurf die Hälfte Junge mit Kurzhaar sein. Ebenso wie mit dem Haar ist es mit der Farbe. Die schwarzen Neufundländer, die Gordon-Setter, viele Terriers werden schon lange auf Farbe gezüchtet und

dennoch gibt es bei ganz regelrecht gefärbten Eltern keinen Wurf
auch von nur fünf Jungen, die alle gleichfarbig sind, meistens ist
aber das Verhältniss noch viel bunter. Diese Farben an den Jungen,
welche die Eltern nicht hatten, sind aber nichts „Neues", sondern
sie sind die von einem Vorfahr überkommenen. Es vererben sich
aber nicht nur Haare und Farbe in dieser Weise, sondern sämmtliche körperlichen, ja sogar geistigen Eigenschaften können, auch wenn
sie lange verschwunden waren, wieder auftreten. Eigenschaften,
welche an den Eltern nicht zu Tage treten, die sie aber trotzdem
auf ihre Nachkommen übertragen können heissen „latent". Durch
wie viele Generationen Eigenschaften latent bleiben können, um dann
wieder aufzutreten, das ist nicht bestimmbar, nach der Ansicht von
Darwin können nach tausenden und tausenden Generationen, also in
ganz unbegrenzte Zeiten zurückreichend, Eigenschaften, die seitdem
latent waren, plötzlich wieder zum Vorschein kommen, von anderer
Seite wird diese Ansicht bestritten und nur eine Reihe von Generationen, vielleicht 4 bis 10, zugegeben. Wenn man die Abbildungen
von Hunden aus früheren Jahrhunderten vergleicht und mit Ueberraschung beobachtet wie sich trotz aller Schwierigkeit einzelne
Rassen ähnlich geblieben sind, so muss man die Vererbungskraft als
sehr zähe anerkennen und den Rückschlag auf 100 und mehr Generationen anerkennen. Wenn aber einmal diese Zahl, warum nicht
mehr, warum überhaupt eine Grenze? Auch ist noch die von Häckel
angeführte embryonale Entwicklung, die Ontogenie, dass jedes
Junge alle Stadien, welche die Rasse durchlaufen hat, durchwandert,
zu berücksichtigen, so dass das Resultat der Untersuchung der
Darwin'schen Ansicht sehr günstig ist.

Es gibt noch einen sogenannten seitlichen Rückschlag, dass
das Junge nicht etwa dem Grossvater, sondern dem Onkel ähnlich
ist, solche Fälle sind eben Rückschlag auf eine oder einige Generationen weiter zurück. Eine Zeit lang hat in der Thierzucht die
Ansicht geherrscht, bei den sogenannten Constanztheoretikern,
dass nur rassereine Thiere ihre Eigenschaften sicher auf die Nachkommen übertragen können und dass diese charakteristischen Rassezeichen an dem Jungen erscheinen müssen, auch wenn eines der
Elternthiere solche nicht besitzt. Es war also die Constanztheorie zum
grossen Theil auf die günstige Wirkung des Rückschlages begründet,
eine jedenfalls ganz verfehlte Meinung. Rückschläge gibt es allerdings in der Hundezucht fast in jedem Wurfe, aber meist ist es
etwas Ungünstiges. Eine Zucht mit geringen Elternthieren zu beginnen,
in der Hoffnung, dass infolge Rückschlages trotzdem gute, den modernen Ansprüchen genügende Junge kommen werden, das ist gerade
so, als wenn Jemand in der Lotterie gewinnen wollte, ohne dass er
gesetzt hat. Nach Eimer's Ansicht ist Rückschlag = Stehenbleiben
der Entwicklung im embryonalen Leben.

Ueber Veränderung der Rassetypen und deren Ursachen.

Die Domestication des Hundes reicht in unendlich lange Zeiten zurück. Lange vor dem Eintritt der Menschheit in die Geschichte war der Hund der Begleiter, Gehilfe, Beschützer des Menschen und diente ihm wohl auch als Nahrung. Welches Thier der Mensch sich zuerst als Hausthier anschaffte, ist mit Sicherheit nicht mehr zu entscheiden, dass aber der Hund mit eines der Ersten war, wissen wir sicher. In den ältesten Pfahlbautenresten sind die Spuren von vier Hausthieren: Hund, Rind, Schaf und Schwein; in einzelnen zweifellos ebenso alten Höhlenfunden sind jedoch nur Pferdeknochen. Lange bevor der Mensch so sesshaft werden konnte, dass er als Pfahlbauer auf dem Wasserspiegel sein Heim errichtete, zu der Zeit, als er noch als Barbar und Jäger in den Wäldern hauste, hat er jedenfalls viel mehr die Möglichkeit gehabt, den Hund sich anzugewöhnen, wie irgend eines der anderen genannten Thiere. Das Auftreten des Menschen reicht bis in die Tertiärzeit zurück. Mit dem Mamuth und den anderen Riesen der Urwelt, die zum Theil bis zu 40 m Länge hatten, aber auch den furchtbaren Raubthieren, die den Beinamen der „Höhlenthiere" erhielten, z. B. dem Säbeltiger, demjenigen Fleischfresser, der mit so enormen Einrichtungen zum Zerreissen ausgerüstet war, dass unser heutiger Löwe oder Königstiger gegen jenen wie ein Hund gegen diese erscheinen, lebte der Mensch zusammen und sobald er anfing, in dem damals subtropischen Mitteleuropa ausser Früchten auch Fleisch zu geniessen, sobald er anfing, vom Baum herabzusteigen und auf der Erde den Kampf mit Gefahren aller Art aufzunehmen, musste ihm die Begleitung eines Hundes höchst nutzbar werden. Dazu kommt die Leichtigkeit der Erwerbung eines Jungen. Die Zierlichkeit der kleinen Thierchen, der erwachende Trieb zum Besitz, die Neigung, den Seinigen ein Geschenk zu machen, mochten die ersten Gefühle gewesen sein, die den Urmenschen veranlassten, den Griff nach einem jungen Thierchen im Walde zu thun, um es mit zu den Seinigen zu nehmen, es da in der Familie aufzunehmen, vielleicht nur als Spielzeug für den Knaben. Die Sorge um das Wohlergehen des jungen Waldthieres blieb wahrscheinlich zunächst der Frau und es mag sein, dass der erste junge Wolf oder Schakal, der im menschlichen Heim erzogen wurde, ebenso die Brust der hier stillenden Mutter erhielt, wie wir das heute noch bei den Eskimos und zahlreichen anderen halbwilden Völkern sehen können. Wie unendlich einfach ist eine solche Domestication gegenüber derjenigen der anderen Hausthiere, die der Mensch nach und nach sich eroberte. Um ein Pferd, ein Rind, ein Schaf oder Schwein als Hausthier zu haben, muss der Mensch vollkommen auf dem Boden leben, er muss zum grossen Theile den Wald verlassen· haben, er muss angesiedelt sein, Landwirth-

schaft treiben und Vorräthe haben. Wie unendlich gross sind die
Bedürfnisse dieser anderen Hausthiere gegenüber dem des Hundes;
dieser nahm Vorlieb mit Allem, was der Mensch hatte, er konnte,
als jung, mit in die Baumkrone, woselbst sich vielleicht das Familiennest
des Urmenschen befand, genommen werden und später, als erwachsen,
bildete er, unten am Stamme angebunden, einen werthvollen Wächter.
Alles das spricht dafür, dass der Hund wohl das erste Hausthier
gewesen sein wird, welches der Mensch gewann. Kein anderes
Hausthier hat sich aber auch derart mit dem Menschen so innig ver-

Fig. 3. Eine Sauhatz, mit den Hundetypen der Saupacker.
(Aus: Jost-Ammon, 16. Jahrhundert.)

flochten, wie dieses. Jetzt, heute, wo wir in der Cultur stecken,
dass viele, viele Menschen die Natur eigentlich nur noch vom
Hörensagen kennen, heute ist der Hund noch ein ebenso inniger,
treuer und häufiger Begleiter, wie bei unseren Urvorfahren; bis
hinauf zu den höchsten, verfeinerten Lebensansprüchen hat sich
der Hund zu steigern gewusst, so dass er vom rauflustigen Packer
des Metzgers und dem wilden Niederreisser des Sclavenhändlers,
durch alle Nuancirungen der Cultur hindurch, bis zum verwöhnten,
nervösen Damenhündchen unentbehrlich existirt. Wahrlich, wenn

man auf dem Boden der biblischen Schöpfungsgeschichte steht, wenn man ein überlegtes, zweckbewusstes Handeln eines gütigen Schöpfers anerkennt und ein zweckmässiges teleologisches Princip in der Natur waltend findet, dann hat man alle Ursache, staunend und bewundernd die Allweisheit und Güte des Schöpfers zu preisen und für die unendliche Wohlthat der Erschaffung des Hundes in heisser Inbrunst zu danken.

Aber auch für solche Menschen, welchen durch Erziehung und eigene Meinung ein solcher Standpunkt innewohnt, ist es belehrend, zu erfahren, in welcher Weise die verschiedenen Hunderassen, die heute existiren und die jemals auf der Welt gelebt haben, entstanden sind, denn darüber herrscht ja sicher nicht der mindeste Zweifel, dass der liebe Gott nicht all die heute existirenden Hunderassen, vom kolossalen, zottigen Bernhardiner bis zum aalglatten winzigen Windspiel und faustgrossen Zwergpinscherchen extra erschaffen hat, zumal wir ja solche Hunderassen unter unseren Augen entstehen sehen. Die Ursachen, welche zu einer Veränderung des Aussehens und Könnens, der Körperbildung und seiner Thätigkeit, der Anatomie und Physiologie, oder der Morphologie und Biologie führen, die für die Züchtung von grundlegender Bedeutung sind, wollen wir zunächst cursorisch vorführen. Es steht nicht in der Gewalt des Menschen, die absoluten Bedingungen des Lebens zu verändern, er kann nicht das Klima irgend eines Landes ändern und er kann dem Boden, der Allmutter Erde, die aus ihren obersten Schichten alles Lebendige entstehen lässt, keine neuen Bestandtheile zufügen. Allein der Mensch kann Thiere und Pflanzen in andere Gegenden versetzen, er kann denselben andere Nahrung geben, er kann sie in anderer Thätigkeit und anderer Umgebung halten. Diesen veränderten Einflüssen, wenn sie lange genug andauern, widersteht aber kein Organismus. Sind dieselben zu heftig, so wird der Körper leidend werden, er wird erkranken und endlich zu Grunde gehen, sterben. Wenn diese Einflüsse aber auszuhalten sind, wenn nicht nothwendigerweise Siechthum und Tod die Folge sein muss, wenn die Einflüsse gerade noch so gering sind, dass trotzdem die Fortpflanzung möglich ist, dann sucht sich der Körper an die veränderten Verhältnisse „anzugewöhnen“, er sucht Schutzmittel zu erlangen, z. B. gegen grosse, andauernde Kälte lange Winterhaare u. dgl. m. Dadurch ändert er jedoch in seinem Aussehen, seiner Organisation und Fähigkeit, er variirt! Diese Thatsache zu kennen, die Erscheinungen derselben zu beurtheilen, zu verstehen und sie ausnützen können, das ist das Geheimniss des Züchters, hiedurch ist er in den Stand gesetzt, „mit der Natur spielen zu können“, d. h. er benützt die vorhandenen Kräfte und die Möglichkeit ihrer Wirkung auf den thierischen Organismus, um bestimmte Zwecke zu erreichen. Wenn den organischen Wesen nicht von Hause aus die Neigung innewohnen würde, zu ändern, zu variiren, so würde der Mensch absolut nichts ausrichten können. Die Varietät erscheint, gleichgiltig ob er sie will oder nicht, er kann sie nicht einmal verhindern, sondern er kann dieselbe nur vernichten oder erhalten.

Es erscheint zweifellos richtig, dass die schon in der biblischen Schöpfungsgeschichte zur Geltung gekommene Ansicht, dass der Mensch von einem oder einer Anzahl ursprünglicher Paare abstammt, auch der Wirklichkeit entspricht, dass somit, um die Erde zu bevölkern, Wanderungen stattfinden müssen und dass sich infolge der veränderten Verhältnisse allmälig die verschiedenen Menschenrassen ausbildeten. Es ist für unser Thema hier gleichgiltig, ob angenommen wird, dass der Mensch von seinem ersten Orte den Hund mitgenommen und mit ihm in alle Welttheile gewandert ist, oder ob er nur die Kenntniss und Fähigkeit, die Liebe zu dem Thiere besass und überall da, wo sich Gelegenheit bot und es ihn lüstete, ein Thier aus der Wildniss nahm und in seine Familie verpflanzte. Thatsächlich werden heutigen Tages noch von wilden Völkerstämmen verschiedene Caniden gezähmt und ganz oder theilweise zu Hausthieren gemacht. Dass der Mensch durch lange Zeit den Hund gegessen hat, ist nachweisbar aus den Pfahlbauresten, in denen sich Hundeschädel mit solcher Löcherung vorfinden, wie sie gemacht wurden, um das Gehirn herausnehmen zu können; auch finden sich Röhrenknochen, die zerschlagen sind, um das Mark zu gewinnen. Wenn somit der Mensch auch hundert und tausendmal das junge aufgenommene Thier wieder verloren haben mag, wenn er es oft nur deshalb nahm, um es eine Zeit lang zu füttern und es nachher zu verzehren, wenn das gefangen gehaltene, erwachsene Thier noch nicht aus Sorgfalt und Liebe, sondern aus Furcht die nahende Gefahr verrieth, so waren doch so viele gemeinsame Interessenpunkte gegeben, dass der dauernde Anschluss, die vollständige Domestication erfolgen musste; mit dieser erfolgte aber diese gemeinsame Wanderung und damit die Einwirkung veränderten Klimas, zugleich noch auf das Thier die veränderte Lebensweise durch die Domestication, scheinbar Gründe genug, um allmälig den Organismus zur Variation zu bringen. Es gibt aber deren noch eine ganze Anzahl, die wir in der Reihe einzeln vorführen wollen.

Um den Vorgang, der zur Bildung einer neuen Rasse, einer Varietät und noch mehr zu einer neuen Art oder Species führt, richtig würdigen zu können, ist nothwendig, sich die zwei Bedingungen, welche sämmtliche Gesetze der Abänderung umschliessen, vor Augen zu halten: a) die Fähigkeit des thierischen Körpers, variiren zu können, und b) die auf denselben einwirkenden Kräfte. Das Erstere ist gewissermassen die bildungsfähige Substanz, der Erdenkloss, der Stoff, aus dem geschaffen werden kann und das Zweite ist das belebende Wort oder hier die umändernde Macht, die Kraft.

Als Kräfte, welche die Umänderung bedingen und Organe modificiren, haben wir Folgende zu berücksichtigen: 1. die äusseren auf den Körper einwirkenden Verhältnisse, Klima und Nahrung, 2. den Gebrauch oder Nichtgebrauch der Organe, 3. die Acclimatisation, 4. die correlative Abänderung, 5. die Kreuzung und die Inzucht, 6. den Kampf ums Dasein und 7. die Zuchtwahl.

Einwirkung von Klima und Nahrung auf den Organismus des Hundes.

Die gewöhnliche Eintheilung der Klimate in heisse, gemässigte und kalte können wir ganz wohl beibehalten und wollen nur noch die Höhenlage, sowie die geologischen und organischen Verhältnisse dabei berücksichtigt wissen. Wenn man vom hohen Norden nach dem heissesten Süden reist, so findet man in jeder Zone eigenartige Lebewesen, ebenso ist die Zahl, das Aussehen und der Charakter der Hunde verschieden. In Rasse und Zahl sehr gering, ist der höchste Norden vertreten, die an den äussersten bewohnten Breitegraden lebenden Völkerschaften, die Eskimos und Jakuten u. A., haben Hunde, welche von Wölfen kaum zu unterscheiden sind, andere Rassen, wie die zu beiden Zwecken verwendeten Zieh- und Jagdhunde kommen dort kaum vor, je mehr von der kalten zur gemässigten Zone und namentlich zu cultivirten, mit den Ansprüchen moderner Menschen ausgerüsteten Ansiedelungen kommend, umso vermehrter wird die Rassenzahl und so verschiedenartiger das Aussehen und umso zahlreicher und mannigfaltiger die Zwecke der Haltung, je weiter dann nach Süden, je primitiver die Lebensweise der nackten Wilden, umso seltener treten wieder die Rassen auf und umso mehr tritt wieder der Nutzungszweck hervor. Finden wir im hohen Norden ein Thier, welches sehr kräftig, mit kolossaler Behaarung den wilden Stürmen des fast ewigen Winters trotzen kann, ein Thier, welches den Bären und die Robbe mit gleicher Wuth anfällt, so treten immer mehr geschmeidige Formen und weichere Charaktere auf, je mehr man in die gemässigte Zone hereinrückt, bis endlich auf der südlichen Seite die glatte, kurzhaarige, seideglänzende Windhundgattung oder der ganz nackte, afrikanische Hund gegen den Aequator hin abschliesst. Von Hause aus ist der Hund kein südliches Thier, weil er in seiner Haut nur sehr wenige Schweissdrüsen besitzt, somit bei heisser Temperatur und bei durch Anstrengung erfolgender Erhitzung nicht schwitzen kann, sondern Alles mit den Lungen leisten muss, weshalb er auch mit offenem Maule und herausgestreckter Zunge athmet, „hechelt“. Die Klimawirkung, d. h. die der Kälte und Wärme, tritt aber, bei den beiden Extremen, dem robusten, bepelzten Nordländer und dem aalglatten, äquatorialen Windhunde oder gar dem nackten, zahnarmen Afrikaner, deutlich zu Tage. In gemässigter Zone können aber beide existiren und noch viele Andere, deren Existenz weder im hohen Norden, noch im heissen Süden möglich wäre. Es ist allerdings zu beachten, dass die Rassen in der Angewöhnung an verschiedene Klimate verschieden sind, dass man mit einem Windspiel im sibirischen Winter schlimme Erfahrungen machen würde, sobald man das erwärmte Local verliesse, ist anzunehmen — und dass die sonst kräftigen Bernhardiner in Indien sehr bald zu Grunde gehen, ist als eine bekannte Thatsache vorgeführt worden. Ebenso wie Wärme und Kälte wirkt auch die Höhen- und

Fig. 4. Das Tränken der Hunde.
(Jagdhundtypen aus: Jost-Ammon, 16. Jahrhundert.)

Tiefenlage der Oertlichkeit In welcher Weise die Thiere auf dem St. Bernhard, die unter dem Einfluss edler Menschen gezüchteten Bernhardiner Hunde oder die auf bergigen, rauhen Weiden oder Jagden, wie der schottische Schäferhund, ausgebildet wurden, gegenüber den in feuchten Niederungen verkommen aussehenden, kleinen Hunden in den Fischerdörfern, das ist bekannt. — Von den geologischen Verhältnissen haben wir namentlich die Boden- und Gesteinsart, auf denen die Thiere zu gehen haben, zu berücksichtigen. Ob ein Hund mit seinen weichen Ballen im Schnee und Eis oder auf

bergigen, klippigen, kahlen Felsen oder im feuchten Moos- und Sumpf-
boden, oder im heissen feinen Wüstensande zu gehen hat und ob
er anhaltend oder nur kurze Zeit, rasch oder langsam, belastet oder
frei, ob er mit eigenem schweren Gewicht einsinkt oder ob er leicht
darüber hinwegeilt, das bildet ganz enorme Unterschiede. Nur dasjenige Thier aber, welches die Anforderungen mit bester Ueberwin-
dung der Schwierigkeit leistet, das wird sich erhalten können und
es ist bewundernswerth, wie sich die Beine des Hundes und die
verhältnissmässig wenig geschützten Ballen an Eis und Schnee gewöhnen können, wie dem Eskimohunde ein starkes Fettpolster, dicke
Haut und ein ebenso dichtstehender Pelz zu statten kommt, wie
sich die Pfoten des Wasserhundes erweitern und verbreiten, ja sogar
eine nicht unbedeutende Ausbildung einer Schwimmhaut vorhanden
ist, wie der schottische Schäferhund mit langwallenden dichten Haaren
vor den Kanten und harten Ecken der Gesteine geschützt ist und
der Windhund mit leichtem Gewicht und schlanker wie eine Gazelle,
die er einfängt, den heissen Sand der Wüste kaum berührt. —
Ueberallhin ist der Hund dem Menschen gefolgt, überall hat er,
soweit nicht die Natur unübersteigliche Hindernisse für ihn gesetzt
hat, sich wundervoll angepasst, selbst dem nassen Elemente ist
er als Jagd- und Schwimmhund gefolgt, nur Eines kann er nicht
überwinden — übermässig steile, zerklüftete Felsen. Der Gemsenjäger, noch mehr der Jäger in hoher Alpenregion, der ver-
misst die Wohlthat des Besitzes des treuesten Jagdgefährten, des
Hundes.

Von einflussreicher Wirkung auf den Körper ist auch die
Nahrung. Die Caniden sind vom Hause aus keine so strengen Fleischfresser wie die Katzen und je mehr der Hund zum Hausthier geworden ist, desto mehr wurde er zum Pflanzenfresser. Diese Veränderung hat aber in den langen Zeitläuften, seitdem der Hund
domesticirt ist, noch nicht bewirkt, dass das Gebiss des Hundes
wesentlich modificirt worden wäre, denn wenn man den Schädel
eines grossen Hundes mit dem eines Wolfes vergleicht, so ist nur
ein kaum merkbarer Unterschied vorhanden.

Es ist jedoch hier zu berücksichtigen, dass 1. die Nahrung
eines so grossen wolfsähnlichen Hundes, wie die eines des Grön-
länders oder Jakuten, oder eines Schäferhundes auf dem Balkan, von
dem eines Wolfes nicht sehr verschieden ist; 2. dass Kreuzungen
zwischen solchen Hunden und Wölfen nicht sehr selten vorkommen;
3. dass diese genannten Hunde weit nicht so domesticirt und deshalb auch nicht so verändert sind wie die eigentlichen Haushundrassen, deren Köpfchen ganz andere Formen zeigen, z. B. die des
Mopses oder des Windspieles oder des Malteser- oder König Karl-
hündchens, obgleich auch noch bei diesen eine gewisse Aehnlichkeit
mit den Zahnformen der übrigen besteht.

Anderseits ist die Wirkung auf den Magen und Darm, sowie das übrige Aussehen noch eher bemerklich und nachweisbar wie an den Zahnformen. Reichliche und namentlich Pflanzennahrung bedarf erstens stärkerer Einspeichelung, damit sich das Stärkemehl in Zucker umzusetzen vermag und thatsächlich sind die kleinen, feinen Rassen mit verhältnissmässig grösseren, stärker entwickelten Ohrspeicheldrüsen ausgerüstet, wie die grossen. Man kann dies nicht nur genau abtasten, sondern es geht diese Veränderung sogar so weit, dass diese kleinen Rassen deshalb oft schon eine Kinderkrankheit, den Mumps oder Ziegenpeter durchmachen müssen. Pinsche, Möpse, Malteser u. A. der zarten Thierchen sind hiezu disponirt, während Dachshunde diese Krankheit noch ebenso selten bekommen, wie die grossen Rassen, doch zeigt sich auch bei diesen noch ein Unterschied. Die Wirkung voluminöser Pflanzennahrung tritt sodann in erster Linie noch auf am Magen und Darm. Die Pflanzenfaser ist schwerer verdaulich wie die Fleischfaser, es muss deshalb mehr aufgenommen werden, der Magen wird erweitert, grösser, ebenso der Darm, es kommt noch hinzu, dass die Pflanzennahrung mehr Gährungen und Gasentwicklung erzeugt, wie die Fleischnahrung. Wenn nun auch in der Wildniss die Caniden sich von den Katzen dadurch unterscheiden, dass sie viel weniger raubgierig sind, so liegt doch der Hauptunterschied darin, dass die Katzen nur frisches Fleisch und warmes Blut geniessen wollen, während die Caniden auch mit abgekühltem, bereits in Verwesung übergegangenen, also Aas, vorlieb nehmen — in der Wirkung auf die Verdauungsorgane ist darin aber kein wesentlicher Unterschied, dennoch ist der Darm der Katzen kürzer, wie der der Caniden. Bei Ersteren etwa fünfmal länger wie der ganze Leib des Thieres, bei den Caniden aber circa siebenmal. Es ist nun bei Katzen, von denen wir ja nur wenige Rassen domesticirt haben, festgestellt, dass die Hauskatze einen längeren Darm besitzt wie die wilde und es liegt die Frage sehr nahe, haben die domesticirten Caniden ebenfalls einen längeren Darm wie die wilden? Ich habe noch nicht gelesen, dass hierüber eingehende Vergleiche angestellt wurden. Ein voluminöserer Darmcanal und Magen beschwert den Körper mit Gewicht, dehnt die Bauchwandungen aus, drückt das Zwerchfell nach vorne, beengt die Lungen und das Herz, macht die Blutcirculation schwieriger und veranlasst aus allen diesen Ursachen eine Beeinträchtigung in der Bewegung; vergleicht man in dieser Beziehung den schnellsten unserer Hauscaniden, den Windhund, mit einem der langsamsten der Bulldogge, so findet sich ein Unterschied in der Darmlänge. Eine Eigenartigkeit der Hunde besteht darin, dass bei übermässiger Nahrung sich das Fett hauptsächlich unter der Haut, namentlich am Bauche ansammelt, dadurch werden fettgemästete Thiere rundlich, sie bekommen breiten Rücken, Hängebauch und es werden namentlich die Vorderbeine, welche nicht durch Knochen mit der Brust verbunden sind, auseinander gedrängt, so dass solche fette Exemplare durch Einsinken der Brust zwischen die weitgestellten Beine etwas kleiner werden, dass die untere Brustlinie näher zum Boden kommt und die ganze Figur etwas Gedrungenes, Stämmiges, ähnlich dem Typus der Bulldoggen und Möpse bekommt. Uebermässige Nahrung und damit verbundene Fettbildung steht aber nicht bei einem Individuum auf gleicher Höhe wie bei dem anderen, sondern einzelne Thiere haben eine grössere Neigung, Fett anzulagern wie andere, es besteht somit eine besondere individuelle und Rassendisposition zur Fortbildung und im höchsten Grade geht der Fettansatz so weit, dass die normal vorhandenen Organe nicht nur durch Fett eingeengt, sondern mit Fett durchsetzt werden, ja, dass die Substanz der Organe von Fett verdrängt und durch solches ersetzt wird, Fettsucht heisst ein solcher Zustand. Wenn nun z. B. die normale rothe Fleischfaser, die Musculatur, von Fett eingehüllt wird, so geht die ganze Bewegung langsamer, vom Fett mechanisch behindert, vor sich, wenn jedoch sogar die Musculatur durch Fett ersetzt wird, so liegt ein unthätiger Klumpen an der Stelle der thätigen Substanz und solche Thiere können sich dann nur höchst mühsam bewegen und ermüden sehr bald. Wenn bei derartigen fettsüchtigen Thieren noch das Herz in dieser Weise entartet ist, so kommt es zu Störungen im Blutkreislauf, zu Athmungsbeschwerden und zu wassersüchtigen Zuständen. In der That ist die Alterskrankheit der Stubenhunde Verfettung, Herzklappenfehler und Wassersucht. Noch auf eine Erscheinung ist aufmerksam zu machen, die infolge übermässiger Ernährung und Fettsucht eintritt, nämlich auf eine Verminderung der geschlechtlichen Thätigkeit. Männliche Thiere haben, wenn sie fettig entartet sind, nicht mehr den gewaltigen, rücksichtslosen Trieb nach dem Aufsuchen brünstiger Weibchen und bei verfütterten Weibchen tritt die Brunstperiode seltener und geringer auf und es ist die Fähigkeit zur Aufnahme oder Conception verringert, ja, ich habe beobachtet, dass die meisten Schwergeburten, bei älteren zum Theile verfetteten, und oft mit Herzklappenfehlern behafteten, kleinen Hündchen auftreten.

Es kann somit nach dem Vorgetragenen keinem Zweifel unterliegen, dass die Nahrung einen bedeutenden Einfluss und eine Umänderung des einzelnen Thieres verursacht und weil damit zu gleicher Zeit eine Verminderung der Thätigkeit, ein Nichtgebrauch der Organe verbunden ist, so erfahren diese Letzteren eine Verkleinerung und Verminderung ihrer Kraftleistung. Dass aber diese Veränderungen zum Theil erblich werden und somit zur Variation beitragen, das beweisen die Herzfehler, die bei alten Stubenhunden fast ausnahmslos vorhanden sind u. A. m. Ernährung, Wachsthum und Fortpflanzung sind ganz innig verbundene Processe und Einwirkungen, welche am Individuum so ausserordentliche Veränderungen erzeugen, die das

Centrum der Blutbewegung, das Herz, bei einzelnen Rassen vererb-
lich belasten, die wirken auch auf noch andere Organe ändernd. Es
hat somit die Nahrung und namentlich übermässige oder doch sehr
reichliche Nahrung mit Ursache an der Variabilität der Hunderassen
und es ist von Züchtern, die etwas Neues produciren wollen, dieser
Factor sehr zu beachten.

Ueber die Einwirkung des vermehrten Gebrauches oder
des Nichtgebrauches der Organe.

Wenn ein Körpertheil oder ein Organ stärker gebraucht wird,
wenn es mehr in Thätigkeit kommt, so hat dieser Reiz einen erhöhten Blutzufluss zur Folge, es wird mehr arterielles Blut eingeführt, damit eine erhöhte Menge von Circulationseiweiss zwischen
den Geweben abgesetzt und den dort vorhandenen Zellen die Möglichkeit
gegeben, dass sie sich besser und reichlicher ernähren, hiedurch
wachsen sie schneller, sie sind lebenskräftiger und sie verbrauchen
mehr, ihr Bedürfniss wird gesteigert und die Umsatzproducte erhöht,
es muss somit zugleich ein rascherer Abfluss der Lymphe durch
diese Bahnen erfolgen. Solche in besserem Ernährungsverhältniss
stehende Zellen trüben sich aber auch lebhafter und daraus erfolgt
ein Stärker- und Dickerwerden des betreffenden Organes. Selbstverständlich ist ein solcher Process ohne Grenzen. Um sogleich ein
instructives Beispiel zu geben, sei an die rechte Körperhälfte des
Menschen erinnert, welche durchwegs kräftiger entwickelt ist wie
die linke oder, noch auffallender, an die enorme Ausbildung des
rechten Armes bei einem Grobschmied gegenüber von seinem linken,
einzig deshalb, weil die rechte Hälfte und namentlich in dem angeführten Fall, der rechte Arm, viel mehr im Gebrauche ist, wie das
linksseitig der Fall ist. Umgekehrt bewirkt verminderter oder Nichtgebrauch der Organe, dass dieselben immer weniger Blut erhalten;
sie werden bleich, anämisch, trockener, fast welk, schlaff, weniger
leistungsfähig und sie verkleinern immer mehr, so dass schliesslich
solche Organe arbeitsunfähig werden und verkümmern. Wenn nun
einzelne Organe nicht nur bei einem Individuum und nicht nur eine
Zeit lang, sondern die ganze Lebenszeit so einseitig gehalten werden
und ferner dasselbe Organ bei den Nachkommen immer in der
gleichen Weise durch mehrere und selbst durch viele zahllose
Generationen hindurch einseitig vermehrt oder vermindert in Gebrauch
genommen wird, so ist das Endresultat eine Einwirkung auf die
Nachkommenschaft, eine Veränderung, Variabilität in dieser Richtung.
Es ist anzuführen, dass diese Aenderung durch Gebrauch oder
Nichtgebrauch der Organe sich mit vielen anderen Einwirkungen
complicirt, so z. B. mit veränderter Lebensweise, mit Acclimatisation,
mit Entwicklungshemmungen, mit Correlation u. A. Wenn wir hiefür
Beispiele anführen wollen, so wählen wir a) eines aus der allgemeinen

Krankheitslehre, *b)* eines aus der experimentellen Physiologie und *c)* eines aus der Zoologie. Das erste ist die allgemein anerkannte Veränderung durch übermässigen Gebrauch einer Niere. Eine der beiden Nieren des Hundes geht durch irgend einen Zufall zu Grunde oder sie wird künstlich herausgenommen. Wenn nun die andere Niere nur in derselben Weise weiter functionirte, so bliebe die Hälfte der Harnbestandtheile, welche seitdem durch die erkrankte Niere ausgeschieden wurden, im Körper und es müsste in kurzer Zeit eine

Fig. 5. Die Arbeit der Jagdhunde früherer Zeit.
(Schweiss- und Hatzhundtypen aus: Jost Ammon, 16. Jahrhundert.)

Harnvergiftung eintreten, die das Leben vernichten würde. Das erfolgt aber nicht, sondern die erhaltene Niere übernimmt auch die gesammten Functionen der unbrauchbar gewordenen und wird dadurch grösser und stärker, d. h. sie erhält infolge ihrer vermehrten Thätigkeit mehr Ernährungsmaterial und dadurch vergrössert sich ihr höchst complicirter Bau und sie wird schwerer, umfangreicher und leistungsfähiger.

b) Wenn man künstlich einen von den nebeneinander stehenden Knochen am Vorderbein des Hundes, Ulna und Radius entfernt, so wächst der andere um mehr als die doppelte Stärke seiner sonstigen Dimensionen, oder noch viel auffälliger ist dies, wenn am Hinterbein die Tibia herausgenommen wird, die im normalen Verhältniss mehr als fünfmal so stark ist wie die Fibula, dann wächst die Letztere bis zu der Dicke, welche die Tibia hatte, ja, übertrifft selbst diese noch, um dadurch die Stützung des Beines übernehmen zu können.

Was nun das dritte Beispiel c) anbetrifft, so ist dasselbe zugleich für die praktische Frage der Hundezucht von wesentlicher Bedeutung: Wenn man den Elephanten und einzelne Antilopen als Ausnahme stehen lässt, so hat kein in Freiheit lebendes Säugethier hängende Ohren. Namentlich haben alle die als Stammeltern des Hundes in Frage kommenden Caniden, Wolf, Schakal etc. etc. kurze, aufrecht stehende Ohren, ausserdem noch eine Reihe von kräftig entwickelten Muskeln am Grunde derselben, so dass die Oeffnung der Ohrmuschel wie ein Trichter nach der Schallrichtung gestellt werden kann. Es kann nun gar keinem Zweifel unterliegen, dass die akustisch wunderbar gebauten Innenflächen der Ohrmuscheln eine grosse Menge von Schallwellen aufnehmen können, dieselben dem Mittel- und Innenohre zuführen und dadurch die Menge der zu hörenden Schallwellen um ein Vielfaches vermehren; durch die eigenartige Brechung der Schallwellen am Muschelinnern und am Grunde entsteht zudem noch eine bedeutende Vermehrung, Erhöhung der Schallquantität, ähnlich wie man im Grossen Beispiele hat, aus dem Alterthum, mit dem Ohre des Dyonisos und in der Neuzeit in gewissen Domen, wo ein an einer Stelle ziemlich leise an eine Wand gesprochenes Wort an einer ganz entgegengesetzten, entfernten verstärkt gehört wird, ausser dieser Schallzufuhr und Schallverstärkung hat aber die Möglichkeit der Bewegung der Ohrmuschel, diesen Schalltrichter in beliebiger Richtung, und zwar jedes Ohr für sich stellen zu können, den für ein wildes Thier unendlich grossen Vortheil, dass die Richtung, woher der Schall kommt, ganz präcise festgestellt werden kann. Wer von meinen verehrten Lesern Jäger ist und einmal über eine unbedeckte grosse Strecke, etwa eine Waldwiese, von Weitem einen Fuchs durch Mäuseln angelockt hat, der wird mit überraschendem Vergnügen beobachtet haben, wie der Fuchs wie an einer Saite gezogen, schnurstracks auf die vermeintliche Maus losging, und zwar schon in einer Entfernung, in der unsereinem noch kein Ton, viel weniger die präcise Richtung aufgefallen wäre. Diese aufrecht gestellten Ohren verleihen auch den Thieren schon den Typus des Aufmerksamen, so ein Kopf wird höchst interessant und man kann sich nicht wundern, wenn man den Hunden diesen Ausdruck wieder künstlich zu verleihen sucht durch Coupiren.

Bei unseren Haushunden haben wir eine Reihe von Rassen mit hängenden Ohren, und zwar in den höchsten Graden bei einigen Jagdhunden und dem Pudel. Die grössten Lappohren haben Pudel,

einige Jagdhunde und Spaniels. Es kann gar keinem Zweifel unterliegen, dass das Hängeohr eine Folge der Domestication ist und
die Ursache wird dem Nichtgebrauche des Organes zugeschrieben,
ja, bis in die historische Zeit reiche die Wirkung der Stehohren der
wilden Stammeseltern des Hundes. Oberst H. Shmith führt an, dass
unter alten Abbildungen des Hundes, mit Ausnahme eines Beispieles
aus Aegypten, keine Sculptur der früheren griechischen Periode Darstellungen von Hunden mit vollständig hängenden Ohren ergibt.
Solche mit herabhängenden Ohren fehlen in den ältesten Zeiten und dieser
Charakter nimmt gradweise in den Werken der römischen Periode
zu. Der Nichtgebrauch der scharfen Hörfähigkeit stumpfte das Organ
ab, die nicht in Thätigkeit erhaltenen Ohrmuskel wurden mager,
atrophisch. Die Ohrspitze sank vorne über, allmälig immer mehr
und sobald einmal aus dem Ohr ein anhängender Lappen wurde, so
bewirkte das Gewicht, der Zug nach abwärts, das Fliegen derselben
beim Springen und das Anschlagen um den Kopf oder an eine
Wand, einen Baum etc. die Verletzungen beim Durchrennen von
Buschwerk u. dgl. einen Reiz, welcher das Niederhängen und Vergrössern noch vermehrte.

Noch einer durch Domestication entstandenen Eigenthümlichkeit
ist hier zu gedenken, nämlich der, dass kein wildes Thier einen
geringelten Schwanz hat. Von unseren Hunden hat aber eine ganze
Reihe geringelte Schwänze und bei denen, wo eine Ausrottung dieser
noch nicht beschlossen ist, wie beim Spitzer, da biegt sich die Schwanzspitze gegen den Rücken hin, so, dass der Schwanz einen vollständigen Ring bildet, ja, bei den Möpschen erfolgt eine schneckenartige
Aufrollung, so, dass man scherzweise vom „Posthörnchen" spricht.
Bei anderen Rassen, Doggen, Windhunden, Jagdhunden, bei denen man
sehr viel auf gutes Tragen der Ruthe gibt, hat der Züchter einen
beständigen Kampf, die Neigung zum Hochtragen und Aufrollen zu beseitigen (vergl. Fig. 5). Bei Beurtheilung dieser Erscheinung muss auf
die Eigenart des Hundes, seine freudigen Gefühle durch Hochstellen und
Wedeln des Schwanzes, seine Furcht aber durch Hängenlassen und Ein-
klemmen zwischen die Hinterbeine kundzugeben, Bedacht genommen
werden. Mit der Angewöhnung, seelische Empfindungen mit der
Ruthe zum Ausdruck zu bringen, kam eine ganz andere Innervation
und infolge dessen auch eine andere, und zwar viel bessere Ernährung des Schwanzes zu Stande, ja, es ist nicht unbedeutsam,
dass zahlreiche Hunde — ich habe bis jetzt Ulmer Doggen und
Dachshunde — also glatthaarige gesehen, welche inmitten des
Schwanzes oder höher hinauf einen erectilen Körper besitzen, d. h.
die Blutgefässcapillaren der Haut haben dortselbst eine Einrichtung
wie das erectile Gewebe, die schwammigen Körper im Penis, sie
bilden eine kastenartige Erweiterung und auf eine Art krampfhaften
Verschluss kann das Blut nicht abfliessen, die Maschen füllen sich

sehr rasch mit Blut und der schwammige Körper wird um das
Mehrfache seiner gewöhnlichen Grösse verstärkt. Solche Einrichtungen
erreichen nach meiner Kenntniss etwa $\frac{1}{4}$ bis $\frac{1}{3}$ der ganzen Schwanz-
länge und sobald ein solcher Hund in heftige unangenehme Auf-
regung kommt, Furcht oder Zorn, so schwillt der schwammige Haut-
theil auf und die Ruthe ist an dieser Stelle um ein Drittel, die
Hälfte oder mehr von ihrer normalen Dicke verdickt, dabei sind
die Haare noch etwas gesträubt. Es macht einen komischen und
unschönen Eindruck. Es sind mir schon solche Thiere vorgeführt
worden, in der Meinung, es handle sich um einen krankhaften
Process. Wenn man beim Bestehen der Verdickung die Ruthe in der
Richtung gegen den Leib drückend streicht, so verschwindet die
Anschwellung auf kurze Zeit.

Es scheint mir zweifellos, dass diese Erscheinung mit den
übrigen die seelischen Empfindungen durch Schwanzwedeln und Hochtragen oder Senken oder Einziehen des Schwanzes zum Ausdruck
zu bringen, in enger Verbindung steht, namentlich auch deshalb,
weil die erectile Anschwellung immer nur bei hochgradiger Nerven-
aufregung eintritt.

Acclimatisation.

Es ist allgemein als richtig anerkannt und bekannt, dass jede
Thier- und Pflanzenart an ein bestimmtes Klima angewöhnt und
angepasst ist, solche Arten jedoch, welche in allen Klimaten, im
gemässigten, wie im heissen oder kalten existiren können, die müssen
im Lauf der Zeit eine besondere Fähigkeit hiezu erlangt haben.
Sowie der Mensch befähigt ist, in allen Klimaten zu leben, so ist
es auch der Hund, aber ebenso wie jedes Klima besonderen Schutz
und besondere Vorsichtsmassregeln für den einwandernden Menschen
vorschreibt, wenn dasselbe auf die Dauer ertragen werden soll —
andere Nahrung, andere Kleidung, mehr oder weniger Bewegung etc. —
so bedingt dasselbe Einwirkungen auf Thiere und Pflanzen, die aber
entweder vom Menschen geschützt werden oder diejenigen, die sich
ohne diese Hilfsmittel erhalten wollen, müssen sich an das neue Klima
gewöhnen. Aus dieser Ursache ist es für einen Hund viel schwerer,
sich an ein anderes Klima zu gewöhnen, wie für einen Menschen.
Wenn der Mensch vom Süden nach Norden kommt, so wird er sich
mit warmen Kleidern, Pelzröcken und Pelzstiefeln etc. versehen und
sich in geheizten Räumen aufhalten, der Hund, der keiner besonderen
Pflege sich erfreut, hat hier einzig auf die Natur zu hoffen, dass
ihm diese eine dichtere, längere Behaarung wachsen lasse. Bei einer
Versetzung von der gemässigten Zone nach dem Süden wird der
Mensch sich der warmen, ihm lästigen Kleider entledigen und mit
einem dünnen Flaus mässig bedeckt, nur geschützt vor Sonnenstrahlen, mit Strohhut und Sonnenschirm umherwandeln, dazu sich

über die heisse Zeit ruhig verhalten und kühlende Getränke nehmen, der Hund aber behält seinen Pelz bei, wenn ihm derselbe nicht abgescheert wird, und er verzehrt die Nahrung ohne Auswahl. Selbst dann, wenn dem importirten Hund von Seite des Menschen Sorgfalt und Pflege zu Theil wird, hat er es schwerer wie der Mensch. Wenn somit der Hund überall mit dem Menschen gehen kann, wenn er es unter allen Klimaten aushält, so muss seine Fähigkeit, sich rasch acclimatisiren zu können, höher sein, wie diejenige des Menschen. Nicht allen Hunderassen ist aber diese Eigenschaft in gleich hohem Grade eigen und es spricht dies vielleicht dafür, dass die Stammeseltern aus verschiedenen Klimaten waren, demnach ist wahrscheinlicher, dass eben solche Thiere, die seit sehr langer Zeit nicht wandern durften, diese Acclimatisationsfähigkeit etwas verloren haben. Es kommt auch darauf an, wie genau die Anpassung an ein anderes Klima erfolgt. Manchmal befinden sich die importirten Thiere ganz wohl, aber ihre Fähigkeit, sich fortzupflanzen, ist sehr beeinträchtigt oder gar aufgehoben. Darwin hat die Meinung ausgesprochen, dass der Haushund deshalb die grosse Acclimatisationsfähigkeit besitze, weil er vielleicht von einem tropischen und einem arctischen Wolfe abstammen könne. Es wäre nach dieser Ansicht diese an die Verhältnisse sich enge Anpassungsmöglichkeit eine angeborene, den meisten Hunden eigene Biegsamkeit, eine innewohnende Eigenschaft, sich den verschiedensten Klimaten anzupassen. Uebrigens ist von jeher die Beobachtung gemacht, dass die Acclimatisation nicht so leicht eintritt und schon in Regeln, die mehr als tausendjährig sind, sind Warnungen vorhanden, bei der Versetzung von Thieren aus einer Gegend in eine andere ja recht vorsichtig zu sein. Wir haben auch nicht nur auf den Breitegrad allein zu achten, sondern es kommen noch die Höhenlagen, Bodenverhältnisse u. A. mit hinzu. Everest gibt an, dass es bis jetzt noch Niemand geglückt sei, einen Neufundländer längere Zeit in Indien halten zu können, die Thiere gehen dort bald zu Grunde und an eine Fortpflanzung derselben ist in diesem Lande gar nicht zu denken. Ob es nicht möglich wäre, im Mutterleib importirte Thiere dieser Rasse dort fruchtbar erhalten zu können, ist meines Wissens noch nicht geprüft worden. Hier tritt also ein Fall auf, dass eine Hunderasse an einem Orte, wo andere Hunde ganz wohl gedeihen, sich nicht acclimatisiren könne, ja nicht einmal so weit, dass die einzelnen Exemplare lebendig bleiben, viel weniger noch an Fortpflanzung zu denken. Die Acclimatisationsfrage ist mit diesem Beispiele nun so zu stellen: *a)* haben vielleicht nicht sämmtliche Hunderassen, die oben genannte allgemein innewohnende Eigenschaft der Acclimatisationsfähigkeit deshalb, weil dieselben verschiedene Stammväter haben, oder *b)* ist einzelnen Rassen die ursprünglich vorhanden gewesene Acclimatisationsfähigkeit abhanden gekommen und durch welche Einflüsse? Ersteres ist dahin zu beantworten, dass die sämmtlichen Hunderassen ursprünglich von verschiedenen wilden Caniden herrühren werden, dass aber der Typus Haushund doch so angenommen werden muss, als ob sämmtliche Rassen von einem einzigen Stammvater abstammen würden. Letzteres beweist auch schon die allgemeine Befruchtungsmöglichkeit und das allen Gemeinsame, Charakteristische, wovon der specifische Geruch nicht das Geringste ist. Sämmtliche Hunderassen haben nach unserer Ansicht die Acclimatisationsfähigkeit gleichmässig ererbt, hieraus ergibt sich die Antwort für Frage b), dass einzelne Rassen diese Fähigkeit verloren haben, und zwar wohl deshalb, weil sie sich an ein Klima zu enge angewöhnt haben; das konnte aber nur dadurch eintreten, dass diese Rasse sehr lange Zeit nicht wanderte und sich in enger Verwandtschaft fortpflanzte. Beides trifft für die Neufundländer ziemlich genau zu.

Die Acclimatisation bewirkt somit Veränderungen an dem neueingeführten Individuum, welche dasselbe auf seine Nachkommen zu übertragen vermag. Es ist dieselbe mit eine Ursache der Variabilität der Hunderassen. Es treten durch das Versetzen in ein anderes Klima oder anderes Land an den importirten Thieren häufiger Veränderungen auf, wie in ihrem Heimatlande und es handelt sich für den Züchter darum, ob ihm diese neuen Erscheinungen willkommen sind, ob er sie durch Auswahl dauernd halten und zur Rasseneigenthümlichkeit machen oder ob er sie ausmerzen will.

Wir haben jedoch für die Frage der Acclimatisationsfähigkeit noch weitergehende Beweise bekommen:

Herr B. Langkavel schreibt in der Zeitung „Der Hund", 1889, p. 71, „dass die nach dem ungesunden Kamerun gebrachten Hunde ebenso vom Fieber ergriffen und geplagt werden, wie die Weissen, ist bekannt. Eine Ulmer Dogge, die erst kürzlich das Fieber überstanden, brach plötzlich wieder elend zusammen, war jedoch nach einer starken Dosis Chinin am nächsten Tage leidlich hergestellt. Manche Rassen aber, z. B. Hühnerhunde, scheinen durchaus nicht das dortige Klima vertragen zu können; sie gehen schon nach kurzer Zeit ein. Alle lang- und wollhaarigen Hunde sind, wie in Kamerun, so in allen tropischen Gegenden wenig ausdauernd; selbst bei der sorgsamsten Pflege werden sie sofort kränkeln."

Ueber einen merkwürdigen Fall von Variabilität durch Export berichtet A. Obers, „Der Hund", 1889, p. 1: „In Chihuahua gibt es ein Hündchen, wie man es nicht kleiner verlangen kann und von solcher Intelligenz, dass es niemals bellt und höchst selten beisst. Die meisten Exemplare werden jetzt zu fabelhaften Preisen angekauft und nach den Vereinigten Staaten gebracht. Die bisherigen Versuche, diese Rasse ausserhalb Chihuahuas fortzupflanzen, schlugen stets fehl, denn die Puppies erhielten nicht die Form der Eltern, waren somit völlig werthlos".

Diese Angaben. welche vollkommen vertrauenerweckend sind, beweisen, dass die Variabilität durch das Klima noch mehr hervorgerufen wird, wie seither angenommen wurde, ebenso dass die Acclimatisationsfähigkeit der Hunde diejenige des Menschen nicht um so viel übertrifft, wie man seitdem geglaubt hat. In Berücksichtigung der noch vereinzelt stehenden Angaben unterlassen wir vorerst weitere Schlüsse zu ziehen.

In der vom Spaniolclub in England aufgestellten Rassekennzeichen für den Sussexspaniol heisst es sogar: „Die Farbe variirt und wird dunkler, wenn der Hund aus Sussex herauskommt, besonders in solchen Gegenden, wo sich Klima und Boden wesentlich von denjenigen in Sussex unterscheiden."

III. Capitel.

Ueber die Sinnesorgane und deren Thätigkeit.

Durch seine Sinne wird der Hund unterrichtet über die Aussenwelt und. über seinen eigenen Leib. Durch die Sinnesorgane werden bestimmte, von aussen kommende Eindrücke in das Gehirn geleitet und hier zu Empfindungen und Vorstellungen umgeformt. Die Zustände des eigenen Körpers kommen als sogenannte Gemeingefühle zur Empfindung. Je nach den Fähigkeiten der Sinnesorgane, von aussen kommende Reize, die Sinnesreize aufnehmen zu können, werden sie unterschieden in Druck, Temperatur-, Licht-, Schall-, Geruch- und Geschmacksorgane. Durch innere Zustände des Körpers werden Empfindungen erzeugt, die Aehnlichkeit haben mit denen. die von aussen her erweckt werden und wenn nicht durch beständige Controle, durch andere Sinne, hier unterschieden wird, so entstehen Täuschungen. Es ist zweifellos, dass der Hund viele Sinnesreize ebenso scharf wie der Mensch unterscheidet, andere aber nicht. Wenn Täuschungen des Gesichtssinnes eintreten, heissen dieselben Visionen; wenn Täuschungen des Gehörsinnes eintreten, Hallucinationen. Dass Beides bei dem Hunde eintreten kann. ist aus dessen Benehmen zu schliessen. Ueber solche Dinge jedoch, welche der Hund mit ebenso scharfen oder noch entwickelteren Sinnesorganen aufnimmt und bei denen er im Stande ist, einen richtigen Schluss auf die Ursache zu machen, kommen Sinnestäuschungen wenig vor und namentlich steht die Schärfe des Gehörs und die des Geruches weit über diejenigen der menschlichen Sinne.

Das Auge ist sehr kunstvoll eingerichtet und es vererbt sich dessen Bildung und Leistungsfähigkeit im Allgemeinen von den Eltern auf die Kinder. Beim Hunde ist der Augapfel von kugeliger Gestalt, die Pupille ist rund und eine specielle Schicht, das Tapetum, bedingt das Leuchten des Auges, wenn das Thier in der Dunkelheit und der Zuschauer im Lichte steht. Die Lichtempfindungen des Auges sind *a)* farbloses Licht. *b)* farbiges Licht und *c)* schwarz. Der Eindruck von Licht und Farbe ist anf das Auge des Hundes ebenso wie beim Menschen. Die Sehschärfe ist im Allge-

Fig. 6. Form und Thätigkeit des Wasserhundes im Mittelalter.
(Aus: Jost-Ammon, 16. Jahrhundert.)

meinen und bei Tage beim Hunde etwas geringer wie beim Menschen, er ist kurzsichtiger und wegen der Stellung der Augäpfel nach vorne ist das Gesichtsfeld etwas kleiner wie das menschliche, dass das Sehen eines Gegenstandes mit beiden Augen trotzdem ein einfaches ist und nicht ein doppeltes Bild entsteht, ist beim Hunde ebenso wie beim Menschen, wie sich aus der genauen Abschätzung der Entfernung der Gegenstände etc. ergibt. Die Pupille des Hundes ist rund und für die Accommodation an grössere oder kleinere Lichtstärke ist das Hundeauge so vollkommen wie das menschliche, es ist aber wahrscheinlich, dass der Hund bei Nacht und in der Dämmerung etwas besser sieht wie der Mensch.

Das Gehör des Hundes zeigt dieselbe anatomische Einrichtung wie das des Menschen, die Leistungsfähigkeit ist aber beim Hunde eine grössere. Der Hund vernimmt und unterscheidet noch Schallschwingungen, die der Mensch nicht mehr vernehmen kann. Die tiefsten Töne, die der Mensch vernehmen kann, haben in der Secunde 40 Schwingungen, die höchsten circa 6000. Beim Hunde ist die Grenze noch wesentlich weiter. Die Feinheit, Schallschwingungen zu vernehmen, ist Eigenschaft der Familie und der Rasse. Musikalische Eigenschaft besteht darin, die Grundtöne zu erfassen, während Unmusikalische nur die Klangfarbe vernehmen. Der Hund ist unmusikalisch im höchsten Grade. Sein feines Gehör wird durch starken und scharfen Schall, namentlich von Metall, durch Anschlagen oder durch Schallschwingung von Blas- oder Streichinstrumenten erzeugte Töne aufs Unangenehmste berührt und beleidigt, weshalb er heulende, wehklagende Töne von sich gibt, sobald er sich nicht durch Erziehung an Erduldung gezwungen sieht. Dass der Hund viel feiner hört, als der Mensch, ist namentlich an Wacht- und Jagdhunden zu beobachten, welche Thiere schon die Ankunft eines Wildes oder anderen Wesens zu erkennen geben, bevor der Mensch etwas zu hören vermag.

Das Riechen. Eine ganz besondere Berücksichtigung verdient das Riechorgan, Geruchsorgan, die Nase des Hundes. Die Feinheit des Geruchsinnes desselben ist ganz ausserordentlich und es sind staunenerregende Beispiele über die Leistungsfähigkeit vorhanden. Aber auch der tägliche Gebrauch, die allergewöhnlichsten Anforderungen auf der Jagd sind grossartige Leistungen und es kann behauptet werden, ohne das feine Geruchsorgan wäre der Hund nie zu der hohen Stellung, die er als Hausthier besitzt, und nie zu der ausserordentlichen Entwicklung gelangt, denn ein grosser Theil seines Nutzens liegt in der Verwendung, zu der ihn seine „feine Nase" befähigt. Vom kleinen, kurzköpfigen Mops bis zum grossen, langköpfigen Windhund ist ein grosser Unterschied in der Bildung der anatomischen Theile, welche zusammen das Geruchsorgan bilden, jedoch nur in der Grösse, die feinen leistenden Einrichtungen sind dieselben. Die Grösse allein macht die Feinheit der Nase auch gar nicht aus, denn ein Windhund verlässt sich auf der Jagd nicht auf sein Geruchsorgan, obwohl dasselbe anatomisch ganz ausserordentliche Gelegenheit hätte, sich zu entwickeln, wogegen ein zur Jagd gebrauchter Spaniol mit kurzem, kleinem Kopfe an der Fährte eine Bekassine von einer Schnepfe unterscheidet. Ein mächtiger Mastiff oder Neufundländer oder eine Ulmer Dogge, die sehr entwickelte Geruchsorgane haben, benützen dieselben nur sehr wenig und die Leistungsfähigkeit der Jagdhunde ist, was feine Nase be-

trifft, gewiss nicht nur von der Grösse anatomischer Ausbildung vorhanden. Die äussere oder untere Nasenöffnung, auch Naseneingang, ist
beim Hunde nicht eine einfache Oeffnung, sondern der äussere
Winkel ist eingeschlitzt, wodurch die Flügel hochgehoben werden und
beim Schnoppern viel mehr Luft eingesogen werden kann. Die Nasenkuppe, Nasenspiegel, auch Nasenspitze, ist haarlos, die Haut dortselbst dicker, weich wie elastisches Polster und durch Drüsensecret
im gesunden Zustande beständig feucht und kühl. An diesen Stellen
liegen grosse Drüsen unter der Haut. Sobald die Nase heiss und
trocken wird, ist die Geruchsfähigkeit sehr behindert und sie deutet
auf allgemeine Erschöpfung oder fieberhafte Erkrankung. In der
Mitte der Schnauze verläuft eine senkrechte Rinne, die bei manchen
Hunden sehr tief ist und eine vollständige Spaltung bedingt, namentlich bei den Bulldoggen die sogenannte D o p p e l n a s e erzeugt. Die
Nasenhöhle des Hundes ist durch eine senkrecht stehende Knorpel-
wand, die Nasenscheidewand, in zwei Hälften geschieden und jede
Hälfte besitzt an ihrer äusseren Wand zwei muschelartig aufgerollte
feinste Knochenplatten, durch welche die Gänge, von vorne nach
hinten und oben verlaufend, gebildet werden. Ausgekleidet ist die
Nasenhöhle, sowie die Muscheln von einer Schleimhaut, welche sich
überall zwischen die Spalten und Fugen einsenkt und die ganze
Oberfläche überzieht. Unter der Schleimhaut der Nasenhöhle finden
sich an einzelnen Stellen grössere Ansammlungen von Venen, sogenannte Schwellkörper, die namentlich bei älteren Thieren und bei
nervösem Asthma bedeutungsvoll werden. Nach oben gegen das
Gehirn befindet sich das Labyrinth. Es sind dies feinste Knochen-
plättchen, die zu kegelförmigen Blasen zusammengehäuft und ebenfalls von der Schleimhaut überzogen sind, welche dort oben Riechhaut genannt wird, hier hat die Schleimhaut auch eine andere,
dunklere, braune Farbe und die Gegend heisst die Riechgegend. Hier
finden sich die Endigungen vom Riechnerven, die Riechzellen, die
einen ovalen oder spindelförmigen, kernhaltigen Zellleib besitzen,
der stäbchenförmig ist und an seinem freien oder äusseren Ende
einen borstenförmigen Besatz, das Ende der Nervenfaser trägt.

Um das Riechen selbst zu erzeugen, müssen die riechenden
Bestandtheile in die Luft übergehen, sie müssen mit dieser in die
Nasenhöhle auf den Theil der Riechhaut kommen und dortselbst
den Riechnerv anregen. Zwischen riechenden und geruchlosen Stoffen
gibt es kein durchgreifendes physikalisches oder chemisches Unter-
scheidungsmittel. Die Eigenschaft, durch bestimmte Stoffe gewissermassen chemisch verändert zu werden, liegt in den Riechzellen selbst,
welche von den Riechnerven aus sich in der oberen Schleimhaut
des Labyrinthes vertheilen. Der Mensch ist noch im Stande, wenn
in der Luft ein Millionentheil Schwefelwasserstoff ist, denselben zu
riechen, geradezu fabelhaft erscheint aber die Feinheit dieses Sinnes

in den Leistungen der Spürkraft des Hundes. Das Riechbare muss luftförmig sein oder feucht in der Luft vertheilt sein. Nur feuchte Schleimhäute und solche, die nicht von dicken Schleimschichten belegt sind, wie etwa beim Katarrh, können das Riechen vermitteln. Je kräftiger der durch die Nase ziehende Luftstrom mit der zu riechenden Substanz ist, je breitere Riechflächen davon bestrichen werden, umso aufmerksamer die Riechqualität unterschieden wird, umso schärfer kann unterschieden und umso feiner kann gerochen werden, stossweise, schnuppernde, schnüffelnde Einathmung erhöht diese Fähigkeit. Die Uebung macht ganz ausserordentlich viel aus und erhöht die Leistung sehr wesentlich. Eine principielle Frage über den Riechact kann nicht ganz umgangen werden. Um ihn zu präcisiren, ist an die höchste Leistung eines Leithundes, der an einer nicht ganz frischen Fährte einen Hirschen von einer Hirschkuh unterscheidet, ja dasselbe Stück aus den Fährten eines ganzen Rudels herausfindet, zu erinnern. Welcher riechende Stoff ist da von den Hirschen auf dem Boden zurück gelassen worden? Etwas Körperliches? oder blieb nur eine eigenartige Schwingung, die die Sinnesempfindung des Riechenden erzeugt, zurück?

Der Geschmack entsteht auf der Zunge und die Geschmackqualitäten, süss, salzig, bitter, sauer sind beim Hunde ebenso vorhanden, wie beim Menschen, wie experimentell nachweisbar ist. Der Geschmack ist der niederst entwickelte Sinn, der ohne Controle von dem Tast- und Gesichtssinn leicht irre führt. Er kann beim Hunde hoch entwickelt werden und bei einzelnen Stubenhunden ist er, mit Näscherei verbunden, sehr ausgebildet.

Der Tastsinn. Der Gesichts- oder Tastsinn ist am weitesten verbreitet über den Körper, denn alle Theile, welche sensible Nerven enthalten, nehmen Gefühlseindrücke auf. Als eigentliches Tastorgan ist jedoch nur die allgemeine Decke, die Haut mit den ihr anhängenden Theilen, Haaren und Klauen, zu betrachten. Die äussere Haut des Hundes zeigt denselben Bau, wie die anderer Thiere, sie besteht aus der obersten äusseren Schichte der Epidermis oder Oberhaut, dann kommt die Lederhaut und in der Tiefe die Unterhaut mit einigen flach ausgebreiteten Hautmuskeln, durch welche die Haut willkürlich in Falten gelegt werden kann, namentlich am Gesicht, am Halse, der Brust und einem Theil oben und seitlich des Bauches, während die Haut in der Nähe des Schwanzansatzes und an den Schenkeln nicht mehr diese Bewegungsorgane besitzt. In der Haut finden sich Talg- und Schweissdrüsen, und zwar ist sehr auffallend, dass die Haut des Hundes sehr zahlreich und grosse Schweissdrüsen enthält, trotzdem der Hund in der Regel nicht schwitzt. Am entwickeltsten sind die Schweissdrüsen an den Sohlen- und Zehenballen, sowie am Nasenspiegel, welch letzterer im gesunden Zustande immer feucht und kühl ist.

Auch die Talgdrüsen sind beim Hunde sehr entwickelt und es sind namentlich die Talgdrüsen, die in der Nähe des Afters stehen und Afterdrüsen heissen, besonders beachtenswerth als eine Eigenthümlichkeit der Caniden. Seitlich von der Aftermündung am freien Afterrande, etwas nach oben befindet sich jederseits eine stecknadelkopfgrosse Oeffnung, die in einen ziemlich grossen kugeligen Hohlraum führt, die mittlere Grösse ist derart, dass in ihm eine starke Haselnuss Raum hätte und in der Wand dieses Analbeutels sind reichlich Talgdrüsen, die eine gelbbraune, trübe, schmierige, dem Menschen unangenehm riechende Flüssigkeit absondern, sodann ist um die Afteröffnung eine fast haarlose, etwas höher geröthete Hautwulst, in welcher Talg- und Schweissdrüsen vorkommen, so dass die Aftermündung feucht und fettig erhalten werden kann, was verschiedene Vortheile sowohl für das Thier selbst wie auch für das Geschlecht bieten kann. — Die Dicke der Haut und die Widerstandsfähigkeit derselben ist je nach Rasse und Grösse sehr verschieden. Mastiff, Ulmer- und Bulldoggen, aber auch die anderen grossen Rassen, Bernhardiner etc. haben am Rücken, oben an der Brust, dem Halse enorm dicke Haut, die bei einigen in Falten und Runzeln liegt, andere haben platt anliegende dünne Haut und am ausgezeichnetsten sind hierin die Windspiele, aber auch andere, namentlich kleine glatthaarige Hündchen haben dieselben, jedoch gibt es auch hierin Ausnahmen und es ist namentlich die Haut der Möpse faltenreich und oben in der Körpermitte verhältnissmässig dick. Auch die fein- und langhaarigen Spaniels haben eine dicke, weiche, und an einzelnen Stellen locker anliegende Haut. Vielfach bildet dieselbe unten am Halse eine Hautfalte, die Wamme, welche aber zur Zeit in allen Zuchten verpönt ist.

Der eigentliche Sitz des Tastsinnes sind complicirte knöpfeförmige Nervenendigungen, die in der Haut gelagert sind. Dieselben werden schon durch einen leichten Druck momentan verändert und sie übertragen diesen Reiz auf das Centralorgan. Durch Berührungen oder Druck wird dadurch Kenntniss gegeben von Grösse, Form, Schwere, Festigkeit und Temperatur. Starke Einwirkung bringt unangenehme Empfindung, Schmerz hervor und gerade letzterer ist es, der das Thier zwingt, zur Erhaltung die Kraft einzusetzen. Ganz besonders sind die Tasthaare, die am Kopfe in der Nähe der Augen und den Lippen stehen, als lange, starke, borstenähnliche Fühler hervorstehen, an der Wurzel auch mit Tastkörperchen in indirecter Verbindung und durch dieselben die Orientirung im Dunkeln über die Weite und Beschaffenheit eines Ganges einer Höhle etc. sehr wesentlich zur Erkenntniss gebracht. Auch die äussere Temperatur, warm oder kalt, wird durch die Tastorgane oder besondere Nervenfasern zum Bewusstsein gebracht. Ebenso hängt das Gefühl der Kraft oder das der allgemeinen Schwäche, Ermüdung damit zusammen. — Der Tastsinn ist beim Hunde der Zahl und Grösse der anatomischen Einrichtung und der beobachteten Leistung nach sehr hoch entwickelt, er übertrifft durch seine Tasthaare und die Feinheit der Einrichtung an den Ballen an diesen Köperstellen den Menschen um ganz Bedeutendes, aber dem Hunde fehlt die Beweglichkeit der Vorderextremität und die Feinheit der Beweglichkeit der Hand und die für den Tastsinn hochentwickelte Fingerbeere. Wie fein aber trotzdem der Tastsinn die Hunde leitet, dafür ist das Beispiel beim Einschlüpfen in Fuchs- oder Dachsbaue, oder bei der Beobachtung des Benehmens in einem dunklen Zimmer vorhanden, die Thiere stossen sich fast nie, auch nicht an absichtlich in den Weg gestellte Hindernisse, gespannte Fäden u. dgl. an.

Ueber die seelischen Thätigkeiten.

Die seelischen Thätigkeiten des Hundes stehen anerkannt sehr hoch. Es gibt kein Thier, welches den Hund hierin übertreffen würde. Man hat den Affen als höher entwickelt darstellen wollen, ich kann aber das aus folgendem Grunde nicht zugeben: Der Hund als Hausthier übertrifft in sehr vielen seelischen Erscheinungen die wilden Caniden, man vergleiche den anerkannt schlauesten wilden Vetter desselben, den Fuchs, wie dumm sich dieser in Gefangenschaft benimmt, ebenso fällt der Vergleich mit dem Affen zu Gunsten des Hundes aus. Die Ursache hievon ist, dass die wilden Thiere alle von ihren Eltern erzogen werden und dass diese Erziehung sich nur auf die Entwicklung der seit uralter Zeit vererbten, instinctiven Thätigkeiten beschränkt, der Hund aber wird vom Menschen erzogen und seit Jahrtausenden hat dieser erziehliche Einfluss gewirkt und Eigenschaften zur Entwicklung gebracht, die ursprünglich kaum in der Anlage vorhanden waren.

Um das Seelenleben des Hundes kennen zu lernen und dessen Vererbung und Entwicklung zu begreifen, bleibt kein anderer Weg, als der, die Seelenthätigkeiten nach den einzelnen Erscheinungen methodisch zu zerlegen und einzeln vorzuführen, sowie deren Entwicklung zu bestimmen.

Die Gemüthsbewegungen des Hundes erzeugen nach aussen gewisse Erscheinungen und die Beobachtungen dieser lassen auf den jeweiligen seelischen Zustand des Thieres schliessen. Durch Vergleich mit Demjenigen, was beim Menschen Aehnliches hervorrief, kommt man auf Aehnlichkeiten oder Verschiedenheiten der seelischen Thätigkeiten beim Menschen oder beim Hunde. Die Ausdrucksweise für die seelischen Vorgänge ist beim Hunde vielfach dieselbe, oft nur ähnlich, einigemal verschieden. Die Qualität der Empfindungen ebenfalls. Gleich zu Anfang kann jedoch angeführt werden, dass der Unterschied zwischen der Seele des Menschen und der des

Hundes nicht in der Qualität des „Dinges an sich", der Seele selbst
besteht, sondern nur in deren Ausbildung und Leistung. Ein hoch-
entwickelter Hund übertrifft in vielen Dingen erzieherisch vernach-
lässigte Menschen, in einzelnen auch den gebildetsten Menschen, in
anderen steht er ihm nach (vergl. L. Hoffmann, „Thierpsychologie").
Freude. Beim Menschen ist der ursprüngliche Laut der Freude
das Lachen. Die Mundwinkel werden hiebei etwas zurückgezogen,
die Oberlippe erhoben, so dass die Schneidezähne des Oberkiefers
ganz oder zum Theil frei werden. Augen, Augenlider, Nasenflügel
werden ebenfalls etwas erhoben. Bei höheren Graden erfolgt sehr
lautes stossweises Lachen, Zusammenschlagen der Hände, Herum-
tanzen. Lächeln ist nicht stets ein Ausdruck der guten Laune. Bei
einigen wilden Stämmen erfolgt in der Freude nicht Lachen, sondern
sogar Zähneknirschen. Geliebte Personen werden zu berühren oder
zu küssen gesucht, aber auch zahlreiche Menschenstämme küssen
nicht. Beim Hunde ist der Ausdruck der Freude ebenso intensiv,
wie beim Menschen, aber er ist mit Zeichen der Unterwürfigkeit
verknüpft. Der Leib wird etwas geduckt, der Kopf leicht anschmiegend
erhoben, die Ohren angezogen, die weit offenen Augen erglänzen,
der Schwanz gewedelt, er sucht sich anzuschmiegen, die Hand des
Herrn oder den geliebten Gegenstand zu belecken, er führt gewun-
dene Bewegungen aus, er springt umher und bellt. Pinscher grinsen
und pfeifen. Ein eigentliches Lachen ist beim Hunde nicht oder
nur sehr selten vorhanden und ob das, was als Aehnliches anerzogen
ist, der Ausdruck von Freude ist, ist zweifelhaft. Der Ausdruck der
Freude mit dem Schwanze ist so charakteristisch, wie das Lachen.
Kein wildes Thier drückt seine Freude auf diese Weise aus.

Freville behauptet zwar, dass ein Hund seines Freundes und
Schülers wirklich lachen konnte. Er sagte: Bobie, eine kleine, sehr
geschickte Dogge bekam Zuckerklötzchen zu fressen: „Frisch, rief
der junge Mensch, du musst jetzt lachen, lache Bobie — und artig,
lachte dieses Thier wirklich — die Zufriedenheit glänzte auf ihrem
Gesicht, ihre Backen rundeten sich wie beim Menschen und man
sah alle ihre kleinen Zähne in dem offenen Maule." „Gesch. ber.
Hunde", 1797, p. 154.

Ich habe einen grossen, alten Jagdhund gekannt und einen
alten Pudel, von den Tausenden von Hunden, die ich unter der
Hand hatte und genau beobachtete, die einzigen, die ein Geräusch
ähnlich dem des Lachens hervorbringen konnten. Es war ein rasches
Klappern und Bebbern mit den Lippen, unter Anziehung des Luft-
stromes, fast wie Castagnetten, aber viel leiser. Es war Ausdruck
der Freude.

Die Schilderung der Freude und der Trauer des Hundes ist
von Freville in so vortrefflicher Weise durchgeführt, dass ich nicht
etwas Besseres dieser Art kenne, er sagt: „Sieht er, dass sein Herr

ihn mitnehmen will, so wedelt er vor Freude mit dem Schwanze, springt, legt sich, geht, läuft fort, kommt wieder und bellt, als wollte er gleichsam aller Welt sein gutes Geschick verkündigen." — Wenn aber der Herr auf einige Tage abwesend ist, dann winselt, klagt und heult er wie ein Kind, er durchrennt das ganze Haus, wendet sich bald an die Frau, bald an das Gesinde, selbst bei den Nachbarn spürt er und scheint zu fragen, wann sein Herr doch wieder kommen werde und spricht man nur den Namen des abwesenden Herrn vor dem Hunde aus, flugs spitzt er aufmerksam sein Ohr, bekommt neues Leben, springt vor Fröhlichkeit, sieht sich weit um und eilt vorwärts, als wolle er dem Kommenden entgegen fliegen. „Kommt nun endlich dieser liebe Herr, ach! Da ist sein armer Hund wahnsinnig für diesen Augenblick, er springt umher, und weiss nicht mehr, wo er ist, oft reichen eine, zwei Stunden nicht zu, um sich von Allem zu entladen, was er auf dem Herzen hat." (Freville, „Gesch. ber. Hunde", 1797, p. 16.)

Zorn. Der höchste Grad desselben ist die Wuth und bei dieser ist die Herzthätigkeit und die Athmung in Mitleidenschaft. Beim Menschen wird das Gesicht roth oder blass, sämmtliche Muskeln sind angespannt, der Körper wie zum Angriff nach vorne geneigt, Zähneknirschen, Erheben der Arme, Faust ballen tritt hinzu, die Augen sind weit offen, die Stimme ist barsch, schnell, die Sätze unvollständig. Es tritt Schäumen, Zittern, Heulen ein. Kinder stampfen, wälzen sich, schreien, beissen oder kratzen etc. Beim Hunde sind die weit offenen, funkelnden Augen auf den Gegner gerichtet, die Ohren an den Kopf gezogen, er steht aufrecht steif, die Haare am Rücken sind gesträubt, die Ruthe wird kerzengerade ausgestreckt, es erfolgt ein tiefes Knurren, die Zähne werden gezeigt, gefletscht, es erfolgt ein heiseres, knirschendes Bellen und sie fahren los und packen. Hunde an der Wasserscheu erkrankt, beissen auf Alles los, was sie momentan in Erregung versetzt, sind dabei stumm und beissen, indem sie einmal zuschnappen. Die Aeusserungen des Zornes können beim Hunde ganz furchtbare werden, man muss sich erinnern, dass der Hund ein Raubthier ist, bei dem das Gefühl des Hungers zunächst Zorn erzeugt, durch den er zum Ueberfall gereizt wird. Der Hund zum Kriege verwendet, wie von den alten Cymbrern, wo auf der raudischen Ebene die Römer noch die von Hunden vertheidigte Wagenburg erkämpfen mussten, oder auf der Jagd als Jagdhund oder im Circus zeigt Wuthausbrüche von ganz entsetzlicher Stärke. Die traurigste Berühmtheit haben die sogenannten Sclavenhunde, die englischen Mastiff bei den Spaniern erhalten, die sie auf Sclaven hetzten und diese zu Hunderten zerreissen liessen. Aus dem Alterthume sind einzelne Beispiele von der ungeheuren Wuth einzelner Thiere aufgezeichnet, die im Laufe der Zeiten nicht übertroffen wurden und kaum übertroffen werden können.

Statt vieler ein Beispiel: „Der indische König Sopithes kam aus seiner Residenz dem König Alexander d. G. entgegen, bewirthete dessen Soldaten durch einige Tage aufs Glänzendste und schenkte A. ausser anderen werthvollen Dingen 150 Hunde von ausserordentlicher Grösse und Stärke. Um nun eine Probe von ihrem Heldenmuthe zu geben, liess er vor A. einen grossen Löwen in ein Gehege bringen und liess dann auch zwei der schwächsten von den geschenkten Hunden hinein. Diesen war der Löwe überlegen. Jetzt wurden noch zwei andere Hunde hinein gelassen und bald hatten die vier Hunde den Löwen so gepackt, dass sie ihn überwältigten. Darauf schickte S. einen Mann, der ein grosses Messer trug, um einem der Hunde das rechte Bein abzuschneiden. Als A. das sah, schrie er mit Entsetzen auf und seine Leibwache eilte hin, um dem Inder Einhalt zu thun. S. aber versprach dem A., dass er ihm drei andere Hunde geben wolle für den einen, und so schnitt denn der Inder dem Hunde ganz langsam das Bein ab, ohne dass dieser sich muckste, er hielt im Gegentheil mit seinen Zähnen den Löwen so lange fest, bis er sich verblutet hatte und starb." (Diodorus.)

Furcht. Eine gefährliche Lage, plötzlich erkannt, erzeugt Schreck. Beim Menschen werden die Augen weit geöffnet, Bewegung und Athmung stockt momentan, es entsteht ein ruckartiges Zusammenfahren, Kleinermachen, Ducken, die Haare richten sich auf, es tritt kalter Schweiss ein, die Stimme versagt, die Glieder zittern und in den höchsten Graden kommt es zum unwillkürlichen Erlahmen der Schliessmuskel, zum Einknicken, Zusammensinken, zur Ohnmacht. Hunde, die erschrecken, zeigen alle diese Erscheinungen und es kommt darauf an, ob der Schreck mit Furcht oder mit Zorn gepaart ist. In ersterem Falle zittert das Thier, wirft sich nieder, sucht den Kopf zu verstecken, um den gefürchteten Gegenstand nicht sehen zu müssen, heult, dabei ist das Maul weit offen, es geifert, hat convulsivische Zuckungen, es entleert unter furchtbarem Gestank Koth und Harn, und in einigen Fällen habe ich ohnmachtähnliche Zustände beobachtet. Aeltere Hunde, die zum ersten Male behufs einer Untersuchung auf einen Tisch gelegt werden, erschrecken beim Anfassen und Niederlegen und fürchten sich ausserordentlich, mit aller Gewalt unter schnellenden krampfhaften Rucken suchen sie los zu werden, sie heulen, die Augen treten hervor und rollen, das Maul geifert, die Schleimhäute werden ganz blau, Puls und Athmen ist unfühlbar, die Thiere entleeren Koth und Harn und in nicht seltenen Fällen liegen sie plötzlich wie todt unter ohnmachtähnlichen Erscheinungen.

Liebe und Treue. Ueber diese Seelenerscheinungen sind besondere bändereiche Werke erschienen und dieselben bilden beim Hunde den hervorragendsten Charakterzug. Es wird nicht zuviel gesagt sein, wenn ich behaupte: es ist kein Mensch im Stande, einen anderen Menschen inniger, aufopfernder zu lieben, als wie der Hund den Menschen, seinen Herrn regelmässig liebt. Ueber die Erscheinungen dieser Seelenthätigkeiten des Hundes sind zahlreiche Beobachtungen gesammelt und wir wollen zunächst einige solche der hervorragendsten, die von competenten Beobachtern mitgetheilt sind, über die Liebe des Hundes zu seinesgleichen, hauptsächlich über Mutterliebe, und nachher solche über die Liebe zum Menschen mittheilen.

Freville erzählt Folgendes: „Bei ihrer ungemeinen Neigung für ihre liebe Brut würde eine Hündin zu ihrer Vertheidigung bis in den Tod streiten oder eine lange Reise unternehmen, um sie bald wieder zu haben. — Ein Herr machte folgenden ·grausamen Versuch: An zwei entfernte Orte liess er sieben Junge vor einer Betze tragen. Dies arme Thier lief in weniger als 4 Stunden über 9 deutsche Meilen, um das kostbare Pfand, das man ihr rauben wollte, wieder zu holen. Da sie nicht mehr als eines auf einmal fortbringen konnte, so musste sie den Weg siebenmal machen und bei Beendigung des siebenten Males starb die abgemattete Mutter an der Thür ihres Herrn." (Freville, „Gesch. ber. Hunde", 1797, p. 7.)

Eine der am häufigsten wiederholten und oft belachten Erzählungen, die hier nicht fehlen darf, ist folgende:

Der Chirurg Morand in Paris hatte einen Freund, dessen Hund das Bein gebrochen hatte. Aus Gefälligkeit nahm er denselben zu sich und curirte ihn. Einige Zeit nach der Heilung kratzte ein Hund an der Thür seines Zimmers, in welchem Morand arbeitete. Er ging hin und öffnete und der geheilte Hund trat mit einem anderen herein, dem das nämliche Unglück begegnet war, und der sich mit vieler Mühe seinem Freund nachschleppte. Der erste gab durch Schmeicheleien gleichsam zu verstehen, was er wünschte, und M. curirte nun aus Bewunderung für die Klugheit des Thieres auch seinen Kameraden. (Eichelberg, „Die Hauptformen des Thierreiches", 1847.)

Da ich durch meinen Beruf als Leiter der Hundeklinik an der Stuttgarter thierärztlichen Hochschule Gelegenheit habe, die Gefühle der im Spital und auch privatim behandelten Hunde zu beobachten, so kann ich mir über den Fall wohl das Urtheil erlauben, dass ich denselben nicht für vorgekommen halte, weil sich in der Erzählung auch sonst einige starke Uebertreibungen finden. Ich habe aber die Ueberzeugung, dass Schlüsse, wie diejenigen, welche der in der Erzählung führende Hund machen musste, für einen intelligenten Hund möglich sind und gemacht werden, dass aber der nächste folgt, das ist höchst unwahrscheinlich. Ich habe beobachtet, dass Hunde, die im Spital behandelt wurden, denen ich ausser für ihre Krankheit wenig Aufmerksamkeit schenkte, sehr oft nachher Besuch machten und mich immer sehr freundlich begrüssten. Die Mehrzahl aber fürchtet sich nachher, erkennt die Wohlthat der Heilung gar nicht und ist nicht im Stande, die erfolgte Genesung mit der Thätigkeit des Thierarztes in Verbindung zu bringen. Andere erkennen dies, es ist ihnen aber gleichgiltig, und die Mehrzahl ist beruflich abgehalten, sich solchen Sentimentalitäten hinzugeben.

Das Bedürfniss für Freundschaften zeigt sich auch dadurch, dass Hündinnen andere Junge willig annehmen und säugen. Es ist bekannt, dass Katzen, Marder, Rehkitze, Fischotter, Löwen und Bären von Hündinnen gesäugt wurden und dass Hunde Freundschaft schlossen mit Schafen, Pferden, Hühnern, Hasen, Kaninchen, Affen, Katzen, Raben und Gänsen, von Freundschaften mit Wolf und Fuchs hört man aber fast nie.

Albertus Magnus sagt 1545 über den Hund: „Canis, das ist ein Hund, ein freundlich schmeichelnd Thier, deren gar vielerlei Art gefunden wird." Und später: „Der Hund ist ein sehr getreues Thier seinem Herrn also, dass es denselbigen unterweilen nach dem Tode nicht verlassen und unterweilen sich für seinen Herrn erwürgen und jämmerlich umbringen lasset, oder sich von selbst von seinem Herrn wegen mit Hunger ertödtet." Ferner: „Er trägt üble Laune, duldet die übelsten Behandlungen mit wunderbarer Geduld und ohne Hass und Groll. Der Hund, im Sterben noch, die Hand des, der ihm schlecht begegnet, leckt."

Buffon, der grosse Naturforscher, rühmt ihm nach: „Der Hund ist das einzige Thier, dessen Treue die Probe besteht, das einzige, welches stets seinen Herrn und die Freunde des Hauses kennt, das einzige, welches auf seinen Namen hört und die Stimme der Familie erkennt, das einzige, welches sich nicht auf sich selbst verlässt, das einzige, welches seinen Herrn durch Wehklagen ruft, wenn es ihn verloren hat und nicht wiederfinden kann, das einzige, welches auf unternommener langer Reise sich des Weges erinnert und ihn zurückfindet, endlich das einzige, dessen natürliche Talente offenbar sind und dessen Erziehung immer glücklich ist."

Columella, der altrömische Naturbeobachter, sagt: „Der Hund liebt seinen Herrn mehr als irgend ein anderer Diener, ist ein treuer Begleiter, unbestechlicher und unermüdlicher Wächter, beharrlicher Rächer." (Columella, „De re rustica", 7, 12.)

Homer erzählt von Argus, dem Hunde des Ulysses: „Nach langen Reisen, vielen Abenteuern und Unglücksfällen, kam der weise Ulysses zurück auf die Insel Ithaka, sein Königreich. Der Aufseher über seine Heerden war der Erste von seinen Unterthanen der ihm begegnet, mit ihm liess sich der Held in Unterhaltung ein, wurde aber nicht von ihm erkannt. Da sie sich Beide in Unterhaltung miteinander dem Palaste näherten, erhob ein Hund, Argus benannt, den Ulysses aufgezogen, und als er nach der Belagerung von Troja abgegangen, noch ganz jung zurückgelassen hatte, den

Kopf und spitzte die Ohren. Dieser Hund, sagt Homer, war einer der besten des Landes gewesen, er jagte gleich gut den Hasen, den Hirsch, den Eber und alle wilden Thiere. Abgemattet aber endlich vom Alter und nicht mehr unter den Augen seines Herrn, hatte man auf einem Misthaufen ihn liegen lassen. Krank auf einem traurigen Lager, überall die Spur des Elends und der Verwerfung an sich, wedelte Argus, wie er merkte, dass Ulysses nahe kam, vor Freude mit dem Schwanze und liess die Ohren fallen, hatte aber nicht die Kraft bis zu seinen Füssen hinzukriechen. Ulysses, der ihn sogleich erkannte, war von seinem Zustand bis zu Thränen gerührt. Auf Anfrage des Ulysses erzählte nun Eumäos die Geschichte des Hundes, und so wie der Hirt zu reden aufhörte, ging Ulysses in den Palast, in diesem Augenblicke verendete Ulysses' Hund; er starb vor Freude, seinen Herrn nach 20jähriger Abwesenheit wieder gesehen zu haben." (Homer's „Odyssee", Bd. 23.)

Plinius theilt mit: „Unter den Hausthieren ist namentlich der Hund, dieser treue Gefährte des Menschen, einer genaueren Betrachtung werth. Man erzählt von einem Hunde, welcher für seinen Herrn gegen Räuber kämpfte, und obgleich selbst schwer verwundet, dessen Leiche doch nicht verliess, sondern gegen Vögel und Raubthiere vertheidigte. Einen König der Garamanten holten 200 Hunde aus der Verbannung zurück und schlugen dessen Widersacher in die Flucht. Die Kolophonier und Kastabalenser hielten ganze Meuten von Hunden, welche im Krieg die erste Schlachtreihe bildeten und sich nie feige zeigten, sie waren die treuesten Hilfstruppen und dienten ohne Sold. Als die Cimbern erschlagen waren, vertheidigten noch Hunde ihre auf Wagen stehenden Zelte. Als der Lykier Jason getödtet war, wollte sein Hund nicht mehr fressen und hungerte sich zu Tode. Ein Hund, welchen Duris Hyrkanus nennt, stürzte sich in die Flammen, als König Lysimachos verbrannt wurde. Dasselbe that der Hund des Königs Hiero. Bei uns wurde Wolkatius, ein Edelmann, welcher zu Pferd von seinem Landhaus zurückkehrte und Abends von einem Räuber angefallen wurde, durch seinen Hund vertheidigt, ebenso der Senator Cölius, als er zu Placentia krank lag und von Bewaffneten überfallen wurde; erst da der Hund erschlagen war, erhielt er eine Wunde. Ueber Alles erhaben ist aber folgender Zug, welcher zu unserer Zeit in den Jahrbüchern des römischen Volkes, als Appius Junius und P. Silius Consuln waren, aufgezeichnet worden ist: Als Titus Sabieno sammt seinen Sclaven wegen des an Nero, dem Sohn des Germanicus, begangenen Mordes zum Tode verurtheilt war, konnte der Hund eines dieser Unglücklichen nicht vom Gefängniss weggetrieben werden, verliess auch dessen Leiche nicht, als sie auf die Strasse geworfen wurde, heute kläglich, und trug, als einer aus der versammelten Volksmenge ihm ein Stück Fleisch hinwarf, dieses zum Munde seines todten Herrn. Da nun die

Leiche in die Tiber geworfen wurde, schwamm er mit, und suchte
sie über dem Wasser zu erhalten, während das Volk am Ufer seine
Treue bewunderte." (Plinius, 8, 39, 61.)

Von den zahlreichen Beobachtungen Tod aus Kümmerniss
um den Herrn, seien folgende Mittheilungen hier angeführt: „Ein
Knabe in Athen, von einem liebenswürdigen und gelehrigen Charakter,
hatte von seiner Wiege an einen kleinen Hund zum Vergnügen
gehabt. Dieses Thierchen hing an seinem jungen Herrn, dass es
selten eine Stunde ohne ihn war. Wegen der besonders bezeugten
Anhänglichkeit nannte man den treuen Hund Fileros, der Liebende
des Liebenden. Eines Tages fiel der Knabe von oben herab und
war todt. Der Hund sprang ihm nach und brach sich ein Bein,
aber unempfindlich gegen seinen Schmerz, kroch er um den Knaben,
leckte ihn und legte sich unter seinen Körper, als wolle er ihn
aufrichten. Während der Zurüstungen zum Begräbniss verliess Fileros
den Knaben nicht und verschmähte jede Nahrung und wie er am
Begräbnissplatze ankam, erhob er ein klägliches Geschrei und blieb
5 Tage an des Kleinen Grabe liegen. Nun kam er nach dem Hause
zurück, frass ein wenig, lief sodann auf die Kammer der Kinder,
durchrannte mit bestürzter Miene alle Winkel und in Kurzem starb
er." („Griechische Grabschriften", 2. Bd.)

Oppian hat geschrieben: „Der Hund der Erigone ist auf dem
Grabe seiner Gebieterin gestorben; ebenso der Hund des Silanion,
der weder mit Gewalt noch Schmeichelei von dem Grabe entfernt
werden konnte. Als der letzte König Persiens, Darius, im Kampfe
gegen Alexander verwundet war und starb, verliessen Alle die Leiche,
nur sein treuer Hund nicht. Der Hund des Königs Lysimachos starb
freiwillig mit seinem Herrn. (Oppian, „De venat.", 1, 480.)

Von Freville ist angeführt: „Der macedonische König Lysimachos fiel in der Schlacht und man konnte seinen Leichnam auf
dem Schlachtfelde bloss durch das Winseln seines kleinen Hundes,
der neben ihm lag, erkennen. Da dann der Lysimachos verbrannt
werden sollte, konnte man den treuen Hund Hyrkanus nicht von
ihm trennen, er folgte dem Leichenzuge. Endlich stellte man ihn
neben das Paradebett, und als man den Scheiterhaufen entzündete,
um den Todten zu verbrennen, scheute Hyrkanus, um neben ihm zu
sein, die Wuth der Flammen nicht mehr, wie er das Wüthen der
Schlacht nicht gefürchtet, und liess sich lebendig verbrennen."
(Freville, „Gesch. ber. Hunde", 1797, p. 12.)

Ferner: „Ein kleiner Pudel überlebte eine ganze Familie, deren
Freude er gewesen war. Der Vater, drei Söhne, die Mutter und
zwei grosse Töchter werden hintereinander von der Pest hinwegge-
rafft. Als diese Unglücklichen zur Erde bestattet wurden, folgte der
trostlose Hund den Särgen und kam zurück in die Wohnung, wo er
ein fürchterliches Geheul erhob. Da die ganze Familie beerdigt war,

wollte der untröstliche Hund nicht länger im Hause bleiben, sondern ging auf die Gräber. Andere Leute, welche entzückt von dem herrlichen Charakter waren, pflegten ihn. Viele Jahre hielt der Hund auf diese Weise Wacht bei den Todten und erhielt den Beinamen ‚der Hund bei den Gräbern'.“ (Freville, „Gesch. ber. Hunde“, 1797, p. 110.)

In neuester Zeit wurden folgende Beobachtungen veröffentlicht: „Ein betagtes Ehepaar besass seit einer Reihe von Jahren einen Hund. Das Füttern desselben besorgte seit Jahr und Tag die Frau. Nach dreitägiger Krankheit starb diese. Die Fütterung des Thieres musste nun selbstverständlich der Mann übernehmen. Trotz aller Bemühungen und der besten Leckerbissen, die dem Hunde vorgesetzt wurden, war derselbe nicht zu bewegen, Nahrung zu nehmen, und starb nach einigen Tagen.“ („Der Hund“, 1888, p. 95.)

Zum Schlusse noch folgende Mittheilung: „Von einer seltenen Treue und Anhänglichkeit zeigt das Gebaren eines Hundes in Badenheim in Rheinhessen. Einer dort ansässigen Familie war die Tochter gestorben. Nach der Beerdigung vermisste man das Hündchen. Die Angehörigen glaubten, es sei entlaufen, bis man es längere Zeit darauf todt in dem Friedhofe auffand. Das treue Thier hatte sich unter dem Thor des Friedhofes durchgewühlt, suchte das Grab seiner Herrin und scharrte hier ein tiefes Loch, in welchem es augenscheinlich verhungert aufgefunden wurde.“ („Hundesport und Jagd“, 1892, p. 276.)

Von zahlreichen anderen Eigenschaften, welche sich durch Geberden und Handlungen bestimmt äussern, soll deren Vorhandensein durch die Mittheilung einiger Beobachtungen dargethan werden:

Erstaunen und Ueberraschung. v. Gothausen theilt in seinem Buche „Hunde und Katzen“, 1827, Folgendes mit. Um auch den wildesten Hund ohne Waffen abzuwehren, stellte sich v. G. in gerader Stelle ohne Waffen auf, eine grosse englische Dogge wurde auf ihn gehetzt, als das Thier sich auf 10 bis 20 Schritte genähert hatte, warf er sich plötzlich der Länge nach auf den Boden, streckte den Kopf und die Hände dem Thiere entgegen, und riss den Mund weit auf und brüllte den Hund mit ausgestreckter Zunge an. Sogleich stutzte die Dogge, kehrte sich schnell um und rannte mit dem Schwanze zwischen den Beinen eilend davon.

Ein anderes Mittel ist, den eigenen Kopf plötzlich mit beiden Händen zu fassen und Bewegungen ausführen, als wolle man denselben dem Hunde nachwerfen.

Schuldbewusstsein. Mein Freund, Rechtsanwalt H., besass einen mittelgrossen, rauhhaarigen Hund, zweifelhafter Abstammung, aber desto grösserer Intelligenz, welcher sich zwar sehr enge an seinen Herrn angeschlossen hatte, aber sich mit der Zeit sehr viele Freiheiten angewöhnte, da sich sein Herr nie entschliessen konnte, den

Hund zu strafen. Eines Tages liess sich der Hund verleiten, mit einer herumziehenden Gauklergesellschaft, die selbst mehrere Hunde im Besitze hatte, zu entweichen. Nach mehr wie wochenlanger Abwesenheit hörte Herr H. in der Nacht seinen Hund vor dem Hause bellen und um Einlass bitten. Sofort ging der gute Herr mit einem Lichte die Treppen hinunter, öffnete das Haus und im selben Momente raste der Hund herein und rannte mit wenigen Sätzen die Treppe hinauf. Bis Herr H. das Haus wieder verschloss kam aber der Hund wieder langsam die Treppe herabgekrochen, legte sich jetzt vor seinem guten Herrn auf den Rücken und hob alle vier Pfoten in die Höhe, dabei sich krümmend und wimmernd, welcher Beweis von Abbitte und Auslieferung den Herrn so rührte, dass er dem Schuldigen auf der Stelle verzieh, worauf dann ein unbeschreiblicher Ausbruch von Freude und Dankbarkeit seitens des Hundes erfolgte.

Eifersucht. Freville sagt: „Ich selbst habe einen Hund gekannt, der auf ein Kind, das eben aus der Kost kam, entsetzlich eifersüchtig wurde. Sowie die Mutter das Kind liebkoste, nahm der Hund weder Essen noch Trinken an, heulte Tag und Nacht, floh Jedermann und verkroch sich in ein Gewächshaus, wo er trotz aller auf ihn angewandten Sorgfalt ungeachtet starb."

In einigen Fällen treibt aber die Eifersucht dazu, den seither geliebten Herrn zu verlassen oder es entsteht Hass und Rachegefühl gegen den Nebenbuhler. Es sind erst wenige Jahre her, dass die Mittheilung in den Zeitungen kam, in Berlin sei eine Dogge, welche seitdem von der Herrschaft, einem jungen Ehepaar, sehr viel Liebe genoss, auf ein Kind, den neuangekommenen Sprössling, sehr eifersüchtig und endlich traurig und mürrisch geworden. Zu einer Zeit, während welcher sich die Dogge mit dem Kinde allein im Zimmer befand, hatte dieselbe das Kind vollständig zerfleischt und getödtet.

Verstellung: Plutarch erwähnt eines kleinen Pudels Zoppika, von dem er erzählt, dass er vor Vespasian, des Titus Vater, die Pantomime zum Erstaunen ausgedrückt habe. In einem gewissen Stück musste Zoppika das Sterben vorstellen, er frass von einem vorgeblichen Gifte, das nichts Anderes als Brot war. Sogleich verdrehte er Kopf und Augen, zitterte am ganzen Leibe und fiel hin. Nun bekam er Verzuckungen und blieb endlich wie todt auf dem Boden ausgestreckt liegen. Der Gaukler, verstellt über den Verlust seines Hundes, sich beklagend, betastete ihn von allen Seiten, nahm ihn bald beim Schwanze, bald bei der Pfote und schleppte ihn überall auf dem Theater umher, ohne dass er sich gerührt hätte. Plötzlich aber lebte bei einer Beugung der Stimme der todte Schauspieler wieder auf, lebhaft erhob er sich und spitzte die Ohren. Darauf stellte er sich auf zwei Pfoten, machte den Zuschauern eine tiefe Verbeugung, welche dem geschickten Thiere applaudirten.

Ein anderer Fall ist von demselben Autor angeführt: „Ein Pudel war sehr aufgebracht, dass seine Herrin noch einen anderen liebte, tröstete sich dadurch, dass er sich an mich hing und er folgte mir nach Bretagne wohin ich gerade reiste. Nach einigen Monaten wollte ihn seine Herrin holen lassen, aber er wollte nicht gehen, er fing sogleich zu hinken an, so dass es unmöglich war, ihn wegzuführen. Sowie der Mensch, der ihn holen wollte, hinweg war, lief er wie gewöhnlich und liess seine Freude aus." (Freville, „Gesch. ber. Hunde", 1797, p. 9.)

Ueber allgemeine Klugheit und Ueberlegung sind folgende Beispiele charakteristisch: „In den Niederlanden seien früher Hunde zum Schleichhandel abgerichtet worden. Man gewöhnte die Thiere ohne alle Begleitung zwischen zwei Grenzorten hin- und herzugehen. Meistens waren ihrer sechs beisammen, alle mit kleinen Waarenballen geladen, geführt von einem trefflichen Leit- und Spürhunde, sie gingen nur um Mitternacht in der dichtesten Finsterniss ab. Der Leithund hielt sich immer einige Schritte vor der Rotte und streckte die Nase nach allen Winden aus. Sobald er etwas Verdächtiges witterte, kehrte er um und kam zur Truppe zurück. Alle ergriffen nun schleunigst die Flucht, verbargen sich in Gräben, Gesträuchen u. s. w. und warteten hier, bis Alles wieder sicher war. Sodann machten sie sich vom Neuen auf den Weg und trafen endlich über der Grenze bei der Wohnung des einverstandenen Empfängers ein. Aber auch hier meldete sich nur anfangs der Leithund, die übrigen hielten sich in der Nähe versteckt. Auf einen bekannten Pfiff indessen kamen sie herbei. Sie wurden dann abgepackt, in einen bequemen, mit Heu belegten Stall gebracht und reichlich mit Futter und Milch versehen. Hier ruhten sie bis zur folgenden Mitternacht und kehrten dann auf dieselbe Weise mit Waaren beladen zurück." (Ludwigsburg, „Hunde und Katzen", 1827.)

Ferner: „Die Art, wie der Hund die unsicheren Tritte der Blinden leitet, erregt wahrhaft Bewunderung und verdient Erkenntlichkeit. Welche Klugheit, Geduld und Sorgfalt in diesem wohlthätigen Thiere! Niemals verfehlen sie an deren Thür zu weilen, die ihrem Herrn ein Almosen zu geben im Stande sind, sehr sorgfältig weichen sie den Karren, Lastthieren und Frachten auf ihrem Wege aus und das in der grösstmöglichsten Entfernung schon. Ich habe welche gesehen, sagt Montaigne, die einen ebenen und geraden Weg nicht gingen, bloss weil er tiefe oder mit Wasser angefüllte Gräben hatte, und dass diese vorsichtigen Thiere einen anderen krümmeren Fusssteig wählten, wo ihr Herr keiner Gefahr unterworfen war." (Freville, „Gesch. ber. Hunde", 1797, p. 12.)

Schüchternheit und Bescheidenheit findet sich namentlich bei den kleinen und verzärtelten Stubenhündchen und es gewährt ein grosses Ergötzen, wenn sich der kleine Liebling nicht an das vorgesetzte Essen heranwagt und endlich nur mit Geberden des allertiefsten Respects sich ein Stückchen nimmt, um es bedachtsam zu verzehren. Allerdings ist dies nicht die wahre Bescheidenheit, welche im Ernstfalle Erhebliches leisten würde, dass aber auch diese bis zu einem, dem Menschen unbekannten Grade beim Hunde vorkommen kann, beweist folgender Fall:

„Ein Jäger hat, von der Jagd kommend, auf der er 5 Rebhühner erlegte, in der Eile wegen plötzlich dringender Abreise sein Wildpret in eine Kammer gelegt und den Hund aus Versehen dazu eingesperrt. Die Abwesenheit dehnt sich sehr lange aus und als er wiederkehrt findet er den Hund in der Kammer todt, verhungert, die Feldhühner aber nicht angegriffen." (Freville, „Gesch. ber. Hunde", 1797.)

Ueber Muth und Entschlossenheit sei nachstehende Geschichte angeführt:

„Als Alexander der Grosse nach Indien zog, hatte ihm der König von Albanien einen Hund von ungeheurer Grösse geschenkt. Das gewaltige Thier gefiel ihm und er liess erst Bären, dann Eber und endlich Antilopen zu ihm, aber der Hund rührte sich nicht. Erbittert über diese Faulheit, liess ihn A. tödten. Dies erfuhr der albanische König. Er schickte demnach einen anderen mit der Bitte, ihn nicht an schwachen Thieren sondern an Löwen und Elephanten, zu versuchen, er hätte nur zwei gehabt und dieser wäre der Letzte. Ohne sich lange zu besinnen, liess A. nun einen Löwen los, aber der Hund machte ihn augenblicklich nieder. Darauf befahl er einen Elephanten vorzuführen und nie sah er einem Schauspiel mit grösserem Vergnügen zu: der Hund sträubte alle Haare, bellte furchtbar donnernd, erhob sich, sprang bald links, bald rechts gegen den Feind, drängte ihn und wich wieder, benützte jede Blösse, die jener sich gab, sicherte sich selbst vor dessen Stössen und brachte es soweit, dass der Elephant, vom immerwährenden Umdrehen schwindlig, niederstürzte, so dass beim Falle die Erde dröhnte." (Plinius 8, 39, 62.)

Hieran sei ein anderes Beispiel aus neuester Zeit angefügt:

„In Frankfurt a. M. spielten in der Nähe des Hafens Knaben und Mädchen, ein 12jähriges Mädchen (Therese Former) fiel dabei ins Wasser, ohne dass dies von den Spielkameraden wahrgenommen wurde. Ein anwesender kleiner hässlicher Hund erhob aber ein klägliches Geheul und sprang schliesslich in den kalten Strom, erfasste das Kleid des Mädchens, um sie an das Ufer zu zerren. Nun erst wurde man aufmerksam und das Kind gerettet." („Hundesport", 1891, p. 56.)

Auch für andere Gemüthsbewegungen: Kummer, Scham, Bestimmtheit, Stolz, Eitelkeit, Hohn, Trotz u. s. w. lassen sich Beweise zahlreich bringen, es ist aber für deren Vorhandensein das bereits Mitgetheilte genügend und der Hundefreund und Liebhaber findet

an seinem eigenen Thiere reichlich Gelegenheit, alle die genannten
seelischen Erscheinungen zu beobachten und sich zu überzeugen,
dass die Gefühle des Hundes sich von denen des Menschen nicht
unterscheiden, dass es sich dabei nicht um mechanische Aeusserungen
eines unüberlegten Instinctes handelt, sondern dass der seelische
Vorgang derselbe sein muss, wie beim Menschen.

Ueber die Seele des Hundes.

Durch die Beobachtung des Lebensprocesses, ohne genauere
Kenntniss der einzelnen Organe und deren Thätigkeit, entstand in
alter Zeit schon die Idee von einer inneren Kraft, die als vor-
stehendes Princip aller Lebenserscheinungen angesehen wurde, und
welche die zusammenhaltende Einheit des Körpers bilden sollte.
Man dachte sich die Seele wie einen Schatten des Leibes, hielt sie
für überall im Körper zugegen, hauptsächlich aber im Blute. An
eine Verschiedenheit zwischen der Seele des Menschen und des
Thieres dachte man anfangs nicht. Erst allmälig entwickelte sich
der Begriff von dem Fortleben der Seele des Menschen nach dem
Tode und dieses Fortleben wollte man der Seele des Hundes, der
Thierseele überhaupt, nicht zugestehen und so suchte man auf alle
Weise darzustellen, dass das Thier entweder gar keine Seele besitzt,
oder, wenn dies der Fall sei, die Thierseele dann eine andere Qualität,
eine niederere Sorte sein müsse; ja, man scheute sich nicht zu sagen,
der Teufel habe die Thierseele geschaffen. Alle Versuche, die Thierseele als etwas Anderes darzustellen, als wie es die menschliche ist,
schlugen fehl, weil thatsächlich kein qualitativer Unterschied besteht.
Die weitere Entwicklung dessen was einleitend gesagt wurde,
war die der Selbstbeobachtung: Erinnerung an früher Erlebtes,
Ueberlegungen, Begierden, Gefühle und Träume fand der Beobachter
und man suchte das Beobachtete durch ein Vorstellungsprincip zu
erklären, das seinen Sitz im Haupte habe. Dieses Vorstellungsprincip, das all das Genannte bewirken soll, sprach man der Thierwelt ab. Wir haben aber oben bewiesen, dass es hier gerade so existirt
wie beim Menschen. Wenn man die metaphysische Entwicklung
der Seele etwas näher ansieht, so ist Folgendes hier von Bedeutung:
Als gegebene Punkte, von denen aus auf die Seele geschlossen
werden kann, gelten: 1. Die Vorstellung. Dieselbe ist ein Vorgang,
dieser setzt einen Träger, ein Wesen voraus, in dem er sich ab-
zuspielen vermag, und weil alle gleichzeitigen Vorstellungen in
Wechselwirkung treten, so können sie nur Zustände eines und desselben Wesens sein. 2. Fühlen und Denken, um dies zu ermöglichen muss ein Wesen vorhanden sein, das alle äusseren und inneren
Reize aufnimmt und dadurch in Thätigkeit tritt. 3. Das Bewusstsein und Selbstbewusstsein, das eigene Ich. — Wie nun dieses

Wesen, das all das Betreffende ausführen soll, wie dieses „Ding an sich" beschaffen ist, darüber ist man nie klug geworden. Ist es ein einfaches oder ein zusammengesetztes Wesen? Man hat sich geeint, dass es nur ein einfaches Wesen sein könne, und zwar ist dies nicht anders begreifbar wie als Punkt, und zwar als mathematischer Punkt! Damit dieser aber etwas leisten kann, wurde dann aus der Seele ein „ideales Realwesen" gemacht und es wurde eine Subordination der niederen Kräfte unter die höheren angenommen. Lauter Dinge und Annahmen die sich wissenschaftlich als Trugschlüsse erweisen und die namentlich auch dann, wenn sie anerkannt werden, durchaus keinen Unterschied zwischen der Menschen- und Thierseele zulassen. Die Menschenseele kann von metaphysischer Seite nicht anders dargestellt werden, als die Thierseele; es existirt kein qualitativer Unterschied und gibt es ein Fortleben der Menschenseele nach dem Tode, so muss auch ein solches der Thierseele zugesprochen werden. Thatsächlich hat man auch einigen Thierseelen das Fortleben zuerkannt. Z. B. dem Esel, auf dem Jesus nach Jerusalem ritt, dem Wolfe, der Muhammed gehorchte, dem Kater Abuherias etc. Physiologisch ist es nicht nothwendig, höhere und niedere Kräfte für die Seelenthätigkeiten anzunehmen, das Gehirn producirt die Gedanken und sämmtliche sogenannten geistigen Thätigkeiten genau so, wie andere Organe des Körpers ihre Leistungen der Gesammtheit darbringen. Der Denkprocess ist ein materielles Geschehen und die Sinneseindrücke erzeugen und hinterlassen Spuren wie die Gewalt des Hammers, der an einem Steine auftrifft. Wie genau aber die Anlage und die feinste Entwicklung des Gehirnes des Hundes mit demjenigen des Menschen übereinstimmt, das zu studiren und sich davon zu überzeugen, hat Jedermann Gelegenheit in den neueren anatomischen und physiologischen Werken. Weder in der Thätigkeit, noch in der metaphysischen Entwicklung, noch in dem anatomischen Baue oder den physiologischen Thätigkeiten existirt ein qualitativer Unterschied zwischen der Menschen- und Thierseele.

Instinct. Wenn die Sage an irgend einen unheimlichen, düstern, von Menschen wenig besuchten Ort einen Geist versetzt, und ein ganz gesunder, modern naturwissenschaftlich gebildeter Mann, der sonst Wahrheit und Ammenmärchen, Aberglauben und Wissenschaft zu unterscheiden vermag, kommt plötzlich allein und zu nächtiger Stunde an diesen Ort, so wird er trotz aller seiner Weisheit der Einwirkung dessen, was er einst über diesen Ort und den Geist, der hier haust, gehört, und was ihn mächtig ergriffen hatte, auch jetzt nicht entgehen können, es wird ihn ein Grausen anwandeln. Genau so geht es jetzt noch mit dem Begriffe Instinct, mit dem heute noch der grösste Missbrauch getrieben wird. Da man den Thieren keine Seele zuerkennen wollte, die zu beobachtenden Erscheinungen aber ohne eine solche nicht erklärt werden konnten, so wurde für die geistigen

Thätigkeiten der Thiere der Instinct geschaffen. Mit diesem festgestellten principiellen Unterschiede kam man aber nicht weit, und
gerade so wie die Psychologen sich vergeblich über eine plausible
Erklärung der Menschenseele abmühten, so haben sie sich vergeblich
um eine taugliche Definition dessen, was Instinct heissen sollte,
geplagt. Es ist geradezu lustig anzuhören, was die Seelenkenner
aus dem Instincte Alles machen: Fichte z. B. definirt denselben
folgendermassen: Der Mittelbegriff zwischen Idealem und Realem ist
der Trieb. Phantasie und Trieb sind dasselbe; sie haben eine gemeinsame Wurzel und diese ist der Instinct. — Lotze sagt: Der
Instinct schwebt den Handlungen als Muster vor. Nirgends gibt die
Natur ihren Geschöpfen Trieb mit und alle Triebe entstehen nur
aus Gefühlen und Erfahrung. — Volkmann erklärt: Instinct ist die
Umsetzung eines Triebes in Leibesbewegung, ohne dass dabei ein
klar hervortretendes Bewusstsein ist. — Ebenso widersprechend wie
hier sind die Erklärungen von noch zahlreichen Anderen. Sucht man
aber von anderer Seite der Sache auf die Spur zu kommen und
kehrt die Frage um „Was sind instinctive Handlungen?", so lässt
sich etwas Positives, für Alles passend, auch nicht feststellen, denn
von dem instinctiven Wenden des Kopfes nach der Richtung, von
der ein unerwarteter Knall das Gehör trifft, bis zu der instinctiven
Handlung eines jungen Hundes, der die Saugbewegungen ganz richtig
ausführt, ist doch ein grosser Unterschied, und doch haben alle instinctiven Handlungen das Gemeinsame, dass sie ausgeführt sind, ehe sie bewusst werden. Es können aber instinctive Handlungen während der Ausführung bewusst und unterbrochen und anders ausgeführt werden.
Aber nicht alle unbewusst ausgeführten Handlungen sind instinctiv;
sonst wäre vielfach Gehen, Schwimmen, Singen, Reiten, Tanzen,
Clavierspielen etc. auch instinctiv. Instinctive Handlungen sind solche,
die das Individium ausführen kann, ohne sich besonders darauf eingeübt
zu haben, z. B. das Saugen Neugeborener. Es können aber auch solche
Handlungen an den Thieren neu auftreten oder verschwinden. Das
Ringslaufen der Hunde vor dem Niederlegen war für das in Frei-
heit lebende Thier wichtig um sich ein Nest zu machen, für den
Domesticirten ist es überflüssig und nur wenige zeigen es noch.
Diese instinctive Handlung ist im Verschwinden. Dass Hunde das
Wild aufsuchen, vor diesem stehen bleiben, es nicht selbst für sich
zur Nahrung fangen, ist jetzt eine instinctive Handlung einiger
Rassen, dieser Instinct ist erst seit Kurzem erworben und wird
immer mehr ausgebildet. Je höher ein Thier ausgebildet ist, je verwickelter sich seine Lebensbeziehungen gestalten, umsomehr braucht
es für die einzelnen Handlungen Anpassung aus dem momentan gegebenen Verhältnisse und umsomehr verständige überlegte Handlungen, je niederer es ausgebildet ist, je einfacher und gleich-
förmiger die Lebensbedingungen sind, umsomehr können instinctive

Handlungen ausgebildet sein. Zwischen dem Hauptacte des neugeborenen Menschen und dem des neugeborenen Hundes, dem Saugen,
ist kein Unterschied, zwischen dem Erkennen eines Hindernisses auf
dem Wege und dem Nehmen desselben mit Geschick und Ueberlegung
auch nicht. Der gebildete Mensch hat mehr Handlungen, die überlegt werden, wie der Hund, aber die Wurzel ist für beide dieselbe. Es existirt kein qualitativer, sondern nur ein quantitativer
Unterschied. Genau dasselbe muss wiederholt werden, wenn die einzelnen Seelenthätigkeiten alle genau studirt und verglichen werden,
wie ich es gethan habe. Vorstellen, Raum und Zeit, Denken, Begehren, Wollen, Empfinden und Bewegen, Gefühl, die einzelnen
Gefühlssorten, Gedächtniss, Bewusstsein und Selbstbewusstsein, dann
Schlaf und Traum, Sinnestäuschungen, die Sprache, die Unterschiede von Seele und Geist, die Freiheit des Willens, Temperament,
Charakter und Leidenschaft, Alles weist stets dasselbe, es ist dieselbe Ursache bei dem Hunde, wie beim Menschen, welche die
seelischen Erscheinungen erzeugt, es sind dieselben Erscheinungen
und Gefühle wie bei diesem. Der Art nach sind beide gleich, aber
der Menge nach sind sie verschieden. Der Hauptunterschied
wird gebildet durch den Mangel der articulirten Sprache beim
Hunde. Die Gedankenmassen, welche der Mensch dadurch weiter
wälzen kann, weil er sie dem Anderen mittheilen kann, dadurch, dass er
das Gedachte niederschreiben und es nachkommenden Geschlechtern
aufbewahren kann, dann dass die Ausbildung der menschlichen
Seele zeitlebend andauern kann, die des Hundes aber sehr jugendlich
abgeschlossen ist, dadurch ist der quantitative Unterschied so gross
geworden, dass sich im Gebiete des Transcendentalen, aber nur in
diesem die Hundeseele, neben der des Menschen, wie eine Hütte
neben einem Palaste ausnimmt.

Der Hund denkt, er hat Vorstellungen und Gewissen.

Durch die Sinne, Gesicht, Gehör, Gefühl, Geruch und Geschmack werden die Sinneseindrücke erzeugt und durch das Festhalten und Verbinden der Vorstellungen mit anderen entsteht Gedächtniss und Logik, Beides hat der Hund im hohen Grade. Die
Grundformen aller Vorstellungen sind Raum und Zeit. Was als äusser-
liches Ding empfunden wird, erhält in der Vorstellung den Begriff
des Geschehens der Zeit. Raum und Zeit existirt nur in der Vorstellung, ist nichts Reales. Jede Abschätzung der Entfernung eines
Gegenstandes, dass das Auge in die Tiefe und nicht nur auf der
Fläche unterscheidet, hat diesen Begriff nöthig und die Unterscheidung von „Gegenwart", „nicht mehr" und „noch nicht" ist mit
jedem Hungergefühl und dessen Stillung, mit jeder Erinnerung an
Gewesenes, mit jeder Hoffnung auf Kommendes verbunden. Diese
Beziehungen zwischen sich und der Aussenwelt hat der Hund
zweifellos. Aber die Vorstellung des Ichs zu solchen Dingen, die

nicht sind, z. B. die Grenzen des Raumes und der Zeit, sind unmöglich für ihn, diese geben dem Menschen die Empfindung des Leeren, Oeden, Gähnenden, Furchtbaren, des Aufhörens, den des Todes, den hat aber der Hund nicht, er weiss nicht, dass er sterben muss, und nur wenige Jagd- und Metzgerhunde kennen den Begriff zwischen lebendig und todt, aber nicht als allgemeinen Begriff. Denken, ist ein Verbinden und Trennen von Vorstellungen und dadurch Bildung eines Begriffes, z. B. die Feststellung zwischen einem Stock und einer Flinte. Welche Gefühle beschleichen den durch Nachdenken erfahrenen Jagdhund, wenn sein Herr zur Flinte oder zum Stocke greift. Dabei unterscheidet er Flinte im Allgemeinen und Speciellen und ebenso Stock. Das, „worüber" sich der Hund Erfahrungen sammeln kann, bildet seine Vorstellungen, das sind für ihn Thatsachen, mit diesen denkt er, er denkt nicht oder doch nur wenig in Worten und er denkt nicht mit Unberechenbarem, doch ist der Wille seines Herrn für ihn das Unberechenbare, und wie wird er zweifelhaft, stutzig, unentschieden in seinen Handlungen, wenn er den nicht ergründen kann und wie ganz ausserordentlich vermag er ausdenken, wie weit er in jedem Falle gehen darf. Es ist eine längst bekannte Bemerkung, sagt Freville: „Dass man auf den Hund sehen müsse, wenn man von dem Hausherrn urtheilen will."

Begehren, Begierde, auf ein Ziel gerichtet, mit Effect einzig es zu erlangen, erzeugt eine hohe Unlustspannung und die Erreichung des Zieles bildet das Lustgefühl der Befriedigung, die Herbeiwünschung des Letzteren ist die Erwartung und die theilweise Lösung vorher, die Enttäuschung. Häufige Wiederkehr des Begehrens bildet die Gewohnheit, die Neigung und die heftige Wiederkehr, den Hang, die Leidenschaft. Das Begehren der Thiere wird sehr bald zur. Leidenschaft. Wenn der Wachthund einen Gegner wähnt, so tritt seine Begierde zu schützen leidenschaftlich auf. Die Verfolgung wird leidenschaftlich, ebenso seine Liebe und sein Hass.

Wegfinden nach Eisenbahntransport. Ein Förster in Thüringen erhielt unlängst den Auftrag, einem Herrn in Schleswig einen seiner Hunde zu überbringen. Er fuhr von Erfurt bis Hamburg in der IV. Classe in der Eisenbahn und hatte den Hund bei sich an der Leine. In Hamburg löste er die Leine und der Hund ging sofort durch. Derselbe kam früher, als ein sogleich abgesandter Brief, wieder in seiner alten Heimat an. Ein Bernhardiner wurde von Greifswalde nach der Insel Rügen verbracht. Der Hund ging quer durch den Boden nach Stralsund und kam vor dem Ueberbringer in die alte Heimat. („Der Hund", Bd. XIII, Nr. 7.)

Der erstere Fall, wo der Hund den Förster kennt und die Absicht, dass man ihn an einen fremden Ort verbringen will, entdeckt, seine Absicht zu entweichen verheimlicht bis zum unbewachten

Moment, wo er entweichen kann und das Ungestüm mit der er das Ziel, die frühere Heimat zu erreichen, erstrebt, beweist den hohen Grad der Leidenschaftlichkeit, auch die zweite angeführte Mittheilung, ja es existirt eine Erzählung, dass ein Hündchen eines Herrn von Hohenlohe aus der Türkei nach Langenburg in Württemberg zurückkam, als sein Herr im Orient getödtet war.

Das Wollen, der Wunsch, die Begierde etwas zu erlangen, das Ueberlegen und Urtheilen, wie dies geschehen kann, die darauf angewandte List oder Gewalt, oder die Resignation, der „fromme Wunsch", das sind Alles Dinge, die tagtäglich an jedem Hunde beobachtet werden können; z. B., welche Schlauheit wendet ein Pudel an, wenn er einige von den frischgemachten Würsten, die ihm so fein in die Nase stechen, erbeuten will, namentlich, wenn er weiss, dass der Eigenthümer der Wurst seine Wünsche kennt, oder wie resignirt geht der Hühnerhund an der Spur einer läufigen Hündin vorüber, oder wie resignirt apportirt derselbe das Stück Brot, nach dessen Genuss seine Begierde schon lange leidenschaftlich erwacht ist.

Ueber Empfindung und Bewegung. Ueber die Entstehung der Sinneseindrücke, die Vorstellung aus diesen, die Uebertragung des Reizes auf die Bewegungsorgane, das Gehorchen dieser dem Willen ist hier kein Beweis nöthig, denn, dass Alles ebensowohl beim Hunde vorkommt, weiss Jeder, u. zw. ist es beim vollkommensten Hund, durch die höhere Sinnesschärfe, theilweise vollkommener wie beim Menschen.

Von den einzelnen Gefühlssorten haben wir eine Reihe weiter oben angeführt und es sind hier nur kurz die oft beim Menschen höchst entwickelt bezeichneten kurz anzuführen: Ehre, Ruhm, Moral. Alle sind beim Thiere vorhanden, wenn man auf die Wurzel der Entstehung derselben zurückgeht. Stolz und Eitelkeit verlangt Anerkennung, wenn auch kein Verdienst da ist, die Ehre berechtigtes Anerkennen, der Ruhm Anstaunen. Die letzteren Begriffe entspringen aus dem Bewusstsein und Selbstbewusstsein, das sogar jedes Thier haben muss. Stolz und Eitelkeit tragen ganz nieder entwickelte Thiere zur Schau, der Pfau, der Truthahn sind dafür typisch geworden. Ehrgefühl aber ist es, wenn ein grosser Hund sich von einem Kleinen anfallen und vertreiben lässt, ohne sich zu vertheidigen, und Ruhmsucht, sich aus einer Anzahl auszuzeichnen, kennt der in der Koppel erzogene Hund im hohen Grade. Auf der Fuchshatz hatte eine Hündin die Führung der Koppel und bog plötzlich ab, so dass der Meister glaubte, sie führe auf falsche Fährte; um ein Misslingen der Jagd zu vermeiden, schlug er mit einem Draht nach dem Hunde und traf ihn so schwer, dass sofort ein Auge des Thieres zertrümmert wurde, trotzdem liess die Hündin nicht von der Führung ab und der Erfolg bewies, dass sie Recht hatte. Was Moral und Sitte betrifft, so sind dieselben wechselnd.

Das Bewusstsein, mit der Sitte in Uebereinstimmung zu sein, gewährt Lust. Ein Befangensein unter der Autorität eines Anderen ist Gehorsam. Das religiöse Gefühl ist ein Abhängigkeitsgefühl, ein Grauen vor einer dunklen Uebermacht und von dieser Wurzel aus besitzt der Hund die höchsten Anlagen zu diesen Erscheinungen, aber seine einzige Autorität ist sein Herr. Kein Mensch kann seinem Gott inniger anhängen, ihn mehr fürchten, lieben und ihm vertrauen, ja über die Grenze des Lebens hinaus, wie das der Hund seinem Herrn kann, und wie er bewiesen hat und täglich beweist. Seine Sitte gegen andere Hunde beobachtet er streng, wenn auch das, was in der Hundewelt Sitte ist, in der Menschheit anders gilt, denn nie versäumt er an denjenigen Stellen seine Witterung abzugeben, wo es Andere vor ihm thaten, und kann er dies nicht, so gibt er als neues Zeichen seine Losung an einem erhöhten oder kahlen Platze ab.

Gedächtniss und Erinnerung, Einbildungskraft und Phantasie sind Seelenthätigkeiten, die sich nicht streng von einander trennen lassen. Dass Gedächtniss und Erinnerung bei dem Hunde hochgradig entwickelt sind, dafür haben wir schon zahlreiche Beispiele angeführt und namentlich sind es diejenigen, dass Hunde auf grosse Entfernungen den oft schwierigen Weg zur alten Heimat nahmen. Jede Unterscheidung von Wild auf der Jagd, wenn der Hühnerhund von dem Hasen oder der Wachtel gar keine Notiz nimmt, beweist dies, und Dutzende von Beispielen stehen mir zur Verfügung, dass einzelne Hunde, die ich operirt habe, noch nach Jahren die Klinik oder einzelne Personen wieder erkannten. Durch die Einbildungskraft oder Phantasie werden aber die Erinnerungsbilder getrennt und zu neuen Vorstellungen verarbeitet, die, so lange sie noch mit der Wirklichkeit zusammenhängen, bewundert werden, andernfalls aber als Narrheiten oder Verrücktheit den Uebergang zum totalen Irrsinn machen. Dass Alles das vorhanden ist beim Hund, ist zweifellos. Der Hund fürchtet sich, wenn er allein ist, er bellt den Mond an, er hat Visionen und Hallucinationen, denn in der Wasserscheu kann er seinen Herrn nicht mehr unterscheiden.

Bewusstsein und Selbstbewusstsein ist eine Vorstellung über sich selbst. Das Individuum weiss, dass es ist, und betrachtet sich selbst, es trennt sich vom Aeusseren, das Ich vom Nichtich. Das Nichtich, die Aussenwelt, ist ebenfalls innerlich, nur der Begriff verlegt sie hinaus, projicirt das durch die Sinne Aufgenommene durch die Erfahrung, setzt den im Innern entstandenen Begriff von Gegenständen hinaus und sondert sich so vom Aeusseren. Dieses Selbstbewusstsein hat jedes Thier, bis herunter zu denen, die bloss noch unentwickelte Sinne haben. Das Gefühl Ich ist schliesslich nur ein Punkt, u. zw. ein mathematischer, „die Welt ist der Wille". Das Ich von heute ist ein anderes, wie das vor 10 Jahren. Die Sorte von Selbstbewusstsein, die an den Stolz und Hochmuth grenzt, ist beim Hunde sehr entwickelt, die andere durch Reflexionen, „ich betrachte mich selbst und weiss, dass ich dies thue und bin dabei von meiner Wichtigkeit überzeugt", ist ein innerlicher Vorgang, über dessen Anwesenheit beim Hunde ich kein Beispiel besitze.

Schlaf und Traum hat man von jeher als Seelenzustände bezeichnet und da man den Thieren keine Seele zugestehen wollte, so hat man ihnen sogar auch die Fähigkeiten des Schlafens und Träumens abgesprochen. Letztere hauptsächlich auch weil man früher den Traum für etwas Heiliges ansah und prophetische Träume, sogar heute noch, bei einzelnen Leuten eine Rolle spielen. Die Ursache des Schlafes ist physiologisch nachgewiesen und jederzeit, wenn es mir beliebt, kann ich einen Hund schlafen lassen. Dass er aber im Schlafe auch die verschiedenen Stadien: Einschlafen, Tief-schlaf, Traumschlaf und Erwachen durchgemacht, ebenso wie der Mensch, das ist aus der Beobachtung zu schliessen, nur erzählt er nachher nicht, was er träumte, aber es ist zu schliessen aus seinem Benehmen im Traume, er bellt, er winselt, er bringt freudige, traurige und zornige Gefühle zum Ausdruck, ja er ist Nacht-wandler. Dass auch im wachen Zustande Sinnestäuschungen vorhanden sein können, dass Illusionen, Hallucinationen und Visionen vorhanden sein können, dafür sind schon früher die Beispiele vom Mondanbellen und den Wutherscheinungen gegeben, auch ist beim Narkotisiren des Hundes, im Stadium der Aufregung, genau dasselbe Bild im Stadium der Ideenflucht vorhanden, wie bei dem Menschen.

Die Sprache, das articulirte Wort ist der höchste Besitz des Menschen, der dem Hunde mangelt. Wenn auch von Hundelieb-habern behauptet wird und durchaus keinem Zweifel unterliegen kann, dass es sein kann, dass ein wohlerzogener, im Umgang mit seinem Herrn gross gewordener Hund „jedes Wort" versteht, das zu ihm gesprochen wird, so fehlt ihm die Fähigkeit, in derselben Weise zu antworten und nur in allgemeinen Lauten, wie sie etwa ein Künstler auf einem Instrument ertheilen würde, aber unterstützt durch ein verständnissinniges Auge und unzweifelhafte Geberden, kann der Hund seine Antwort ertheilen. Die Thiersprache ist besonders von Landois studirt und beschrieben worden. Es sind in derselben alle möglichen Lautäusserungen, Geberden und Handlungen für Lust und Unlust vorhanden. Die Angaben aus dem Alterthume, dass einzelne Hunde gesprochen haben, sind ebenso zu nehmen, wie diejenigen vom Reden, das der Esel Bileam's verführte, oder dem Weissagen eines griechischen Götterpferdes. Schon Plinius sagt über derartige Dinge: „Einst soll ein Hund gesprochen haben; das ist jedoch, wohl zu merken, ein Wunderzeichen." (Plinius 8, 41, 63.)

Eine Mittheilung von Haller lautet folgendermassen: „Die Nach-richt, die der Herr von Leibniz in die Pariser Akademie einsandte, zeigt, dass ein Hund, der einen Bauernjungen zum Sprachmeister hatte, verschiedene Wörter, als: Thee, Kaffee, Assamblee, vernehmlich auszusprechen gelernt hat (Haller, „Naturgeschichte", 1757), verdient als ‚Sprache' keine Beachtung. Selbst wenn es wahr wäre, dass der Hund einige Worte hervorbrachte, so kommt es auf die damit verbundenen Begriffe, den Gebrauch und die Verbindung mit anderen an. Man kann wohl einem alten fermen Papagei zugeben, dass er spricht, aber einem Hunde nicht."

Seele, Geist und Vernunft. Mit der Bezeichnung Geist oder Vernunft wollte man eine Art höherer Seelenthätigkeiten ausdrücken, und deshalb hat man den Thieren diesen Besitz abgesprochen. Mit Unrecht, denn die Umänderungen der primitiven Vorstellungen in andere und deren Anwendung auf die Aussenwelt in Allgemein-begriffen, bildet diese Sorte von Seelenthätigkeit. Ob diese Begriffs-verbindungen in erster oder zehnter Linie auftreten, das bleibt für den Nachweis, dass sie vorhanden sind, gleichgiltig. Ein Haushund fällt jeden Bettler an und er ist stille bei der Ankunft anderer fremden Personen, er hat sich den allgemeinen Begriff „Bettler" durch seine Vernunft hergestellt, eben so wie der Jagdhund sich einen solchen vom Schiessgewehr gebildet hat. Dass der Hund in logischer Weise Schlüsse in dritter und vierter Generation entwickelt, ist dadurch bewiesen, dass er aber andere abstracte Dinge verstandesgemäss behandelt, ist trotzdem nicht anzunehmen. Was ihm nicht direct nöthig ist, bleibt liegen. Es ist nicht anzunehmen, dass er über 3, höchstens 4 zählen kann, was darüber hinaus ist, ist ihm Heerde, kleine, grössere oder grosse Heerde.

Ueber Temperament. Ursprünglich wurde die Bezeichnung Temperament rein körperlich genommen. Hippokrates lehrte, sowie die 4 Elemente Feuer, Erde, Luft und Wasser das Ganze bilden, so bilden sie auch den Körper, sie sind durch Freundschaft verbunden und durch Feindschaft abgeschlossen und wenn eines dieser Elemente vorherrscht, so gibt dies dem betreffenden Individuum eine Tempe-ramentrichtung. Feuer galt als Blut, Wasser als Galle, Schleim als Luft und Erde als schwarze Galle, waren diese gut, normal vor-handen und gleichmässig gemischt, so war die „Temperirung", das Temperament, gut, war ein Theil im Plus, so war beim Vorherrschen von Blut ein cholerisches Temperament zugegen, beim Vorherrschen von Galle ein phlegmatisches, beim Vorherrschen von Luft ein sanguinisches und beim Vorherrschen schwarzer Galle ein me-lancholisches.

Später verliess man diesen rein anatomischen Standpunkt und bezeichnete gewisse Eigenschaften hiemit. Sanguinisch nannte man Individuen mit blühendem Aussehen, rascher Respiration, rascher Empfindung für Reize und bei Krankheit Steigerung zur Ent-zündung, dabei heitere Sinnesart, leichte Auffassung und Leichtfertigkeit in der Jugend. Cholerisches Temperament ist nach dieser Auffassung bei robuster Constitution und dauerhafter Gesundheit, dabei leichte Erregbarkeit, nachhaltige kraftvolle Durchführung, oft bis zur Zerstörung. Phlegmatisches Temperament hat namentlich die Eingeweide, die Verdauungsorgane entwickelt, der Körper sucht nicht Neues, behält aber das Angeeignete. Treue und Beharrlichkeit im Alter, Geiz und Eigensinn ist charakteristisch. Melancholisches Temperament ist erhöht in der Sensibilität. Das Nervöse steht im Vordergrund, Zartheit im Bau, unstät in der Bewegung, Steigerung zu schleichenden Krankheiten und Trübsinn. Man fand vielfach Widersprüche mit diesen Lehren und suchte diese dadurch auszugleichen, dass man erklären wollte, es können 2 oder 3 Temperamente gegen eines im Uebergewicht sein, wodurch sich Mischungen einstellen müssten. Die Temperamentlehre ist jetzt sowohl nach der einen, wie anderen Richtung verlassen und was damit bezeichnet werden will, das sind Charakterzüge. Auch die Physiogmatik und Phrenologie hat eine Zeitlang, zu der Zeit der Anerkennung von Gall's Schädellehre als Modesache in der Thierbeurtheilung geherrscht. Lavater hat die Behauptung aufgestellt, dass sich im Gesichtsausdruck der Seelenvorgang wiederspiegle, dass man Energie, Treue etc. auf dem Gesichte lesen könne. Gall mit seiner Kranioskopie und Phrenologie wollte an der Schädelform das Vorhandensein geistiger Eigenschaften beurtheilen. Beides hat sich als unhaltbare Spielerei ergeben. Nur in dem Sinne, dass körperliche Bildungen auf gewisse Fähigkeiten schliessen lassen, ist die Sache zulässig, z. B. gilt das sogenannte Reissbein oder der Reissknochen beim württembergischen dreifarbigen Jagdhund als ein Zeichen von Energie und Muth. Dieser sogenannte Reissknochen ist aber nichts Anderes als die Entwicklung des Kammes am Oberhauptsbein (Crista occipitalis s. mediana s. sagittalis) und diejenige des Vorsprunges zwischen beiden Platten (Processus interperietalis), weil durch diese Knochenvorsprünge für eine sehr leistungs- und entwicklungsfähige Musculatur Platz geschaffen ist, mit welcher der Hund im Angriff mehr leisten kann, wie einer ohne diese Bildung. Ob aber diese Eigenschaften auch den Hund zum Angriff veranlassen, ob er das Geschick hat, seinen Vortheil zu benützen, das ist Sache der Probe und nicht des anatomischen Zustandes.

Noch eine Frage, nämlich die der Vivisection, ist zu berühren. Hat der Mensch das Recht, Thiere zu viviseciren, und wenn ja, hat er auch das Recht, den hochentwickelten Hund hiezu zu verwenden? Diese Frage muss bejaht werden. Der Mensch ist, will er überhaupt existiren, gezwungen, Thiere zu tödten. Gegen giftige und reissende Thiere gibt es nur einen Kampf auf Leben und Tod. Um sich Nahrung zu verschaffen, hat der Mensch das Thierreich nöthig. Exclusive Vegetarianer können zwar auch leben und Leistungen vollbringen. Die Existenz ganzer Völker und Länder mit zahlreichen Einwohnern scheint aber ohne thierische Nahrung unmöglich. Thiere zu anderen Zwecken wie zum Essen verwenden, zur Jagd, zum Zuge etc. etc. ist absolut nothwendig. Der Culturmensch muss arbeiten. Thiere zu wissenschaftlichen Beobachtungen verwenden, ist im Interesse des Fortschritts der Naturkenntniss, auf der jede rationelle Medicin beruht, absolut nöthig; dazu müssen nicht nur die äusseren, sondern auch die inneren Körpertheile dienen, es ist nothwendig, dass die Theile freigelegt und sachgemäss geprüft werden. Aber die Vivisectionen sollen nur von Geübten, nach genau festgestelltem Plane vorgenommen werden, es sollen die zur Vivisection kommenden Thiere möglichst chloroformirt sein und sie sollen nach grösseren Eingriffen getödtet werden, wenn das Fortleben und nachherige Beobachten nicht zum Experimente gehört. Dass das Volk durch grausige Darstellungen der Vivisection gegen die Männer der Wissenschaft aufgehetzt wird, ist sehr bedauerlich und Unrecht. Derjenige Hund, welcher durch ein an ihm erfolgreiches Experiment beigetragen hat, das Wissen zu fördern, die Medicin zu bereichern, der hat sein Dasein rühmlicher erfüllt, wie tausend und abertausend andere, die eine Zeitlang als Spielzeug behandelt und nachher achtlos zur Seite geschoben werden.

IV. Capitel.

Die Züchtung, Brunst, Begattung, Befruchtung, Entwicklung, Tragezeit, Geburt und Aufzucht.

Brunst und Begattung. Die Hündin, auch Zaupe, Fäche, Betze, Debe, Teve, Luppe, Tiffe, Thöle, Zippe, Tache, Bräcke, Metze, Zatze, Lutze oder Tausche genannt, hat 10 Zitzen, jede mit 8 bis 10 feinen Oeffnungen. Die Lagerung derselben ist unten und zu beiden Seiten der Brust. Eine Scheidewand trennt die Zitzen in 5 rechte und 5 linke, jede einzelne Zitze hat ihre besondere Abtheilung von Blut- und Milchgefässen. Die auf einmal geworfene Anzahl Junge ist 1 bis 14, selten mehr, doch sind 18 bis 20 Stück, ja noch mehr, beobachtet worden. Die Hündin wird in der Regel jährlich zweimal läufig, brunstig, brünstig, hitzig, krennig oder leunig.

Der Hund, auch Rüde, Rätte oder Männchen, hat seine äusseren Geschlechts- oder Sexualtheile unten am Bauche zwischen den Schenkeln gelagert, die Hoden, Testikel oder Steine sind an dem straff augezogenen Hodensack, Sack oder Scrotum, zwischen den Schenkeln derart nach hinten hinausgedrückt, dass sie beim Laufen nicht gequetscht werden können. Das männliche Glied, Penis, Brunstruthe, Feuchtglied, Spitz, hat als feste Grundlage einen langen, halbhohlen, nach unten offenen Knochen, in dessen rinnenartiger Furche die Harnröhre verläuft. Die Eichel ist ziemlich gross, schräg, spitzig und nach rückwärts, etwas vor der Mitte, befinden sich zwei Schwellkörper, die bei der Erection anschwellen und knochenharte Verdickungen bilden, wodurch das Hängenbleiben zum Theile verursacht wird. Der Penis liegt in der Vorhaut und diese ist an ihrer Spitze, woselbst sich die mit pinselartigen Haaren umsäumte Oeffnung befindet, nicht mit der Bauchhaut verwachsen, so dass der Anfang zu einem freiliegenden Penis gegeben ist, so wie er bei Aufrechtgehenden vorhanden ist. Die Geschlechtsreife der männlichen Hunde ist, je nach Rasse, Haltung und andere Einflüsse verschieden. In der Regel wird er es mit 1 Jahre, er soll aber vor 1¹⁄₂ bis 2 Jahren nicht decken. Gessner sagt in seinem Thierbuch 1563: „Sobald der Hund anfängt mit aufgehobten Beine seychen, so fangt er an zu den Hündinnen fügklich seyn."

Die Erscheinungen der Brunst treten beim Weibchen nur periodisch auf, beim Rüden können sie jederzeit wachgerufen werden. Bei der Hündin ist die Ursache der Brunst –das Reifen von einer Anzahl von Eichen im Eierstock. Durch das Platzen der Graf'schen Follikel und Eintritt der Eichen in die Fallop'schen Röhren und den Uterus, sind die Eichen zur Befruchtung vorbereitet. Mit diesem wichtigsten Vorgange ist eine Reihe von Erscheinungen verbunden, theils um den befruchteten Eiern Gelegenheit zum Weiterwachsthum zu geben, theils um den Vorgang nach aussen so zur Geltung zu bringen, dass eine Befruchtung der Eier durch den Samen des Männchens erfolgt. Der Vorgang der Eilösung und Wanderung derselben in den Uterus ist verbunden mit bedeutendem Blutzufluss zu den gesammten weiblichen Geschlechtstheilen, hiedurch werden dieselben viel stärker und dicker, die in denselben gelagerten zahlreichen Drüsen sondern jetzt massenhaft schleimige Producte ab, einzelne faltige oder knopfförmige Theile, wie das Hymen und die Clytoris, schwellen prall an, die Blutfüllung wird so gewaltig, dass zahlreiche Gefässchen reissen und auf der Schleimhautoberfläche ziemlich starke Blutung entsteht. Durch diesen Vorgang wird das ganze Empfindungsleben der Hündin verändert und gestört. In der ersten Zeit ist das Thier durch die innere Spannung, den Blutandrang zum Uterus, gereizt, durch das zahlreiche Reissen von Blutgefässchen entstehen lebhafte Schmerzen, die auf das Rückenmark überstrahlen. In dieser ersten Periode schwellen die äusseren Geschlechtstheile, die Scham, Nuss, Schnalle, Tasche, Büxe derb an, sie sind geröthet, schmerzhaft, der Blutfluss ist ziemlich stark, die Hündin „färbt". Sie sucht den zuckenden Schmerz zu mildern, setzt sich auf kühlen Boden, rutscht mit den beissenden Theilen sachte hin und her, klagt auch wohl ab und zu, oder schiebt die Hinterbeine zwischen den vorderen hindurch, läuft mit den vorderen, das Hintertheil nachziehend, die „brennende Nuss" auf dem Boden schleifend, „fährt Schlitten". In dieser Periode des „Färbens" und des ausgesprochenen schmerzhaften Reizes ist die „Witterung" auf die Hunde am stärksten, aber die Hündin beisst gegen dieselben, wehrt ab, „schlägt ab". Allmälig, nach 6 bis 8, auch 10. Tagen lässt das Unangenehme für das Weibchen nach, der Ausfluss aus der Scheide wird mehr eine trübe schleimige Masse, die straff angeschwollen gewesenen Theile erschlaffen und hängen als breite, taschenförmige Wülste herab, oft klaffen die Ränder auseinander, so dass die Schleimhaut sichtbar wird. Nun fängt die Hündin an, mit den sich an sie herandrängenden Hunden zu spielen, ohne jedoch denselben eine nähere Berührung zu gestatten, und sie hat jetzt Neigung vom Hause fortzugehen, um im Wald und Feld sich mit einem um sie bewerbenden Hunde umherzutummeln, aber erst gegen den Schluss, wenn das Färben aufgehört hat, stellt sich allmälig eine Erschlaffung ein, die Hündin wird müde, der vorherigen Aufregung folgt eine reactionslose Schwäche, Mattigkeit, Erschlaffung bis fast zur Hinfälligkeit und jetzt ist die Zeit der Begattung, in der sie jeden Hund annimmt und auch zahlreiche nacheinander.

Die Begattung, auch Belegen, Beziehen, Stecken, Bedecken, Laufen, Belaufen, am meisten wird letzterer Ausdruck angewendet. Tänzter macht in seinen „Jagdgeheimnissen", 1734, folgenden Unterschied: „Belaufen, heisst wenn sich die Hunde selbst miteinander vermischen, Belegen, sagt man, wenn man einen Hund mit einer Hündin sich vermischen lässt." Unter den Rüden entsteht um die Hündin die lebhafteste Eifersucht mit heftigem gegenseitigen Bekämpfen, schon auf grosse Entfernung wittern die Hunde die läufige Hündin, ja es scheint, dass geschlechtlich erregte männliche Hunde ebenfalls andere Ausdünstung bekommen und durch die Eigenartigkeit, an allen hervorragenden Gegenständen etwas Harn abzusetzen, auch andere männliche, die diesen Ort besuchen, unterrichten. Wenn eine Hündin über das Reizstadium der Brunst hinaus und in dasjenige der Erschlaffung eintritt, so lässt sie den Begattungsact von jedem an sie herankommenden Hunde, ohne Weiteres sofort vollziehen, an der Leine geführt, hinter dem Herrn herlaufend, kann ein Hund aufsitzen. Diese Zeit des widerstandslosen Hingebens dauert 3 bis 8 Tage, so dass die ganze Brunstperiode erst in 10 bis 20 Tagen, ja oft erst noch später vorüber ist. Nicht alle Hunde können gegenseitig den Begattungsact ausführen. Die Grössenverhältnisse sind zu verschieden. Es ist unmöglich, dass eine Rüde der

Ulmer Doggen eine Pintscherhündin oder ein solcher Hund eine so grosse Hündin befruchtet. Wenn auch im letzteren Falle die Einführung erfolgt, so geschieht doch die Samenergiessung viel zu oberflächlich, als dass eine Befruchtung erfolgen könnte. Seitens der Hunde selbst erfolgen aber keine spontanen Ausschliessungen wegen zu verschiedenen Grössen, sondern ein grosser Rüde bemüht sich ebenso um ein winziges Zaugelchen, wie ein faustgrosser Affenpintscher um eine läufige Bernhardinerhündin. Die Grössenverhältnisse sind bei Thieren derselben Rasse am besten angepasst. Die zur Begattung reife Hündin bleibt ruhig stehen, der Rüde steigt mit seinem Vordertheil über die Kruppe der Hündin und führt den erigirten Penis in die Scheide, bei Missverhältnissen, wenn der Penis des Hundes zu gross ist, gerade die Grenze der Möglichkeit der Vereinigung noch besteht, entstehen Verletzungen und Schmerzäusserungen; ist aber das Weibchen das zu Grosse, so legt es sich nicht selten zu Boden und sucht durch alle möglichen Stellungen und Lagen den Coitus zu ermöglichen. Der Begattungsact dauert sehr lange, die Hunde entleeren den Samen nur langsam, derselbe soll an die Mündung des äusseren Muttermundes und durch das Orificium hinein in den Uterus entleert werden und um dies zu erreichen, um eine vollständige Aufnahme sämmtlichen zu ergiessenden Samens zu ermöglichen, vergrössern sich die beiden Schwellkörper am Penis des Männchens derart, dass ein Zurückziehen und Loslassen unmöglich wird, im Gegentheil, die Musculatur an den Schamlippen der Hündin wird durch einen Zug nach rückwärts derart angestrengt, dass sie wie eine Schlinge den Knoten am Penis umfasst, und so entsteht durch die Wirkung von beiden Theilen die Unmöglichkeit, den Coitus nach Willkür zu unterbrechen, die Hunde „hängen aneinander“. Wenn nun in dieser Zeit eine Störung kommt, die sich begattenden Hunde verjagt werden, so kommt es vor,· dass das Stärkere der Beiden davon eilt, das Andere, Schwächere, mit Abbiegung, eventuell Knickung des Penis nach hinten hinausgedrängt wird und so das Stärkere das Schwächere, dessen Hinterbeine hochstehen und das mit den Vorderbeinen rückwärts gehen muss, davon zieht, wodurch grosse Beschädigungen entstehen können. Erst wenn das Absamen des Männchens, die „Ejaculation“ vollständig erfolgt ist, schwillt der Penis ab und die Lösung tritt ohne Schmerz ein. Es sind hier einige Mittheilungen einzufügen: Vielfach besteht die Meinung, man könne willkürlich bei einer Hündin die Brunst erzeugen oder unterdrücken. Täntzer gibt z. B. in seiner „Parforcejagd“ 1715 folgende diesbezügliche Rathschläge:

1. Recept um eine Hündin läufig zu machen. „Nimm zwei Knoblauchköpfe mit einem halben Hoden vom Biber, misch solches mit Brunnenkresse und nimm ein Dutzend Spanische Mücken dazu, dieses lasse Alles mit Schaffleisch in einem Hafen, der einen

Schoppen hält, sieden, und gibt solches der Hündin als eine Suppe etliche Mal ein, so wird sie läufig werden."

2. Recept, um zu machen, dass eine Hündin nicht läufig wird. „Man muss einer Hündin, die noch keine Junge getragen, neun Morgen nacheinander allezeit neun Pfefferkörnlein in Kässe oder Anderem eingeben und solches essen machen; es gerathet aber nicht allemahl."

Auch im ersteren Falle gerathet es nicht allemal oder richtiger wohl nie, denn, wenn auch die Kanthariden einen heftigen Reiz auf die Sexualtheile ausüben, weshalb sie den wirksamen Hauptbestandtheil aller sogenannten Liebeszaubermittel bilden, so entsteht dadurch doch nur ein geschlechtlicher Reiz, aber keine Abstossung von Eiern, die doch allein die Befruchtung ermöglicht.

Unfruchtbarkeit bei weiblichen Thieren hat ihre Ursache a) im Fehlen oder in mangelhafter Bildung der Eier, Entartungen der Eierstöcke, b) mangelhaftem Transport der Eier in den Uterus durch Unterbrechung der Leitungsfähigkeit der Fallop'schen Röhre, c) mangelhafter Zustände der Uteruswand, Geschwülste, Katarrhe etc., wodurch die Eier zu Grunde gehen, d) Verwachsung oder Verschliessung des Muttermundes, so dass der Samen nicht hindurch treten kann, e) mechanischen Hindernissen in der Scheide oder der Scham, wodurch eine Einführung des Samens unmöglich wird.

Unfruchtbarkeit bei männlichen Thieren, in: a) Fehlen oder in mangelhafter Bildung der Hoden, b) in mangelhafter Bildung des Samens, so dass die Spermatozoen in ihm fehlen, Azoospermie, c) in mangelhafter Ueberführung des Samens in die Harnröhre, d) krankhaften Veränderungen an den anderen Samendrüsen, der Prostata und den Cooper'schen Drüsen, e) mangelhafter Bildung des männlichen Gliedes und f) mangelhafter Innervation, so dass der Hund wegen zu heftiger Aufregung den Coitus nur mangelhaft oder wegen Schwächegefühls gar nicht ausführt, oder wegen üblen Erfahrungen beim „Hängenbleiben" sogleich wieder absteigt und den Samen auf den Boden entleert.

Auswahl zur Zucht. Alb. Magnus sagt hierüber 1545: „Unter solchen Hunden soll man, soweit möglich, zwei gleicher Grösse, Gestalt, Farbe oder Haares, Weible oder Männle mit einander laufen lassen, doch ist an der Farbe der weniger Theil gelegen. So du sie auch wilt laufen lassen, so sperr sie erstlich einen jeden besonder und hungere sie wohl aus, damit sie sich von aller Ueberflüssigkeit reinigen, dann speis' sie mit Butter, mit fettem, weichen Käs vermischt, dann lass sie zusammen auf ix Tage lang, bis sie empfahet."

Soll die Hündin nicht trächtig werden, so muss sie über die ganze Zeit der Brunst eingesperrt bleiben. Man vermeide ja sie heraus und um das Haus laufen zu lassen, denn überall, wohin sie geht, hinterlässt sie wegen ihrem fortwährenden Niederdrücken auf den Boden ihre Witterung, welche die Hunde aufnehmen und dann — als ob es einer dem andern sagen würde — kommen sie in grosser Anzahl und werden bald so frech, dass sie in das Haus, ja in die ihnen sonst ganz fremde Wohnung eindringen, um zu der Hündin zu gelangen. Dadurch können ärgerliche Scenen entstehen, zumal derart aufgereizte männliche Thiere sich nur schwer abtreiben lassen, ja wohl Menschen, die sie wegjagen, anfallen. Lässt man eine läufige Hündin aber gar nicht aus dem Hause, so unterbleibt die ganze Widerwärtigkeit. Ist jedoch bestimmt, dass eine Hündin „belaufen" werden soll, dass man Junge von ihr will, so wird der zu ihr passende Hund ausgesucht, möglichst in Allem harmonisch, aber nicht zu nahe verwandt. Doch ist auch hierin die Ansicht verschieden, Winkell sagt z. B.: „Von dem Vorurtheil, dass es schädlich sei, ganz nahe verwandte Hunde mit einander zu begatten, ist man schon lange zurückgekommen. Erfahrung hat sie belehrt, dass Vater und Tochter, Sohn und Mutter, wenn sie sonst vermöge ihres Temperaments und Alters für einander passen und die erforderlichen Eigenschaften besitzen, eine treffliche Nachkommenschaft hervorbringen."

Anderseits ist es eine unbestreitbare Thatsache, dass zu lange fortgesetzte Inzucht, Incest, grosse Nachtheile hat (vgl. die Capitel), Auch im Alter sollen die Thiere nicht zu unterschiedlich sein. Behlen gibt an, weibliche soll man nicht vor dem dritten, männliche nicht vor dem vierten Jahre zur Zucht verwenden. 2 Jahre alte Weibchen sollen mit 4 bis 5 Jahre alten Männchen, 3 Jahre alte Weibchen mit 3 bis 4 Jahre alten Männchen, ältere Weibchen aber mit jüngeren Männchen gepaart werden. Man hat hierauf die Zahl der Jungen und der Geschlechtsbildung zurückführen wollen, auch die Entwicklungsfähigkeit, es ist aber zweifellos, dass bei gesunden, sonst gut entwickelten Thieren die Altersverschiedenheit nur wenig Einfluss auf die Jungen hat. Bei ganz alten, gebrechlichen wird die Begattung mangelhaft oder nicht mehr ausgeführt, die Jungen, die aber in so hohem Alter erzeugt sind, können trotzdem ganz gut sein. Die für einander bestimmten Hunde werden in einem Stalle zusammengesperrt und etwa 24 Stunden beisammen gelassen. Man hat sich zu überzeugen, dass die Hunde mindestens einmal an einander „hängen", ist dies der Fall gewesen, so sind Wiederholungen nicht mehr nöthig, denn bei einer einmaligen Samenentleerung werden Tausende von Samenfäden entleert, welche für ebenso viele Eier zur Befruchtung ausreichen würden. Nur in dem Falle, wenn die Begattungen rasch aufeinander folgen, nimmt die Zahl der Spermatozoen und die Samenmenge sehr schnell ab. Es ist also wesentlich, dass ein Hund mindestens einen Tag, besser aber mehrere Tage vorher nicht begattet hat. Mehr wie eine Hündin soll ein Hund an einem Tage nicht decken, dieselbe Hündin mehrmals zu decken schadet nichts, ist aber bei geregelten Verhältnissen auch nicht nöthig. Sobald die Trennung der Thiere von einander vollzogen ist, so kann man sie von einander entfernen, die Hündin muss aber noch so lange im Verwahrsam gehalten werden, bis alle Zeichen der Brunst verschwunden sind und männliche Hunde keine Notiz mehr von ihr nehmen, dann erst „hat sie ausgelaufen".

Befruchtung und Entwicklung. Die Entstehung und das Wachsthum eines jungen Hundes ist, wie bei allen Wirbelthieren, dadurch bedingt, dass die männlichen und weiblichen Keimzellen, die Samenzellen und die Eizellen vereinigt werden.

Die weibliche Keimzelle heisst auch Ei, ist eine einfache thierische Zelle, deren Eileib als Dotter bezeichnet wird. In diesem ist ein Kern, das sogenannte Keimbläschen, an welchem noch der Keimfleck unterscheidbar ist. Wenn ein solches Ei, das im Eierstock entsteht, allmälig reif wird, so erhält es durch Ausscheidung vom Zellleib eine Hülle oder Haut, die sogenannte Dotterhaut, und durch Ausscheidung von der Wand her, in welcher das Ei gebildet wurde, entsteht eine weitere Hautschichte, die Eikapsel oder Zona pellucida. Das Ei des Hundes ist bei günstigen Beleuchtungsverhältnissen eben noch mit blossem Auge sichtbar. Der thatsächliche Werth für die Entwicklung eines Jungen ist aber ebenso gross, wie der eines Strausseneies, welch Letzteres eben dieselbe Anordnung hat, nur eine grosse Menge von Nahrungsdotter für die Entwicklung des Jungen besitzt, welches der Hundembryo nicht bedarf, da er im Uterus direct von der Mutter ernährt wird. Das reife Ei der Hündin ist nur eine Zeitlang befruchtungsfähig, allmälig verändert sich dasselbe und es stirbt ab und sobald es todt ist, wandern weisse Blutzellen in dasselbe, und schliesslich wird es aufgelöst.

Die männliche Keimzelle, auch Samenzelle, Samenfaden, Spermatozon, wird im Hoden des geschlechtsreif gewordenen männlichen Hundes gebildet und mit dem Saft der Prostata und dem der Cooper'schen Drüsen gemischt, und als sogenannter Samen bei der Begattung ausgespritzt, ejaculirt. Der Bezeichnung „Samen" liegt die Idee zu Grunde, dass hier ein Samen oder eine Frucht ausgestreut werde, die sich zu einem neuen Wesen entwickle, in Wirklichkeit entspricht aber der thierische Samen dem Blüthenstaub der Pflanzen und das Ei der Narbe derselben, eigentlicher Same oder Frucht ist erst das Junge, das durch die Vereinigung von männlichen und weiblichen Blüthetheilen, bei der Pflanze Pollen und Narbe, bei der Thierwelt Sperma und Ei, entsteht. Jede Samenzelle, männliche Keimzelle, Samenfaden oder Spermatozon entspricht dem Werthe einer mit einer einzigen Wimper versehenen Geiselzelle an der man ein vorderes dickes Ende, den

Kopf, ein Mittelstück und ein Schwanzende unterscheidet. Die ganze Form hat Aehnlichkeit mit einer Kaulquappe. Diese Spermafäden oder Spermatozoen etc. werden in den Hodencanälchen aus Epithelzellen gebildet und eine solche zerfällt in eine ganze Reihe von Spermafäden, so dass eigentlich der einzelne Samenfaden nur ein Theil des Werthes vom Eiwerthe ist. So lange die Spermatozoen im Hoden selbst sind oder aufgespeichert liegen, sind sie ganz ruhig, sobald sie aber bei der Begattung ausgespritzt werden und mit dem Safte der genannten Drüsen, hauptsächlich aber mit dem Schleim der weiblichen Geschlechtstheile in Berührung kommen, so entsteht eine sehr lebhafte Bewegung, wodurch der einzelne Samenfaden trotz seiner winzigen Kleinheit in der Minute 1·5 bis 3·5 mm vorrücken kann. Diese Bewegung geschieht mit dem Kopfe voran, sieht aus wie willkürlich und es gewährt anfangs einen eigenartigen Eindruck, wenn man unter dem Mikroskop in einem winzigen Samentröpfchen Tausende von solchen Spermatozoen in lebhafter Bewegung sieht. Erzeugt wird diese Bewegung durch flimmernde, rotirende, peitschenförmige, trichterförmige Bewegungen der Geisel oder des Schwänzchens, dieselbe hält durch mehrere Tage, sogar eine ganze Woche lang an, und sie ist Ursache, dass kurze Zeit nach der Begattung die Samenfäden im ganzen Uterusraume, bis hoch hinauf zu den Hörnern vertheilt werden und dass dadurch gewissermassen ein Aufsuchen der weiblichen Eier erfolgt, welche dann befruchtet werden.

Die Vorgänge zur Reifung des Eies sind erst seitdem man die ausgezeichneten Mikroskope besitzt, bekannt. An dem Kern oder Keimbläschen bildet sich eine Spindelfigur, gleichzeitig wird der Inhalt in ein klares homogenes Protoplasma und in ein undurchsichtiges feinkörniges geschieden. Letzteres lagert sich strahlenförmig um die Kerne, so dass eine einfache oder doppelte sonnenförmige Figur entsteht. An dem neugebildeten Ende der Spindel entsteht ein Knöpfchen, so gross wie der ursprüngliche Kern, so dass ein Bild entsteht, ähnlich den Hanteln der Turner, dieser zweite Kern durchdringt die Wand, schnürt sich los und an seinem Spindelrande entstehen neue Strahlungen und neue Kernbildungen und abermals erfolgt die Auflagerung eines neuen Kernes ausserhalb des Eies. Die Auflagerungen, ausserhalb am Ei, welche mit einer Verkleinerung des weiblichen Keimbläschens verbunden sind, heissen auch Polzellen oder Richtungskörperchen. Es wird durch den Vorgang die Einrichtung und Masse des Keimbläschens verändert und dieses dadurch zum befruchtungsfähigen Gebilde. Endlich scheint der eigentliche Kern verschwunden, und schliesslich wird das ganze Protoplasma hell und ruhig und die Zelle besitzt in der Mitte den durch diese Vorgänge viel kleiner gewordenen Kern, der jetzt weiblicher Vorkern genannt wird. In diesem Stadium ist das weibliche Ei zur Befruchtung vorbereitet, „reif", und bleibt es durch längere Zeit, mindestens eine Woche; wird es in dieser Zeit aber nicht befruchtet, so stirbt es und löst sich auf.

Die anatomischen Veränderungen infolge der Brunst beim weiblichen Thiere sind: 1. erhöhte Schleimproduction auf den Schleimhäuten in dem Uterus und der Scheide, 2. Ueberfüllung mit Blut in den Gefässen dortselbst, 3. Blutungen auf die freie Oberfläche, 4. Erweiterung des Muttermundes und 5. Lösung von reifen Eiern aus dem Eierstock. Die Schleimhaut des Uterus ist im nicht brünstigen oder nicht trächtigen Zustande mässig blutreich. Durch die Brunst erfolgt aber reichliche Anfüllung mit Blut, dadurch höhere Röthe, Dickerwerden und Anschwellen. Das schleimige Secret wird reichlicher abgesondert und erhält einen scharfen, ganz specifischen, auf · männliche Hunde fascinirend wirkenden Geruch. Dabei finden zahlreiche, nicht unbedeutende Blutungen auf die Oberfläche statt, welche das „Färben" bedingen. Im späteren Stadium sind die Schleimproductionen überwiegend, die Spannungen und die Härte der Theile und die damit verbundene Schmerzhaftigkeit lassen etwas nach, die Scheide wird weiter, ebenso der Muttermund. In dieser Periode nehmen die Hündinnen den Hund an, und sie ist die günstigste für die Befruchtung.

Die Begattung ist die Vereinigung der männlichen und weiblichen Geschlechtsorgane zum Zwecke der Ueberführung von Samen, der die Eier zu befruchten hat. Der Begattungsact der Hunde dauert ziemlich lange. Die Schwellkörper des männlichen Gliedes, der Brunstruthe etc. werden derart ·vergrössert, dass ein Zurückziehen nicht erfolgen kann, gleichzeitig bildet die schlingenförmig angeordnete Musculatur an den Schamlippen der Hündin gewissermassen eine Schlinge, in welcher der knotenförmig geschwollene Penis festgehalten wird, bis die „Absamung" oder „Ejaculation" erfolgt ist, nach welcher allmäliges Abschwellen und Erschlaffen eintritt und eine Trennung möglich wird. Die Befruchtung der Eier erfolgt nicht im Moment der Begattung, sondern erst nachträglich, sie kann sogar erst mehrere Tage nach der Begattung eintreten. Bei der Hündin wird stets eine grössere Zahl von Eiern abgestossen, dieselben werden durch eine Tasche, welche das Bauchfell zwischen Eierstock und Uterus bildet, sicher in die Fallop'sche Röhre geführt und von dort in den Uterus geleitet.

Dieses Ueberwandern der Eier vom Eierstock zum Uterus erfolgt ohne Einfluss von der Begattung. Wenn Letztere eintritt, so steigen die Samenfäden herauf und befruchten die Eier, die sich dann zu Jungen entwickeln, wenn jedoch die Befruchtung nicht stattfindet, so sterben die Eier nach einiger Zeit ab.

Die Befruchtung ist die Vereinigung der männlichen und weiblichen Keimzellen, der Ei- und Samenzelle, sie vollzieht sich bei der Hündin im Uterus und dessen Hörnern. Niemals erfolgt die Befruchtung im selben Moment, in dem die Begattung eintritt, sondern später, sie erfolgt an der Stelle wo Ei und Sperma zusammentreffen, und das befruchtete Ei kann anfangs noch kleine Ortsveränderungen vornehmen, kommt aber sehr bald zur Ruhe. Der Same des Hundes wird bei der Begattung von in der Grösse passenden Thieren direct in den Uterus eingeführt und die Samenfäden finden sich bald über die ganze Oberfläche von Uterus und dessen Hörnern, selbst bis zu den Eierstöcken verbreitet. In der Regel treffen Ei und Samen im unteren Dritttheil des Eileiters zusammen. Ausnahmsweise erfolgt die Befruchtung in der Eierstocktasche, diese gibt die sogenannte Eierstockschwangerschaft, die oft mit gefährlichen Blutungen verbunden ist, und wenn die Eierstocktasche reisst, das befruchtete Ei in die Bauchhöhle fällt und sich dort entwickelt, so ist es eine Bauchschwangerschaft, bei der das Junge nicht geboren werden kann. Wegen der kräftig gebildeten Eierstocktasche ist die Bauchschwangerschaft beim Hunde so ausserordentlich selten, dass das Vorkommen derselben überhaupt bezweifelt wurde. Die Möglichkeit muss aber zugegeben werden.

Die Vorgänge der eigentlichen Befruchtung sind folgende:

In das reife Ei gelangt von den massenhaft umherschwärmenden Spermatozoen nur ein einziger in das Innere des Eies und verbindet sich mit dem weiblichen Vorkern (Copulation) zum entwicklungsfähigen, das Junge bildenden sogenannten Furchungskern. Durch die Erkenntniss dieser Thatsache ist mit Sicherheit festgestellt, dass ein Junges nur einen Vater haben kann, denn jedes weitere Andringen und Eindringen von Spermatozoen in das nur mit einem männlichen Kern befruchtete Ei ist erfolglos.

Die hiebei beobachteten Erscheinungen sind folgende:

Das reife Ei wird von dem zuerst ankommenden Spermatozoen beeinflusst, es ist in einem sehr erregten Zustande des Protoplasmas und die äusserste Hülle, die Dotterhaut, hebt sich gegen den ankommenden Spermatozoen als sogenannter Empfängniss- oder Impragnationshügel. An dieser Stelle verbindet sich der Kopf mit dem Ei und ersterer wird aufgelöst, verschwindet, wogegen der Hals desselben zum Spermakern wird, in das Innere eindringt und vorrückt. Der Schwanz wird ebenfalls aufgelöst. Sobald der Spermakern die Dotterhaut durchwandert hat und in das Protoplasma eintritt, so ruft er dortselbst eine strahlige Anordnung des Protoplasmash ervor, wogegen sich anfangs der weibliche Vorkern noch ruhig verhält. Mit weiterem Vorrücken geht der Eikern entgegen, es bildet sich um beide eine strahlige Anordnung und es erfolgt die vollständige Verschmelzung des weiblichen und männlichen Vorkerns zu einem einzigen, dem

Furchungskern. Damit ist bewiesen, dass es sich nicht nur um einen Anstoss oder eine Entwicklung u. dgl. handelt, sondern es werden die männlichen und weiblichen Samentheile vollkommen ineinander gemischt, verschmolzen, aus beiden bis jetzt getrennt gewesenen Theilen wird ein einziger entwicklungsfähiger gebildet, aus dem das Junge hervorwächst und sobald die Copulation beider Kerne erfolgt ist, erfolgt auch die Unmöglichkeit, dass weitere Samenfäden eindringen oder, falls dies erfolgen sollte, die Unmöglichkeit weiterer Copulationen, weil gewissermassen nach der elektrischen Entladung jede weitere Anziehung der Kerne vorüber ist.

Das eigentliche vererbende Princip ist somit nur in diesen Geschlechtskernen zu suchen, sie bilden die Vererbungssubstanz. Nach den Beobachtungen, die bei der Verschmelzung selbst und nach derselben eintreten, der sogenannten Mitose, werden die Kerne gewissermassen in feine Bänder und Fäden aufgelöst, sogenannte Chromatinfäden und Mikrosomen, die durch einige Zeit nebeneinander liegen bleiben, so dass sich gewissermassen die aufbauenden Elemente in bestimmter Anlagerung an- und ineinanderfügen, sich gegenseitig beeinflussen und weiter trennen, aber immer ihre Herkunft noch bewahren.

Die Schemata, welche der Vorgang erzeugt hat, sind folgende:

Schema der Kern- und Zelltheilung aus den mittleren und Endstadien der Mitose am befruchteten Ei, bald nach der Copulation beobachtet:

Die Befruchtung der Eizelle durch die Samenzelle ist Ursache einer bald lebhaft folgenden Theilung. Nach der Mitose tritt das Stadium der Furchung ein. Das befruchtete Ei theilt sich zunächst in 2, dann in 4, dann 8, 16, 32, 64 etc. Kugeln.

Diese sich in Theilung befindlichen Kugeln sind von der äusseren Zellhülle, der Zellhaut oder Zona pellucida noch umgeben und schliesslich erhalten die Zellhaufen im Centrum eine Einschmelzung, der Inhalt wird flüssig und die Wand erlangt eine complicirte Einrichtung. Eine derartige Zelle heisst eine Blastula.

An einer bestimmten Stelle der Wand erfolgt nun eine Einbuchtung, welche sich in einen spaltförmigen Hohlraum umbildet und die erste Anlage des Mundes und des Darmcanals darstellt, daher auch Urmund und Urdarm heisst. In diesem Stadium hat das Ei eine Aehnlichkeit mit einer niederen Thierform und heisst deshalb auch das Gastrulastadium.

Diese Einknickungen der Faltenbildungen drücken sich übereinander zusammen, so dass sie auf dem Ei nur wie ein dunklerer Streifen aussehen, der als Embryonalschild und Primitivrinne bezeichnet wird.

Wenn dieser Streifen nun senkrecht durchschnitten wird, so hat er ein geschichtetes Aussehen. Das äussere Blatt oder Keimblatt heisst Ektoderm, aus ihm entwickeln sich später Epidermis, Epithelien, Haare, Zähne, das ganze Nervensystem und ein Theil der Sinnesorgane. Das untere oder innere Blatt heisst Entoderm, aus ihm bilden sich Darmcanal- und Drüsenepithel, Respirations- und Ausscheidungsorgane und zwischen Beiden liegt das mittlere Keimblatt oder Mesoderm, aus welchem die gesammte Bindesubstanz, Binde- und elastisches, Fett-, Knorpelgewebe, Zahnbein, Gelenke, Musculatur, Harn- und Geschlechtsorgane entstehen.

Die in diesem Stadium sichtbaren Spalten sind der Urmund, der Urdarm und die Leibeshöhle oder Cölom. Durch Emporheben der Ränder der Primitivrinne und schliessliche Verschmelzung derselben entsteht ein Rohr, die Anlage des Rückenmarkcanals. Durch seitliches Hervorwachsen von Leisten, Umbiegungen derselben entstehen weitere ähnliche Hohlräume, aus denen durch weitere genau gekannte und in der Embryologie festgestellte Wachsthumsvorgänge, sich allmälig die betreffende thierische Form entwickelt.

Die Urwirbel, deren Höhlung anfangs mit dem Cölom in Zusammenhang stand, stellen später unregelmässige hohle Würfel dar, deren untere Wand sich in Muskeln umwandelt. Unter dem Ektoderm entsteht in einer Längsfalte die Chorda dorsalis als erste Anlage eines Axenskelets. Aus dem Entoderm entsteht der Darm. Am Vorderdarm entsteht durch Verschmelzung zweier aus dem Mesoderm angelegter Schläuche, das Herz. Die Blutgefässe bilden sich von kleinen Höhlen aus, den Blutinseln. Am vorderen Ende des Medullarrohres werden die Gehirnblasen ausgebildet und damit tritt der Kopf in deutlichere Erscheinung. Das Gehirn macht mehrere Krümmungen durch und an den Kopfseiten kommen die Kiemenbögen hervor, aus denen sich der Ober- und Unterkiefer entwickeln. Die Augen bilden ursprünglich eine blasige Ausbuchtung des Gehirns, in die sich später die Linse von aussen einsenkt, die Ohren sind als kleine Grübchen angelegt. Die Seitentheile des Rumpfes, die Bauchplatten, wachsen beiderseits herab und vereinigen sich in der Mitte, im Centrum bleibt eine Oeffnung, der Nabelring, für die Gefässe, die zur Ernährung der Jungen dienen, die das Blut vom Uterus der Mutter dem Fötus zuführen. Die Gliedmassen entwickeln sich als rundliche, nach und nach länger werdende wulstartige Auswüchse der Bauchplatten.

Tragezeit, Geburt, Junges nach der Geburt und Aufzucht. Die Trächtigkeit, Schwangerschaft, Graviditas dauert bei der Hündin nie unter 60, oft aber 63 Tage und darüber. Ich kenne Fälle, wo die Trächtigkeit bis zu 70 Tagen betrug und doch noch eine normale Geburt folgte. In der zweiten Hälfte dieser Periode nimmt der Bauch an Umfang bedeutend zu und man hat dann das Thier immer mehr zu schonen, in den letzten 14 Tagen muss die Hündin täglich zweimal etwas zum langsamen Spazierengehen ermuntert werden, in dieser Zeit gibt man am besten als Nahrung laue, süsse Milch, mit Wasser verdünnt, und Brot oder Semmel eingeschnitten. Täntzer sagt über diese Zeit in seinen „Jagdgeheimnissen", 1734: „Wenn eine Hündin beleget ist und ihr der Bauch zunimmt muss man sie von Jagen und anderen Dingen, je länger je mehr verschonen, denn durch ihr vielfältiges Bewegen werden die Jungen schwach, jedoch kann ein wenig nicht schaden. Sie können auch wegen des Anspringens, Fallens u. dgl. leichtlich verwerfen, darum ist am besten, letzlich sie im Hause und Hofe frei lauffen zu lassen."

Albertus Magnus gibt hierüber 1545 folgenden Rath: „und je mehr sie sich der Geburt nähert, je reichlicher Du sie speisen sollst, damit ihr an der Nahrung nit mangelt und das jung Wölflin genugsam ernähren mög', solche Speis soll weich und feucht sein, als Milch und Käs, Wasser, Butter u. dgl. auch zuweilen ein wenig gesotten Fleisch und gute Süpplin."

Vor der Geburt (auch Setzen, Bringen, Werfen, Wölfen) muss die Hündin an den Ort, an welchem sie den Act vornehmen soll, gewöhnt werden. Ein etwas dunkler, ruhiger Raum, eine Kiste oder Korb, mit weichgeschlagenem Stroh oder Heu ausgelegt und ein Teppich darüber ist das Zweckmässigste. Feinen Hündchen gibt man ein entsprechend weicheres Lager. Wolle wird aber leicht zu heiss. Gewaschenes und getrocknetes Moos ist zu empfehlen.

Um das Erdrücken der Jungen durch die Mutter zu verhindern, was in der Regel dadurch geschieht, dass das Junge zwischen Wand und Rücken des Hundes zu liegen kommt, ist folgende Wurfboxe construirt worden: „Von einem viereckigen Riegel von weichem Holz von circa 5 bis 8 cm Stärke werden 4 Eckstützen, 35 bis 40 cm lang, abgesägt. Vier Bretter, 20 bis 25 cm breit, 2½ bis 3 cm stark, bilden die Seitenwände. Die Grösse der Wurfboxe ist für grössere Rassen 100 bis 120 cm. Diese Bretter werden auf Eckstützen genagelt und bilden die Seitenwände. Die Bodenbretter sollen ziemlich schmal sein und werden nicht ganz fest neben einander gesetzt, sondern mit schmalen Zwischenräumen, so dass die Flüssigkeit durchlaufen kann."

Die Geburt wird eingeleitet durch die vorbereitenden Wehen, die über 24 Stunden andauern können, wodurch die Hündin veranlasst wird, ihr Lager zu verlassen, so dass sie überrascht werden kann, ihre Jungen auf kalten, nassen Boden zu setzen, auch in den Fällen, wo die Hündin sich sehr aufregt, wenn sie übermässige Anstrengungen hat, kann die Geburt rasch, fast ohne vorbereitende Wehen eintreten. Die Austreibung der Jungen erfolgt durch die sogenannten Presswehen. Während die Ersteren lediglich in Contractionen des Tragsackes bestehen, wird bei Letzteren die Bauchpresse, sowie der Druck vom Zwerchfell her heftig mit verwendet und das Junge tritt eingehüllt in die Eihäute durch die Geburtswege. Dasselbe kommt in dem Falle regelrecht zur Welt, wenn die nach vorne gestreckten Vorderpfötchen zuerst erscheinen, auf diesen das Köpfchen liegt und die Stirn und der Rücken des Jungen gegen den Rücken der Mutter gerichtet sind. Die Liebe der Hündin zu ihren Jungen ist rührend. Beihilfe ist in der Regel nicht nöthig. Sie beisst selbst die Nabelschnur ab, frisst die Nachgeburt, schiebt das Junge an die Zitzen, woselbst es warm liegt und bald zu saugen anfängt. Während des Werfens ist die Hündin sehr aufgeregt, misstrauisch, beisst auch leicht. Wenn der Act vorüber ist, gibt man der Hündin lauwarme süsse Milch. Die ersten 2 bis 3 Tage lässt man den „Wurf" bei der Mutter und sucht nur täglich ein- oder zweimal diese zu veranlassen, dass sie herauskommt, Futter aufnimmt und sich „leicht macht".

Die Jungen sind anfangs blind und taub, die Augenlider sind miteinander noch fest verwachsen und trennt man sie durch gewaltsames Voneinanderziehen, so blutet es an den Rändern, erst allmälig löst sich die Lidspalte und die Hündchen gewöhnen sich dann nach und nach an das Licht. Die Iris ist anfangs sehr hell, oft haben die Jungen intensiv blaue Augen, die sich aber nach einigen Wochen verändern, dasselbe ist der Fall an anderen pigmentirten Stellen, z. B. weisse Bullterriers sollen schwarze Nase haben, aber es kommen in der Regel alle Jungen rothnasig zur Welt, was ein grosser Fehler wäre, wenn es bleibend wäre; diese Farbe ändert sich aber in einigen Wochen, so dass die Nasen dunkler und allmälig schwarz werden. Die Hündin bleibt die erste Zeit beständig bei den Jungen, beleckt sie und leckt auch Harn und Koth derselben auf, so dass die erste Zeit das Nest stets ebenso vollkommen rein ist, wie die Jungen selbst.

Die Auswahl unter den Jungen erfolgt sogleich einen oder einige Tage nach der Geburt. Albertus Magnus ertheilt hierüber im Jahre 1545 folgenden Rath: „Alle Hund werden blind geworfen, aber der so am allerlangsamsten sehend wird, oder welchen das Mütterlein vor erst zum untersten, dahin sie gelagert ist, trägt, so man sie darinnen zusammen legt, der wird für den besten betrachtet."

Freville sagt in seiner „Geschichte berühmter Hunde" im Jahre 1797, p. 6: „Man nimmt einer Hündin, sobald sie wirft, die ganze Brut und trägt sie weit von ihr weg; sogleich wird sie eines nach dem anderen von ihren Jungen mit Schnobbern suchen. Der erste, zu dem sie kommt, ist der beste, der zweite minder gut u. s. f. bis zum letzten, der bloss gewöhnlichen Instinct und Muth hat."

Tántzer führt in seinen „Jagdgeheimnissen" vom Jahre 1734, p. 197, an: „Die Meynungen, unter den Jungen die besten zu er-

wählen, sind vielerley, doch halte ich für das beste, welches ich in
Acht genommen, dass wenn sie noch klein, man sehen müsse, welcher
am meisten und liebsten bei dem Herzen sauget. — Wenn die jungen
Hunde an den Hinterläuften eine Afterklaue haben, wird's vor ein
gut Zeichen gehalten, wo sie aber auf jedem Lauf gedoppelte haben,
die sind selten gut. Theils besieht man die Hunde inwendig im Halse,
die schwarz drin sind, werden die besten, die anderen aber, so weiss
und roth, sind für nicht so gut gehalten. Wenn man auch diejenigen
Hunde nimmt und leget sie zusammen, etwas von ihrer Stelle, und
lässet dann die Hündin dazu, so soll man Achtung geben, welchen
sie erst ins Maul nimmt und wieder in ihr Lager trägt, der soll
auch nach ihr der beste seyn. Item der junge Hund so zuletzt
sehen lernt desgleichen."

Die zu tödtenden Jungen haben ein sehr „zähes" Leben, Gifte
wirken nur in sehr grosser Dosis und langsam, üblich ist, die Ueber-
zähligen in einen Sack zu stecken, denselben mit Steinen zu be-
schweren und ins Wasser zu werfen. Es ist das Einfachste, aber es
muss ja sorgsam gemacht werden, sonst wenn eines heraufkommt,
schwimmt es lange umher.

Man soll nicht mehr als 4 bis 5 Junge liegen lassen, doch
ist bei sehr guter Fütterung der Mutter möglich, auch mehr liegen
zu lassen, doch müssen dann die Jungen sehr frühzeitig an fremde
Milch gewöhnt werden, am besten durch eine „Amme", wenn man
eine andere Hündin haben kann, auch Katzenmütter und andere
Raubthiere säugen gelegentlich junge Hunde auf.

Die Säugezeit dauert 6 Wochen bis 2 Monate, ausnahmsweise
9 Wochen. Je mehr Junge man hat liegen lassen, um so mehr die
Mutter abmagert und um so mehr muss diese Zeit abgekürzt werden.
Die heranwachsenden Jungen werden der Hündin bald zur Plage,
mit ihren scharfen Krallen drücken und verletzen sie das Euter
während sie saugen, damit die Milch besser fliesst, und mit ihren
nadelspitzigen Zähnen verwunden sie die Zitzen, so dass die Hündin
grosse Schmerzen und nicht selten Euterentzündung davon bekommt.
Jedes Junge hat seine eigene Zitze, dass die nächst dem Herzen gelegene bessere Milch liefert wie die anderen ist aber unrichtig.
Schon von der dritten Woche an kann man die Jungen gewöhnen
neben der Muttermilch noch andere Milch zu nehmen und dieses
Beifutter macht man allmälig zum Hauptfutter. Albertus Magnus
ertheilt im Jahre 1545 folgenden Rath für die Fütterung der
Jungen:

„Erstlich sollt du ihnen geben Milch und Fleisch, Käswasser und ihnen die Speis darmit mischen, alsdann ziehe sie
auf mit guten Suppen, die doch nit zu fett sein oder zu viel
Brüh' haben, von wegen der trockenen Natur oder Complexion
des Hundes."

Diese sogenannte „trockene Natur oder Complexion" des Hundes haben die späteren und neueren Hundezüchter leider vielfach übersehen nnd ich kann nur empfehlen, den Rath des alten erfahrenen Züchters, mit „Käswasser" nachzuhelfen, zu befolgen, das jedenfalls zweckmässiger und viel billiger ist, als Spratt's Puppyfutter mit Pepsin (dem noch obendrein das Pepsin, nach der Analyse von Arnold, mangelt), oder andere theure Zusammensetzungen.

Den Jungen kann man die Milch in einem flachen Teller ohne Rand, etwa einem Blumenteller, oder besonders construirten eisernen emaillirten Geschirren geben. Legt man einen Schwamm in diese Milch, so saugen sie bald an diesem, doch muss ein solcher Schwamm täglich sehr sorgsam ausgewaschen und dann in siedendes Wasser getaucht werden. Es ist auch empfohlen, in das Gefäss mit Milch ein Holz einzulegen, das beschwert, gerade soweit untersinkt, dass die Hündchen an künstlichen Zitzen, die an demselben angebracht sind, saugen können. Nachdem die Hündchen anfangs täglich 3- bis 4mal laue, süsse Milch bekommen haben, gibt man ihnen dieselbe mit Mehl- oder Fleischbrühe gemischt, allmälig mit etwas klümperigem und schliesslich gehacktem Fleisch dazwischen. In welcher Weise die Mutterliebe der Hündin noch für die Jungen auch noch nach der Entwöhnung besorgt ist, dafür sei folgendes Beispiel aus der Zeitschrift „Der Hund", Bd. XIII, Nr. 24, angeführt:

„Futterbringen und Verkauen des Futters einer Terrierhündin für junge Hündchen. Eine bullterriere Hündin säugte 5 Junge bis zur 8. Woche sehr gut. Zur Schonung der Mutter wurde dieselbe abgesperrt und den Jungen Milch und anderes Futter vorgesetzt. Nachdem sie sich daran gesättigt hatten, wurde die Mutter über die Nacht wieder zugelassen und blieb dann von den Jungen unbehelligt. Nun eignete sich die Terriermutter ein eigenes Verfahren an, ihren Jungen zu nützen. Sie frass sich nämlich sehr voll und erbrach das Genossene vor den Jungen, das diese gierig aufnahmen."

Herr Zirkler schreibt noch dazu: „Sperre ich die Hündin ab, was räumlicher Verhältnisse halber öfters geschehen muss, so nimmt dieselbe unter grosser Anstrengung den Weg durch ein ziemlich hochgelegenes Fenster um zu ihren Jungen zu kommen und ihnen das Futter zu bringen." Das Erbrechen veranlasst ihr oft grosse Anstrengung. Sofort nach dem Erbrechen macht sich die Hündin wieder auf den Weg in eine benachbarte Menageküche, woselbst sie reichlich Nahrung erhält. Bis die Jungen 4 Monat alt waren, wiederholte die Hündin täglich 3- bis 4mal dieses Futter bringen.

Nach der Entwöhnung bildet noch durch längere Zeit Milch die Hauptnahrung der Jungen, für welche man in der Neuzeit auch in

Deutschland ziemlich allgemein den Namen „Puppies" oder „Welpen" eingeführt hat. Milch mit darin aufgeweichtem Brot, Abfälle vom Mittagtisch, ab und zu etwas Fleisch ist sehr zweckmässig. Stark gesalzene und gewürzte Speisen werden allgemein als nachtheilig bezeichnet. Doch habe ich hievon noch keine Nachtheile gesehen.

Dass man die giftigen Salzlacken und Heringslaugen u. dgl. zu vermeiden hat, ist eigentlich selbstverständlich.

In grösseren Beständen werden für junge Hunde besondere Suppen gekocht, mit Milch oder Fleisch, auch Fett und Mark ist sehr zweckmässig. Der Liebhaberei der Hunde, „angegangenes", faules Fleisch zu geniessen darf, nur bis zu einem gewissen Grade nachgegeben werden, weil sich in diesen Theilen leicht Ptomaine, die Fleisch- und Wurstgifte entwickeln, welche nachtheilig, selbst tödtlich wirken können. Mit der Zunahme an Grösse und Dicke müssen die Rationen vergrössert werden und bald gibt man die Hündchen in das Freie, damit sie gehen und laufen lernen und allmälig selbständig werden. Bei regelrechtem Verlauf wächst ein junger Hund ohne viele Mühe heran, treten aber schon frühzeitig Hindernisse ein: die Staupe, massenhaft Insecten, Krätze, Räude, Nabelbruch oder Rhachitis u. dgl., dann ist die Aufzucht eine schwere Aufgabe und es wird nöthig, nicht nur mit Sorgsamkeit, sondern auch mit Sachkenntniss und vielleicht Geldopfern die Thiere zu behandeln.

Aber auch bei Gesundheit entwickeln sich die Thiere oft sehr verschieden, einige werden gross und stark und diese vertreiben dann die Jüngeren vom Futter, es ist deshalb zweckmässig, die Thiere bei der Fütterung bald zu trennen und jedem extra zu geben, oft werden aber nachträglich die zuerst schwachen die stärksten. Bevor die Thiere 1 Jahr alt sind, gibt man ihnen keine Knochen zu nagen, weil sie mit dem Milchzahngebiss das nicht können und im Zahnwechsel ebenfalls dadurch behindert sind. Fischgräten, Wildpret und Geflügelknochen meidet man ebenfalls. Reinlichkeit und viele Bewegung, womöglich auf einer trockenen, schattigen Wiese, Vermeiden von Nässe und Kühle, vieles Spielen. Nehmen von Hindernissen etc. macht die Thiere gelenkig und aufmerksam und das anfangs ausserordentlich täppische und läppische Wesen weicht einer, wenn auch noch oft von Uebermuth und Dummheit unterbrochenen ernsteren Lebensanschauung.

V. Capitel.

Allgemeines über den Körper und seine Ernährung, über Fütterung und Futtertabellen, Wohnung des Hundes, Wart und Pflege.

Allgemeines über den Körper des Hundes und dessen Ernährung.

Der Aufbau aus Elementartheilen, einfachen und complicirt zusammengesetzten, chemischen Verbindungen ist beim Hunde derselbe, wie bei anderen Warmblütern, nur einige bestimmt riechende und schmeckende Verbindungen geben der Gattung Hund ihr specifisches Gepräge. Alle Theile des Körpers unterliegen während des Lebens denselben physikalischen und chemischen Gesetzen, wie ausserhalb desselben oder nach dem Tode. Wenn auch der thierische Körper während des Lebens Erscheinungen darbietet, die von denen der organischen und anorganischen Welt verschieden sind, so ist doch in Wirklichkeit die Grenze zwischen Lebendigem und Todtem keine sehr grosse, denn die Zerlegung der complicirten Organthätigkeiten führt zu einfachem Geschehen, wie es in der anorganischen Welt ebenfalls beobachtbar ist. Der thierische Körper ist als eine Genossenschaft von vielen Elementartheilen, die sich stufenförmig übereinander gereiht anordnen, anzusehen. Es folgen zuerst die Zellen, dann Gewebe, Organe, und endlich Apparate, die erst in ihrer Zusammenwirkung das Individuum bilden. Schon die Apparate und die Organe haben grosse Selbständigkeit, z. B. kann das Herz noch längere Zeit schlagen, wenn andere Theile des Körpers schon aufgehört haben, ja es können ganze Gruppen von Geweben ausgeschieden werden, ohne dass der Bestand des Individuums aufhört. Die Vorgänge, welche die Lebenserscheinungen bedingen, sind somit chemischer und physikalischer Natur. Der Körper gleicht einer Maschine, die geheizt werden muss, und das, was „Leben" genannt wird, ist 1. Ernährung, 2. Leistung, 3. Nerventhätigkeit und 4. Fortpflanzung. Es ist ein fortwährender Umsatz von Stoffen, ein Oxydationsprocess. Wasser, Gase, Salze, Säuren und Eiweisskörper bilden den Körper und der Umsatz dieser, ihre Oxydation, Ausscheidung und Neuaufnahme, in bestimmter Periodicität, bildet die Lebenserscheinungen. Jede Thätigkeit des Körpers erfordert Kraft und diese Stoffverbrauch. Jeder Herzschlag, im Schlafen oder

Wachen, jede andere Thätigkeit bedingt Stoffverbrauch und schliesslich werden die Organtheile selbst verbraucht und durch neue
ersetzt.

Als Stoffwechsel oder Ernährung bezeichnet man diesen
Vorgang. Er besteht aus: 1. der Aufnahme von fremden Bestandtheilen
aus der Nahrung in den Körper, 2. der Umwandlung dieser in
Chylus und Blut, 3. der Abgabe von Stoffen aus dem Blute in die
Gewebe, 4. der Bildung neuer Formelemente aus diesen Stoffen und
5. der Ausscheidung der zersetzten Stoffe. Die eigentliche Ernährung
geschieht durch das Blut, das alle Elemente zur Neubildung der
Gewebe in geeigneter Form in sich trägt und stets neu zugeführt
bekommt und durch welches die verbrauchten Stoffe wieder fortgeführt werden. Innerhalb 24 Stunden wird $^1/_{24}$ des Körpergewichtes
durch die Excretion ausgeschieden und die Umsetzung der Nahrungsbestandtheile in Körperbestandtheile ist keine sehr bedeutende, denn
wenn man die Asche aus Körpertheilen, Musculatur etc. mit derjenigen von Brot, Körnern etc. vergleicht, so ist der Unterschied
unwesentlich. Ob ein Hund Pflanzen- oder Fleischnahrung aufnimmt,
bildet bei zweckmässiger Zusammensetzung ersterer keinen grossen
Unterschied. Nur die Verdauung dieser Theile ist verschieden. Aus
Kohlensäure, Wasser, Ammoniak und Salzen bilden die Pflanzen
ihren Leib, der gewissermassen vorbereitetes Blut ist. Bei der Aufnahme von Fleischnahrung sind aber eine Menge von Bestandtheilen schon höher oxydirt, bilden bei dem Zerfall nur noch
etwas Wärme und müssen so rasch als möglich wieder ausgeschieden
werden.

Der Verdauungsact selbst beginnt mit der Aufnahme von
Nahrungsmitteln mittels Lippen und Zähnen. Flüssigkeiten werden
durch die löffelförmig gestellte Zunge in die Mundhöhle hereinge-
schleudert, „gelappt oder geschlappt". Hierauf werden feste Theile
zwischen die Backzähne gebracht und oberflächlich gekaut. Während
dieser Zeit liefern die Speicheldrüsen ihr Product, den Speichel,
unter die Nahrungsstoffe, durchfeuchten sie und setzen sie theilweise um, wodurch die Schmackhaftigkeit, sowie die Verdaulichkeit
erhöht wird.

Durch das Andrücken der Nahrungsstoffe an den Gaumen,
durch die Zunge und theilweise die Backen, wird ein Bissen geformt und dieser abgeschluckt. Mit der allmäligen Anfüllung des
Magens erfolgt Sättigung und je nach der Haltung und den Dienstleistungen ist die Nahrungsaufnahme sehr verschieden. Hunde, die
in schlechter Behandlung stehen, wenig an Menschen gewöhnt sind,
nur selten und karge Nahrung bekommen, nehmen ihr Futter mit
grosser Gier, sehr rasch und wenig gekaut und bei Gelegenheit in
enormen Mengen auf. Ich habe eine Ulmer Dogge gesehen, die auf
einmal 17 Pfund in Riemen zerschnittenes Pferdefleisch verzehrte,

ein hungriger Hühnerhund kam in den Keller einer Wirthschaft und frass 8 Laibe Backsteinkäse. In solchen extremen Fällen füllen sich die Thiere derart mit Futter an, dass sie dick werden, kaum mehr athmen können und das Gehen erschwert ist. Nicht selten erbrechen sie das im Uebermass Aufgenommene, um es in ekler Weise wieder und eventuell wieder zu verzehren.

Während der Nahrungsaufnahme ist ein gieriger, hungriger und schlechtgezogener Hund für seine Umgebung sogar gefährlich, er knurrt und beisst gegen Mensch und Thier. Das Gegentheil von dem ist der vorzogene, mit Leckereien gefütterte, fette, alte Stubenhund. Nur auf Zureden ist er zu bewegen, irgend eine Kleinigkeit und ganz langsam und zögernd aufzunehmen, dabei macht er ein Gesicht, als ob es ihm wirklich ein Opfer wäre, überhaupt etwas zu geniessen und bei jedem Bissen will er besonders belobt sein, zudem ist er ein Näscher ersten Ranges. Zwischen diesen beiden äusseren Grenzen steht die grosse Zahl der mehr oder weniger wohl erzogenen und mit Sachkenntniss gehaltenen und gefütterten Hunde, die appetitlich das in mässiger Menge dargebotene Futter, in nicht zu grosser Hast, aber vollständig aufnehmen und ihr Futtergeschirr rein lecken, dabei ihre Mahlzeit vor Zudringlichen hüten, ohne jedoch zu knurren oder zu beissen.

Die Verdauung der aufgenommenen Stoffe erfolgt im Magen und Darmcanal. Fleisch, Käse etc., Eiweissstoffe überhaupt, werden durch den Magen- und Darmsaft in Peptone und Parapeptone, die in Wasser löslich sind, übergeführt. Fett wird durch die Galle in Seife verwandelt und das Stärkemehl durch Speichel in Dextrin und Zucker übergeführt, so dass schliesslich alle Nahrungsbestandtheile in löslicher oder gelösster Form im Magen- und Darmcanal vorhanden sind und so den Chymus bilden, welcher von den hiezu bestimmten Gefässen aufgesaugt und als milchähnlicher Saft in das Blut übergeführt wird. Die im Darme vorhandenen, nicht verdaulichen Reste, werden, mit einigen Absonderungsproducten gemischt, als Koth ausgeschieden. Für die Verdauung und Aufsaugung ist wichtig, dass die Darmdrüsen und Darmzotten gehörig ausgebildet sind und zur Zeit des Verdauungsactes reichlich mit Blut versorgt werden, damit sie die Verdauungssäfte reichlich erzeugen und auch die Aufsaugung vollkommen geschieht. Wird durch zu viel und zu voluminöses Futter der Magen und Darm allmälig zu sehr ausgedehnt, so sind die dort vorhandenen Drüsen und Zotten auf eine zu grosse Fläche vertheilt und ihre Leistung deshalb ungenügend, beides, Verdauung und Aufsaugung, erfolgt dann nur unvollständig. Ist aber das Gegentheil der Fall, der Magen und Darm durch anhaltend sehr wenig Futter zusammengeschrumpft, so kommen zwar sehr viele Drüsen und Zotten auf den Quadratcentimeter, allein die Blutzufuhr in den engen Gefässen ist eine geringe und deshalb die Magen- und Darmsaftbereitung mangelhaft. Ueber die Fütterung selbst ist Folgendes mitzutheilen: Obwohl jede Rasse nach dem ihr zukommenden Dienste besonderer Rücksichten in der Verpflegung bedarf, so sind doch einige allgemeine Regeln anzugeben:

Junge, von der Muttermilch eben entwöhnte Thiere, bedürfen besonderer Beachtung, namentlich auch in der Zeit des Zahnwechsels, weil in dieser Periode das Zerbeissen von harter Nahrung nicht gut stattfinden kann. Erst mit dem dritten Jahre ist ein Hund vollkommen ausgewachsen und seine volle Entwicklung reicht bis zum 7. bis 8. Jahre, dann stellen sich schon wieder die Erscheinungen des Alters ein. Ausnahmsweise kann ein Hund 20 Jahre alt werden, für gewöhnlich sind 10 Jahre schon die Grenze. Die Jungen lässt man der Mutter 6 Wochen bis 2 Monate, nachdem sie entwöhnt sind, bekommen sie durch etwa 3 bis 4 Monate Milch und Michsuppe, Fleischbrühe, Semmel, Brot und etwas Fleisch. Kleinen Hunden gibt man längere Zeit Milch und Milchsuppe, auch wird die Fleischnahrung nur ganz allmälig und erst in späteren Monaten verabreicht. Die Rationen müssen der Grösse und dem gezeigten Appetit angepasst sein und man gibt das Futter anfänglich 4mal, später 3mal, ausgewachsenen Hunden gibt man in der Regel täglich nur 2mal Futter. Von $\frac{1}{4}$ Jahr ab gibt man hauptsächlich Fleisch, roh oder gekocht, im Wechsel mit Brotsuppe. Letztere besteht aus Brot mit etwas Fett und Salz, das mit heissem Wasser angebrüht und nach Erweichung des Brotes mit einem hölzernen Kochlöffel verrührt wurde, andere Gewürze wie Salz sind den Hunden nicht zuträglich, da sie Neigung zu Verstopfung ausüben. In neuerer Zeit sind eine Reihe von Dauerpräparaten als Hundefutter empfohlen worden. Hundekuchen, Hundebiscuit, Abfallstoffe aus Conservenfabriken werden in verschiedener Zubereitung angeboten. Meistens bestehen sie aus Mehl mit Fleisch und Fett in verschiedener Zusammensetzung und verschiedener Zubereitung. Wenn diese Stoffe guter Qualität sind und die Zubereitung nur im Backen und energischer Austrocknung geschieht, so ist, falls der Preis nicht genirt, nichts gegen deren Anwendung zu sagen. Wenn aber noch Stoffe beigemengt sind um die Haltbarkeit zu erhöhen, z. B. Borsäure oder ähnliche die Gährung verhütende Dinge, so werden sie auf die Dauer nicht gut ertragen. Ueberhaupt ist die Fütterung mit diesen Präparaten einförmig und sollte nie zu lange allein fortgesetzt werden. Wenn die Hunde 1 Jahr alt sind, also der Zahnwechsel vorüber ist, kann man sie ab und zu einen Knochen fressen lassen, das feste Beissen kräftigt die Kaumuskeln, jedoch werden vom Zuviel die Zähne rasch abgenützt, junge Hunde bekommen von zu grosser Anstrengung der Kaumuskeln Triefaugen und es steht Verstopfung durch die Knochensalze in Aussicht.

Vor Fischgräten hat man die Hunde besonders zu hüten, weil sich dieselben im Rachen und Schlund einstechen können, ebenso sind Geflügelknochen nicht zu empfehlen, weil dieselben wegen ihrer Sprödigkeit leicht scharfe Splitter bilden, die ebenfalls verletzend wirken können. Sehr vortheilhaft ist es statt der häufigen Knochenfütterung den jüngeren Hunden ab und zu gekochte Kalbsfüsse vorzusetzen oder denselben Knochenmehl in der Nahrung zu verabreichen. Die Reste vom Tisch können ebenfalls ganz gut zu einer Suppe verwendet werden, doch muss der Zubereitung immer eine gewisse Sorgfalt gewidmet werden und zu Scharfes, besonders Essig, und für den Hund Unverdauliches, z. B. Kartoffeln und namentlich Kartoffelschalen ferngehalten werden; Thee, Kaffee, Zucker soll ein Hund nie bekommen, namentlich soll ihm ab und zu Nahrung gegeben werden, die er tüchtig kauen muss. Erhält er bloss Weichfutter und Süssigkeiten, für welche er bald ein schwärmerischer Verehrer wird, so wird er ein unausstehlicher Näscher, bekommt kranke Zähne, schlechte Verdauung und altert vor der Zeit. Einfachheit und ein gewisser Wechsel sind am zuträglichsten.

Der Hund ist von Natur ein Fleisch-, hauptsächlich Aasfresser und hat einen verhältnissmässig kurzen Darm. Vegetabilische Nahrung verdaut er deshalb nur unvollständig und er hat durch dieselbe Neigung zu Verstopfung. Aus früherer Zeit ist noch mancher medicinische Aberglaube bis heute sitzen geblieben. Man meinte, die Hunde müssten von Zeit zu Zeit „ausgeputzt" werden und gab ihnen zu diesem Zweck — Schiesspulver, Schwefelblüthe, Grünspan, Spiessglanz, Schweinshaare, Seifenwasser u. dgl. — Alle diese Dinge sind unnütz, unter Umständen schädlich, oder wie Hering sagt: „es ist ein Unsinn, sie anzuwenden". Die Neigung zu Verstopfung wird durch einen oder einige Esslöffel voll Oel, welches öfter der Nahrung zugesetzt wird, gehoben, selbst Ricinusöl wird, wenn die Thiere etwas hungrig sind, in einer etwas scharfgesalzenen Suppe aufgenommen.

Hat man eine grössere Anzahl von Hunden zu füttern, so sind bestimmte Zusammensetzungen und Zubereitungen vortheilhaft, z. B. Hundebrot aus gleichen Theilen Roggen- und Gerstenmehl oder aus Hafermehl gebacken, dieses geschnitten, mit Hammel- oder Rinderfett gemischt und mit siedendem Wasser angebrüht, stehen gelassen und nachher zu einem dicken Brei angerührt. Das Futter wird lauwarm gegeben. Ferner: Schaf- oder Kälberfüsse, auch andere Abfälle aus Metzgereien werden bis zum Zerfallen gekocht und sodann in Haferschrot eingerührt, bis eine breiartige Consistenz entsteht. Kleie einzurühren ist unrationell, weil sie der Hund nicht verdaut, eher noch geht es, gesottene Kartoffeln darunter zu drücken. Reis, Gerste, Graupen, soll Alles nur gekocht oder gebacken gegeben werden, da die Verdauung der Vegetabilien beim Hunde, der Kürze des Darmes wegen, eine mangelhafte ist. Der Hund ist Fleisch-, hauptsächlich Aasfresser, das muss man immer berücksichtigen, und bei grossen Beständen ist zweckmässig, ab und zu ein Pferd zu schlachten und das Fleisch in mancherlei Zubereitung, theils roh zu füttern. Bei lauter Fleisch werden die Thiere träge, sie werden übelriechend, bekommen leichter Hauterkrankungen, Ekzeme u. dgl. (die aber mit Räude nichts zu thun haben). Neben Fleisch kann Gemüse aller Art gegeben werden. Saure und zu süsse Sachen meidet man. Ein vorzügliches Futter ist Milch, süss und sauer, auch Magermilch mit eingeschnittenem Brot und etwas Rind- oder Hammelfettzusatz, oder Molken mit Brot und ebensolchen Fetten ist sehr zweckmässig.

Die Futtergeschirre sind aus Eisen, Blech emaillirt, oder aus Thon, innen glasirt, oder aus Holz. Sie sollen je für die Grösse des Hundes passen, einen breiten Boden haben, damit sie nicht umfallen und innen glatt, schalenförmig sein, damit sie der Hund sauber auslecken kann. Lässt der Hund einen Theil stehen, so muss das Geschirr vor der nächsten Futtergabe gründlich gereinigt werden. Jedem Hund gehört sein eigenes Futtergeschirr, doch kann man die Hunde, wenn man eine grössere Zahl hat, auch gewöhnen, aus gemeinsamem Troge zu fressen, aber bei Suppenfutter beschmutzen sie sich gegenseitig durch das Schlappen mit der Zunge.

Einen gewissen Nahrungswechsel lieben die Hunde ausserordentlich, tritt ein solcher nicht ein oder kommen andere Diätfehler vor, so bekommen die Hunde Magen- und Darmkatarrh, werden dadurch launisch, verdauen schlecht und sind wenig leistungsfähig, ja sie können ernstlich erkranken. Auch gegen Witterungseinflüsse sind die Hunde in ihrem Verdauungssystem sehr empfindlich. Vor einem Gewitter, wenn der Föhn weht, oder auch durch persönliche Indisposition bekommen die Hunde sogenannte Magenverstimmungen, was sie veranlasst, Gras, Spitzgras, Quecken, Halmgras, Stroh, im Winter Schnee zu fressen, wodurch sie nicht selten Brechreiz und Erbrechen bekommen. Oft bleiben diese Dinge aber auch im Darmcanal und geben Anlass zu hartnäckigen Verstopfungen. Getränke, Wasser soll der Hund jederzeit haben können, wenn er keinen Dienst hat. Auf der Jagd, im Hochsommer, wenn die Thiere sehr erhitzt sind und rasch kaltes Wasser trinken, wohl auch in dasselbe hinein gehen, da holen sich viele heftige Magen- und Darmkatarrhe, ja noch Schlimmeres, selbst bedeutende allgemeine Muskelrheumatismen. Erst wenn der Hund im Athmen ruhig geworden ist, darf er trinken, wenn nachher weiter gejagt wird; wenn aber die Jagd zu Ende ist, die Thiere ruhen dürfen, dann sollen sie nicht vor einer halben Stunde Ausruhen Wasser bekommen, und dann nicht zu kalt und nicht zu viel. Bei der Kothentleerung, Lösen, Leichtmachen, nimmt der Hund eine hockende Stellung ein, welche ein Beschmutzen des Körpers verhindert. Der Koth wird angesehen auf seine Consistenz und ob keine

Bandwurmglieder oder andere Unregelmässigkeiten vorhanden sind, z. B. Blut, Knochenreste, Gras, Faden etc. Es ist ein lächerlicher Instinct, dass die Hunde ihren Koth auf möglichst hohe Gegenstände, Ecksteine etc. abzusetzen suchen oder doch kahle Plätze hiefür heraussuchen, ebenso ist das Rückwärtsscharren, eventuell Erde mit Gewalt nach hinten ausschleudern, eine höchst sonderbare Manier. Beides hängt wahrscheinlich mit der Gewohnheit, an allen Ecken, Bäumen und hervorragend am Wege stehenden Gegenständen das Bein hochzuhalten und anzupissen, zusammen. Es ist zweifellos, dass sich hiedurch die Geschlechter zusammenfinden können, dass dadurch ein gewisser Rapport über die Zahl und die Verhältnisse der Ortsanwesenden gegeben wird. Mancher ältere, weibliche Hund sucht ebenfalls alle diese Visitenplätze auf und gibt mit hochgehobenem Hinterbein sein Zeichen ab. Im Allgemeinen vermeiden aber die Weibchen diese Orte oder gehen doch rasch vorüber. Für die Eigenartigkeiten bei der Kothentleerung gibt es keine befriedigenden Erklärungen. Wenn der Hund seinen Koth an auffallende Stellen absetzen will, damit dieser dem anderen Hund als Zeichen von seiner Existenz dienen sollte, weshalb dann das Rückwärtsscharren, als ob er denselben mit Erde bedecken wollte? Höchstens, wenn man die Verhältnisse der in Rudeln lebenden, halbwilden Hunde im Orient berücksichtigt, könnte dadurch eine Erklärung für das Zusammentreffen der Zusammengehörigen gefunden werden. Eine andere, instinctiv ausgeführte Thätigkeit, nämlich vor dem Niederlegen im Kreise zu laufen und zu trippeln, ist noch von der Wildniss her vorhanden, nämlich sich dadurch im Acker oder Moos etc. ein ebenes Lager oder Nest zu trippeln.

Für die correcte Zusammenstellung passender Nahrungsstoffe lassen wir folgende Mittheilungen folgen:

Ein 33 kg schwerer, kräftiger und munterer Hund wurde durch längere Zeit täglich mit 1500 g Fleisch gefüttert. Bevor die regelmässigen Versuche begannen, wurden täglich 1385 g gemischtes Futter (Knochenabfälle, Fleisch, Brot, Kartoffeln, Knochen, Suppen) gefüttert. Von den 1500 g Fleisch, die das Thier täglich erhielt, waren Fett, Sehnen, Bindegewebe und Knochen sorgsam entfernt. Während 25 Tagen war das Thier genau beobachtet und von diesen brachte es je den 1., 5., 9., 13. und 18. Tag im Respirationsapparate zu. Hiedurch wurde bestimmt, 1. das Körpergewicht je vor und nach dem Versuche, 2. die Abgaben in Harn, Koth, Kohlensäure, Wasser, Grubengas und Wasserstoff, 3. die Aufnahmen aus der Luft an Sauerstoff und Kohlensäure. Nachdem das Thier durch 9 Tage ganz regelmässig mit den 1500 g fettlosem Fleisch täglich gefüttert war, zeigte sich von da ab bis zum 25. Tage, dem Schlusse des Experiments, ein völliges Gleichgewicht in der Einnahme und Ausgabe, resp. der Aufnahme und den Ausscheidungen.

A. Aufnahme.

1500 g Fleisch enthalten:

187·8 g Kohlenstoff,
152·45 g Wasserstoff,
51·0 g Stickstoff.
1089·0 g Sauerstoff,

Aus der Luft entnahm
der Hund . . . . . 477·2 g Sauerstoff,

Summa 1977·2 g

B. Ausgaben.

Die Ausscheidungen durch Athmung, Hautausdünstung, Harn und Koth betragen:

184·0 g Kohlenstoff,
157·3 g Wasserstoff,
51·1 g Stickstoff,
1599·7 g Sauerstoff,
19·5 g Salze,

Summa 2011·8 g

Die ganze Differenz beträgt somit nur noch 34·6 g und machte sich dieses in der Körpergewichtsabnahme geltend.

Der Körper gewöhnt sich ebenso an grössere oder kleinere Mengen der eingeführten Nahrung. Hat er sich einmal an eine bestimmte Menge angewöhnt und es kommt plötzlich eine Mahlzeit, die viel reichlicher ist, so wird das Plus nicht ausgenützt, sondern es belästigt nur die Organe, und es wird als lästiger Ballast baldmöglichst wieder ausgeschieden. Wenn jedoch plötzlich eine Mahlzeit weniger gegeben wird, so entsteht das Gefühl des Mangels, der Nichtsättigung, und es erfolgt der Verbrauch von eigenen Körperbestandtheilen.

Für das Wohlbefinden der Thiere, sowie im Interesse der Ausnützung des Dargereichten ist es gelegen, wenn die Ernährung eine möglichst regelmässige ist. Freilich wird man nicht auf den Gramm hin die Nahrung abwägen können, wie in dem angegebenen physiologischen Versuche, denn die für gewöhnlich zur Verfügung stehenden Nahrungsmittel schwanken in ihrer Zusammensetzung, so fand man z. B. im Pferdefleisch 3·5 bis 3·9 % Stickstoff, im Hundefleisch 3·52 bis 4·31 %, im Rindfleisch 3·33 bis 4·11%, so dass ¼ bis ⅜ % Schwankungen dieses einen Bestandtheiles im Fleische vorkommen können.

Für einen erwachsenen, mittelgrossen Hund, etwa wie derjenige war, der zu dem obgenannten Versuche diente, von 33 kg Körpergewicht, kann man etwa folgendes tägliches Nahrungsmass, in Grammen berechnet, aufstellen:

In 24 Stunden in Grammen	Fristungs-diät	Ruhe-diät	Diät bei mässiger Bewegung	Diät bei starker Bewegung	Diät bei harter Arbeit
Eiweissstoffe ..	28·35	35·43	59·53	77·96	92·14
Fett	7·8	14·12	25·51	35·93	35·93
Stärke, Zucker etc.........	170·1	170·1	265·07	288·75	288·75
Gesammtstoffe der Nahrung.	94·92	104·89	168·68	194·14	202·7
Anorganische Salze......	4·96	7·03	10·13	13·18	13·18

Die Mittelwerthe für thierische und pflanzliche Nahrung sind wie folgt zusammengestellt:

A. Thierische Nahrungsmittel.

In 1000 Theilen	Fleisch der			Leber der Wirbelthiere	Käse	Hühner-eier	Milch
	Säuge-thiere	Vögel	Fische				
Wasser	788·75	729·83	740·82	720·06	368·59	735·04	861·53
Albuminstoffe	174·22	202·61	137·40	128·20	334·65	194·34	39·43
Collagen	·31·59	14·00	43·88	37·38	—	—	—
Fett..............	37·15	19·46	45·97	35·04	242·63	116·37	49·89
Kohlehydrate	—	—	—	—	—	—	—
Extractivstoffe	16·90	21·11	16·97	65·26	—	3·74	—
Salze	11·39	12·99	14·96	14·06	54·13	10·51	5·92

B. Pflanzliche Nahrungsmittel.

In 1000 Theilen	Weizen	Roggen	Gerste	Hafer	Mais	Reis	Buchweizen
Wasser.............	129·94	138·73	144·82	108·81	120·14	92·04	146·31
Albuminstoffe	135·37	107·49	122·65	90·43	79 14	50·69	77·77
Fett	18·54	21·09	26·31	39·90	48·37	7·55	—
Kohlehydrate	696·19	615·08	679·67	734·92	731·99	844·71	754·51
Extractivstoffe	—	—	—	—	7·49	—	8·36
Salze	19·96	14·61	26·55	25·94	12·87	5·01	13·05

C. Brotsorten.

In 1000 Theilen	Weizenbrot		Nürnberger Roggenbrot	Pumpernickel Westphalen	Gerstenbrot Niederbayern	Haferbrot Spessart	Zwieback	
	Nürnberger	Berner					Weisser Hamburger	Schwarzer Hamburger
Wasser	422·0	133·3	430·0	91·60	117·80	86·60	114·20	133·33
Albumin	65·48	93·93	45·22	67·09	56·13	89·03	94·25	131·35
Kohlehydrate ..	503·52	769·74	516·48	802·31	821·07	724·37	784·25	723·62
Fette	9·0	3·0	8·80	39·01	5·0	100·0	7·30	11·70

Der Salzgehalt ist sehr verschieden und beträgt 8·33 bis 15·35 pro Mille.

D. Hülsenfrüchte.

In 1000 Theilen	Erbsen	Schnitt-bohnen	Acker-bohnen	Linsen	Mittel der Hülsen-früchte
Wasser	145·04	160·20	128·55	113·18	136·74
Albumin	223·52	225·49	220·32	264·94	233·57
Kohlehydrate . .	576·19	542·99	576·57	581·22	569·24
Extractivstoffe .	11·84	27·69	33·26	—	18·20
Fette	19·66	19·55	15·97	24·01	19·80
Salze	23·75	24·08	25·33	16·65	22·45

E. Knollen und Gemüse.

In 1000 Theilen	Kartoffeln	Trüffeln	Kastanien	Gelbe Rüben	Kohlrüben	Blumenkohl	Gurken
Wasser	727·46	767·8	537·14	853·09	800·0	918·87	971·4
Albumin	13·23	81·3	44·61	15·48	20·0	5·0	1·30
Kohlehydrate	237·73	123·6	394·44	133 41	170·0	18·0	26·19
Extractivstoffe	9·77	—	—	0·36	—	—	0·40
Fette	1·56	6·6	8·73	2·47	3·0	—	—
Salze	10·25	20·7	15·17	15·20	50·0	7·55	—

Die Wohnung des Hundes, Wart und Pflege.

Ein Hundehaus für eine grössere Anzahl von Thieren, bei dem sich Einrichtungen für Zucht und Bewegung finden, heisst ein Zwinger oder Kinnel. Andere Einrichtungen für die Haltung mehrerer Hunde, in einer Scheune oder einem Stall, wo den Hunden nur ein Theil des Raumes angewiesen ist, endlich Einzelwohnungen, meist Bretterhäuschen, „Hundehütten", oder Einrichtungen in der menschlichen Wohnung, Kisten, Körbe oder Käfige etc. sind ganz ausserordentlich verschiedenartig; je nach Grösse, Rasse und Dienst des Hundes, wie nach Vermögen und Laune des Besitzers.

Im Allgemeinen sind die Bedürfnisse der Hunde, was Wohnung anbetrifft, gering. In den Sommermonaten können alle Hunde Tag und Nacht im Freien gehalten werden, auch muss das Lager nicht zu weich gehalten sein, kleinere, zarte, glatthaarige Thiere bedürfen aber eher des Schutzes einer Wohnung und erwärmter Gelasse, wie grössere, kräftige, langhaarige. Die feinen, oft durch Inzucht noch reizbarer gemachten Windspiele u. A. zittern und schlottern schon bei einer Temperatur von 10° Wärme, während ein langhaariger Schäferhund bei ebensoviel Grad Kälte noch ohne Schaden im Freien aushält.

Ebenso verschieden sind die Bedürfnisse an Bewegung und Nahrung etc. Für alle Rassenverhältnisse gilt der Grundsatz: das Thier soll, seinem Naturell angepasst, so gehalten werden, dass es sich dabei wohl fühlt und dass es gedeiht; Verzärtelung ist ebenso nachtheilig, wie Vernachlässigung. Der Hund bedarf, um seine heitere Laune zu behalten, passenden Aufenthaltes, der Gesellschaft des Menschen und anderer Thiere ebenso nothwendig, wie angepasster Nahrung und Bewegung; sein Charakter wird nur unter passender Anleitung vollständig schön und gut. Sich selbst überlassen, vernachlässigt vom Menschen, verfällt der Hund in seinen Naturzustand, den des egoistischen, ekelhaften aasfressenden Raubthieres oder er geht zu Grunde. Diese grundlegenden Regeln müssen für alle Hundehaltung und Zucht sinngemässe Anwendung finden.

Handelt es sich um die Einrichtung eines Hundezwingers oder Kinnels für verschiedene Rassen, so sind folgende allgemeine Regeln von Bedeutung: Der Zwinger soll auf trockenem Grund, geschützt vor Winden und heissester Sonne, ziemlich entfernt von menschlichen Wohnungen angelegt sein. Die Grösse richtet sich nach der Anzahl der zu haltenden Hunde. Im Allgemeinen sollen alle erwachsenen Hunde abgesondert gehalten werden. Für trächtige Hündinnen und Hündinnen mit Würfen, sowie für

Junge, die „abgesetzt" sind, hat man besondere Abtheilungen nöthig. In der Abtheilung der männlichen Hunde sollen keine läufigen Hündinnen gehalten werden, auch soll der Raum für Bewegung nicht von läufigen Hündinnen besucht werden, da sonst sämmtliche Hunde zu sehr und anhaltend in geschlechtlicher Aufregung sind. Für Hündinnen und Junge muss, je nach Zartheit und Rasse, bei jeder rauhen Witterung und eventuell Tag und Nacht geheizt werden können. Für kranke und verdächtige Thiere sind besondere Abtheilungen nöthig. Hieraus ergibt sich für die Anlage eines Hundezwingers naturgemäss: a) Abtheilung für erwachsene männliche und nicht läufige weibliche, mit Separatständen für je einen Hund, je nach dessen Grösse, und ein Laufplatz für diese Sorte; b) Abtheilung für trächtige und läufige Hündinnen, für Hündinnen mit Würfen und abgestossene Junge. Die „Aufzucht" mit Einzelabtheilungen und Abtheilungen für eine grössere Anzahl und besonderem Laufplatz; c) Abtheilung für Kranke, womöglich im besonderen Gebäude, und d) Abtheilung für solche, die, neu gekauft, wegen Besorgniss, dass sie mit ansteckenden Krankheiten behaftet sein könnten, eine Zeit lang beobachtet werden sollen, also für Verdächtige, ein „Quarantaine-" oder „Beobachtungsraum", der auch mit dem Krankenstall verbunden sein kann.

Man achte bei der Anlage auf die Möglichkeit des Ausbruches seuchenhafter Krankheiten, namentlich der Staupe und der Räude. Lässt man diese Krankheiten nicht von aussen herein, so können sie nicht entstehen. Es ist also nicht nur nöthig, jeden Neugekauften im Beobachtungsraum zu prüfen, bevor er mit den Anderen in Berührung darf, sondern auch jeden versendet Gewesenen, auf Probe oder auf Ausstellungen oder zum Decken etc. nach Wiederankunft eine Zeit lang separirt halten zu können. Ferner, um den Besuch umherstreifender, fremder Hunde zu verhüten, den Zwinger vor Neugierigen u. dgl. zu schützen, das Durchgehen der eigenen Hunde zu verhindern, soll das ganze Areal mit einem festschliessenden Bretterzaun oder einer Mauer (nicht aber mit Staketen, die nur theilweise schützen) von solcher Höhe, dass kein Hund darüber springen kann, versehen sein. Da es bei senkrechter glatter Wand vorkommen kann, dass ausnahmsweise einmal ein Gegenstand, ein umgestürztes Wassergefäss, ein Stuhl u. dgl. in der Nähe ist und dadurch ein Hund aufspringen und dann über die Umfriedung setzen könnte, so ist eine schiefe Bedachung des oberen Mauer- oder Zaunrandes anzurathen, derart, dass innen ein schräg nach oben hervorstehender Vorsprung von etwa 40 bis 50 cm vorhanden ist. Der Raum für Bewegung hat verschiedenen Zwecken zu dienen: Die erwachsenen männlichen und nicht läufigen weiblichen, lässt man täglich durch mehrere Stunden zusammen ins Freie, damit sie hier sich lösen und den Stall rein erhalten, dieser Ort ist somit kein Tummelplatz im eigentlichen Sinne, sondern er dient mehr den Zwecken der Reinlichkeit und eines ruhigen Aufenthaltes im Freien, er braucht daher nicht sehr gross zu sein, aber er muss gepflastert oder noch besser cementirt sein, er muss gehörigen Wasserablauf haben und er muss mit Wasser abgespült werden können. Für Bewegung und Tummeln müssen solche Plätze ausgeführt werden. Für die zweite Abtheilung, die der weiblichen und jungen Hunde, ist es am besten, wenn ein Garten mit Rasen und Bäumen als Lauf- und Tummelplatz zur Verfügung steht.

Das Hundehaus selbst kann, wenn man grössere, widerstandsfähigere Rassen züchtet, bei denen man im Winter keine Heizung braucht, aus Holz und mit Strohbedachung hergestellt sein, sobald man aber Heiz- und Kocheinrichtungen braucht, so wählt man unbrennbare Materialien. Sandstein feuchtet sehr leicht, ebenso Kalksteine, so dass sich Backsteine als bestes Material empfehlen. Ziemliche Höhe, etwa Zimmerhöhe, ist anzurathen. Gänge und Boden sind am besten asphaltirt, mit Wasserablauf versehen, die Ventilation muss erster Güte sein. Zum Heizen werden am zweckmässigsten Reguliröfen verwendet. Küche und Raum für den Wärter findet sich am besten rechts und links vom Eingang angebracht. Der Raum für erwachsene männliche und z. Z. normale weibliche ist durch einen ziemlich breiten asphaltirten Gang geschieden, auf der einen Seite für grosse, auf der anderen für kleinere Thiere. Für ganz grosse Hunde, Ulmer Doggen, Bernhardiner, Neufundländer und englische Bluthunde rechnet man für einen Stand 175 cm Breite und $2\frac{1}{2}$ m Tiefe. Für Jagdhunde genügt etwas mehr als die Hälfte. Für kleinere Hunde können, wenn eine wasserdichte Zwischenlage mit Wasserablauf vorhanden ist, etagenförmig übereinander käfigartige Abtheilungen geschaffen werden. Der Boden ist Stein, Cement oder Asphalt. Grossen Hunden richtet man an der der Thüre gegenüberstehenden Wand ein etwa 20 cm erhöhtes Lager aus Holz, eine „Pritsche" ein, auf die das Lagerstroh kommt, so dass die Thiere, falls sie „ein Bedürfniss anwandelt", einen freien Platz haben, um sich „leicht zu machen" und das Lager rein halten können.

Als Zwischenwände verwendet man am besten dünne Steinplatten oder, da es wärmer und angenehmer ist für die Thiere, Bretterwände. An der Wand gegenüber der Thüre ist ein Ring zum Anketten. Wenn Letztere mit Holztheer getränkt ist, wird sie in der Regel auch nicht angenagt. Eisenblech oder gitterartige Verschlüsse sind nur für gewisse Verhältnisse, etwa Kliniken oder andere Beobachtungsräume nothwendig. In der Abtheilung für läufige, weibliche, trächtige Hündinnen mit Würfen und abgestossenen Jungen ist das Raumbedürfniss sehr wechselnd, es ist deshalb am besten, einen grösseren stubenähnlichen Raum zu haben, der durch passende Brettereinschübe je nach Bedürfniss abgetheilt werden kann, und dass man einige „Hundehäuschen" von verschiedener Grösse vorräthig hält. Für Kranke und Thiere zur Beobachtung kann man eiserne Käfige aufstellen. In solchen fühlen sich die Thiere aber nie recht wohl, es ist Alles zu hell und zu vergittert, die Hunde wollen am liebsten einen dunklen, höhlenartigen Raum, wenn sie ruhen wollen. Es ist deshalb auch ganz gut, das Pritschenlager mit einem oder einigen Brettern derart zu decken, dass der Hund zum Schlafen gewissermassen in das „Himmelbett" einkriechen und zum Ruhen, im Wachen sich obenauf legen kann. Als Lager verwendet man am besten Stroh, das zu einem dichten matratzenartigen Geflecht verbunden ist oder das ziemlich kurz geschnitten zerstreut wird. Dasselbe soll (bei zarten Rassen) vorher weich geschlagen werden. Heu ist viel weicher und ebenso reinlich. Alle anderen Dinge aber: Holzwolle, Torf, Spreu, Sägemehl, Hobelspäne u. A. sind Surrogate und nicht so zu empfehlen. Bei ganz kleinen Thierchen kann man noch Moos, Wolle, Baumwolle und Teppiche in Betracht ziehen; doch ist ein Nestchen aus zartem Heu auch diesen das Angenehmste.

Einzelwohnungen, die sogenannten „Hundehütten", müssen so gestellt sein, dass der Bretterboden derselben auf trockenem Boden aufruht, nicht dass der Wind unten hindurchpfeifen kann. Das Hundehaus muss genügend Raum gewähren und stets reichlich trockene reine Streu besitzen. Der Eingang kann vorne oder an der Seite sein. Bei grosser Kälte kann man die Hundehütte mit Stroh einbauen, besser aber, den Hund bei Nacht in das Haus oder den Viehstall nehmen. Wenn der Hund stark friert, ist er kein Wächter, er nützt daher mehr im Hause. Man hat auch schon ein umgelegtes Fass, dessen einer fehlender Boden den Eingang bildet, zum Hundehaus gemacht.

Kisten, in welche die Hunde von oben einspringen müssen, ebenso Körbe, eignen sich nur sehr gut für Wöchnerinnen, sonst sind sie in der Regel unzweckmässig. Nur wenn man eine Reihe neben einander stellt und übergittert, so dass der Einblick von oben gestattet ist, kann eine solche Anlage für kleine Hündchen zweckmässig sein. Ganz feine Einrichtungen, Käfige aus Draht oder Holz etc. mit Polstern, Vorhängen u. dgl. finden bei feinen Luxushündchen Anwendung. Es kann sehr hübsch gemacht werden, immerhin muss die Anlage zweckmässig sein und passen. Man setzt nicht eine Krone, ein Wappen oder ein Kreuz u. dgl. an einen solchen Käfig, sondern etwas Anderes, für den Hund Passendes, etwa eine Hundefigur oder ein Symbol der Treue und Anhänglichkeit etc. Solche Schmucksachen, aussen am Käfig, können kostbar, eventuell aus Gold hergestellt sein. Im Innern dürfen aber nur Dinge sein, die zweckmässig sind und die der Hund zu verstehen und zu achten vermag, sonst wird der dargestellte Luxus zur Lächerlichkeit. Für feine, kleine, im Zimmer gehaltene Hündchen sind auch die Hundehäuschen oder kistenartige, von oben besteigbare Nestchen zu empfehlen, auch hier muss man auf die Liebhaberei, dass die Thierchen sich zum Schlafen in der Regel gerne verkriechen wollen, Rücksicht nehmen. Derjenige Hund, der in der Familie erzogen wird, mit dem man freundlich und liebevoll umgeht, ohne des Ernstes dabei fehlen zu lassen, der bekommt den besten Charakter, und nur ein solcher wird zum „treuen, braven, opferfähigen und dankbaren Freunde". Das Gemüth des Hundes ist so empfänglich und biegsam, dass alle Eindrücke mächtige Wirkungen hinterlassen, so dass der alte Satz: „Nur ein guter Mensch kann einen guten Hund erziehen" auch heute noch giltig ist.

Bei aller Hundezucht wird nothwendig, dass ab und zu der entstehende üble Geruch bekämpft wird, ja bei grösseren Anlagen sind ganz besondere Vorsichtsmassregeln zu gebrauchen. Selbstverständlich ist, dass alle Thiere zur Reinlichkeit erzogen werden, trotzdem wird nicht zu umgehen sein, dass Harn und feste Excremente gelegentlich im Stalle entleert werden. Ersterer bleibt, wenn keine zersetzenden, Fäulniss erzeugenden Pilze einwirken, längere Zeit ohne Fäulniss, aber auch da riecht er scharf, knoblauchähnlich, und wenn er einmal fault, so wird der Geruch höchst übel; wenn sich damit noch die schlechten Gerüche von Darmexcrementen mischen und die specifische Hautausdünstung sich beimengt, so entsteht ein abschreckender Gestank. Es ist hiegegen Folgendes zu beachten: 1. den Stallboden mit Gips bestreuen, welcher schlechte Gerüche absorbirt, 2. in halber Stallhöhe Kistchen aufhängen, die mit Sägespänen gefüllt sind, in welche Schwefelsäure gegossen ist, weil diese ebenfalls sehr energisch üble Gerüche ansaugt. Sobald der Boden durch Excremente verunreinigt ist, wird er mechanisch und mit Wasserspülung gereinigt und nachher wird aus einer Brause eine $^1/_2^0/_0$ige Lösung von übermangansaurem Kali nachgegossen; die Luft wird verbessert durch Zerstäuben von Lysol oder Creolin mittels eines Sprühapparates, am besten des Meester'schen. Zerstäuben von Terpentinöl durch einen kleinen Apparat erzeugt ozonhaltige Luft.

Frische Zufuhr von reiner Luft und der Abzug der verdorbenen durch die Ventilatoren ist nothwendig. Hündchen, die im Zimmer gehalten werden, die in der Regel nur 1- bis 2mal täglich ins Freie geführt werden und dort rasch ihre Entleerungen vornehmen sollen, sind in der Regel beklagenswerthe Geschöpfe, namentlich im Winter, wenn sie bei grosser Kälte geschwinde auf die Strasse gesetzt werden, um ihre natürlichen Bedürfnisse zu

befriedigen. Sie frieren dann so stark, dass der Drang, der vorher
bestand, sofort aufhört und die Hündchen ohne Erfolg in das
Haus eilen. Es treten hiedurch oft sehr hartnäckige Verstopfungen
auf. Man muss für solche Thierchen im Winter in der Küche
oder an einem sonst passenden Ort ein Kistchen mit Sägemehl
aufstellen, wohin dieselben jederzeit gelangen und sich entleeren
können.

Das Anbinden, Anketten betreffend, müssen Hunde, die
an einen festen Gegenstand angebunden werden, mit einem ziemlich
breiten und festen, nicht zusammenziehbaren, schnürenden Halsband
versehen sein, die Kette ist gerade stark genug zu wählen, dass sie
der Hund nicht abbeissen kann, aber ja nicht zu schwer, sie hat
einen oder einige Wirbel, damit sie sich nicht verwickelt und aufdreht. Die Kette an einen Ring zu befestigen, der in einer horizontalen Stange läuft, so dass der Hund hieran eine ganze oder halbe
Hausfront abjagen kann, ist nur für einzelne Fälle passend. Wenn
Hunde geführt werden, so verwendet man zweckmässig ein ledernes
Schlingenhalsband, das sich zusammenzieht, wenn der Hund zu stark
zerrt, und als Leitriemen einen solchen von Schnur oder Leder,
ebenfalls mit Wirbel.

Für Reinlichkeit und Wohlbefinden ist die Hautpflege und
Schutz vor Insecten noch sehr wichtig. Langhaarige Hunde werden
hie und da gescheert. Man hat jetzt sehr zweckmässige Hunde-
scheeren, mit denen diese Schur rasch vor sich geht, aber man
verwendet diese Schur nicht gerne bei allen Hunden, namentlich
feinhaarige, glänzende, z. B. Spaniels, Hühnerhunde, Bernhardiner,
Neufundländer, die scheert man gar nie, weil sie nachher rauhere
und weniger glänzende Haare bekommen. Sehr günstig ist das
Kämmen und Bürsten mit einer Kardätsche wie man sie für
Pferde verwendet. Baden und Waschen führt leicht zu Erkrankungen, namentlich sind sogenannte Hundebäder, in denen auch
räudige Thiere gewaschen werden, zu verwerfen. Wenn Hunde
gebadet wurden, so ist es am besten, wenn sich die Thiere nachher
in der Sonne trocken laufen, dieselben mit nassen Haaren und
nasser Haut unbedeckt und unabgerieben an einem kühlen Orte
ruhig liegen zu lassen, ist gefährlich. Glatthaarige Hunde werden
mit einem Putzhandschuh gestrichen. Das Putzzeug muss immer
rein erhalten werden, eventuell nach dem Putzen erst mit etwas
Terpentinöl besprengt und dann erst aufgehoben werden, dadurch
werden die Insecten getödtet, aber es darf erst nach circa 24 Stunden,
wenn das Oel verdunstet ist, dieses Putzzeug wieder in Gebrauch
genommen werden. Gegen Insecten, namentlich Flöhe *(Pulices)*,
verwendet man am besten Insectenpulver aus der Apotheke,
oder einer Droguenhandlung, persisches oder dalmatinisches. Alle
sogenannten Insectentödter, „Zacherlin“, „Turmelin“ etc. etc. sind

9*

eben solches Insectenpulver, nur theurer, es darf etwas Anderes zu diesem Zwecke gar nicht verkauft werden. Andere Anpreisungen, Mischungen von Theerproducten, Creolin, Lysol etc. etc. sind hier überflüssig.

Das Insectenpulver wird reichlich zwischen die Haare eingestreut oder eingeblasen, auch das Lager damit bestreut. Gegen Zecken *(Ixodes)* wird gewöhnliches Oel angewandt. Auf jede Zecke ein Tropfen aufgetragen. Sehr zu empfehlen ist zur Reinlichkeit und auch gegen Hautreize, Kleieabreibungen vorzunehmen. Die gewöhnliche Kleie wird zuerst befeuchtet, händevollweiss aufgetragen und die Haut und die Haare damit rein gerieben, dann wird mit trockener Kleie das Feuchte entfernt und endlich mit der Bürste die Kleiestäubchen herausgebürstet. Um die Haare weiss, seideglänzend zu haben, empfehlen sich zunächst Abreibungen von feuchter Kleie, die mit Holzkohlenstaub gemengt ist, hiedurch wird aller pflanzliche Farbstoff gebleicht, nachher wird mit Seife, u. zw. mit Sodaseife gewaschen — man vermeide die theuren sogenannten Hundeseifen etc. — dann trocken abgerieben und zum Schlusse mit einem mit etwas Oel, Glycerin und Wasser befeuchteten Flanell das Haar sorgsamst gerieben, nachher wieder mit trockenem Flanell alles Ueberflüssige entfernt, so dass ein höchst proper hergestelltes Haar entsteht, dieses kann nun noch mit etwas Parfüm wohlriechend gemacht werden, weil Nässe in den Haaren, bei der Trocknung immer üblen Geruch erzeugt. Bei Anwendung von etwas Oel tritt ein solcher fast nicht oder doch viel geringer auf. Zuletzt kann man Langhaarige noch scheiteln, den Rücken entlang, z. B. die Yorkspaniel, Bologneser, Pudel und Andere und zum Ausgehen mit einer seidenen Bandmasche, Glatthaarige aber mit einem Deckchen und Anderen verzieren.

Handelt es sich um Reinigung und Desinfection von Stallräumen, in denen Hunde mit ansteckenden Krankheiten waren, so werden Holztheile am besten herausgenommen und verbrannt, Eisentheile ausgeglüht, die Wände abgekratzt, neu beworfen, der Boden gewaschen und dick mit Kalkmilch überdeckt. Eine zweifelhafte Desinfection ist es, wenn die Theile nur mit Theer, Lysol oder Creolin überpinselt werden.

VI. Capitel.

Dressur.

Ueber Dressur führen wir an dieser Stelle nur das Allgemeine vor, Dasjenige, was man jedem Hunde lernen kann; Dasjenige, wozu eine besondere Rasse-Eigenschaft nothwendig ist, wie dies z. B. bei den Jagd- und Dachshunden der Fall ist, das wird bei den einzelnen Rassen des Näheren abgehandelt.

Wenn man ein normal entwickeltes Kind nicht in die Schule schicken würde, so dass es die ganze Schulweisheit entbehrte, es jedoch in einer gebildeten Familie aufwachsen und später in der Gesellschaft geduldet würde, so würde im allgemeinen Verkehr Niemand den Mangel entdecken und nur bei besonderen Fällen könnte derselbe zu Tage treten. Was beim Kinde Schul- und Lernzeit, beim Erwachsenen Studium ist, das ersetzt beim Hunde die Dressur. Kinder gehen in der Regel bis zum 14. Lebensjahre zur Schule, Mädchen, die weiter lernen, brauchen bis zum 15. bis 20. Jahre, und Jünglinge bis zum 20. bis 25. Jahre, ja noch mehr, bis sie so weit reif sind, um selbständig sein zu können.

Beim Hunde fängt der Ernst des Lebens schon an, wenn er ein ¹/₂ Jahr alt ist, mit 8 Jahren wird er im Allgemeinen schon greisenhaft und die eigentliche Lern- oder Dressurzeit ist auf einige Wochen oder höchstens Monate beschränkt. Eine systematische Durchführung der Dressur, täglich einige Stunden Uebung, durch einige Jahre fortgesetzt, planmässig fortschreitend, müsste hohe Resultate erzielen lassen. Angenommen, man würde eine Zahl passender Hunde (6 bis 10) gerade so unterrichten, wie ein Taubstummenlehrer seine Zöglinge durch mehrere Jahre unterrichtet, so müsste ein ganz staunenswerthes Resultat erzielt werden können. Anderseits ist aber die zuerst angeführte Thatsache, dass vollständiger Mangel der Schulbildung bei einem sonst in guten Verhältnissen lebenden Menschen im späteren Alter kaum bemerkt wird, ebenfalls auf den Hund anzuwenden, auch ohne systematische Dressur erzieht sich der Hund ganz von selbst, er sieht ab, er beobachtet und merkt was er darf und was nicht; sowie aber derjenige Mensch, dem das Glück zu Theil wird, Beides, gute Familien- und Gesellschaftsverhältnisse und gute Schulbildung zu geniessen, Vortheile hat, vor dem der nur Eines besitzt und grosse Vortheile vor dem, dem Beides mangelt, gradeso ist es beim Hunde. Ein Hund, der in der Familie leben darf und der noch systematisch und correct gebildet dressirt wird, ist eine Perle.

Erste und oberste Bedingung aller Dressur ist, dass der Hund begreift, was man von ihm will. Die Kunst des Abrichtens besteht darin, dem Thiere die von ihm verlangte Handlung klar zu machen, zu beurtheilen, ob der Hund verstanden hat, ob er beabsichtigt zu folgen, ob er auch körperlich geschickt genug ist, das Verlangte auszuführen, oder ob der Hund nicht oder nur zum Scheine heuchlerisch folgt; ob zu lebhaftes Temperament zurückgehalten oder zu träges angefeuert werden muss. Der Hund muss seinen Herrn zuerst fürchten, dann fürchten und lieben und schliesslich unbedingt vertrauen.

Wer seinem Hunde alle Selbständigkeit raubt, erzieht sich einen Sclaven, aber keinen Freund und Genossen. Ein Hund, der folgsam und schlau werden soll, muss sehr viel um seinen Herrn sein, dadurch lernt er aufmerken und jedes Wort verstehen. Nur ein guter Mensch kann einen guten Hund erziehen und den höchsten Grad der Möglichkeit im Ferm- oder Firmwerden erreicht jeder Hund nach seiner Rassenanlage, d. h. die Erziehung kann die natürliche Anlage ausbilden; wo Letztere fehlt, da ist der Exercirmeister umsonst. Junge Hunde müssen liebevoll und ernst behandelt werden, unabsichtliche Fehler und Dummheiten, das läppische Benehmen darf nur nach und nach abgewöhnt werden, dem Hunde darf man seine heitere Lebensanschauung nicht zu frühzeitig zerstören. Strafen sind mit grosser Vorsicht und nur dann, wenn der Hund weiss, warum er gestraft wird, anzuwenden, hauptsächlich, wenn sich Heimtücke oder Bosheit zeigen sollte. Es ist ein Fehler, einen Hund lange einzusperren, dann mit ihm spazieren gehen und sogleich ein gesittetes Betragen von ihm verlangen wollen, der Hund bedarf der freien Zeit, in der er sich tummeln darf, geht er aber mit dem Herrn, so ist es Dienst für ihn und er hat aufzumerken. Zu lang eingesperrt gehaltene Hunde werden stumpfsinnig; dieselben heulen am meisten in halbdunklen Räumen, von wo aus sie durch eine Lücke, ein Fenster oder ein Stück Helle sehen. Der Hundestall soll daher gleichmässig im Halbdunkel sein, in den das Licht nur gebrochen eindringen kann. — Die Dressur, das Abrichten der Hunde, ist uralt. Dieselbe soll stets zu einer Zeit vorgenommen werden, wenn der Hund verdaut hat, nie direct nach der Fütterung, denn da ist der Hund naturgemäss träge und unaufmerksamer. Schon in einem Alter von 8 bis 12 Wochen kann begonnen werden, dem Hunde Aufmerksamkeit beizubringen, d. h. er muss einige Zeit, anfangs nur sehr kurz, ein bestimmtes Ziel, das ihm gegeben wird, verfolgen. Hiezu ist das Beste ihn häufig anzulocken und immer mit einer kleinen Belohnung, wenn er gehorcht. Hierauf kommt das „Stubenrein".

Schon frühzeitig muss dem Hund ein bestimmter Ort angewiesen werden, an dem er austritt. Verübt er nun eine Unreinlichkeit im Zimmer, so wird er an den Ort gebracht, in sehr ermahnender Weise mit ihm gesprochen, dann seine Schnauze rasch in sein Schandmal gedrückt, ihm einige leichte Streiche gegeben oder er wird etwas gezwickt und dann rasch an den bestimmten Ort befördert, an dem er austreten soll, hier wird er angelockt, niedergedrückt und ihm begreiflich zu machen gesucht, dass er immer hieher zu gehen habe. Ist er einmal gestraft, so bedarf er das nächste Mal nur des leicht fühlbaren Ausweises und bei consequenter Durchführung weiss der Hund in einigen Tagen, was man von ihm will, nur ist er noch ungeschickt, sein Bedürfniss anzuzeigen. Sieht man, dass es ihm unbehaglich ist, dass er umher läuft, an die Thüre pocht, winselt etc. und er wurde nicht verstanden, so dass er mit schlechtem Gewissen eben dem heftigen Drange nachgibt, so darf man ihn nicht strafen, sondern muss das nächste Mal selbst etwas mehr Acht geben, damit das Thier nicht unnütze Qualen erduldet. Kann er das, so wird ihm „Appell" beigebracht. Seine Neugierde, Ungenirtheit, sein täppisches, läppisches Wesen, das gewissenlose Zerbrechen, Nagen, Zerreissen und Benagen muss nach und nach aufhören. Man weist ihm einen Platz im Zimmer an, auf dem er gewissermassen „Burgfrieden" haben muss und bezeichnet denselben anfangs durch einen Teppich oder Kreidestrich. Auf den Zuruf „Leg' dich!" geht er dorthin, legt sich und bleibt liegen bis er abgerufen wird. Damit er dies lernt, wird er dort unter der fortwährenden Ansprache „Leg' dich!" so hingesetzt, dass die Vorderfüsse gerade nach vorne gestreckt sind, auf welchen der Kopf aufliegt; sobald er Letzteren aufheben will, wird er wieder niedergedrückt unter Ermahnungen und schliesslich einigen leichten Streichen. Wer Geduld hat und consequent verfährt, braucht Letztere gar nicht. Der Hund muss auf ein Commando, das anfangs immer mit demselben Worte gegeben wird, aufmerken und sofort und freudig gehorchen. Je mehr man mit ihm spricht, ihm erzählt, umso verständiger wird er, und es ist keine Uebertreibung, wenn von einem älteren, wohlerzogenen Hunde gesagt wird, „er versteht jedes Wort". Hier kommen persönliche Erfahrungen in sehr grosser Anzahl vor. Die Fähigkeit des Hundes, sich den ihn umgebenden Verhältnissen vollkommen anzuordnen, lässt Jedermann nach und nach einen solchen Hund im Charakter erziehen, wie er für diesen Herrn und dieses Verhältniss am besten passt.

Um einige bestimmte Kunststücke zu lehren, ist Folgendes zu beachten: Um das Ueberspringen über einen Stock u. dgl. beizubringen, spreizt man das freie Ende eines Spazierstockes gegen die Wand, anfangs ganz nieder, und hält das andere Ende in der Hand, so dass der Hund, ohne es zu bemerken, darüber schreiten kann, und nun lockt man ihn darüber; sobald er gehorcht, wird er belobt und bekommt einen Bissen zu fressen; es ist gut, die Uebungen immer zu machen, wenn der Hund hungrig und ihn seine Mahlzeit durch Folgsamkeit nach und nach verdienen zu lassen; nach und nach wird der Stock immer etwas höher gerückt. Nach einigen Tagen, wenn er begriffen hat, verlangt man das Springen auch auf dem Spaziergang, aber immer noch vorsichtig, nie bis zur Ermüdung, und bald lernt er auch über den Fuss oder durch einen Reifen oder durch die geschlossen oder gebogen gehaltenen Arme zu springen. Soll er dabei ein Papier durchbrechen, so wird zunächst nur ein Theil der Reiföffnung mit Seidenpapier verdeckt, erst nach und nach, wenn der Hund die Geringfügigkeit des Widerstandes kennen und mit Sicherheit und Vertrauen überwinden gelernt hat, kann man ihm die ganze Oeffnung verschliessen, nie aber täusche man den Hund und mache sein Vertrauen unsicher, dadurch, dass man ihn auf etwas Unnachgiebiges aufspringen lässt, erst einem älteren fermen Hunde kann man zur Uebung und als neues Kunststück etwas Festes vorhalten, das er dann weise unterscheiden lernt. Beim Nachtragen von Gegenständen, einem Stock, Korb u. dgl. nimmt man ihn anfangs an die Leine und gibt den zu apportirenden Gegenstand, der nie zu schwer oder zu klein sein darf, in das Maul und lernt ihn spielend dasselbe zu holen und heranzubringen oder nachzutragen, mit Gewalt und Schlägen richtet man nur etwas aus, wenn man ganz consequent verfährt, wie dies bei der Parforcedressur der Jagdhunde geschildert ist; bei Stuben- und Begleithunden sucht man aber in der Regel nach und nach unter Liebkosungen den Zweck zu erreichen. Auf den Hinterfüssen stehen, lernen kleine zarte Hunde von selbst, wenn sie hungrig sind und beim Essen zusehen, er bedarf nur des Belohnens, so oft er aufrecht steht, und immer des Commandos „hoch!" oder „hochauf!". Grössere Hunde stellt man auf, zeigt ihnen etwas Fleisch, Brot oder Zucker, lehnt sie zuerst mit dem Rücken·an, lässt sie unter ermunternden Worten „hoch auf!", „so recht!" etc., einige Schritte vorwärts machen und gibt ihnen dann die Belohnung.

Für grosse Hunde ist das freie, ruhige, senkrechte Stehen auf den Hinterbeinen kaum möglich, man muss sie kleine Tritte vor- oder rückwärts oder seitlich ausführen lassen, hiezu wählt man das Commando „schön marschir!", durch Vormachen und Hochheben kann man ihn veranlassen, mit beiden Hinterbeinen über einen Gegenstand zu hüpfen und allmälig ihn dazu bringen, dass er eine Strecke Weges in aufrechter Stellung in hüpfender Weise zurücklegt; sobald er eine Fertigkeit hat im Aufrechtstehen, im aufrechten Gehen und Hüpfen, so kann man ihn lehren, sich während der Zurücklegung des Weges noch zu drehen, zu tanzen. Um ihm dies begreiflich zu machen, wird eine Schnur an

eine Vorderpfote festgebunden, diese in einer Halbspirale über den
Rücken gezogen und der Hund jetzt während des Vorwärtsgehens
herumzudrehen gesucht, unter fortwährendem Zuspruch „tanzen!" oder
„tanz er!", nach und nach lernt er auf Commando, auf Pfeifen oder
Musiciren sofort sich zu erheben und bis zum Abrufen zu tanzen.
Thüre zumachen ist ein einfaches Kunststück, das jeder grössere
Hund bald begreift, es wird die Thüre bis an das Schloss ange-
lehnt, sodann auf das Thürschloss oder den Drücker ein Stückchen
Fleisch etc. gelegt und der Hund unter dem Zuspruch, „mache die
Thüre zu!", veranlasst, mit den Vorderpfoten heraufzusteigen und
dadurch die Thüre zuzudrücken, nach einigen Wiederholungen hat
er begriffen. Auf das Commando „mir ist heiss!" oder „dem Herrn N.
ist heiss!" muss der Hund heraufsteigen und die Mütze vom Haupte
nehmen. Man lernt dies dadurch, dass man anfangs mit der Mütze
wackelnde Bewegungen ausführt, den Hund dieselbe leicht erreichen
lässt und ihn belobt, wenn er sie fasst; eine sehr hübsche Vervoll-
ständigung ist, wenn man den Hund übt, sich immer zuerst, bevor
er nach der Mütze aufsteigt, sich das Maul mit der Pfote zu
wischen, pro forma, als ob er zuerst sich rein machen wollte, um
die Mütze nicht zu besudeln. Den Wirbel oder das Caroussel
macht der Hund, wenn er nach seinem Schwanz fasst und sich rasch
um seine Axe dreht, dies auf Commando zu thun, wird der Schwanz
des Hundes an der Spitze gefasst, zwischen die Finger hat man ein
Stückchen Fleisch geklemmt, und bei der drehenden Bewegung, die
man ausführt, wird das Commandowort „Wirbel!" recht oft ausgesprochen, sobald er einigermassen begriffen hat, wird eine Pause gemacht und er belobt und belohnt.

Gehen auf den Vorderfüssen wird dadurch gelernt, dass
das Hintertheil an einem leichten zweirädrigen Wägelchen hochge-
schnallt und das Fuhrwerk langsam und unter passendem Commando
„Hüfte hoch!" vorwärts bewegt wird. Eine Leiter auf- und abzu-
gehen, lernt ein geschickter Hund ziemlich rasch, sogar an ganz
senkrechten, doch muss anfangs eine solche mit breiten, treppen-
artigen Sprossen, eine Art Treppe benützt werden, erst nach und
nach stellt man dieselbe immer senkrechter, ebenso ist es mit dem
Herabsteigen. Bei solchen Kunststücken muss selbstverständlich das
Thier die absolute Sicherheit haben, dass ihm nichts Schlimmeres
passiren kann, als die Unzufriedenheit seines Herrn. Auf einer
Kugel zu stehen und selbe zu treiben, erfordert viel Geduld für
den Dresseur und den Hund, denn das Gleichgewicht zu halten, ist
schwer. Ein Vortheil ist dabei, wenn die Kugel wenigstens für den
Anfang etwa zweimal so schwer ist wie der Hund selbst und je nach der
Grösse des Hundes einen Durchmesser hat; sobald er darauf stehen
kann, wird man die Kugel allmälig etwas drehen und allmälig,
wenn er Sicherheit hat, werden die Unterlagen entfernt, bis er sich

endlich auf der fortbewegten Kugel hält, diese schliesslich selbst und in bestimmter Richtung treibt. Dass er die Balance hält auf einem Krückenstock, auf dem er alle seine vier Füsse ganz nahe zusammenstellen muss, wird ihm nach und nach beigebracht, dass man ihn zuerst auf einen Stuhl setzt, mit den Vorderpfoten auf einer breiten horizontalen Lehne, und dass man dann mit dem Stuhle Schaukelbewegungen ausführt; nach und nach muss er mit allen vier Füssen auf die Stuhllehne und so endlich auch auf den Krückenstock.

Den Schlangengang lehren macht man mit mittelgrossen Hunden, die man zuerst an der Leine zwischen den Beinen durchlaufen lässt; Ausschlagen, sich Todtstellen etc. beruht Alles darauf, dass man dem Hund Gelegenheit gibt, das Verlangte zu begreifen und sich dann gehörig zu üben, von selbst übt er nicht, man hat noch nie bei einem Hunde beobachtet, dass er die Uebungen nachher allein weiterprobirte, wie dies bei einem Elephanten der Fall gewesen sein soll; derselbe habe sich beim Tanzenlernen ungeschickt angestellt und darüber Schläge bekommen, in der Nacht beim Mondenschein habe er dann zur baldigen Erlangung der Geschicklichkeit allein getanzt. Hunde thun so was nicht, sie sind immer herzlich froh, wenn eine Uebung vorbei ist, man muss deshalb nie verlangen, dass ein Hund ein Kunststück beim Vorführen besser mache, als wie er es in der Uebung konnte, und niemals etwas Halbfertiges zeigen. Die eigentliche Kunstdressur ist: a) die Augendressur und b) die mnemonische. Bei Ersterer lernt der Hund z. B. einen Gegenstand apportiren, den der Herr fest ansieht, und bei der zweitgenannten lernt er, einen Gegenstand auf bestimmte Zeichen mit der Hand oder auf gewisse Worte zu apportiren, dadurch bringt man fertig, dass der Hund auf Ansehen, auf Zeichen oder Worte z. B. eine bestimmte Karte hebt, dass er scheinbar rechnet, Clavier spielt, Domino spielt, dabei ist aber seitens des Hundes keine Spur von Denken, und sobald der Künstler veranlasst wird, von dem Hunde zurückzutreten und zu schweigen, so hört die Production sofort auf. Alle die sogenannten Wunderhunde sind auf diese Art dressirt, von Dominospiel und Rechnen, wirklichem, selbstdenkendem, ist keine Rede.

Sogenannte sprechende Hunde sind von Bauchrednern vorgeführt. Vergleicht man gegen diese Leistungen diejenigen eines Jagd- oder Schäferhundes, so stehen die Letztgenannten um Vieles höher. Hier denkt und überlegt das Thier, bei der Kunstdressur ist es ein mechanisches Ausführen angelernter Handlungen, welche das Thier nie begreift und dies nie von selbst ausführt, es handelt sich bei ihm nur um den Beifall seines Herrn, um Belohnung oder Strafe. Es hat allerdings einige Ausnahmen gegeben, und ich glaube, wenn man einer Anzahl von Hunden systematisch durch einige Jahre Unterricht ertheilen würde, wie ihn etwa ein Taubstummenlehrer seinen Zöglingen gibt, so müsste verhältnissmässig Hohes erreichbar sein, z. B., dass

ein Hund eine Kreide in das Maul nimmt und bestimmte Zahlen oder
Worte an eine Tafel schreibt, dass er an einer Uhr abliest, welche
Zeit es ist, dass er seinen Herrn zu bestimmter Zeit in der Nacht
aufweckt u. dgl. Transcendentales kann er nicht begreifen lernen,
und dass er „Ich“, „Zeit“ und „Raum“ im Allgemeinen begreift,
scheint unmöglich zu sein.

Um Hunde auf den Mann zu dressiren sagt Albertus
Magnus (1545): „So man solche Hund gewöhnen will, dass sie kräftig-
lich anfallen, soll sich erstlich einer mit einer starken, dicken Elenns-
haut allenthalben wohl versorgen, welche der Hund nit leichtlich
mag zerreissen, an solchen Menschen soll man den Hund anhetzen
und derselbe vor ihm fliehen, doch dass er ihn möge ereilen oder
niederreissen, soll er auf sein Angesicht fallen und der Hund sich
wohl über ihn ergrimmen lassen mit beissen, das soll man eine
zeitlang alle Tage thun, doch jedesmal einen fremden Mann nehmen,
damit der Hund des Geruchs gewohne und ihn lerne kennen
(damit er nicht schmeicheln lerne) oder nur an den Bekannten
gehen will.“ Dieser Dressur auf den Mann ist anzufügen: Wer
Hunde auf Menschen hetzt ist strafbar.

Die Aufgabe des Hundes ist zu melden, aber nicht thätlich
zu werden, ausser in Ausnahmefällen — und das ist es eben —
wann ist ein Ausnahmefall da, wann tritt er ein? — Wer braucht
bei uns im Reich zum persönlichen Schutz einen Revolver und wie
Viele tragen einen solchen?

Die Dressur auf den Mann geschieht mittels Dressurmaske: ein
Anzug aus Packleinen, der mit Werg ausgestopft ist, Mannsfigur. Diese
wird dem Hund gezeigt, während er am Halsband gehalten wird. Auch
wenn er gar nicht vorwärts will, hält man ihn fest zurück. Von
hinter der Figur droht Jemand mit einem Stock, schlägt nach dem
Hund. Geht der Hund vor, wird die Maske zurückgezogen. Sobald
er anbellt ist schon gewonnen. Man lässt ihn nicht gleich das erste
Mal los, führt ihn fort und kommt am Abend wieder. Lässt man ihn
los, darf er nur niederwerfen oder ziehen, aber nicht beissen. Fassen
und Halten weiss der Hund bald, das ist natürlicher Instinct, aber
nur auf Commando fassen und sich abrufen und abpfeifen lassen,
das ist Kunst, Dressur. Mitten im Sprung muss er zurück und das
ist nur durch Koralle und Leine zu erreichen. Ehe man ihn fahren
lässt, muss er 2- bis 3mal zurück, dann erst darf er los und packen.
Bei Nacht muss er melden, Standlaut geben. Ein ferm dressirter
Hund kann im kritischen Moment das Commando falsch verstehen oder
es kann dies falsch gegeben werden, so dass er Unschuldige anfällt.

Um den Hunden das Heraufspringen abzugewöhnen, hält
man den hochgestiegenen Hund an den Vorderpfoten und tritt ihn so,
dass es ihm unangenehm ist, selbstverständlich dass es nicht schadet,
auf die Hinterpfoten; mehrmals wiederholt, hilft es sicher.

Gegen Knurren beim Futteraufnehmen bekommt er (ohne zu sprechen) einige derbe Hiebe mit der Peitsche.

Um allzu freundliche Hunde zurückhaltender zu machen, lässt man sie von einem Bekannten anlocken und dann einen Schlag mit einem Stocke versetzen. Um Hunden das Betteln abzugewöhnen, lässt man von einem Bekannten ein Stück Wurst an eine Gabel anstecken und sobald der Hund ankommt die Gabel zwischen den Fingern umkippen und mit dem Heft auf die Nase klopfen, auf dem gleichen „Kniff“ besteht die Dressur, dass der Hund nur aus der rechten Hand etwas nimmt, aber niemals aus der linken, oder dass er sofort zurückweicht, wenn man irgend ein Wort, z. B. „er ist sauer!“ etc. gebraucht.

II. ABTHEILUNG.

DIE EINZELNEN RASSEN.

Die einzelnen Rassen.

Ulmer Hund, Ulmer Dogge, deutsche Dogge.

Wir geben zunächst einige Abbildungen von Hunden, die früher in Deutschland vorkamen, und welche von deutschen Künstlern abgebildet wurden. Die Bezeichnungen, welche dafür gegeben sind, halten wir, bei der früher notorisch für solche Namen bestehenden Verwirrung und Gleichgiltigkeit, für nebensächlich.

Die Abbildungen Fig. 3, 4 und 5 sind aus dem seltenen Werke des Nürnberger Künstlers Jost-Ammon, „Jag- und Waidtwercke", 1582, I. Wie man Bären jagt, II. Wie man auf Gejächt mit den Hunden zeucht, III. Wie man Schweine jagt (s. S. 55, 59, 64). Zu diesen Abbildungen finden sich kurze Verse, welche aber für unser Thema belanglos sind. Der allgemeine Charakter, der damals zu diesen Jagden verwendeten Hunde, lässt sich nach meiner Meinung ganz wohl erkennen. Die in Fig. 5 dargestellte Schweinshatz findet sich auch als eines derjenigen prächtigen Glasgemälde aus genannter Zeit in der Alterthumssammlung in Stuttgart. Es ist die Verschiedenheit der Hunde auf sämmtlichen Abbildungen, nicht nur der hier vorgeführten, sondern des ganzen Werkes, mit Sorgsamkeit beachtet. Die zur Bärenhatz sind starke mächtige Thiere, die zur Schweinshatz sind zweierlei, Kurzköpfe mit Schlappohren und stärkere mit gestellten und halbgestellten Ohren, mit längerer Schnauze; Windhunde können diese auf Fig. 5 vorgeführten nicht sein, ebensowenig dieselben auf Fig. 4 abgebildeten kurz- und halblangohrigen, denn sie sind perspectiv in das Bild zurückgerückt und haben trotzdem einen Flankenumfang, der nicht viel geringer ist, wie derjenige der schlappohrigen Jagdhunde, die im Vordergrunde stehen, es ist somit zu jener Zeit eine Rasse von Hunden vorhanden, welche den Typus der Ulmer Doggen deutlich zeigt.

Eine Abbildung aus Booksperger: „Ein neues Thierbuch", 1619, mit der Unterschrift „Der englische Hund", beweist, dass man hier den sogenannten „Bärenbeisser" in sehr ausgesprochener Form vor sich hat, jedenfalls hat dieser Hund einen anderen Typus, wie die von Jost-Ammon vorgeführten, dass er

„englisch" heisst, bedeutet wohl nicht, dass er aus England stammt, sondern dass er von den gewöhnlichen Hunden verschieden ist, dass er etwas Besonderes darstellt.

Aus dem Werke Brasch, 24 Abbildungen von Hunden, stammen die Fig. 7 und 8. Es ist hiezu wohl keine weitere Erklärung nöthig, als die, dass ich dafür halte, dass der Künstler diese Exemplare nach der Natur oder aus Werken nachbildete, dass es somit zu jener Zeit Hunde mit solchem Aussehen gab und dass der Name

Fig. 7. „Englischer Hund."

„grosser dänischer" (vgl. Fig. 8) ein willkürlicher ist, der ebensowenig wie beim englischen nicht bedeutungsvoller ist, als wie eben um damit eine in diesem Lande oder dieser Gegend unter diesem Namen bekannte Hundesorte zu bezeichnen. Schon Collumella klagt über die Unsitte Fremdes höher zu schätzen und führt an, dass man griechische Namen für römische Hunde verwendet; es sei nämlich so Sitte, weil die griechischen Hunde berühmt sind und weil die eingeführten schon ihre Namen haben, theils weil es zum Tone vornehmer italienischer Landwirthe gehört, die Hunde, auch die auf

eigenen Villen erzeugten, desgleichen Pferde und Weine mit fremdländischen Namen zu belegen. Die „grosse Dogge" ist eine Figur,
die den „alten Ulmer" ganz wohl repräsentiren könnte. Es war
mir darum zu thun, ob in Ulm selbst, der vermuthlichen Heimat
der „Ulmer Hunde", „Ulmer Doggen", weil dieser Name doch verhältnissmässig jünger ist und sich meines Wissens in Württemberg überall an diese Sorte von Hunden knüpfte, Ulm sich noch
irgend welche Merkmale finden liessen. Herr Buchhändler Kerler,
ein gründlicher Kenner der dortigen Localliteratur und Alterthümer,

Fig. 8. Der „grosse dänische Hund".

konnte mir keinerlei diesbezüglichen Nachweis verschaffen, dagegen
bekam ich durch die Güte des Herrn Corps-Rossarztes Bub eine
Copie, angefertigt von Herrn Maler R. in Ulm von einem Gemälde, das
sich in der Familie des jetzigen Herrn x in Ulm befindet. Auf
diesem Bilde ist der Grossvater des jetzigen Herrn x, der in Ulm
Arzt war, selbst mit Wagen, Pferd und Hund abgebildet und es
handelt sich hier zweifellos um einen Repräsentanten der damaligen
„Ulmer Hunde" oder „Ulmer Doggen" und ich sage wohl nicht zu
viel mit dem Satze: „so hat der alte Ulmer Hund ausgesehen",

hier ist der Typus des Stammvaters der heutigen sogenannten „deutschen Dogge“, der man mit Unrecht ihren Namen „Ulmer Hund“ geraubt und zum Unheil für die Anerkennung, den Namen „deutsche“ gegeben hat. Hätte man diesem schönen Hund, der in Württemberg so weit verbreitet war und ist, so dass ich denselben in meiner Heimat, schon in den 50er-Jahren, in mehreren Exemplaren, in verschiedenen Dörfern unter diesem Typus und Namen gekannt habe, seinen von damals hergeprüften Namen „Ulmer Hund“ gelassen, so glaube ich nicht, dass man ihn im Auslande mit dem imaginären „grossen dänischen“, dem „Grand Danois“, verunglimpft hätte, noch weniger, dass man in Dänemark den sonderbaren Streit auch um die Herkunft des „Ulmer Hundes“ begonnen hätte. Die Aenderung des Namens: „Ulmer Hund“ in den „deutsche Dogge“ ist für die Anerkennung der Heimat dieses Hundes deshalb so verhängnissvoll geworden, weil man im Auslande glaubte, es handle sich um etwas in neuester Zeit erst Erzüchtetes, während doch diese Rasse als eine hier heimische zu bezeichnen ist.

Dass der in Fig. 9 angeführte „Ulmer Hund“ nicht ein zufälliges Phantasieproduct ist, geht klar und deutlich aus der angeführten Inschrift hervor:

„Hund des Johannes Palm, Doctor der Wundarzneikunst, Geburtshelfer, Operator und Medicinae Lientitat, geb. den 17. Junius 1794.“

Wollen nun die Herren Dänen oder sonst Jemand vielleicht auch jetzt noch die Herstammung der „deutschen Dogge“ vom „Ulmer Hund“, resp. „Ulmer Dogge“, die in Württemberg seit alten Zeiten in dieser Form gezüchtet wird, streitig machen?

Statt der Vorführung einer grossen Reihe von gesammelten Angaben aus älteren Werken, welche die muthmassliche Abstammung des Ulmer Hundes darthun sollen, will ich nur einige, mir prägnant und ausgiebig genug erscheinende, hier bekannt geben. Zunächst über das Vorkommen der „deutschen Dogge“ im vorigen Jahrhundert.

Es ist hiebei wohl zu merken, dass die Bezeichnung „Ulmer Hund“ früher durchaus nicht gleichbedeutend war mit „deutsche Dogge“, was aus folgender Mittheilung von Freville in seinem Buche von berühmten Hunden 1797, hervorgeht:

Nach diesem Autor ist die „deutsche Dogge“ „kleiner, weder so hoch, noch so stark, noch so gefährlich, wie die englische. Ihr Gesicht ist schwärzer und ihre Nase platter. Ihr Haar ist weiss und um ihren Kopf mehr zu runden, stutzt man ihr die Ohren“.

Diese Beschreibung passt sicher nicht auf einen Ulmer Hund, sondern auf die Bulldogge.

Wie sich die Verwandtschaft des „Ulmer Hundes“ zu dem sogenannten „Saufinder“, „Saubeller“ oder „Saurüden“ stellt, ist nicht genau feststellbar. Es ist über das Aussehen des Letzteren Folgendes mitgetheilt:

„Der Saurüde, *Canis famil. suillis*, hat rauhes, wild aussehendes Haar, ist schwarz und braunstreifig, gross und langleibig." Ferner: „Der Saufinder, auch Saubeller, *C. aprinus*, ist wie der Vorige mit zottigen Haaren an den Hinterschenkeln und der Schwanz wird zirkelförmig getragen." Auch in Rüdinger's „Thiere" (Tafel 12),

Fig. 9. „Ulmer Hund" aus dem vorigen Jahrhundert.

findet sich über den „Saubeller" Folgendes gesagt: Er hat langes, rauhes Haar. Ferner findet sich manchmal, dass der Saurüde, *C. f. suillis*, auch Wolfshund, Pommer, Pommer'sche Rüde genannt wird, und Bechstein nennt den Saurüden „lang- und rauhhaarig".

In der „Hohen Jagd", 1846, p. 178, ist der Saufinder, Saubeller, *C. f. aprinus*, beschrieben als eine Abart von Schäferhunden, sehr gefällig gebaut, mit langen Pflockhaaren, kurzem Behang, kurzer, gebogener, aufgerollter, lang behaarter Ruthe, die Farbe ist

10*

braun, wolfsgrau, schwarz, gelb und gescheckt, er gehört zu den leichten oder Mittelhunden, und wird nur zum Aufsuchen und Verbellen der Sauen gebraucht und in einer anderen Mittheilung heisst es, „der Saufinder, Saubeller, hat die Sauen aufzusuchen und so lange vor ihnen laut zu werden, sie zu verbellen, zu stellen, bis die Hatzhunde ankommen und sie packen oder der anschleichende Jäger spiesst".

In Täntzer's „Jagdgeheimnissen", 1734, p. 142, ist von denen Sau-Rüthen gesagt: „Hierzu möchte einer auch wohl sagen, es könnten solcher folgende Jagdhunde ebensowohl verrichten wie diese es thun, so ich auch selbe mit Ja beantworte. Allein man hat doch gerne in allen Dingen eine Abwechslung und Aussonderung. — Diese Hunde nun an sich selber werden nicht anders als zur Schweinhatz-Zeit von der Herrschaft unterhalten und kurtz zuvor in etlichen Aemtern unter den Bauernhunden ausgesucht, u. zw. zu der Zeit solche, welche was hoch, stark und zottig von Haaren und Schwänzen sein. Sodann werden sie in Koppeln zu gehen gewöhnt etc."

Diese Angaben könnten wohl genügend sein, zu beweisen, dass der Saurüde, Saufinder oder Saubeller der Stammvater des Ulmer Hundes nicht wird sein können, ja ich will anführen, dass mir zur Zeit keine einzige Angabe bekannt ist, dass es auch kurzhaarige „Saufinder" etc. gegeben hat. Wäre aber in der Rasse des „Ulmer Hundes" der alte „Saufinder" etc., so würde wohl auch heute noch ab und zu in einem Wurfe ein langhaariges Individuum vorkommen, ja es wäre wohl wahrscheinlich, dass man, wie bei dem heutigen Bernhardiner, Lang- und Kurzhaar anerkennen müsste.

Es scheint somit die weitverbreitete Ansicht, der „Ulmer Hund", der zur „deutschen Dogge" umgetauft wurde, stamme von dem alten Saufinder, Saubeller etc. ab, nicht stichhältig zu sein; dagegen ist eine andere Angabe in Täntzer's „Jagdgeheimnissen" vom Jahre 1734, p. 134, „von den Cammerhunden" von Bedeutung. Diese werden nämlich auch „englische Hunde" (Fig. 7) genannt, was es jedoch damit für eine Bedeutung hat, mag Folgendes ergeben:

„Und haben die Englischen Hunde ihren Namen von Engeland oder Irland, dieweil in selbigen Landen solche grosse Art Hunde erstlich befunden und erzogen worden und es werden dieselben von den Liebhabern noch sonderlich separiret, daraus der Unterscheid ihres Prestims zu erkennen. Denn Theils grosse Herren, so rechte Lust zum Jagen haben, geben den allerbesten solcher Art den Namen Cammer-Hunde und suchen dazu die allergrössesten und schönsten aus. Ferner werden die nächst diesen auch Leib-Hunde genennet, und die übrigen seyn und bleiben Englische Hunde." — „Jetzige Zeit werden solche Hunde jung an den Herren-Höfen er-

zogen und gar nicht aus Engeland geholet." —→ Ferner· „Dieselbigen Hunde dieser englischen Art, so sich am allerbesten halten
und rarer Proportion sind, werden abermals in einem höheren Grad
(als die Leib-Hunde) ästimiret und nachdem die grossen Herren Liebhaber, die Leib-Hunde mit silbern, die auch wohl mit silbern oder
vergoldten Halsbändern gezieret, selbige mit Seyden oder anderen
köstlichen Franzen besetzt und mit Sammet gefüttert. Worinnen sie
aber täglich liegen, das sind nur schlechte Halsbänder mit Eisen be-
schlagen. — Ob auch diese Hunde gleich ein Ziemliches höher
als die Windspiele, und dass dieselben solchen gleich oder
gar fürlaufen können, so ist aber doch an ihnen wegen
ihrer Stärke und Wendung und die kurze Geschwindigkeit
des Ergreifens in kleinem Wildpret nicht vorhanden, welches
man gewahr werden kann, dass, wenn man zwei zugleich solche und
ein Windspiel an einen Hasen hetzet, so wird sichs befinden, dass sie
wohl gleich nahe dabei kommen, allein das Windspiel wird ihn meist
am ehesten fangen und wo aber einer nicht fort mit einem Pferde
dabey ist, so wird der Braten nicht ganz bleiben."

Winkell sagt in seinem „Handbuch für Jäger", 1805: „Ein
guter Hetzhund (zur Sauhatz), sei er übrigens gezeichnet und gefärbt wie er wolle, muss einen starken nicht zu kurzen Kopf,
welcher in einer etwas langen, zugespitzten, mit 4 guten
Fängen (Fangzähnen) bewaffneten Schnauze ausgehet und eine
breite Brust haben, auch kurz und stark gekeult sein. Den Läuften
darf es an der gehörigen Stärke nicht fehlen. Ein Hauptfehler ist
es aber, wenn sie gänselatschig sind, d. h. wenn sie im Fessel-
gelenk durchtreten.

Die besten, die ich gesehen, zog man sonst in Dessau. Sie
waren fast alle 2½ Fuss hoch, oft noch stärker, die meisten schwarz
und weiss, braun und weiss, oder blau und weiss gefleckt,
selten fand man ganz blaue, nie rothe oder grausträhmige. Trotz
ihrer ausserordentlichen Stärke waren sie doch so leicht,
dass oft im Freien, Füchse mit ihnen gehetzt worden sind.
Ihr ganzer Bau war vortrefflich." (In der Anmerkung sagt
W. 1805: „Deshalb sind auch nun alle Hetzhunde und Finder abgeschafft.")

Ferner: „In Dresden werden im Jägerhofe gleichfalls Hunde
von ähnlicher Rasse gezogen, aber sie sind etwas schwächer und
nicht völlig so geschwind." Ibid. 476.

Ferner sagt Winkell, I., 398: „Die auf Bäre angewen-
deten Hatzhunde sind:

1. Bullen- oder Bärenbeisser, eine nicht gar zu grosse,
aber starke beherzte Art Hunde, mit dicken kurzen Köpfen. Sie
packen Alles worauf sie gehetzt werden, sind aber schwer. Ihrer
Tücke und Bosheit wegen, können sie Menschen und Thieren leicht

gefährlich werden und aus diesem Grunde ist es in mehreren Ländern nicht erlaubt, sich derselben zu bedienen."

2. Englische Doggen. Dies ist die grösste Rasse Hunde. Sie haben längere Köpfe (!) und ebenso starke Knochen als die Bullenbeisser, packen auch ebenso fest, sind auch ebensowenig leicht.

3. Dänische Blendlinge etc. Döbel ist älter als Winkell.

In dem Werke „Hohe Jagd", 1847, ist gesagt: „Ausser den sogenannten Pommerschen Saurüden, der rauch- oder langhaarig aber dauerhaft und unerschrocken ist, gut packt und auch dem Boll des Finders gut folgt, sind es insbesondere die Blendlinge, auch „dänische Blendlinge" genannt, welche vorzugsweise auf Schwarzwild überhaupt zu den Zwecken der Hetze angewendet werden. Ihre Farbe und ihr Bau, selbst ihr Name deutet darauf hin, dass sie von vermischten Rassen, wahrscheinlich ursprünglich von englischen Doggen und Windhunden entsprossen sind." Döbel sagt auch schon hierüber: „Man erzieht von diesen benannten Hetzhunden auch gemischte Arten oder Zwitter. Man nimmt nämlich eine Hündin von Windhunden und belegt selbige mit einem englischen Hund oder eine englische Hündin mit einem Windhunde. Diese werden etwas hoch, aber gesetzter als ein Windhund, sind rasch, können scharf laufen und packen sehr wohl."

Bei der Rücksichtslosigkeit mit der man früher durcheinander gekreuzt hat, bei der Empfehlung zu kreuzen, besonders von dem französischen Naturforscher Buffon, der die Hunde in einfache, doppelte, drei- und noch mehrfache „Blender" eintheilte, bei der irrigen Ansicht, das Kreuzungsproduct übertrage alle seine Eigenschaften auf seine Nachkommen ebensogut wie ein reinrassiges Thier, da ist jedenfalls die Annahme gerechtfertigt, dass der „Ulmer Hund" als glatthaariger, grosser, eleganter Hund seit Jahrhunderten in Deutschland, speciell in Württemberg sehr verbreitet war und dass es leicht sein müsste, ihn immer wieder rein zu erhalten, dass er aber nicht der alte Saufinder weiter ist, sondern dass er aus dem sogenannten englischen und den aus ihnen gezogenen Cammerhunden stammt.

Was nun den heutigen „Ulmer Hund", „Ulmer Dogge" zu Unrecht jetzt allgemein N. „Deutsche Dogge" betrifft, so ist diese Rasse sehr constant, weit verbreitet und sehr beliebt. Man trifft Thiere an, von 80 bis 85 cm Schulterhöhe und 6 Fuss Länge, das Gewicht 40 bis 70 kg. Die Formen sind bei der Grösse, Kraft und Stärke des Thieres dennoch elegant und zierlich. Es liegt eine gewisse Anmuth in jeder Bewegung, mächtig, nobel, edel, flechsig, sehnig, schneidig, scheinbar von grossem Kraftüberflusse ist der Gesammteindruck, dabei ist aber eine majestätische Ruhe und ein gutmüthiger Ausdruck von Ueberlegenheit in dem Gesicht, der imponirend wirkt. Der Kopf des Hundes ist gross, ziemlich schmal, die Stirne nieder, die Schnauze lang, voran stumpf, die Lefzen schwach hängend, die Ohren ziemlich klein, halbstehend, die Nase fast nie, doch ausnahmsweise gespalten vorkommend, hell Gefärbte, besonders Schecken, haben manchmal Glasaugen. Der Nacken ist lang, ausserordentlich fein, breit und erinnert an den eines Windhundes. Der Körper ist lang, schlank, gestreckt, an der Flanke etwas aufgeschürzt, die Läufe sind kräftig, die Vorderbrust nicht besonders breit aber tief. Die Farbe ist verschieden, einfärbig, erbsengelb

Fig. 10. Der heutige „Ulmer Hund", sogenannte „Deutsche Dogge".

bis rothgelb, dann blau, rein schwarz oder weiss ist sehr selten, dann geströmt, helle Grundfarbe und dunkle Streifen quer zur Längsachse, endlich Schecken schwarz und weiss, oder auch grau oder röthlich mit weiss. Die jeweilige Richtung bevorzugt bald mehr diese oder jene; alle Farben kommen in den Würfen vor. Das Haar ist kurz und sehr dicht, eine Eigenart besteht darin, dass namentlich an der Innenfläche der Schenkel und dem Unterbauche dortselbst oft die Haare nicht jedes einzeln in einer Haarscheide stecken, sondern dass dieselben „büschelförmig" eine grössere Anzahl in einer Scheide beisammen stecken. Der Charakter der „Ulmer" ist friedlich und liebenswürdig, sie sind ebenso noble Begleiter, wie geschätzte Wächter, ihre Treue und Anhänglichkeit ist sehr gross, die Liebe des Herrn geht der Dogge über Alles und sie ist eifersüchtig. Gewöhnliche Beissereien und Hetzereien liebt dieser Hund nicht, er ist vielmehr zu einem gemessenen Ernste und würdevollem Benehmen veranlagt, obwohl er jung anhaltend und in höchst drolliger Weise spielt und tummelt. Gegen kleinere Hunde ist er grossmüthig, ja es kommt vor, dass er sich vor einem kleinen kläffenden Köter — zurückzieht, aber im Momente der Gefahr kennt der erwachsene Ulmer Hund keine Furcht und es liegt dann etwas furchtbar Entschlossenes in seinem Benehmen. Bis der Gegner besiegt und niedergeworfen ist, packt der Ulmer Hund wüthender wie irgend ein Anderer, sobald der Gegner wehrlos ist, beisst er nicht mehr weiter und zerfleischt nicht in so entsetzlicher Weise, wie man es den englischen Doggen nachsagt, der Ulmer Hund ist grossmüthig und auf kleine Thiere lässt er sich kaum hetzen. Manchmal wird er auf den Mann dressirt, aber alle diese Einwirkungen, welche den Hund nicht absolut gutmüthig erhalten, sind ungünstig auf seinen Charakter, denn wenn der Hund älter wird und seine ohnedies zum Ernste neigende Veranlagung noch unterstützt wird, dann wird er leicht zu heftig und wenn überhaupt einer gefährlich ist, so ist ein solcher schlechterzogener, bösartiger Hund immer eine Last und der Ulmer geradezu furchtbar. Der Charakter der Ulmer ist lebhafter wie der der Neufundländer und mässiger, wie der der englischen Doggen.

Rassekennzeichen des „Ulmer Hundes“, der „Ulmer“ oder „deutschen Dogge“.

1. **Allgemeine Erscheinung.** Die deutsche Dogge vereinigt in ihrer Gesammterscheinung Grösse, Kraft und Eleganz wie kaum eine andere Hunderasse. Sie hat nicht das Plumpe und Schwerfällige des Mastiffs, ebenso nicht die zu schlanke und leichte, an den Windhund erinnernde Form, sondern hält die Mitte zwischen beiden Extremen. Bedeutende Grösse bei kräftiger und doch eleganter Bauart, weiter Schritt und stolze Haltung, Kopf und Hals hoch, die Ruthe in der Ruhe abwärts, im Affecte gestreckt oder mit möglichst schwacher Biegung nach oben getragen.

2. **Kopf.** Mässig lang gestrekt und eher hoch und seitlich zusammengedrückt als breit und glatt erscheinend. Stirn von der Seite gesehen merklich vom Nasenrücken abgesetzt erscheinend und mit diesem parallel nach hinten verlaufend oder nur schwach ansteigend, von vorne gesehen nicht auffällig breiter als der stark entwickelte Schnauzentheil; Backenmuskel nicht zu stark hervortretend; der Kopf soll von allen Seiten eckig und bestimmt in seinen Aussenlinien erscheinen. Nase gross, Nasenrücken gerade oder nur

ganz schwach gebogen, Lippen vorn senkrecht abgestumpft und nicht zu stark an den Seiten überhängend, jedoch mit gut ausgesprochener Falte am Lippenwinkel; Unterkiefer weder vorspringend noch zurückstehend.

3. **Augen.** Mittelgross, rund, mit scharfem Ausdruck, Brauen gut entwickelt.

4. **Ohren.** Hoch angesetzt, nicht zu weit übereinanderstehend, wenn gestutzt, spitz zulaufend und aufrecht stehend.

5. **Hals und Schultern.** Hals lang, kräftig, leicht gebogen, mit gut ausgebildetem Genickansatz, von der Brust bis zum Kopfe sich allmälig verjüngend, ohne Wamme und ohne stark entwickelte Kehlhaut Falten schlank in den Kopf übergehend. Schultern lang und schräg gestellt.

6. **Brust.** Mässig breit, Rippenkorb gut gewölbt, lang gestreckt, vorne tief, möglichst bis zu den Ellenbogengelenken hinabreichend.

7. **Rumpf.** Rücken mässig lang, in der Lendengegend leicht gewölbt, Kruppe kurz, wenig abfallend und in schöner Linie zur Ruthe übergehend. Von oben gesehen, verbindet sich der breite Rücken mit dem schön gewölbten Rippenkorbe, die Lendengegend ist kräftig entwickelt und an den Keulen fällt die stark ausgeprägte Musculatur vortheilhaft auf. Bauch nach hinten gut aufgezogen und mit der Unterseite des Brustkorbes eine schön geschweifte Linie bildend.

8. **Ruthe.** Mittellang, nur wenig über die Sprunggelenke hinabreichend, breit angesetzt, aber schlank und dünn auslaufend, jedoch nie, selbst in der Erregung nicht, hoch über dem Rücken erhoben oder geringelt getragen.

9. **Vorderläufe.** Ellenbogen gut niedergelassen, d. h. möglichst im rechten Winkel zu den Schulterblättern stehend und weder nach innen noch nach aussen gedreht, Oberarme musculös, die ganzen Läufe stark, von vorne gesehen wegen der stark entwickelten Musculatur scheinbar schwach gebogen, von der Seite gesehen aber völlig gerade bis zu den Fussgelenken hinunter.

10. **Hinterläufe.** Keulen musculös, Unterschenkel lang und stark, in einem nicht zu stumpfen Winkel zu den kurzen Fusswurzeln stehend. Von hinten gesehen erscheinen die Sprunggelenke völlig gerade und weder einwärts noch auswärts gestellt.

11. **Pfoten.** Rundlich, weder nach innen noch nach aussen gedreht, Zehen gut gewölbt und geschlossen, Nägel sehr stark und gut gekrümmt. Afterklauen nicht erwünscht.

12. **Behaarung.** Sehr kurz und dicht, glatt anliegend, an der Unterseite der Ruthe nicht merklich länger.

13. **Farbe.** *a)* Geströmte Doggen: Grundfarbe vom hellsten Gelb bis zum dunklen Rothgelb, immer mit schwarzen oder doch dunklen Querstreifen geströmt.

b) **Einfarbige Doggen:** Gelb oder grau in den verschiedensten Tönen, entweder ganz einfarbig oder mit dunklerem Anflug an der Schnauze, den Augen und dem Rückenstrang: ferner einfarbig schwarz und einfarbig weiss. Die Nase ist bei den geströmten und einfarbigen Doggen (ausser bei einer einfarbig weissen) immer schwarz, Augen und Nägel dunkel, weisse Abzeichen sind nicht erwünscht. Bei den grauen Doggen sind hellere Augen, aber keineswegs Glasaugen zulässig.

c) **Gefleckte Doggen:** Grundfarbe weiss mit unregelmässig zerrissenen, aber über den ganzen Körper möglichst gleichmässig vertheilten, am besten schwarzen oder auch grauen Flecken. Andere Farben bezw. Zeichnungen, als die hier angeführten, sind nicht gern gesehen. Bei den gefleckten und auch bei den einfarbig weissen Doggen sind Glasaugen, fleischfarbene und gefleckte Nasen, sowie helle Nägel nicht fehlerhaft.

14. **Grösse.** Die Schulterhöhe eines Rüden soll nicht unter 76 cm, möglichst 80 cm, die einer Hündin nicht unter 70 cm, möglichst 75 cm betragen.

Im Verein „Hektor", Berlin, wurde für die Kopfform Folgendes bestimmt: „Die im Profil gemessene Entfernung vor dem scharfen Winkel, wo das Auge einsetzt, bis zur Nasenspitze soll genau derjenigen vom Hinterhauptbein bis zum Auge entsprechen. Es ist ein entschiedener Fehler, wenn der vordere Theil zu kurz ist. Das Schädelbein darf nicht parallel dem Nasenbein laufen, da der Kopf sonst einen pointerartigen Ausdruck gewinnt; der Kopf muss vielmehr derartig gewölbt sein, dass eine gedachte Fortsetzung der Wölbung mit dem Nasenbein zusammenstossen würde. Der Unterkiefer darf nicht zurück, noch weniger aber vortreten, der vordere Gesichtstheil muss vielmehr senkrecht laufen." Als normale Höhe der Doggen wurde 80 cm bezeichnet.

Doggen, Bulldoggen, Mastiff.

Ueber die Entstehung und Bedeutung des Wortes Dogge und Bulldogge ist, in Bezug auf Hunde, aus dem „Wörterbuch der deutschen Sprache" von Grimm Folgendes angegeben: Das Wort Dogge, dog, dock bedeutet „grosser Hund", auch „Hatzhund", „Bullenbeisser" oder „Molossus". Das Wort ist niederländisch oder englisch = dog, schwedisch und deutsch = dogge, französisch = dogue, deutsch = docke oder dock. Henisch führt an: Dog, Doggen, Dock ist eine eigene Art von Hunden mit langen Ohren, *canis Anglicus*, ferner: Docke, *mollossus Anglicus*, ist die englische Dogge. Wie der Sprachgebrauch früher das Wort Dogge etc. aufnahm, ergibt sich am besten aus einigen Aeusserungen in der Literatur. Pfeffel sagt: „Den Mammon seines Herrn bewacht ein Dogge";

Voss: „Eine dänische Dogge ihm traurig nachschlich"; Schiller: „Und meine Doggen ängstlich stöhnen"; Uhland: „Die Dogge meint den schnellsten Hirsch zu jagen" und Weinhold behauptet: „Doggel ist ein kleiner Hund, der in Schlesien Döggel, d. h. Teckel heisst." Bulldogge kommt von Bulle, Brüller, Brummer. Bulle geht unmittelbar auf Bellen, aber bulli und bauli drücken ebenfalls aus, was auf brüllen, brummen, bölken, bülken deutet. Die Ableitung von Bulle aus *Ampulla*, die Flasche, könnte so gedeutet werden, dass der Laut des Bellers dröhnt, wie durch die Sammlung der Obertöne und das Echo, der Bulle, d. h. verstärkt: Bullenbeisser sei gleichbedeutend mit Bärenbeisser.

Wir geben zunächst eine Schilderung über die grossen Hunde des Alterthums, welche zweifellos die Vorfahren unserer heutigen

Fig. 11. Englische Bulldogge aus dem vorigen Jahrhundert (nach Brasch).

mächtigsten Hunde sind, und nehmen die Citate hauptsächlich aus dem Werke Magerstedt: „Die Viehzucht der Römer".

Cicero sagt: „Die fast unglaubliche Spürhaftigkeit, die Jagdgewandtheit, der Muth gegen die stärksten Raubthiere, zog den Hund schon in den frühesten Zeiten fast überall in die Nähe des Menschen. Es dürfte nur wenige Länder geben, wo man ihn nicht kennt oder, wie in Delos und den heiligen Inseln, nicht duldet."

Wir lassen dahingestellt, ob die Ursache der Abneigung in der Wildheit und Bösartigkeit der asiatischen Rassen liegt, die sich nicht leicht an Herren gewöhnen, hungrig des Nachts die Gassen, bei Tage die Felder durchstreifen, gefrässig sind, gefallenes und zerrissenes Vieh zur Nahrung sich machen, auch menschliche Leichname herumschleifen, verzehren, und Anlass zu der Redensart gegeben haben: „Die Hunde mögen Dein Blut lecken". — In Hyrkanien, dessen starke Hunde zur Hetzjagd und auch zum Kriege vorzüglich geeignet sind, hält es das Volk für das beste Begräbniss von Leichen, wenn sie von Hunden zerrissen werden. Jeder ernährt nach Massgabe seines Vermögens deren eine Anzahl, welche ihn nach seinem Tode einst zerfleischen sollen (Plutarch). — Ktesias erzählt, das Volk der Kynamolgen (Hundemelker) in einer Gegend, welche zur Herbstzeit von Schwärmen wilder, unbändiger Rinder heimgesucht werde, halte sich „gewaltige Hunde", welche dieselben niederwarfen und todtbissen.

Plinius theilt Folgendes mit: „Schwerlich hat irgendwo ein Hund, welchen Alexander der Grosse, als er nach Indien zog, von dem König von Albanien zum Geschenk erhielt, seines Gleichen, er gefiel gleich anfangs dem Macedonier wegen seiner ungeheuren Grösse. Bald liess er ihn zuerst auf Bären, dann auf Eber und Antilopen losgehen, aber Verachtung im Blick, blieb er ruhig liegen, wie dies grosse Hunde kleineren Thieren gegenüber bisweilen zu thun pflegen. Alexander, betroffen über die vermeintliche Schlaffheit, liess ihn tödten. Als der albanische König dies durch Gerüchte erfahren hatte, schickte er ihm einen zweiten, mit der Bitte, er möge denselben nicht auf kleine Thiere, sondern auf Löwen und Elephanten versuchen, denn diese Rasse befasse sich nicht mit so kleinem Gesippe. Nur zwei Hunde dieser Rasse habe er gehabt und auch den zweiten nun verschenkt, wenn Alexander auch diesen tödten lasse, habe er weiter keinen. Alexander, ohne sich lange zu bedenken, liess nun einen Löwen los; der Hund machte denselben auf der Stelle vor seinen Augen nieder. Als sodann ein Elephant vorgeführt wurde, stellte sich ein Schauspiel dar, welches dem König zum höchsten Vergnügen gereichte. Der Hund, die Haare über den ganzen Körper aufsträubend (also kurzhaarig), fing entsetzlich zu bellen an, erhob sich, sprang auf den Gegner, bald von der linken, bald von der rechten Seite, drängte ihn, wich zurück, benutzte jede Blösse, sicherte aber sich selbst vor jedem Angriff, und brachte es so weit, dass der Elephant, schwindelig vom steten Herumdrehen, niederstürzte, und bei seinem Fall erdröhnte die Erde."

Mehrere Völker bringen den Göttern Hundeopfer, weil sie glauben, dass den Göttern das streitbarste unter den zahmen Thieren, das einen bis zur Todesverachtung gehenden Muth besitzt, am angenehmsten sei (Plutarch).

Die Cimbrer führen viele grosse Hunde bei sich im Kriege, die Kolophonier halten dazu ganze Meuten, welche stets die erste Schlachtreihe bilden, auch die Hyrkanier und Milesier nahmen sie mit in die Schlacht, wo sie ihnen so tapferen Beistand leisteten, wie den Cimbrern nach der Niederlage auf der raudischen Ebene, wo sie deren auf Wagen befindliche Hütten und Zelte gegen die an-

dringenden Römer vertheidigten (Plinius). — „Wir sind bereit anzunehmen, dass die asiatischen Hunde die muthvollsten und stärksten
unter allen sind; der Hund des Kambyses sei zunächst dafür angeführt. Mag auch der Löwe das furchtbarste Raubthier sein und nicht
vor Jemanden sich umkehren, die Hunde jenes Erdtheiles fürchten
ihn nicht und werden von den Hirten zu Kämpfen mit ihm noch
angefeuert." (Herodot.) — In Lukanien und in den Alpen gehen sie
tapfer auf Bären, in Apulien auf die noch unter Augustus dort zahlreichen Wölfe, scheuchen dieselben, stellen sich zur Wehre, kämpfen
mit ihnen auf Leben und Tod, wo sie den Zahn nicht in das Fleisch
ihrer Gegner einschlagen können, springen sie von der Seite, an-
bellend, gleichsam Hilfe rufend (Ovid, Virgil).

Die altindischen Hunde sind beschrieben von Herodot,
Pluvius, Diodorus, Xenophon, Aristoteles, Strabo u. A. —
Es finden sich hier Merkmale, welche dieselben nicht bloss als grosse
mächtige Hunde vorführen, sondern die auch namentlich die Eigen-
schaften der Doggen im Packen und Festhalten zeigen: „Indien,
das Land der Wunder, hat grosse Pflanzen, grosse Thiere, sonder-
lich grosse Hunde, denen sich die anderer Länder nicht vergleichen
lassen. Man sagt, dass sie von Tigern und Hunden erzeugt werden.
Sie sind zu jeder Jagd, sonderlich zur Schweinsjagd, nach angeborener
Anlage brauchbar, die besten voll Muthes, dass sie die grössten
Feinde der Löwen sind, oder auch im Kriege gebraucht werden.
Xerxes führte eine grosse Zahl solcher Hunde nach Europa.
Vor Märschen fürchten sie sich nicht; die Einwohner des alten
Baktrien werfen alte, schwache und kranke Personen vor diese
Hunde, die sie als „Todtengräber" bezeichnen. Was sie mit den
Zähnen gepackt, lassen sie nicht eher los, bis ihnen Wasser
in die Nasenlöcher gegossen wird, verdrehen dabei die
Augen und lassen sie vortreten. Ein indischer Hund hielt einst
einen Löwen und einen Stier, und der Stier starb ehe er los kam.
Die Inder züchten sie mit grossem Fleisse und die Könige lieben
sie. Vier ansehnliche Dörfer auf der babylonischen Höhe fütterten
für die Könige die Hunde und waren dafür frei von allen Abgaben.
Für ihre „Beissigkeit", Stärke und grosse Anzahl spricht die Erzählung, dass Alexander von dem König Sopithes 150 Hunde als
Geschenk erhielt, zwei derselben liess er auf einen Löwen los und
als diese besiegt waren, noch zwei andere. Als der Kampf gleich
stand, liess Sopithes einen Hund am Schenkel packen und wegziehen
und befahl für den Fall, dass er sich nicht wegziehen lasse,
ihm den Fuss abzuschneiden. Alexander, der den Löwenhund schonen
wollte, mochte dies nicht zugeben und gestattete es erst, als ihm
Sopithes für den einen vier andere versprach. Der Hund stand
nicht ab vom Bisse und liess sich wirklich im langsamen
Schnitte den Schenkel abnehmen. — Die Schilderungen über

die Epiroten oder Molosser von Virgil, Oppian, Lucretius, Martial, Horaz u. A. ergeben Folgendes: Die Epiroten oder Molosser, von Molossus hinter dem Pindus an der Grenze Nord-Griechenlands, sollen von dem Hunde stammen, welchen Vulcan aus Erz gebildet, den er dann belebte und dem Jupiter schenkte; dieser schenkte das prächtige Thier der Europa, Europa dem Minos, Minos dem Pokris und Pokris dem Kephalos. Sie sind vorherrschend gelbröthlicher Farbe, starken, grossen Körperbaues, guter Lernhaftigkeit, scharfen Geruches, schnell und hitzig aufs Wild. Sie haben ein grosses Maul, schlappige Lefzen, hartes Gebiss und eine weithin schallende Stimme, obschon gegen andere bissig, haben sie ihre Jungen lieb und belecken sie oft. Wegen ihrer Gewandtheit, Beissigkeit und Wachsamkeit werden sie zur Jagd und zum Wachhalten, von den Hirten zu beiderlei Zwecken, in den Städten auch in den Häusern der Reichen gehalten. — Claudius, Stilicus, sowie Aristophanes schreiben über die britannischen Hunde: „Die britannischen Hunde sind grossen Schlages, lebhaft und stark genug, die starken Hälse der Bullen zu brechen. Die Bullenbeisser (Bulldoggen), in Rom erst seit der Eroberung Britanniens bekannt, haben hier so vielen Beifall gefunden, dass man sie, wie in Athen die Molosser, zur Bewachung der Häuser hält; im Kampfe mit wilden Thieren verherrlichen sie die Spiele. — Diese Mittheilungen ergeben zweifellos, dass man im Alterthume zahlreiche und z. B. sehr grosse Hunde besass, von einer Kraft und einem Muthe, wie sie heute nicht mehr vorhanden sind, dann die Mittheilungen aus der Zeit Alexander's des Grossen, dass einige, sogar ein Hund, einen Löwen bekämpften und besiegten, nebst anderen ähnlichen Mittheilungen beweisen dies. Abgesehen von den halb sagenhaften, indischen, die auf die „Dogge von Tibet" hinweisen, ist sicher, dass im alten Griechenland die Molosser Hunde, die auch unter dem Namen Molosser „Doggen" bekannt waren, die Stelle der grössten gewaltigsten Hunde innehatten.

Aristophanes berichtet: „In Athen ist das Gemach des streng abgeschlossenen weiblichen Geschlechtes immer von Sclaven, oft auch von Hunden, selbst Molossern, bewacht und die Klage der Frauen aus jener Zeit lautet: Des Buhlens wegen versiegeln auch die Männer jetzt das Frauengemach und legen Schloss und Riegel vor, uns abzusperren und Molossendoggen gar." — Zur Römerzeit aber trat mit dem Bekanntwerden der britannischen Hunde der englische Bullenbeisser an diese Stelle.

Ob nicht beide dieselbe Ursprungsstelle haben, bleibe vorerst dahin gestellt, jedenfalls ist eine Ansicht Reichenbach's („Naturfreund", 1834, p. 134) wichtig genug um hier zu stehen: „Der Bullenbeisser, der wohl von den Hütern der Büffelheerden abstammt und dessen Urstamm Strabo schon in Tibet kannte, verräth schon durch seine plumpe Figur und sein breites Rindsmaul die Beschäftigung, welche seine Phantasie im Wachen und Schlafen erfüllt." Es ist hier nicht zu übersehen, dass Reichenberg hier unter dem Einflusse der Lamarck'schen Theorie über die Entstehung der Thiere schreibt, ein Irrthum, der für jene Zeit wohl verzeihlich ist. Mit welchem Recht aber der englische Hund den Namen „Molossus" führt, ist unerfindlich. Nach den oben angeführten Gewährsmännern wurden die „britannischen Hunde" erst seit etwa dem Anfang unserer Zeitrechnung mit Rom bekannt und sie mussten sich erst durch ihre Erscheinung und ihr Auftreten Beifall erringen, während die Molosser, welche wahrscheinlich mit den Tibetanern nahe verwandt sind, schon mehr wie 500 Jahre vorher bekannt waren. Die Möglichkeit der Verwandtschaft beider wird aber trotzdem nicht bestritten.

Tibetanische Dogge.

Was über dieselbe bekannt ist, ist zum grössten Theile fabelhaft. In neuerer Zeit hat weder Jemand eine solche gesehen, noch gibt es eine in Europa. Wir werden deshalb die von früher her in kynologischen Werken (z. B. Weiss, „Hunderassen") gegebenen Mittheilungen und Abbildungen nicht reproduciren, angeführt aber musste der Hund doch werden, weil er von den früheren Schilderungen in einem ausserordentlichen Ansehen steht. Was nun in der Neuzeit bekannt wurde, ist eine kurze Mittheilung von Herrn Dr. Langkavel im „Hund", 1890, Nr. 1. In einem mehr oder weniger breiten Gürtel um den 40° von Tibet an durch Asien und Europa bis nach den Pyrenäen hin, sind grosse Hunderassen. Langkavel knüpft daran seine Ansicht, dass dies wegen der rauhen Alpen, den Lawinen etc., so sein müsse, bei den Gefahren der Oertlichkeit könne nur ein grosser starker Hund existiren, ebenso wie im hohen Norden nur grosse starke Thiere vorkommen könnten. Diese Frage, die für die Erkennung der Existenz wild lebender Hunde von grosser Bedeutung ist, spielt für Haushundrassen nur eine kleine Rolle.

Englische Doggen.

A. Der Bullenbeisser, Mastiff (C. f. molossus).

Das älteste Werk in englischer Sprache: „Der waidgerechte Jäger", the Mayster of Game, das der Priorin Julia Berners zugeschrieben wird, behandelt hauptsächlich Jagdhunde aus dem 14. Jahrhundert, erwähnt noch folgende Hunde: „Dies sind die Namen der Hunde: Zuerst Windhunde, dann der Bastard, der Mongret (halbe Bastard), der Mastiff, Leithund, Wachtelhund, Spürhund, Renethys, dann Erdhunde, Fleischerhunde, Hofhunde, Hunde mit geringeltem Schwanz, spitzöhrige Hunde und kleine Damenhunde, welche die Flöhe wegnehmen.«

In den englischen Werken „The Pennart, Zool. Brittanica" von 1771 ist Folgendes namentlich auch für den Namen „Mastiff" Werthvolles angegeben: In der Abtheilung „Bauernhunde" ist als erster angeführt der „Schäferhund", der folgende ist der „Dorf- oder Kettenhund", die „englische Dogge", „the mastiff or band dog" und über ihn ist gesagt: „er bellt sehr laut und ist sehr gross und stark." Die Bezeichnung „Mastiff" komme von „mase the fese", d. h. „Abschrecken der Diebe". Capis hatte behauptet, dass drei derselben den Kampf mit einem Bären, vier mit einem Löwen aufnehmen können. Ein Versuch unter König Jakob zeigte aber, dass drei einen Löwen bezwingen können. In der römischen Kaiserzeit hielt man diese englischen Doggen so werthvoll, dass in England eigene Procuratoren, die Cygneti bestellt waren, deren Amt die Erziehung und Absondung solcher Hunde, war. In Rom wurden sie dann in den Amphitheatern verwendet und gaben hier erstaunliche Proben von Muth und Stärke, so dass Claudian über sie dichtet: „nebst Englands Doggen, die sich rächen, den Hals der stärksten Stiere brechen". Gratianus hat über sie geschrieben: „soll ich von Britt'schen Hunden sagen, die man für schweres Geld in allen Ländern führt? Und wenn die Jungen gleich kein Anseh'n ziert, so zeigen sie sich doch in besseren Jahren, sie scheuen weder Feind noch drohende Gefahren und wer die Dogge sieht, der zieht sie andern vor" und Capis erzählt: König Heinrich VII. habe, als vier solcher Hunde einen Löwen bezwangen, sämmtliche aufhängen lassen, weil es ihn ärgerte, dass der „König der Thiere" von so geringer Gattung überwunden wurde.

Buffon, der französische Naturforscher, sagt in seiner Naturgeschichte von 1793, p. 181, über die grossen Hunde Folgendes: Der Bullenbeisser (*Molossus*, Wachthund, Bärenhund, Schweisshund, *Sanguinarius* Linné — *Canis f. molossus magnitudine Lupi labis ad latera pendulis Corpore toroso — Canis Sagax Sanguinarius* — Le Dogue, Englische Dogge). (Der Name Mastiff kommt aber nicht vor, es scheint noch nicht in Mastiff, Bulldogg und Mops unterschieden worden zu sein.)

Die dicke, kurze, platte Schnauze, stumpfe Nase und dicke hängende Lefzen machen bei diesem Hunde so beträchtliche Merkmale aus, dass man durch sie ganz allein als die Bullenbeisser von allen bisher beschriebenen Hunden leicht unterscheiden kann. Sie haben einen dicken, breiten Kopf, platte Stirn, kleine Ohren, deren Enden herabhängend sind, einen dicken und langen Hals, einen in die Höhe stehenden und am Ende vorwärts gekrümmten Schwanz. Ueber den ganzen Leib sind sie mit sehr kurzen Haaren bedeckt, nur hinten an den Dickbeinen und am Schwanz erscheinen sie etwas

länger. Die Lefzen, das Aeusserste der Schnauze und die äusseren
Seiten der Ohren sind schwarz, der ganze übrige Leib hat aber
„eine blassfahle Farbe". Eigentlich kommen die Bullenbeisser aus
England und pflegen schon in Frankreich wieder auszuarten. Sie
sind schwer, grösser als ein Wolf, mit starken Muskeln und Schenkeln
versehen. Ihr breites Maul ist fast immer begeifert. Wenn sie frei
herumlaufen, sind sie zahm und gutherzig, an der Kette werden sie
furchtbar und sehr geneigt, Menschen anzufallen und niederzureissen.
Ein Thier, womit sie kämpfen, pflegen sie vor Grimm selten loszu-
lassen. Sie dienen zur Beschützung der Viehheerden und der Pack-
güter. Zuweilen übt man ihre Kräfte auch an kleinen Bären, die
sie gar wohl überwältigen können.

Haller, der 1757 seine „Naturgeschichte über Hunde" schrieb,
sagt von dem „Bullenbeisser" (Molossus): Die „englische
Dogge" stimmt mit diesem überein, ist aber grösser. Haller bezeichnet somit die Bulldoggen, die früher in England „Fleischerhund" genannt wurden, als Molossus, ein Beweis, dass sowohl der
Name „Molosser" wie derjenige „Mastiff" neueren Datums ist und
erst in diesem Jahrhundert einzig nur für den Bullenbeisser angewandt wird.

Bechstein gibt an: „Die englische Dogge (Canis masticus),
der schwere Hatzhund, ist grösser und stärker wie der vorige; und
in dem Werke „Hohe Jagd", 1846, I. Bd., ist p. 174 sogar gesagt:
„Englischer Hatzhund, Dogge (C. f. Anglicus), Bulldogge,
dieselbe ist noch grösser und stärker als der Bullenbeisser; und
später ist angeführt: „Sie sollen vom Bullenbeisser und grossen
Bauernhunden oder dänischen Doggen abstammen." Hier liegt offenbar
eine Verwechslung vor, gegenüber dem was wir heute als Mastiff
und als Bulldogge bezeichnen, auch die auf Buffon'scher Lehre
stehende Ansicht, dass eine Kreuzung des kleineren englischen Hundes
mit dänischer Dogge den grösseren erst erzeugt habe, ist irrig,
denn der grosse englische Hund war schon zur Römerzeit bei den
Thierhetzen im Circus vorhanden und wahrscheinlich ebenso mächtig
wie heute. Auf diesen, den jetzigen Mastiff, bezieht sich auch die
Schilderung Freville's in seiner „Gesch. ber. Hunde" von 1797:

„Lange wird noch das Andenken an jene Grausamkeiten neu
bleiben, welche die Europäer bei Entdeckung der neuen Welt an
den unglücklichen Peruanern verübten, wo der Hund unter der Au-
führung der Spanier ein Werkzeug der Verehrung wurde, welche
ihn nach Fleisch lüstern machten und an Menschenblut gewöhnten.
Diese von ihren barbarischen, von Golddurst gereizten Herren
gehetzten Thiere rannten auf die friedlichen Peruaner, wie auf wilde
Thiere los und rissen sie in Stücke. Unter diesen Hunden zeichnet
man einen, Bérézilo genannt, aus, der von ungeheurer Grösse und
ebenso entsetzlicher Stärke als Grausamkeit war. Auf ihn allein ver-

wendete man mehr Sorgfalt als auf alle strassenräuberischen Soldaten
von Castilien! Dieses grausame Thier hatte den Rang wie eine
Militärperson, die sich durch schöne Thaten ausgezeichnet hat und
erhielt doppelten Sold und doppelte Ration."

Eine Abbildung aus dem Werke „Ein neues Thierbuch", 1619,
von Bocksperger: „Der englische Hund", gibt allerdings einen sehr
mächtig entwickelten Hund, der aber mit dem Aussehen des heutigen
englischen Mastiff nicht viel übereinstimmt, selbst wenn man die
geschnittenen Ohren und den kurz coupirten Schwanz in Abrechnung
zieht. Der Kopf dieser Abbildung ist sehr lang, es fehlen die Runzeln
im Gesicht und es fehlen die schlappigen Lefzen, ausserdem hat der
Hund auf Bocksperger's Abbildung eine ziemlich entwickelte Mähne.
Buffon führt die Lefzenbildung sehr charakteristisch an mit den Worten:
„Ihr breites Maul ist immer begeifert." Trotzdem ist nicht ausgeschlossen, dass die Stammeseltern der heutigen Mastiff, die z. B. der
Römer als „britannische Hunde" in so hohem Ansehen hielt,
ähnlich aussahen wie der von Bocksperger vorgeführte.

Der alte „britannische Hund", später „Bullenbeisser",
Canis molossus, heute einzig unter dem Namen Mastiff bekannt,
führte auch ab und zu den Namen „Bluthund", weil diese Hunde von
den Spaniern seinerzeit zu den Hatzen auf die Peruaner verwendet
wurden, die Grausamkeiten die hierbei vorkamen, führten dazu,
diesen Hund in verabscheuender Weise „Bluthund" zu heissen,
das geschah aber nur von Leuten, die nicht fachkundig sind, denn
als „Bluthund" wird seit alten Zeiten der „Schweisshund", der auf
das Blut des frisch angeschossenen Wildes, die „Schweissfährte", gehetzt wird, bezeichnet, wie bei den Jagdhunden des Näheren beschrieben.
Brehm ist die höchst spasshafte Verwechslung vorgekommen, welche
seinem auch sonst bewiesenen Laienverständniss in kynologischem
Gebiet die Krone aufsetzt, dass er neben dem Bullenbeisser, *Canis
molossus*, dessen Namen „Mastiff" er noch gar nicht kannte, eine
besondere Rasse „Bluthunde", *Canis sanguinarius* — hinter den
Jagdhunden — anführt. In England heisst wohl der Mastiff gelegentlich „Bloodhound", zu deutsch „Bluthund" — aber der lateinische
Name *Canis sanguinarius* gilt lediglich für den Schweisshund. Aber
schon der alte Täntzer schreibt in seinem Werke „Die hohe Jagd",
1731, „Von einem Schweisshunde: Viel Menschen schelten einander leider für Bluthunde, allein sie wissen's nicht, was ein solcher
Hund ist, und viel weniger, dass sie derselbigen einen gesehen haben.
Derselbe aber, so das Wort erstlich aufgebracht, muss doch wohl
was darvon verstanden und dieses gewusst haben, dass sie ein ver-
wundtes Thier auf der Fährte nachzusuchen angeführet werden, und
dass er deswegen denjenigen darfür gehalten, welcher ihn, nachdem
er sonst genug betrübet, dennoch verfolgt habe. Die Jäger aber
hiessen solche Hunde einen Schweisshund nach ihren Jagdterminis."

Ferner wird noch Folgendes von ihm mitgetheilt:

„In den guten alten Zeiten wurde das Thier häufig als Diebs-fänger benutzt (davon soll ja sein Name, Mastiff, kommen) und diente dem Lande zur Sicherung vor Räubern, welche in jener Zeit überall ihr Unwesen trieben. Er war so klug, dass er die Fährte eines Diebes selbst dann verfolgte, wenn derselbe seinen Weg in einem Bach oder Flüsschen fortgesetzt hatte, um den Hund zu täuschen; dieser suchte dann beide Ufer des Flusses so lange ab, bis er die Fährte des nach dem Lande zurückgekehrten Diebes von Neuem auffand und verfolgen konnte. Auch im Kriege wurden diese Hunde angewandt, so noch in den Kriegen zwischen England und Schott-land. König Heinrich VIII. brachte sie sogar in seinen Kriegszügen mit nach Frankreich und Graf Essex hatte allein 800 Stück von ihnen bei seinem Heere in England." Diese Schilderung ist ganz zu-treffend, aber nicht für den Schweisshund oder Bluthund, *Canis s.*, sondern für den Mastiff.

Der heutige Mastiff gehört zu den Grössten und schwersten Hunden, hat 80 bis 100 cm Schulterhöhe, 200 bis 210 cm Länge, ein Gewicht bis zu 2 Ctr. und ist von heller gelblicher bis brauner Farbe. Das Gesicht ist voll Runzeln und schwarz, so dass das Thier nicht nur einen mächtigen, sondern auch einen tiefernsten, düsteren, ja furchtbaren Eindruck erzeugt. Der Charakter des Mastiff ist aber sehr rühmenswerth, seine Treue und Ergebenheit an seinen Herrn ist überall gerühmt, noch mehr aber seine fürchterliche Wuth und seine Todesverachtung beim Angriff, die wuchtige Gewalt und Gewandtheit im Kampfe und die Grausamkeit, sein Opfer zu zerfleischen, sind ge-fürchtet und verabscheut. Wenn jedoch seine natürliche Anlage zur Grausamkeit und zum Kampfe nicht geweckt wird, so ist er ein sanftes, intelligentes Thier, der auch besonders sorgsam mit Kindern umgeht, und es gibt wohl keinen zweiten Hund, der bei soviel Kraft und Stärke soviel Sanftmuth, Liebenswürdigkeit und Gelehrigkeit entwickelt. Der Hund wird hauptsächlich als Begleithund gehalten, und es ge-hört zweifellos ein etwas „aparter" Geschmack dazu, ein Thier mit so unfreundlichem Aussehen, wie das des Mastiffs ist, mit sich zu führen. In Städten, in denen Maulkorbzwang ist, ist er zweifellos der Erste, der diesem Zwange unterliegt, obwohl er unter gewöhn-lichen Verhältnissen ganz gutartig ist; wird er aber älter, so steigert sich auch seine angeborene Neigung zur Ruhe und Fettbildung und sein Charakter wird dann so unfreundlich wie sein Aussehen, er beisst dann nicht etwa aus Eifersucht etc., sondern wohl auch aus reiner Griesgrämlichkeit. Das Lebensalter dieser Thiere steigt nicht sehr hoch und ihre Liebenswürdigkeit hat schon etwa mit dem 8. Jahre ihren Zenith erreicht; auch die Fortpflanzungsfähigkeit der Thiere ist eine nur sehr mässige und ihre Haltung verlangt con-sequente, sanfte Behandlung.

Der Werth der Thiere ist ein sehr hoher und nur ausnahmsweise findet sich ein Gelegenheitskauf; auch sind diese Hunde in Deutschland wenig beliebt, z. B. kenne ich seit vielen Jahren in ganz Stuttgart nur ein Exemplar und bei den deutschen Ausstellungen finden sie sich nur sehr selten.

Rassezeichen des Mastiffs.

1. **Allgemeine Erscheinung.** Gross, schwer, mächtig, von symmetrischem und wohlgefügtem Bau, eine Verbindung von Würde, gutem Temperament, Muth und Gelehrigkeit.

2. **Kopf.** Die Umrisse des Kopfes erscheinen viereckig, in welcher Richtung man sie auch betrachten mag. Beträchtliche Breite ist sehr erwünscht und dieselbe muss zur Länge des ganzen Kopfes einschliesslich der Schnauze im Verhältniss von 2 zu 3 stehen. Der Oberkopf ist breit zwischen den Ohren, die Stirn flach und gerunzelt, wenn die Aufmerksamkeit erregt ist. Die Augenbogenknochen leicht erhöht, die Schläfen und Kaumuskeln gut entwickelt. Der Oberkopf zeigt, von vorn gesehen, eine flache Wölbung, und eine Vertiefung zwischen den Augen (Stirnfurche) läuft in der Mitte der Stirn aufwärts bis fast zur Mitte des Oberkopfes. Die Schnauze ist kurz, unterhalb der Augen breit und bis zur Nasenspitze ziemlich gleichmässig breit bleibend, an beiden Seiten stumpf, eckig abfallend, vorn im rechten Winkel zur Aussenlinie der Nase abgeschnitten, sehr tief von der Nasenspitze bis zum Unterkiefer, welcher vorn breit ist. Die Fangzähne kräftig und weit von einander stehend, die Schneidezähne gut auf einander passend oder der Unterkiefer den Oberkiefer ganz wenig überragend, aber niemals soviel, dass dies bei geschlossenem Maule erkennbar ist. Die Länge der Schnauze zum ganzen Kopfe verhält sich wie 1 zu 3, der Umfang derselben, in der Mitte zwischen Augen und Nase gemessen, zum Umfange des Kopfes, vor den Ohren gemessen, wie 3 zu 5.

3. **Augen.** Klein, weit, mindestens um die Breite zweier Augen von einander entfernt, die Einsenkung zwischen den Augen gut, aber nicht zu unvermittelt ausgesprochen. Farbe haselnussbraun. Die unteren Lider sollen gegen den inneren Augenwinkel gut schliessen, so dass keine wulstige oder hochgeröthete Bindehautfalte hervortritt.

4. **Nase.** Von vorn breit, mit weit geöffneten Nasenlöchern, von der Seite gesehen, flach, nicht zugespitzt oder aufgestülpt erscheinend; schwarz.

5. **Lippen.** Von der Scheidelinie in stumpfen Winkeln abgehend und leicht hängend, eine viereckige Seitenansicht bildend.

6 **Ohren.** Klein, sich dünn anfühlend, weit von einander an den höchsten Punkten der Seiten des Oberkopfes angesetzt, so dass sie die Fortsetzung einer quer über die Höhe des Oberkopfes ge-

dachten Linie zu bilden scheinen, und geschlossen flach an den Wangen anliegend, wenn der Hund ruhig ist.

7. Hals. Oben leicht gewölbt, von mässiger Länge und stark bemuskelt. Im Umfange etwa 25 bis 50 mm kleiner als der Umfang des Kopfes vor den Ohren.

8. Schultern. Etwas schräg gestellt, schwer und musculös.

9. Brust. Breit, tief und gut zwischen den Vorderläufen niedergelassen. Der Umfang der Brust beträgt ein Drittel mehr als die Höhe an der Schulter.

10. Rumpf. Schwer, breit, tief, lang, von mächtigem Bau auf weit auseinander und im Viereck gestellten Läufen, die Muskeln scharf ausgeprägt. Die Brustrippen gut gewölbt, die Bauchrippen tief und sich weit zurück gegen die Hüften erstreckend. Der Rücken breit und musculös, die Lendengegend bei der Hündin flach und geräumig, beim Rüden leicht gewölbt, die Flanken sehr tief.

11. Ruthe. Hoch angesetzt, bis zu den Sprunggelenken oder ein wenig darunter reichend, stark am Ansatz und in eine Spitze auslaufend, in der Ruhe gerade herunterhängend mit nach oben gebogener Spitze und in der Erregung nicht über den Rücken erhoben getragen.

12. Vorderläufe und Pfoten. Die Vorderläufe gerade, stark und weit auseinandergestellt, mit sehr starken Knochen, die Ellenbogen weder nach innen noch nach aussen gedreht, die Fusswurzeln aufrecht, grosse runde Pfoten, die Zehen in den Mittelgelenken gut aufgebogen. Schwarze Nägel. Keine Afterklauen.

13. Hinterläufe. Die ganze Hinterhand umfangreich, breit, die Keulen gut bemuskelt, die Unterschenkel gut entwickelt und in den Kniescheibengelenken gerade gestellt. Die Sprunggelenke winklig gebogen und von vorn gesehen weit auseinander und völlig gerade stehend.

14. Behaarung. Kurz und glatt anliegend, am Nacken, dem Rücken und den Schultern nicht zu fein.

15. Farbe. Röthlichgelb oder silbergrau oder dunkelgraubraun geströmt. In jedem Falle sind die Schnauze, die Ohren und die Nase schwarz, ebenso befinden sich schwarze Stellen rings um die Augen und zwischen denselben aufwärts.

16. Grösse ist ein wesentliches Erforderniss, sofern sie mit sonst guter Beschaffenheit verbunden ist. Höhe ist von geringerer Bedeutung als kräftige Bauart, jedoch erwünscht, wenn beide Eigenschaften in richtigem Verhältniss zu einander vorhanden sind.

Die Bulldogge.

Die frühere Verwechslung zwischen a) Bullenbeisser, C. molossus oder Mastiff, mit b) der Bulldogge, geht z. B. daraus hervor, dass Bechstein schreibt: „Der Bullenbeisser mit Hasenscharte, C. f. palmatus" — und in dem Werke „Hohe Jagd",

1846, ist gesagt: „Der Bullenbeisser, Bärenbeisser, *C. f. molossus*
— ist grösser als der Wolf, mit kurzem, stumpfem, fast mopsartigem
Kopfe, dicker Schnauze, kurzer, etwas aufgeworfener, oft gespaltener,
sogenannter Doppelnase, die Lefzen faltig herabhängend" etc.

Auch Magnus Brasch bildet in seinem Werke 1789, Taf. 4,
eine Bulldogge unter dem Namen „Bullenbeisser" ab und hiedurch,
wo noch durch die Figur jede Verwechslung ausgeschlossen ist, ergibt sich ganz zweifellos, dass man bis vor Kurzem die Thiere bald
so, bald anders benannte, jedenfalls sind die heutigen Bezeichnungen
„Mastiff" und „Bulldogge" so prägnant, dass sie viel charakteristischer
und treffender sind, wie die alten, trotz der gelehrt scheinenden An-
hängung von lateinischen Namen, die eben auch verwechselt werden
können. Buffon und die gesammten älteren Schriftsteller können deshalb wegen ihrer beständigen Verwechslungen kaum mit Nutzen angeführt werden. Soviel scheint sicher, die heutige Bulldogge ist schon
im vorigen Jahrhundert nach Gestalt und Charakter vorhanden gewesen, fast ganz so wie heute, hievon gibt unsere Illustration aus
Brasch von 1789 ganz zweifellos Nachricht, aber man nannte sie
mit sehr verschiedenen Namen und verwechselte sie oft (namentlich
in den Büchern) mit dem Mastiff.

Eine Abbildung stellt eine Bulldogge aus dem vorigen Jahrhundert dar, mit der man heutzutage fast Preise gewinnen könnte.
Ich war hoch überrascht, diese Form in solcher Vollendung als
„deutschen Hund", als „Bullenbeisser" abgebildet zu finden.
Die Farbe auf der Abbildung ist braungelb mit weiss und dunkler
Schnauze. Die Bulldogge führte im vorigen und noch lange Zeit in
diesem Jahrhundert den Namen „Fleischerhund". Buffon und
Bechstein führen z. B. an: „Englische Dogge, Schlächter- oder Fleischerhund, *Dogue de forte race — Chien de Boucher*, der Bullenbeisser",
dazu nun eine Abbildung von der Bulldogge und der Wirrwarr ist
fertig.

Noch Eines ist anzugeben: Buffon's Abbildungen sind fast bis
heute nachgemacht worden, oft sinnlos, und in Brasch ist eine grosse
Zahl von illustrirten Abbildungen, bei denen der Zeichner die Figur
aus Buffon entlehnt hatte. Die Buffon'sche Abbildung von unserer
heutigen Bulldogge ist aber schlecht und die Brasch'sche, die wir
wiedergeben, stammt nicht aus Buffon, der Zeichner hatte hier ein
anderes Modell, das Thier steht auch ganz anders wie die Buffon'schen
und Riediger'schen Figuren, so dass ich vermuthe, es sei hier nach
dem Leben gezeichnet, denn es gab damals 1789 in Deutschland,
in der Gegend von Nürnberg, solche Hunde, die wegen ihres Dienstes
als Metzgerhunde eben Bullenbeisser genannt wurden. Was die Verschiedenheit im Aussehen zwischen der abgebildeten aus dem
vorigen Jahrhundert und der heutigen betrifft, so ist besonders das
„glattere Gesicht" ersterer hervorzuheben, schöner war es zweifellos

als wie das heute beliebte „verrunzelte", dass es aber damals ab und zu schon faltige gegeben hat, geht aus Abbildungen in anderen Werken hervor und aus der Mittheilung, dass es nicht nur kurz- und dickköpfige Hunde mit stumpfer Schnauze waren, sondern dass es schon damals „Doppelnasen", „Hasenscharten" gab, ja dass man ihn hiernach bezeichnete „Bullenbeisser mit der Hasenscharte" (*C. f. palmatus*). In meiner Jugend und bis vor Kurzem habe ich auch viel mehr Bulldoggen mit „Hasenscharten" oder „gespalteten Nasen" gesehen, wie andere, ja stark hervorstehende Unterkiefer mit unbedeckten Zähnen und gespaltener Nase, Bilder von bodenloser Hässlichkeit hielt man für die „ächtesten". Erst die Neuzeit mit den Hundeschauen, der Aufstellung und allgemeinem Bekanntwerden der Rassezeichen ist es zu danken, dass die Bulldogge mit der Hasenscharte verschwindet und dass die Thiere zu ihrem Vortheil sich wieder dem schöneren Typus des vorigen Jahrhunderts nähern. Freilich nur äusserlich, denn die Leistung des „deutschen Bullenbeissers" im vorigen Jahrhundert, die seinen Charakter und seine Gestalt beeinflusste, die ist verflossen, die Bulldogge verträumt in der Regel ihr Dasein, ihr ursprünglich „furchtbares Aussehen" hat einem „schläfrig-griesgrämlichen" Platz gemacht, der Typus wird alt, so wie das Individuum seine Jugend und seine Altersperiode hat, so hat es auch die Rasse, und die Bulldogge scheint in dem Letzteren angekommen.

Die englische Bulldogge ist nahe verwandt mit dem Mastiff, steht aber an Körpergrösse, an Intelligenz und zuverlässiger Gutmüthigkeit hinter diesem. Als Beisser und Packer sind sie noch, wenn dies überhaupt in diesem hohen Grade noch möglich ist, den Mastiffs überlegen. Rücksichtsloses Draufgehen und gewaltthätiges Beissen mit dem furchtbaren Maule und nicht mehr loslassen, so dass man eine Bulldogge, die sich in ein Tuch oder an einen Stock „verbissen" hat, mit diesem hochheben und freischwebend tragen kann — das ist ein Hauptcharakterzug der Bulldogge und es scheint möglich, dass man heute noch an der Bulldogge dasselbe Experiment, das Sopithes vor Alexander dem Grossen ausführte, vornehmen könnte. Freilich kommt diese Eigenschaft bei der Mehrzahl nicht zur Geltung. Die Bulldogge ist in der Jugend lächerlich gutmüthig und komisch, und das trübe Aussehen contrastirt seltsam mit der heiteren Faulheit, aber im Alter wird sie griesgrämig, misslaunig und ungut, ein Zug von Bosheit und Tücke, den man bisher gar nicht vermuthet hatte, macht sich geltend, und die Bulldogge beisst unter Verhältnissen, in denen sie das früher nie gethan hätte, worüber dann der Besitzer anfangs in der Regel höchst erstaunt ist, aber da sich das Beissen dann öfters wiederholt, das ganze Benehmen des Thieres jetzt zu seinem Aeusseren passt, gegen Jedermann griesgrämig, selbst schliesslich am eigenen Herrn die schlechte Laune auslässt, so wird sie abgeschafft, bevor sie „sehr alt" geworden ist. Im Aussehen des Bulldoggs ist nicht das Imponirende und Gewaltige des Mastiffs, sondern nur dessen verzerrtes Abbild, es fehlt ihm die erhabene Ruhe und der gewaltige Körperbau, statt dessen ist Griesgrämlichkeit und Brutalität in Erscheinung getreten.

Bei den noch kleineren Typen, dem Bullterrier und dem Mopse, wirkt die martialisch griesgrämlich aussehende Erscheinung bei der Kleinheit geradezu komisch.

Rassezeichen der Bulldogge.

Bei der Beurtheilung jedes Exemplars dieser Rasse ist zuerst die allgemeine Erscheinung in Betracht zu ziehen, d. h. der erste Eindruck, welchen das Gesammtbild des Hundes auf das Auge des Beurtheilenden hervorruft, sodann die Grösse und die einzelnen Formen, sowie deren Verhältniss zu einander. Jeder Punkt muss auf das Genaueste im richtigen Verhältniss zu den übrigen stehen, damit die Symmetrie des Ganzen nicht gestört, die Bewegungsfähigkeit nicht beeinträchtigt werde, der Hund nicht ungestalt erscheine. Ferner sind von einander getrennt und ganz eingehend die Haltung, das Benehmen, der Gang, die Gemüthsart und die verschiedenen Rassezeichen des Hundes in der nachstehenden Reihenfolge zu prüfen, wobei gegen Hündinnen stets entsprechende Nachsicht zu üben ist, da diese niemals so grossartig oder so vollkommen entwickelt sind wie die Rüden.

1. Das allgemeine Aussehen einer Bulldogge ist das eines glatthaarigen, untersetzten Hundes von etwas niedriger, aber breiter, mächtiger und gedrungener Figur. Der Kopf ist im Verhältniss zur Grösse des Hundes auffallend schwer und umfangreich, das Gesicht dagegen ausserordentlich kurz, die Schnauze sehr breit, plump und aufwärts gerichtet, der Körper kurz und wohlgeformt, die Gliedmassen stämmig und muskelreich, die Hinterhand sehr hoch und kraftvoll, im Vergleich mit dem schweren Vorderkörper jedoch gewissermassen leicht erscheinend. Die Gesammterscheinung des Hundes ruft den Eindruck von Entschlossenheit, Kraft und Beweglichkeit hervor.

2. Der Kopf muss sehr gross sein, je grösser, desto besser, und muss im Umfange (ringsherum vor den Ohren) mindestens so viel, als die Schulterhöhe beträgt, messen. Von vorn gesehen, muss er vom Winkel des Unterkiefers bis zur Schädelspitze sehr hoch, ungemein breit und eckig erscheinen. Die Backen müssen gut gerundet sein und seitwärts über die Augen hervorragen. Von der Seite muss der Kopf ebenfalls sehr hoch, vom Genick bis zur Nasenspitze aber sehr kurz aussehen. Die Stirn flach, weder hervorstehend oder rund, noch ins Gesicht überhängend, die Stirn- und Kopfhaut ganz lose und grosse, hängende Falten bildend. Die Schläfen oder

Stirnknochen bedeutend vorstehend, breit, eckig und hoch, eine tiefe und breite, bis zur Mitte der Stirn reichende Grube zwischen den Augen bildend, welche den Kopf in einer senkrechten Linie theilt, die sich bis zur Schädelspitze verfolgen lässt. Die Augen liegen von vorn gesehen tief unten am Schädel, so weit als möglich von den Ohren entfernt, ihre inneren Winkel an der Vorderseite des Kopfes rechtwinkelig in gerader Linie mit der Einsenkung an der Stirn, so weit als möglich von einander entfernt, vorausgesetzt, dass die äusseren Augenwinkel sich noch innerhalb der Aussenlinie der Backenknochen befinden. Die Augen sind völlig rund, mässig gross, weder zu tief liegend, noch vorstehend, ganz dunkel beinahe, wenn nicht ganz schwarz, und dürfen kein Weiss zeigen, wenn der Hund geradeaus schaut. Die Ohren sind hoch am Kopfe angesetzt, so, dass der innere Vorderrand jedes Ohres, von vorn gesehen, die Fortsetzung des Oberkopfes an dessen Aussenseiten zu bilden scheint, so weit auseinander, so hoch über den Augen und so weit von denselben entfernt als möglich. Sie müssen klein und dünn sein. Das „Rosenohr" ist das richtigste. Dieses ist auf seiner Rückseite nach innen gefaltet und der obere Rand ist vornüber und rückwärts gebogen, so dass das Innere der aufrecht stehenden Ohrmuschel theilweise sichtbar ist. Das Gesicht ist, von der Vorderseite der Backenknochen bis zur Nase gemessen, so kurz als möglich, die Gesichtshaut tief und dicht gerunzelt, die Schnauze kurz, breit, aufwärts gerichtet und von den Augenwinkeln bis zum Lippenwinkel, senkrecht abwärts gemessen, sehr tief. Die Nase gross, breit und schwarz, die Spitze derselben tief zurück, beinahe zwischen den Augen liegend. Die Entfernung vom inneren Augenwinkel (oder von der Mitte des Einbugs zwischen den Augen) bis zur äussersten Nasenspitze darf nicht länger sein als eine von der Nasenspitze bis zum Rande der Unterlippe gedachte Linie. Die Nasenlöcher gross, weit und schwarz, zwischen denselben eine ausgesprochene gerade Linie. Die Oberlippen dick und breit, so tief herabhängend, dass sie seitlich (nicht vorn) den Unterkiefer völlig bedecken, vorn mit der Unterlippe abschneidend und die Zähne gänzlich bedeckend, welche bei geschlossenem Maule nicht sichtbar sein dürfen. Die Kiefer breit, sehr kräftig und eckig, die Fangzähne weit von einander entfernt. Der Unterkiefer überragt den Oberkiefer vorn beträchtlich, ist nach oben aufgebogen, breit, eckig, und die sechs kleinen Vorderzähne müssen zwischen den Fangzähnen neben einander in einer Reihe stehen. Das Gebiss gross und kraftvoll.

3. Der Hals ist von mässiger Länge, eher kurz als lang, sehr dick, tief und stark, am Rücken gut gewölbt und mit vielen losen, dicken Hautfalten versehen, welche auf beiden Seiten eine vom Unterkiefer bis zur Brust reichende doppelte Kehlwamme bilden.

4. Die Schultern sind breit, tief und schräg gestellt, ausserordentlich kräftig und musculös.

5. Die Brust ist sehr breit, rund, vorstehend und tief, so dass der Hund vorn ausserordentlich breitbrüstig und kurzläufig aussieht. Der Brustkorb umfangreich von den Schulterspitzen bis zu seiner tiefsten Stelle bei der Verbindung mit dem Brustbein, sehr tief, rund, gut zwischen den Vorderläufen niedergelassen, von bedeutendem Durchmesser und hinter den Vorderläufen gerundet, keine flachen Seiten, die Rippen gut gebogen. Der Rumpf ist hinten gut aufgerippt, der Bauch aufgezogen, nicht hängend.

6. Der Rücken kurz und straff, an den Schultern sehr breit, in der Lendengegend verhältnissmässig schmal, unmittelbar hinter den Schultern leicht abfallend. Dort ist die tiefste Stelle des Rückens, von da erhebt sich das Rückgrat bis zu den Lenden, welche an Höhe die der Schultern übertreffen; von hier fällt der Rücken in einer Bogenlinie schneller gegen die Ruthe ab und dies ist eine der Rasse eigenthümliche Eigenschaft, welche man Karpfen- oder Radrücken nennt.

7. Die Ruthe ist tief angesetzt, ziemlich gerade hinausstehend und dann nach unten gebogen mit horizontal gerichteter Spitze. Sie ist in ihrer ganzen Länge völlig rund, glatt behaart und ohne Franse oder grobes Haar, mässig lang, besser kurz als lang, am Ansatz dick, sich rasch verjüngend und in eine feine Spitze auslaufend. Sie wird tief getragen, weder mit einer ausgesprochenen Aufbiegung am Ende, noch schraubenförmig oder sonstwie verunstaltet, und der Hund darf sie infolge seiner Körperbildung nicht über den Rücken erheben können.

8. Die Vorderläufe sehr stämmig und kräftig, weit auseinander stehend, dick, stark bemuskelt und gerade, besonders die Armmuskeln sehr stark entwickelt, so dass die Oberarme gebogene Aussenlinien zeigen, die kräftigen Knochen der Unterarme jedoch völlig gerade, nicht gebogen oder gekrümmt. Die Vorderläufe sind verhältnissmässig kürzer als die Hinterläufe, jedoch nicht so kurz, dass der Hund dadurch lang im Rücken oder krüppelhaft erscheint und seine Beweglichkeit darunter leidet. Die Ellenbogen tief niedergelassen und gut von den Brustrippen abstehend. Die vorderen Fusswurzeln kurz, gerade und stark. Die Vorderpfoten gerade und ein wenig nach aussen gedreht, von mittlerer Grösse und mässig rund, die Zehen compact, dick, vorn gut gespalten und in den Mittelgelenken stark aufwärts gebogen.

9. Die Hinterläufe kräftig und gut bemuskelt, verhältnissmässig länger als die Vorderläufe, so dass die Lenden erhöht liegen. Die Sprunggelenke leicht gegeneinander geneigt und gut niedergelassen, von den Lenden bis zur Ferse lang und musculös erscheinend. Vom Sprunggelenke abwärts ist der Lauf kurz, gerade und stark, daher der Unterschenkel verhältnissmässig länger als bei anderen Rassen. Die Kniescheiben erscheinen rund und leicht nach

aussen gedreht, wodurch die Sprunggelenke sich einander nähern. Die Hinterpfoten sind gleichfalls ein wenig nach aussen gedreht und müssen, wie die gerade gestellten Vorderpfoten, kräftige, kurze, aufwärts gebogene und lang gespaltene Zehen haben. Infolge dieser Bildung hat der Hund einen eigenartigen, schwerfälligen, gebundenen Gang. Er scheint mit kurzen, hurtigen Schritten auf den Zehenspitzen zu schreiten, während er die Hinterläufe nur wenig hebt, so dass dieselben den Boden zu streifen scheinen, die rechte Schulter dabei etwas vorgeschoben, wie ein Pferd im kurzen Galopp.

10. Die Behaarung ist fein, kurz, anliegend und glatt, hart nur infolge ihrer Kürze und Dichtigkeit, niemals drahtig.

11. Die Grösse. Ein Gewicht von 25 kg ist für einen Rüden dieser Rasse das wünschenswertheste.

12. Die Farbe muss entweder einfarbig oder einfarbig mit schwarzer Maske, jedenfalls rein und deutlich sein. Die Farben sind, wenn klar und unvermischt, wie folgt zu bewerthen: geströmt, roth, weiss, und die Spielarten hiervon, als rothgelb, fahlgelb u. s. w., demnächst buntscheckig und gemischtfarbig.

Dalmatiner, auch Tigerhund, Tintenfleck.

Jeder kennt ihn, aber die Benennungen sind sehr verschieden. Seine Namen sind: Bengalischer Tigerhund, nur weil er wie ein Tiger gefleckt ist; Harlekin, weil er gescheckt aussieht; Pantherhund, weil sein Fell Aehnlichkeit hat mit dem eines Panthers; Dalmatiner, aus unbekanntem Grunde, und endlich kleiner dänischer oder kleine dänische Dogge, „petit Danois", ebenfalls aus unbekanntem Grunde.

Im vorigen Jahrhundert und anfangs dieses gab es zwei Hunderassen, welche sich in die oben genannten Namen theilten, allerdings der Name Dalmatiner ist damals noch nicht gebraucht worden, dagegen noch eine Anzahl lateinischer oder französischer.

Buffon hat die Verwirrung, wenn nicht angerichtet, so doch vollständig gemacht. Er beschreibt und gibt Abbildung von dem bengalischen Tigerhund, Le Braque de Bengale, *Canis aricularis cauda truncati* (Linné), *Canis Pantherinus* — Chile couchant (letzterer so genannt, weil er auf die Rebhühner still zu lauschen pflegt) — und von diesem Hunde sagt er:

„Ich kann mich nicht überreden, dass dieser Hund ursprünglich aus Bengalen oder anderen indianischen Gegenden komme — denn eben dieser Hund ist in Italien schon vor mehr als 150 Jahren als ein Hund bekannt gewesen, denen man für einen gewesenen Spürhund ansah." (Buffon, „Uebers. Naturgesch." 1793, p. 119.)

Eben diesen Tigerhund bildet Brasch in seinem Werke 1789 ab, und bei Betrachtung dieses Bildes kann es keinem Zweifel

unterliegen, dass man es hier mit einem Dalmatiner heutiger Benennung zu thun hat. Anzuführen ist, dass der Künstler dem
Hunde zwei ganz hellblaue Augen, also Glasaugen gegeben hat.
Ueber diesen Tigerhund oder bengalischen Hund sagt
Bechstein („Naturgesch.", 1801, I., p. 565): „sie sind weiss, mit
schönen, runden, egalen, meist schwarzen Flecken. In Thüringen
liebt man mehrentheils gefleckte und von mittlerer Grösse. Man
dressirt sie gewöhnlich, wenn sie ³/₄ Jahre alt sind, sie können aber
auch noch im 2. und 3. Jahre abgerichtet werden. Die hartnäckigen
und ungelehrigen werden meist die besten". Bechstein gibt nun eine
ausführlichere Schilderung, wie dieser Hund auf Hühner dressirt
werden soll, die uns hier aber nicht weiter interessirt.

Fig. 12. Der Tigerhund. (Abbildung vom Jahre 1793, nach Buffon.)

Behlen sagt 1842 in seiner „Forst- und Jagdkunde": Ueber den
Hühnerhund: a) der gewöhnliche, welcher der Unterscheidung
halber der deutsche genannt werden könnte, und b) der bengalische
oder getigerte Hühnerhund — mit kurzen, dicht anliegenden
weissen Haaren, mit kleinen grauen und schwarzen Flecken getigert.
„Aber" er wird nicht zur Jagd gebraucht.
Was nun den anderen betrifft, so ist derselbe früher hauptsächlich Harlekin genannt worden, dieser aber ist ein kleiner
Schoosshund, so ist er von Buffon abgebildet und so ist er beschrieben. Dieser zweite kleine Schoosshund, der Harlekin, ist aber
der frühere petit Danois, der sogenannte kleine dänische Hund.
Haller sagt in seiner „Naturgeschichte", 1757, von den kleinen
dänischen: „Die Schnauze ist klein, spitz, unter der Stirn ausge-

bogen, die Augen sind gross, und dieses gibt ihm bei der kurzen und dünnen Schnauze einiges Ansehen von Dummheit. Er gleicht den grossen dänischen an der Länge des Haares. Seine Farbe ist gewöhnlichermassen schwarz und mit weissen Flecken, das Fell sieht daher gescheckt aus, und man nennt sie Harlequine."

Buffon führt an: „Wollte man von diesen Hunden bloss nach ihrem Namen urtheilen, so würde man zwischen ihnen und den grossen, dänischen Hunden, ausser der Leibesgestalt, vielleicht keinen weiteren Unterschied vermuthen. Sie haben aber in der That noch andere sehr unterscheidende Merkmale. Die Schnauze ist verhältnissmässig nicht so stark und spitziger, die Augen sind grösser, die Füsse magerer, der Schwanz steht weit in die Höhe u. s. w. Die grossen Augen und ausgebogene Stirn geben ihnen bei der kurzen und schmalen Schnauze das Ansehen einer Dummheit. Um dieses allerdings beträchtlichen Unterschiedes willen hätte man diese Hunde billig anders als kleine dänische benennen sollen. Wir haben es nicht wagen wollen, sie anders zu benennen, denn einer Sache, die noch gar keinen Namen hat, mag man allenfalls einen geben, welchen man will, alle Veränderungen aber pflegen besonders in der Naturhistorie der wahren Kenntniss der Sache hinderlich zu sein. Die sogenannten kleinen dänischen gleichen den grossen an Länge des Haares, doch haben sie gemeiniglich andere Farben. Meistens erscheinen sie weiss und schwarz gefleckt. Sind sie auf diese Art gesprengt, so pflegt man sie wegen ihres speckigen Felles „Harlekin" zu nennen. Diese Letzteren werden aus Dänemark häufig nach Deutschland und Frankreich verschickt, so wie dänische Frauenzimmer zu ihrem Vergnügen Bologneser, spanische und englische Hunde kommen lassen. (Buffon, „Naturgesch.", 1793 p. 177.)

Damit nun kein Zweifel bleibt, dass der frühere kleine dänische Hund ein Schoosshund war, sei noch Bechstein angeführt. Auf Seite 565 seines Werkes handelt er den bengalischen oder Tigerhund unter den Jagdhunden ab, dessen Abbildung nach Brasch hier wiedergegeben ist — und auf Seite 573 unter der Classe 5 (Seidenhunde) ist dann auch „der kleine dänische Hund", petit Danois, folgendermassen beschrieben: „Er soll eine blosse Varietät von dem obigen (grand Danois) sein, allein er scheint eher vom Mops und Spitz abzustammen. Der Kopf ist rund und gross; der Scheitel erhaben; die Schnauze kurz, gerade, zugespitzt; die Ohren sind klein, halbhängend; der Leib hinten eingezogen. Die Beine dünn, der Leib mit grossen oder kleinen Flecken besetzt. Ein Schoosshund. — Von diesem leitet man den türkischen Hund, dem die Haare fehlen."

Diese Angaben sind deutlich genug für den Nachweis, dass der heutige Dalmatiner vor hundert und mehr Jahren in Deutschland heimisch war unter dem Namen Tigerhund; dass der früher

kleiner dänischer oder petit Danois genannte eine ganz andere
Sorte, nämlich ein kleiner scheckiger Schoosshund, im Aussehen
zwischen Mops und Spitz war, dem noch eine gewisse Aehnlichkeit
mit dem nackten Hunde anhing, so dass man ihn damals als den
Stammvater der Letzteren erklärte. (Fig. 14.)

Auf Grund der obigen Darstellung stehen wir nicht an, den
heutigen Dalmatiner für den früheren Tigerhund oder bengalischen
zu erklären, dessen Heimat in Deutschland zu suchen sein wird, ferner
dass der damals „petit Danois“ genannte kleine Schoosshund entweder heute gar nicht mehr existirt oder auch dass er zur Zeit
unbekannt ist, den deutschen Tigerhund aber als kleinen
dänischen, als petit Danois zu bezeichnen, wie das zur Zeit ge-

Fig. 13. Der kleine dänische Hund. (Petit Danois nach Buffon u. A., vom Jahre 1793.)

schieht, ist ein Fehler, gerade so gross wie der, den Ulmer Hund
als grossen dänischen, als grand Danois zu benennen.

Der Dalmatiner oder Tigerhund wird heutzutage zu den
„Doggen“ gerechnet, und Niemand gibt sich Mühe, ihn für die
Jagd abzurichten, obschon er im vorigen Jahrhundert wohl ausschliesslich für diese gehalten worden sein mag, wenn er auch damals
schon dem Dresseur grosse Schwierigkeiten bereitete, wie sich das
aus den oben angeführten Schilderungen ergibt. Der heutige Dalmatiner
oder richtiger „deutsche Tigerhund“ ist von der Grösse eines
mittleren Jagdhundes, mit dem er Aehnlichkeit in der Figur besitzt,
doch sind seine Glieder feiner und sein Körper etwas rundlicher,
mehr zum Fettwerden geneigt. Das ganze Aussehen ist hübsch und
gefällig, und was ihm den Charakter des Besonderen verleiht, das

ist seine weiss-schwarz getupfte Färbung, wie mit Tinte angespritzt, daher er auch den ebenso besonderen Namen „Tintenfleck" führt.

Die Eigenschaften dieses Hundes, seine geistigen Fähigkeiten stehen nicht besonders hoch und namentlich sind in der Neuzeit Versuche, ihn zur Jagd zu gebrauchen, vollkommen missglückt; auf Hühner zeigte er allerdings eine Passion, aber nur auf zahme, die er stöberte und zerriss. Seine „Nase" ist vorerst sehr wenig leistungsfähig. Dagegen kann er zum treuen und sehr unterhaltenden Begleithund herangebildet werden. Die Möglichkeit, ihn wieder für die Jagd gebrauchsfähig zu machen, gebe ich zu.

Rassekennzeichen des Dalmatiner oder Tigerhundes.

1. Grösse. Grosse Gestalt und das Gewicht eines kleinen Pointers.

2. Gesammterscheinung. Die eines flotten, beweglichen, aparten Hundes von eleganten, musculösen Formen, der weder schwächlich noch schwerfällig erscheinen darf.

3. Kopf. Gleich dem des Pointers, jedoch nicht ganz so tief und breit in der Schnauze. Schädel trocken, Haut straff. Lippen nicht überhängend.

4. Augen. Mässig klein, rund, glänzend, einen intelligenten Ausdruck zur Schau tragend. Bei der schwarzgefleckten Varietät entweder schwarz, blauschwarz oder braun in allen Nuancen. Bei der braungefleckten Varietät entweder braun in allen Nuancen oder gelb, jedoch niemals schwarz.

5. Augenränder. Bei der schwarzen Varietät stets schwarz, bei der braunen stets braun. Fleischfarbige Ränder sind nicht zu verwerfen.

6. Ohren. Etwas höher angesetzt, als die des Pointers und nicht so gross, sondern mässig klein, breit an der Basis und gut abgerundet am Ende; V-förmig, dünn und fein, eng am Kopfe anliegend und gefleckt.

7. Nase. Bei der schwarzen Varietät stets schwarz, bei der braunen Varietät stets braun.

8. Hals. Von ziemlicher Länge, schön gebogen, elegant, leicht und frei von Wamme.

9. Schultern. Schräg abfallend, kräftige Muskeln, nicht beladen, sondern elegant und Schnelligkeit verrathend.

10. Brust. Mässig breit, sehr tief.

11. Rumpf. Elegant, kräftig, jedoch nicht schwer. Rippen schön gewölbt, jedoch nicht rund wie Fassreifen, was Langsamkeit verrathen würde.

12. Rücken. Stramm und nicht zu lang, in der Lendengegend gewölbt, in schöner Linie in die Ruthe übergehend.

13. Läufe. Von grösster Wichtigkeit, gerade, musculös, nicht
zu stark, Ellenbogen gut anliegend. Zehen gut geschlossen, compact,
gewölbt (Katzenpfoten). Die Sohlen hornig und zäh. Hinterläufe
musculös, in pointerartigem Winkel. Die Fesseln hinten und vorn
beinahe aufrecht, knochig.

14. Nägel. Bei der schwarzen Varietät schwarz oder weiss,
bei der braunen braun oder weiss.

Fig. 14. Der Dalmatiner oder Tigerhund.

15. Ruthe. Starkknochig an der Wurzel, sich sofort·verjüngend
und fein auslaufend. Mässig nach oben gebogen, nie gerollt. Ruthe
stets gefleckt, je mehr, desto besser.

16. Behaarung. Kurz und geschlossen, glatt und nicht rauh.
Nie seidig oder wollig.

17. Farbe, Zeichnung. Die Grundfarbe stets rein weiss, nie
silbergrau oder gelblich. Die Flecken bei der schwarzen Varietät
stets schwarz, je tiefer und dunkler das Schwarz, desto besser; bei
der braunen Varietät stets braun ohne Beimischung von Schwarz.
Flecken in der Grösse eines Ein- bis Dreimarkstückes, möglichst
kreisrund, scharf vom Weiss abstechend, gut vertheilt, weder zu
eng auf einander sitzend, noch zu grosse Stellen ganz weiss lassend,
nicht sprossartig getupft.

Pointscala:

Gesammterscheinung, Condition, Gebäude und Symmetrie	20
Farbe, Behaarung und Flecken	20
Kopf und Ausdruck	9
Gefleckte Ohren	4
Nacken und Brust	10
Läufe und Füsse	15
Vorderpartie	8
Hinterpartie	8
Gefleckte Ruthe	6
Summa	100

Der grosse dänische Hund oder grosse dänische Dogge.

Der grosse dänische Hund führt seit langer Zeit auch die Namen: Dänische Dogge, *C. f. danicus*, grand Danois, *C. f. lorarius*, dänischer Kutschenhund oder dänischer Blendling.

Bevor durch die kynologischen Vereine Eintheilungen getroffen, Rassezeichen aufgestellt und Namen gewählt waren, bei welcher Arbeit, vielleicht gerade auf dem Gebiete der Doggen, grösste Vorsicht und literarische Studien nöthig gewesen wären, war meines Wissens in Württemberg üblich, und ich selbst habe bis zu eben genanntem Zeitpunkte und bis mich Studien eines Besseren belehrten, so eingetheilt: *a)* den grossen, heute „deutsche Dogge" genannten Hund als „Ulmer Hund" oder „Ulmer Dogge" und *b)* eine leichtere, schlankere windhundähnliche Form als „dänischer Hund" zu bezeichnen.

Die Bezeichnungen „dänischer Hund", sowie diejenige, „deutsche Dogge", finden sich schon im vorigen Jahrhundert. Der Name „dänischer Hund" wird sehr verschieden aufgefasst, jedenfalls verband man damit nicht immer den Begriff, dass der dänische Hund aus Dänemark stamme oder dort seine Heimat habe oder überall gleich aussehe, sondern man nannte Hunde von willkürlich gewählten Erscheinungen oder solche, die zu gewissen Diensten verwendet wurden, dänische; so sagt z. B. Bechstein in seiner „Naturgeschichte", 1801, p. 585: „Der Jäger zieht sich von dem Bullenbeisser, dem Windhund und dänischen Hund nützliche Bastarde auf." Haller führt in seiner „Naturgeschichte", 1757, an: „Der grosse dänische" ist in allen Theilen ein sehr stark begliederter Bauernhund, mit kürzerem Haar. Die meisten sind falbe, sonsten grau, schwarz und gefleckt. Man nennt sie die „dänischen Kutschenhunde", weil sie gerne hinter dem Wagen herlaufen.

In Buffon's „Naturgeschichte", 1793, p. 119, ist gesagt: „Im grossen dänischen Hund erblickt man weiter nichts, als einen stärkeren und stammhafteren Bauernhund, welcher sich im Windspiel schlanker und gestreckter darstellet."

Ferner ist in Buffon's Werk, p. 161, über den grossen dänischen Hund (grand Danois) angeführt: „Die Hunde von dieser Art sind in allen Theilen ihres Körpers merklich stärker als die Bauernhunde. Ihr ganzer Unterschied besteht auch allem Anscheine nach bloss in der mehreren Grösse. Ihr kurzes Haar stimmt in Ansehung der Farbe nicht bei allen überein. Die meisten sind fahl, andere grau, noch andere schwarz, einige wohl auch mit weissgrauen, schwarzen, fahlen und anderen Flecken bezeichnet. Gut abgerichtete werden von Jägern mit Nutzen gebraucht und man pflegt in Dänemark viel von ihnen zu halten."

Bechstein sagt über ihn: „Der grosse dänische Hund, dänische Blendling, *C. f. danicus*, grand Danois, hat die Gestalt fast völlig wie der Schäfer- oder Bauernhund, nur sind der Körper, ja alle Theile grösser, die Ohren sind kurz und schmal, die Beine hoch, das Haar kurz, rothgrau, hellgrau, schwarz, auch weissgrau mit schwarzen, fahlen und weissen Flecken. Bastarde von ihm mit den Jagdhunden geben Biber- und Fischotterhunde." Ferner ist angeführt: „Die dänische Dogge", *C. f. danicus s. laniarius*, der „leichte Hatzhund" ist der grösste aller Hunde, oft sitzend 5 Fuss hoch, der Kopf ist dick und stark, die Ohren schmal, kurz, etwas hängend, der Leib schlank, die Beine hoch, er ist mäusegrau, schwarz oder weiss und gelblich. In Deutschland und Dänemark ist er selten. Er ist nützlich zum Schutz und Angriff, die grossen Rassen sind kostbar zu halten."

Freville sagt in seiner „Gesch. ber. Hunde", 1797, p. 159:

„Der dänische Kutschenhund ist von der Grösse der englischen Dogge und gleicht ihr in etwas, hat aber eine längere und geradere Schnauze. Sein Haar ist falb und zuweilen sprenglicht. Seine Stirne ist breit, den Schwanz trägt er halb zurückgeschlagen und um ihn schöner zu machen, stutzt man ihm die Ohren. Diese Art Hunde wird sehr gesucht."

Eine Notiz, die, wie ich vermuthe, aus Eduard George, „A natural history", London 1750, stammen wird, vielleicht ist sie auch etwas jünger, heisst: „In England und Frankreich kennt man seit langer Zeit einen „grossen, dänischen Hund", grand Danois, aber der hat Aehnlichkeit mit dem German boarhund, dem Saupacker."

In dem Werke „Hohe Jagd", I., 1846, ist p. 173 mitgetheilt:

„Der „Blendling" oder „dänische Blendling", *Canis familiaris danicus*, stammt von dem englischen Hatzhund oder Saurüden oder auch dem Bullenbeisser und dem Windhund und hat mit Letzterem viele Aehnlichkeit, er ist gross, stark, langgestreckt, schlank, 2 bis 2½ Fuss hoch und 4 Fuss lang, er hat starken, langen Kopf, lange, nicht aufgeworfene Schnauze und das natürlich kurze Behäng wird gestutzt. (Man pflegt diesen und allen schweren [Hatz-] Hunden, die ohnehin meist schlecht behängt sind, die Ohren schon in der Jugend zu stutzen, wobei man sie nach vorheriger Abzeichnung ½ Zoll vom Kopfe entfernt mit einer Scheere abschneidet.) Hals und Brust sind stark, er hat stämmige, nicht unförmige Läufe und lange, glatte, gekrümmte Ruthe, die Farbe ist weiss, braun, schwarz, grau, gefleckt, stichelhaarig, gestreift oder getigert, oft haben sie Glasaugen. Sie sind die besten Hatzhunde, sehr flüchtig und packen gut. Man nennt sie wegen ihrer Flüchtigkeit und ihrem schlanken Leibe „leichte Hunde" und benützt sie besonders zur Sauhatz."

Aus diesen Mittheilungen geht ganz zweifellos hervor, dass man früher mit der Bezeichnung „dänischer Hund" nicht eine Rasse von Hunden meinte, die in Dänemark zu Hause ist oder dort viel gezogen wird, sondern grosse Hunde von ganz verschiedener Gestalt und die auch zu ganz verschiedenen Zwecken gebraucht wurden, hat man „dänische" genannt. Haller nennt sie Kutschenhunde, weil sie gern hinter dem Wagen herlaufen, Buffon nennt sie stämmige Bauernhunde, Bechstein völlig ähnlich dem Schäfer- und Bauernhund, und hier ist noch angegeben, dass man sie gut abgerichtet zur Jagd gebrauchen und von ihnen Biber- und Fischotterhunde züchten könne; ferner sind sie genannt: die grössesten aller Hunde, die zum Schutz und Angriff nützlich sind, die aber in Dänemark und Deuschland selten gehalten werden. Auch Freville nennt ihn Kutschenhund und gibt an, dass diese Hunde sehr gesucht sind, d. h. wohl „rar", „selten", trotzdem sie begehrt werden, und die Notiz aus einem älteren englischen Werke sagt, dass der Hund, den man schon lange in England und Frankreich kenne, Aehnlichkeit habe mit dem German bloodhound, dem Saupacker, die Art, in der diese letzte Bemerkung vorgeführt ist, „aber der hat Aehnlichkeit mit dem deutschen" etc., lässt vermuthen, als ob der Autor die Entdeckung gemacht hätte, dass jene Hunde, die er als sogenannte „dänische" kannte, nicht etwas Besonderes, sondern kurzweg „deutsche Saupacker", German bloodhound, wären.

Auf Grund dieser Mittheilungen halte ich für ganz zweifellos, dass es früher eine eigentliche Rasse grosser dänischer Hunde nicht gegeben hat, der früher als „grosser, dänischer Hund, *C. f. danicus*, grand Danois etc. etc. beschriebene Hund stammt weder aus Dänemark, noch ist er dort viel gezüchtet, noch hat er einen einheitlichen Typus, sondern es ist höchst wahrscheinlich, dass man eben grosse Hunde, welche sich durch ein besonderes Aussehen

auszeichneten, mit diesen Namen belegte, gleichviel, zu welchem
Zweck man sie gebrauchte, von wo sie abstammten und wie sie
aussahen.

Was man ausserhalb Dänemarks früher als dänischen Hund
bezeichnete, das ging eigentlich, sozusagen, Dänemark gar nichts an,
denn in jedem Lande, Deutschland, England, Frankreich, wurde
irgend ein x-beliebiger Hund als grosser dänischer, „als grand
Danois" bezeichnet. Es war, wie es scheint, damals Modesache, alles
was als grosse Hunde Aufsehen machte, mit einem fremden Namen
zu bezeichnen und dafür war der Name „dänisch" aus der Franzosen liebenden Zeit „grand Danois" gebräuchlich. Man muss jene
Zeit besonders beachten, in der das „Heimische" nichts galt; was
nicht „weit her" war, war nicht geachtet. Die Bezeichnung „dänisch"
war eine Art Ehrentitulatur für sehr verschiedene grosse Hunde; in
England z. B. für Hunde, die mit dem „German bloodhound", dem
deutschen Saupacker sehr ähnlich waren; dass man in Deutschland
nicht den heimischen Saupacker „dänisch" hiess, ist selbstverständlich, aber einen anderen, einen „Bastard" oder „Blendling", der
zur Jagd gebraucht wurde und von dem man Biber- und Fischotterhunde züchten konnte, bezeichnete man als „dänisch" und in Frankreich nannte man einen grossen Hund, der besonders zum Schutz
und zum Angriff geeignet war und der namentlich an den Kutschen
hinten nach lief, daher auch Kutschenhund geheissen, „dänisch", obwohl er wie ein Hirten- und Bauernhund aussah. Mit anderen
Worten: die gewöhnliche, nur etwas grössere Form von Hirten- und
Bauernhunden, die aber zum Angriff und Schutz und zur Reise sich
eigneten, hiess man in Frankreich „dänisch". Dass sich die Sache
damals so verhielt, ergibt sich namentlich auch aus dem Gegensatz
zwischen grossem und kleinem dänischen Hunde. Dass der
kleine dänische Hund als Rasse ursprünglich in Dänemark existirte und von da aus über die damalige Culturwelt verbreitet worden
sei, ist meines Wissens auch sogar in Dänemark niemals behauptet
worden (vergl. Tigerhund, Maske), ebensowenig aber wie dies der
Fall war, ebensowenig ist von Dänemark aus eine dort heimische
grosse Rasse und einheitlicher Typus gezüchtet und verbreitet worden.

Mit den veränderten Verhältnissen des 19. Jahrhunderts trat
allmälig der Name „grosser dänischer Hund" immer mehr in
den Hintergrund, die Dienste die man früher von Hunden dieser
Gattung verlangte, hörten auf und Hunde, welche früher „dänische"
hiessen, wurden anders benannt. Mit der Verbreitung kynologischer
Kenntnisse und Liebhaberei tauchte aber der alte Name „grosser
dänischer Hund", „dänische Dogge", „grand Danois" etc.
wieder auf, und zwar mit der irrigen Ansicht verbunden, dass der
Hund, der im vorigen Jahrhundert diesen Namen führte, eine einheitliche Rasse sei, welche in Dänemark heimisch und von dort über

die Welt gegangen wäre. Es gibt aber gar keinen Irrthum in der
Rassenkunde, der grösser wäre auf kynologischem Gebiete, als wie
diesen, denn es gab keine einheitliche „Rasse" grosser dänischer
Hunde und das was den Namen „dänisch" in den verschiedenen
Ländern führte, war überall anders, nach Grösse, Rasse und Dienstleistung. Der Name grosser dänischer Hund, grosse dänische Dogge,
grand Danois etc. etc. ist nichts als eine willkürliche Bezeichnung
für ausländische grosse oder extra aussehende Hunde; eine Rasse
„grosse, dänische Hunde" gab es weder im „Auslande" noch in
Dänemark.

Wie sich die Sache in Dänemark selbst verhielt, darüber mögen
die dortigen Landeskinder nach und nach volle Aufklärung verschaffen, das, was sie bis heute geliefert haben, beweist, soweit mir
bekannt, dass es dort genau so war, wie es anderwärts auch war.
Auch in Dänemark selbst gab es im vorigen Jahrhundert und in
diesem bis auf die neueste Zeit keine Rasse von besonderer Bedeutung, welche als „grosse dänische", als „grand Danois" oder
C. f. danicus etc. bekannt und gezüchtet wurde, und das, was heute
dortselbst als „grosser dänischer Hund" gezüchtet wird, ist Folgendes: Herr v. Wardenberg schreibt in der Zeitung „Hundesport
und Jagd", 1892, p. 391, „dänischer Hund" (grand Danois)
unter dem Titel Folgendes: „Der grosse, gelbe, dänische Hund ist
hervorgegangen aus der Veredlung eines wohlgeformten starken
„Schlächterhundes," der namentlich in Schleswig-Holstein und
Dänemark heimisch war. In der Preisschrift des dänischen Professors
Melchior „Die Säugethiere des dänischen und norwegischen Staates"
vom Jahre 1834 ist dieser Hund in Wort und Bild beschrieben
und „grosser dänischer Hund, Schlächterhund" benannt.
Man findet ihn ausgestellt im zoologischen Museum in Kopenhagen.
Die planmässige Züchtung und Veredlung dieses Hundes begann vor
etwa 30 Jahren und wurde namentlich dadurch gefördert, dass der
König Friedrich VII. ihm eine besondere Vorliebe zuwandte. Unter
der Bezeichnung „grosser dänischer Hund" wurden während der
Kopenhagener Ausstellung von 1886, an der auch deutsche Preisrichter theilnahmen, Rassezeichen für den Hund aufgestellt."

Nach dem, was sonstwo über den früheren „grossen dänischen
Hund" bekannt ist, und nach dem, was hier von H. v. Wardenberg
mitgetheilt ist, nannte man in der dänischen Preisschrift Melchior's
von 1834 einen wohlgeformten starken „Schlächterhund" grand
Danois. König Friedrich VII., der wohl aus der Literatur den Ruhm
des als Rasse ziemlich imaginären früheren grand Danois kannte,
wollte diesen Hund, dessen Existenz er wahrscheinlich als wirkliche
annahm, selbst besitzen, eventuell seinem Lande wieder geben, und
so züchtete er mit dem in der dänischen Literatur als „grand
Danois" bezeichneten, in Dänemark besten Hunde, einem grossen

Metzgerhunde, und von diesem, von dem König erzüchteten Stamme stammen die heutigen, dort gebräuchlichen, sogenannten „Jäger-spriis" und die „Broholmer" ab. Etwas Anderes hat es in Dänemark nicht gegeben!

Um aber in dieser Sache nicht Unrecht zu thun, habe ich mich an den kgl. Jägermeister A. v. Klein, Director des Zoologischen Gartens in Kopenhagen, mit der Bitte gewandt, er möge mir von dem, was nach seiner Ansicht ein „grand Danois" sei, Abbildung und Kenntniss geben, und mit seiner Genehmigung veröffentliche ich, zugleich Herrn v. Klein hier meinen besten Dank auch öffentlich aus-sprechend, dessen mir freundlichst zugesandtes Schreiben und eine Abbildung der heutigen, allein echten „grand Danois".*)

„In Betreff der gewünschten Photographien der Hunde, welche wir bis jetzt und in einigen zwanzig Jahren hier im Zoologischen Garten gezüchtet haben, sende ich Ihnen ein Bild und hoffe, binnen Kurzem ein noch besseres senden zu können. Nur muss ich bemerken, dass die hier im Garten gezüchteten Hunde von uns nicht „Broholmer", sondern „Jägerspriis-Abstam-mung" genannt werden, obgleich sie der „Broholmer"-Abstammung sehr nahe steht und deshalb auch von Vielen verwechselt wird. Die Ersten (Broholmer) haben gewöhnlich eine dunkelbraune Farbe, etwas längliche Schnauze und auch gewöhnlich nicht so breiten Kopf. Unsere „Jägerspriis"-Abstammung hat meistens eine hell-gelbe Farbe mit etwas Schwarzem um die Schnauze und Ohren, und während die Broholmer ihren Namen nach dem Gute „Bro-holm" (dessen Besitzer ein gewisser Scherstedt ist) haben, so haben unsere bis jetzt hier gezüchteten Hunde ihren Namen nach dem früheren königlichen Schlosse „Jägerspriis", welches seinerzeit dem verstorbenen dänischen König Friedrich VII. ge-hörte (und der am 15. November 1863 starb).

Nach dem Tode des Königs erhielt der Zoologische Garten hier seinen grossen, schönen Hund „Holger" und nach diesem sind alle unsere hier gezüchteten Hunde gefallen, und haben wir Hunderte davon verkauft an allen Theilen der Erde, so als Amerika, China, England, Russland, Belgien, Frankreich, Schweden, Norwegen, Italien etc. Seitdem aber sich ein anscheinend recht leidenschaftlicher Streit zwischen deutschen und dänischen Kyno-logen (von denen Letztere wir gewiss leider nur sehr wenige und tüchtige haben) erhoben hat, hat die Direction des Gartens sich dazu entschlossen, gänzlich mit der Zucht aller Hunde hier im Garten aufzuhören (exclusive der für den Garten so noth-wendigen Rattenfänger „Terriers").

---

*) Es ist dies dasselbe Bild eines Metzgerhundes, das schon v. Warden-berg veröffentlicht hat.

Dadurch sind wir erstlich ganz aussen vor dem Streite und zweitens lohnt es sich jetzt nicht mehr so gut, als vor 12 bis 20 Jahren mit der Züchtung dieser Hunde. Der tüchtige deutsche Kynologe, Herr Hauptmann a. D. v. Wardenberg in Hamburg hat unsere Hunde hier im Garten gesehen und meiner privaten Meinung nach sind seine Ausreden und Urtheile darüber ganz gut und richtig, jedoch bin ich selbst nicht Kynologe und darf daher nicht näher darauf zurückkommen (indem ich sonst wohl nicht als guter Patriot und Däne angesehen würde). Natürlich ist und bleibt es ja immer eine Geschmackssache mit den verschiedenen Hunderassen und wohl auch dazu eine Modesache? — So lange die Geschichte neu ist, ist sie auch immer etwas mehr pikant.

Wir beabsichtigen von jetzt an nur einen männlichen Repräsentanten der drei verschiedenen Hunde hier im Garten zu halten, ohne Zucht davon zu haben, damit die Besucher des Gartens nur sehen können, wie diejenigen Hunderassen oder Abstammungen aussehen. Wir haben daher nur 1 ♂ von „le grand danois" (alias „Ulmerdogge"), 1 ♂ von „le petit danois" (alias „Dalmatiner") und 1 ♂ von „dänischer Hunde- (Jägerspriis-) Abstammung (gelblichweiss mit schwarzer Schnauze)."

Aus Vorstehendem geht zweifellos hervor, dass man in Dänemark wohl niemals etwas anderes Einheimisches besass an grossen Hunden grand Danois als die heutigen Jägerspriis und die Broholmer, Nachkommen von „Schlächterhunden", welche an sich ganz gute Hunde sind, die aber in unbegreiflicher Irrung von einigen „dänischen Züchtern" arg misscreditirt worden sind. Auch der „kleine dänische petit Danois" spukt den Leuten dort als Gespen in den Köpfen.

Der Hergang ist kurz folgender: Der alte „Ulmer Hund", „Ulmer Dogge" (vgl. diese), der zur Zeit den Namen „deutsche Dogge" führt, ist, seitdem man die Kynologie in neuerer Zeit so schwunghaft betreibt, der „Modehund mit Auszeichnung" geworden und es ist hauptsächlich auch durch die Thätigkeit des „Deutschen Doggen-Clubs" dessen Verbreitung eine grossartige geworden. Der alte „Ulmer Hund", „Ulmer Dogge", jetzige „deutsche Dogge", hat sich die Bewunderung in der ganzen heutigen kynologischen Welt erobert, aber überall steckt in der alten Literatur der Name „grand Danois" und überall sind Beschreibungen vorhanden, die man wohl auf die heutige deutsche Dogge anwenden könnte. Nicht überall aber war der Name „deutsche Dogge" wohlklingend, und wenn man wohl den deutschen Hund im Auslande überall gerne nahm, den deutschen Namen wollte man nicht dazu und so übertrug man im Ausland den alten Namen „grand Danois" auf den deutschen Hund, die deutsche Dogge, den alten „Ulmer" oder

früheren „Saupacker" oder Kammerhund. Es gibt z. B. zur Zeit in
England einen „Great Dane-Club" zum Zwecke, die Zucht des
reinen „grossen dänischen Hundes" zu fördern — aber nota bene —
hier werden „deutsche Doggen", „Ulmer Hunde", gezüchtet!
Ganz dasselbe ist in Chicago der Fall, dort hat sich im März 1889
ein „German Mastiff or Great Dane-Club" zu gleichem Zweck
gebildet und er züchtet nur „Ulmer Hunde", „deutsche
Doggen". Nirgends im Auslande ist der Name „deutsche Dogge"
bis jetzt anerkannt worden, höchstens spricht man vom „deutschen
Mastiff" — aber trotzem geht der Hund von hieraus überall hin
und wird überall diese Rasse gezüchtet; von den heutigen, in
Dänemark gezogenen Doggen, den grand Danois, dem Jägerspriis
und Broholmer, will man seit dem Bekanntwerden des „deutschen"
Hundes, dem alten „Ulmer", der heutigen „deutschen Dogge" nichts
mehr wissen. Bevor dieser deutsche Hund bekannt war, ging von
Dänemark aus der heutige wirkliche grand Danois — wie aus dem
Briefe des Herrn v. Klein ersichtlich ist — nach allen Weltgegenden!
     Dass nun bei solcher Sachlage beständig von England,
Frankreich, Amerika, ja dem ganzen Auslande, ausser Deutschland,
eine Menge Bestellungen nach Dänemark kommen, um aus der
vermeintlichen Quelle den grand Danois zu holen, ist selbstverständlich, aber wenn Herr v. Klein den grand Danois, den man in
Dänemark hat, in der Neuzeit fortsandte, seitdem man im Auslande die
Formen der „deutschen Dogge" unter diesem Namen versteht, so
wird wohl manchmal das abgesandte Exemplar wieder zurückgekommen sein, denn dass im Zoologischen Garten zu Kopenhagen die
Zucht und der Versandt von Hunden lediglich aus dem Grunde
aufgegeben wurde, um ausserhalb des Streites zu stehen, das sagt
selbst Herr v. Klein nicht, sondern weil das Geschäft nicht mehr
geht, weil man keinen dänischen grand Danois, d. h. keine „Jägerspriis" und „Broholmer" will, sondern Hunde, welche „deutsche
Doggen" sind, die aber im Auslande vielfach nicht so heissen. Dass
der Zoologische Garten in Kopenhagen nun einfach erklärt —
Anderes als was versandt, etwas Anderes als Jägerspriis oder
Broholmer gibt es hier Einheimisches nicht — das ist einfach
der Thatsache die Ehre gegeben, eine Handlung, wie man sie
von einer solchen Behörde und einem Ehrenmann — erwartet!
Es gibt aber in Dänemark auch Leute, welche nicht so gut unterrichtet sind, wie Herr v. Klein, welche jetzt noch an die Existenz
des „alten grossen Dänischen" glaubten, und diese holten sich in
Deutschland deutsche Doggen, züchteten dieselben und versandten
sie als „grand Danois", ganz im Wunsche des Auslandes und vielleicht zweifellos auch im Interesse einer schönen beliebten Hundezucht im Lande Dänemark. Dass deutscherseits dagegen Einsprache
erhoben wurde, kann man sich wohl denken und wie sich die

dänischen Züchter „deutscher Doggen", welche sie als „grand Danois" verkaufen, vertheidigen wollen, d. i. bis jetzt, gelinde gesagt, sehr spassig. Dass das, was heute von Dänemark als „grand Danois" gezüchtet und versandt wird, deutsche Doggen, richtiger „Ulmer Hunde" sind, die aus Deutschland stammen und nach Dänemark eingeführt wurden, das steht fest. Das bestreiten sie auch nicht, weil man ja noch die Käufe kennen muss, aber sie greifen die „deutsche Doggenzucht" an, als ob der Ulmer Hund, die heutige „deutsche Dogge", aus dem alten dänischen Hund, dem „grand Danois" des vorigen Jahrhunderts, entstanden wäre. Spassig, habe ich oben gesagt, lächerlich sage ich jetzt, denn die Herren wissen eben nicht zu beurtheilen, dass der Name „grand Danois" in früherer Zeit nur eine willkürlich angebrachte Aufschrift, ein Epitheton für Verschiedenes im Auslande war. Dass Einzelne, welche dieses Ungeschick begehen, noch zum genannten Irrthum sagen, einige „Deutsche" hätten die noch vorhandenen alten „grand Danois" in ganz Dänemark „meuchlings" geholt und, nachdem Dänemark von seinem Schatze geplündert war, diese Hunde als „Doggen" auf den Markt gebracht, lediglich aus deutschem Patriotismus, das ist ein Beweis, der von noch weniger Klugheit als Liebenswürdigkeit spricht. Man darf wohl fragen, wie diese deutschen Züchter hiessen, die dort jenen Hundestamm holten, der die heutige deutsche Dogge gegeben haben soll, an welchen Orten sie ihn gekauft haben und wie gross die Zahl jener exportirten Hunde war? Ferner: wenn es thatsächlich der Fall wäre, dass man in Dänemark bessere Hunde gehabt hätte, dann hätte man nicht vom Kopenhagener Thiergarten aus, vor der Zeit der deutschen Dogge, Jägerspriiser Hunde zu „Hunderten" nach allen Richtungen in die Welt gesandt, sondern man hätte im Zoologischen Garten, wie im königlichen Schlosse Jägerspriis, statt des „Metzgerhundes", den man als „edelsten" im Lande Dänemark fand, früher als die „Deutschen" in irgend einem Winkel jenes Reiches auch dort die Hunde entdeckt, von welchen die heutige Dogge stammen soll und hätte dann diesen in allen Theilen hervorragend schöneren Hund statt jenes Metzgerhundes gezüchtet, oder es hätte sich in Dänemark ein Privatmann gefunden, der den dort gewünschten „grand Danois" ebenso gezogen hätte, wie man den Jägerspriis und den Broholmer züchtete. An Anregungen hat es in Dänemark ja nicht gefehlt, und wenn die königlichen Beamten, die auf Anregen des Königs Friedrich VII. (der 1863 starb) schon in den Fünfzigerjahren auch nicht auf den ersten Griff den Besten erlangt hätten, später wäre er sicher gekommen, aber was neben dem Jägerspriis kam, war der Broholmer, der Bruder des Ersteren, weil es in Dänemark nichts Anderes gab und nie gegeben hat! Die Zähigkeit der Rassenbildung ist viel grösser, wie diese Herren anzunehmen geneigt sind, selbst wenn man eine Hunderasse in einem Lande sehr lange Zeit vernachlässigt, so können wieder auffallend reine Typen aus vorhandenem Material gezogen werden. Dass Dänemark keinen Hund ähnlich der „Ulmer Dogge" aus seinem jetzt noch dort existirenden Materiale züchten kann, ist ein Beweis, dass es nie einen solchen besessen hat (vergl. die Abstammung des „Ulmer Hundes").

Ueber den „Broholmer" Hund schreibt v. Wartenburg gelegentlich eines Ausstellungsbesuches in Kopenhagen: „Die in Broholm, einem Besitz auf Fünen, gezüchteten Hunde entsprechen nicht der allgemeinen Form des „dänischen Hundes", sondern gehören einem wesentlich schwereren Schlage mit mächtigem Kopfe an. In der Form, namentlich des Kopfes und der Länge der Behänge, waren die ausgestellten Hunde nicht übereinstimmend; nur die gelbe Farbe war allen gemeinsam.

Die jetzigen hellgelben Hunde des Zoologischen Gartens stammen in letzter Generation von einem Hunde des vorigen Königs ab, der dem Garten geschenkt wurde. Der historische „grosse dänische Hund" mit dem spitzen Kopf, existirt in Dänemark seit undenklichen Zeiten nicht. Der Hund war dort längst ausgestorben und vergessen, und jedes Anrecht an ihn war verloren gegangen und thatsächlich aufgegeben. Von den in dieser Classe ausgestellten sehr verschiedenartigen Hunden gleichen einige derjenigen Rasse, welche man früher in Dänemark allgemein „Ulmer Doggen" nannte und denen das frühere Ausstellungscomité, zu welchem sich das diesjährige im Gegensatz befand, unter der seit 11 Jahren officiellen Bezeichnung „deutsche Doggen" eine Classe eröffnet hatte.

Früher ist es meines Wissens in Dänemark niemals irgend Jemand in den Sinn gekommen, Ulmer Doggen „grosse dänische Hunde" zu nennen. Dieser Brauch des betreffenden Vereines ist völlig neu."

v. Wartenburg führt noch Folgendes an: „Es ist ein sehr bequemes und billiges Verfahren, sich eine Hunderasse zuzulegen, indem man einer vorhandenen Rasse einen anderen Namen gibt. Will man den „grossen dänischen Hund" wieder aufleben lassen, so mag man sich die Mühe geben, ihn zu züchten, anstatt die deutsche Dogge unterzuschieben, welche hergestellt zu haben uns auch der Neid nicht bestreitet."

In der „Dänischen Jagdzeitung" von 1889, Nr. 11, findet sich folgende für die Doggenfrage wichtige Darstellung:

„Der dänische Hund ist eine alte, über die ganze civilisirte Welt berühmte Rasse. Ob sie je in Dänemark allgemein war, ist jetzt wohl unmöglich aufzuklären, aber in der Mitte dieses Jahrhunderts war sie sehr selten hier zu Lande — vielleicht auch gar ganz verschwunden, wogegen sie im Auslande bewahrt und namentlich in Frankreich hoch geschätzt wurde. Da fiel es König

Friedrich VII. ein, dass er grosse, gelbe, dänische Hunde haben
wolle. Wenn die Männer, an die er sich deswegen wandte, etwas
kynologische Kenntnisse gehabt hätten, würden sie dem König gesagt haben, dass man die Hunde wahrscheinlich im Auslande
suchen müsse und dass die bei den dänischen Hunden am meisten
in Ansehen stehende Farbe gefleckt und geströmt sei, ja dass gelbe
Hunde vielleicht gar nicht aufzutreiben seien. Aber sie unternahmen
es, selbst eine Rasse zu schaffen, sie kauften einige Köter hier und
dort, kreuzten sie und endeten damit, dem König einige grosse
gelbe Hunde vorzuführen und sie „dänische" zu nennen. An verschiedenen Orten hier zu Lande, besonders zu Broholm auf Fünen,
acceptirte man diese Hunde und bildete neue Rassen, so dass Dänemark nach etwa 20 Jahren mit grossen Hunden überfüllt war, die
miteinander nichts Anderes gemein hatten, als die Grösse und die
gelbe Farbe und dass sie dänische genannt wurden."

Der dänische Autor stellt in dieser die dänische Heimat
der dänischen Dogge wirklich zerschmetternden Weise dar, dass
es Mitte dieses Jahrhunderts in Dänemark keine Hunde gab, welche
mit denjenigen, die früher in Frankreich und England unter diesem
Namen gingen, etwas gemein hatten, dass es um diese Zeit in Dänemark
keine sogenannten „grand Danois" gab, die in Frankreich beliebt
gewesen sein sollen; dass die unter dem Namen „grosse gelbe
dänische Hunde" grand Danois für König Friedrich VII. gezüchteten
Hunde aus allen möglichen Fixkötern herangezüchtet wurden, die
nichts gemein hatten als die Grösse, gelbe Farbe und dass sie
„grand Danois" hiessen.

Von diesem Zeitpunkt — man merke — bis 1889! galten
diese aus dieser Mischrasse gezüchteten Nachkommen, die sogenannten Broholmer Hunde, für die echten und nun fiel es einigen
Dänen ein, die deutsche Dogge, den alten Ulmer Hund als „dänische
Dogge" zu acceptiren, als die ihnen seit alter Zeit zustehende Rasse
und den „Broholmer", als Fixköter, als Metzgerhund zu declariren!
Man hat in der Thierzucht, dem Sport- und Clubwesen manchmal
einen „Trick" anwenden sehen, um eine Varietät gegen die andere
auszuspielen, aber etwas Aehnliches wird sich ein zweites Mal noch
nicht ereignet haben.

Ein solches Vorgehen im Stillen ausgeführt und durch längere
Zeit geübt, gibt ein gewisses Gewohnheitsrecht und es scheint, dass
die Uebung, nach Dänemark deutsche Doggen einzuführen und sie
von dort wieder als dänische zu exportiren, den Autor zu der Aus-
lassung veranlasst hat, die Deutschen hätten aus ihrem „Ulmer
Hund" deshalb eine „deutsche Dogge" gemacht, um sie als
„dänischen Hund" im Werthe zu steigern, und zwar zu der Zeit, als
von Dänemark aus keine Einsprache erhoben werden konnte, weil es
vor circa 20 Jahren gar keine eigentlichen dänischen Doggen gab.

Jedenfalls, so folgert dieser Autor, sei es Zeit, das deutsche Product, das ja doch ursprünglich von Dänemark stamme, „als dänische Dogge" zu bezeichnen und von Dänemark aus unter dieser Firma zu exportiren.

Windhunde und Windspiele.

Der Windhund ist zweifellos ein Kind des Südens, dafür sprechen die Abbildungen auf den alten ägyptischen Denkmalen, das Halten dieser Hunde heutigen Tages im Sudan und vielfach auch

Fig. 15. Windhund. Abbildung von Brasch aus dem vorigen Jahrhundert.

in anderen Gegenden Afrikas; die eigenartige primitive Jagd, die mit diesen Thieren getrieben wird und namentlich auch der feine, zarte Bau, der schon kaum für gemässigte Zonen, geschweige denn die kalte ausreicht. Im Süden hat sich der Windhund in voller Achtung erhalten, er gilt dort, namentlich bei den Beduinen u. A. „als der unzertrennliche Genosse aller ritterlichen Vergnügungen". Der Windhund war im Alterthum auch den Griechen und Römern bekannt. Windhundähnliche Thiere gab es in Belgien zur Zeit des Einbruches der Römer etwa zu Beginn unserer Zeitrechnung, aber der eigentliche Windhund scheint erst nach Deutschland in grösserer Zahl durch die Kreuzzüge gekommen zu sein und in sehr hohes Ansehen gelangte er erst durch die Falkenjagd und die allerdings viel später üblichen Hasenhetzen. Geändert hat sich das Aussehen des Windhundes im Laufe der Zeiten und den verschiedenen Orten nur sehr wenig. Abbildungen auf den ältesten Denkmalen aus späteren Zeiten und aus den verschiedensten Gegenden zeigen alle denselben Typus. Auch die Varietät mit Lang- und Kurzhaar ist seit sehr langer Zeit vorhanden. Wir fügen einige Abbildungen bei aus dem 1789 in Nürnberg erschienenen Prachtwerke von Brasch. Fig. 15 gibt den Windhund im vollen Laufe und zurückfliegenden Ohren; an ihm sind die wesentlichsten Merkmale sämmtlich sehr ausgeprägt zu finden. Die Stellung des Hundes Fig. 16 mit erhobener Schnauze, gestellten Ohren und nach vorne gedrängtem Oberleibe, wie etwa an der Leine ziehend, lässt sich

Fig. 16. Windhund zur Jagd drängend, nach Rubens (Münchner Galerie).

erst erklären, wenn man weiss, dass diese Abbildung von Brasch eine Copie darstellt von einem Windspiel, das Rubens gemalt hat, welches sich bei einer Gruppe zur Jagd ausziehender Jäger befindet; das Original ist in der Pinakothek in München. Eine Abbildung dortselbst, langhaariger oder russischer Windhund, stammt aus dem Buffon'schen Werke „Historie Naturelles" 1789, und ist ebenso charakteristisch wie die beiden anderen. Aus dem Werke Täntzer's „Jagdgeheimnisse", 1734, geben wir folgende Darstellung:

Von den Windspielen oder Windhunden.

„Der Name ist diesen Hunden gegeben wegen ihres schnellen Lauffens, das sie (wiewohl einer besser wie der andere) verrichten können. Sie sind subtil und lang von Schenkeln, schmahl vom Leibe und magerer Art und haben gleich alles, was zum Lauf qualificirt sein muss. Ihre Auferziehung ist wohl zu consideriren, dass man ihnen nicht allerlei zu fressen gibt als anderen, sondern trocken Brod und Wasser ist ihnen am besten, denn sie solches nicht zu viele und derohalben nicht zu dicke fressen, da sie sonsten, wenn sie Milch oder ander dergleichen Geschlappe bekommen, nur dicke Bäuche davon kriegen: anzuliegen dienet diesen gar nicht und wenn solche je eingesperrt sein sollen, so muss es in einem Zwinger sein — damit sie dennoch miteinander spielen, lauffen, springen und sich also nicht verliegen können. Sie müssen auch ein oder zwei öfters nebst einem alten Stöber oder dergleichen mit aus spatzieren genommen werden, dass sich dieselben herumjagen und also was üben. Wenn solche junge Hunde nun etwas über 1 Jahr und man will sie zum Hetz-Reiten gewöhnen, so ist es am besten, dass wenn sie auch zuvor von Jugend an zum Führen wohl bändig gemacht und an einem langen Hetzriemen bei dem Pferde herzugehen gewöhnt, dass man dann ein paar Hasen (lebendig mit Netzen gefangen) in einem Sack hat und solche auf das ebene Feld tragen lässt, alsdann einen Hasen herausnehmen, denselben laufen und ein paar Alte mit dem jungen Hunde dahinter streichen lasse und mit einem Pferde hernacheilen; so können sie gewahr werden, dass sie darauf angefrischet und ihnen zu Hilfe gekommen werde und wenn dergleichen etlichemal geschiehet, so verbindet sie ihre Natur, solches zu thun und dass sie zum Fangen ihren besten Fleiss anlegen, wie man denn Hunde hat, die einen Hasen alleine rahmen und gar leichtlich ohne anderer Hunde Hilfe fangen können."

Um jedoch ein möglichst vollkommenes Bild zu geben, wie der Hund von früheren Autoren beschrieben wurde, lassen wir noch folgende höchst interessante Mittheilungen folgen: Arrian, auch der jüngere Xenophon genannt, sagt 130 v. Chr.: „Zur Zeit von Xenophon dem Aelteren gab es noch keine Hunde, die nur „aufs Auge" jagten" — wir wollen beifügen — in dieser Gegend, oder X. hat sie nur nicht beschrieben. Der Uebersetzer des Arrian ist der Ansicht, dass die Windhunde keltischen Ursprunges sind. Allerdings haben die Kelten zur Zeit des Einbruches der Römer in Germanien Hasenhunde gehabt, aber dieselben waren klein, belferten auf der Jagd und sie waren hässlich, ihre Formen, von denen des edlen im grauen Alterthume im Süden schon vorkommenden Windhundes sehr verschieden.

Albertus Magnus schreibt 1545 über die Windhunde: „Diejenigen werden für die schönsten und besten geachtet, die einen langen spitzen Kopf haben, nicht zu gross, mit spitzen Oehrlein hinter sich gerichtet zum Rücken wärts, solche Oehrlein sollen auch nicht zu gross sein, die Oberlippen oder Lefzen sollen nicht so

weit wie bei den Backen auf die unterst herabhängen, denn nur
ein kleinwenig dasselbe berühren, mit einem langen Hals, der etwas
dicker sei — an der Stelle — da Hals und Haupt aneinander-
stosse, die Windspiele sollen auch lange starke Seiten haben und
eine sehr dünne Weich, nit zu lang' noch dicken Schwanz, hohe
und magere Bein, auch dass sie selten oder nimmer bellen."

Gessner sagt in seinem „Thierbuche", 1563, von den Windhunden, die er insgesammt Windspiele, *Canis velox*, nennt:

„Ein besonder Geschlecht der Hunden ist, so von ihrer Geschwinde und Schnelle des Laufes Windspiel genennet werdend.
Wird gebraucht in dem Gejegt zu den Hirtzen, Hasen und Gemsen.
Etliche werdend besonderlich genannt Türkische, aber im Gemein
werdend solche alle Hetzhund genannt."

In der „Zoologie Brittanica", The Pennant, 1771, ist gesagt:
„Der Windhund, der auf Hasen abgerichtet ist, war einer
der vornehmsten unter den brittischen Hunden. Canut erlaubte nur
Edelleuten, dergleichen zu halten, so hoch wurde diese Art geachtet. Ein altes wallisisches Sprichwort sagt, man kenne den Edelmann aus seinem Habicht, seinem Pferde und Windspiel."

Ferner ist angegeben, dass es schon im 9. Jahrhundert unter
den Angelsachsen ein Vorrecht war, Windhunde zu halten und die
Könige von England Heinrich II., Eduard III. und Karl I. haben
grosse Summen auf die Windhundzucht verwendet und es wurden
solche an Zahlungsstatt angenommen.

Für die sorgsame Zucht war die höchst verderbliche Ansicht
von Buffon mit den Kreuzungen und Bastarden, sowie der raschen
Umänderung des Aussehens der Rassen etc. verhängnissvoll und hat
auch gerade hier ihre Blüthen getrieben. Buffon schreibt in seiner
„Naturgesch.", 1793, nachdem er schon vorher ausgeführt hat, dass
die Windhunde vom Schäferhund abstammen:

„Die Hunde, welche von Reisenden in den amerikanischen
Wüsten zurückgelassen worden und schon seit 150 bis 200 Jahren
(geschrieben 1793) als wilde Hunde leben, sollen unseren Windhunden gleichen. Eben dies wird behauptet von wild gewordenen
Hunden am Congo. — Da sich nun ausserdem das Windspiel, der
Bauern- oder Hirtenhund nicht sonderlich unterscheidet, so ist wahrscheinlich, dass alle diese Hunde von letzterer Rasse abstammen."

Ferner sagt Buffon:
„Die Windspiele scheinen von den Bauernhunden bloss darin
unterschieden zu sein, dass alle Theile ihres Körpers dünner und
schmächtiger, ihre Knochen schwächer und ihre Muskeln mager genug
sind, um sie zu weit schlankeren Thieren zu machen, als die Bauernhunde. Sie haben auch eine spitzere Schnauze, kürzere Lefzen, ein
viel gekrümmteres Stirnblatt, einen kleineren und längeren Kopf,
schmälere und dünnere Ohren, einen längeren Hals und schmächtigen

Leib, vornehmlich in den Dünnungen, magere Schenkel, einen minder fleischigen Schwanz und einen sehr gebogenen Rücken. Die Stärke und Kräfte, welche den grossen dänischen Hunden, vermöge der starken Muskeln, eigen sind, ersetzen die Windspiele wegen ihres langen Wuchses durch eine geschmeidige Schnelligkeit. Ihr Haar ist sehr kurz und an den meisten hellfahl. Es gibt weissgrau, schwarz u. s. w. gefärbte Windhunde. Es gibt grosse, mittelmässige und kleine."

„In Kurland gibt es Windhunde grösser als die Doggen."

„In Skythien sind sie stark genug, um Tyr und Löwen damit zu hatzen."

Die grosse Bedeutung, welche Buffon's „Naturgeschichte" seinerzeit hatte, die ja noch bis in die neueste Zeit hereinragt, so dass sogar Brehm in seinem „Thierleben" in der Abhandlung über den Hund noch die von Buffon irriger Weise docirten Bastardrassen anführt, ebenso Fitzinger u. A., lässt es als gerechtfertigt und berechtigt erscheinen, diesen für lange Zeit grundlegenden Irrthum Buffon's anzuführen, nicht ohne sogleich nochmals festzustellen, dass die Windhunde eine uralte Rasse sind, die im Laufe der Jahrtausende nur sehr wenig geändert hat.

Ueber die günstigen Eigenschaften des Windhundes und namentlich über dessen Treue ist sehr vielfach Ungünstiges berichtet worden, und es wird namentlich auch angeführt, dass, als Eduard III. von England starb, ihn sein „Windspiel" (= Windhund) im Augenblicke des Todes verliess und sich seinen Feinden anschmiegte. — Umsomehr ist es erfreulich und angezeigt, dem Windhund auch nach dieser Seite hin Gerechtigkeit widerfahren lassen zu können.

In seiner „Gesch. ber. Hunde" sagt Freville, 1797, über die Treue eines Windhundes:

„Aubry v. Mondidier von der Leibwache Karl's V. hatte mit einem Trabanten von der Leibwache einen Streit und Faustkampf gehabt. Letzterer stellte sich mit Helfern im Walde auf die Lauer. Der Edelmann, der des Weges musste, sandte sein „Windspiel" voraus, seine Ankunft der Braut zu verkünden. Der Mordanschlag des Trabanten glückte nur zu gut. Mondidier wurde erschlagen und im Walde verscharrt.

Das Windspiel, das am Bestimmungsort angekommen war, wurde unruhig, entlief in den Wald und fand das frische Grab seines Herrn auf, auf das es sich wehklagend niederliess. Erst als es fast verhungert war, schleppte es sich zur Behausung, nahm etwas Nahrung und lief sogleich wieder in den Wald zum Grabe seines Herrn. Mehrmals diese Besuche ausgeführt, führten endlich zur Nachforschung und Entdeckung des Mordes."

Bocksperger, der in seinem „Neuen Thierbuche" von 1549 ein jagendes Windspiel mit einem Korallenhalsband abbildete, dichtet dazu:

„Von dem Windspiel.

Hie sichst ein Windspiel mit schnellem Lauff
Dem Wildpret nach, schaut eben drauff
Ob er's erhasch und es verletz,
Oder zum wenigsten treib ins Netz.
Blondus schreibt, wie ein Edelmann
M. Cesarius ein Wind that han,
Als er fiel mit dem Rosse sein
Neben dem Weg in den Graben ein.
Lieff der Hundt umb den Graben her,
Boltert und schrie so lang und sehr.
Biss etliche Bauern das vernahmen,
Ihm auss zu helfen hiezu kamen."

Es gibt drei verschiedene Windhundrassen: *a)* den glatthaarigen, grossen, sogenannten englischen Windhund, auch Greyhound, *b)* den langhaarigen, sogenannten russischen oder persischen, fälschlich auch schottischen Windhund, Barzoi und *c)* den kleinen glatthaarigen Windhund, auch italienisches Windspiel.

a) Der grosse, glatthaarige englische Windhund, Greyhound, *Canis Grajus*, gilt als der schönste, er ist rationell und mit grosser Sorgfalt gezüchtet. Mit stattlicher Grösse und grosser Kraft verbindet er eine wunderbare Eleganz. Der glatthaarige englische Windhund hat langen, schmalgedruckten Kopf mit spitzer Schauze. Gesicht und Gehör ist ausserordentlich scharf, der Geruch aber weniger gut entwickelt. Die Ohren sind klein, schmal, spitz, aber schlaff und an der Spitze überhängend. Der Hals ist aufrecht, ziemlich lang und der Nacken auffallend breit und stark. Die Brust ist sehr tief, geräumig, die Ellenbogen am Leibe anstehend. Der Rücken lang, prachtvoll, gerade, fest aber dennoch biegsam und elastisch. Die Weichen sind sehr hoch aufgezogen, der Bauch auf ein Minimum, wie bei gar keinem zweiten Thier der Welt von gleicher Grösse, beschränkt. Der Schwanz ist lang, mit feiner Spitze, etwas nach oben S-förmig aufgebogen, aber nicht geringelt. Die Schultern sind lang, breit und schief gelagert. Der Vorarm sehr lang, der Fessel kurz. Die Schenkel breit und derb, die Sprunggelenke sehr weit unten. Die Winkelung der Fussknochen ist bewundernswerth. Wer die Mechanik der Bewegung eines Thieres kennt, betrachtet einen Windhund mit Entzücken. Die Haut des Thieres ist auffallend fein, dünn und elastisch. Die Haare sind sehr kurz und seidenweich. Die Farbe ist silbergrau, gelb, mausfahl, gestreift, auch schwarz und braun, dagegen ist weiss und gescheckt zu Zeiten weniger beliebt. Die geistigen Eigenschaften sind allerdings nicht so hoch entwickelt wie bei vielen anderen, ebenso ist seine Dressurfähigkeit geringer, auch seine Treue und sein Muth sind im Allgemeinen weniger entwickelt, es ist an ihm Tücke zu beobachten und manchmal beisst er aus Rache. Es gibt aber Ausnahmen und zu den einzelnen Beispielen, die wir oben schon angeführt haben, sei an die Treue und Anhänglichkeit der Windspiele von Friedrich dem Grossen erinnert. Als Wachehund ist er im Allgemeinen nicht zu gebrauchen. Alle diese Mängel werden jedoch für den Liebhaber reichlich aufgewogen durch die wunderbare Gestalt und die Pracht der Leistung in Bezug auf die Schnelligkeit und Schönheit. Die Schnelligkeit ist so gross wie die eines Rennpferdes, und kein zweiter Hund kann sich in Bezug auf diese und Dauer mit dem Windhund messen. Ueber die Windhundzucht ist besonders anzugeben, dass Winkell (2, p. 40) anführt, bevor auf eine sichere Conception gerechnet werden kann, muss der Windhundrüde 5 bis 6mal gehangen haben.

Die Verwendung des Greyhoundes zur Wolfsjagd kann selbstverständlich nur in unwirthbaren Gegenden oder sonst nur unter aussergewöhnlichen Verhältnissen stattfinden. Eine allgemeine Schilderung, in welcher Weise die Windhunde auf Wölfe dressirt werden, geben wir bei der Mittheilung über den russischen Windhund, lassen aber hier eine Veröffentlichung im „Hundesport", 1892, p. 587, die speciell eine Leistung des glatthaarigen auf der Wolfsjagd betrifft, hier folgen.

„Nach den (ungünstigen) Erfahrungen, die in Amerika im Hetzen von Wölfen mit Barzois gemacht wurden, wurden die englischen Windhunde zu einer Wolfshetze benützt. Mr. Luze hatte in Erfahrung gebracht, dass Wölfe sich circa 10 bis 12 englische Meilen in der Umgebung von Greatbend aufhielten. Weshalb er dorthin ritt in Begleitung seiner drei Hunde. Nachdem 10 Meilen auf dem Wege zurückgelegt waren, begann ein weiterer fünfstündiger Ritt, bis er der Wölfe ansichtig wurde. Dieselben wurden sofort von den Hunden angenommen und es begann eine wilde, aufregende Jagd. Der beste der Hunde sprang dem Wolfe in einem Momente auf den Rücken, als dieser zum Sprung ausholte, wodurch beide zu Fall kamen. Die beiden anderen Hunde kamen sofort zu Hilfe und nach erbittertem Kampfe konnte der Wolf getödtet werden. Trotzdem der erste Hund einen Biss im Kopf hatte, konnte er den Weg noch am selben Tage zurückmachen, so dass die Hunde 40 Meilen um einen Wolf zu tödten zurückgelegt hatten. Mr. Luze hat schon seit Jahren mit englischen Windhunden erfolgreich Wolfshetzen mitgemacht."

Viel häufiger, wenn auch immerhin noch selten genug, werden die Windhunde zur Hasenjagd benützt. Obgleich eine solche Jagd sehr interessant und sogar aufregend ist, so wird sie doch deshalb sehr selten ausgeübt, weil sie immer zum Nachtheil des Reviers des Jagdbestandes ausfällt, das „Hetzen" vertreibt viel mehr das Wild als man fängt. Sehr gute Hunde, die einen Hasen bald einholen und fangen, thun allerdings weniger Schaden. Um den Windhund zur Jagd abzurichten, wird er mit 15 bis 18 Lebensmonaten „strickbändig" gemacht, d. h. er wird am „Hetzriemen", den der Jäger über der Schulter hat, der in einen „Strick" ausläuft, welcher durch die „Halsung" gezogen und mit der „Jägerschleife" befestigt wird, an den „Strick" genommen und nun wird der Hund gewöhnt, immer auf der rechten Seite des Jägers und des Pferdes zu gehen und er muss auf Zuruf seines Namens folgen. Ein Hund, der allein einen Hasen fängt, „rahmt", heisst „Solofänger", und Winkell gibt an, dass gute Hunde einen Hasen in 300 bis 400 Schritt schon „rahmen". Wenn 3 bis 4 Hunde zusammengewöhnt sind, so heissen sie auch ein „Strick", ebenso wie man andere „Koppel" etc. nennt. Ein Windhund, der die Eigenschaft hat, dass die anderen Windhunde einen Hasen, den sie eben gefangen haben, nicht sofort fressen, „anschneiden" lässt, heisst „Retter". Thiere mit solchen Eigenschaften sind sehr werthvoll, aber selten. Will man den strickbändig gemachten Hund zur Jagd „Hetze" verwenden, so ist es vortheilhaft, ihm längere Zeit vorher täglich nur einmal Futter zu geben, und zwar wechselweise einen Tag Roggen- und Gerstenmehl mit Brühe von Schafknochen, den anderen Tag nur mit Wasser angebrüht, ferner ihn täglich grössere Uebungen machen zu lassen, zu „trainiren" und am besten ihn mit einem oder einigen alten vereinigt laufen zu lassen, ihn „einzuhetzen", erst alte, geübte, kann man als Solofänger verwenden. Das Loslassen auf einen Hasen heisst „Lösen", das Einholen des Hasen „rahmen", das Fangen heisst „greifen" oder „würgen". Wenn die Hunde den herausfahrenden Hasen rasch sehen, so „äugen sie gut", gehen sie sofort darauf, so „nehmen sie gut auf", sind sie rasch hinterher und geben namentlich Acht, wenn der Hase „einen Haken schlägt", so sind sie „rasch", „leicht", „laufen gut". Wenn der Boden gut ist, haben ein gutes „Geläuft", bei Nässe etc. ein schlechtes. Nach einer Mittheilung von Darwin habe einmal Herr H. Windhunde, welche wohl einen Hasen rahmten, aber nicht würgten, mit Bulldogg gekreuzt und der Erfolg sei ein vollkommener gewesen, die Hunde wurden wieder so schnell wie zuvor und hatten jetzt „Herz", den Hasen zu packen und zu würgen. Ueber die Werthigkeit der Greyhounde ist folgende Notiz aus der Zeitung „Der Hund", 1889, p. 59, nicht unbedeutend:

„Der Windhund Greentick, Vater der beiden Sieger im Waterloo Cup, wird so sehr als Verkaufshund begehrt, dass sein Besitzer das Verkaufsgeld auf 250 Guineen erhöht hat. Es ist das höchste, jemals für einen Windhund bezahlte Verkaufsgeld. Für Misterton wurden 20

Guineen Deckgeld gerechnet und der Besitzer verdiente durch ihn bereits über 5000 Pfund Sterling."

Die Rassekennzeichen des glatthaarigen englischen Windhundes sind folgendermassen aufgestellt:

1. Kopf. Breit zwischen den Ohren, flach und mit kräftigen Kinnladen begabt. Diese dürfen indess nicht dick oder grob sein, müssen vielmehr ein leichtes, trockenes Ansehen haben, da ihre Stärke von den Muskeln an den Seiten des Kopfes abhängt.

2. Augen. Dunkel und feurig.

3. Ohren. Klein und dünn.

4. Hals. Lang und musculös, nie aber stark oder plump.

5. Schultern. Schräg, sehr musculös; lose an den Körper angesetzt, damit sich die Vorderläufe frei bewegen können.

6. Rumpf. Brust tief und ziemlich breit. Rücken kantig, „balkenartig", und ziemlich lang. Nierenpartie gut ausgebildet, stark musculös.

7. Läufe und Pfoten. Vorderläufe gut unter den Körper gestellt und starkknochig. Hinterläufe an den Haken gebogen, recht musculös. Zehen aufwärts gebogen, gut gespalten. Die Ferse mit harten widerstandsfähigen Sohlen begabt.

8. Ruthe. Dünn, lang und gekrümmt.

9. Behaarung. Kurz und fein.

10. Farbe. Jede Nuance erlaubt, mit Ausnahme des Dunkelbraun. Die gewöhnlichsten Färbungen sind schwarz, roth, weiss, geströmt, rehfarben, blau und verschiedene Uebergänge zu diesen.

b) Der langhaarige russische oder persische Windhund, Barzoi, ist in Körperbau und Leistungen dem kurzhaarigen durchweg ähnlich, aber er hat lange, seideweiche und glänzende Haare, die ihm eine ganz eigenartige, höchst vornehme Erscheinung ertheilen. Das lange, fast gelockte Haar ist hauptsächlich an solchen Stellen des Körpers, dass die Zierlichkeit des Körperbaues nur noch mehr hervorgehoben wird, so dass der Gesammteindruck, den ein vortheilhaft aufgestelltes oder laufendes Thier erzeugt, geradezu prachtvoll genannt werden kann.

Die Thiere erfreuen sich hoher Gönnerschaften, und schöne Exemplare der Barzoirasse besitzen, beweist nicht nur „gebildeten, schneidigen Geschmack", sondern auch Sachkenntniss in der Pflege dieser Thiere, passende Lebensstellung und Vermögen. Er ist somit „Renommirhund" erster Classe.

Man hat den Barzoi namentlich in der Wolfshatz für leistungsfähiger gehalten, wie den Greyhound, es sind jedoch darüber einige Zweifel entstanden, und wir lassen zur Feststellung des Thatsächlichen nachstehende Schilderungen folgen:

„Vornehm, eine der schönsten aller Hunderassen, bei uns in Deutschland noch nicht beachtet, heisst in Russland Barzoi, langhaariger russischer Windhund.

(Falsch: russischer Steppenhund, persischer, resp. schottischer Windhund.)

Die ersten solcher Hunde kamen 1860 als Geschenk des russischen Kaisers an Prinz Friedrich Karl von Preussen. — Dieser Stamm ist noch heute im zoologischen Garten vertreten. Später kamen solche nach Baden-Baden, Carlsruhe, Konstanz, Paris.

Ist in Russland nicht besonders häufig, nur bei Herrschaften. Deutschland hat zur Zeit höchstens 80 bis 100 Exemplare.

Lange Behaarung. Kopfform anders als glatthaariger englischer Windhund oder Greyhound. Der russische Windhund ist edel, schnittig, feuriges Temperament, schnell, elegante Bewegung.

Bewegung grossartig, elegant, feine Behaarung, Grösse, Muth, Treue, Anhänglichkeit, Intelligenz machen ihn zum ersten Luxushund, gerade der Gegensatz von Feigheit und Tücke, die der englische hat. (Auf kurze Strecken kann der englische Windhund etwas schneller sein.)

Der Russe jagd voll Kraft, sicherer, ausdauernd, schlägt Haken so rasch wie ein Haas in vollster Pace.

Ausdauer, Zähigkeit. Ertragen von Hitze und Kälte. In Begleitung des Velocipeds hat er 82 km in 7 Stunden gemacht."

In der Zeitung „Stock Keeper", ferner der Pittsburger „Comercial Gazette" und im „Hundesport und Jagd", 1892, p, 312, findet sich folgende Mittheilung:

„Russische Windhunde wurden nach Mittheilung in Amerika an verschiedenen Plätzen auf zahme Wölfe aus zoologischen Gärten gehetzt, nahmen jedoch den Wolf nicht an oder wurden von ihm discouragirt. Die gesetzten Wetten gewannen Diejenigen, die auf den Wolf hielten."

Auf die Mittheilung von den in Amerika verunglückten Wolfsjagden mit russischen Windhunden veröffentlicht Herr A. W. Poltoratzki, im „Stock Keeper" und in der Zeitschrift „Hundesport und Jagd" reproducirt, Folgendes: „Die Misserfolge des Herrn H. und G. mit ihren Barzois setzen eine gründliche Unkenntniss des Gegenstandes voraus. Weit verbreitet ist die dumme Idee, dass jeder Barzoi im Stande sei, es mit einem Wolf aufzunehmen oder ihn zu tödten, vielleicht, weil er „Wolfshund" (nebenbei gesagt, nur in England) genannt wird. In Russland werden Barzois nur zum Jagen für Hasen und Füchse gebraucht. — Nur sehr wenige Züchter besitzen Barzois, die im Stande sind, es mit einem Wolf aufzunehmen, und sind dann diese Letzteren von Jugend an hierauf trainirt, so wäre es dennnoch ein grosser Irrthum, zu glauben, jeder hievon wäre ein tüchtiger Wolfshund. — Um auf einen älteren Wolf zu jagen, kommen stets 2 oder 3 Barzois, diese müssen den Wolf beim Genick fassen, niemals aber bei den Läufen oder gar der Ruthe. Der Wolf muss gehalten werden bis zur Ankunft des Jägers, welcher ihn dann entweder mit seinem Messer oder mit dem Ende seiner Peitsche *(arspnik)*, in welcher eine Bleikugel eingenäht ist, tödtet. Wenn der Jäger nicht augenblicklich zur Stelle ist, schüttelt der Wolf seine Angreifer ab und wird für Letztere dann gefährlich. Ein Wettkampf zwischen einem alten Wolf und einem Barzoi ist ein unerhörtes Ding in Russland. . Das ist etwas für einen Mastiff, aber nicht für einen Barzoi. In Sibirien gibt es nur kurzhaarige Kirgisen-Barzoi *(tasi)*, welche eben auch nur auf Hasen und Füchse Verwendung finden, nie jedoch auf Wölfe. Oeffentliche Hetzen mit Wölfen sind sehr selten und höchstens zwei oder drei Zwinger wagen eine Theilnahme an solchen, die dann meist zu Ungunsten der Combattanten ausfallen. Wolfshetzen zur Trainirung für junge Barzois finden in Russland häufig statt, jedoch ist der Wolf in diesem Falle jung oder mit Beisskorb versehen."

Ueber ein Wolfshetzen findet sich ferner in der Zeitung „Hundesport und Jagd", 1892, p. 587, nachstehende Mittheilung:

„Am 17. (29.) Mai 1892 zu Kolomyagni bei St. Petersburg fand ein Wolfshetzen mit Barzoihunden statt. Die Wölfe waren in diesem Jahre ungleich kräftigere und muthvollere Thiere als in den früheren Jahren. Der erste Preis war 250 Rubel für eine Koppel Barzois von irgend einem Alter oder Zucht. Die ersten 2 Hunde „Fass" und „Tapfer" sprangen einen zweijährigen Wolf flink und tapfer an und fassten ihn in brillantester Weise. Einer der Hunde wurde gebissen, desgleichen der Jäger in die Hand. Diese erste Hetze war die erfolgreichste, die folgenden verliefen alle ungünstig. Die Hunde konnten den Wolf nicht bewältigen. Der Letzte wurde von 4 Hunden attaquirt. Trotzdem konnten sie ihn nicht bewältigen, erst als ein weiteres Paar abgelassen war, also im Ganzen 6 Hunde gegen einen Wolf, unterlag derselbe und auch dann erst nach grossen Schwierigkeiten."

Ferner finden wir auf p. 289 über eine Wolfshetze mit russischen Windhunden Folgendes:

„Der Jäger reitet und hat zwei ältere Hunde an langer Leine. Sobald ein Rudel Wölfe gespürt ist und der Reiter einen sich vom Rudel loslösenden Wolf erspäht hat, lässt er beide Hunde frei, die nun dem Wolf in rasender Pace folgen, sich dabei der eine rechts, der andere links haltend. Sobald die Hunde ihm nun näher auf den Pelz rücken, äugt er abwechselnd nach den links und rechts von ihm galoppirenden Hunden, während diese den günstigen Moment erspähen, wo ihm einer mit furchtbarem Satze ins Genick fahren kann. Im selben Augenblick packt ihn der andere von der anderen Seite und es entspinnt sich ein rasender Kampf, dem der herzueilende Jäger durch einige wohlgezielte Schläge mit dem schweren Bleiknopf seiner Knute ein Ende macht."

Der russische Windhund kann aber ebensogut zur Hasen-
hetze verwendet werden, wie der englische; er hat mehr Nase,
mehr Muth zum Fassen und schneidet nicht an.

Seine Force ist als Wolfshetzer voll Kraft und Gewandtheit,
furchtbares Gebiss, gefürchtetster Hunderaufer, die stärkste Dogge,
der gewaltigste Bernhardiner muss nachgeben, beisst mit fabelhafter
Schnelligkeit hintereinander und ertheilt gewaltige Schläge mit den
Vorderläufen, er lässt den Gegner nicht zur Besinnung, noch weniger
zur Wehr kommen.

Gegen kleine Hunde ist er äusserst grossmüthig, Freundschaft
und Vorliebe hat er besonders zu Pferden, er ist geruchlos und
in hohem Grade reinlich.

Verkaufspreis: Pascha 13.000 Mark, Nagraschday 3000 Mark,
Nagradka 2000 Mark. Selbst in Russland sind die Preise enorm hoch.

Schnelligkeitsproben mit dem russischen Windhund,
ausgeführt von v. R. („Hundesport und Jagd", 1892, p. 289.) Die
Hunde hatten einen Velocipedreiter zu begleiten.

1. Russischer Windhund machte 82 km in 7 Stunden, mit Rast.

2. Russischer Windhund machte 140 km Tagestour, Landstrasse (ohne wunde Ballen).

3. Russischer Windhund machte 35 km in 1 Stunde 15 Minuten.

4. Russischer Windhund machte 15 km in 31 Minuten.

1 Foxterrier machte 65 km in 6 Stunden, mit Rast.

1 Pudel machte 70 km in 6 Stunden, mit Rast.

1 englischer, glatthaariger Windhund machte 62 km in 4 Stunden,
mit Rast.

Russische Windhunde.

1. Kopf. Lang, sehr trocken. Auge lebhaft, klug, Ohren sehr
klein, anliegend getragen, in der Kopf- und Halskrause versteckt.
Gebiss gewaltig.

2. Hals. Mässig lang, etwas gebogen, unten stärker werdend,
schöne, nach der Kehle laufende Halskrause.

3. Brust. Schmal, sehr tief.

4. Nierenpartie. Hochaufgezogen.

5. Hinterhand. Auffallend stark, schräg abfallend.

6. Rücken. Gewölbt.

7. Ruthe. Lang, stets herabfallend getragen, am Ende leicht aufgekrümmt.

8. Haar. Lang, seideweich, glänzend, leicht gewellt, besonders
lang am Hals, der Brust, hinten an den Vorderläufen. Keulen und
der Ruthe.

9. Farbe. Weiss mit schwarz oder rothen, braunen, gelben,
silbergrauen Platten, mit weissem Kopfstrich oder Blässe oder einfarbig, isabell, gelb, grau oder schwarz.

10. **Gewicht.** 70 bis 90 Pfund.

11. **Grösse.** 75 bis 85 cm.

Eine andere Aufstellung lautet:

Der langhaarige (russische) Windhund.

1. **Allgemeines.** Die Hündin ist etwas langgestreckter gebaut, als der Rüde. Bei Letzterem ist die Höhe der Schulter gleich der Entfernung zwischen den Vorder- und Hinterläufen (von den Zehennägeln der Vorderpfoten bis zu den hinteren Rändern der Ballen der Hinterpfoten am Boden gemessen).

2. **Kopf.** Nicht fleischig, sondern trocken. Oberkopf flach und schmal, mit kaum sichtbarem Absatz vor der Stirn in den langen Nasenrücken übergehend und so trocken, dass Form und Lage der Schädelknochen, wie der Verlauf der Hauptadern deutlich wahrnehmbar sind. Nasenkuppe schwarz.

3. **Augen.** Dunkel ausdrucksvoll, mandelförmig geschlitzt.

4. **Ohren.** Klein, mit leicht abgerundeten Spitzen, dünn, hoch angesetzt, so dass sich beim Zurücklegen die Spitzen im Nacken fast berühren. Werden nicht geschnitten.

5. **Hals.** Nicht schwanenartig gebogen, aber auch nicht kurz und gerade von den Schultern aufsteigend.

6. **Schultern und Brust.** Schultern nicht zu fleischig. Brust nicht breit, aber auch nicht eng zusammengedrückt.

7. **Rumpf.** Rücken kantig (balkenartig), ohne auffällige Einsenkung hinter den Schultern. Die Lendengegend beim Rüden stärker gewölbt, als bei der Hündin. Die Hüften breit und die Kruppe abfallend. Rippenkorb niemals tonnenförmig, sondern flach oder karpfenartig gewölbt und sich tief nach hinten erstreckend, vorn bis zu den Ellenbogen und tiefer hinabreichend. Flanken kurz, bei der Hündin weiter als beim Rüden.

8. **Vorderläufe.** Scharf modellirt, senkrecht, nahe bei einanderstehend und von vorn schmal erscheinend, von der Seite gesehen von unten nach oben keilförmig an Breite zunehmend.

9. **Hinterläufe und Pfoten.** Die Hinterläufe in den Sprunggelenken nicht zu steil, sondern etwas unter sich gestellt, von hinten gesehen nicht zu weit auseinander stehend. Die Mittelfüsse von den Fersen bis zum Boden kurz. Die Musculatur der Keulen — wie auch die der Schultern an den Vorderläufen — lang gestreckt, nicht hoch gewölbt. Pfoten mit langen, geschlossenen und gewölbten Zehen. Kräftige Nägel. Der Hund darf nicht in den Fussgelenken durchgebogen, sondern muss mehr auf den Zehenballen stehen.

10. **Ruthe.** Lang, am Ende leicht aufgebogen und durch die Behaarung sichelförmig erscheinend.

11. **Behaarung.** Weich, lang, gewellt und seidenartig, an manchen Körpertheilen fast gelockt. Die Pfoten unten zwischen den

Ballen behaart. Kopf und Ohren, wie auch die Vorderseiten der Läufe und die Zehen kurz und glatt behaart. Im Nacken und am Kehlgang verlängert sich das Haar plötzlich und bildet namentlich zur Winterszeit einen vorspringenden Halskragen. Ebenso findet sich eine verlängerte Feder an der ganzen Vorder- und Unterseite des Rumpfes, wie auch an der Hinterseite der Vorder- und Hinterläufe.

Windspiel, italienischer Windhund.

Früher wurden alle Windhunde Windspiele genannt. Magnus Brasch bildet 1789, Taf. 22, unter dem Namen „Bastard dänischer Hund“, ein Windspiel ab, von welchem wir eine Reproduction in Fig. 13, p. 174, gegeben haben. Eine Verwechslung mit der sogenannten dalmatinischen Dogge, die auch unter diesem Namen erscheint, ist hier ausgeschlossen, weil in dem genannten Werke diese Doggen als „Tigerhunde“ erscheinen; auch ist der Typus Windspiel ja unverkennbar wiedergegeben. Bechstein, der Uebersetzer des Buffon, gibt in seinen von Riedinger hergestellten Tafeln (Taf. 15 und 89) eine Abbildung des Windspiels und betitelt dasselbe „das kleine Windspiel, englisches Windspiel, der kleine Windhund, *C. f. italicus*“. Mit welcher Berechtigung der Name „italienisches Windspiel“ angewendet wird, ist nicht feststellbar, wahrscheinlich ist, dass man eben bei der früheren Manie Alles, was gut oder vortrefflich ausgezeichnet war oder sein sollte, auch von „weit her“ kommend haben wollte. Was „nicht weit her“ war, das galt eben in der Heimat nichts, nicht einmal die Propheten. Wie das Windspiel entstand und wo es zuerst gezogen wurde, ist ebensowenig bekannt, auch ist wegen der früheren Benennung aller Windhunde mit dem Namen Windspiel die literarische Forschung erschwert. Buffon beschreibt das Windspiel als kleinsten Hund dieser Art, der zur Jagd ganz untauglich ist und nur als Schooshund dient. Er hat kleinen langen Kopf, sehr langen schlanken Hals und kurze Haare, seine Farbe ist meist gelblich, er ist ausserordentlich gefrässig und hat die gute Eigenschaft, dass sich in seinen kurzen Haaren die Flöhe nicht gut anhalten können. Diese von Buffon mit wenig Sympathie für den kleinen zierlichen Gesellen geschriebene Schilderung hat noch das Komische an sich, dass ein ebenfalls im vorigen Jahrhundert schreibender Engländer gerade die langhaarigen Hunde als gewissermassen Flohsammler und dadurch Reiniger schilderte.

Wie so ganz anders spricht sich der Liebhaber von heute über diese feinen eleganten Thierchen aus und wie ausserordentlich ist dasselbe im Werthe gestiegen! Bei einer Windspielversteigerung 1889 erzielte Fullerton, 20 Monate alt, 850 Pfund = 17.850 Mark, und alle übrigen wurden zwischen 20 bis 500 Pfund verkauft. Ich habe gesehen, dass Liebhaber wegen der besonders zierlichen Form

und Bewegung einzelner Windspiele ganz in Entzücken geriethen,
und zweifellos gibt es auch kein feineres zierlicheres Thierchen,
wie das Windspiel; dazu kommt das zutrauliche, fast bittende, flehende
Benehmen, das hilflose, fast stets frierende, zitternde Wesen. Man
muss Mitleid haben mit ihm und von da bis zur Liebe ist nur ein
kleiner Schritt. Form und Haltung des Thierchens ist in wunder-
voller Harmonie, die zierliche Eleganz in höchster Potenz. Wenn
dieses Thierchen im warmen Zimmer vor seiner Besitzerin auf dem
weichen Teppich sitzt, die Vorderfüsschen übereinander gekreuzt, so
bietet es ein entzückendes Bild, und wenn das kleine, geschmeidige und
geschwinde Wesen im Sommer auf einer Wiese dahinjagt, so ist es
unmöglich, die einzelnen geschwinden Bewegungen desselben genau
zu verfolgen. Dass aber der nette feine Wicht bei Raufereien mit
Schnauzern, Dächsern und anderen, sogar ganz plebejischen Kötern
auch herbeikommt und dass er dann nach einigen hinterrücks und eilig
angebrachten Bissen mit eingeklemmtem Schwanze das Weite sucht,
das muss man ihm zu Gute halten, ebenso, wenn er seinen Herrn
mit jemand Anderem verwechselt oder einmal in schlechter Laune in
die Hand des Gebieters beisst, die ihn doch eben streicheln wollte.
Nachgerühmt wird ihm besonders, dass er ein sehr treuer und
höchst liebenswürdiger Begleiter ist. Die Zucht des Windspiels ist
ziemlich einfach und lohnend. Man gibt ihm ein Lager auf einer
Matratze oder in einem Körbchen mit wollener Decke, zum Werfen
eine Kiste mit Deckel, die im Winter zugedeckt ist; dieselbe hat
ein Einschlüpfloch, so dass es das Heu nicht herauszerrt. Die
Geburt erfolgt leicht, ich habe bis jetzt noch nie eine Schwer-
geburt bei Windspielen getroffen, es neigt überhaupt nicht zu Krankheiten. Die Aufzucht der Jungen ist leicht, und selbstverständlich
werden nur fehlerfreie aufgezogen. Der säugenden Hündin gibt
man reichlich Milch- und Schleimsuppen, nach 4 bis 4¹/₂ Wochen
bekommen die Jungen gekochten Reis mit etwas feingewiegtem
Fleisch gemischt, ab und zu Milch. Bis zu circa 4 Monate erhalten
die Jungen täglich drei Mahlzeiten, von da ab zwei, je Mittags
und Abends. Extra Wasser oder öfters Nahrung zu geben ist nur
eine üble Gewohnheit, namentlich ist es eine schädliche Verweich-
lichung, den Thierchen bei Tisch Nahrung zu geben und sie mit
Süssigkeiten zu füttern. Im Winter sind die Windspiele gegen
Kälte und Nässe empfindlich, man hält sie deshalb im Zimmer, legt
ihnen beim Ausgehen ein Deckchen auf, auch ist vortheilhaft,
sie täglich mit weicher Bürste zu bürsten. Bei der Pflege ist der zarte
Bau und der ebenso schüchterne Charakter des Hündchens sehr zu
beachten. Nur bei passender Behandlung werden sie zutraulich und
sind dann dankbar, und ein wohlgehaltenes Windspiel beleidigt weder
eine Maus noch ein Hühnchen, viel weniger etwas Grösseres, man muss
daher nicht verlangen, dass sie Wächterdienste leisten sollen, im

Gegentheil, das Windspiel bedarf selbst des Schutzes, es schliesst sich an den Besitzer oder die Familie an und erträgt bei seinem erregbaren empfindlichen Charakter keinen Ausschluss.

Was die zu Zeiten verlangten Eigenschaften betrifft, so ist anzugeben, dass man die Windspiele möglichst hoch und kurz verlangt, die Brust soll breit, die Rippen gewölbt sein, die Farbe am besten einfarbig: weiss, rehbraun, goldgelb, schieferblau, rahmfarbig, kastanienbraun oder schwarz, das Haar glänzend, kurz. Das Gewicht 3 bis 4 kg, je kleiner, desto werthvoller. Ein zu fettes Windspiel gilt für abscheulich. Der Kopf soll lang, schmal, die Nase schwarz, schieferfarbig oder blaugrau sein, helle kirsch- oder fleischfarbige Nase ist verwerflich. Die Augen klein, nicht hervorstehend, zwischen den Ohren breit.

Rassezeichen des italienischen Windhundes, Windspiel.

(Festgestellt vom Zwingerverband und revidirt von M. Hartenstein.)

1. **Allgemeine Erscheinung.** Hinsichtlich der Form und der Farbe soll das Windspiel sich von dem grossen glatthaarigen Windhund nicht unterscheiden, vielmehr nur durch seine geringe Grösse, so dass es lediglich die Zwergform des glatthaarigen Windhundes bildet.

2. **Kopf.** Lang gestreckt und nach der Nasenspitze allmälig zugespitzt. Der Oberkopf flach und wie beim grossen Windhunde nur wenig höher als der Nasenrücken. Eine hochgewölbte Stirn und ein runder Oberkopf sind die grössten und am häufigsten auftretenden Fehler beim Windspiele. Die Augen ziemlich gross, aber nicht voll und nicht zu wässerig, was als ein grosser Fehler zu betrachten ist. Die Ohren klein und dünn, nach rückwärts getragen, wie beim grossen Windhunde dicht anliegend, mit abwärts hängenden Spitzen.

3. **Hals.** Lang, dünn, geschmeidig, die Nackenlinie schön gewölbt, die Kehllinie glatt und rein in den Unterkiefer übergehend.

4. **Rumpf.** Der Rücken hinter den Schultern leicht eingesenkt, in der Lendengegend sanft gewölbt, die Kruppe schräg abfallend, die Schulterblätter schräg gestellt, trocken. Die Brust schmal, tief herabreichend, der Bauch nach hinten stark aufgezogen.

5. **Ruthe.** Tief angesetzt, mittellang, frei auslaufend, hängend mit leicht aufwärts gebogener Spitze getragen.

6. **Vorderläufe.** Die Ellenbogengelenke gut niedergelassen, die Läufe gerade und schlank, die Fusswurzeln gerade gestellt.

7. **Hinterläufe.** Die Keulen mit stark entwickelter Musculatur, die Oberschenkelknochen lang, so dass die stark entwickelten Kniescheibengelenke auffällig tief hinabgerückt erscheinen, die Unterschenkel lang und gut schräg gestellt mit scharf ausgebildeten Sprunggelenken. Die Fusswurzeln verhältnissmässig kurz, die Pfoten länglich zugespitzt, Zehenpfoten mit gut gewölbten Zehen.

8. **Haut und Behaarung.** Die Haut äusserst dünn und fein, das Haar kurz, fein, weich und seidig.

9. **Farbe.** Sehr verschieden, röthlichgrau, gelbgrau, blaugrau, lavendel-rahmfarbig, schwarz oder weiss mit dunklen Abzeichen, auch andersfarbig mit weissen Abzeichen, letztere Färbung jedoch weniger beliebt. Im Allgemeinen sind die einfarbigen Hunde vorzuziehen, doch muss die Farbe vor Allem bestimmt und reich sein. Das dunkle und helle Braun, sowie das gelb und braun, oder das blaugrau und schwarz geströmte Haar kommt beim Windspiele höchst selten vor und zählt nicht zu den erwünschten Färbungen.

10. **Gewicht.** Dasselbe sollte für Ausstellungszwecke 4 kg nicht überschreiten und eine Verminderung des Gewichtes um 1 kg oder mehr würde als ein Vorzug zu betrachten sein.

Die Points rechnet man: Kopf, einschliesslich Augen und Ohren 25, Symmetrie und Behaarung 25, Nacken 10, Schultern 10, Läufe und Pfoten 10, Farbe 10, Ruthe 10.

Neufundländer.

Blumenbach sagt 1810 in seinen „Abbildungen naturhistorischer Gegenstände":

„Eine der allermerkwürdigsten und schon seit einer guten Reihe von Jahren wenigstens in manchen Ländern von Europa nicht unbekannten und doch in unseren neueren Zoologien noch fast unberührten Hunderassen. — Wann und von wannen aber diese Hunde zuerst nach Neufundland gekommen, darüber kann ich noch keinen befriedigenden Aufschluss finden. Dass sie bei der ersten Niederlassung der Engländer anno 1622 noch nicht als solche dort einheimisch gewesen, ist aus dem Berichte des Capitäns Whitbourrne's zu ersehen, der zwar den Wolf und nicht den Hund nennt, später aber sagt, dass sein eigener Bullenbeisser *(mastiffe-dogge)*, von welcher Art Thiere sonst dort zu Lande keines noch gesehen worden, sich mehrmals unter die dasigen Wölfe gemacht und mit ihnen zu Holze gezogen, 9 bis 10 Tage bei ihnen geblieben und dann unversehrt wiederum zurückgekommen sei."

Der Neufundländer *(C. f. terrae novae)*. Blumenbach hat in seinem Werke „Abbildungen naturhistorischer Gegenstände", Heft I, Tafel 6, 18, eine Abbildung eines Neufundländers gegeben, den er selbst besass und von dessen gelungenem Bildniss sich der Autor überzeugen konnte. (Fig. 17).

Blumenbach nennt ihn an Gestalt und Grösse „ähnlich dem Schäferhunde", während wir gewöhnt sind, den Neufundländer im Allgemeinen viel stärker zu sehen. Die von Blumenbach gelieferte Abbildung gibt auch einen schlanken zierlichen Hund, der mit dem heutigen Neufundländer vielfach nicht übereinstimmt. Als charakteri-

Fig. 17. Neufundländer Hund, nach Blumenbach. (Abbildung vom Jahre 1810.)

stische Erscheinungen sind folgende angegeben: Schnauze etwas dick, Ohren mittelmässig hängend, die Schwimmhaut zwischen den Zehen ist gross, daher er mit grosser Leichtigkeit schwimmt. Das Haar ist lang, zottig, seideartig, besonders am Schwanze, die Farbe ist gewöhnlich schwarz und weissbunt. Als Charaktereigenthümlichkeit ist eine ausserordentliche Gelehrigkeit gerühmt. Die Aenderung des Neufundländers ist somit seit der Zeit Blumenbach's ganz bedeutend. — Ueber die Herkunft der Rasse ist angegeben, dass die ersten derartigen Hunde auf Neuseeland entdeckt wurden; er sei dort Arbeitsthier, werde zum Fischfang und zum Ziehen der Wagen verwendet, doch sei er in seiner Heimat weder gross noch schön, sei schlecht genährt und schlecht gepflegt. Wann und wie dieser Hund nach Neufundland kam, ist unbekannt; als die Engländer im Jahre 1622 erstmals nach Neuseeland kamen, fanden sie ihn noch nicht vor. Als später dieses Thier in England eingeführt und daselbst sorgfältig gezüchtet, reichlich genährt und gut gepflegt wurde, entwickelte sich der prachtvolle Hund, den wir heute als Neufundländer kennen. Der Neufundländer ist nicht ganz so mächtig, wie der St. Bernhardshund, aber er ist trotzdem ein stattlicher, prächtig schöner Hund, der durch die seit langer Zeit fortgesetzte Reinzucht einen sehr gleichmässigen Typus erlangt hat. Die Intelligenz des Thieres ist mit Recht gerühmt, ebenso seine Gutmüthigkeit. Als „Wasserhund" ist er unübertrefflich, er schwimmt ausgezeichnet und lange Zeit, dass er aber auch ohne vorherige Uebung hierin jedem anderen Hunde überlegen sei, wie angegeben wird, ist nicht richtig. Hier wie überall bedarf die natürliche Anlage der Entwicklung und Ausbildung, und erst durch fortgesetzte Uebung, durch „trainiren" kann die höchste Leistung erreicht werden und auch bei solchen ist der Neufundländer noch nicht überall Meister, sondern ich habe beobachtet, dass eine geübte englische Bulldogge einem ebenso geübten Neufundländer im Schwimmen, in Schnelligkeit und Ausdauer überlegen war. Die vielgerühmten „Schwimmhäute" geben somit das Uebergewicht nicht allein und das lange Haar ist beim Schwimmen eher hindernd als fördernd. Immerhin ist die Schwimmleistung des Neufundländers höchst beachtenswerth und seine Neigung ins Wasser zu gehen, kann sehr viel Kurzweil bereiten. Bei einer festlichen Wasserprüfung, welche der Verein „Stuttgarter Hundeliebhaber" veranstaltete, brachten die Hunde ganz staunenswerthe Leistungen im Schwimmen und Apportiren aus dem Wasser zuwege und es erregte anerkennendste Bewunderung, wenn einer eine daherschwimmende Puppe in der Grösse und Gestalt eines Mannes oder eine Wiege mit einem darin liegenden Kindchen im Wasser fasste und unter Aufbietung grosser Kraft und Gewandtheit damit an das Ufer schwamm. Auch als Begleithund und als Hund zu Kindern ist der Neufundländer ausgezeichnet und die Aeusserung: ein solcher bewache die Kinder besser wie ein Kindermädchen, hat bis zu einem gewissen Grade Berechtigung, namentlich wenn es sich um einen Spielkameraden handelt, den mit gleicher Lust die Liebe zum Spiele beseelt wie das Kind und der dabei den leidenden Theil und das Spielobject bilden soll. Für einen Herrn von gesetztem Alter oder für eine Familie ist der Neufundländer ein unübertrefflicher Genosse, schön, vornehm, gediegener, gutmüthiger Charakter, gegen Fremde nicht angreifend, sondern zurückhaltend, aber keineswegs furchtsam und dabei ausserordentlich klug und ebenso treu. Die **Rassezeichen** für den Neufundländer sind folgendermassen festgestellt:

Rassezeichen des Neufundländers.

1. **Allgemeine Erscheinung.** Der Neufundländer soll den Eindruck eines grossen, kräftigen und lebhaften Hundes hervorrufen und sich leicht auf seinen Läufen bewegen. Eine leichte seitliche Schwingung des Rumpfes im Gange ist nicht zu verwerfen, wohl aber ist ein schwacher oder ein Senkrücken, sowie schlaffe Lendengegend durchaus fehlerhaft.

2. **Kopf.** Gross und breit, der Oberkopf flach, das Hinterhauptbein gut entwickelt, ein ausgesprochener Einbug an der Stirn darf nicht vorhanden sein. Die Schnauze von mittlerer Länge, scharf geschnitten, fast viereckig geformt, keinesfalls zugespitzt, die Zähne gut aufeinanderpassend, die Lefzen mässig niederhängend. Die Nasenkuppe schwarz, gross und breit, mit grossen Nasenlöchern. Die Behaarung des ganzen Kopfes ist kurz und fein, die Stirne darf weder Runzeln noch Falten zeigen. Fleischfarbene und gespaltene Nasen sind fehlerhaft.

3. **Ohren.** Klein, rechtwinklig weit hinten am Oberkopf angesetzt, dicht am Kopfe anliegend, mit feiner, sammetartiger Behaarung, nicht mit einer Franse versehen.

4. **Augen.** Klein, braun, am besten dunkelbraun, etwas tief und weit auseinander liegend. Wenn die Bindehautfalte im inneren Augenwinkel wulstig oder scharf geröthet hervortritt, so ist das Auge fehlerhaft.

5. **Hals.** Stark, sehr gut bemuskelt und nicht kurz, gut mit dem Rumpfe verbunden.

6. **Schultern und Brust.** Schultern schräg gestellt und breit, sehr musculös und kräftig. Brust tief und ziemlich breit, stark behaart, jedoch ohne dass eine Halskrause gebildet wird.

7. **Rumpf.** Gut gerippt, der Rücken breit, Lendengegend kräftig und musculös.

8. **Ruthe.** Stark und von mässiger Länge, bis etwa unterhalb der Sprunggelenke reichend, sehr dicht und buschig behaart, doch nicht von der Form einer Fahne. Wenn der Hund stillsteht und

nicht erregt ist, so soll er die Ruthe abwärtshängend, am Ende ein
wenig aufgebogen tragen, bei der Bewegung sie etwas höher nehmen
und in der Erregung sie gerade ausgestreckt mit einer kleinen Biegung am Ende nach oben tragen. Ruthen mit einer Verbiegung
oder über den Rücken geringelt getragene sind fehlerhaft.

9. **Vorderläufe.** Vollkommen gerade, mächtig in den Knochen
und gut bemuskelt. Die Ellenbogen ziemlich tief niedergelassen und
gut nach rückwärts gestellt und die ganzen Läufe bis unten hin
befedert.

10. **Hinterläufe.** Die ganze Hinterhand ist sehr kräftig. Die
Hinterläufe müssen durchaus frei bewegt werden, stark in den
Knochen, gut bemuskelt und ebenso wie die Vorderläufe befedert,
die Sprunggelenke gut nach dem Boden gestellt sein. Die Länge
der Hinterschenkel wird hauptsächlich durch die Unterschenkelbeine
bedingt, welche länger sind, als bei den meisten anderen grossen
Rassen. Allzu kurze Bauchrippen und kuhhessige Stellung der
Hinterläufe sind grosse Fehler. Afterklauen sind verwerflich.

11. **Pfoten.** Diese sind gleichsam die Ruder des Neufundländers, darum müssen sie gross, breit und flach sein. Sie sind
meist ziemlich dünn, die Zehen nicht aufwärts gebogen, wodurch
sie sich vorzüglich zum Schwimmen, jedoch nicht zum Laufen auf
harten Strassen eignen. Gespreizte und nach aussen gedrehte Pfoten
sind fehlerhaft.

12. **Behaarung.** Lang, schlicht und dicht, sich hart, fast
grob anfühlend, bei guter Pflege glänzend erscheinend. Das sehr
dichte Unterhaar ermöglicht es dem Hunde, nach längerem Aufenthalt im Wasser schnell wieder trocken zu werden. Das Haar
muss, gegen den Strich gebürstet, von selbst wieder zurückfallen.

13. **Farbe.** Tiefschwarz ist die beliebteste. Ein leichter Anflug
von Bronzefarbe oder rostbraun oder einige weisse Sprenkel an
der Brust und den Zehen sind nicht verwerflich.

14. **Höhe und Gewicht.** Grösse und Schwere sind höchst
wünschenswerth, sofern die Symmetrie dabei nicht beeinträchtigt
wird. Der Hund muss durchaus massige Knochen besitzen, doch
nicht in solchem Masse, dass er schwerfällig oder träge aussieht.
Eine gute Mittelhöhe sind 70 cm für einen Rüden und 65 cm für
eine Hündin. Als mittleres Gewicht gelten 45, bezw. 38 kg.

Andersfarbige Hunde. Ausser den ganz schwarzen Hunden
sind schwarz und weisse nicht selten. Das berühmte, einen schwarz
und weissen Hund darstellende Oelgemälde: „Ein hervorragendes
Mitglied der Rettungsgesellschaft" von dem verstorbenen Sir Edwin
Landseer ist ein herrliches Kunstwerk, doch hat dasselbe viel dazu
beigetragen, eine falsche Vorstellung von dem Neufundländer im
Publicum zu verbreiten. Viele Personen halten auf Grund dieses
Bildes den schwarz und weissen Hund für den einzig richtigen

Typus des Neufundländers, ohne zu erwägen, dass Landseer diese
Farben jedenfalls nur deswegen wählte, weil sie ins Auge fallender
und darum für seinen Zweck passender waren. Der schwarz und
weisse Hund ist dann richtig, wenn er sonst in allen Punkten genau
ebenso beschaffen ist, wie der oben beschriebene schwarze. Bei
seiner Beurtheilung ist die Gleichmässigkeit der Abzeichen und
namentlich die Schönheit der Kopfzeichnung wesentlich in Betracht
zu ziehen.

Die tiefschwarze Farbe ist der rostbraunen vorzuziehen, denn
die letztere beeinträchtigt die Schönheit des Hundes. Es gibt in
Neufundland ohne Zweifel rostbraune Hunde, es finden sich daselbst
aber auch tiefschwarze. Sicherlich geben sich die Bewohner dieser
Insel nicht sehr viele Mühe, und es werden dort Hunde gezüchtet,
welche in Bezug auf Grösse, Farbe und Behaarung sehr von einander verschieden sind.

Points: Gesammterscheinung 15, Kopf 20, Hals, Brust,
Rücken, Lenden 25, Ruthe 10, Läufe und Pfoten 15, Behaarung
und Farbe 15.

Bernhardiner, St. Bernhardshund (Canis St. Bernardi).

Der St. Bernhardsberg ist ein Gebirgsstock des St. Gotthard
in den Alpen; über ihn führte der Weg zwischen Deutschland und
Italien; er war von den alten Römern dem Jovis geweiht, und im
Jahre 962 gründete Bernhard de Menthon, Canonicus in Aosta, das
noch jetzt dortselbst sich befindliche Kloster. Dieses Kloster, Hospiz
oder Hospitium, auf dem grossen St. Bernhardsberge ist 10.000 Fuss
über dem Meere und ist (mit Ausnahme einiger Sternwarten der
neuen Zeit) die höchste menschliche Wohnung. Die Mönche dortselbst
haben die Aufgabe, den Reisenden als Wegweiser zu dienen, sie
aufzunehmen, zu verpflegen, bei Sturm und Schneetreiben nach
solchen, die vom Wege abgeriethen oder verunglückten, zu fahnden
und ihnen Hilfe angedeihen zu lassen. Wenn man bedenkt, dass
dieser mächtige Pass nur im Sommer und auch da nicht immer
ungefährlich zu nehmen ist, dass dieser Weg seit Jahrtausenden die
Verkehrsstrasse zwischen Deutschland und Italien ist, dass hier hin-
über die Heere der vorchristlichen Zeit, diejenigen der Hohenstaufen
und später die Handelskarawanen der venetianischen Kaufleute bis
zum Einzelreisenden wanderten, so begreift man die Wichtigkeit der
Station; diese tritt aber noch viel mehr in der ganzen Grösse des
Ideals hervor, wenn man betrachtet, dass von den Millionen Menschen,
die diesen Pass gewandert, eine grosse Zahl, die müde und erschöpft
oben anlangte, Herberge erhielt, eine andere grosse Zahl ohne die
ihnen im Hospiz gewährte Hilfe den Weg verfehlt und Noth gelitten
hätte, und endlich, dass eine grosse Zahl von Menschen, denen die

Schrecken der dortigen Wildniss Untergang drohten, sei es, dass sie
vom Sturme gepeitscht oder im Schneegestöber verirrt oder, von
Lawinen verschüttet, in Tiefen und Schluchten gestürzt oder von der
Kälte erstarrt waren, so dass sie das Leben aufgegeben hatten oder
dass sie von Ohnmacht und Erstarrung umfangen waren, von den
Mönchen aufgefunden und von diesen unter erschwerten Umständen
zum Kloster geschafft wurden, woselbst diesen Verunglückten Pflege
zutheil geworden und sie dadurch gerettet wurden — und all diese
Thätigkeit, die so oft in Anspruch genommen wurde, dass ein einziger
Hund („Barry") allein gegen 40 Menschen das Leben retten konnte, ist
von jeher durch alle Zeiten den Fremden gegenüber um ein „Vergelt's
Gott!" ausgeübt worden. Von wann ab die im Dienste der reisenden
Menschheit thätigen Mönche den Hund zum Gehilfen hatten, ist nicht
genau anzugeben — allerdings ist anzugeben, dass schon der Stifter
des Klosters, Bernhard de Menthon, mit einem schweisshundähnlichen
Hunde abgebildet sein soll — noch weniger, welche Sorte von Hunden
dortselbst gehalten wurde. Buffon sagt Ende des vorigen Jahrhunderts:
Die St. Bernhardshunde sind eine ansehnliche und verdienstliche
Rasse, es existiren zwar nur noch wenige Exemplare, die meisten
sind ausgestorben.

Freville nennt in seinem Werke „Gesch. ber. Hunde", 1797,
p. 115, die Hunde auf dem St. Gotthard „Lawinendogge", und
erzählt eine sehr rührende Geschichte, wie eine solche einen sechs-
jährigen Knaben, den sie halb erfroren findet, aufsitzen lässt und
als Reithund ihn in Sicherheit bringt.

Ueber den St. Bernhardshund sagt Schinz in seiner „Naturgeschichte", 1827:

„Schon viele Jahre bedienten sie sich zur Rettung von Unglücklichen auch besonders abgerichteter Hunde, welche wahrscheinlich
eine Mittelrasse von der englischen Dogge und dem spanischen
grossen Wachtelhund sind, welche ein neapolitanischer Graf,
Mazzini, von einer nordischen Reise mitbrachte und dem Kloster
geschenkt haben soll, und die sich in der Folge mit wällischen
Schäferhunden vermischten."

Ueber den St. Bernhardshund sagen die Römer nach Schinz,
„Naturgeschichte", 1809:

„Es ist nämlich bekannt, dass in dem Hospitium auf dem grossen
St. Bernhardsberge die Hunde eigens dazu gewöhnt werden, die
unter dem Schnee verunglückten Menschen aufzusuchen und den
Geistlichen, die im Hospitium wohnen, die Stelle anzuzeigen, wo
solche Unglückliche verborgen liegen. Oft werden durch Hilfe dieser
Hunde Menschen vom Tode errettet, die ohne sie das Tages-
licht nie wiedergesehen hätten. Täglich gehen die Geistlichen im
Winter mit ihren Hunden auf die Landstrasse, welche diese Thiere
ungeachtet des dicksten Nebels und Schneegestöbers nie verfehlen.

Hat nun ein Reisender das traurige Geschick gehabt, von einer Lawine verschüttet oder während er erstarrte, von Schnee bedeckt zu werden, so wittern die Hunde, wenn der Schnee nicht gar zu hoch ist, unfehlbar die Stelle und deuten sie durch unermüdetes Scharren und Schnüffeln an. Der Unglückliche wird hervorgezogen und ins Kloster getragen um womöglich gerettet zu werden. Dessen ungeachtet vergeht fast kein Jahr, dass nicht im Sommer, wenn der Schnee zu schmelzen anfängt, Leichname angetroffen werden, welche die Geschicklichkeit der Hunde nicht zu entdecken vermochte. Nirgends, soviel wir wissen, werden sie in einer so menschenfreundlichen Absicht gebraucht und gehört daher diese Thatsache ausschliesslich in die Geschichte der schweizerischen Hunde. Die Rasse, welche man hiezu gewählt hat, ist „die dänische Dogge". Ein neapolitanischer Graf, Mazzini, soll die Stammmutter von seinen nordischen Reisen zurückgebracht und bei seinem Uebergang über den grossen St. Bernhard dann dem Kloster geschenkt haben. Die Hündin begattete sich mit wällischen Schäferhunden und so wurde durch vier Generationen hindurch dies treffliche Hundegeschlecht fortgepflanzt. Dermalen soll aus dieser Nachkommenschaft nur noch eine einzige Hündin existiren."

1812 sollen in einem Schneesturme fast alle Hunde auf dem St. Bernhard vernichtet worden sein. Es seien damals fast alle Hunde hinausgeschickt worden und zum Schlusse selbst trächtige Hündinnen, die aber in dem Unwetter zu Grunde gingen. Nach dieser Zeit hat man mit allerlei Rassen Neufundländern, Mastiffs und pyrenäischen Hunden und so auch mit Leonbergern Versuche angestellt.

Es ist somit von Naturforschern früherer Zeit über die Rasse sehr Verschiedenes angegeben: a) Lawinendogge, b) Mittelrasse von englischer Dogge, grossem span. Wachtelhund; und c) dänische Dogge. Es wird möglich sein, solche Angaben noch zu vermehren. Eine Sache scheint mir von Bedeutung: Der St. Bernhardshund früherer Zeit wird als Lawinendogge und dänische Dogge bezeichnet und es ist hervorgehoben, dass der Stifter der Hunde, ein Graf Mazzini, dieselben aus dem Norden dorthin gebracht habe. Dieser Zusatz „aus dem Norden" ist bedeutungsvoll, denn er schliesst aus, dass die Hunde in Italien ihre Heimat haben und — wenn man sich an den Wortlaut halten will „dänische Dogge" und nachweisbar ist, dass die sogenannte grosse dänische Dogge, der Grand Danois, deutscher Abstammung ist — dass er, wie wir an anderer Stelle, p. 143 ff., bewiesen, der alte „Ulmer Hund" ist, so wird dies im Vereine damit, dass vom St. Bernhardsberge Ulm schon ziemlich hoch „im Norden" gelegen ist und diese Hunde weit verbreitet waren, ergeben können, dass der alte St. Bernhardshund — derjenige, der von Graf Mazzini dorthin gestiftet worden ist, der der Vater der heutigen Bernhardiner sein soll und von dessen Nachkommen „Barry" stammen

soll, ein „Ulmer Hund", eine sogenannte „deutsche Dogge" war. —
Wenn man „Barry", den im Museum in Bern ausgestopften Hund,
der derselbe ist, der die 40 Menschen gerettet haben soll, betrachtet,
und ihn mit Abbildungen alter „Ulmer Hunde" oder „Deutscher
Doggen", wie wir sie beigebracht haben (Fig. 9) vergleicht, so
hat diese Angabe eine weitere Stütze erhalten. Wir legen auf diese
Wahrscheinlichkeit kein besonders hohes Gewicht, da ja von jeher
die Freiheit der sexuellen Auswahl bei Hunden nicht sehr beschränkt wurde und gerade auf dieser grossen Verbindungsstrasse
zwischen Nord und Süd dem St. Bernhard die Gelegenheit zur
Bastardirung der vorhandenen sehr günstig war. Aus dem Norden
aber konnte man stattlichere Hunde als wie die „Ulmer" nicht
bringen und wenn der heutige Bernhardinerhund, schwerer und

Fig. 18. „Barry", der St. Bernhardshund, der 40 Menschen das Leben gerettet haben soll.'

stärker ist wie der Ulmer, so hat das jedenfalls nicht seine Ursache
in der Kreuzung mit den viel kleineren „wällischen Schäferhunden",
wie angenommen wird, sondern hier fliesst wahrscheinlich anderes
Blut, und zwar — „horreur" — Leonberger!

Der „Leonberger Hund" ist, nach unserer Ansicht, als Reinzucht
fast unwiderbringlich verloren; widriges Geschick hat diese Zucht,
die viel bedeutender war, als allgemein bekannt ist, wieder vernichtet,
und wir wollen die uns bekannten Ursachen hier nicht des Näheren
erwähnen, sondern diese Zucht nur in ihrer Bedeutung auf die
heutigen Bernhardiner kurz vorführen: Zunächst ist hier von Bedeutung, dass es wohl keinen deutschen Landestheil von gleicher Grösse
gibt, in dem sich schon seit sehr langer Zeit mehr Liebe und vielleicht auch Verständniss für Hunde findet und wo sich so viele
„Rassen" verschiedener Hunde vorfänden, wie in Württemberg. In

Leonberg hat nun ein Herr Essig schon in den Fünfzigerjahren eine
Sorte von grossen Hunden gezogen, deren Stamm sich in Württemberg fand und dass von solchen bis zum Leonberger und Bern-

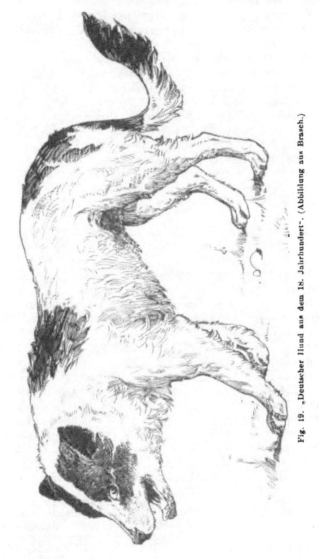

Fig. 19. „Deutscher Hund aus dem 18. Jahrhundert". (Abbildung aus Brasch.)

hardiner kein grosser Schritt war, das ergibt die Abbildung Fig. 19,
„Deutscher Hund aus dem 18. Jahrundert", die sich des allgemeinen
Beifalls sehr erfreuten; diese Thiere, die sehr viel Aehnlichkeit hatten

mit „Neufundländern“, aber ausserordentlich schwer und hauptsächlich braungrau und röthlich, viele davon mit Abzeichen waren, sind zunächst in Württemberg sehr verbreitet worden, später aber wanderten sie nach allen Ländern. Essig hat solche Hunde an Kaiser Nikolaus nach Petersburg geliefert, an Napoleon III. in Paris und er hat einzelne Thiere in den Sechzigerjahren verkauft, das Stück zu über 1000 Gulden

Dieser Herr Essig hat nun von seinen Hunden auch nach dem St. Bernhardsberge gesandt, damit dieselben dort in dem bekannten Dienste verwendet werden sollen, und Essig hat später von dort ein Dankschreiben bekommen, in dem die vortrefflichen Eigenschaften seiner Hunde zwar anerkannt wurden, aber gesagt war, man stehe von weiterem Bezuge ab, da bei diesen Thieren im Winter in den langen Haaren an den Beinen Schnee- und Eisklumpen anfrieren, welche die freie Bewegung beeinträchtigten. Die von Essig dorthin gesandten Hunde kamen aber nicht mehr zurück und es steht wohl zu Recht, dass angenommen wird, dass jene „Leonberger“ mit dem dort vorhandenen Reste der alten Hunde und noch anderen gemischt wurden.

Sicherlich sahen die früheren St. Bernhardshunde anders aus wie die späteren, und diese anders als wie die jetzigen, was sich schon aus dem Vergleiche von „Barry“ mit den heutigen ergibt.

Die Entstehung der jetzigen St. Bernhardshunde wird folgendermassen angegeben:

In den Fünfzigerjahren habe ein Graf, Rougemont, von den Mönchen auf dem St. Bernhard einen Hund und eine Hündin erhalten, röthlichbraun mit weissen Abzeichen an Kopf, Brust, Hals und Pfoten; der Vater dieser Hunde sei ein „alter“ St. Bernhardshund gewesen, die Mutter aber eine Neufundländerhündin.*)

Dieses Paar habe nun mehrere „Würfe“ bekommen, und unter einem 1854 geborenen sei ein weiss und braun getigertes Männchen gewesen, welches ein Herr Klopfenstein in Neuenegg als jung gekauft habe. Dieser Rüde habe Aehnlichkeit bekommen mit dem alten „Barry“ in Bern, weshalb ihn Schumacher, der bekannte erste Bernhardinerzüchter heutiger Rassen, erwarb; 1863 habe dann Schumacher diesen Rüd mit einer Hündin aus Interlaken, die ebenfalls besonders barryähnlich war, gepaart und daraus den jungen

---

*) Falls diese Mittheilung sich ganz auf Thatsachen stützt, so bleibt immer noch die Frage, ob nicht (wie Essig stets behauptete) diese Hunde, die sa speciell als von weiblicher Seite von „Neufundländer“ stammend angegeben sind, von den von Essig dorthin gesandten Leonbergern stammen. Die Frage ist deshalb nur von geschichtlicher Bedeutung, weil die Rassenbildung aus Kreuzung nicht so rasch erfolgte. Jedenfalls aber kann dieselbe dárthun, dass die Entstehung der heutigen Bernhardiner eine Rasse neueren Datums ist, woraus sich deren Inconstanz in Bezug auf Haar und namentlich auch auf Charakter erklärlich finden lässt.

„Sultan" gezogen. Dieser „Sultan" gilt als der eigentliche Stammvater der heutigen Rasse, er wurde gepaart mit einer Hündin aus St. Gallen, und aus diesem Paare entstand das berühmte Paar: Nachkommen „Thor" und „Jura", beide langhaarig, und ferner der glatthaarige „Monarque", der als der „König der Rasse" gerühmt wurde.

Es geht hieraus zweifellos hervor, dass man von 1854 (wo Schumacher erstmals einen Nachkommen von den dem Grafen Rougemont von den Berhardinermönchen erhaltenen Hunden erhielt) bis 1863 nichts Nennenswerthes erzielte, bis dann der schon verhältnissmässig alte Hund mit einer unbekannten barryähnlichen Hündin aus Interlaken den „Sultan" zog und dieser wieder ein mit einer unbekannten Hündin hervorgegangenes Product erzeugte. Wichtig ist in dieser Angelegenheit die Frage: Woher stammten die barryähnlichen Hündinnen in Interlaken und St. Gallen? Auch hier muss auf die Leonberger verwiesen werden, denn diese Thiere hatten gerade in dieser kritischen Zeit Weltruf und wurden nicht nur in Leonberg und nächster Umgebung zahlreich gezüchtet, sondern in einem weiten Verbreitungsgebiete Württembergs.

Die jetzigen Bernhardiner wurden 1878 unter dem Namen „Alpenhund" in Deutschland mit besonderer Aufmerksamkeit behandelt. Im Mai 1879 trat in Berlin eine Commission zusammen, welche die Rassezeichen für dieselben aufstellte; mit dieser Anerkennung war den „Leonbergern" der Kampf bis zur Vernichtung erklärt, und wer Sieger bleiben werde, war bald entschieden.

Zwar fristeten die „Leonberger" noch bis heute ein immer kleiner werdendes Dasein, aber der Ruhm, den sie sich so rasch errungen, ist von ihnen hinweg und auf die Bernhardiner übergegangen. Eine Zahl der sogenannten „Alpenhunde" ist schon Ende der Siebzigerjahre nach England geholt worden, woselbst diese Hunde sehr bald in Anerkennung kamen. Es wurden dortselbst im Club ebenfalls die Rassezeichen fixirt, und man suchte von der Schweiz gutes Zuchtmaterial zu erlangen; ja, als es anfangs der Achtzigerjahre gelang, Herrn Schumacher seine Hunde „Apollo" und „Bernice" abzukaufen und nach England zu bringen, und als später noch die ganze Nachkommenschaft dieser Thiere nach Amerika geholt wurde, da glaubte man, die Bernhardinerzucht sei überhaupt nur noch gut in jenen Ländern und in der Schweiz werde sie aufhören müssen. Wie diese Hunde im Auslande in Ansehen stehen, ergibt sich aus folgender Mittheilung: „Plintimon", ein grosser St. Bernhardshund, wurde von England nach Amerika verkauft, dort wurde er mit grossem Erfolg in einem Theater vorgeführt, und es wurden dem Besitzer vergeblich 8000 Dollars für ihn geboten. Später weigerte sich der Besitzer, den Hund für 250 Dollars decken zu lassen, und ein Ausstellungscomité bot ebenfalls vergeblich 5000 Dollars, um „Plintimon" 8 Tage lang ausstellen zu dürfen. Es ist allerdings etwas viel vergeblich geschehen, allein nach ihm kam „Bedivere", geb. 1887, von dem mitgetheilt ist, dass er schon mit 9 Monaten den ersten Preis erhielt. 1888 erregte sein Auftreten im St. Bernhardclub zu Sheffield Erstaunen und er wurde der Hund des Tages, gewann den ersten Preis, 2 Pocale, 4 Medaillen und 2000 Mark, 2 Monate später in Liverpool den ersten Preis, darauf in London, Manchester, Edinburgh und Glasgow überall den ersten Preis. In 2 Jahren hatte er 12 erste Preise, 2 Pocale, 1 goldene Medaille, 1 Silberzeug und 6500 Mark gewonnen. Es wurden für ihn 6000 Mark geboten und später deckte er für 15 Pfund.

In der Schweiz ist die Zucht der Bernhardiner ein erfreuliches Zeichen dafür, was bei energischer sachgemässer Durchführung in der Thierzucht, speciell der Hundezucht, erreichbar ist. Erst im Jahre 1884 wurden die Rassemerkmale für die Schweizer St. Bernhardshunde in Aarburg festgestellt und in diesem Jahre in Bern die erste Ausstellung abgehalten, 1887 wurden von der Schweizer Kynöl-Gesellschaft die Rassemerkmale revidirt (vgl. Der „Hund", 1887), und dieselben überall, ausser in England, angenommen. (Hier ist entgegen den schweizerischen Rassen gesagt, dass Afterklauen nicht nothwendig sind.) 1884 sagte man von den kurzhaarigen Bernhardinerhunden bei der Ausstellung in Amsterdam, es seien „veritable Fleischerhunde". 1889 bei der Züricher Ausstellung kamen aber schon 179 Hunde, u. zw. zum grossen Theil Prachtexemplare! Ja man fand schon eine Specialisirung in Landestheile: Die Bernhardshunde in Wallis und dem Oberland waren, hauptsächlich im Centrum des Landes, bräunlich und in Graubündten vorzugsweise grau. Die Schulterhöhe war 76 bis 79 cm und bei der Ausstellung in München 1892 waren schon gegen 700 St. Bernhardshunde ausgestellt, und davon war „Wotan" mit 20.000 Mark, einzelne für 5000 Mark und zahlreiche für 1000 und 1200 Mark, auch billigere, ausgezeichnet.

Es ist zweifellos, die Bernhardinerzucht blüht zur Zeit wie kaum eine andere und der schön gebildete Bernhardinerhund ist ein prächtiges Thier. Die mächtige Gestalt mit dem riesenmässigen Kopfe, dessen Anblick, namentlich noch erhöht durch die oft schwarze Gesichtsfarbe, sogenannte Maske, einen tiefernsten Eindruck erzeugt, so dass die Grösse und Kraft, mit Würde und Ernst vereint, eine Erscheinung erzeugen, welche zu einer pompösen Majestätsentfaltung sich deutlich erweist.

Zur Zeit, in der die Nachfrage nach Bernhardinern so rege ist, ist zweifellos, dass die Zucht sich vortheilhafter Weise immer mehr ausbreitet, aber auch dass manches Exemplar, das der Zucht nicht zur Zierde gereicht, erhalten bleibt. Es gibt einzelne Bernhardiner, die als „zu klein und zu leicht" zu bezeichnen sind, dann gilt von einer grossen Zahl von Bernhardinern auch bei uns, was Campbell von den in England gezogenen sagte: dass sie auf den Gütern reicher Leute ihr Dasein zwecklos verschlendern — was der Intelligenz nicht zu Gute kommt; sodann ist noch auf die schon oben kurz angeführte Thatsache hinzuweisen, dass es „langhaarige und kurzhaarige" Exemplare gibt. In einem und demselben Wurfe kommen in der Regel beide Specialitäten vor, der langhaarige gilt für schöner, aber er tritt immer mehr etwas zurück vor dem kurzhaarigen, der ihn bei der Münchner Ausstellung nicht nur an Zahl eingeholt hatte, sondern sogar etwas übertraf. Besonders ist der Typus des Gesichtsausdruckes bei den langhaarigen schwerer zu erhalten, wie bei den kurzhaarigen, das Gesicht bekommt Falten, namentlich um die Augen, und die Augenlider werden in Einzelfällen in fast viereckiger Form geöffnet, auch Triefaugen kommen vor. Bei den Prämiirungen müssen deshalb — will man den Typus dieser schönen Rasse zur vollen Entwicklung bringen — mit viel rücksichtsloser Schärfe, als dies schon öfters geschah, alle fehlerhaften Thiere von der Prämiirung zurückgewiesen werden. Noch Eines deutet auf die noch vorhandene Jugend der Rasse, die Ungleichheit im Charakter. Es ist ein anzuerkennendes Vorgehen, dass die Rassenmerkmale den Ausdruck „ernst aber nie bösartig" enthalten, aber zur Zeit gibt es einzelne Individuen, die dieser Anforderung noch nicht entsprechen, weil sie sehr scharf, sogar bösartig sind.

Ich wiederhole, es ist höchst sorgsame Wahl zu treffen, wenn die Rasse „conform" und „constant" werden soll; viel sorgsamer und mit mehr Sachkenntniss muss die Prämiirung erfolgen, wie dies bei einer „alten" Rasse, z. B. den Windhunden oder „Täxern" etc. geschehen darf; auch das Züchten in grossen „Parks", in denen die Thiere zu wenig mit dem Menschen verkehren dürfen und ihre Sinne zu wenig zu gebrauchen haben, ist nicht wünschenswerth. Der St. Bernhardshund hat durch die Gotthardseisenbahn seine alte Bedeutung verloren.*) Für eine ähnliche Aufgabe im Dienste des Sanitätskreuzes, als „Kriegs- und Sanitätshund" ist er bereits von dem Collie zurückgedrängt, es bleibt ihm die Aufgabe als Begleit-, Schutz- und Luxushund, hier tritt er aber in Concurrenz mit der Ulmer Dogge und zahlreichen anderen. Will man dem St. Bernhardshund dauernd den Platz sichern, den er sich unter Zurückdrängung. zahlreicher anderer so rasch erobert hat, so muss man in der Zukunft sehr sorgsam auswählen und ebenso sorgsam züchten.

Herr Max Hartenstein berichtet schon über die Berner Ausstellung 1889, der er als Richter für die Classe anwohnte:

„Wenn ich schon infolge des mir als Richter 1887 in Zürich und 1888 in Frankfurt vorgeführten guten Schweizer Bernhardinermaterials mit grossen Erwartungen nach Bern ging, so wurden die-

---

*) Zur Zeit steht auf dem St. Bernhardsberg ein kleines Hôtel und der Wirth hält eine kleine Anzahl von Hunden; das alte Hospiz in der Nähe ist verlassen.

selben doch noch weit übertroffen. Die Bernhardinerzüchter in der
Schweiz haben in den letzten Jahren grosse Fortschritte gemacht
und obgleich während der letzten Zeit gegen aussergewöhnlich hohe
Preise viele hervorragende, namentlich kurzhaarige Bernhardiner
nach England gewandert sind, welche jetzt noch bei allen grösseren Ausstellungen die ersten Rollen spielen, so bildete diese Rasse, und speciell
die kurzhaarige Varietät, wieder den Glanzpunkt der Ausstellung."

a) Der kurzhaarige St. Bernhardshund.

1. Allgemeine Erscheinung. Kräftige, hohe, in allen
Theilen stramme, musculöse Figur mit mächtigem Kopfe und höchst
intelligentem Gesichtsausdruck. Bei Hunden mit dunkler Maske
erscheint der Ausdruck ernster, doch nie bösartig.

2. Kopf. Wie der ganze Körper sehr kräftig und Achtung
gebietend. Der starke Oberkopf ist breit, etwas gewölbt und geht
seitlich in sanfter Rundung in die sehr kräftig entwickelten hohen
Backentheile über. Das Hinterhauptbein nur mässig entwickelt. Der
Supraorbitalrand ist sehr entwickelt und bildet mit der Längsachse
des Kopfes annähernd einen rechten Winkel. Zwischen den beiden
Supraorbitalbogen an der Schnauzenwurzel tief einschneidend be-
ginnend und gegen den Ansatz des Hinterhauptbeines allmälig
seichter werdend, zieht sich eine namentlich in der vorderen Hälfte
kräftig markirte Furche über den ganzen Oberkopf. Die seitlichen
Linien vom äusseren Augenwinkel zum Hinterkopfe laufen nach hinten
ziemlich stark auseinander. Die Stirnhaut bildet über dem Supraorbitalbogen gegen die Stirnfurche sich einander nähernde mehr
oder weniger deutlich ausgesprochene, ziemlich starke Falten, die
besonders im Affecte stärker hervortreten, jedoch nichts weniger als
den Eindruck des Finsteren bewirken. Der Oberkopf geht plötzlich
und ziemlich steil auffallend in die Schnauzentheile über. Die Schnauze
ist kurz, nicht verjüngt, und der senkrechte Durchschnitt an der
Schnauzenwurzel muss grösser sein, als die Länge der Schnauze.
Der Schnauzenrücken ist nicht gewölbt, sondern gerade, bei manchen
guten Hunden leicht durchgebrochen. Von der Schnauzenwurzel führt
über den ganzen Schnauzenrücken eine ziemlich breite, deutlich ausgesprochene seichte Rinne zur Nase. Die Lefzen des Oberkiefers
sind stark entwickelt, nicht scharf abgeschnitten, sondern in schönem
Bogen in den unteren Rand übergehend, leicht überhängend. Die
Lefzen des Unterkiefers dürfen nicht niederhängen. Das Gebiss ist
im Verhältniss zur Gestaltung des Kopfes nur mässig stark entwickelt. Ein schwarzer Rachen ist erwünscht. Die Nase ist sehr
kräftig, breit, mit weitgeöffneten Nasenlöchern und, wie die Lefzen,
stets schwarz.

3. Ohren. Der Behang ist mittelgross, ziemlich hoch angesetzt, am Ansatz mit sehr kräftig entwickelter Muschel leicht ab-

stehend, dann in scharfer Biegung seitlich abfallend und ohne jede
Drehung der Kopfform sich anschmiegend. Der Oberlappen ist zart
und bildet ein abgerundetes, nach der Spitze hin wenig verlängertes
Dreieck, dessen vorderer Rand fest am Kopfe anliegt, während der
hintere, besonders bei aufmerksamer Haltung, etwas abstehen darf.
Schwach angesetzte Behänge, welche sich an ihrer Ansatzlinie sofort
dem Kopfe anschmiegen, geben demselben ein ovales, zu wenig
markirtes Aussehen, während der kräftig entwickelte Ansatz des
Behanges ihm eine mehr eckige breitere Oberkopfpartie und ein viel
ausdrucksvolleres Aussehen verleiht.

4. Augen. Die Augen stehen mehr naeh vorn als nach der
Seite, sind mittelgross, braun, nussbraun, mit klugem, freundlichen
Ausdruck, liegen mässig tief, die unteren Lider schliessen in der
Regel nicht vollkommen und bilden dann gegen die inneren Augenwinkel eckige Falten. Zu tief hängende Lider mit auffällig hervor-
tretenden Thränendrüsen oder hochgerötheter wulstiger Bindehautfalte sind verwerflich.

5. Hals. Hoch angesetzt, sehr kräftig, wird im Affecte steil,
sonst aber wagerecht oder leicht gesenkt getragen. Der Uebergang
vom Kopf zum Nacken ist durch eine deutliche Furche gekennzeichnet. Nacken sehr musculös und seitlich gewölbt, wodurch der
Hals ziemlich kurz erscheint. Gut ausgesprochene Kehl- und Hals-
wamme, doch ist die zu starke Entwicklung derselben nicht erwünscht.

6. Brust und Schultern. Brustkorb sehr gut gewölbt,
mässig tief, soll nicht über die Ellbogen hinabreichen. Die Schultern
schräg gestellt und breit, sehr musculös und kräftig, Widerrist stark
ausgeprägt.

7. Rumpf. Der Rücken sehr breit, nur in der Lendengegend
ganz leicht gewölbt, sonst bis zur Hüfte vollkommen gerade. Von
der Hüfte zur Kruppe sanft abfallend und unvermerkt in die Ruthen-
wurzel übergehend. Der Bauch von der sehr kräftigen Lendengegend deutlich abgesetzt und nur wenig aufgezogen.

8. Ruthe. Die Ruthe, unvermittelt aus der Kruppe breit und
kräftig entspringend, ist lang und sehr schwer; sie endigt in kräftiger Spitze und wird in der Ruhe gerade herabhängend, nur im
unteren Drittel leicht aufwärts gekrümmt getragen. Von einer grossen
Anzahl von Hunden wird die Ruthe an der Spitze leicht umgebogen
getragen (wie von allen früheren Hospizhunden nach älteren Gemälden)
und ist daher ∫-förmig hängend. Im Affecte tragen alle Hunde die
Ruthe mehr oder weniger stark nach oben gebogen, doch darf sie
nicht zu steil oder gar über den Rücken gerollt getragen werden.
Leichtes Umrollen der Ruthenspitze ist noch eher gestattet.

9. Vorderläufe. Gerade und stark. Oberarme sehr kräftig
und ausserordentlich musculös.

10. Hinterläufe. Die ganze Hinterhand gut entwickelt, Keulen sehr stark bemuskelt. Die Hinterläufe in den Sprunggelenken mässig gebogen, je nach der Entwicklung der einfachen oder doppelten Wolfsklauen an den Füssen mehr oder weniger nach aussen gedreht, was nicht mit kuhhessig zu verwechseln ist.

11. Pfoten. Breit, mässig geschlossen, mit kräftigen, ziemlich stark gewölbten Zehen. Die einfachen oder doppelten Afterklauen tief angesetzt, so dass sie fast mit der Sohlenfläche in gleiche Höhe zu stehen kommen, wodurch allerdings eine Verbreiterung der Gehfläche bewirkt wird und der Hund im Schnee weniger leicht durchbrechen kann. Es gibt Hunde, welche an den Hinterpfoten eine regelmässig gebildete fünfte Zehe (Daumen) tragen. Die Wolfs- oder Afterklauen, welche sich mitunter an der Innenseite der Hinterfüsse vorfinden, sind unvollkommen entwickelte Zehen und haben für den Gebrauch wie auch für die Beurtheilung des Hundes keinen Werth.

12. Behaarung. Sehr dicht, stockhaarig, glatt anliegend, derb, aber nicht rauh im Gefühl. Die Keulen sind leicht behost, die Ruthe am Ansatze länger und dichter, gegen die Spitze allmälig weniger lang behaart. Die Ruthe erscheint buschig, keine Fahne bildend.

13. Farbe. Weiss mit Roth oder Roth mit Weiss, das Roth in seinen verschiedenen Abstufungen, weiss mit graugelben bis graubraun geströmten Platten oder eben diese Farben mit weissen Abzeichen. Die rothen oder grau- und braungelben Farben sind völlig gleichwerthig. Unbedingt nöthige Abzeichen sind: weisse Brust, Pfoten, Ruthenspitze, Nasenband und Halsband; Genickfleck und Blesse sind sehr erwünscht. Niemals einfarbig oder ohne Weiss. Fehlerhaft sind alle anderen Farben ausser der sehr beliebten dunklen Verbrämung am Kopfe (Maske) und den Behängen.

14. Grösse. Schulterhöhe des Rüden, mit dem Galgenmass gemessen, soll mindestens 70, die der Hündin 65 cm betragen. Die weiblichen Thiere sind durchweg zarter und feiner gebaut. — Als fehlerhaft sind alle mit den vorstehenden Rassezeichen nicht übereinstimmenden Abweichungen zu betrachten.

b) Der langhaarige St. Bernhardshund.

Er ist vollkommen der gleiche wie der kurzhaarige mit alleiniger Ausnahme der Behaarung, welche nicht stockhaarig, sondern mittellang, schlicht bis leicht gewellt, nie gerollt oder gekräuselt und ebensowenig langzottig sein darf. Gewöhnlich ist das Haar auf dem Rücken, namentlich in der Gegend der Hüften bis zur Kruppe etwas stärker gewellt, was übrigens leicht angedeutet auch bei dem stockhaarigen, selbst bei dem Hospizhunde zu treffen ist. Die Ruthe ist buschig, stark, doch mässiglang behaart, gerolltes oder gelocktes Haar an der Ruthe ist nicht erwünscht und gescheitelte oder Fahnenruthe fehlerhaft. Gesicht und Schwanz sind kurz und wenig behaart, länger

entwickeltes Seidenhaar am Ansatz des Schwanzes gestattet, bezw.
fast stets, sozusagen als Norm, vorkommend. Vorderläufe nur ganz
kurz befranst; an den Keulen stark entwickelte Hosen. Fehlerhaft
sind vor Allem Bildungen, welche an Neufundländer-Kreuzung erinnern, wie z. B. Senkrücken und unverhältnissmässig lange Rücken,
zu stark durchgebogene Sprunggelenke und mit aufrechtstehenden
Haaren besetzte Zehenzwischenräume.

Jagdhunde.

Eine grosse Anzahl von verschiedenen Hunderassen wird zur
Jagd gebraucht. Das Bedürfniss ist sehr verschieden und zu allen
Zeiten besassen die Jäger die ihnen passenden Hunde. In alten Zeiten,
wie noch der Urochs, der Büffel, der Bär und Wölfe gejagt wurden,
und Sauen von enormer Grösse existirten, der Jäger aber nur mit
Spiess und Jagdmesser ausrückte, war der Hund mehr zum Aufsuchen und Stöbern gebraucht, weil diese Waldriesen ursprünglich
nicht flohen, sondern sich stellten. Als aber die gewaltigen Thiere
des Waldes ausgerottet waren und die kleineren selten vor den
Hunden flohen, brauchte man tüchtigere Hunde, welche nicht nur
aufsuchten und stöberten, sondern solche, die dem fliehenden Wild
nachsetzten, es fangen und festhalten und auch zu Tode beissen
konnten; damit war schon eine Theilung in verschiedene Leistungen
und verschiedenem Körperbau erwünscht. Mit der Veränderung der
Waffen und der verschiedenen Jagdmethoden, von der Falkenjagd
und Reiherbeize zu den Garn- und Netzjagden, den Fangmethoden
in Gruben, von den Hetzen zu Pferde bis zur heutigen Zeit, in der der
Jäger ein weittragendes Gewehr, das rasch geladen und doppelt oder
dreifach hintereinander abgeschossen werden kann, besitzt, da sind die
Bedürfnisse sehr verschieden gewesen und zu allen Zeiten hatte der
Jäger den ihm am besten passenden Hund. Die Nothwendigkeit
suchte das Passendste aus und vermehrte dies. So ist es gewesen,
so ist es noch heute und so wird es in kommender Zeit bleiben.
Nun wäre es ein grosser Fehler, anzunehmen, dass die Hunderassen
rasch oder gar plötzlich gewechselt hätten, oder gar wie Cuvier in
seiner Katastrophentheorie annahm, dass immer ein neuer Schöpfungsact
nothwendig war, um das hervorzubringen, was von einzelnen modernen
Thierzüchtern für einzelne Rassen verwerthet wurde; nein, langsam vollzog sich die Aenderung, dem in der wechselnden Periode Lebenden
kaum merkbar. Einzelne weniger gebrauchte Rassen nahmen an Zahl
ab, wurden seltener und da sich Niemand mehr um sie kümmerte,
verloren sie ihre einst werthvollen Eigenschaften oder sie brachten
dafür andere zur Entwicklung, oder sie starben aus. — Andere
geeignete Thiere wurden aber zahlreicher und durch Pflege, Dressur
und Auswahl entwickelten sie früher nicht gehabte Eigenschaften

und diese wurden im Verlaufe der Zeiten erblich. Dass die alten britischen Hunde, die im Circus zu Rom einen Büffel niederwarfen, alle das Kunststück verstanden, den Bullen an der Nase oder am Ohre zu fassen und sich womöglich selbst über den Kopf oder den Nacken des gepackten Thieres zu schwingen, ist zweifellos und dass es schliesslich Hunde gab, denen dieser Angriff sehr leicht zu lernen war, ist anzunehmen. Der Leithund des vorigen Jahrhunderts ist zweifellos der am vollendetsten dressirte Jagdhund gewesen, der je existirte und heute, wo ist er? Der Hühnerhund, der vor dem Huhn, der Wachtel oder dem Hasen u. A. steht, je nachdem eben gerade heute gejagt wird, hat diese Eigenschaft grösstentheils geerbt und bedarf zum „Vorstehen" nur wenig Dressur; die alten gefährlichen Bärenbeisser u. dgl., die Wolfshunde und Saubeller etc. aber sind verschwunden und Neues ist in grosser Zahl dafür aufgetreten. Wohl niemals war aber der Jägerei eine grössere Zahl von Hunden zu bestimmten Zwecken zur Verfügung wie heute, es gibt jetzt ein Specialistenthum in der Jagdhundwelt, wie auf dem Markte des Lebens für den Menschen.

Interessant ist es, vorgeführt zu sehen, wie sich seit circa einem Jahrhunderte der Wechsel vollzog; was man schon seit alten Zeiten besass, was verschwand und neu kam; auch wichtig ist es in gewisser Beziehung, die Anpassungsfähigkeit der Hunde an andere Verhältnisse und andererseits die Zähigkeit im Festhalten alter Formen und Eigenschaften zu beachten. Hiebei zeigt es sich oft, dass die Veränderungen in Wirklichkeit sich anders gestalteten als wie man glaubte einfach annehmen zu dürfen, ja dass gerade das scheinbar „ganz Natürliche" nicht eintrat. Z. B. Der Fuchs und Dachs leben heute noch wie vor Tausenden von Jahren, und es scheint sehr natürlich, dass man zu ihrer Jagd heute noch dieselben Dinge braucht, wie damals, weshalb auch der Dachshund stets vorhanden und stets derselbe geblieben sein wird, ja man sollte meinen, wenn sich auch vorübergehend der oder jener Concurrent herandrängte, dass doch der krummbeinige Dächsel überall da seinen Platz behauptet habe, wo er einmal war und zweckmässig verwendet wurde und dennoch ist es anders, wie im Abschnitte über Dachshunde nachgewiesen wird, denn die Dachshundrasse ist weder uralt, noch ist sie vor der Concurrenz z. B. durch die der Foxterriers ganz gesichert. Was hätte ein alter Jäger, der mit der Armbrust oder auch schon einer Feuersteinflinte ausgerüstet war, mit einem mit hoher Nase im Galopp das Feld absuchenden Setter oder Pointer angefangen? Zu einer Zeit, wo unvermuthet ein Keuler oder ein Hirsch oder Wolf auftauchte und die Hasensuche plötzlich in eine Hochwildjagd verwandelte. Oder was wollte der mit Garn und Lappen und noch mehr mit Treibern und Bauern jagende hirschgerechte Jäger von Jagdhunden heutiger Sorte, oder Derjenige, der eine Hirsch- oder Sauhatz oder eine Wolfs- oder auch Bärenhatz abhielt, mit unseren heutigen Rassen?

Von den sehr zahlreichen Angaben aus dem classischen Alterthume führen wir über die damaligen Jagdhunde Folgendes an: Aelian sagt: Die Jäger machen über die Klugheit der Jagdhunde und den Muth derselben, wenn sie einer Fährte des Wildes folgen, die merkwürdigsten Erfahrungen; die Hunde geben zunächst Zeichen mit dem Schwanze, wenn sie das Wild gefunden haben, später mit der Schnauze, rufen ihren Herrn gleichsam zur Hilfe. — Die italienischen Jagdliebhaber und Hirten zahlen für Wolfsfänger oder Bärenbeisser sehr hohe Preise, sagt Theokratius. Nach Homer war „Argos", der Hund des Odysseus, in Abwesenheit des Helden noch eine Zeitlang in Condition erhalten worden; es führten ihn Jünglinge immer auf wilde Ziegen und flüchtige Hasen und Rehe. — Die indischen und lydischen Hunde sind hauptsächlich als Hatzhunde berühmt. Oppian zählt die karischen zu den guten Jagdhunden; von den kretischen sagen Aelian, Arrian, Xenophon u. A., sie seien sehr hurtig, ausdauernd, geschickt zum Klettern, gute Fährtenspürer, langgezottelt, lauten Gebells, am Leitseil folgsam, die Hündinnen wegen ihrer Bedächtigkeit zur Saujagd ganz besonders geeignet. Auch bestimmte Kreuzungen mit sehr „hellem Gebelle" wusste man mit ihnen zu erzeugen.

Von den kretischen Hunden ist gesagt: „Schnell wie ein Geyer verfolgte die kretische Hündin die Hirschspur." Die Molosser wurden zur Jagd, zum Schutz und zum Hüten gebraucht, waren somit weniger Jagdhunde, dagegen waren die lakonischen oder spartanischen berühmt wegen ihres scharfen Geruches, ihres Muthes und ihrer grossen Schnelligkeit, trotzdem sie kleiner waren; die Jäger rühmten, dass sie das Wild aufspüren und verfolgend im Auge behalten, ohne zu bellen. Ihre Farbe war vorherrschend gelb, fuchsähnlich. Horaz sagt, dass sie gleich dem Moloss oder dem falben Sparterhund, gespitzten Ohres durch tiefen Schnee einherjagen, was auch voranrennt. Xenophon dichtet auf eine lokrische, an Schlangenbiss gestorbene Hündin: „Also verdarbst Du, Mära, am vielfach wurzelnden Strauche, Lokrerin, schnellste der laut lärmenden Hündinnen Du." — Von Ovid stammt folgende Angabe über die arkadischen Hunde: „Geschwinder denn Winde, Pterelos auch, im Lauf und Agre, trefflich an Spürkraft und Hyläus, jüngst vom wüthigen Eber gehauen." — Die arigoischen sind gute Jagdhunde (Oppian); die ätolischen sind listig und verschlagen (Derselbe). — Von den altitalischen galten die umbrischen für die besten, man gebraucht sie zur Hirschjagd (Virgil). — Von dem tuskischen Hunde dichtet Oppian: „Auch der tuskische Hund schafft nicht ein geringes Vergnügen oftmals, sei ihm auch ein dicht bezottelter Körper und das Geglieder unähnlich den Arten hurtigen Laufes, sei's, er bringt die

erfreulichen Gaben der Beute, denn er stöbert die Fährt auch auf
im Dufte der Wiese und er zeiget auch an des Hasen verborgenes
Lager." — Xenophon rühmt die keltischen als gute Jagdhunde
und besonders Hasenfänger, grosse Schnauzen seien diesen eigenthümlich, und vom belgischen singt Martial: „Nicht sich, nein,
dem Gebieter macht Jagd der hitzige Windspiel, unverletzet vom
Zahn werde der Has' Dir gebracht." — Die gallischen Hunde
belfern auf der Suche, ihre Stimme ist schwach und heulend und
wenn sie eine Spur ihres Wildes haben, verfolgen sie dasselbe nicht
muthig, sondern mit Geheul (Derselbe). — Ueber die Agassäer ist
von Oppian mitgetheilt: Sie sind eine tüchtige Spürart, nicht nur
auf Vierfüssler, sondern auch auf Geflügel, ihr Rücken ist fleischlos,
sie haben grosse Zotteln, stark gezahnte Füsse, schwerfällige Augen
und dichte, giftige Zähne. — Die iberischen und thracischen
waren nur Jagdhunde, die panonischen, die gross, stark, scharf
und bissig waren, dienten zu Jagd und Krieg. — Im alten Italien
machen die Hirten von der Jagdfreiheit Gebrauch (Virgil). Bauern und
Hirten gebrauchen den Jagdhund, zu verfolgen im Lauf die schüch-
ternen Esel des Waldes und zu erjagen die Gemse, zu erjagen den
flüchtigen Rammler, oft aus Waldmorästen hervorgetriebene Hauer
scheucht er mit lautem Gebell in die Flucht und durch die Gebirgs-
höhen drängt er ins Netz mit Gebell den übergewaltigen Kronhirsch.
— Werthvollen Kaufpreis haben diejenigen, die „jegliches Wild
verfolgen" (Theokratius). — Aristoteles sagt, die lakonischen
Jagdhunde sind zur Zucht am besten tauglich, wenn sie viel arbeiten
müssen, andere dagegen müssen vorher geschont werden. — Nach Arrian
behaupteten die damaligen Jäger, dass die Weibchen, welche nicht im
Verborgenen, sondern frei und öffentlich belegt werden, nicht trächtig
würden; ferner: Jagdhunde, welche von Hofhunden aufgemilcht
wurden, werden träge und unbeholfen, ebenso schädlich sei es, sie
an Schafen oder Ziegen saugen zu lassen, in Nothfällen soll man
eine Hirschkuh, ein Reh oder eine Wölfin als Amme nehmen. Pollut
räth sogar, man soll ihnen die Milch wilder Thiere neben der
Muttermilch geben. — In Griechenland, wie bei den Römern, ward
Sitte, den Hunden 40 Tage nach der Geburt den Schwanz zu „ver-
stutzen", einzelne wurden auch castrirt. Jagdhunde werden öfters
kundigen Leuten ins Futter, in Unterricht und Erziehung gethan
(Martial). — Der Jäger kann die weiblichen mit acht, die männlichen
mit zehn Monaten an lange Riemen nehmen und lehren, „in den
Werken des Waidganges, jetzo gehörnte Ziegen und jetzo Rehböcke
verfolgend, dass sie gestrengten Laufes und ein wenig nur vor dem
Rücken rennen" (Xenophon).

    Zu Jagdhunden wählt man die weissen wegen ihrer schlechten
Dauer im Winter nicht gerne (Oppian). Eine Beschreibung der Jagdhunde ihrer Zeit geben Xenophon und Oppian folgendermassen:

„Der Jagdhunde *(c. f. venaticus)* gibt es zweierlei Arten: *a)* Castor'sche und *b)* Fuchshunde. Jene haben ihren Namen von Castor, weil er, der Waidmann aus der Mythenzeit, diese Art vorzüglich hielt, weil sie von Hunden und Füchsen abstammen sollen; im Laufe der Zeit hat sich aber beider Natur vermischt. Nach den Anforderungen der Jagdliebhaber sollen die Hunde, welche ihnen dienen, gestreckten, starken Körper, grossen, leichten, nervigen, unterhalb der grossen, breiten und eingeschnittenen Stirne flechsigen Kopf, mit hervorstehenden schwarzen, glänzenden Augen, stumpfe Nase, kleine, dünne und hinten wenig behaarte Ohren, sägeförmig gerichtete Zähne und ein grosses Maul haben. Der Hals sei lang, gelenkig, beweglich, die Brust breit, nicht ohne Fleisch, und stark, mit von der Schulter nur wenig abstehenden Schulterblättern und kleinen, geraden, runden, festen Vorderläufen, die etwas kürzer als die Hinterläufe sein müssen, die Gelenke seien gerade, die Seiten nicht durchaus tief, sondern schräg zulaufend, die Lenden fleischig, weder zu lang, noch zu kurz, weder zu weich noch zu hart, die Dünen weder zu gross, noch zu klein, die Fussgelenke abgerundet, hinten fleischig, oben nicht geschlossen, innen aber zusammengezogen, die Weibchen selbst nach unten schmächtig; sie müssen einen geraden, langen, spitzen Schwanz, derbe Oberschenkel, lange bewegliche feste Unterschenkel und etwas magere, bewegliche Füsse, munteres Aussehen, gutes Gebiss, gleichmässigen Bau haben und womöglich von Fuchs- oder Weizenfarbe sein; solchen geht die Schnelligkeit und Stärke nicht ab, solche sind geschickt zum langgestreckten Jagdlauf des Rehes, des Hirsches und der schnellfüssigen Hasen.

Schlechter und häufiger sind aber die kleineren, weil sie ihren Dienst bei der Jagd nicht thun können, die krummnasigen, weil ihnen das Gebiss abgeht und sie den Hasen nicht festhalten, die schlechtäugigen und blinzelnden, weil sie schlechtes Aussehen haben und üblen Ansehens sind, die steifen und schwachen, weil sie mit der Jagd schwer zu Stande kommen, die dünn- und schlechtbehaarten, denn sie können die Anstrengungen nicht ertragen, die hochbeinigen und unverhältnissmässig gebauten, weil sie der Spur schwer folgen, die muthlosen, weil sie ihren Beruf verlassen und sich aus der Sonne in den Schatten entfernen. Hunde mit schlechten Nasen und Füssen taugen nichts, weil sie den Hasen selten riechen und den Laufdienst nicht versehen können, weil ihnen die Füsse wehe thun. Diese sammt denen, welche auf der Fährte bellend schwärmen, die Spuren unvorsichtig zertreten, Kreise machen, den Hasen vorbeilassen, zittern, wenn sie ihn sehen, ohne loszugehen, die sich häufig umsehen, die Lagerspuren nicht kennen, anfangs eifrig, hernach matt verfolgen, sich verlaufen, das Wild verfehlen, auf der Fährte anschlagen, wenn sie ein Geräusch hören, ihren

Dienst stehen lassen, nur scheinbar revieren und Schein für Wahrheit ausgeben oder andere Fehler der Natur und Dressur besitzen,
welche können auch dem eifrigsten Liebhaber der Jagd, dieselbe
verleiden".

In dem ältesten Denkmale deutscher Sprache und Dichtkunst,
im Nibelungenliede, findet sich für Jagdverhältnisse und Jagdhunde folgende wichtige Stelle:

„Von den Jagdgesellen wurden da um und an besetzt die Warten alle.
Da sprach Herre Siegfried: der Hunde ich nicht bedarf
Ausser einem Bracken, dess Witterung also scharf,
Dass er die Fährte erkenne der Thiere durch den Thau.
Da nahm ein alter Jäger einen guten Spürhund,
Er brachte dahin den Herrn in einer kurzen Stund,
Wo sich viel Thiere fanden; was gescheucht vom Lager ward
Das erjagten die Gesellen wie es der guten Jäger Art.
Da nach schlug er (Siegfried) behende einen Büffel und ein Elk
Starker Ure viere und einen grimmen Schelk.
Da hörten sie allenthalben Gelärm und Getos,
Von Leuten und auch von Hunden war der Schall so gross,
Dass davon wiederhallte der Berg und der Tann,
Vierundzwanzig Koppeln brachten die Jäger mit heran."

Albertus Magnus gibt in seinem „Thierbuche", 1545, eine Abbildung und beginnt eine Abhandlung mit den Worten: „Canis, das
ist ein freundlich schmeichelnd Thier, deren gar viele gefunden
werden", und nachdem er von den Tugenden, Eigenschaften und
Gewohnheiten derselben im Allgemeinen abgehandelt hat, sagte er
zur Beschreibung von den Jagdhunden: „Dieweil aber dieses Thier
den Menschen sehr nützlich und in mancherlei Waidwerk fast
gebräuchlich und kurzweilig, wollen wir etwas weitläufiger, die recht
natürlich Weiss anzeigen und beschreiben." — „Hier merk aber von
ersten, dass die Hundt so zum Waidwerk und Gejagt gebraucht
werden, sollen ausgenommen, die Weithundt oder Windspiel, am
adeligsten und besten sind in ihrer Art, so lang breit und hangend
Ohren haben, mit weiten Nasslöchern und fast herabhängenden
obere Lippen, hellem Geschrei oder Bellen, nit zu langen Schwanz,
den er den mehrer Theil aufrecht trägt, allermeist gegen der rechten
Seiten gebogen, unter sollichen Hundten soll man soviel möglich
zween gleicher Grösse, Gestalt, Farb oder Haress, weible oder menle
miteinander laufen lassen, doch ist an der Farb der weniger Theil
gelegen." — „Die Vogelhund aber, so zum Federspiel am bequem-
sten, die haben solche Art mehr aus fleissiger Unterrichtung, den
aus Krafft des Geruches, doch sind sie ihnen breitt vom Rucken.
So du sie herzu unterrichten wilt, musst du ihnen gefangene Repphüner erstlich fürhalten und sie dazu zwingen, dieselben zuerst
steuberen und auftreiben, als denn wird er aus Krafft des Geruchs
sie selber lernen spürenn, doch sollt du ihn oftmals auff die Spur
weisen gefangener Repphüner."

Eine Abbildung von dem „Stöber- oder Steuberhund" aus einer Vogeljagd nach Jost-Ammon sammt einem damaligen Hühner- oder Wasserhunde haben wir in p. 71 vorgeführt.

Tüntzer gibt in seinen „Jagdgeheimnissen" von 1734 folgende Jagdhunde an: I. den Leithund, II. Rüthenhund, III. Jagdhund, und IV. Schweisshund.

In Brasch „24 Abbildungen der Hunde", 1789, ist in Fig. 20 ein Hühnerhund abgebildet, der sehr deutlich die Stellung des Vor- stehhundes und fast Pointergestalt zeigt und es ist hier anzufügen, dass sich im Besitze des königl. Württembergischen Hofjagdamtes ein Oelgemälde befindet, das schon 1806 in dem Inventar genannt wird, auf welchem ein scheckiger, kurzhaariger Jagdhund vor einem Hasen steht, unweit davon ein Jäger mit Doppelflinte, die mit Feuer-

Fig. 20. Abbildung aus Brasch, einen deutschen Hühnerhund darstellend, aus dem Jahre 1789.

steinschloss versehen ist. Der landschaftliche Charakter auf dem Bilde, namentlich das gemalte Haus scheinen mir eher auf eine englische als wie eine deutsche Herkunft hinzuweisen.

Corneli hat in seinem Buche „Die deutschen Vorstehhunde" eine ähnliche Abbildung gegeben, die nach einem circa 1750 ge- malten Oelgemälde angefertigt ist.

In Fig. 21 ist eine Figur aus Brasch' „Der Otter- oder Wasser- hund", 1789. Ob dies die Gestalt des damaligen sogenannten „polnischen" sein wird, lassen wir dahingestellt, jedenfalls hat Brasch für gut befunden, schon damals einen kurzhaarigen und einen lang- haarigen abzubilden.

Bechstein sagt in seiner „Naturgeschichte", welche nach Buffon gegeben ist, man habe sonst folgende vier Eintheilungen gemacht:

15*

1. Hunde mit langem Kopfe und dicker Schauze:
a) Bauernhund, *b)* grosser Douisser, *c)* Jagd-, *d)* Spür-, *e)* Hühnerhund, *f)* Dachs und *g)* Pudel.
2. Mit langer, enger Schnauze: *a)* Spitz-, *b)* Windhund.
3. Mit rundem Kopf, runder Schnauze, stumpfer Nase,
hängenden Lefzen: *a)* Bullenbeisser, *b)* Mops und *c)* Dogge.
4. Mit rundem Kopfe, länglicher Schnauze und langen
Haaren (kleinste Rasse): *a)* kleiner Pudel, *b)* Seidenhund, *c)* englischer kleiner Wasserhund, *d)* Bologneser und *e)* Löwenhündchen.
Bechstein's Einleitung ist folgende:

Fig. 21. Der deutsche Otter- oder Wasserhund nach Brasch. 1789.

1. Haushund, auch Hof- oder Heidehund, Spitz oder
Pommer, *Canis fam. pomeranus, Linné, Chien Loup, Buffon*
mit den Unterabtheilungen: *a)* Pommer, *b)* Heidehund, *c)* Wolfshund oder weisser Spitz, *d)* Fuchsspitz, *e)* sibirischer, *f)* isländischer.
und *g)* Schäferhund.
2. Bullenbeisser, auch Bärenhund, Bärenbeisser, Wachthund, *C. f. molossus* oder *Dogue* nach Buffon, mit den Unterabtheilungen: *a)* Bullenbeisser mit der Hasenscharte, *b)* Rundkopf,
c) englischer Hund, auch Dogge oder Kammerhund, *d)* Metzgerhund,
e) Saufinder oder Saubeller, *f)* Saurüden, *g)* Mops, *h)* Bastardmops,
i) alikantisches Hündchen und *k)* artoisischer Hund.
3. Der Jagdhund, Braque, *C. f. sagax.* (Die Jäger unterscheiden dreierlei Jagdhunde: *A.* Den deutschen, welcher mittel-

mässig lange Ohren hat, haarig, flüchtig und leicht von Leibe ist.
B. Den polnischen, welcher stärker und schwerer ist und längere
Ohren hat. Beide Arten sind von Farbe roth, braun, braunroth,
gelb, wolfsgrau und nur selten schwarz. *C*. Den englischen und
den französischen, der das Mittel zwischen jenen beiden hält
und weiss ist mit schwarzen, braunen, gelben oder rothen Flecken,
also den getigerten Jagdhund.) Bechstein unterscheidet nun: *a)* Den
Leithund oder Spürhund, *b)* Schweiss- oder Birschhund, *c)* Hühnerhund, Vorsteh-, Boden- oder Wachtelhund, *d)* Wasserhund, *e)* Par-
force- oder Laufhund und *f)* den Stöberhund.

4. Der Pudel (grosser Pudel, Wasserhund, Barbet, ungarischer Wasserhund, *C. f. aquaticus,* mit folgenden Unterabtheilungen: *a)* Der kleine Pudel oder Zwergpudel.

5. Der Seidenhund, spanischer Wachtelhund, langhaariger Bologneser, grosser Seidenpudel, *C. f. extrarius,*
Epagneul, mit folgenden Unterabtheilungen: *a)* Der kleine Seidenhund, auch kleine spanische Wachtelhund, *b)* der Bouffe, *c)* der
kurzhaarige Bologneser, *d)* der Pyrame, *e)* der langhaarige Bologneser, angorische, Malteser, spanisches oder Schoosshündchen
und *f)* das Löwenhündchen.

6. Der grosse dänische Hund, dänischer Blendling,
C. f. clanicus, Grand Danois, mit folgender Unterabtheilung:
a) Der Harlekin oder kleine dänische Hund.

7. Der Neufundländer, *C. f. terrae novae,* Blumenbach.

8. Der gemeine Windhund, Wind, *C. f. grajus,* Levries,
Buffon mit: *a)* dem kleinen Windspiel, *b)* dem grossen isländischen
Windhund, *c)* dem Courshund, *d)* dem nackten Hund und *e)* dem
türkischen Windspiel.

9. Der Dachshund auch Dachskriecher, Dachsschliefer,
Dachswürger mit folgenden Unterabtheilungen: *a)* Krummbeiniger
Dachshund, *b)* geradschenkliger, *c)* zottiger Dachshund und *d)* dem
Hündchen von Burgos.

G. F. Dietrich aus dem Winkell theilt in seinem viel-
gebrauchten „Handbuch für Jäger, Jagdberechtigte und Jagdliebhaber",
1805, die Jagdhunde folgendermassen ein p. 85: „Dritte Stufe:
Zahme oder gezähmte Säugethiere, welche bei Ausübung oder Jagd
gebraucht werden. Erste Abtheilung, Raubthiere, *Ferae.* Aus
der 6. Gattung. Hund, *Canis.* Dritte Art, Geselliger Hund,
Canis familiaris. Folgende Rassen oder Familien (Bechstein sagt
Varietäten) sind dem Jäger merkwürdig, die meisten sogar unentbehrlich: *a)* Leithund, *b)* Parforcehund, *c)* Jagdhund,
d) Schweisshund, *e)* Saufinder, *f)* Hetzhund oder Saupacker,
g) Windhund, *h)* Dachshund und *i)* Hühnerhund."

Behlen kennt in seinem „Real- und Verbal-Lexikon der Forst-
und Jagdkunde", 1842, p. 915, folgende Jagdhunde: Hühnerhund,

Wasserhund, Schweiss-, Leit-, Dachs-, Jagd-, Stöber-, Wind- und Hetzhund, ferner den Bullenbeisser, Saufinder, Pudel, Bauernhund, Schäferhund, den Zwergpudel als Teuffelhund, den Spitz- und Wolfshund, Enten-, Wachtel-, Fuchs- und Otterhund.

v. Train führt in seiner „Niederjagd", 1844, folgende Jagdhunde an: Schweisshund, gemeiner Jagdhund, Dachshund, Stöber-, Wasserhühner- und Windhund.

Wenn nun auch die modernen Zoologen in der Regel nach dem Aussehen einige Rassen mehr anführten, als wie die Jagdschriftsteller, die nach dem Gebrauche eintheilten, so ist doch zweifellos, dass ausser den zahlreichen genannten noch viele andere existirten, die nicht aufgeführt waren. Bei der Neigung der Hunde, sich geschlechtlich mit ganz verschiedenen in Grösse und Aussehen, mit Vorliebe zu verbinden und bei der früher gewährten Freiheit, dies thun zu dürfen, sowie bei der üblichen Hundehaltung, dass in jedem Hause mindestens ein Hund war, dass jeder Reisende, ja jeder Bettler einen solchen mit sich führte, da ist nicht zu verwundern, dass es sehr verschiedenartiges Aussehen gegeben hat. Dennoch sind einzelne Typen gewahrt worden und es findet sich in älteren Jagdwerken oft genug die Mahnung, nur gute Hunde zur Zucht zusammen zu bringen. Vollends mit dem Heraufkommen der Parforcejagden, mit der Ausbildung der Leithunde, dem Entstehen von grossen Hundezwingern, war schon im vorigen Jahrhunderte und zum Theile früher, die Zucht nach typirten Rassen gegeben. Aber nicht nur für die sogenannte „hohe Jagd" hatte man bestimmte Hunde, sondern schon im 16. Jahrhundert findet sich bei Ausübung der Niederjagd, beim „Tirassiren der Feldhühner" ein „Vogel-, Hühner- oder Vorstehhund", der sehr wahrscheinlich aus dem „Vogelhund", der schon zur Reiherbeize Verwendung fand, entstand. Zu allen Zeiten war mit der exacten Ausbildung des Jagdbetriebes ein hoher Werth auf einen guten Jagdhund, je für den speciellen Zweck passend, gelegt; sobald aber die Jagdausübung herunterkam, so verloren sich die für besondere Zwecke gebildeten Hunde und es traten Fixköter an die Stelle. Die Zähigkeit in der Vererbung und gelegentliche Rückschläge, Atavismus u. A. liess in späterer Zeit wieder das Verschwundene gelegentlich auftauchen und es unter veränderten Verhältnissen fort existiren. Die im vorigen Jahrhundert vorhanden gewesenen reinen Stämme deutscher Jagdhunde, die von den waidmännisch gebildeten Berufsjägern hochgehalten waren, sind durch die politischen Umwälzungen dieses Jahrhunderts immer weniger geworden und endlich so gut wie verschwunden.

Erst mit dem Wiedereintritt geordneter Jagdverhältnisse trat das Bedürfniss heran, bessere Jagdhunde zu bekommen. Aber nicht nur die Eigenschaften des früheren Jagdhundes, sondern auch neue musste der Jagdhund für die heutigen veränderten Jagdverhältnisse besitzen. Es hat sich somit nicht einfach um ein Wiedererwecken des einstig gewesenen, sondern hauptsächlich um eine Neuschaffung gehandelt. Die Verhältnisse hiezu waren und sind hiezu ausserordentlich günstig. Die Freigabe der Jagd, die zunehmende Kenntniss und Freude zu kunstgerechtem Waidwerk, steigern das Bedürfniss an guten Jagdhunden in Zahl und Qualität. Zweifellos und anerkannt ist, dass in den Fünfzigerjahren dieses Jahrhunderts die Werthigkeit eines guten Jagdhundes in Deutschland am tiefsten stand. Um diese Zeit und später bis in die Siebzigerjahre gab es einen anerkannten reinen Typus deutscher Hühnerhunde nicht mehr und an Orten, wo man auf correcte Jagdverhältnisse hielt, führte man englische oder französische Hunde ein. An einzelnen Gehöften, an Orten, wo früher die Centralen der Feudaljagden waren, fristeten Nachkommen der alten Jagdhunde ihr Dasein oft nur als Hof- oder Luxushunde.

Mit dem Erwachen des nationalen Gedankens nach 1870, dem sturmvollen Drängen, das „Fremde" abzulegen und „deutsch" zu werden, fand auch die Idee, den „altdeutschen" Vorstehhund wieder zu züchten, überall in Deutschland Anklang und 1879 wurden die Rassezeichen 1. eines glatthaarigen, 2. eines langhaarigen und 3. eines stichelhaarigen deutschen Vorstehhundes festgestellt. Verkennen darf man dabei nicht, dass dies auch die Haupttypen fremdländischer Vorstehhunde sind: a) des Pointers, b) des Setters und c) des Griffons. Dass von diesen Rassen dem altdeutschen Blut beigemengt wurde ist nicht in Abrede zu stellen, obgleich die für einen deutschen Hund aufgestellten Rassezeichen wesentlich andere Merkmale verlangen. Durch Ausstellungen wurde das Verlangte dem Publicum vor Augen geführt.

Es ist wohl selbstverständlich, dass auf den ersten Wurf nicht Alles geschehen konnte, dass seither in den Anforderungen an den Vorstehhund eine Reihe von Wünschen zur Geltung kommen, aber anderseits muss anerkannt werden, dass sich von diesem Zeitpunkte ab eine deutsche Vorstehhunderasse mit Unterabtheilungen gebildet hat, die nach Aussehen, Leistung und Vererbung der Eigenschaft den Namen „Rasse" vollauf verdient. Nicht wie bei der Ulmer Dogge ist hier auf das Alter des deutschen Vorstehhundes zu pochen, sondern auf die Zuchtergebnisse aus dem vorhandenen reichen Material. Man hüte sich aber wohl anzunehmen, zur Zeit schon Alles vorhanden gewesene „Gute" zu besitzen.

Es ist Niemand ein Vorwurf darüber zu machen, dass am Beginne sehr strenge nur an die aufgestellten Regeln gedacht wurde. Das Gros der Züchter bedurfte der energischen einheitlichen Führung, sollte die Idee nicht von Beginn an zersplittern, mit der Zeit mussten aber Zuchtergebnisse, die von den vorgeschriebenen etwas abweichen, weil sie aus anderem Material erzielt wurden, zur

Geltung gelangen, z. B. die württembergischen dreifarbigen, kurzhaarigen Vorstehhunde. Damit sei nicht gesagt, dass jetzt alle kurzhaarigen Vorstehhunde dreifarbig sein dürfen, im Gegentheil, die Anforderungen an diese als Rasse neu aufgeführten Thiere müssen sehr strenge sein, ebenso wie an diejenigen, deren Typen schon längst existiren. Sobald man sich überzeugt hat, dass eine Zucht genügend Ausdehnung hat, dass sie durch eine Reihe von Jahren besteht und constant bleibt, dass es sich somit nicht um eine Vexirung mit Kreuzungsproducten handelt, so ist diese Zucht als Unterabtheilung anzuerkennen und mit besonderem Namen zu belegen. Ist dieselbe nicht genügend fundirt, so geht sie von selbst wieder zu Grunde.

Wie ausserordentlich die Anforderungen an unseren heutigen Jagdhundrassen seit 1879 geändert haben, ergibt sich aus den Vergleichen der Rassezeichen, die nachher angeführt sind und wie sehr anfangs Züchter und Jäger Geduld haben mussten mit den neuerzogenen Producten, beweist Folgendes:

Herr Georg Pohl schreibt in „Der Hund", Bd. XIII, p. 75, über eine Jagdsuche nur für deutsche Vorstehhunde, nachdem er die ausgezeichnete Dressur der sechs verwendeten Hunde gerühmt hat: „Eins aber gibt es, auf das ich aufmerksam machen möchte, wenn der Erfolg ein totaler, ein durchschlagender sein soll. Er betrifft das Nachziehen. Ich verkenne durchaus nicht den Werth des Nachziehens, weil es die Grundlage bildet zum Verlorensuchen geflügelter Hühner, wie zum festen Halten der Schweissspur. Wenn aber in Kartoffel- und Rübenfeldern von 50 bis 60 Schritt Breite und bedeutender Länge beide Hunde, sofort, wenn sie auf ein Geläuf kommen, mit tiefer Nase dasselbe anfallen und darauf im langsamsten Tempo die Furchen fortspüren, wenn sofort jede Suche vollständig aufhört und, wie das 10-, ja 20mal auf der Preissuche vorgekommen ist, die Hunde den Jäger auf 15 bis 20 Schritt an ganzen Völkern vorbeiführen, die dann durch die Korona aufgestossen werden, so wird Jedermann zugeben, dass der betreffende Schütze besser thut, wenn er zwei Jungen neben sich hergehen lässt, die den Zweck besser erfüllen. Hier muss Abänderung getroffen werden." — Es hat nicht gefehlt, dass hier, wie bei allen Rassen, die im Entstehen sind, die Charaktere sehr verschieden waren, dass es einerseits „Kälber von Ansehen und Charakter" gab, und ebenso „wüthende Bestien". Das hat sich aber schon um sehr Vieles gebessert.

Der Leithund.

Der vornehmste aller Jagdhunde war in früherer Zeit der Leithund. Die ganze jetzt verblichene Jagdlust des hirschgerechten Jägers, sowie die seiner Gehilfen concentrirt sich zum grossen Theil in dem feinst dressirten Jagdhunde aller Zeiten, dem Leithunde. Die bei Behandlung des Leithundes gebrauchten Ausdrücke sind vielfach heute noch mustergiltig, ein Beweis, wie sorgsam das ganze Gebiet praktisch bis in das Kleinste ausgearbeitet war. Die Kenntniss der früheren Anforderungen und die Behandlungsweise des Leithundes ist für den Jagdhundzüchter auch heute noch unerlässlich.

Täntzer sagt in seinen „Jagdgeheimnissen" von 1734, p. 134: „Von einem Leithunde." „Dieses ist nun der Hund, welcher von der Jägerei für allen Andern vor den edelsten gehalten wird. — Sie müssen von mittelmässiger Grösse sein und ihre manirliche Farbe ist gelblicht. Man hat ihrer auch wohl jedoch nicht so viel, welche über den Rücken schwartz und nur an den Läuften und Bäuchen gelb seyn: allein von den ersten wird am meisten gehalten. Sie müssen einen förmlichen dicken Kopf, weite Nasenlöcher, grosse Lappen um das Maul, lange hängende Ohren und langen Hals haben; stark von Brust und Creutze sein, item starke Läufe haben und dass die vördersten kürzer als die hintersten seyn. Sie haben auch lange und nicht in die Höhe tragende Schwäntze und müssen absonderlich wacker, munter und freudig seyn. Denn unter ihnen fallen welch Junge, die sehr blöde, furchtsam und erschrocken, dergleichen nicht unter anderen Hunden zu finden, ja es scheinet, als wenn sie ganz wildt wären und schreyen, so man sie angreiffet und verkriechen sich ins Stroh."

Bechstein sagt über den Leithund „Diana", 1801, p. 235:

„Die äusseren Kennzeichen einer guten reinen Rasse.

1. Ein wohlgebildeter Leithund muss einen verhältnissmässig grossen, langen und starken Kopf, um das Maul hängende Oberlefzen, eine breite, offene, feuchte Nase und einen breiten Behang haben

2. Die Vorderläufe müssen kürzer sein als die Hinterläufe, damit der Hund eine vortheilhafte Stellung zur Suche mit der Nase auf der Erde habe. Die Vorderläufe sollen krumm ausgebogen sein, und wenn über den Hinterfüssen Luchsklauen befindlich sind, so gibt solches dauerhafte Hunde zu erkennen.

3. Die Brust muss breit, der Körper überhaupt stark und beleibt sein.

4. Die Ruthe soll am Körper stark, am Ende spitzig sein und mehr hängen als aufgekrümmt stehen.

5. Je härter und dichter das Haar des Leithundes ist, je dauerhafter und ernsthafter wird er sein."

Ferner führen wir an:

Der Leithund hat wahrscheinlich seinen Namen daher, weil er beständig geleitet oder geführt wird, vielleicht aber auch deshalb, weil er dazu bestimmt ist, den Jäger auf die Fährte zu leiten. Den Leithund arbeiten, heisst ihn abrichten und auf diese Weise zu seiner Bestimmung geschickt machen. Das Behängen ist die Zeit, zu welcher derselbe gebraucht und abgerichtet wird. Die Halsung ist das lederne, mit einem Ringe versehene Halsband, durch welches eine Leine, das Hängeseil, gezogen wird. Der Jäger zieht aus mit ihm, er fasset ihn am Hängeseil, zieht dieses durch den Ring an der Halsung, um ihn daran zu führen. Der Leithund hat eine gute Nase, wenn der Sinn des Geruches recht stark und fein bei ihm ist. Er fällt auf oder die Fährte an, er übergeht nicht, wenn er jede Fährte anfällt, er zeichnet, wenn er auf der Fährte stehen bleibt und mit der Nase gerade darauf oder hinein zeigt, es ist ihm gerecht, wenn er die Fährte mit Munterkeit und Begierde anfällt, oder es ist ihm nicht gerecht, wenn er nicht freudig darauf fortsucht, Mit dem Hunde nachhängen, heisst so viel als den Fährten, auf denen er gezeichnet hat, mit dem Hunde folgen. Er wird abgetragen, indem man ihn von einer Fährte abnimmt und auf dem Arme wegträgt.

Vorsuchen heisst, einen Theil des Waldes mit dem Leithunde umziehen und nachher mit seiner Hilfe bestimmt angeben zu können, wie viel Rothwildpret hinein- und herausgezogen ist. Man richtet zu Holze, wenn beim Vorsuchen alle gerechte Fährten verbrochen werden. Verbrechen heisst ein abgebrochenes Aestchen auf die Fährte werfen, das abgebrochene Ende des Aestchens zeigt dahin, wohin das Wild gezogen ist. Der Bruch ist der grüne Ast, mit welchem der Hund, wenn er richtig gezeichnet hat, gestrichen und die Fährte bezeichnet wird. Es ist bestätigt, wenn man vorgesucht und zu Holze gerichtet hat. Erneuern oder verneuern heisst, wenn man das Vorsuchen mehrere Morgen hintereinander wiederholt. Man greift vor, wenn man die Vorsuche abkürzet oder an einem anderen Orte die schon einmal beobachtete Fährte wieder zu finden sich bemüht. Man lässt den Hund schiessen, indem man ihn während der Arbeit ein Stück auf der Fährte am Hängeseil fortlässt. Der Hund ist führig, wenn er ein Jahr alt und zur Arbeit tüchtig wird, er ist gut behangen, wenn er lange und sehr breite Ohren und an beiden Seiten herunterhängende Lefzen hat. Fasst man das Hängeseil fester, kürzer, so fasst man nach. Ist der Hund ein Jahr alt, wo er zur Arbeit tüchtig wird, so ist er führig und wird, wenn er gleich anfangs richtig zeichnet, gängig. Wenn dem Hunde die Augen zugehalten werden, wenn der Jäger ein Wild sieht, so wird er geblendet. Wenn der Hund beim Suchen die Nase nicht tief genug am Boden hat, seitlich gafft, so heisst dies schwärmen; wenn er seitlich schnuppert, die Fährte verfehlt, reissern; das auffahrende Wild verfolgt, hetzen.

Die Eigenschaft des Leithundes besteht darin, dass er auf jeder Rothwildpretfährte anfällt, zeichnet, auf derselben stutzt, die Nase genau hinein hält und dann zum Jäger aufblickt. Nie darf der junge Leithund geschlagen oder gestossen werden, sonst ist er für immer verdorben. Harte Strafen, besonders Schläge, verträgt der Leithund nie. Die einzige, welche aber auch höchst vorsichtig angewandt werden muss, besteht, wenn Worte gar nicht fruchten wollen, in einem mässigen Ruck mit der rechten Hand an der Leine. Wenn der Hund ausschliesslich auf Edelhirsche oder Sauen oder Damhirsche gearbeitet ist, so ist er rein gearbeitet. Wird er wieder auf anderes Wild gearbeitet, so ist dies der Wiedersprung. Die beste, aber auch schwierigste Art, den Leithund zu arbeiten, ist die auf den Wieder- oder Absprung. Der Hund hat Recht, es wird ihm Recht gegeben, wenn er was Gutes gethan und mit einem Zweig gestreichelt wird. Er bekommt den Genuss oder er wird genossen gemacht, wenn ihm von dem erjagten Wild zu fressen gegeben wird.

Wenn der Jäger am Morgen auszieht, so muss der Hund die nach Mitternacht entstandenen Fährten dadurch bemerklich machen, dass er bei jeder stehen bleibt, sie mit der Nase zeichnet, den Kopf in die Höhe hält und nicht eher weiter zieht, bis ihm vom Jäger zugesprochen wird, dass er fortsuchen solle. Der Leithund darf, um dies zu können, nicht mit dem Kopf hoch im Winde suchen, nicht schwärmen, nicht übergehen, wie viele Fährten sich auch durchkreuzen, nicht reissen, nässeln und hetzen, auch niemals Laut geben. Die Natur braucht ihm bloss eine gute Nase und Liebe zur Jagd gegeben zu haben, d. h. er muss von einem hirsch-, jagd- und fährdegerechten Waidmann dazu gut gearbeitet werden.

Ferner nach Bechstein:

„Die Zeit des Behängens oder die schicklichste zur Arbeit mit dem Leithunde auf Hirsche, fängt mit dem Monate Mai an und endigt mit Ausgang Juni; bei nicht zu grosser Hitze auch wohl erst im Juli. Selbst in dieser Periode muss man wenigstens mit jungen Hunden, bei windigem, schlackigem Wetter aussetzen, ohne Noth aber sonst die Arbeit keinen Morgen unterbrechen. Der Gebrauch des jungen Hundes in früher Jahreszeit ist deshalb nachtheilig, weil, während des Färbens, zu viel Haare vom Rothwildpret an den Sträuchern hängen bleiben und der Hund dadurch gar geschwind die Nase hochzutragen sich gewöhnt, welche er doch immer auf und in die Fährte halten soll und muss. Späterhin als oben gesagt worden, darf man wieder nicht mit ihm arbeiten, weil die Sonne dann zu zeitig den Thau abtrocknet.“

„Wenn im Anfange des Monates Mai der junge Hund sein erstes Jahr vollendet hat und also fähig wird, so ist es Zeit, ihn zu arbeiten oder abzurichten. Man wählt zu diesem Zwecke einen heiteren, windstillen Morgen, an welchem es zwar etwas, doch nicht allzustark gethaut hat, fasst ihn, ungefähr ¼ Stunde nach Sonnenaufgang, ans Hängeseil und zieht mit ihm aus. Um nun den Hund aufzumuntern und dahin zu bringen, dass er am Hängeseile rasch aus der Hand gehe, muss man ihm immer von Zeit zu Zeit zureden. Dies kann mit den hergebrachten Worten: Hin! Hin! Voraus! Soso! Vorhin! geschehen, zuweilen wird er auch dazu beim Namen genennet. Alles aber muss mit Gelindigkeit und Güte gesagt werden."

„Ueberhaupt ist es eine Hauptregel bei jeder Art von Hunde-dressur, oft mit dem Hunde zu sprechen. Beim Leithunde darf sie noch weniger als bei jedem anderen vernachlässigt werden. Man hat dazu drei Gründe: entweder ihn feuriger zu machen, oder ihm Recht zu geben, wenn er thut, was er soll, oder endlich ihn durch Worte merken zu lassen, dass er gefehlt hat, wenn er etwa eine falsche Fährte anfällt. Indess versteht es sich von selbst, dass man nicht unaufhörlich mit ihm reden muss, man würde sonst machen, dass der Hund mehr auf die Worte, als auf die Fährte Acht hätte und am Ende würde er ebenso lässig suchen, als ·ein Pferd, auf das der Knecht immer losschreiet im Zuge, faul werden muss. Noch viel weniger darf man bei der Arbeit laut schreien, weil der, ohnedem weiche und schüchterne Leithund, furchtsam, das Wildpret aber, welches bestätigt werden soll, rege und flüchtig gemacht würde."

Zur Zuzucht der Leithunde bringe man, wenn eine gute Hündin läufisch ist, solche mit einem der vorzüglichsten Hunde unter gehöriger Rücksicht auf beider Temperament, Bau und Alter in einem kleinen Stalle oder noch besser, im Zwinger, wo sie beobachtet werden können, allein zusammen und trenne sie nicht unter 3 Tagen, oder wenigstens nicht eher, bis sie dreimal gehangen haben. Dann kommt der Hund wieder zur Meute, die Hündin aber bleibt, bis die gewöhnlich 9 Tage dauernde Periode des Laufens vorüber ist, in der für sie schicklichen Gesellschaft ihres Gleichen.

Ferner nach Winkell, I., 184:

„Will man mit Nutzen junge Leithunde ziehen, so nehme man zu einer guten, alten Hündin einen jungen, raschen Hund von reiner Rasse, der schon gezeigt hat, dass er Lust zur Arbeit hat. Eine junge, muntere Hündin belegt man hingegen mit einem alten, firmen Hund."

„So lange die Hündin tragend ist, darf sie nicht angelegt werden, aber sehr vortheilhaft ist es, in dieser Periode mit ihr, wenn es die Jahreszeit irgend gestattet, zuweilen, aber ja nicht bis zur Ermüdung zu arbeiten." — Hat sie gewölft oder geworfen, so lässt man alle jungen Hunde etwa 24 Stunden bei ihr liegen, dann sucht man 3 bis 4, so viel kann die Mutter säugen, davon aus, an welchen die gewünschten Eigenschaften am besten ausgeprägt sind, die übrigen schafft man bei Seite. „5 bis 6 Wochen müssen die Jungen säugen, gegen das Ende dieser Zeit aber gewöhne man sie nach und nach an, geriebenes Brot mit Milch zu fressen. Sind sie von der Mutter abgesperrt, so erziehe man sie ferner bei einem abwechselnd aus warmer Milch- und Mehlsuppen, mit geschnittenen gut ausgebackenem Brote vermischt, bestehenden Futter. — So zeitig als möglich gewöhne man die Jungen, wenigstens bis sie 1 Jahr alt sind an die Kette. Die Erziehung auf dem Lande hat deshalb Vorzüge, weil sie da mehr Gegenstände sehen und an das Vieh gewöhnt werden. — Damit eine etwa nöthig werdende Amme ihre Dienste willig versehe, nimmt man ihre eigenen Jungen weg, bis auf eines und wäscht dieses wie die künftigen Milchgeschwister, ehe man sie unterlegt, mit Branntwein."

„Die beste Fütterung erwachsener Leithunde wird auf folgende Art zubereitet: Man brühe feines Schrot, von gutem Hafer, mit siedendem Wasser, in einem zugedeckten Gefässe auf, thue dazu etwas Salz, Butter, Rinds- oder Schafstalg, zuweilen auch Brühe aus Schafsknochen bereitet. Ist aber Schrot hinlänglich gequollen, so menge man gut ausgebackenes Brot, welches zur Hälfte aus Roggen-, zur Hälfte aus Gerstenmehl bestehen kann, darunter, und gebe, wenn Alles verkühlt ist, jedem Hunde allein, Mittags diese Suppe. Im Sommer aber füttere man einen Tag um den anderen Milch und Brot. Abends ist trockenes Brot hinreichend.

Brühsuppen, wie man sie gewöhnlich auf den Tisch bringt, sind wegen des Gewürzes, welches dazu genommen wird, schädlich! — Ganz alter weicher Käse, Majoran in ungesalzener Butter gebraten und zuweilen Krebsschalen sind, von Zeit zu Zeit einmal gegeben, zweckmässige Mittel; die ersteren zur Erhaltung einer guten Nase, das letztere zur Abkühlung und gelinden Oeffnung. Frisches Wasser zum Getränk darf nie fehlen."

Hatz- und Parforcehunde.

Man hat zu unterscheiden zwischen den alten Hetzen oder Hatzjagden auf Bären, Sauen, Wölfe etc. und den nach bestimmten Regeln ausgeführten Parforcejagden auf Hirsche, Füchse oder Hasen. Zu allen diesen verschiedenen Jagdarten bedurfte man besonderer Hunde, zum Theile auch solcher, die heute nicht mehr zur Jagd verwendet werden. Zu den Bärenhatzen.verwandte man die gewaltigsten Packer, denen man Stachelhalsbänder anzog, damit sie vor den Bissen des wilden Thieres geschützter waren. Bechstein nennt diese Sorte Bullenbeisser, Bärenhund, Bärenbeisser *C. f. molossus, Dogue.* Dieser Hund wurde auch als Hatzhund bei der Hirsch- und Saubatz verwendet und er wurde in Stiergefechten gebraucht. Zu den anderen, sogenannten deutschen Hatzen, wurden

Hatzhunde gebraucht, die als englische, Leib- oder Kammerhunde bezeichnet wurden.

Täntzer sagt in seinen „Jagdgeheimnissen" von 1734 von
diesen englischen Hunden, dass er sie wegen ihrer Grösse zu
oberst stelle, dieselben hätten diesen Namen von England oder
Irland, weil dortselbst viele solcher Hunde gehalten werden, zur Zeit
aber (1834) wurden solche Hunde gar nicht aus England geholt,
sondern auch bei uns an den Herrenhöfen erzogen. Die grössten
und schönsten von diesen sogenannten englischen wähle man nun
aus und heisse dieselben Kammerhunde und aus diesen werden
wieder einige mit besonderen Farben und Ansehen ausgewählt, die
als Leibhunde bezeichnet werden. —

Diese vorhin genannte, von einem Jäger gemachte Eintheilung,
passte aber den Herren Zoologen nicht und Buffon hat diese Art
Hunde in verschiedene Classen eingetheilt, welche von den späteren
Naturforschern oder vielfach auch nur Abschreibern beibehalten
wurden, fast bis in die neueste Zeit. Der Saufinder und Trüffel-
sucher sollte von den Schäferhunden abstammen, der Saubeller
C. f. aprinus vom Metzger- uud Fleischerhund, der Saurüden
C. f. suillis war ihm verwandt und als Parforce- oder Laufhund C. f. gallicus wählte man nach Bechstein einen französischen
oder englischen grossen Jagdhund. Wie man diese Hatzhunde erzog
und was man von ihnen verlangte, geht aus einer Mittheilung aus
dem Werke „Hohe Jagd" 1847, p. 60, hervor, dort ist gesagt:

„Ferner sagt Täntzer von denen Parforce-Hunden: Ich
will nicht nach Frankreich oder England ziehen, um dieselben
von anderen Jägern zu kaufen — ungeahntet ich billig bekennen
muss, dass wir hier und in Deutschland dergleichen Hunde von dem
Hals, nämlich einer so mehr als gemeinen starker Lauts nicht
haben — sondern ich muss ganz andere Hunde dazu erwählen,
von welchen man sagen muss, dass dergleichen zur Parforcejagd
nicht gebrauchet sein und absonderlich, weil ich mich nichts anderes
als einen Jäger der deutschen Jagd berühme. — Es sollen also nur
gemeine Hunde sein, welche nicht gross und gleichsam als
manirliche Stöber nach der Leithund Proportion und also nicht zu
gänge sein. Ich will auch zu den Hirschen eitel weisse, zu
den Haasen schwarze und zu einem ausserordentlichen
Parforcejagen eitel bunte, als roth und weisse Hunde
haben."

„Um die jungen Hatzhunde daran zu gewöhnen, dass sie
sich gut führen lassen und untereinander verträglich sind,
macht man sie, sobald sie $\frac{1}{2}$ Jahr alt sind, erst kettenbändig
und bringt sie in Gesellschaft anderer, besonders derjenigen alten
Hunde, die künftig mit ihnen eine Hatze ausmachen (d. i. gemeinsam hetzen sollen), lässt sie an Hatzleine oft ausführen und

bestraft jede Unordnung unnachsichtlich. Auf Gehorsam und Verträglichkeit der Hunde muss nämlich mit grösster Strenge gehalten werden, und wenn sich je der, doch oft unvermeidliche Fall der Widersetzlichkeit oder des Zusammenfallens ereignet, muss sehr harte Strafe darauf erfolgen. Ganz dasselbe Verfahren findet bei älteren Hunden statt, wenn sie wieder in den Zwinger zusammengezogen werden, um sie wieder zusammen zu gewöhnen. Man legt dieselben nämlich in abgesonderten Verschlägen an Ketten, u. zw. so, dass, soweit es möglich ist, neben den Hund immer eine Hündin kommt, auch bringt man sie stets gleich hatzenweise zusammen. Reinlichkeit, gute Reinigung, gute Streu, beständige Aufsicht dürfen im Zwinger nie fehlen. Jeder Hund muss sein Futter extra bekommen.

Kranke müssen sogleich abgesondert werden und müssen in heizbare Räume gebracht werden. Beim Anblick von Wild dürfen. sie nicht lärmen, erst wenn die Hatz beginnt, dürfen sie laut werden. Das Anpacken am rechten Fleck, nämlich nur am „Gehör der Sau" ist meist Naturtrieb, kann aber geübt werden. Fangen und Packen lernen sie von den Alten."

Ferner, „dass sogenannte „englische Hunde" zur Sauhatz verwendet werden, mit Kleidern „von denen Leibhunden". In den unterschiedlichen Uebungen solcher jungen englischen Hunde geben sie einen Unterschied — denn weil solche Hunde nichts scheuen und gleich zu lauffen — ist's oft geschehen, dass ein Hund an einen Stock lauffet, dass er lahm und öfters gar den Hals entzwey stürzet. — Als nun der Anfang sich zur Kühnheit an den jungen Hunden wohl erblicken lassen, so muss man selbigem auch andere Thiere — fürstellen — und alsdann hat man schon längst gute Kleider vor ihn erfunden, welche solchem und seiner Gesellschaft angeleget werden können — wie eine Jacke. — Sie sind von braunem Parchen oder Baum-Seiden auswendig gemacht und unten mit fester Leinwand ausgefüttert, mit Haaren oder Baumwolle wohl ausgestopffet und ganz durchnähet, unter dem Bauch und der Brust aber, ist solches so nicht ausgestopffet, denn da ist es am gefährlichsten, sondern mit Fischbein ausgeleget und lauter Nessel-Löchern hart aneinander ausgenahet mit vieler Arbeit, dass es als ein Pantzer feste. Welchem Hund nun eine solche Jacke soll gemacht werden, dessen Lauf muss der Schneider in Acht nehmen und wegen der Hinterläuffte den Ausschnitt recht machen. Die Beschutzung der vorderen Schenkel ist mit Baumwollen ausgestopffet, dergleichen die Seitenflügel." Täntzer's „Jagdgeheimnisse", 1734, p. 136.

Dass es bei diesen Hatzen in der Regel nicht ohne Hindernisse abging, geht aus einer Mittheilung aus dem Werke „Hohe Jagd" hervor:

„Bei keinem Saujagen darf der Thier- oder Jagdarzt fehlen.
— Es hatten aber auch die Hatzmeister und Gehilfen jeder Heft-
nadeln, Seidenfaden, leinene Binden, Lancette und ein nicht zer-
brechliches Fläschchen mit blauem Wasser bei sich, um im Noth-
fall einen ersten Verband bei den geschlagenen Hunden besorgen
zu können."

Die französische oder Parforcejagd aber war etwas
Anderes, sie bestand nach Dietrich a. d. Winkell darin, dass man
einem Hirsch mit einer beträchtlichen Anzahl Jagdhunden, welche
weniger schnell sind als er, auf der Fährte folgt, bis er, durch die
Flucht ermüdet, nicht mehr aus der Stelle weicht, sondern sich so
lange gegen die Hunde vertheidigt, bis diese ihn niederziehen oder
er vom Jäger auf passende Art erlegt wird — ja oft wurde der Hirsch
gar nicht erlegt, sondern nur gefangen und im nächsten Jahr abermals „par force" gejagt. Letzteres wurde namentlich in England
geübt. Winkell verwahrt sich ausdrücklich davor, dass diese Parforcejagd „Hetze" genannt wird, denn bei der „Hetze" verwende
man Hunde, die schneller sind als das Wild, welche das Wild im
Gesicht habend verfolgen, einholen und festhalten. Bei der Parforcejagd aber gehen sie auf der Fährte und suchen das Wild mit
der Nase.

Daraus ergibt sich, dass wir heute die Nachkommen von den
alten Hetz- oder Hatzhunden nicht mehr zur Jagd gebrauchen,
wohl aber diejenigen der Parforcehunde.

Eine willkürliche Anzahl von Hunden, welche ausschliesslich nur
auf der Fährte des zu verfolgenden Wildes vermittelst ihrer guten
Nasen fortarbeitet und dabei ununterbrochen laut ist, heisst eine
Meute, und das Gebell, welches die jagende Meute ausführt, soll
so harmonisch klingen, wie das gestimmte Glockengeläute eines Domes,
weshalb es auch als „Geläute" bezeichnet wird.

Die Parforcejagd stammt aus Frankreich, und seit uralten
Zeiten hatte man dortselbst berühmte Meuten Parforcehunde. Eine
weisse Rasse, die Baulx oder Greffiers, die berühmt waren
in der Zeit vom 13. bis 16. Jahrhundert, und von denen man
sagte, dass sie die Nachkommen seien von einem Hunde, welchen
St. Hubert selbst im Besitze hatte; ein Vers verherrlicht dieselben
folgendermassen:

„Sanct Hubert von Gottesforcht
Souillrad sein Hund im wohl gehorcht
Aller guten Hund Vater ist
Wol gearbeitet zu aller Frist."

Eine zweite berühmte Rasse französischer Parforcehunde war
schwarz und sie entstammte der Abtei St. Hubert in den Ardennen.
Eine dritte berühmte Meute bildeten die grauen Hunde von Ludwig
dem Heiligen, von denen gesagt wurde, er habe sie aus dem Orient

von seinem ersten Kreuzzuge mitgebracht um 1254, diese seien eine ganz „wüthende Hetze" gewesen, wie eine „Meute" von Wölfen. Wie ausserordentlich hoch die Hundezucht für die Parforcejagd entwickelt sein musste, geht daraus hervor, dass Gaston de Foix allein eine Meute von 1400—1600 Hunden besass. Auch in Deutschland gab es stattliche Meuten im vorigen Jahrhundert; Döbel führt z. B. an, dass die Anhalt-Dessau'sche 460, später noch 80 bis 90 Hunde hatte, die königlich polnische und sächsische 155, die königlich württembergische (nach Robell Wildanger 1859, p. 111) hatte dritthalbhundert Parforcehunde und hiebei waren 20 solcher mit Panzerhemden. In dem Werke „Hohe Jagd" ist gesagt, dass man damals in England den Hirsch mit einer Meute von 50 bis 60 Hunden jagte und diesen stets, statt zu tödten, einfing, um ihn ein Jahr später wieder zu verwenden.

Ueber das Aussehen der Parforce- oder Laufhunde, *C. f. gallicus* oder, nach Buffon, Chien courant, sagt Bechstein: „Man wählt dazu einen französischen oder englischen Jagdhund, welcher einen länglichen Kopf, breite Stirn, langbehangene Ohren, hohe Hüften, dicke Lenden, gerade Knie hat und einen hellen Laut von sich gibt, laut anschlägt. Er muss so grausam sein und in Gesellschaft von mehreren Seinesgleichen einen Hirsch auf der Fährte so lange verfolgen, bis er ermüdet zur Erde hinstürzt."

Dietrich a. d. Winkell gibt die gestellte Anforderung für die Behandlung der Parforcehunde folgendermassen an: Kein einziger Parforcehund soll stumm jagen, und nie darf eine Hirschmeute auf andere Wildgattung und nicht einmal auf Thiere jagen. Die Unterhaltung und Behandlung der Meute erfordert grosse Aufmerksamkeit, nicht allein von Seiten der Jäger, sondern auch der Wärter, deshalb muss die Wohnung dieser ganz in der Nähe des Hundezwingers (damals Jägerhof genannt) sein. Zur Futterzeit müssen sämmtliche Wärter anwesend sein und in der Aufsicht je zwei und zwei wochen- oder tageweise abwechseln. Die Wachehabenden dürfen sich auch nicht eine Minute entfernen, um immer bei der Hand zu sein, wenn etwa Unordnungen durch Beissen der Hunde untereinander u. dgl., welche scharf mit der Peitsche zu bestrafen sind, entstünden. — Die Angaben über Stalleinrichtung, Reinhaltung, Baden, Fütterung, Zucht und Aufzucht können hier übergangen werden. Die ersten Erziehungsversuche bestehen darin, dass man alle drei Monate alten Hunde in einen besonderen Stall zusammenbringt, dafür sorgt, dass sie geräumiges Zimmer und immer frisches Wasser haben, dass sie ihren Namen merken und auf Zuruf gehorchen. Die ganzen Commandos wurden in französischer Sprache gegeben. Ferner: Wenn junge Hunde zum unverbrüchlichen Gehorsam gewöhnt sind, so nimmt im Monate Juli das tägliche Ausreiten seinen Anfang, um sie und die Jagdpferde in „Odem" zu setzen; zu diesem Ende versammelt sich das ganze zur

Parforcejagd gehörige Personal und empfängt die von den Hunde-
wärtern zugeführte Meute. Der älteste Piqueur reitet voran und feuert
sie oft durch den Ruf „hay, hay!" zur Nachfolge an, vorn an der
rechten Seite schliesst sich der Director, an der linken der Oberjäger und hinter jedem von diesen ein Theil von der Jägerei und
der Jagdpfeifer an, um die Hunde eng zusammenzuhalten; die vordersten Reiter rufen gleichfalls „hay, hay!" die übrigen „à la
meute!" Das Auseinanderbrechen oder Durchbrechen wird bestraft,
der jüngste Jäger kommt hinten nach und treibt sie mit der Peitsche
zusammen. So geht der Zug während der ersten 14 Tage langsam in einem
geschlossenen District, später wird mit der Meute täglich etwa eine
Stunde im Freien geritten, aber der Ort vermieden, wo Wildpret
steht, und von jetzt ab folgen die Reiter der Meute.

In der Folge wechselt Trab mit Schritt ab, auch macht man
längere Wege, nach einigen Tagen wird auch galoppirt und die
schnelle Bewegung täglich vermehrt, endlich dehnt man die Tour
bis $1^1/_2$ Meilen aus und lässt auf kurze Distanzen den Galopp in
Carrière übergehen. Von dieser Zeit an schickt man die Pferde auf
dem halben Wege voraus, um damit wechseln zu können. Bei allen
schnellen Bewegungen wird die Meute durch „Juchen" angefeuert
und von Zeit zu Zeit gestoppt, d. h. dadurch aufgehalten, dass
der vorreitende Piqueur von den an den Seiten zunächst folgenden
Jägern unterstützt, den Kopfhund (den vordersten), beim Namen
nennt und, vor ihm die Peitsche schwenkend, nicht klatschend
„Derrière" ruft; sobald dieser steht, ist es leicht, alle übrigen an-
zuhalten. Unfolgsamkeit einzelner wird bestraft, indem der Jäger
absteigt, den Ungehorsamen an der Ruthe emporhebt und ihm
einige tüchtige Hiebe zutheilt und wiederholt „Derrière" ruft. Nie,
weder beim Ausreiten, noch bei der Jagd, darf die Meute gestoppt
werden, wenn auch nur ein einziger Hund voraus ist. Durch das
„Stoppen" kommen die hinteren nach, es gibt Erholung, und das
übermässige Feuer der Hunde wird gemildert. Während der letzten
halben Stunde nach Hause reitet man Schritt. Diese Uebungen
werden immer complicirter, die Hunde müssen sich endlich an
Signale gewöhnen, und nachdem vom Juli bis November diese täglichen Ausritte fortgesetzt waren und die Meute tüchtig ist, kommt
dann in der „Hirschheiste" im November das Parforcejagen einiger
starker Hirsche, das mit grösster Präcision und unter Befolgung
zahlreicher Regeln durchgeführt werden muss. Dietrich a. d. Winkell
sagt zum Schlusse:

„Die Vorsichtigkeit und der Gehorsam der Meute gewährt viel
Vergnügen; so kann man z. B. oft sehen, dass sie auch dann die
Fährte des angelegten Hirsches nicht verlässt, wenn eine beträchtliche Strecke mit 50 bis 60 Stück Wild und Hirschen fortging, und
sich erst dann wieder davon trennte, bliebe in diesem Falle auch

das ganze übrige Rudel Hirsche im Gesicht der Meute stehen, so
wird doch schwerlich, wenn die Hunde gut eingejagt sind, einer es
zu bemerken scheinen."

Der Hühnerhund (C. f. avicularis) und seine Dressur.

Früher rechnete man hierher und theilte hiernach ein den
„vorstehenden" oder „Boden-", auch „Wachtelhund", die gewöhnliche Braque und Braque de Bengale (d. h. den heutigen
Dalmatiner). Der Parforce- oder Laufhund, C. f. gallicus
oder, nach Buffon, Chien courant, wurde nicht hieher gerechnet, ebenso
hatte der Stöberer, C. f. irritans, seine besondere Stellung.
Hühnerhunde, d. h. Jagdhunde, welche die Feldhühner aufsuchten
und vor diesen „standen", hatte man schon seit langer Zeit, denn
so lange man mit Garn und Netz eine Kette Hühner einfangen
wollte, war die Anforderung an den Vorstehhund in Hinsicht
seiner Ausdauer jedenfalls grösser als heute, wo der Jäger mit einem
weittragenden Gewehr versehen ist. Eine über 200 Jahre alte
Dressurvorschrift von Aitinger ist diesbezüglich höchst interessant
und belehrend; das Werk führt den Titel: „Wie die Hunde an
die Feldhühner abzurichten und verständig zu machen." („Vollstän-
diges Jagd- und Waidbüchlein von dem Vogelstellen", Conradt
Aitinger, 1681.) Er sagt:

„Steuber und Hund, so nicht. der Art von Hühnerhunden,
seind beschwerlich und mit grosser Müh abzurichten, geraten denselben auch sehr wenig. Es geben die von der Art einem nach
genugsamb zu schaffen, dass sie verständig gemacht werden,
jedoch wird Mühe und Arbeit darauff verwendet." — A. räth nun,
„dass man zunächst den Hunden Hühnereingeweid, besonders Schweiss,
Herz und Leber zu essen geben soll, besonders weil die Hühnerhunde dasselbe so gerne essen, hergegen das zahme Hühnerein-
geweide nicht begehren". Ferner:

„Den Hühnerhund muss man von Jugend auf abrichten und
gewöhnen. Erstlich mit einem Stücklein Fleisch und Brod, dies legt
man ihnen vor und gewöhnt sie mit guten Worten und Schlägen
dazu, dass sie solches nicht ehe, es werde denn befohlen, aufheben,
darmit werden sie forchtsam erhalten und gehorsamb."

„Wann sie dies gefasst (erfasst, können) were nicht bös, da
lebende Hühner an einen Faden gefessled und den jungen, unab-
gerichteten Hunden uff dem Felde vielmal vorgelassen und sie
darmit gewehnet vor dem Huhn sich niederzulegen. So die lebendige
Hühner nicht zu bekommen, muss man sich mit ihrem Kot uffn
Felde behelfen. Wann anfangs mit ihnen gesucht wird und keinen
alten verstendigen Hund hat, davon sie. lernen können, verzeihet
ihnen und gebet nach, dass sie die Hühner einmahl oder etzliche

auftreiben; darnach schlaget und straffet sie darumb." — „So sie dies wohl gelernet und verstehen wollen, wie das bald an ihrem Wedeln und anders mehr gemercken, abgenommen werden kann, als dann mahnet den Hund wiederumb ab und damit sie desto eher zu einem zubringen, hat man allzeit was Gutes vor sie zu Essen bei sich oder zum wenigsten Brod, welches ihnen allemal darumb gegeben, dass sie desto lieber zu einem kommen, von Hühnern ablassen und angefesselt werden können, damit sie kein Crakel unter den Hühnern anfangen." — „Wann die Hunde nicht zierlich suchen und stets mit der Nase auf dem Erdreich liegen, werden sie an einen Schnabel gewehnet, d. i. ein kleines hölzernes Gäbelein, das wird mit einem Riemen, wie ein Halfter am Pferd gefasst, das wird solchem Hund an das Maul und umb den Kopf gemacht. So die Hunde ungehorsamb und nicht wohl lernen, werden sie allemal nach gehaltener Schul und Exercitio sobald angelegt und dann über den andern oder dritten Tag abermal geübet und abgebläuet, darauff und wiederumb angelegt, darmit werden sie gewöhnet, bendig und gehorsamb gemacht."

Es gab aber schon viel früher Vorstehhunde. Gessner sagt z. B. in seinem 1563. erschienenen „Thierbuche":

Von dem Vogelhund.

„Die Hund so zu dem voglen gebraucht werden, habend söliche Tugend nit von Natur, sondern werdend söllichs in etlicher Zeyt geleert mit Zucht und Streichen, allein habend sy von Natur die Scherpfe des Geruchs, sind ganz dienstlich und bei dem Adel bräuchlich, haltend sich still so sy das Geflügel ersehend, lassend sich mit dem Garn überziehen, werdend auf Teutsch genannt Vogelhund und von etlichen Wachtelhund auch Forstendhund."

Und Haller führt in seiner „Naturgeschichte", 1757, an:

Die deutschen Jagdhunde *(Venaticus)* sind haarig und leicht, die polnischen schwerer, beide sind wolfsgrau, schwarz, roth, braungelb.

Täntzer weiss 1754 von dem Vorstehhunde zu berichten:

„Was nun die Vorstehhunde belanget, soll sich ein jeder guter Feldjäger befleissigen auf Hunde, die guter Art und von Natur dem Feld-Suchen zugeneigt; denn so die Hunde nicht dazu geartet, ist mit ihnen nichts auszurichten, dieweil es Mühe und Arbeit und Geduld genugsam haben muss, einen Hund zu richten, der von guter Art gleich, wie mit denen Leit- und andern Hunden, diese Art der Hunde sind gemeinlich weiss und braunfleckig, oder aber weiss und sprenklich und dabei braun fleckigt und je höher und stärker diese Hunde, ist es desto besser; indem sie den Wind besser in der Höhe vernehmen können. Zur Abrichtung müssen jederzeit junge Hunde genommen werden, die fast ein Jahr alt worden, selbe in das Feld führen, mit Pfeifen zum Suchen anreizen, wenn sie aber weit suchen wollten, auf sie rufen, damit sie sich wenden und mittelmässiger Weite vor dem Jäger suchen lernen. Im Fall aber die Hunde stets mit der Nase auf dem Boden suchen, welches nicht gut, denn die Vorstehhunde sollen jederzeit mit der Nase hoch gehen, den Wind von den Hühnern besser gewahr zu nehmen, derwegen auch zu wissen, dass man allezeit unter dem Wind mit dem Hunde suche."

Der bedeutendste Autor für Angaben über den Hühnerhund ist Dietrich a. d. Winkell (Handbuch 1805). Derselbe beschreibt den damaligen Hühnerhund folgendermassen: „Weiss, mit braunen Flecken, gescheckt, oder getiegert; braun, auch braun mit weissen Abzeichen, sind die gewöhnlichsten Farben. Die schwarze ist selten, noch seltener die reine schwarze oder schwarz-weiss-bunte Rasse. Der Kopf muss mässig stark, die Schnauze nicht zu schmal, aber auch nicht aufgeworfen sein. Je länger und bunter das Behäng und die Lappen sind, desto besser. Mittlere Grösse ist die vorzüglichste; immer aber sei Hals, Brust und Laufgebäude stark; der Leib schlank, in den Dünnungen eingezogen; der Rücken gerade. Starke, kurze Keulen und eine 9 bis 10 Zoll lange verstutzte Ruthe, gehören wie ein durchaus leichtes aber starkes Gebäude und egale Zeichnung zur Vollkommenheit und Schönheit. Auch gibt es Rassen mit gespaltener Nase." — Ausser dem Hühnerhund führt D. noch an den „Jagdhund", meist bunt, nur dass bei ihm die Grundfarbe braun oder schwarz und die Flecke weiss sind, der deutsche glatthaarig, der polnische rauhhaarig. Starke Brust und Läufe, schlanker Leib, gutes Behänge, mässige Lappen, eine Ruthe wie Parforcehunde. „Der polnische und deutsche Jagdhund ist von mittlerer Grösse, aber etwas stärker als der französische und englische, gemeiniglich schwarz, schwarzbraun oder rothbraun von Farbe und hat oft gelbe Extremitäten (Schnauze und Läufte), zuweilen auch eine Blässe und weisse Brust. Sein Kopf ist länglich und vorn zugespitzt, das Behänge (die Ohren) ist lang. Uebrigens zeichnet sich der polnische durch Stärke im Baue, durch dichteres, längeres Haar und durch Dauer aus, der deutsche aber durch Leichtigkeit."

„Soll der Hühnerhund den Ruhm der Vollkommenheit verdienen, so darf ihm keine der folgenden Eigenschaften fehlen. Er muss auf dem Lande unter stetem, aber doch nicht zaudernden Hin- und Herrevieren vor dem Jäger Hühner, Wachteln, Schnepfen und Hasen leicht in die Nase bekommen, behutsam und langsam darauf anziehen, d. h. sich nähern, wenn Federvieh vor ihm hinläuft, immerfort anziehend der Spur folgen und da, wo es sich drückt oder festliegt, in nicht zu grosser Entfernung fest vorstehen, weder durch wiederholtes Kreisen des Jägers, noch selbst durch das Ueberziehen mit dem Tiras sich irre machen lassen, erforderlichen

Falles aber auch sich abpfeifen oder abrufen lassen. Er darf den nicht aushaltenden, gesunden Hasen nie jagen und selbst dem angeschossenen gegen den Willen seines Herrn nie folgen. Das Wasser muss er zu keiner Jahreszeit scheuen, sondern auch dann rasch an jedem ihm vom Jäger bezeichneten Ort hineinfahren, wenn er nichts in die Nase bekommt, er muss, selbst im dichtesten Schilfe mühsam arbeiten und alles Wassergeflügel heraus und aufzutreiben suchen, sich aber hier gleichfalls augenblicklich abrufen lassen. Ferner ist es seine unverbrüchliche Pflicht, alles sowohl auf dem Lande als im Wasser erlegte oder gefangene rasch und ohne Verletzung zu apportiren, das verwundete Wildpret mit Vorsicht aufzumachen, auf Befehl seines Herrn dem angeschossenen Hasen oder Fuchs, als eigene Kräfte dies irgend gestatten, mit möglichster Anstrengung zu folgen, und wenn er eins oder das andere selbst mit stundenweiter Entfernung eingeholt und gefangen hat, es unbeschädigt bringen. Klugheit, gute Nase und Suche sind Geschenke, mit denen ihn die Natur ausgestattet haben muss. Diese Anlagen aber gehörig durch Dressur, Abrichtung auszubilden, ist Sache des Jägers und eine Kunst."

Wenn man hingegen vergleicht, was die jetzigen Jäger von ihrem Gebrauchshunde verlangen, so ist wohl noch einiges, aber nicht viel mehr dazu gekommen. Biermann und Oderfeld sagen in ihrem illustrirten Jagdbuche 1869, p. 42: „Der Hühner- oder Vorstehhund ist die Krone aller Jagdhunde" — klug, gewandt, unbedingt gehorsam, er zeigt Selbstverleugnung und Beherrschung der Begierden, mit Ausnahme des Windhundes und des Dächsels kann er alle anderen Hunde ersetzen. — Man hat schon verschieden darüber gespottet, dass der „Gebrauchshund" das „Mädchen für Alles" sein soll und v. Dombrowski, eine unserer ersten Autoritäten, sagt im Jagdverein 1890 gegen dieses Bestreben Alles zu wollen, folgende ernste Worte:

„Das Bestreben der Gegenwart, sogenannte Gebrauchshunde für die Arbeit auf dem Schweiss, Vorstehen, Apportiren und auch dem Stöbern zu erziehen, hat wohl unter Umständen seine volle Berechtigung, wo es jedoch die Verhältnisse irgend gestatten, soll die Jägerei für die hohe Jagd den Schweisshund, für die Jagd am Bau und im Holz den Dachshund, für die Niederjagd mit Holz- und Feldgebiet den deutschen Jagdhund, für reine Feldjagd den Pointer oder Setter führen, und zwar höchst vollkommen ausbilden. Für die Sumpf- und Wasserjagd sind stichelhaarige Hunde und die langhaarigen Vorstehhunde am verwendbarsten."

Zweifellos kann nur Specialisirung das Vollkommenste liefern, je vielseitiger die verlangten Leistungen sind, umsomehr besteht Gefahr, dass in jeder Sache nur Mittelmässiges zu erwarten ist. Es kommt eben auf die Ansprüche an.

Die Dressur des Hühnerhundes.

Xenophon, der um das Jahr 400 v. Chr. lebte, weiss hierüber Folgendes zu sagen:

„Bei der Suche verhalten sich die verschiedenen Hunde sehr verschieden: Manche geben, wenn sie einer Spur folgen, gar kein Zeichen von sich; andere bewegen nur die Ohren und halten den Schwanz ruhig; einige halten die Ohren ruhig und wedeln nur mit der Schwanzspitze; noch andere ziehen die Ohren zusammen, runzeln die Stirn und ziehen den Schwanz zwischen die Beine. Viele schwärmen nur ganz unvernünftig herum. Diejenigen, welche sich immer nach anderen Hunden umsehen, haben kein Selbstvertrauen. Manche sind so keck, dass sie andere suchende Hunde nicht vor sich lassen. Manche suchen den Jäger zu betrügen, indem sie jederzeit thun als hätten sie Wunder was gefunden, wenn auch gar nichts da ist. Soll der Hund zur Jagd brauchbar sein, so muss er mit gesenktem Kopfe laufen, sich freuen, wenn er eine Spur vor sich hat und mit dem Schwanze wedeln. Ist der Hase gefunden, so muss ihm der gute Hund mit kräftigem Laut unablässig durch Dick und Dünn nachsetzen ohne die Spur zu verlassen oder gar zum Jäger zurückzukehren."

Was der alte gelehrte Grieche berichtet, zeugt, dass man in den damaligen Zeiten mehr, wo nicht Alles von den Naturanlagen und der Selbsterziehung erwartete, immerhin ist es bekannt, dass es damals schon „Hundemeister" gegeben hat, zu denen man auch vornehme griechische Knaben eine Zeitlang in die Lehre gab, ebenso wie man sie zu anderen Künstlern und Gelehrten in die Schule schickte; dasselbe war ähnlich der Fall bei den Römern, aber noch um 1545 sagt Albertus Magnus von der Jagdhunddressur:

„Wenn sie auch zwei Jahre alt werden, soll man sie zum Waidwerk gewöhnen und auf das Gejägd gebrauchen erstlich mit leichter Arbeit, also dass man sie nicht zu gar bemühe, damit sie von Tag zu Tag sich je länger, je bass üben, denn wo sie in der ersten Zeit zuviel bemüht wurden mit Laufen, erstarren ihnen die Glieder, die noch weich und zart, also dass sie hernach nicht Arbeit erleiden mögen, sondern des Jagens gar verdriesslich werden. So man sie aber in der Erst allgemach zu der Arbeit und schnellem Lauf gewöhnt, dann werden sie stark und kräftig in den Schenkeln und gewinnen selber Lust und Willen zum Jagen und schnellem Laufen."

Dass aber, wenn auch eine geordnete Jagdhunddressur, — und wir wissen ja, wie sorgsam die Leibhunde u. a. erzogen waren — eine solche exacte Dressurmethode bestand, wie sie durch die Parforcedressur angewandt wird, ist nicht der Fall. Dietrich a. d. Winkell sagt z. B. Folgendes:

„In älteren Zeiten quälte man sich jahrelang dem Jagdhunde
Alles spielend beizubringen, allein nur bei ausserordentlichen Anlagen
erreichte man den Zweck und der Hund folgte eben nur, wenn er
wollte; dies leitete auf die Erfindung der Parforcedressur, durch
welche der Hund nach einigen für ihn und den Lehrer sauren
Monaten, auf seine ganze Lebenszeit zu jedem ihm zukommenden
Geschäft vollkommen brauchbar gemacht, auch nur in ganz unerfahrenen und ungeschickten Händen wieder verdorben werden kann.“
Ferner:

„Der Parforcedressur ist der Vorwurf der Grausamkeit
gemacht worden. — Dieser ist aber lächerlich, denn der Hühnerhund wird dadurch auf möglichst kurzem Wege für immer brauchbar
gemacht und auf andere Art kann der Zweck nicht erreicht werden.“

Um einen weniger harten Namen zu verwenden, nennt er die
Parforcedressur „feste Dressur“.

Ja Dietrich a. d. Winkell erwartete von der Dressur noch
weit mehr, denn er sagt:

„Durch die Parforce-Feste-Dressur kann jeder Hund
anderer Rasse, wenn er Suche und Nase hat, zum Gebrauche der
niederen Jagd geschickt gemacht werden, so habe ich einen äusserst
widerspänstigen bösen Hetzhund gesehen, welcher auf diese Art
abgerichtet, den genauesten Appell hatte, vor Hasen, Hühnern,
Schnepfen, ferm stand, herrlich im Wasser arbeitete; überall alles
apportirte etc.“

Dietrich a. d. Winkell hat zu Anfang unseres Jahrhunderts
geschrieben, er hat die Parforce- oder feste Dressur als etwas Neues
eingeführt und sie als nicht grausam, sondern als höchst einfach,
sicher und zweckmässig geschildert — heute hört man andere
Stimmen; einer der modernen Dresseure schreibt: „Früher spielte die
Peitsche bei der Dressur eine grosse Rolle, das ist aber unrichtig,
jetzt dressirt man die Hunde menschlicher. Nicht aus Furcht vor
Strafe muss er aushalten und Fehler lassen, sondern die Dressur
soll die Fähigkeiten entwickeln, das Begriffsvermögen des Hundes muss
dem angepasst sein, was man ihm beibringen will, man muss die
Willführigkeit, das Temperament und den Charakter studiren. Fehler,
die der Hund macht, entstehen nur durch unvollständigen Begriff.“

Die Dressur eines Hühnerhundes muss systematisch durchgeführt werden, und um einen „firmen“ Hund zu bekommen, ist nothwendig, dass derselbe von guter Rasse stammt und dass er zweckmässig erzogen wird. Der junge Hühnerhund soll seine Jugend und
Freiheit vollauf geniessen, er soll einen Tummelplatz haben, in
dem er sich unterhalten und zweckmässig spielen kann; freies
Herumstrolchen ist unstatthaft, da er sich leicht das allein Ausgehen aufs Revier angewöhnt. Strafen dürfen dem jungen Hund
nur von einer Person ertheilt werden, der Hund darf nie an

den Ohren gezerrt werden; Strafen bestehen in einem Ruck
am Halsband, einem Schnalzen mit dem Finger an die
Ohren, oder in Hieben mit einer Ruthe oder Peitsche auf die
Schenkel. Die Strafe erfolgt unter drohenden Worten, u. zw.
immer denselben, und sie geschieht immer nur direct auf die
That, damit der Hund weiss, weshalb er sie bekommt; direct nach
der Bestrafung muss er sich niederlegen und nach einiger Zeit
wird er unter ernsten ermahnenden Worten wieder angelockt und
ihm leicht geschmeichelt. Auf den Namen muss der Hund, wie auf
Pfeifen, sofort und jederzeit ankommen. Spielereien, die mit Zerreissen verbunden sind an Lappen, Flederwischen u. dgl. dürfen nie
gestattet werden, auch soll er rohes Fleisch, Blut u. dgl. nicht
als Futter bekommen oder an solchem lecken und reissen dürfen.
Vor einem Jahr soll er nicht an eine Kette gelegt werden.
Baden und Waschungen unterbleiben am besten; gegen Unge-
ziefer hilft dasselbe nicht, dagegen verwendet man Insectenpulver,
und für die Gesundheit solcher junger Hühnerhunde ist Nässe überhaupt nicht zuträglich, sie bekommen leicht Katarrh und in der
Folge Staupe. Schon mit circa drei Vierteljahren soll der Hund
„leinenführig" gemacht werden; man nimmt ihn an eine Fangleine und geht mit ihm spazieren, dabei muss er sich gewöhnen,
hinter dem Jäger so zu gehen, dass die Leine stets locker bleibt;
so oft er zuweit nach vorne läuft, erhält er mit einer Ruthe einen
leichten Schlag auf die Nase mit dem Anrufe „zurück!"; die ersten
Lectionen reichen gerade aus, dass der Hund begreift, was man von
ihm will, nach einigen Tagen werden sie ausgedehnt. Wenn er
leinenführig ist und Appell hat, d. h. auf Anrufen oder Pfeifen stets
sicher kommt, ist es vortheilhaft, ihn mit einem alten ins Feld zu
nehmen, damit man sieht, ob er Lust am Suchen, ob er eine feine
Nase und Neigung, die Wildspur aufzunehmen, besitzt; hier soll er
sich möglichst nach Belieben bewegen dürfen, aber ja nie etwas
zum Zerreissen bekommen. Junge Hunde suchen mit tiefer Nase.
Beim Suchen soll er nie gerade aus, sondern hin und her revieren;
man lässt ihn gegen den Wind suchen, sobald er den Geruch von
Wild in die Nase bekommt, „Wind bekommt", soll er anziehen.
Mit 1 bis 1½ Jahren beginnt die Dressur. Dieselbe wird im Februar
oder Juli oder August vorgenommen, beide Zeiten wegen der sich anschliessenden Feldarbeit. Nach den Frühjahrsmonaten kommt der Hund
aufs Feld, wenn sich die Hühner paaren und gut aushalten, nach letzteren
kommt er in die Hühnerjagd. Juli und August sind zur Parforcedressur sehr heiss. Die Parforcedressur zerfällt in vier Perioden:
a) die Stubendressur, b) die Feldarbeit, c) die Holz- und
d) die Wasserarbeit.

Die Dressurgegenstände sind: 1. Eine Dressirleine, circa
2 m lang; diese hat von der Oese an mehrere Knoten, je etwa zwei

Finger breit auseinander; 2. ein Korallenhalsband ohne Stacheln
(nur bei alten widerspenstigen Hunden können kleine Stacheln angebracht
sein); 3. in dem für die Dressur bestimmten Zimmer ist am Boden
ein Ring angebracht; 4. ein Dressirbock aus Holz oder einem Bündel
Stroh, das mit einem Bindfaden fest umwickelt ist und an dem an den
Enden das Stroh so aufgeknickt ist, dass der Dressirbock in der Mitte
nicht am Boden aufliegt, 5. eine Peitsche, 6. starke Lederhand-
schuhe.

Vorbereitung des Hundes. Mehrere Tage bekommt derselbe
Dunkelarrest und wird an eine Kette gelegt, er bekommt Niemand
zu sehen wie den Dresseur, der ihm das Futter bringt und jedesmal
ernst und ruhig mit ihm spricht; der Hund soll dadurch nicht ein-
geschüchtert werden, sondern es soll ihm seine läppische, nichts ernst
nehmende Hundenatur mässigen und ihn zweckmässig vorbereiten.

A. Stubendressur: Die Dressurstunde ist immer zur selben
Zeit, in der Früh vor der Fütterung. Der Hund wird aus seinem
Stalle gelockt und schweigend wird er in das Local geführt. Lection I.
Dauer 8 bis 10 Minuten. Der Hund wird angeseilt. Der Dresseur
nimmt die Peitsche zur Hand und steht in der Nähe des Ringes am
Boden; nun zieht man den Hund mit der Leine heran unter dem
Zurufe „hieher!" oder pfeifend; so oft er kommt, wird er liebkost
mit den Worten „so recht!", dies wird fortgesetzt. Verweigert er den
Gehorsam, zieht man die Leine durch den Ring und zieht stark an;
knurrt er, folgt Strafe mit der Peitsche, bis er nicht mehr Zorn, sondern
Furcht hat, dann fängt man wieder an, anzurufen. So oft er folgt, wird er
gestreichelt; folgt er längere Zeit, bekommt er zum Lobe etwas
Brot; sodann fasst man den Hund kurz an der Leine, fängt an zu
laufen, sich oft nach rechts und links wendend, und ruft ihm zu
„herum!". Nach der Lection wird er an die Kette gelegt und bekommt
nach einiger Zeit Futter. Es ist zweckmässig, den Hund am gleichen
Tage noch ein- oder zweimal je auf kurze Zeit an die Leine zu
nehmen und kurze Wendungen mit ihm zu machen, immer im
Dressirzimmer und gehörig vorbereitet. Nach einigen Tagen, wenn er
im Gehorsam auf Anrufen und bei den Wendungen vollständig ist,
kommt Lection II: das Apportiren; dasselbe besteht in Ein- und
Aufnehmen des Apportirbockes und schliesslich aller vorgeworfenen
Gegenstände. Man legt den Bock auf die Erde, zieht den Hund mit
dem Kopfe dicht herzu, drückt den Körper zu Boden, fasst die
Dressirleine ganz kurz, schiebt mit der anderen Hand den Bock dicht
vors Maul und ruft gelassen „fass!" Nun fasst man mit der Hand,
in der die Leine ist, das Obermaul an der Nasenwurzel herab und
öffnet dieses durch Druck und sagt freundlich „so recht!", schiebt
mit der anderen Hand den Bock bis hinter die Fänge und sagt „fass!",
hält dabei die Kinnlade von unten, dass er nicht fällt. Der Hund darf
den Apportirbock nie herauswerfen. Man muss immer freundlich ernst mit

ihm sprechen „fass!“, eventuell ihm einen Ruck geben mit der Leine und „fass!“ zurufen. Hält er den Bock etwas, so nimmt man ihn und sagt „aus!“. Sobald er einigermassen Begriff und Willen zeigt, wird eine Pause gemacht und er geliebelt. Weigert er sich absolut, den Bock zu nehmen, so wird die Dressirleine angezogen, Knoten für Knoten enger, bis er das Maul öffnet, ihm dann der Bock hineingelegt und gehalten unter beständiger Ermunterung „fass!“ Es ist gegen diese Vorschrift Manches eingewendet worden, namentlich auch, man solle mit dem Apportirbock wechseln. Mit Geduld kommt man aber über jede Schwierigkeit hinweg. Nimmt der Hund ohne Zwang den Bock ein, dann zieht man ihn unter dem Zuruf „apport!“, die Kinnlade unterstützt mit der Hand, von der Erde so in die Höhe, dass er aufstehen muss, ohne den Bock fallen zu lassen, und dann geht man mit ihm einige Schritte vorwärts; so oft er folgt, wird er geschmeichelt. Hat er einigemal freiwillig ein- und aufgenommen, so lässt man von ihm den Bock immer etwas länger tragen; so oft man ihm den Bock abnimmt, sagt man „lass!“ Manche lassen ihn zum Auslassen immer sitzen. Endlich wirft man den Apportirbock ein Stück hinweg und ruft ihm zu „apport!“. Dies wird so lange fortgesetzt, bis er den Bock mit einer gewissen Freudigkeit holt, beliebig lange trägt und sofort auslässt. Nun kommt das Apportiren von anderen Gegenständen, der Bock wird beschwert, etwas angehängt oder hineingeschoben, hierauf muss er Holz-, Eisentheile, Geld apportiren, und wenn er alles dieses widerstandslos und gerne besorgt, kommt ein ausgestopfter Hasenbalg, nachher Vögel verschiedener Art. Nie verwende man andere, wie die zur Handlung gehörigen Ausdrücke und versäume nicht, ihn jedesmal, wenn er es recht machte, abzulieben; bei Fehlern so lange zu wiederholen, bis sie abgelegt sind. Lection III: „Nieder!“ und „Vorwärts!“ Man verwandte früher die Ausdrücke „tout!“, „beau!“, „couche!“ und „avance!“. Auf das Commando „nieder!“ muss er sich sofort niederlegen, die Unterbrust und Bauch am Boden, die Vorderbeine nach vorne ausgestreckt, die Hinterbeine unter den Leib gezogen, den Kopf auf beiden Vorderbeinen ruhend, und diese Stellung muss er so lange einnehmen, bis das Commando „vorwärts!“ oder „fass!“, „apport!“ kommt. Anfangs drückt man ihn in diese Lage nieder, lässt die Hand ruhig fest auf ihm liegen und ruft beständig „nieder!“ oder „kusch!“. Auf das Commando „vorwärts!“ oder „fass!“, „apport!“ erhebt er sich und holt den Apportirbock, auf den Zuruf „aus!“ steht er nun auf. Nach einiger Zeit muss er „nieder“ vor einem Stück Brot, Fleisch etc., er muss dieses apportiren und wenn er es zur Zufriedenheit ausführte, darf er es verzehren unter Belobung. Schliesslich muss er all' dieses ohne Dressirleine, im Freien und in gewisser Entfernung ebenso gut befolgen; sobald ein Fehler kommt, wird er an die Dressirleine genommen und einigemal repetirt. Lection IV: Verlorensuchen. Man führt den Hund an der Leine, lässt, so dass er es sieht, einen Handschuh fallen und nach einigen Schritten macht man kehrt, ruft „such'! verloren!" und lässt den Handschuh apportiren; dies wird wiederholt und der Hund auf immer grössere Entfernungen zurückgeschickt, um verschiedene Gegenstände zu holen. Er muss dabei sich vollkommen unterordnen lernen.

B. Feldarbeit. Der Hund muss sich an das Schiessen gewöhnen, dabei Gehorsam und Anhänglichkeit zeigen; anfänglich nimmt man ihn an der Leine und dem Korallenhalsband mit ins Freie, lässt ihn auf passendem Platze los und lässt ihn reviren, aber nur auf kurze Distanz, 40 bis 50 Schritte, unter fortwährendem Zurufen: „so recht!", „sachte-sachte!", „herum!", „such' fort!", „such' weiter!" — sobald er die Grenze überschreitet, ruft man ihn herein oder pfeift ihn ab, bleibt er vor einem Vogel stehen, ruft man, „such' weiter!", „pfui Vogel!", oder „pfui Has!"; nie gestatte man, dass er einem Hasen nachfährt; findet er Hühner, so ruft man sofort: „nieder!", „kusch dich!" und beeilt sich, beizukommen, dass er dieselben nicht herausstösst, treibt sie womöglich selbst auf, schiesst eines und lässt es apportiren, dabei achte man sehr darauf, dass er es nicht „drückt". Nach diesem wird er mitgenommen auf den Anstand, wo er sich absolut ruhig verhalten muss, wenn er Wild sieht, auch nach dem Schusse, bis er losgelassen wird. Auch ohne Leine und allein muss er ruhig bleiben, man lässt ihn „kusch!" machen, gibt anfangs zu seiner Beruhigung den Jagdranzen hinzu und entfernt sich eine kurze Strecke, so dass er den Jäger noch sehen oder hören kann, kommt nach einiger Zeit und liebelt ihn, allmälig wird dieses allein Warten auf längere Zeit und ohne zurückgelassene Gegenstände geübt.

C. Holzarbeit. Auf Hasen, Hühner, Schnepfen, Becassinen muss der Hund so kurz reviren, dass der Jäger schiessen kann; ferner muss er an der Leine durch das Dickicht dem Jäger so folgen, dass man nicht an Stauden hängen bleibt.

Bei Waldprüfungen deutscher Vorstehhunde wurde von Herrn G. Pohl Folgendes verlangt:

1. Die Waldprüfung zeigt die Anlage, das Temperament des Hundes, weil hier wenig durch Dressur geschehen kann.

2. Hat dieselbe eine Regulirung des Temperaments im Gefolge.

Als Leistungen werden verlangt:

1. Buschiren:

(Hierbei wird nur auf Federwild geschossen, das Erlegen von Haarwild hätte hier bei der Beschränktheit des Gesichtskreises keinen Zweck.)

a) Suche im Holz (kurz und sauber, kein Umlaufen des Wildes).

b) Verhalten des Hundes beim Ausmachen von verschiedenem Federwild (z. B. Umschlagen der Schnepfen).

c) Apportiren inclusive Verlorensuchen von Federwild (Fasan).

d) Hasenreinheit;

e) Verhalten beim Hochwerden von Rehen.

f) Leinenführigkeit im Holz.

g) Ablegen unangeleint (Störung durch Schuss).

2. Beim Standtreiben:

(Am besten Schonungen, die im Rücken lichte höhere Bestände haben.)

a) Ruhe des nicht angeleinten Hundes vor Wild und Schuss.

b) Verloren Apportiren von Hasen (der Hund wird einige Zeit nach dem Anschuss auf den Schweiss gesetzt — von grosser Wichtigkeit ist das Festhalten der Schweissspur und festes Apportiren).

c) Apportiren von Fuchs (wenn möglich).

d) Arbeit auf warmen Schweiss am Reinen.

e) Todtverbellen von Rehwild, oder wenigstens

f) Hinführen zum verendeten Stück.

D. Die Wasserarbeit. Dietrich a. d. Winkell sagt: „Wer viel Wasser hat, halte womöglich einen polnischen, d. h. langhaarigen Hühnerhund." Die Vorschriften hierüber lauten: Warme Frühlings-, Sommer- oder Herbsttage benützt man zur Wasserarbeit. An seichtem Ufer lässt man apportiren, den Gegenstand immer tiefer hineinwerfend, und so oft der Hund kommt und ihn bringt, wird er belobt, endlich muss er schwimmen lernen. Suche bekommt er am ehesten an einem Orte, wo junge Enten sind, wo man selbst mitwaten kann und sich kein schneidendes Schilf befindet. Täntzer gibt folgende ganz interessante Vorschriften („Jagdgeheimnisse", 1734):

„Wie die Wasserhunde auf wilde Gänse und Enten gerichtet werden."

„Vorgemeldete zwei Wasser-Waidwerke sind nicht gut zu üben ohne die dazu benöthigten Wasserhunde. — Ich meines Theiles achte vor das Beste zu sein einen jungen Hund solcher Wasserart obzwar deren vielerlei Farben sein, dunkelbrauner Farbe zu erwählen. Bald anfangs, so er $\frac{1}{4}$ Jahr ist, soll man mit einem Hölzchen oder Handschuh werfen und den jungen Hund solches zu holen oder herbeizubringen gewöhnen. Diese Uebung aber ist täglich und oft des Tags mit ihm vorzunehmen, sowohl zu Hause als auch im Feld, auch zu gewöhnen mitzulaufen, wo man in das Feld oder anderwärts hinaus gehet. Erreichet nun der Hund $\frac{1}{2}$ oder $\frac{3}{4}$ Jahr und thuet der Holen und Herbeibringen mit Freuden, soll man ihm jedesmal schön thun mit Streicheln und Ablieben. Wenn so zur Sommerszeit das Wasser warm ist, kann man den Hund an einen Teich oder

anderes warmes Wasser führen, das Holz am Rand des Wassers,
wo es nicht tief ist und der Hund grunden kann erstlich etwa ein
oder zwei Schritt weit in das seichte Wasser hinein werfen, solches
zu holen und heraus zu tragen, anmahnen, so er das gethan den
Hund ablieben, auch wohl ein Bissen Brot geben, dass er erkenne,
er habe seinem Jäger Recht gethan, dergestalt je länger je weiter
in das Wasser das Holz werfen, doch aber den Hund nicht übertreiben.
Weil aber die jungen Hunde sehr frostig sein, muss dieses Exer-
citium in das Wasser fast gegen Mittag oder Nachmittags vorgenommen werden, dass er der Kälte halber nicht verdriesslich werde,
sondern bei der Lust verbleibe. Nach dem Wasserexercitio ist auch
dasselbe wieder auf dem trockenen Boden zu exerciren, damit der
Hund durch das stete Laufen und Bewegen sich erhitze und er-
wärme.

Hiernächst ist zu wissen, dass ein junger Hund im ersten
Jahr nicht gleich Alles perfect thut, sondern sich alle Jahr verbessert, wie in allem Waid-Werk, also hier auch; unterdessen aber
muss der Hund auf dem Boden oft zum Schuss genommen und nach
solchem zum Verfolgen gewöhnt sein, am besten aber ist es, erstlich
auf Hasen, welche fast alle Art Hunde begierig verfolgen, und
da er geschossen den Hasen vom jungen Hunde wohl würgen lassen,
und also ihm durch das Hasen-Schiessen nach dem Schuss zu Boden
verfolgen lernen, das Ablieben jeder Zeit nicht vergessen. Ist er
nun zu Boden recht begierig nach dem Schuss zu verfolgen, nimmt
man es auch zu Wasser vor mit einer zahmen Enten auf eine
Pfützen, da wird die Ente auf selbe zu schwimmen losgelassen, in
Beisein des Hunds darauf geschossen, und der Hund sie zu holen
in das Wasser angefrischet, welche er hoffentlich drinnen nicht
wird liegen lassen, sondern heraustragen. Da soll nun der Hund
auch abgeliebet werden. Hat er es also gethan, kann der Hund bereits auf Pfützen und Lachen zum Einfall genommen und ferner zu
den wilden Gänsen und Enten perfekter exerciret werden. Teils-
hunde, als ich einen gehabt, der sein Tag mit Werfen des Holzes
weder zahmen Enten zu Wasser exercirt war, nur allein zu Boden,
ist mir dennoch nach dem Schuss ins Wasser gangen, ja gar Winters
in der Elbe, obgleich Eisscholen gerunnen, dass ich bisweilen weder
Hund noch Enten, die er nach dem Schuss geholet, vor denen Eis-
schollen gesehen, sondern alles darunter war. Das aber wird der
grösste Hund nicht thun, denn eine Hunds-Art zum Wasser allzeit
besser und begieriger ist als die andere, wie bei allen Sorten Hunde,
die zur Jägerei gebrauchet werden."

Wir haben dem noch anzufügen:

Kegel's Methode, um widerspenstige Hunde par force ins
Wasser zu dressiren: Am Ufer eines Teiches oder Flüsschens befestigt man einen Ring und zieht durch diesen eine Leine, welche

doppelt so breit ist, als die Breite des Wassers, u. zw. so, dass deren beide Enden am andern Ufer sind. Ist dies geschehen, so begibt man sich mit dem Hunde, welchen man kurz an einer langen Leine führt, die an einem knapp anliegenden Korallenhalsband befestigt ist, bindet das eine Ende derselben an das Halsband und ruft „avance!" und zwingt den Hund, indem man am anderen Ende zieht, mit Gewalt ins Wasser und schnell einige Klafter tief in dasselbe hinein, dann ruft man „hieher!" und zieht ihn mit der Halsbandleine, deren Ende man in der Hand behalten hat zum Ufer zurück, lässt ihn dort eine Zeitlang, indem man ihm freundlich zuspricht, sich erholen, und wiederholt die Sache am ersten Tage drei- bis viermal. Oft sind die Hunde schon am dritten Tage so weit, dass sie auf Zuruf sofort ins Wasser springen, weil ihnen eine Erklärung fehlt.

Deutscher kurzhaariger Vorstehhund.

(Tafel I und II.)

Der Nachweis, dass der oder jener Hund diese oder jene Eltern und Voreltern hatte, wird deshalb verlangt, weil allgemein giltig ist, dass Eigenschaften und Körperformen, welche beide Eltern besassen, sicherer vererbt werden, als solche, die nur eines der Elternthiere hatte. In längerer Zeit, d. h. je mehr Generationen zurück, je mehr die beiden Elternthiere einander gleich oder doch sehr ähnlich waren, auch gewisse Verwandtschaftsgrade existiren, umso sicherer hält man die Vererbung elterlicher Eigenschaften auf das Junge. Waren seit langer Zeit nur Thiere, die in diese Rasse gehören, zur Zucht verwendet, so ist die Abstammung eine „reine", das Thier hat „reines Blut". Wie viele Generationen zurück dem Thiere seine Voreltern nach diesem Begriffe „rein" sein müssen, ist in der Hundezucht nicht festgestellt. (In der Pferdezucht verlangte man zu den Zeiten der allgemeinen Giltigkeit der sogenannten Constanztheorie zehn Generationen, bis man die Nachwirkung einer stattgehabten Kreuzung wieder verschwunden ansah und der Descendent wieder für „rein", als „vollblütig" galt.) Der jetzige deutsche Vorstehhund war, bevor er in Wirklichkeit existirte, auf dem Papier fertig, d. h. seine Rassezeichen waren festgestellt, bevor es eine einheitliche Rasse gab. Die früher in Deutschland verwendeten Vorstehhunde, die Reste aus altdeutschem Leithund, Parforce-, Hühner-, Jagd- und Schweisshund, zum Theil mit eingeführten Pointers, Setters und Griffons, bildeten die Grundlage für den heutigen deutschen Vorstehhund. Je nach einer Oertlichkeit im deutschen Reiche war bald diese oder jene der genannten Sorte vorwiegend. Als 1879 in Hannover die Rassezeichen für den deutschen Vorstehhund aufgestellt wurden, war es ein glücklicher Griff, die drei Haupttypen K u r z -.

Lang- (Fig. 22) und Rauhhaar (Fig. 23), und nicht nur eine Sorte
zu fixiren, weil dadurch eine Menge von guten Hunden erhalten
blieben, anderseits aber hat es auf lange Zeiten hinaus die Zucht
unsicher gemacht, weil die Welpen eines Wurfes alle diese drei
Haarverschiedenheiten zeigen können. Allmälig wird auch diese zur Zeit
noch bemerkbare Erscheinung immer mehr verschwinden und schon
heute, nach kaum 20jähriger rationellerer Zucht, ist es trotz der
zum Theil bestehenden Milde schon um sehr Vieles besser geworden. Der Umstand aber, dass für einzelne Stämme exclusiv
nur eine Haarsorte zugelassen ist, wie dies z. B. bei dem württembergischen Dreifarbigen der Fall ist, muss mit der Zeit diesen ein
gewisses Uebergewicht verschaffen. Weil aber von je und jeher
auf die Farben und Haare nicht viel gegeben wurde, so werden
noch, in vorerst unabsehbaren Zeiten, immer wieder gelegentlich
Lang-, Kurz-, eventuell Rauhhaar und solche verschiedener Farbe
und Zeichnung miteinander auftreten. Nicht einmal mit der viel
älteren Pointerzucht oder der exclusiv nach Haar und Farben gezüchteten Setterzucht ist man sicher, dass nur das in Haar und
Farbe den Eltern Entsprechende an den Jungen zum Vorschein
kommt. Diese Thatsache von der Jugend der Rasse des heutigen
deutschen Vorstehhundes stellt diese Hundezucht also noch
nicht ganz ebenbürtig in die Reihe der constanten alten Rassen,
die Vererbung ist noch nicht so sicher wie dort. Verschiedene Urtheile über den heutigen deutschen kurzhaarigen Hund mögen
hier ihre Stelle finden, einerseits zum Beweise für die Richtigkeit
vorstehender Angaben, anderseits um zu zeigen, wie offenherzig, um
nicht zu sagen, rücksichtslos, die Anforderungen ausgesprochen worden
sind. Im Bericht über die Hannover'sche Hundeausstellung von 1891
in der „Zeitung deutscher Jäger", Nr. 23, ist gesagt: „Es traten unter den
ausgestellten kurzhaarigen deutschen Hühnerhunden folgende drei Typen
hervor: a) Altdeutsche Vorstehhunde, jene bekannten wammigen Kälber,
wie wir sie hauptsächlich auf unseren ersten Ausstellungen zu
sehen bekamen, b) eine Sorte von Hunden, die am besten Ger-
manpointer genannt werden, weil sie die Formen des englischen
Pointers deutlich zeigen und sich nur durch ihre braune oder
geschmückte Farbe von diesen unterscheiden, und c) gut gestellte
typisch gebaute Hunde, meist Nachkommen vom alten Factor." —
An anderer Stelle ist gesagt: „Der kurzhaarige Hund, der Liebling
des deutschen Jägers, ist das Schmerzenskind des Züchters; hat
man das correcte Gebäude endlich erhalten, so fehlen ihm Nase,
Farbe und hohe Leistung." — Will man solche Urtheile auf ihre
Richtigkeit prüfen, so darf man nicht am Einzelnen und Kleinen
kleben bleiben, sondern muss die Erfolge über ganz Deutschland
und darüber hinaus berücksichtigen und statt vieler möge ein jetzt
schon älteres Urtheil aus der Schweiz, aus der Zeitschrift: „Der

Hund", 1889, hier Aufnahme finden. Zunächst führt dort der Autor an, dass bei der Hundeausstellung in Bern 12 männliche und 7 weibliche kurzhaarige deutsche Hühnerhunde, alle aus der Umgebung von Bern stammend, ausgestellt waren und über die Leistung und den Gebrauch derselben ist Folgendes angegeben:

„Die Hühnerhunde, die um Bern gebraucht werden, finden hauptsächlich Verwendung in der Schnepfenjagd, in den Auen an der Aare und in den Moosen des Inlandes; nebenbei werden sie oft gebraucht als Hühner- und Fuchsapporteure. Zu all dieser Arbeit und namentlich auch in Hinblick auf das coupirte Terrain, in dem zu leisten ist, bedarf es kräftiger, starker Hunde, die nicht allzu flüchtig sind, harte Arbeit ertragen können und deren Behaarung ihnen erlaubt, durch Dick und Dünn unsere Langschnäbel zu suchen, durch's Moos zu platschen und aus der reissenden Aare, aus den oft eiskalten Seen jederzeit Wild zu apportiren."

Diese Leistungen vollbringt der deutsche Vorstehhund in prompter Weise!

Auch in den Ansprüchen an das Aussehen sind Verschiedenheiten seit der ersten Ausgabe der Rassezeichen geltend gemacht worden. Die ersten im Mai 1879 in Hannover festgestellten Rassezeichen, an denen eigentlich nichts hätte geändert werden dürfen, sind folgende:

1. Allgemeine Erscheinungen. Mittelgrösse und darüber, kräftige, etwas langgestreckte und quadrirte (nicht seitlich zusammengedrückte) Bauart. Kopf und Ruthe in ruhigem Gange, meistens schräghoch, während der Suche mehr horizontal getragen. Physiognomie intelligent, in der Ruhe ernst, bei Anregung mit menschenfreundlichem Ausdrucke.

2. Kopf. Mittelgross, nicht zu schwer. Oberkopf breit, leicht gewölbt, Hinterhauptbein nur schwach ausgebildet. Schnauze im guten Verhältniss zum Oberkopf. Nasenrücken breit, vor den Augen nicht verschmälert, Absatz vor der Stirn allmälig ansteigend, nicht plötzlich ausgeschnitten. Im Profil erscheint die Schnauze vorne breit und abgestumpft, der Nasenrücken leicht gewölbt und fast gerade (nicht durchgebogen), Lippen gut überfallend, im Mundwinkel starke Falten bildend.

3. Behang. Mittellang, breit, unten stumpf abgerundet, hoch und gleich, in voller Breite angesetzt, ohne Drehung glatt und dicht am Kopfe herabhängend.

4. Auge. Mittelgross, klar, weder vorliegend, noch tief liegend, leicht oval, Augenlider ringsum gut schliessend.

5. Hals. Mittellang, kräftig, im Nacken leicht gebogen, nach unten sich allmälig zur vollen Brustweite ausdehnend. Kehlhaut locker, eine leichte Wamme bildend.

6. Rücken. Breit, in der Niere leicht gewölbt, Länge kurz und mässig schräg gestellt.

7. **Brust.** Breit, Rippenkorb lang, rundlich.

8. **Bauch.** Nach hinten mässig aufgezogen.

9. **Ruthe.** Mittellang, gerade oder sehr schwach gekrümmt, an der Wurzel stark, allmälig sich verjüngend, ohne in eine zu dünne Spitze auszulaufen. Unten stärker und gröber behaart, ohne eine eigentliche Bürste zu bilden.

10. **Vorderläufe.** Schultern schräg gestellt, musculös, Ellenbogen weder ein- noch auswärts gedreht, Lauf gerade, kräftig; Fusswurzel breit, nicht durchgebogen oder seitlich verdreht.

11. **Hinterläufe.** Keulen sehr musculös; Unterschenkel gut besehnt und in mässigem Winkel zum Sprunggelenk, also weder zu steil, noch windhundsartig schräg gestellt. Von hinten gesehen, zeigen die Hinterläufe sich gerade und im Sprunggelenke weder nach innen oder aussen gedreht.

12. **Fuss** rund, Zehen mässig gewölbt (nicht glatt ausgestreckt) und dicht geschlossen. Nägel stark gekrümmt, Ballen gross und derb. — Haar derb und sehr dicht, am Behange kürzer und weicher, an der Unterseite der Ruthe und am Bauche gröber, jedoch nicht auffällig verlängert.

13. **Farbe.** Weiss mit grossen Platten oder weiss mit braun oder röthlichbraun gesprengelt. Einfärbig braun, seltener schwarz gefleckt oder ganz schwarz, dreifarbig gefleckte Hunde sind zu verwerfen. Auge weissbraun, bei dunkelfarbigen Hunden heller gefärbt. Als fehlerhaft betrachtet man beim glatthaarigen Vorstehhunde zu plumpe, schwerfällige Bauart, übermässig grossen Kopf mit stark gefalteter Stirnhaut, konisch gebildeten Hinterkopf, allzulange, faltige oder zu fette Behänge, erweiterte Thränensäcke, welche das Roth im vorderen Augenwinkel zeigen, starke, faltig herabhängende Kehlwamme, Senkrücken, krumme Vorarme, auswärts gedrehte Ellenbogen und Füsse, Plattfüsse und weitgespreizte Zehen, ferner eine stark aufwärts gekrümmte oder mit auffälliger Bürste versehene Ruthe. In Bezug auf die Färbung sollte Schwarz möglichst vermieden, dreifarbige Zeichnung aber immer als Fehler betrachtet werden.*) Wolfsklauen sind nicht als Rassezeichen anzusehen und zu verwerfen. Diese ersten Rassezeichen genügten aber bald nicht mehr und traten unter fortwährenden, zum Theile mehr oder weniger heftigen Meinungsäusserungen neue Anforderungen in den Vordergrund, so dass die später aufgestellten giltigen Rassezeichen, die wir folgen lassen, von obigen bedeutende Verschiedenheiten aufweisen. Die in den 1879er ersten Rassezeichen zweimal vorgenommene Betonung der Farben lässt darauf schliessen, dass dies seinen ganz besonderen Grund haben werde, namentlich da man damals die sonstigen Farben ziemlich liberal behandelte. Thatsächlich hat auch der alte württembergische

---

*) Dieser Satz war fehlerhaft, wegen des württembergischen Dreifarbs.

Jagdhund, der bei den in diesem Lande eigenartigen, der Hundezucht besonders günstigen Verhältnissen, der an einigen Orten in
zum Theile recht schönen Exemplaren vorkam, diese in den ersten
Rassezeichen zweimal verurtheilte Farbe. Trotz der ungünstigen Beurtheilung wurde aber die Zucht dieses Hundes lebhaft und systematisch
betrieben und bei der Ausstellung 1893 in München wurden erstmals solche Hunde prämiirt. Die dann aufgestellten Rassezeichen des
kurzhaarigen deutschen Vorstehhundes sind folgende:

1. **Allgemeine Erscheinung.** Mittelgrösse (etwa 60 bis
66 cm Stockmass), Hündin etwas niedriger, Figur kräftig, aber keineswegs plump gebaut; die einzelnen Theile der vorderen und hinteren
Gliedmassen in regelmässigen Verhältnissen zu einander und zum
Rumpfe stehend; im ruhigen Gange werden Hals und Kopf mässig
aufgerichtet, die Ruthe meist schräg hoch, während der Suche mehr
horizontal getragen. Gesichtsausdruck intelligent, in der Ruhe ernst,
bei Anregung mit menschenfreundlichem Ausdruck.

2. **Kopf.** Mittelgross, nicht zu schwer. Oberkopf breit, leicht gewölbt, von der Seite gesehen mit der höchsten Partie der Wölbung in
der Mitte, Hinterhauptbein nur leicht ausgebildet. Nasenbein (Nasenrücken) breit, vor den Augen nicht verschmälert. Absatz vor der Stirne
allmälig aufsteigend, nicht plötzlich ausgeschnitten. Fang (Schnauzentheil des Kopfes) vorn und in der Seitenansicht breit und abgestumpft,
Lippen gut überfallend, im Mundwinkel eine ausgesprochene Falte bildend.

3. **Augen.** Leicht oval, mittelgross, klar, weder vorspringend,
noch tiefliegend. Augenlider ringsum gut schliessend. Braun, je nach
Haarfarbe heller oder dunkler, niemals raubvogelgelb gefärbt.

4. **Behang.** Mittellang, oben nicht zu breit, unten stumpf abgerundet, hoch und in voller Breite angesetzt, nicht zu weit über
den Hinterkopf hinausragend und möglichst ohne jede Drehung glatt
und dicht am Kopf herabhängend.

5. **Nase.** Je nach der Farbe des Hundes mehr oder weniger
tiefbraun, gut geöffnet, mit kräftiger Entwicklung der Muskeln. Bei
schwarzen Hunden ist die Nase schwarz. Doppelnase unzulässig.

6. **Hals.** Mittellang, kräftig, im Nacken leicht gebogen, nach
unten sich allmälig zur vollen Brustweite ausdehnend. Kehlhaut
geschlossen anliegend.

7. **Brust und Brustkorb.** Brust, von vorne gesehen, dem
Körper angemessen breit, von der Seite gesehen, tief; die den Brustkorb bildenden Rippen gut gewölbt, niemals flach.

8. **Rücken, Lende, Kruppe.** Der Rücken breit und gerade,
die Lende (Nierenpartie) möglichst breit und kurz, sowohl Rücken
als Lendenpartie möglichst kräftig bemuskelt, Kruppe nicht zu kurz,
nur wenig abfallend.

9. **Bauch und Flanken.** Bauch gut geschlossen, namentlich
in den Flanken, nach hinten mässig aufgezogen.

10. Ruthe. Mittellang, gerade oder sehr schwach gekrümmt, an der Wurzel stark, allmälig sich verjüngend, ohne in eine zu dünne Spitze auszulaufen. Unten stärker und gröber behaart, ohne eine Bürste zu bilden. Mässiges Coupiren der Ruthe gestattet.

11. Vordere Gliedmassen. Schultern schräg gestellt, Ellenbogen weder ein- noch auswärts gedreht. Lauf (Vorderarm und Mittelfussknochen) gerade, kräftig, musculös entwickelt, in der Vorderfusswurzel (Vorderknie) nicht durchgebogen. Zehen gut gewölbt und geschlossen, nicht gespreizt. Fuss von vorne gesehen rund, Ballen gross und derb. Die Nägel gut gekrümmt.

12. Hintergliedmassen. Kruppe, Oberschenkel (Keulen) und Unterschenkel musculös; Unterschenkel zum Sprunggelenk (Fusswurzel) weder zu steil noch windhundartig schräg gestellt. Hintermittelfuss nicht zu schräg, sondern fast gerade unter die Sprunggelenke gestellt. Von hinten gesehen sollen die Sprunggelenke weder nach aussen noch nach innen gedreht sein.

13. Behaarung. Herb, derb und dicht, am Behang kürzer und weicher, an der Unterseite und am Bauche gröber, jedoch nicht auffällig verlängert.

14. Farbe und Abzeichen. Erlaubte Farben sind die Schattirungen von reinem Braun und diese in Verbindung mit Weiss; zweierlei Braun an einem Hunde oder Schwarz nicht erwünscht.

15. Als fehlerhaft gelten: Zu plumpes, schwerfälliges oder überbautes Gebäude, Senkrücken, übermässig grosser Kopf, konisch gebildeter Hinterkopf, zu stark ausgebildetes Hinterhauptbein, allzulanger, fleischiger Behang, fleischfarbene oder schwarze Nase (ausser bei schwarzen Hunden), unvollkommener Schluss der Augenlider (sogenannte erweiterte Thränensäcke), krumme Vorderläufe, auswärts gedrehte oder angedrückte Ellenbogen, auswärts gestellte Füsse, Plattfüsse oder weit gespreizte Zehen. Das übermässige Coupiren der Ruthe ist verwerflich, weil dadurch die Beurtheilung des Hundes unmöglich gemacht wird. Als zweckmässig kann gelten, wenn im ausgewachsenen Zustande des Hundes die Ruthe 8 bis 9 cm oberhalb des Sprunggelenkes ihr Ende erreicht. Als fehlerhafte Farben müssen gelten roth, gelb, geströmt, wolfsfarbig, dreifarbig und rein weiss. Afterklauen sind nicht erwünscht.

Es ist anzufügen, dass sich seit jener Zeit nicht nur das Bestreben geltend macht, einzelne Stämme, wie etwa die württembergischen glatthaarigen, dreifarbigen zur Geltung zu bringen, sondern dass sich namentlich auch die Anforderung, eine Eintheilung in einen „starken" und „leichten" Schlag wiederholt bemerklich machte, ohne bis jetzt berücksichtigt zu werden. So wenig also der deutsche kurzhaarige aus einer einzigen alten Rasse hervorging, so wenig lässt er sich in ganz einheitlichem Typus züchten. Zahlreiche sachgemäss gezüchtete Stämme sind auch sehr zu empfehlen.

Der langhaarige deutsche Vorstehhund.

(Tafel I, Fig. 22.)

Ueber die Abstammung dieses Hundes ist mitzutheilen, dass sich dieselbe im Grossen ähnlich verhält, wie diejenige des kurzhaarigen. Dass schon im vorigen Jahrhundert ein langhaariger Vorstehhund in Deutschland existirte, der hauptsächlich zur Wasserjagd verwendet wurde, der mit dem heutigen grosse Aehnlichkeit hatte, ist aus fachwissenschaftlichen Werken und Abbildungen aus jener Zeit zweifellos nachweisbar, ja die Abbildungen, die p. 59 gegeben sind, lassen deutlich einen langhaarigen Jagdhund erkennen, der schon vor Jahrhunderten hier existirte. Eine reine langhaarige Zucht gab es aber früher wohl nicht, und noch heute finden sich in einem Wurfe von grösserer Zahl von einer langhaarigen Hündin in der Regel auch kurzhaarige und umgekehrt. Wenn auch die Farbe bei dem langhaarigen weniger verschieden ist, so kommen doch vereinzelt solche vor, die deutlich Einmischung von Setter oder gar Neufundländer erkennen lassen. Der langhaarige deutsche Vorstehhund ist viel weniger Gegenstand vieler Angriffe gewesen, wie der kurzhaarige, er ist auch nicht so verbreitet; dennoch ist es lehrreich, die Rassezeichen, die 1879 aufgestellt wurden, mit den später giltig gewordenen zu vergleichen:

Rassezeichen, 1879 für den deutschen langhaarigen Vorstehhund aufgestellt:

1. Allgemeine Erscheinung. Meist über Mittelgrösse, kräftige, etwas langgestreckte Bauart, Rumpf mehr seitlich zusammengedrückt, also weniger tonnenförmig, wie beim glatthaarigen Hunde; Muskeln der Schulter und Keulen weniger stark entwickelt und vorspringend. Kopf und Hals meist aufrecht; die Ruthe bis zur Mitte horizontal, dann mit schwacher Biegung schräg aufwärts gerichtet. Das lange Haar hängt wellenförmig zu beiden Seiten des Körpers herab. Gesichtsausdruck intelligent, munter und gutmüthig, Gangart leicht und fast geräuschlos.

2. Kopf langgestreckt, jedoch nicht schwerfällig; Oberkopf breit, leicht gewölbt, Hinterhauptbein und Genickansatz schärfer markirt, als beim glatthaarigen Hunde. Schnauzentheil im guten Verhältniss zum Oberkopf, Nasenrücken breit, vor den Augen nicht verschmälert, Absatz von der Stirn sanft ansteigend, nicht plötzlich abfallend. Im Profil erscheint die Nase ein wenig stumpf, wie beim glatthaarigen Hunde. Der Nasenrücken leicht gewölbt oder fast gerade. Lippen gut überfallend, mit stark entwickelter Falte am Mundwinkel.

3. Behang mittellang, breit, unten stumpf abgerundet, ziemlich hoch und gleich in voller Breite angesetzt, ohne jede Drehung und Falte, glatt und dicht am Kopf herabhängend.

4. Augen mittelgross, klar, weder vorliegend noch tiefliegend.

5. Hals etwas länger als beim glatthaarigen Vorstehhunde, im Nacken leicht gewölbt, nach unten sich allmälig zur vollen Breite der Brust erweiternd.

6. Rücken kurz, in den Nieren leicht gewölbt, Kruppe kurz und mässig schräg gestellt.

7. Brust schmäler wie beim glatthaarigen Hunde, Rippenkorb tiefer hinabreichend und mehr seitlich zusammengedrückt.

8. Bauch nach hinten gut aufgezogen.

9. Ruthe mittellang, an der Wurzel stark, allmälig sich verjüngend, bis zur Mitte meist gerade, von da ab im stumpfen Winkel schräg aufwärts gerichtet. Mit guter Fahne.

10. Vorderläufe. Schulter schräg gestellt, flacher in der Musculatur und lockerer mit dem Rumpf verbunden als beim glatthaarigen Hunde, Lauf gerade, kräftig, Fusswurzel breit, gerade gestellt und wie auch der Ellbogen nicht seitlich verdreht.

11. Hinterläufe. Keulen weniger stark entwickelt als beim glatthaarigen Hunde, Unterschenkel im mässigen Winkel zum Sprunggelenk, nicht nach innen oder aussen gedreht.

12. Fuss rundlich, doch etwas gestreckter wie beim glatthaarigen Hunde. Zehen mässig gewölbt, gut geschlossen, Nägel stark gekrümmt, Ballen gross und derb.

13. Haar lang, seidenartig, weich und glänzend, sanft und flach gewellt (nicht gekräuselt); im Gesicht kurz, dicht und weich, am Behang nach unten und hinten lang überhängend, so dass der Behang grösser erscheint, als er in der That ist; an Kehle, Hals, Brust und Bauch eine zottig gewellte, überstehende Franse bildend, an der Hinterseite der Vorderläufe vom Ellenbogen bis zu den Füssen herab, wie auch an der Hinterseite der Keulen bis zum Unterschenkel und an der Innenseite der Fusswurzel als gewellte Feder auftretend. Die Zwischenräume der Zehen dicht und weich behaart. Unter der Ruthe bildet das lang herabhängende Haar eine gute Fahne, welche erst kurz vor der Mitte der Ruthe ihre grösste Länge erreicht und nach dem Ende zu allmälig verkürzt.

14. Farbe meist dunkelbraun, wie der glatthaarige, mit hellen oder braunen Augen (selten sind diese schwarz). Dreifarbige Hunde sind bei der Beurtheilung auf Rassereinheit auszuschliessen.

Als fehlerhaft betrachtet man: Durchgebogene oder aufgeworfene Nase, gekräuseltes oder welliges Haar, zu kurz behaarten Behang, zu stark aufwärts gekrümmte und über dem Rücken getragene Ruthe. Ferner Mangel der Fahne; wie auch die nach der Ruthen-

spitze zu am längsten behaarte Ruthe (sogenannte Fahnenruthe).
Anders gedrehte Vorderfüsse mit weitgespreizten, glatt aufliegenden
Zehen und kuhhessig oder einwärts gedrehte Sprunggelenke sind auch
hier als Fehler und nicht als Eigenheit der Rasse zu betrachten.

Eine Zeit lang hatte man in der Rasse sogenannte „Spitz-
schnauzige" gezüchtet. Dies war vor dem Eingreifen des Deutschen
kynologischen Vereines der Fall und noch eine Zeit nachher. Gegenwärtig ist aber fast nur noch die sogenannte „stumpfschnauzige"
Rasse vertreten.

Die später für den langhaarigen deutschen Vorstehhund aufgestellten Rassezeichen sind:

1. Allgemeine Erscheinung. Meist über Mittelgrösse (etwa
60 bis 66 cm), Hündinnen etwas niedriger, kräftige, etwas langgestreckte Bauart, Rumpf weniger tonnenförmig, als beim kurzhaarigen Hunde. Im ruhigen Gange werden Hals und Kopf mässig
aufgerichtet, die Ruthe wird bis zur Mitte horizontal, dann mit
schwacher Biegung schräg aufwärts gerichtet getragen. Das Haar hängt
leicht gewellt zu beiden Seiten des Körpers hinab. Gesichtsausdruck verständig, munter und gutmüthig. Gangart leicht, der Auftritt
fast geräuschlos.

2. Kopf. Langgestreckt, nicht schwerfällig. Oberkopf breit,
leicht gewölbt. Absatz vor der Stirn sanft ansteigend, nicht plötzlich ausgeschnitten. Hinterhauptbein und Genickansatz schärfer markirt als beim kurzhaarigen Hunde. Nasenrücken nicht zu breit, in
der Seitenansicht gerade oder nur sehr wenig gewölbt. Die Lippen
gut überfallend, mit unausgesprochener Falte im Mundwinkel. Fang
nicht zu kurz, von vorn gesehen schmäler und von der Seite gesehen etwas weniger stumpf als beim kurzhaarigen Vorstehhunde.

3. Augen. Leicht oval, mittelgross, klar, weder vorspringend noch tiefliegend. Augenlider ringsum gut schliessend. Farbe
braun, je nach Behaarung entsprechend dunkler oder heller gefärbt.

4. Behang. Mittellang, breit, unten stumpf abgerundet, ziemlich hoch in voller Breite angesetzt, ohne jede Drehung oder Falte
dicht und glatt am Kopfe herabhängend.

5. Nase. Je nach der Farbe des Hundes mehr oder weniger
tiefbraun, gut geöffnet, mit kräftiger Entwickelung der Muskeln.
Doppelnase unzulässig.

6. Hals. Kräftig, etwas länger als beim kurzhaarigen Vorstehhunde; im Nacken leicht gewölbt, nach unten sich allmälig zur
vollen Breite der Brust erweiternd. Kehlhaut geschlossen anliegend.

7. Brust und Brustkorb. Brust, von vorne gesehen, etwas
weniger breit als beim kurzhaarigen Vorstehhunde; dagegen sind
die den Brustkorb bildenden Rippen länger, die Brust ist also tiefer.

8. Rücken, Lende, Kruppe. Der Rücken breit und gerade;
die Lende möglichst breit und kurz, sowohl Rücken als Lenden-

partie möglichst kräftig bemuskelt; Kruppe nicht zu kurz, nur wenig abfallend.

9. **Bauch und Flanken.** Bauch gut geschlossen, namentlich in den Flanken, nach hinten mässig aufgezogen.

10. **Ruthe.** Mittellang, an der Wurzel stark, allmälig sich verjüngend, bis zur Mitte meist gerade, von da ab im stumpfen Winkel schräg aufgerichtet. Mit guter Fahne.

11. **Vordere Gliedmaassen.** Schultern schräg gestellt, Ellenbogen weder ein- noch auswärts gedreht. Lauf (Vorarm und Vorder-Mittelfussknochen) gerade und kräftig musculös entwickelt; in der Vorderfusswurzel (Vorderknie) nicht durchgebogen. Zehen mässig gewölbt, gut geschlossen. Fuss rundlich, doch etwas gestreckter, als beim kurzhaarigen Hunde. Ballen gross und derb, die Nägel gut gekrümmt.

12. **Hintere Gliedmassen.** Kruppe, Oberschenkel (Keulen) und Unterschenkel musculös, Unterschenkel zum Sprunggelenk (Fusswurzel) weder zu steil noch windhundartig schräg gestellt. Hintermittelfuss nicht zu schräg, sondern fast gerade unter die Sprunggelenke gestellt. Von hinten gesehen, sollen die Sprunggelenke weder nach aussen noch nach innen gedreht erscheinen.

13. **Behaarung.** Lang, seidenhaarig, weich und glänzend, sanft und flach gewellt (nicht gekräuselt), im Gesicht kurz, dicht und weich, am Behang und an dessen Rändern überhängend, so dass er grösser erscheint, als er in der That ist — an Kehle, Hals, Brust und Bauch eine gewellte, überstehende Franse bildend; an der Hinterseite der Vorderläufe vom Ellenbogen bis zu den Ballen herab, wie auch an der Hinterseite der Keulen bis zum Unterschenkel und an der Innenseite der Fusswurzel als gewellte Feder auftretend. Die Zwischenräume der Zehe dicht und weich behaart. Unter der Ruthe bildet das lang herabhängende Haar eine gute Fahne, welche erst kurz vor der Mitte der Ruthe ihre grösste Länge erreicht und nach dem Ende zu allmälig sich verkürzt.

14. **Farbe und Abzeichen.** Einfarbig dunkelbraun, mit braunen oder hellbraunen Augen und oft mit schmalem, weissen Bruststreifen; weiss mit braunen Platten oder derartig gesprenkelt.

Als fehlerhaft gelten: Zu plumpes, schwerfälliges oder überbautes Gebäude, Senkrücken, übermässig grosser Kopf, konisch gebildeter Hinterkopf, allzulange, fleischige, schlecht behaarte, zu tief angesetzte, zu kurze und faltige Behänge, fleischfarbene oder schwarze Nase, unvollkommener Schluss der Augenlider (sogenannte erweiterte Thränensäcke), krumme Vorderläufe, auswärts gedrehte oder angedrückte Ellenbogen, auswärts gestellte Füsse, Plattfüsse oder weit gespreizte Zehen. Fehlerhaft sind schwarze Farben, rein weiss, gelb und roth. Afterklauen sind nicht erwünscht.

Der rauhhaarige, deutsche Vorstehhund.

(Tafel II, Fig. 23.)

Rauhhaarige Jagdhunde existiren zur Zeit fast überall. Ein solcher ist z. B. der schottische Deerhound, der französische Griffon (Griffon à poildur), der italienische Bracco spinone, der holländische Smons barden. Rauhhaarige Vorstehhunde führen auch den Namen: polnische, russische, irländische, friedländische und schwedische Hunde. Ferner heissen dieselben in Deutschland Rauhbart, Darmstädter, Griffons u. a.

Ist schon der glatthaarige, deutsche Vorstehhund ein Schmerzenskind der Kynologie genannt worden, so verdient diesen Namen der rauhhaarige noch viel mehr.

Deutsche Züchter weisen darauf hin, dass der heutige deutsche, rauhhaarige, der Nachkomme des im vorigen Jahrhundert „polnischer Wasser- oder Hühnerhund", auch Niederländer genannten, sei.

In dem Werke „Hohe Jagd", 1846, I., p. 172, ist gesagt: „In der Regel ist der deutsche Jagdhund glatthaarig, der polnische rauhhaarig." Solcher Beweise, dass es von jeher einen rauhhaarigen Jagdhund in Deutschland gab, sind zahlreiche vorhanden.

In dem Werke Corneli, „Die deutschen Vorstehhunde", 1884, ist p. 44 bis 65 der möglichste Nachweis der Herkunft des deutschen rauhhaarigen Vorstehhundes zu geben versucht. Es sind Erinnerungen von Fachleuten, die gewiss ihre Bedeutung haben, aber eine strenge Beurtheilung nicht vertragen. Die Rassekennzeichen dieses Hundes wurden auch erst 1882 festgestellt, u. zw. wurde der Hund „stichelhaarig" genannt. Hier ist einzuschalten, dass die Bezeichnung „stichelhaarig" in der Pferdezucht, auch anderwärts, für eine Farbenbezeichnung, aber nicht für eine Haarqualität gilt. Stichelhaarig heisst sonst, es sind einzelne weisse Haare zwischen anders gefärbten, wie eingesteckt oder eingestochen. Es hat keinen Zweck, hier weitläufige Untersuchungen über die Abstammung des heutigen deutschen rauhhaarigen Hundes aufzustellen, nur das sei angeführt, dass sich viele deutsche Züchter ehrliche Mühe gaben, mit von ihnen anerkanntem, deutschem Material eine deutsche rauhhaarige Rasse zu erzielen, aber der Erfolg ist schwer, schwerer gemacht durch Zuchten mit fremdländischen rauhhaarigen, die als deutsche verzollt werden.

In dem Bericht über die Kasseler Hundeausstellung 1893 heisst es:

„Die Stichelhaarigen waren in Kassel reichlicher vertreten, als in Köln; der Gesammteindruck war aber nicht so günstig, wie man erwarten durfte. Obwohl absolut schwache Exemplare fehlten, so war doch die Behaarung sehr ungleich, u. zw. nicht nur bei Hunden unbekannter Abkunft, sondern auch bei solchen, welche von anerkannt guten Eltern stammten."

Noch in dem Berichte über die Berliner Hundeausstellung von 1890 ist über die stichelhaarigen deutschen Vorstehhunde gesagt: „Dass unter den 63 angemeldeten sehr viel schlechtes Material sein würde, da die meisten guten Hunde sich in Süddeutschland befänden, war zu erwarten und traf zu. Neben recht guten Hunden fanden sich viele schlechte und zweifelhafte, auch manche „äusserten" gute Abstammung. Mehrere Griffonkreuzungen waren eingeschmuggelt."

Die dem Züchter sich darstellenden Schwierigkeiten führten zu Theilungen, so dass neben dem deutschen stichelhaarigen noch ein deutscher drahthaariger aufgestellt wurde. „Es sei bemerkt", sagte ein Züchter, „dass sich das Haar dieses Hundes zu einem Eisendraht verhält, wie ein Mops zu einem Mastiff"; die Theilung ist auf die Dauer auch nicht aufrecht zu erhalten.

Als eine besondere Schwierigkeit für den Züchter hat sich die sogenannte „Unterwolle" gezeigt. Das allgemeine Deckhaar, das hier ziemlich dick und rauh ist, schützt den Körper verhältnissmässig weniger vor Kälte, wie langes, weiches Haar, da eben nur die im Haare ruhenden Luftschichten das Erwärmende für das Thier darstellen. Hiedurch ist es naturgemäss, dass sich das sogenannte „Unter-- oder „Wollhaar" stärker entwickelt. Gerade diese Unterwolle ist aber sehr mächtig entwickelt, z. B. bei den lang- und rauhhaarigen Schäferhunden etc., so dass sie als eine Erscheinung gemeiner Herkunft gedeutet wurde. Man sucht nun das Unter- oder Wollhaar möglichst kurz zu züchten. Das Ausreissen mit Kämmen kann aber durchaus nicht empfohlen werden.

Als besondere Leistungen und da er in jeder Richtung ausbildungsfähig ist, verlangt man, dass er im Felde schnell und ausdauernd sucht, sicher und fest vorsteht; im Walde kurz sucht, mit vollem Halse fährtenlaut jagt, sicher auf Schweiss arbeitet, auf Verlangen stöbert, im Wasser fleissig schwimmt und stöbert, in jedem Terrain apportirt und würgt, unbedingt gehorsam und sehr anhänglich ist und dem Jäger in Gefahr beisteht.

A. Rassezeichen des stichelhaarigen deutschen Vorstehhundes.

Nach Ansicht aller sachverständigen Fachleute und Züchter ist der sogenannte stichelhaarige deutsche Vorstehhund identisch mit dem drahthaarigen Vorstehhunde, und sind deshalb ohne Zweifel die vom „Griffon-Club" festgesetzten Rassekennzeichen als massgebend zu betrachten.

Der Vollständigkeit halber fügen wir indess die Rassekennzeichen des stichelhaarigen Vorstehhundes bei.

1. Allgemeine Erscheinung. Höhe mittelgross (etwa 60 bis 66 cm Stockmass), Hündin etwas niedriger, Figur kräftig, aber keineswegs plump gebaut; die einzelnen Theile der vorderen und

hinteren Gliedmassen in regelmässigen Verhältnissen zu einander und zum Rumpf stehend. Im ruhigen Gange werden Hals und Kopf mässig aufgerichtet, die Ruthe meist schräg hoch, während der Suche mehr horizontal getragen. Der Gesammteindruck des Hundes ernst und verständig, das Auge, der buschigen Augenbrauen wegen, anscheinend drohend.

2. Kopf. Mittelgross (etwa 23 bis 25 cm lang), nicht zu schwer, Fang (Schnauzentheil des Kopfes) nicht zu kurz, mehr quadratisch, nicht spitz, die Lippen in gutem Schlusse herabfallend, im Mundwinkel eine Falte bildend. Nasenbein (Nasenrücken) lang und breit, gerade, niemals durchgebogen, Absatz von der Stirn allmälig ansteigend, nicht plötzlich ausgeschnitten. Der Oberkopf wie beim kurzhaarigen Hunde leicht gewölbt, breit, von der Seite gesehen mit der höchsten Partie der Wölbung in der Mitte, Hinterhauptbein nicht zu stark entwickelt.

3. Behang. Mittellang, oben nicht zu breit, unten stumpf abgerundet, hoch und gleichmässig in voller Breite angesetzt, nicht zu weit über den Hinterkopf hinausragend und möglichst ohne Drehung glatt und dicht am Kopfe herabhängend.

4. Augen. Leicht oval, mittelgross, klar, weder vorspringend, noch tiefliegend. Augenlider ringsum gut schliessend. Farbe braun, bei hellerer Behaarung auch heller gefärbt; jedoch nicht raubvogelgelb. Die Augenbrauen kräftig und buschig entwickelt, die Haare im Bogen nach aussen und abstehend gewendet.

5. Nase. Gut geöffnet, mit kräftiger Entwicklung der Muskeln, je nach der Farbe des Hundes dunkel- oder hellbraun. Doppelnase unzulässig.

6.·Hals. Mittellang, kräftig, im Nacken leicht gebogen, sich allmälig nach unten zur vollen Brustweite ausdehnend, ohne Kehlwamme.

7. Brust und Brustkorb. Brust von vorn gesehen mässig breit, von der Seite gesehen tief. Die den Brustkorb bildenden Rippen gut gewölbt, niemals flach.

8. Rücken, Lende, Kruppe. Der Rücken breit und gerade, Lende (Nierenpartie) möglichst breit und kurz, sowohl Rücken- als Lendenpartie möglichst kräftig bemuskelt, Kruppe nicht zu kurz, nur wenig abfallend.

9. Bauch und Flanken. Bauch gut geschlossen, namentlich in den Flanken, nach hinten mässig aufgezogen.

10. Ruthe. Mittellang, gerade, allenfalls schwach nach aufwärts gekrümmt. Die Wurzel der Ruthe kräftig, nicht zu niedrig angesetzt, allmälig in eine nicht zu dünne Spitze auslaufend. Mässiges Coupiren der Ruthe gestattet.

11. Vordere Gliedmassen. Schultern schräg gestellt. Ellenbogen weder ein- noch auswärts gedreht. Lauf (Vorarm und Vorder-

Mittelfussknochen) gerade und kräftig musculös entwickelt; in der Vorderfusswurzel (Vorderknie) nicht durchgebogen. Zehen gut gewölbt und geschlossen, nicht gespreizt. Fuss von vorne gesehen rund. Ballen gross und derb. Die Nägel gut gekrümmt.

12. **Hintere Gliedmassen.** Kruppe, Oberschenkel (Keulen) und Unterschenkel musculös. Unterschenkel in mässigem Winkel zum Sprunggelenk (Fusswurzel), weder zu steil noch windhundartig schräg gestellt. Hintermittelfuss nicht zu schräg, sondern fast gerade unter die Sprunggelenke gestellt. Von hinten gesehen sollen die Sprunggelenke weder nach aussen noch nach innen gedreht erscheinen.

13. **Behaarung.** *a)* Allgemeines. Das Haar auf dem Körper des stichelhaarigen Vorstehhundes soll auf dem Rumpfe ca. 4 bis höchstens 6 cm lang, lose anliegend und in derselben Richtung von vorne nach hinten, bezw. von oben nach unten gerichtet, straff, hart, drahtartig und fast glanzlos sein. Unmittelbar über den Schultern, wie an der Unterseite des Körpers verlängert es sich von der Kehle abwärts über die Mittellinie der Brust und des Bauches um eine Kleinigkeit, so dass die gerade abwärts stehenden längeren Haare eine kurze, leichte Franse oder Feder bilden. Am ganzen Körper findet sich eine oftmals kaum sichtbare Unterwolle, welche im Winter stärker, im Sommer leichter ist.

b) Specielles. Am Fange bilden die Haare einen nicht zu langen borstigen Schnurrbart; auf dem Nasenbein sind sie kurz und rauh, nicht lang und weich, oder gar überfallend. Auf dem Oberkopfe ist das Haar flach anliegend, kurz und harsch.*) Auf dem Behange ist das Haar etwas länger, als beim kurzhaarigen Hunde, namentlich härter, als bei demselben, aber nicht so harsch, wie auf dem Oberkopfe. Die Augenbrauen buschig, kräftig, die Haare nach oben und die Spitze der einzelnen Haare im Bogen schräg nach aussen stehend. An den Vorderläufen, u. zw. an der Vorderseite derselben liegt das kurze, harte Haar flach auf, an der Hinterseite bildet es eine etwas verlängerte Feder, welche vom Ellenbogen bis zur Vorderfusswurzel reicht. An den Hinterläufen zeigt sich ebenfalls an der hinteren Seite eine schwache Feder, welche sich fast bis zum Sprunggelenke ausdehnt. Zwischen den Zehen der vorderen und hinteren Gliedmassen zeigt sich eine kurze, weichere, nicht vorstehende Behaarung. Die Ruthe ist voll und stark behaart, an der unteren Fläche ist das Haar etwas länger, ohne jedoch eine Bürste oder Fahne zu bilden. Die Haare legen sich der Ruthe entlang an, doch so, dass die längeren Haare an der Unterseite die gerade Linie derselben nicht verletzen.

---

*) Unter „harschem" Haar ist ein hartes, glanzloses Haar zu verstehen.

14. **Farbe und Abzeichen.** Braun und weiss, scheinbar grau-braun melirt oder mit einzelnen grösseren dunkelbraunen Platten. Einfarbig braun nicht beliebt.

15. **Als fehlerhaft gelten:** Plumpes, schwerfälliges oder zu sehr überbautes Gebäude, Senkrücken, übermässig grosser Kopf, konisch gebildeter Hinterkopf, zu stark ausgebildetes Hinterhauptbein, allzulange, faltige, fleischige Behänge, fleischfarbene oder schwarze Nase, unvollkommener Schluss der Augenlider (sogenannte erweiterte Thränensäcke), krumme Vorderläufe, auswärts gedrehte oder ange-drückte Ellenbogen, auswärts gestellte Füsse, Plattfüsse oder weit-gespreizte Zehen. Eine vorherrschend weisse Farbe ist, wenn auch nicht direct fehlerhaft, so doch nicht erwünscht, dagegen gelten als fehlerhaft schwarze Behaarung, gelbe oder rothe Abzeichen am Kopf und an den Gliedmassen. In Bezug auf Structur der Be-haarung gilt sich scheitelndes Rückenhaar als besonders fehlerhaft. Das übermässige Coupiren der Ruthe ist verwerflich, weil dadurch die Beurtheilung des Hundes unmöglich gemacht wird.

B. **Rassezeichen des drahthaarigen Vorstehhundes.**

1. **Kopf.** Gross und lang, rauh aber nicht zu lang behaart, mit deutlich ausgesprochenem Schnurrbart und Augenbrauen. Schädel nicht sehr breit, Schnauze lang und viereckig. Nasenrücken leicht convex gebogen, Stirnabsatz nicht zu steil abfallend.

2. **Augen.** Gross, nicht durch die Augenbrauen verdeckt, von sehr intelligentem Ausdruck, gelb oder braun von Farbe.

3. **Behang.** Mittelgross, flach anliegend, nicht zu tief angesetzt, das glatte Haar auf demselben ist mit längerem mehr oder weniger durchsetzt.

4. **Nase.** Immer braun.

5. **Hals.** Ziemlich lang, keine Kehlwamme.

6. **Brust.** Tief, nicht zu breit.

7. **Schultern.** Ziemlich lang, gut schräg liegend.

8. **Rippen.** Leicht gewölbt.

9. **Rücken.** Kräftig, namentlich die Nierenpartie gut ent-wickelt.

10. **Vorderläufe.** Gerade, kräftig, gut unterstellt, rauh behaart.

11. **Hinterläufe.** Rauh behaart, die Schenkel lang und gut entwickelt, das Sprunggelenk gewinkelt, nicht steil.

12. **Pfoten.** Rund, kräftig, Zehen gut geschlossen.

13. **Ruthe.** Geradeaus oder leicht aufwärts getragen, rauh be-haart, jedoch ohne Fahne. (Ein Viertel, resp. ein Drittel von der Ruthe wird meist coupirt.)

14. **Grösse.** Ungefähr 55 bis 60 cm bei Hunden, 50 bis 55 cm bei Hündinnen.

15. Farbe. Am beliebtesten stahlgrau mit braunen Platten und einfarbig braun, öfters mit grauen Haaren gestichelt; ebenfalls zulässig weiss mit braun und weiss mit gelb.

16. Behaarung. Rauh und harsch, sich wie feiner Draht anfühlend, niemals kraus oder wollig. Unter dem rauhen längeren Deckhaar befindet sich dichtes weicheres Unterhaar.

Der Brauntiger. (Kurzhaariger, gebrauchsfarbiger deutscher Vorstehhund.)

1. Allgemeine Erscheinung. Die allgemeine Erscheinung ist die eines edlen, symmetrischen Hundes, dessen Formen Ausdauer, Schnelligkeit und Kraft verrathen. Weder klein, noch auffallend gross, hochläufige Hunde sind nie ausdauernd,*) gleich dem Jagdpferde: „Bei kurzem Rücken über viel Boden stehend." Plumpe, schwerfällige Hunde sind durchaus zu verwerfen, der erste Eindruck muss sofort der eines temperamentvollen, lebhaften (aber nicht nervösen) Hundes sein, dessen Bewegungen geschlossen erscheinen. Eine rationelle Züchtung und Veredlung prägt sich, ausser in den für Bewegungen erforderlichen anatomischen Momenten, im Adel der Gesammterscheinung, eleganten Aussenlinien, trockenem Kopf, gut getragener Ruthe, straffem Fell und vornehmer Erscheinung aus. Schräge Schultern, tiefe Brust, gerader, strammer Rücken und kräftige Hinterhand deuten auf Schnelligkeit, während Qualität der Knochen, eine gewisse Breite der Brust, über den ganzen Körper stark ausgeprägte Musculatur Ausdauer verbürgen. Ein nicht langer, musculöser Nacken befähigt den Hund, auch mit einem Stück Wild im Fang über Hindernisse zu galoppiren.

2. Kopf. Trocken, nicht faltig, mittelgross; weder zu spitz, noch zu schwer. Der Schädel zeigt bei genügender Breite eine gleichmässig gerundete Wölbung; das Hinterhauptbein wenig markirt, ebenso der Genickansatz. Der Nasenrücken breit, der Fang vorne abgestumpft; Lippen nicht zu stark überfallend, aber eine gute Falte im Mundwinkel bildend. Kinnbacken kräftig, Kinnbackenmuskeln gut ausgebildet. Der Nasenrücken ist gerade; eher leicht gebogen als durchbrochen, der Absatz zur Stirne allmälig aufsteigend. Im Profil bilden scheinbar die Augenbogen einen schwachen Absatz. Die Tiefe des Kopfes, sowohl am eigentlichen Schädeltheile, wie am Schnauzentheile, muss in gutem Verhältnisse stehen; besonders soll der ganze Kopf nicht den Eindruck des Zugespitzten machen. Das Gebiss

---

*) Der Ausdruck „hochläufig" ist keineswegs mit schulterhoch zu verwechseln. Ein sehr hoher Hund kann auf niedrigen Läufen, ein niedriger hochläufig sein. Es bezieht sich dieser Ausdruck vielmehr auf das Verhältniss der Entfernung vom Ellenbogen zum Boden, zur Schulterhöhe, welche sich etwa wie 1 : 2 verhalten soll, eher darf die Entfernung vom Ellenbogen zum Boden etwas grösser sein, als eine halbe Schulterhöhe, als umgekehrt.

soll sehr kräftig und stets gesund sein, Zähne gut aufeinander passend.

3. Nase. Braun, je grösser, desto besser; Nüstern gut geöffnet, breit; Doppelnase ist fehlerhaft.

4. Augen. Von mittlerer Grösse, lebhaft und ausdrucksvoll, in den Augenwinkeln genau gekreuzt, keine Thränendrüsen zeigend und nicht tiefliegend. Die beste Farbe ist ein schönes Braun, doch ist ein helles (Raubvogel-) Gelb keineswegs fehlerhaft.

5. Behang. Mässig lang, weder wulstig, noch zu fein, hoch und in voller Breite angesetzt, glatt und dicht am Kopfe herabhängend; unten stumpf abgerundet. Der Behang soll, wenn man ihn, ohne zu ziehen, nach vorne legt, ungefähr mit dem Mundwinkel abschneiden, doch darf weder etwas mehr Länge oder Kürze noch eine schwache Drehung einen sonst correcten Hund disqualificiren.

6. Hals. Mittellang, sehr musculös. Der Nacken trocken, leicht gebogen, nach den Schultern allmälig breiter werdend und nicht im plötzlichen Schwunge aus der Schulter kommend. Haut möglichst straff, auf jeden Fall frei von ausgesprochener Wamme.*)

7. Brust und Brustkorb. Die Brust soll, von vorne gesehen, nicht ausgesprochen schmal erscheinen, aber keineswegs so breit sein, dass die Schultern verkürzt werden und steile Stellung erhalten. Man sieht oft recht breite Brust und dabei meist etwas auswärts gedrehte Ellenbogen und steile Schultern; sie muss im Ganzen mehr den Eindruck von Tiefe als Breite machen. Die den Brustkorb bildenden Rippen sollen nicht so flach wie beim Windhund und Setter sein, aber auch nie ganz rund oder gar tonnenförmig; zu runde Rippen lassen keine Ausdehnung beim Athemholen zu. Die hinteren Rippen gut hinabreichend, der Leib wohl aufgezogen, um beim Galoppiren genügend Raum zu geben. Der Umfang der Brust (Gurtentiefe) unmittelbar hinter den Ellenbogen ist und muss kleiner sein, als derselbe etwa eine Hand breit hinter den Ellenbogen, damit die Schultern Raum zur Bewegung haben. Zu beachten ist das Verhältniss zwischen den drei Brustmassen, nämlich:

    a) ganzer Umfang der Brust aussen herum über Brustbein und Schultern gemessen,

    b) unmittelbar hinter den Ellenbogen,

    c) eine Hand breit hinter den Ellenbogen,

ferner:

---

*) Der Hals des Pointers, welcher im plötzlichen Schwunge aus der Schulter kommt, gewährt unzweifelhaft Schulter und Oberarm mehr Freiheit der Action, besitzt aber auch nicht die Kraft, welche ein Apportirhund besitzen muss, um mit einem Stück Raubzeug im Fange mit Leichtigkeit über Hindernisse galoppiren zu können.

d) der Unterschied zwischen der ganzen Schulterhöhe und .der Höhe vom tiefsten Punkte der Brust bis zum Erdboden, perpenticulär gemessen.

8. Rücken. Ein strammer Rücken ist für geschlossene Bewegungen überaus wichtig. Derselbe soll, wie der des Jagdpferdes, nicht lang sein, während das Thier doch über viel Boden steht. Die Nierenpartie nur schwach gebogen, eine starke Wölbung ist stets von langsamem Galoppe begleitet. Ein langer, durchgebogener Rücken führt zu schwankendem Galopp, bei Auswahl des. Zuchtmaterials ist daher auf festen, geraden Rücken mit kurzer, sehr kräftiger Nierenpartie besonderes Gewicht zu legen.

9. Vordere Gliedmassen. Die Schultern sollen grosse Freiheit haben und nie mit Fleisch beladen sein, sehr musculös, schräg und lang. Die tiefliegenden Ellenbogen geben im Verein mit schrägen Schultern und gut unter den Leib gestellten Läufen, einen langen Oberarm, der, obgleich nur als Hebel dienend, von grosser Wichtigkeit ist und die Schrittweite bedingt. Die Ellenbogen sollen tief liegen, nicht nach innen verdreht, weil dies die Freiheit der Action beeinträchtigt. Abstehende Ellenbogen hindern die geschlossenen Bewegungen und sind gleichfalls zu verwerfen, wenn auch, bei guter Musculatur der Schultern, weniger fehlerhaft. Vorderlauf (Unterarm) kräftig in Musculatur, gut in Knochen, aber nicht grobknochig, gerade. Die Fesseln sind wenig durchbrochen, fast gerade, sollen aber nie ganz gerade sein. Völlig gerade stehende Fesseln sind unbiegsam, bewirken beim Stoppen aus vollem Lauf eine zu heftige Anstrengung der Gelenkbänder und führen leicht zu Ermüdung oder Verrenkungen.

10. Hintere Gliedmassen. Oberschenkel sehr musculös; Unterschenkel zur Fusswurzel nicht zu stark gewinkelt. Die sehr starke Winkelung beim Windhunde vermehrt zwar die Geschwindigkeit, beeinträchtigt jedoch die Ausdauer, während eine zu steile Stellung die Schrittweite zu sehr beeinträchtigt und meist mit einem überbauten Rücken verbunden ist. Es kann etwa die Winkelung vom schweren Pointer auch für den deutschen Hund als Norm gelten. Die Fusswurzeln müssen starkknochig sein, ziemlich gerade unter die Sprunggelenke gestellt.

11. Ballen und Zehen. Diese sind von grösster Wichtigkeit! Die Unempfindlichkeit gegen ungünstigen Boden ist nicht allein durch Derbheit der Ballen, sondern auch durch ein völliges Schliessen der Zehen bedingt. Bei kurzhaarigen Hunden ist die runde Katzenpfote stets der weicheren Hasenpfote vorzuziehen, obschon eine schwache Neigung zu Hasenpfoten an den Hinterläufen nicht disqualificiren soll.

12. Behaarung und Fell. Das Fell soll straff anliegen und nirgends Falten bilden. Das Haar ist kurz, wenn schon etwas länger

und bei Weitem derber als beim Pointer, derb und dicht, an der
Unterseite der Ruthe nicht auffallend länger (Bürste); am Behang
ist das Haar weicher, dünner und kürzer. Die zu feine und weiche
Behaarung des Pointers ist bei dem deutschen Hunde, der weder
Eiswasser noch Dornengestrüpp scheuen soll, zu verwerfen. Einer
Verfeinerung der Haut und Behaarung, wie sie fortgesetzte Inzucht
meist mit sich bringt, ist durch geeignete Zuchtwahl vorzubeugen.
Bei vielen Stämmen, besonders in früheren Generationen, zeigt sich
Anlage zu leichter Wellung des Haares auf dem Rücken. Es ist
dies aber durchaus kein Fehler und kommt bei kurzhaarigen Hunden,
namentlich in vorgerücktem Alter vor, wenn sie viel im Freien
liegen und jeder Witterung ausgesetzt sind.

13. Ruthe. Mittellang, waidgerecht coupirt, hoch angesetzt,
im Ansatz kräftig, sodann sich verjüngend; in der Ruhe herabhängend, während der Suche mehr wagerecht getragen. Das Kürzen
der Ruthe ist seit Alters her üblich und verhindert bei praktischem
Gebrauch das Wundschlagen derselben. Es empfiehlt sich, diese
kleine und völlig schmerzlose Operation schon innerhalb der ersten
vierzehn Tage vorzunehmen. Ob man die Ruthe um die Hälfte oder
um zwei Drittel kürzt, ist lediglich Geschmacksache. Eine zu dicke,
unedle und klobige Ruthe ist ebenso zu verwerfen wie Wamme,
fleischige Behänge und beladene Schultern, von denen eine solche
begleitet zu sein pflegt. Eine zu tief angesetzte Ruthe ist fehlerhaft,
ebenso ein abfallendes Kreuz.

14. Knochenbau. Zu dünne und feine Knochen sind bei
einem Hunde, der auf jedem Terrain arbeiten und Kraft besitzen
soll, nicht wünschenswerth, insbesondere sollen Gelenke, Knie und
Haken starkknochig sein. Es kommt indessen nicht auf Masse,
sondern auf Qualität der Knochen an, grobknochige Hunde entbehren der Beweglichkeit und Geschwindigkeit. Bei fortgesetzter
Zucht nach den Principien der Vollblutzucht werden Knochen in
ihren Contouren feiner, in ihrer Masse aber dichter und fester,
während grobe Knochen eine poröse und schwammige Masse zeigen.

15. Farbe. Ob es möglich ist, die braungesprenkelte Farbe
constant zu züchten, ohne dass es der Zuführung von Braun be-
dürfte, ist vorerst noch nicht festzustellen. Sollte bei fortgesetzter
Zucht von Brauntigern, unter deren Vorfahren sich vielleicht weiss-
braune Hunde befanden, die Farbe zu hell werden, so würde sich
Zuführung von braunen Hunden, die von Brauntigern abstammen,
empfehlen. Zur Charakteristik der Farbe der Brauntiger ist das
Wesentlichste der Gesammteindruck. Aus einiger Entfernung soll
die Haarfarbe einen durchaus unscheinbaren Eindruck machen. Die
Grundfarbe des Brauntigers ist eben nicht braun mit weiss oder
weiss mit braun, sondern gesprenkelt oder gestichelt, das heisst:
dieselbe besteht aus einem so innigen Gemisch von braunen und

weissen (grauen) Haaren (Pfeffer, Zimmt und Salz), dass hieraus jenes, allen anderen Farben eben vorzuziehende, für praktischen Gebrauch so überaus werthvolle unscheinbare Exterieur entsteht. An der Innenseite der Hinterläufe sowie an der Ruthe (Ruthenspitze) ist die Färbung häufig heller. Ferner ist für den Gesammteindruck die grössere oder geringere Anzahl und Ausdehnung der rein braunen Platten zu beachten, je weniger Platten, desto besser. Die Farbe ist am Kopf meist braun, häufig findet sich jedoch gesprenkelter Nasenrücken und dito Scheitel.

16. Afterklauen. Diese finden sich als Zufälligkeit (nach Darwin) bei allen Hunderassen; sie sollten, wo sie auftreten, den jungen Hunden möglichst frühzeitig abgelöst (mit der Zange abgekniffen oder unterbunden) werden, weil besonders lose abhängende Afterklauen leicht Verletzungen verursachen und dadurch den Leistungswerth beeinträchtigen.

Werthscala der einzelnen Punkte:

Symmetrie, Gesammterscheinung und Contouren . 10
Kopf 15
Behang 15
Augen 15
Nase 15
Hals 5
Brust 10
Rücken 10
Vordere Gliedmassen 10
Hintere Gliedmassen 10
Ballen und Zehen 5
Behaarung und Fell 10
Ruthe 5
Farbe 10
_____
100

Der Laufhund (Wildbotenhund).

J. J. Römer sagt in „Naturgeschichte der in der Schweiz einheimischen Thiere", 1809:

„Der Jagdhund ist in den Alpen für den Jäger ein ziemlich entbehrliches und bei den meisten Arten der Alpenjagd ein ganz überflüssiges und unnützes Thier. Der Alpenjäger kann den Hund nicht auf der Gemsenjagd gebrauchen, weil die Gemse zu scheu ist, um den jagenden Hund abzuwarten; sie übertrifft ihn an Schnelligkeit weit und ein jagender Hund würde, wenn er die Gemse verfolgen wollte, bald seinen Tod finden, weil er nicht gewohnt ist, die unwegsamen schroffen Klippen, welche die Gemse sehr leicht überspringt, in der nämlichen Eile zu durchjagen und also von den Klippen herunter stürzen würde. Man wird daher sehr selten einen Gemsenjäger mit Hunden sehen. Selbst der Alpenhase wird mit weit mehr Nutzen ohne Hund gejagt, weil man ihn an der Fährte, die er im Schnee zurücklässt, leicht bis in sein Lager verfolgen kann, wo er dem Jäger fast immer zu Schuss kommt, währenddem er im Gegentheil von Hunden gejagt, sich in Löcher und zwischen Felsen verkriecht, in welchen er nicht leicht herauszukriegen ist. Doch geschieht es zuweilen im Sommer, dass man diese Hasen mit Hunden jagt."

Rassezeichen der gewöhnlichen Schweizer Laufhunde.

1. **Allgemeine Erscheinung.** Mittelgross, indess schwankt die Grösse und Stärke der Hunde nicht unbedeutend, je nach den Gegenden, für die sie gezogen werden. Schulterhöhe zwischen 38 bis 54 cm. Meist kräftige, stämmig gebaute Thiere. Die Hündinnen sind oft bedeutend feiner. Freundliche, lebhafte und kluge Hunde, wenn gut behandelt, treu, anhänglich und wachsam.

2. **Kopf.** Mittelgross, nicht sehr schwer. Breiter, fast nicht gewölbter Oberkopf, gut abgesetzt von der Schnauze. Furche zwischen den Augen und dem Oberkopf. Halblange, nicht zu schmale Schnauze. Keine Hängelefzen. Hinterhauptbein gut entwickelt.

3. **Nase.** Gut entwickelt, schwarz, braun oder fleischfarben, nie gespalten.

4. **Behang.** Schief abstehend, nicht gefaltet; nicht übermässig hoch und nicht in voller Breite angesetzt; in der Mitte am breitesten, unten gut abgerundet; dünn und fein behaart. Mässig lang, d. h. er reicht, umgelegt, meist nicht bis zur Nasenspitze; jedenfalls muss er mehrere Finger breit über die Augen hinausgehen.

5. **Augen.** Mittelgross, schief liegend, nicht vorstehend, klar, freundlich, dunkelbraun und heller. Lider gut schliessend.

6. **Hals.** Kurz, kräftig, ohne beträchtliche Wamme, steil getragen.

7. **Rücken.** Nicht sehr lang, breit; erscheint oft etwas eingesenkt wegen des hochgetragenen Kopfes und der steilen Ruthe.

8. **Brust.** Tief und breit. Bauch leicht aufgezogen, Brustkorb nicht tonnenförmig.

9. **Ruthe.** Mittellang, nicht tief angesetzt, stark; unten länger und gröber behaart, aber ohne eigentliche Bürste; sie endet nicht in feiner Spitze. Auf der Suche und in der Bewegung steil nach oben getragen, in der Ruhe ohne beträchtliche Biegung nach unten hängend. Weniger steil nach oben getragene, kürzer behaarte, feinere, leichtere Ruthen sollen nicht fehlerhaft sein. Das Coupiren der Ruthe ist eher zu verwerfen.

10. **Läufe.** Stark und kräftig, mit guten Knochen; vorne ganz gerade und weit auseinandergestellt wegen der breiten Brust;

Hinterläufe nicht sehr steil gestellt, aber auch nicht windhundartig einwärts gebogen. Gute Muskeln und Sehnen.

11. **Pfoten.** Verhältnissmässig klein; gut geschlossene Zehen. Klauen meist dunkel oder schwarz. Oft Wolfsklauen (Sporen); sie sind ohne Bedeutung, aber für den Jagdgebrauch verwerflich.

12. **Behaarung.** Glatt und sehr dicht; verhältnissmässig kurz; fein und oft glänzend am Kopf, Behang, Schultern und Vorderläufen; derb und länger über dem Rücken und am Bauch.

13. **Farbe.** Grundfarbe und meist vorwiegend ist weiss und auf derselben grosse orange, gelbe (falbe, rothgelbe) oder rothbraune Platten — „Schilt". Die Platten sind meist nicht ganz gleichfarbig, oft zeigen sie einen dunkleren Schimmer; nie aber tritt Foxhounds-farbe auf. Neben den Platten ist das Weiss oft noch dicht gesprenkelt mit kleinen, undeutlichen, nicht scharf abgegrenzten rothen oder gelben Punkten; namentlich zeigen diese sich an der Schnauze, den Vorderläufen und den Schulterblättern, oft am ganzen Körper. Aehnliche Färbung zeigen die Chiens vendéens.

14. **Laute.** Voll, wohltönend, je nach Grösse der Hunde und nach deren Stärke von hellerer oder dunklerer Klangfarbe, weithin hörbar, nie aber spitzig kläffend.

15. **Allerlei.** Sie sind der verbreitetste von allen Schweizer Laufhundsstämmen und in der ganzen Schweiz heimisch. Die ost-schweizerischen Hunde sind schwerer und starkknochiger, die west-schweizerischen leichter, feiner und höher. In einigen Gegenden Frankreichs werden die Hunde seit sehr langer Zeit in reinen Meuten für die Zwecke der Parforcejagd gezogen und heissen dort gewöhnlich: Chiens suisses.

Es existirt eine langhaarige Varietät mit setterartiger Behaarung, ebenso eine rauhhaarige, resp. stichelhaarige. Im Bau entsprechen sie vollkommen den kurzhaarigen Hunden.

16. **Jagdliches.** Sie jagen Alles; manche mit Vorliebe Hasen, doch auch Fuchs, Schwarz- und Rehwild. Sie sind ausgezeichnete Finder und Fährtehalter; einzeln und in Meuten verwendbar; mässig rasch, aber vorsichtig jagend; im schwierigsten Terrain unermüdlich, jeder Witterung Trotz bietend.

17. **Fehlerhaft.** Zu schwerer oder unausgeprägter Kopf; kleiner, unten spitzer, ungleich langer oder zu hoch angesetzter Behang. Zu langer Rücken, schmale Brust, nach auswärts gedrehte oder krumme Vorderläufe, schlechte Pfoten, zu kleine Augen; allzu hochläufige Formen.

Fast alle eben angeführten Punkte gelten auch bei den übrigen Stämmen als fehlerhaft.

Schwarzer Rachen jedoch und Wolfsklauen werden gerne gesehen, sind allerdings ohne Bedeutung.

Der Schweisshund, Bluthund *(C. f. sanguinarius,
cruori s. scoticus)*, **engl. blood-hound.**

Die Dienste des Schweisshundes, ein angeschossenes oder auf
andere Art verwundetes Stück Wild auf der durch Blut (Schweiss)
bezeichneten Fährte aufzusuchen und dadurch zur Erlangung des
Thieres beizutragen, sind uralt. Ein richtig geübter Schweisshund
geht nicht auf der Fährte, d. h. er sucht nicht den am Boden
von den Klauen und anderen Theilen des Körpers herrührenden
hinterlassenen Geruchstoffen nach, sondern die vom Wild herrührenden ab und zu zu Boden gefallenen Blutstropfen bilden das für ihn
specifisch Riechbare. In Wirklichkeit könnte anzunehmen sein, dass
das Blut, das einen materiellen Theil vom Körper darstellt, doch
eine gröbere Ausdünstung geben müsse wie die Fährte, von der
doch eigentlich nichts Materielles am Boden haften bleibt, allein,
wenn in Betracht gezogen wird, dass der „Schweiss" manchmal nur
sehr spärlich vorhanden ist, und dass man den Schweisshund nie
direct auf den Anschuss auf die Spur setzt, sondern mindestens
einige Stunden wartet, bis derselbe „kalt" ist, wenn man ferner
beachtet, dass der Schweisshund die Spur auch noch am andern
Tage finden soll, selbst wenn es etwas regnete, ja sogar wenn es
etwas geschneit hat, so sind . die Leistungen unter Umständen
enorme.

Eine besondere Schweisshundrasse gab es früher nicht. Wenn
auch Buffon und Bechstein eine solche beschreiben, so geben doch
die Angaben in Jagdwerken aus derselben, früherer oder späterer
Zeit, dass man sehr verschiedene Hunde zu dieser Leistung dressirte.
Auch Bechstein sagt, nachdem er den Schweisshund beschrieben hat,
„sonst braucht man dazu auch die Dachs- und Hirschhunde,
welche leicht auf den Schweiss gehen". In England verwendete man
früher auch die Wachthunde, wie sich aus dem Werke „Zoologia
Brittanica" von Thomas Pennet, 1771, ergibt!

„Schweisshund (blood-hound) diente dazu, angeschossenes er-
legtes oder gestohlenes Wild wieder zu bekommen. Sein scharfer
Geruch spürte dasselbe durch das verlorene Blut, oder nach der
Jagdsprache Schweiss, aus, daher er diesen Namen erhalten hat.
Diese Gattung kannte die Fussstapfen eines Diebes sehr genau."
(Thom. Pennet, „Zoologia Brittanica", 1771.)

Dietrich a. d. Winkell schreibt über die Schweisshunde:

„Die zweite Gattung von Hunden, welche zur teutschen
Hirschjagd angewendet werden, ist der Schweisshund, eine für
den Jäger, bei Ausübung der Hohen- und Mitteljagd auf Haarwild
ganz unentbehrliche Hilfe. — Fast unter jeder Gattung von
Hunden findet man solche, die von Natur gern auf den Schweiss
arbeiten, die besten aber werden von einem schon geübten jungen

und raschen Hunde und von einer alten und sicheren Hündin gezogen."

v. Train führt in seiner „Niederjagd", 1844, an:

„Der Schweisshund ist ein Blendling vom gemeinen Jagdhund und einer dänischen Hündin." (!) „Es gibt Hunde von fast allen Familien, die zu Schweisshunden taugen, doch haben die wenigsten von einer Rasse Gefallenen fast immer gleiche Farbe."

„Ganz weiss oder weissbunte sind selten, findet man hie und da solche, so sind sie doch vermischt mit dem Hühnerhund entstanden."

Von einem Schweisshunde: „Viel Menschen schelten einander leider Bluthunde — die Jäger heissen solche Hunde einen Schweisshund nach ihren Jagdterminis und haben dieselben ihre Herkunft von den verdorbenen Leithunden. — Dass ein Leithund leichtlich verdorben wird, ist die Ursache, wenn er auf allzufrischer Ferte der Hirsche oder Wildpret unbesonnen geliebet und mit ihm auf selbiger allzulang nachgesuchet wird, dadurch er endlich diese Gewohnheit an sich nimmt, eine, wenig alte Ferte nicht fleissig zu suchen. Daher denn befunden wird, dass man sich nicht mehr wegen einer 2- bis 3stündigen alten Ferte auf ihn gewiss verlassen darf. — Derowegen wird er denn nun vollends in seinem Fürnehmen gestärket und nicht allein auf frische Ferten, sondern gar auf den Schweiss angeführet, welche er denn nicht fehlet, sondern sie mit dem grössesten Eifer verfolget, dass man daran sein volles Genügen hat, es sei denn, dass er laut wird, welches zu strafen." (Tänzer's „Jagdgeheimnisse", 1734, p. 144.)

Man kann also wohl sagen: Es wurden früher sehr verschiedene Sorten zum Schweisshunddienst gebraucht, man hat aber hie und da darauf geachtet, dass man von guten Schweisshunden wieder Nachkommen erhielt und allmälig hat man, namentlich durch die Thätigkeit der kynologischen Vereine, ganz typirte und constante Schweisshundrassen erhalten. Es ist hier ein interessantes Vorkommniss nicht ganz zu umgehen: In dem deutschen Hundestammbuch wurden ursprünglich „deutsche Schweisshunde" als eine einzige in Deutschland vorkommende Schweisshundrasse vorgeführt. Nun besitzt man aber namentlich in Bayern einen leichteren Schweisshund für die Hochgebirgsjagden, und für diesen Hund wurde 1874 auch der Name „bayerischer Gebirgsschweisshund" gewählt. Hätte man einfach dem seitherigen „deutschen" den „bayerischen Gebirgsschweisshund" angefügt, so wäre das einfach und klar; aber es wurde 1886 im deutschen Hundestammbuch der seitherige deutsche einfach „Schweisshund" genannte als „hannoverischer Schweisshund" vorgeführt. Der Name „hannoverisch" ist somit lediglich eine Bezeichnung zur Unterscheidung von „bayerischen". Man könnte so sagen: In Deutschland gibt es jetzt zwei einheimische

Schweisshundrassen: *a)* den in Bayern gezüchteten Gebirgsschweisshund, und *b)* einen im übrigen Deutschland weitverbreiteten, der
den Namen „hannoverisch" führt, obwohl dieses Land weder allein
seine Heimat, noch der Hund dortselbst ausschliesslich gezogen wird.

Ueber die Schweisshundarbeit geben wir nach früheren Werken
folgende Mittheilung:

Dem Schweisshunde wurde früher nach dem Leithunde
die erste Stelle eingeräumt. Er soll den Aufenthalt des angeschossenen
Wildes durch Verfolgen des Schweisses ausfindig machen, dieses
lebend oder todt verbellen, oder aber, soferne er nachlaufen
kann, es so lange verfolgen, bis es sich stellt und der Jäger zum
Schusse kommt. Zu diesem Zwecke muss er am Riemen, ohne laut
zu werden, den Schweiss verfolgen, bis er das angeschossene Stück
sieht, worauf man ihn schiessen lässt und er das Wild nun laut
jagend einholt, stellt oder todt verbellt, d. i. laut werden muss, wo
es verendet hat, bis der Jäger herbeikommt.

Der Schweisshund heisst auch Pürsch- oder Riemenhund,
weil er zum Pürschen von Haarwild gebraucht und dabei am Riemen
geführt wird.

Die Eigenschaften, die ein guter Schweisshund haben
muss, sind zum Theile angeboren, zum Theile anerzogen, dressirt.
Er ist vollkommen, wenn er auf das Pfeifen hört, sich gut
führen lässt, stets auf der linken Seite in schicklicher Entfernung folgt, ohne vorzueilen oder zurückzubleiben, auf das Wort
„zurück" hinter dem Jäger bleibt, auf dem Anstand, selbst wenn
Wild vorbeizieht, sich unbeweglich verhält, sich überall anbinden lässt und ruhig bleibt, so lange man ihn allein lässt,
weder pfeift, noch laut gibt, wenn er das Wild sieht, so
lange er an der Fangleine ist, am gesunden Wilde nicht
jagt, am Hetzriemen aber auch diesem nachhängt, auf der Schweissfährte, sowohl los, wie am Hetzriemen, dem Schweisse eifrig
folgt und selbst wärmere Fährten von gesundem Zeug unbeachtet
lässt, beim Hetzen eines schweissenden Wildes es laut verfolgt,
bis es sich stellt oder stürzt, das gefundene, verendete Wild nicht an-
schneidet und es so lange verbellt, bis der Jäger kommt.

Ueber die Rasse und Zucht des Schweisshundes ist
(in der „Hohen Jagd", 1847, p. 43, II) gesagt: „Man findet fast
unter jeder Hundevarietät solche, die von Natur gern auf den Schweiss
arbeiten, die besten aber werden von einem schon geübten, jungen
und raschen Hund und einer alten, ruhigen und sicheren Hündin
gezogen, besonders wenn diese, während sie tragend ist, in Uebung
gehalten wird. Die Farbe ist beim Schweisshunde gleichgiltig, obschon die von seiner Rasse gefallenen meist gleiche Farbe haben,
dagegen verdient die Stärke, Grösse Beachtung. Zu grosse Hunde
verlassen sich allzusehr auf ihre Stärke, packen deshalb zu leicht

und leiden dadurch gerne Schaden; auch stellt sich vor ihnen das verwundete Wild nicht gerne, weil es ihre Ueberlegenheit an Kraft fürchtet. Vor kleinen, z. B. Dachshunden, stellt sich alles Wild bis auf das Reh herab; allein, theils kommen solche Hunde bei Schnee und Morast nicht gut fort, theils ist ihnen selten das Lautausgeben auf der Fährte abzugewöhnen. Die von mittlerer Grösse, etwa von der Grösse des deutschen Jagdhundes, sind die geeignetsten."

Wenn der Schweisshund 1 Jahr alt ist, wird er führig gemacht. Zu diesem Zwecke legt man ihn, ehe die Dressur beginnt, einige Tage an die Kette, damit er sich auf diese Art an eine Beschränkung seiner Freiheit gewöhnt. Dann nimmt man ihn entweder an den ledernen Pürsch- oder Hetzriemen, oder an eine ca. 2 bis 2 ¹/₂ m lange Fangleine. Das Halsband ist von starkem Leder und festgeschnallt, also kein Schlingenhalfter. Dasselbe hat einen aufgenähten Ring, der sich in einem Wirbel zu drehen vermag. Der Hund folgt dem Jäger an der linken Seite in schicklicher Entfernung und ohne Unbequemlichkeit zu verursachen. Die erste Zeit ist unentbehrlich, dass der Hund mit einer dünnen Ruthe gefizt wird, wenn er zu weit vordringt. Auch auf das Antreten auf die Füsse des Jägers, auf das unbedachte Vorbeigehen auf der anderen Seite an Gerten und Stangen im Walde muss corrigirend eingewirkt werden. Hat der Hund diese Schule durchgemacht, so muss er an Ruhe und Gehorsam gewöhnt werden, dass er auch dann, wenn er Wild erblickt, weder unruhig wird, noch pfeift, oder gar laut gibt. Auch sich anbinden lassen und ruhig bleiben ist eine nothwendige Eigenschaft, zweckmässig ist es, dem Hunde anfangs etwas wie zur Bewachung hinzulegen, den Jagdranzen oder ein Taschentuch etc.; es trägt wesentlich zu seiner Beruhigung bei, auch lässt man ihn anfangs nicht zu lange warten und entfernt sich nicht ganz aus seinem Gesichtskreise.

Man arbeitet den jungen Schweisshund auf Schweiss, sobald er in den seither genannten Dingen „ferm" geworden ist, bis zu diesem Zeitpunkte darf er ja nicht die Spur gefundenen Wildes verfolgen oder gar hetzen. Man lässt in deshalb nur an die Spur von krankem oder angeschossenem Wild. Er soll nicht die Spur, sondern nur den Schweiss wittern. Erst wenn er hier ferm ist, wird er auch an die Spur gehetzt unter dem aufmunternden Zurufe „Vorhin, Hämkinos, lass' sehen!" Um ihn auf Schweiss zu arbeiten, muss man eine Gelegenheit abwarten, bis ein Wild gut angeschossen ist, ohne dass es im Feuer zusammenbricht. Früher galt allgemein als Grundsatz, dem Hunde ein nicht zu starkes Stück, Hirsch oder Wildschwein mit einer Büchse, die nach damaligen Begriffen schon starkes Blei trug, waidwund anzuschiessen. Man wählte dazu einen Morgen, an dem der Boden nicht zu nass oder zu trocken war. — Täntzer hat uns in seinen „Jagdgeheimnissen" von 1834, eine

prächtige Illustration hievon aufbewahrt und in seiner „Hohen Jagd"
ist dann über den weiteren Verlauf gesagt:

„Der Jäger darf sich nun aber nicht gleich mit dem Nachsuchen
übereilen, sondern muss, nachdem er seine Büchse frisch geladen,
den Ort, wo das Wild stand, als er darauf schoss, genau untersuchen,
dann bezeichnet er den Anschuss und die schweissige Fährte mit
Brüchen und lässt das angeschweisste Wild, welches sich fast immer
im nächsten Dickicht niederthun wird, eine kurze Zeit ruhen, damit
es noch recht krank werde. Nach Verfluss einer $^1/_2$ oder 1 Stunde bringt
er den Schweisshund auf den Anschuss, zeigt ihm die Haare und
den Schweiss, liebelt ihn und lässt ihn unter dem halblauten Zuspruch:
„Verwundt, Sellmann! recht verwundt, vorhin!", am Riemen
auf der schweissigen Fährte fortarbeiten oder nachhängen. Wird
er zu hitzig, so wird er etwas angehalten unter dem Zuruf: „Schon
dich, schon dich!"; reicht dies aber nicht aus, so darf man ihn
ja nicht strafen oder mit der Leine Risse geben, sondern man trägt
ihn vor der Spur ab und setzt ihn erst nach einiger Zeit wieder
an und so oft er anfällt, mit dem Zuspruch: „So recht verwundt,
Sellmann! vorhin!". Ihn hinter einem alten geübten Schweisshund
suchen zu lassen, ist sehr zweckmässig. Manchmal überschiesst der
junge Hund die schweissige Fährte, in diesem Falle bringt man ihn
im Bogen wieder an dieselbe mit dem Zuspruch: „hoho, wend'
dich darnach! such', verwundt, Sellmann!". — Sobald man
das verwundte Wild in seinem Bett vor sich sieht, löst man den
Hund und lässt ihn mit den Worten: „Hui, fass! verwundt!"
frei nachschiessen und von jetzt ab soll er laut werden, verbellen. Nachdem das Wild aufgebrochen, bekommt der Hund etwas
vom geronnenen Schweiss und die Milz zum Genuss, aber
ja nichts Anderes und nicht zu viel, damit er das „Anschneiden"
des Wildes sich nicht aneigne. Uebung ist für den Hund sehr
nöthig, so oft es Gelegenheit gibt, muss man bei jeder Witterung,
auf trockenem, hartem und gefrorenem Boden, frische oder alte
Spuren verfolgen; eine lange fortgesetzte erfolglose Suche heisst
„Fehlhetze". Solche machen den Hund muthlos. Sehr zweckmässig
ist es, junge Schweisshunde bei einem kleinen Spurschnee zu
prüfen, weil der Jäger den Schweiss gut verfolgen kann. Die Aufgaben für den Schweisshund sind, namentlich wenn nach einiger
Zeit die Fährte verwittert und die Schweissspur über Nacht durch
Regen verwaschen ist, sowie im Benehmen gegen das verwundete
Thier, das sich stellt etc., ganz bedeutende. Vieles hievon kann
nicht angelernt werden, sondern ist Rasseeigenschaft, namentlich gilt
dies vom lauten, anhaltenden Jagen und vom Todtverbellen.
Nur dadurch, dass man den jungen Schweisshund mit einem fermen
zusammen suchen lässt, kann man auch diese Eigenschaften aner-
ziehen."

„Die Farbe des Schweisshundes kann sein wie sie will,"
sagt Winkell, „auf die Grösse hingegen ist Rücksicht zu nehmen.
Zu grosse Hunde verlassen sich zu sehr auf ihre Stärke, packen
deshalb zu leicht und leiden dadurch gar leicht Schaden, auch stellt
sich vor ihnen das verwundete Wildpret nicht gern, weil es ihre
Ueberlegenheit an Kraft kennt. Vor kleinen, z. B. Dachshunden,
stellt sich alles Verwundete bis auf das Reh herab. Aber theils
kommen solche Hunde im Schnee und Morast nicht gut fort, theils
ist ihnen selten das Lautwerden auf der Fährte abzugewöhnen. Nun
darf aber der Schweisshund die Witterung der Fährte nicht achten,
sondern bloss dem Schweisse folgen und nicht eher laut werden,
bis er verwundetes Wildpret im Gesicht hat oder dieses sich vor
ihm stellt.

Eine der besten Eigenschaften des guten Schweisshundes
ist, wenn er Tod verbellt, d. h. wenn er laut wird, wo das Wild
gestürzt ist und verendet hat. Besitzt er sie nicht von Natur, so
ist sie ihm auch nicht beizubringen und in diesem Falle kann man
einige helltönende Schellen an das Hulsband befestigen lassen, um
dem Geklinge zu folgen — besser ist mit einem solchen Hund an
der Leine arbeiten. — Einige Dressur ist dem Schweisshunde allerdings nothwendig, d. h., er muss auf das Pfeifen hören, er muss
sich gut an der Fangleine führen lassen und auf das Wort „zurück"
hinter dem Jäger bleiben, auch auf dem Anstande, selbst wenn
er Wild sieht oder solches im Anzuge ist, unbeweglich neben ihm
liegen.

Hat der Jäger Gründe, zu vermuthen, dass das Wildpret verwundet ist, so übereile er sich ja nicht mit Nachsuchen, sondern
untersuche, nachdem er seine Büchse frisch geladen, genau den Ort,
wo das Wildpret stand, als er darauf schoss, ob er auf demselben
zerschossenes Haar oder bei den nächsten Fährten Schweiss findet.
Dann lege er einen Bruch auf den Anschuss und lasse dem ver-
wundeten Wildpret ¼ oder ½ Stunde Ruhe, damit es sich nieder-
thue und krank werde. Nach Verfluss dieser Zeit hetzt er den
Schweisshund an der Fangleine darauf. Hat er weder Haar noch
Schweiss vorher bemerkt, so lasse er den Hund ganz ruhig kurz an
der Leine fortarbeiten, sobald dieser aber sehr eifrig wird und
Schweiss da ist, animire er ihn durch den halblauten Zuruf: „Verwundet! recht verwundet!", lässt ihn schiessen so weit die Leine reicht,
und folge immer behutsam nach. Vermehrt sich der Schweiss, so
fahre man mit dem vorher erwähnten Zuruf fort. Ueberschösse aber
zufällig der Hund den Schweiss, so darf er ja nicht gleich an der
Leine herumgerissen werden, sondern man greife vor und bringe
ihn wieder darauf. Erst dann wird der Hund gelöset, d. h. die
Schleife, womit die Leine an der Halsung befestigt ist, aufgezogen
und der Hund frei herangelassen."

Anmerkung: Der deutsche „Gebrauchshund" soll bekanntlich auch Schweisshundarbeit verrichten. Ich kann das nicht gutheissen, denn der Unterschied zwischen Fährte und Schweissspur ist zu gross. Dagegen gibt es einzelne Dachshunde, die in Schweisshundarbeit ganz Gutes leisten.

Vorschläge zur Schweisshundprüfung vom Verein „Nimrod" in Schlesien.

Allgemeiner Plan einer Schweisshundprüfung.

Die Prüfung zerfällt in 3 Theile:
I. Die Vorprüfung.
II. Die Hauptprüfung.
III. Die Prüfung auf aussergewöhnliche Leistungen.
und erfordert bei 3 bis 4 Hunden 2 Tage Zeit. Werden mehr Hunde gestellt, so ist für je 2 bis 3 Hunde 1 Tag mehr in Aussicht zu nehmen.

I. Die Vorprüfung

ist am ersten Tage abzuhalten und erstreckt sich auf folgende Gegenstände, welche von 3 Richtern geprüft werden:

1. Ob der Hund ein Schweisshund von reiner Rasse ist. Alle Hunde, welche die Richter als solche nicht anerkennen, werden von der Prüfung ausgeschlossen;

2. ob der Hund leinenführig ist und Appell hat, d. h. also, ob er sich

   a) am Riemen ruhig und dergestalt führen lässt, dass er mit der Nase am linken Knie des Jägers einhergeht, auf Befehl „vorhin" vorgeht, „zurück" zurückgeht und wieder hinter dem linken Knie des Jägers verbleibt, auch bei der Vorsuche auf das Wort „daher" nach rechts und „dahin" nach links geht;

   b) vom Riemen gelöst, auf Befehl „vorhin" vorgeht, „zurück" zurückgeht und wieder hinter dem linken Knie des Jägers verbleibt, auf „hier Riemen" sich sofort die Halsung anlegen lässt;

3. ob der Hund schussfest ist, d. h. ob er, vom Riemen gelöst, bei Abgebung eines Schusses nicht davonläuft, sei es aus Furcht, sei es um zu wildern;

4. ob der Hund sich ablegen lässt, u. zw.

   a) mit befestigtem Riemen,
   b) ohne befestigtem Riemen,
   c) ganz ohne Riemen

und ob er mindestens $^1/_2$ bis 1 Stunde liegen bleibt, ohne laut zu werden, oder sich loszuschneiden, oder wenn er nicht befestigt ist, ohne zu seinem Herrn zurückzukehren, oder gar zu wildern, gleichviel ob sein Herr ihm à vue bleibt oder nicht, ob er einen Schuss abgibt oder nicht;

5. ob der Hund Nase hat, Fährte zeigt und anderseits fährtenrein ist,

> d. h. also, ob er, am Riemen geführt, jede Rothwildfährte (eventuell auch Damwild und Schwarzwild) anfällt und zeigt (hierbei könnte der Hund eventuell auch gleich schon auf die sub III unten angegebenen aussergewöhnlichen Leistungen geprüft werden),
>
> ferner ob der Hund Fährten von Niederwild, wenn auch markirt, doch unbeachtet lässt, namentlich Rehfährten;

6. ob der Hund, wenn er Wild windet oder zu Gesicht bekommt, nicht pfeift oder gar weidelaut wird;

7. ob er unter der Hinterachse des Pürschwagens mit oder ohne Riemen beim Fahren einhergeht.

Wenn auf diese Eigenschaften und Leistungen 3 bis 4 Hunde hintereinander an verschiedenen Stellen geprüft worden, so ist dazu inclusive der Zeit, die man dabei verfährt, wohl 1 Tag erforderlich, und es bleibt nun für den zweiten Tag

II. Die Hauptprüfung

d. h. die Feststellung, ob der Hund auf gesunder kalter Fährte angemessen arbeitet und

III. Die Prüfung

auf aussergewöhnliche Leistungen, d. h. ob

a) der Hund den Widersprung auf Befehl ausführt, ob

b) der Hund den Widersprung ohne Befehl macht, wenn er dem Jäger eine Hirschfährte zeigen will, resp. ob er sonst ein anderes Zeichen hiefür dem Jäger zu machen im Stande ist.

Die Hauptprüfung wird vielleicht, wenn auch das Richten durch 3 Richter in mancher Beziehung erwünschter wäre, nur von 1 Richter censirt werden können. Es wird vielleicht nicht zu ermöglichen sein, immer solche brauchbare Wildwechsel zu finden, die nur durch Stangen oder hohes Holz gehen, so dass 3 Richter beobachtend folgen können, und man wird daher zunächst möglicherweise mit 1 Richter prüfen müssen. Macht es nur einer, so muss dieser bei einer Prüfung sämmtliche Hunde censiren, denn nur dann sind gleichmässige Censuren zu erzielen.

Es hatten die Forstschutzbeamten schon wochenlang vor der angemeldeten Prüfung geeignete Wildwechsel festzustellen. Am Prüfungsmorgen rapportiren dieselben hierüber unter Vorlegung einer Situationszeichnung. Es müssen mindestens so viele geeignete Wildwechsel gemeldet werden, als Hunde geprüft werden sollen, denn jeder Hund muss auf einer anderen Fährte arbeiten. Die Reihenfolge der Hunde wird entweder durchs Los bestimmt, oder die Hunde folgen nach den am ersten Tage bei der Vorprüfung gezeigten Leistungen, so dass der beste zuerst an die Reihe kommt. Je nach der Lage der Wildwechsel wird ein Plan entworfen. Mit Hund Nr. 1 wird auf Wechsel Nr. I angefangen, und mit ihm wird die Prüfung bis zu Ende geführt, dann der Hund Nr. 2 auf Wechsel Nr. II u. s. f. gearbeitet, bis jeder Hund durchgeprüft ist.

Es kann hier in Frage kommen, ob nicht eine Ungerechtigkeit darin liegt, dass die später an die Reihe kommenden Hunde eine kältere Fährte erhalten, und das lässt sich wohl nicht ganz wegleugnen. Gleichwohl wird man vorderhand nicht gut anders verfahren können, und erst die Praxis wird es lehren, ob es sich empfiehlt, das Richtercollegium zu trennen, je einem derselben je einen Hund beizugeben, und sämmtliche Hunde gleichzeitig zu prüfen.

Bei der Hauptprüfung soll nun also festgestellt werden, ob der Hund den für ihn markirten Wechsel anfällt, und nachdem er die Fährte gezeigt, auf Verlangen fortarbeitet, und dies

mit tiefer Nase,

auf der Fährte

und mit angemessenem Temperament ausführt, so lange es gewünscht wird, resp. erforderlich ist. Ob man diese Arbeit nach der Zeit oder nach der Enterung für jeden einzelnen Hund zu bemessen haben wird, dürfte erst die Praxis allmälig lehren. Man nehme zunächst den Zeitmassstab und prüfe ¼ Stunde.

Hierbei wird so verfahren, dass der Besitzer oder der den Hund arbeitende Jäger den Hund anlegt und arbeiten lässt, der Richter beobachtend folgt, und hinter ihm her ein mit Jaghorn versehener Jäger mit Brüchen geht, und den zurückgelegten Weg in angemessener Distanz verbricht. Alle anderen bleiben am Anfangspunkt zurück, unter ihnen auch ein Jäger mit Jagdhorn und für vorher nicht abzusehende Fälle ein reitender Bote. Die zurückbleibende Gesellschaft kann in Ermangelung anderer Beschäftigung die Fährte, auf welcher gearbeitet wird, nach ihren Eigenthümlichkeiten genau studiren. Arbeitet der Hund nun, wie oben angegeben, führt er dabei die Befehle seines Herrn, als „halt, lass' sehen, mein Hund!", „schon' dich, mein Hund!", „zur Fährte, mein Hund!", „wende dich, mein Hund!" etc. pünktlich aus, so erhält er entsprechend gute Points, sucht er aber

nicht mit tiefer Nase,
sondern windet,
bleibt er nicht auf der Fährte, sondern sucht daneben unter Wind,
oder tritt er gar auf andere Fährten über, selbst wenn er von Neuem
auf die richtige Fährte zurückgebracht wird, und
zeigt er nicht das angemessene Temperament, d. h. neben Ruhe
den nöthigen Eifer, sondern überstürzt sich und zieht mit Ungestüm,
so erhält er entsprechend schlechte Points. Ist der Hund ¼ Stunde
(resp. bis zur Dickung, wo das Wild steht)| gearbeitet, so ist
die Hauptprüfung für ihn beendet, und er kann, soweit sich nicht
hierbei oder Tags zuvor schon Gelegenheit dazu gefunden hat, nun
noch auf die aussergewöhnlichen Leistungen, namentlich auch darauf
geprüft werden, ob er auf Befehl den Widersprung macht und auf
dem verbrochenen Wechsel zurückhält. Thut er dies, so lässt man
ihn bis zum Ausgangspunkt zurückgehen und trifft hier mit der zu-
rückgelassenen Gesellschaft wieder zusammen, thut er es nicht, oder
hat er überhaupt schon documentirt, dass er seiner Aufgabe nicht
gewachsen ist, so gibt der Hornist ein verabredetes Signal, der am
Anfangspunkte zurückgebliebene Hornist antwortet, und die Gesellschaft
kommt, möglichst zu Wagen, geführt von dem revierkundigen reiten-
den Boten an den Endpunkt der Arbeit, um sich von dem unterrichten zu lassen, was vorgegangen. Wenn nur ein Richter gefolgt
ist, so können sich die zwei zurückgebliebenen Richter, welche Zeit
hatten, die gearbeitete Fährte zu studiren, noch selbst überzeugen,
ob der Hund die richtige Fährte gehalten hat. Nun wird mit Hund Nr. 2
auf Wechsel Nr. II u. s. w. in derselben Art fortgefahren. Sollte sich am
ersten Tage nicht Gelegenheit gefunden haben, sämmtliche Hunde auf
die 7 Vorprüfungsgegenstände zu prüfen, so könnte das Eine oder
das Andere am zweiten Tage wohl noch nachgeholt werden.

Reglement für Schweisshundprüfungen.

§ 1. Erlaubniss zur Theilnahme.

Bei den Schweisshundprüfungen dürfen nur anwesend sein:
1. Der Jagdbesitzer, der Revierverwalter und die Jägerei, darunter
   zwei mit Jagdhorn und ein dritter zu Pferde;
2. ein Delegirter des Vorstandes;
3. die 3 Preisrichter und ein Stellvertreter;
4. die Herren oder Jäger, welche die zu prüfenden Hunde
   arbeiten, mit ihren Hunden;
5. die Besitzer der Hunde, auch wenn sie ihren Hund nicht selbst
   arbeiten;
6. ein Berichterstatter;
7. Personen, denen der Delegirte des Vorstandes es ausnahmsweise im Einverständnisse mit allen Richtern gestattet.

§ 2. Anordnungen zur Prüfung.

Nachdem der Vorstand unter Zuziehung eines sachverständigen Mitgliedes, sowie eines oder mehrerer Richter das Prüfungsrevier bestimmt und mit dem Besitzer wie mit den Forstbeamten alles Dasjenige rechtzeitig verabredet hat, was bis zum Prüfungstage (vide specieller Prüfungsplan) zu geschehen hat, finden sich die oben § 1 aufgeführten Personen am Prüfungstage an dem bestimmten Rendezvous (womöglich Försterwohnung) ein und kann mit der Vorprüfung alsbald vorgegangen werden, wobei von den am Prüfungsmorgen, resp. auch schon vorher eingegangenen erforderlichen Meldungen der entsprechende Gebrauch gemacht wird.

Inzwischen lässt sich der Delegirte des Vorstandes von dem dazu eingeladenen Revierverwalter (eventuell Förster) über die Vorarbeiten zur Hauptprüfung Mittheilung machen, insbesondere darüber, ob und wieviel brauchbare Wildwechsel voraussichtlich am anderen Morgen von den Forstschutzbeamten werden gemeldet werden, wo dieselben liegen, ob die nöthigen Vorbereitungen hinsichtlich der Verwundung des Bodens auf den Wegen und Gestellen getroffen, und wo dies geschehen, entwirft darüber unter Zuhandnahme der Revierkarte eine Situationszeichnung auf einem vorher dazu gefertigten Blanquet, trifft etwaige ihm noch nothwendig erscheinende Anordnungen, macht zu der am anderen Tage vorzunehmenden Hauptprüfung einen ungefähren Plan, so, dass Letzterer am anderen Morgen nach Eingang der Rapporte der Forstschutzbeamten eventuell entsprechend abgeändert werden kann.

Dies lässt sich Alles bewerkstelligen, indem der Delegirte bei der Vorprüfung zugegen ist, damit er, wo es erforderlich, seine Autorität einsetzen kann. Seinen Anordnungen ist unbedingt Folge zu geben, er ist ausdrücklich befugt, von allen Anwesenden zu verlangen, dass sie bestimmte, ihnen angewiesene Plätze einnehmen, wo sie nicht stören, nöthigenfalls auf den Wagen verbleiben, und beim Vorrücken zu Fuss hinter dem Delegirten 30 Schritt zurückbleiben.

Jeder Anwesende, der nicht direct ein Amt bei der Prüfung hat, muss sich der Einmischung in dieselbe enthalten.

Zuwiderhandlungen gegen die Anordnungen, welche dieses Reglement gibt, oder welche der Delegirte während der Prüfung für nothwendig erachtet, werden mit Geldstrafen belegt, welche der Delegirte verhängt und durch den Schatzmeister einziehen lässt.

§ 3. Reihenfolge der Hunde.

Die Reihenfolge der Hunde wird am ersten Tage (Vorprüfung) durch's Los, am zweiten Tage (Hauptprüfung) entweder wieder durch's Los oder nach den Leistungen, welche die Hunde am ersten Tage gezeigt, bestimmt.

Es kann immer nur 1 Hund geprüft werden, und wird seine Prüfung an jedem Tage hintereinander fort bis zu Ende geführt (cfr. allgemeinen Plan, welcher Ausnahmen gestattet).

§ 4. Die 3 Richter.

Die 3 Richter und einen Stellvertreter wählt der Vorstand und müssen die Namen dieser Herren vor Zahlung des Einsatzes bekannt gemacht werden. Wird 1 Richter durch Krankheit oder unvorhergesehene Ursachen gehindert, der Prüfung beizuwohnen, oder bei derselben von der ferneren Ausübung seines Amtes abgehalten, so tritt der Stellvertreter ein, und wenn auch dieser verhindert ist, so bestimmt der Delegirte, was geschehen soll.

Wenn möglich, werden Richter ernannt, die nicht durch in ihrem Besitz befindliche Hunde betheiligt sind, und die einzelnen zu prüfenden Hunde möglichst wenig kennen. Entscheiden die Richter nach eigenem Eingeständniss im Widerspruch mit den vorgeschriebenen Pointsberechnungen, so ist ihre Entscheidung ungiltig, und die Prüfung beginnt von Neuem. Nur der Delegirte hat das Recht, die Richter darüber zu befragen, ob sie nach diesen Gesetzen entschieden haben oder nicht.

§ 5. Schutz der Richter.

Wer den Ausspruch der Richter vor Beendigung der Prüfung tadelt, zahlt 10 Mark Strafe an den Verein. Wer die Richter während der Prüfung in einer Weise anredet, dass das Urtheil derselben über die Hunde dadurch beeinflusst werden könnte, ohne ausdrücklich befragt worden zu sein, zahlt 3 Mark Strafe.

§ 6. Anordnungen des Delegirten.

Wer den Anordnungen des Delegirten nicht Folge leistet, insbesondere auch denen, welche darauf gerichtet sind, Behinderungen der Richter vorzubeugen, zahlt 3 Mark Strafe.

§ 7. Arbeiten des Hundes.

Der Hund ist vom Besitzer selbst oder einem Beauftragten zu arbeiten. Im letzteren Falle entsagt der Besitzer jeder Einsprache während der Prüfung.

§ 8. Zulassung und Ausschliessung von Hunden.

Es können nur reinblütige Schweisshunde zu den Prüfungen zugelassen werden, uud es wird von dem Besitzer verlangt, dass er bona fide versichert, dass dies der Fall sei.

Auch wenn er diese Versicherung abgibt, sind, im Falle das Aeussere des Hundes den Rassezeichen so wenig entspricht, dass eine unreine Abstammung ohne Wissen des Besitzers angenommen werden muss, die Richter berechtigt und verpflichtet, den Hund auszuschliessen. Darüber, ob dieser Fall eintritt, entscheiden der Delegirte und die 4 Richter nach Stimmenmehrheit. Zu Prüfungen mit Einsätzen kann kein Hund zugelassen werden, wenn der Einsatz vor Beginn der Prüfung nicht bezahlt ist.

Hitzige Hündinnen muss der Delegirte von der Prüfung ausschliessen. Es braucht aber kein Einsatz oder Reugeld für sie gezahlt zu werden, wenn sie mindestens 14 Tage vor der Prüfung genannt sind.

§ 9. Nennung der Hunde.

Jede falsche Angabe bei Nennung der Hunde wird vom Delegirten mit 3 bis 10 Mark, und wenn sie auf absichtliche Täuschung hinausläuft, mit Ausschliessung bestraft.

§ 10. Bestrafung von Ungehörigkeiten bei Beaufsichtigung der Hunde.

Wessen Hund loskommt während der Prüfung und dieselbe stört, zahlt 3 Mark Strafe.

Wenn ein Hund den anderen anfällt, auf dem Rendezvous, während der Fahrt nach dem Revier oder während der Prüfung, so zahlt der Besitzer 3 Mark Strafe an den Verein und wenn der gebissene Hund dadurch unfähig wird, sich an der Prüfung weiter zu betheiligen, so wird der beissende Hund ebenfalls von der Prüfung ausgeschlossen und der Besitzer desselben zahlt den Einsatz für den gebissenen Hund.

§ 11. Preise.

Der Hund, welcher die meisten guten Points abzüglich der schlechten Points erhalten hat, erwirbt den ersten Preis. Den zweiten Preis erwirbt der Hund, welcher nächstdem die meisten guten, abzüglich der schlechten Points bekommen hat. Kein Hund kann gewinnen, der mehr schlechte als gute Points bekommen hat. Kann hiernach kein Gewinner proclamirt werden, so verbleiben die Preise dem Verein, resp. werden den Gebern der Preise zurückgestellt.

§ 12. Reugeld.

Der letzte Termin, bis zu welchem Reugeld erklärt werden kann, ist vor Beginn der Verlosung der Reihenfolge, insofern nicht vorher ein anderer Termin festgesetzt ist.

Points-Berechnung.

Jeder Hund wird auf alle Eigenschaften und Leistungen der Vor- und Hauptprüfung geprüft; nur bei den sub III aufgeführten ausserordentlichen Leistungen bleibt es dem Besitzer überlassen, ihn darauf prüfen zu lassen oder nicht. Nach Beendig ung der Prüfung werden sämmtliche gute und sämmtliche schlechte Points zusammengezählt, die schlechten von den guten abgezogen, oder, wenn dies vorkommt, auch umgekehrt (in welchem Falle natürlich der betreffende Hund nicht gewinnen kann), und hienach die Reihenfolge sowie etwaige Preise etc. bestimmt. Haben zwei Hunde gleichviel gute Points, so werden sie beide in einem und demselben Gegenstande noch einmal geprüft, und bleibt dann derjenige der Sieger, welcher sich hier die Mehrzahl der Points erwirbt.

Zur Berechnung der Points dient nachfolgende Tafel, und wird vorweg bemerkt, dass die Richter das Recht haben, einen Hund, der sich ganz untauglich zeigt, sofort auszuschliessen.

I. Vorprüfung.

	Points	
	gute	schlechte
ad 1. Rassereinheit (nicht mit Points zu belegen).		
ad 2. Leinenführigkeit und Appell:		
a) ob der Hund sich ruhig und dergestalt führen lässt, dass er mit der Nase am linken Knie des Jägers einhergeht, auf das Wort „vorhin", „zurück", „daher", „dahin" auch vor und zurück, resp. nach rechts oder links geht oder nicht	1—3	2—5
b) ob der Hund, vom Riemen gelöst, auf Befehl (Wort, Wink, Ruf, Pfiff) „vorhin", „zurück", „hier Riemen" vor und zurück geht und sich die Halsung gutwillig anlegen lässt oder nicht	1—5	1—10
ad 3. ob der Hund schussfest ist oder nicht, d. h. ob er, vom Riemen gelöst, bei Abgebung eines Schusses		
a) aus Furcht davonläuft oder ruhig an seinem Platze bleibt, resp. auf Zuruf bald gehorcht je nach Verhalten	1—5	1—10
b) ob er davonläuft, um zu wildern, oder bleibt, resp. sich abrufen lässt	1—5	1—15
kommt er auf Ruf oder Pfiff seines Herrn innerhalb 5 Minuten nicht zurück, so ist er von weiterer Prüfung auszuschliessen oder er erhält	—	25
ad 4. ob der Hund sich ablegen lässt oder nicht		
a) mit befestigtem Riemen,		
b) ohne befestigtem Riemen,		
c) ganz ohne Riemen		

	Points	
	gute	schlechte

α) wenn sein Herr aus seinem Gesichtskreise sich ¼ Stunde entfernt . . . . 5—10 —

β) wenn sein Herr schiesst, ohne dass der
Hund ihn sieht . . . . 7—15 —

γ) wird der Hund laut . . . . — 10—20

δ) schneidet er sich los und kommt zu
seinem Herrn . . . . — 20—30

ε) wildert er, nachdem er sich losge-
schnitten, so wird er von weiterer
Prüfung ausgeschlossen.

ζ) kommt der nicht befestigte Hund zu
seinem Herrn zurück, ohne sich
weiterer Vergehen schuldig zu machen — 5—10

η) entfernt er sich aber, um zu wildern,
kommt jedoch auf Ruf oder Pfiff zurück . . . . — 20—30

d) kommt er nicht, so wird er von weiterer
Prüfung ausgeschlossen.

ad 5. ob der Hund Nase hat, Fährte zeigt, und
anderseits fährtenrein ist,

a) jedesmal, wenn der Hund eine Rothwildfährte zeigt, indem er mit der Nase auffällt, stehen bleibt und markirt . . . . 1—6 —

b) für jedes Uebergehen einer Rothwildfährte,
welche von demselben Tage herrührt . . — 1—6

c) und wenn es eine Hirschfährte ist . . . . — 1—10

d) fällt der Hund Spuren von Niederwild
(Hasen, Kaninchen, Füchsen etc.) an,
jedesmal . . . . — 1—10
oder Fährten von Reh, jedesmal . . . — 1—15

e) macht er es nicht, obwohl er wiederholt
dazu Gelegenheit hatte, erhält er einmal . 10—20 —

ad 6. wenn der Hund über frische Wildfährten geführt oder gefahren wird
und pfeift . . . . }
oder wird laut . . . . } — 1—10
bekommt er Wild zu Gesicht
und pfeift . . . . }
oder wird laut . . . . } — 3—10

ad 7. bleibt der Hund beim Fahren unter der Hinterachse des Pürschwagens, so erhält er, je nachdem er dies, angelegt oder unangelegt, macht,
resp. anderseits nicht macht . . . . 1—6 1—6

II. Hauptprüfung.

1. hält der Hund die Fährte, welche er arbeiten soll, mindestens eine halbe Stunde, so erhält er, je nachdem er dabei die Befehle seines Herrn ausgeführt . . . . 15—30 —

a) arbeitet er dabei mit tiefer Nase, so erhält er einmal . . . . 10—15 —

wirft er aber oft die Nase hoch, ohne dass anzunehmen ist, dass das Wild kurz vor ihm ist, so erhält er einmal . . . . — 1—15

b) arbeitet er auf der Fährte, erhält er einmal 10—15 —

nimmt er Wind neben der Fährte, so erhält er, wenn er dies häufiger wiederholt, einmal . . . . — 1—15

c) arbeitet er mit gleichmässig ruhigem, aber doch eifrigem Temperament, so erhält er 5—10 —

ist er langsam oder zu hastig . . . . . — 1—10

d) nimmt der Hund eine andere Fährte an, als die, auf welcher er arbeiten soll, so erhält er jedesmal . . . . — 1—10

und wenn es eine Rehfährte ist . . . . — 1—15

thut er es aber nicht, so erhält er jedesmal 5—20 —

III. Prüfung auf aussergewöhnliche Leistungen.

1. führt der Hund den Widersprung auf Befehl aus, und arbeitet auf einer Hirschfährte, wie es vom Leithunde verlangt wurde, rückwärts, so erhält er . . . . . 10—30 —

2. führt der Hund den Widersprung ohne Befehl auf Hirschfährten, dagegen nicht auf Wildfährten aus, so erhält er . . . . 20—40 —

Ebensoviel, wenn er auf eine andere (von seinem Herrn vorher aber annoncirte) Weise zeigt, dass er eine Hirschfährte arbeitet.

Gesammtsumme der Points 103—235 71—288

Der hannoverische Schweisshund.

A. Leithundsform.

(Tafel III, Fig. 24.)

1. Allgemeine Erscheinung. Mittelgrösse (durchschnittliche Höhe 52 cm, Hündinnen verhältnissmässig kleiner), von kräftigem, langgestreckten Bau, hinten leicht überhöht. Kopf und Ruthe horizontal oder schräg abwärts getragen. Gesichtsausdruck ernst.

2. **Kopf.** Mittelgross, eher schwer wie leicht, Oberkopf breit und mässig gewölbt, Stirn leicht faltig, Schnauzentheil in gutem Verhältniss zum Oberkopf, Hinterhauptbein mässig stark ausgesprochen, Nase breit, schwarz, auch roth zulässig, Nasenrücken vor den Augen sich verschmälernd oder eingezogen; im Profil erscheint der Nasenrücken leicht gewölbt oder fast gerade, nie durchgebogen; der Absatz vor der Stirn flach ansteigend, Augenbrauen stark ausgebildet und scharf vorspringend. Schnauze vorne stumpf; Lippen breit überfallend mit stark ausgeprägter Falte am Mundwinkel.

3. **Augen.** Klar, vorliegend, kein Roth im Thränenwinkel zeigend, mit energischem Ausdruck infolge der eckig aufgezogenen starken Brauen.

4. **Behang.** Lang (gemessen, nicht über die Nase hinausreichend), sehr breit, unten abgerundet, mittelhoch und gleich in voller Breite angesetzt, glatt und ohne Drehung dicht am Kopfe herabhängend, beim Heben des Kopfes nicht faltig zurücksinkend.

5. **Hals.** Lang, stark, sich allmälig zur Brust erweiternd. Kehlhaut voll und locker, ohne jedoch eine stark herabhängende, faltige Wamme zu bilden.

6. **Rücken.** Lang, hinter den Schultern leicht eingesenkt, in der Nierengegend breit und leicht gewölbt. Kruppe mässig schräg abfallend.

7. **Brust und Bauch.** Brust breit, Rippenkorb tief und lang. Bauch nach hinten wenig aufgezogen.

8. **Ruthe.** Lang, mindestens bis auf die Mitte der Fusswurzel hinabreichend, an der Wurzel stark und allmälig schlank verlaufend, fast gerade, unten länger und gröber behaart, ohne eine eigentliche Bürste zu bilden, meist schräg abwärts getragen. Im Querschnitt erscheint die Ruthe unten platt.

9. **Vorderläufe.** Stärker als die Hinterläufe, Schultern schräg gestellt, sehr lose und beweglich, Schultermuskeln gut entwickelt. Vorarm gerade oder nur leicht gekrümmt, mit kräftiger Musculatur. Fusswurzel breit und gerade gestellt.

10. **Hinterläufe.** Keulen nicht auffällig entwickelt. Unterschenkel lang, nicht zu steil gestellt. Fusswurzel fast gerade, nicht schräg unter sich gestellt oder seitlich verdreht.

11. **Pfoten.** Derb, rund, mit gewölbten, mässig geschlossenen Zehen, Nägel stark, krumm, schwarz hornfarbig; Ballen gross und derb.

12. **Behaarung.** Dicht und voll, derb, glatt und elastisch, mit mattem Glanze.

13. **Farbe.** Graubraun, wie das Winterhaar des Rothwildes; rothbraun, rothgelb, dunkelfahlgelb, meistens mit der dunkleren Färbung an Schnauze, Augen und Behang (schwarzbraun gebrannt), auch wohl mit dunklerem Rückenstreif.

14. **Stimme (Hals).** Laut und volltönend.

15. **Fehlerhaft sind:** Schmaler hoher Oberkopf, zu doggenartige, zu schmale, zu spitze oder zu stark gekrümmte Nase (Ramsnase); Nase, welche in gleicher Breite (ohne sich nach oben zu verengern) bis zur Stirn fortläuft, faltige oder schmale, unten zugespitzte oder gedrehte Behänge, dünne Vorderläufe, auffällig stark gekrümmte Armknochen und dachshundartig gestellte Füsse, zu kurze, zu dünne oder stark gekrümmte und hochgetragene Ruthe, sowie eine kurze, hochläufige oder vorn überhöhte Bauart. In Bezug auf Färbung ist sowohl jedes Weiss, wie auch gelbe Abzeichen als Fehler aufzufassen.

B. Schweisshundsform.

Die Rassekennzeichen derselben decken sich nahezu mit jenen der Leithundsform und unterscheiden sich von letzterer nur in den folgenden Punkten:

Durchschnittliche Höhe 52 cm, schlank und leicht gebaut. Kopf mässig hoch getragen. Lippen wenig überfallend, mit mässig ausgeprägter Falte am Mundwinkel. Behang mittellang, etwas abgerundet, in voller Breite angesetzt. Rücken nicht eingesenkt. Hinterläufe schräg gestellt, gut ausgebildet. Farbe auch dunkelgeströmt und gewolkt zulässig.

Der bayerische Gebirgsschweisshund.

1. **Allgemeine Erscheinung.** Leicht, agil, mittelgross oder etwas darunter, jedoch nicht zu niedrig gebaut. Schulterhöhe nicht über 48 bis 52 cm. Wenig langgestreckter Bau, hinten leicht überhöht, Kopf horizontal oder leicht aufwärts, Ruthe meist horizontal oder schräg abwärts getragen. Gesichtsausdruck freundlich-ernst.

2. **Kopf.** Normal, Oberkopf breit, flach gewölbt, nicht zu schwer, abgesetzt von der Schnauze, halblange, nicht zu schmale Schnauze. Nase gut entwickelt, schwarz, auch dunkelfleischfarbig. Augenbrauen gut ausgebildet. Lippen nicht bedeutend überfallend, aber mit ausgeprägten Mundwinkeln. Keine Hängelefzen.

3. **Augen.** Klar, vorliegend, kein Roth in den Winkeln zeigend; dunkelbraun, auch heller.

4. **Ohren.** Etwas über mittellang, breit und hoch angesetzt, ohne auffällige Drehung, unten spitz abgerundet.

5. **Hals.** Kurz, kräftig, ohne Wamme.

6. **Rücken.** Nicht zu lang, etwas wenig hinter den Schultern eingesenkt, in der Nierengegend breiter, kräftiger und leicht gewölbt. Kruppe schräg abfallend.

7. **Brust und Bauch.** Brust nicht zu breit, Rippenkorb tief und lang. Bauch hinten aufgezogen.

8. **Ruthe.** Normal lang, ungefähr bis auf die Fusswurzel hinabreichend, an der Wurzel stärker, schlank verlaufend, an der

Unterseite etwas stärker behaart; aber ohne eine eigentliche Bürste bildend; abwärts leicht gebogen getragen, nicht coupirt.

9. Vorderläufe. Stärker als die hinteren, kräftig, jedoch nicht plump, gerade. Schultern schräg gestellt; gut entwickelte Muskeln, Fusswurzeln gerade gestellt.

10. Hinterläufe. Knochen mässig stark, Unterschenkel verhältnissmässig lang, schräg gestellt, gut behaart. Fusswurzel gerade, nicht schräg unter sich gestellt oder seitlich verdreht.

11. Pfoten. Nicht übermässig stark, eher leicht und elegant, dicht geschlossene Zehen, Nägel stark entwickelt, krumm, hornschwarz, Ballen mittelstark, aber rauh und widerstandsfähig.

12. Behaarung. Dicht, glatt, etwas rauh mit wenig Glanz, feiner an Kopf und Behang, rauher an Bauch und Schlegeln.

13. Farbe. Rothbraun, rothgelb, ockergelb, manchmal semmelfarben, auf dem Rücken meist dunkler, Schnauze und Behang nicht selten schwärzlich gebrannt.

14. Fehlerhaft sind: Zu hohe oder zu niedrige Bauart, zu spitze schmale Schnauze, starkgekrümmte Armknochen, faltige, spitze Behänge, dachshundartig gekrümmte Füsse, zu kurze oder stark gekrümmte, ebenso bürstig behaarte Ruthe. In Bezug auf Färbung ist mit Ausnahme eines helleren schwachen Bruststernes jedes Weiss zu vermeiden, ebenso hellere gelbe Abzeichen an Kopf und Extremitäten. Wolfsklauen werden von Manchen gerne gesehen, haben aber keine Bedeutung und sind eher zu verwerfen.

Englische Jagdhundrassen.

(Tafel IV, Fig. 25.)

Die englischen Jagdhunde haben in Deutschland nicht unbedeutende Verbreitung gefunden. Die Zuchten in England sind älter und die Hunde sind mehr nach einem speciell bestimmten Zweck gezüchtet. Das rationelle Verfahren bei der Zucht, das Zusammentreten von einer Anzahl von Züchtern einer bestimmten Rasse zu einem „Club", mit dem ausgesprochenen Zweck, nur diese eine Rasse hochzubringen, ist in Deutschland nach englischem Muster eingerichtet worden. Zahlreiche englische Rassen sind in Deutschland eingeführt, werden bei Ausstellungen prämiirt und vielfach als Muster für die jugendliche, noch in der Ausbildung begriffene deutsche Zucht gewählt. Die Summen, die für englische Hunde alljährlich von Deutschland nach England wandern, sind hoch zu veranschlagen, ein Beweis, wie geschätzt die englischen Hunde in Deutschland sind.

Versuche, englische Hunde mit deutschen zu kreuzen, geben zunächst ganz unbefriedigende Resultate. Wie bei allen Kreuzungen von ziemlich verschiedenen Rassen, ist der erste Nachkomme, das unmittelbare Kreuzungsproduct, in der Regel den Erwartungen des

Züchters entsprechend, d. h. er steht in Bildung und Eigenschaften ziemlich in der Mitte zwischen seinen Eltern und vielfach zeichnen sich solche Thiere durch Kraft und Energie aus. Will man aber nun mit solchen Kreuzungsproducten weiterzüchten, so liegen in dem Nest nicht Junge, welche ihren Eltern ähnlich sehen, sondern solche, die von diesen nur einige wenige Aehnlichkeiten, mehr aber von den ursprünglichen Rasseneigenschaften besitzen. Wenn fremdes Blut ein gemischt werden soll, so kann dies nur höchst sorgsam und allmälig erfolgen. Dieser Hinweis erscheint an dieser Stelle nicht überflüssig, um solchen Meinungen entgegenzutreten, als ob der Typus englischer Hunde die heimischen deutschen verdrängt hätte, oder ob solches zu fürchten wäre — und als Warnung vor planlosem Kreuzen.

Da die Liebhaber von ausländischen Hunderassen mit den Züchtern des Auslandes in Verbindung treten und sich ihre Rathschläge in jener Literatur holen, so sollen hier nur von den am häufigsten bei uns eingeführten englischen etc. Rassen die Rassenzeichen vorgeführt werden.

Rassezeichen des Pointers.

1. **Allgemeine Erscheinung.** Dieselbe soll Stärke und Verfeinerung ausdrücken. Grobes Aeussere und schwaches Knochengebäude sind zu verwerfen.

2. **Kopf.** Ziemlich breit zwischen den Behängen, soll überhaupt compact erscheinen. Die Linie vom Hinterhauptbein zur Nase ist nicht gerade, sondern hat vor den Augen einen entschiedenen Absatz. Das Hinterhauptbein selbst tritt ziemlich hervor. Die Schnauze ist lang, breit und stumpf. In den kräftigen Kiefern müssen die Zähne regelmässig aufeinander stehen. Die Lefzen sind gut, aber weniger wie beim Bloodhound entwickelt.

3. **Augen.** Mittelgross, sogenannte Schweinsaugen ein Fehler. Die Augenfarbe hängt von der des Körpers ab.

4. **Nase.** Breit und feucht, nicht schwarz, sondern dunkel leberfarben oder fleischfarben. Eine schwarze Nase ist ein besonderer Fehler bei gelb oder weissen Hunden.

5. **Behänge.** Flach an den Backen herabhängend; sie sind weich, dünn, niedrig angesetzt und mögen bis zum Hals herabreichen.

6. **Hals.** Gut gebogen; Genick stark, eine Wamme ist fehlerhaft.

7. **Schultern.** Fallen mässig ab und sind gut angesetzt.

8. **Brust.** Soll sehr tief, aber nicht zu breit sein, da dieses die Schnelle hindert.

9. **Rumpf.** Soll kräftig erscheinen und nicht zu kurz, aber gut gerippt sein. Die Nierenpartie ist gut entwickelt.

10. **Vorderläufe.** Sollen sehr musculös und starkknochig sein, dabei gut unterm Leibe stehen.

11. **Hinterläufe.** Keulen kräftig mit etwas aufwärts stehenden Kniescheiben. Sprunggelenke sind sehr stark, etwas eng zusammenstehend, was schon durch die Stellung der Kniescheibe bedingt wird.

12. **Pfoten.** Rund und kräftig. Manche Autoritäten verlangen eine sogenannte Hasenpfote, doch ziehen wir eine katzenpfotenartige Bildung vor.

13. **Ruthe.** Kurz, stärker an der Wurzel, aber sich nach dem Ende zu stetig verjüngend. Sie darf nicht zu tief angesetzt und gebogen sein.

14. **Behaarung.** Weich, muss aber dem Wasser widerstehen können.

15. **Farbe.** Die beliebteste Farbe ist weissbraun.

Rassezeichen des englischen Setters.

(Tafel V, unten rechts.)

1. **Allgemeine Erscheinung.** Von Ansehen schön, aber zart erscheinend; letzteres wird durch eine Neigung, sich zu ducken und furchtsam auszusehen, noch erhöht, ohne aber den Hund weichlich zu machen.

2. **Kopf.** Mässig lang, nicht schwer, neigt zur Schmalheit zwischen den Behängen. Vor den Augen mag die Schnauze etwas eingebogen sein und die Nase sich etwas erheben. Farbe schwarz oder braun, variirend nach der Haarfarbe

3. **Augen.** Gross, glänzend und intelligent; nichts ist so schlecht, wie sogenannte Schweinsaugen.

4. **Behang.** Nicht zu schwer, am Kopfe anliegend, nicht in die Höhe gezogen, aber mit einer leichten Feder besetzt.

5. **Hals und Rumpf.** Hals lang im Nacken gebogen und gut aufgesetzt. Rippen ziemlich gerundet, namentlich nahe den Schultern, weit nach hinten reichend, die Nierenpartie etwas gewölbt.

6. **Schultern.** Musculös und schräg.

7. **Brust.** Tief.

8. **Läufe und Pfoten.** Erstere nicht zu lang, völlig gerade und bis zum Boden befedert; Pfoten gut mit Haar zwischen den Zehen versehen. Die Hinterläufe sind säbelbeinig unter den Leib gezogen, die Sprunggelenke sehr stark.

9. **Ruthe.** Nicht zu lang und nicht gekrümmt, aber leicht gebogen. Die Fahne spitz zulaufend.

10. **Behaarung.** Weich, seidig, ohne Kräuselung.

11. **Farbe.** Weiss mit gelb, weiss mit blau, schwarz und weiss, weiss, schwarz, braun und weiss. Es gibt auch andere Farben, sie sind aber selten.

Rassezeichen des Gordon-Setter.

(Tafel V, Fig. 26, oben rechts.)

1. **Allgemeine Erscheinung.** Schwerer als beim englischen Setter. Das Knochengebäude ist sehr stark.

2. **Kopf.** Aehnlich wie beim englischen Setter, nur schwerer. Die Lefzen sind länger, doch nie so stark, wie beim Bloodhound.

3. **Nase.** Ziemlich unedel.

4. **Ruthe.** Kürzer, aber ähnlich geformt, wie beim englischen Setter.

5. **Behaarung.** Gröber.

6. **Farbe.** Tiefschwarz mit mahagonirothen Abzeichen.

Rassezeichen des irischen Setters.

(Tafel V, Fig. 26, unten links.)

1. **Allgemeine Erscheinung.** Sie muss Stärke und Lebhaftigkeit verrathen. Die Läufe erscheinen ziemlich hoch, schon weil der Leib aufgezogen ist. Man sieht es dem Gebäude an, dass es viele und schnelle Arbeit thun kann. Alles ist wie Stahl und Eisen.

2. **Kopf.** Länger und schmaler wie beim englischen Setter. Die Lefzen ziemlich ausgebildet.

3. **Augen.** Braun, intelligent.

4. **Behang.** Tief und hinten angesetzt, nicht schwer, aber gut befedert. Ein schwerer Ohrlappen verräth Gordonblut, welches auszumerzen ist.

5. **Nase.** Dunkelroth oder von dunkler Fleischfarbe, in Uebereinstimmung mit dem Haar.

6. **Nacken.** Elegant und leicht, von schrägen Schultern aufsteigend.

7. **Brust.** Tief und schmal.

8. **Rumpf.** Flach, aber mit guter Nebenpartie begabt. Die hinteren Rippen kurz, was den Hund aufgezogen erscheinen lässt.

9. **Vorderläufe.** Sehr gerade, stärker befedert wie an englischen Hunden.

10. **Hinterläufe.** Unter den Leib gebogen, Sprunggelenke kräftig.

11. **Ruthe.** Tief angesetzt und stark befedert, namentlich in der Mitte.

12. **Behaarung.** Nicht so dicht wie beim englischen Hund, aber gröber.

13. **Farbe.** Dunkel blutroth. Weisse Abzeichen sind an Ausstellungshunden nicht beliebt, aber keine Rassefehler. Die Fahne ist heller als die übrige Haarfärbung.

Rassezeichen des irischen Wasserspaniels.

1. **Allgemeine Erscheinung.** Die eines kräftigen, gedrungenen flotten Hundes mit schlauem und sehr intelligentem Blick.

Der irische Wasserspaniel darf nicht hochläufig sein, weil Kraft und Ausdauer bei der Arbeit von ihm verlangt wird. Er ist lärmend und lustig, wenn er zum Vergnügen ausgeführt wird, jagt jedoch stumm.

2. Kopf. Oberkopf geräumig, kuppelförmig gewölbt und ziemlich breit, von bedeutender Gehirnthätigkeit zeugend. Die Wölbung erscheint höher als sie wirklich ist, weil der Oberkopf von einem Kopfbüschel umgeben ist, das, bis zu einem Punkte zwischen den Augen nach vorn überfallend, die Schläfen glatt lassen soll.

3. Augen. Dunkelbraun und sehr intelligent, oder auch bernsteinfarben; besser jedoch dunkelbraun.

4. Ohren. Ziemlich tief am Kopfe angesetzt. Bei einem ausgewachsenen Hunde sollen sie nicht weniger als 46 cm und mit der Feder etwa 61 cm messen. Die Feder am Behange soll lang, dicht und wellig sein.

5. Nase. Dunkel leberfarben, ziemlich gross und gut entwickelt.

6. Hals. Wie der des Pointers, d. h. musculös, leicht gewölbt und nicht zu lang, gut mit den Schultern verbunden.

7. Rumpf. Gut geformt, rund, fassförmig, gut aufgerippt. Hintertheil rund und musculös, zum Ruthenansatze leicht abfallend.

8. Grösse. Schulterhöhe 56—61 cm, je nach Geschlecht und Abstammung.

9. Brust, Schultern. Brust tief und keineswegs zu breit. Schultern kräftig, ziemlich schräg gestellt und gut mit harten Muskeln bedeckt.

10. Rücken, Lenden. Rücken stark, Lenden leicht gewölbt und kräftig, den Hund zu schwerer Arbeit in mit Schilf bestandenen morastigen Flussufern befähigend.

11. Ruthe. Wie eine Peitsche geformt; am Ansatz dick und in eine feine Spitze auslaufend. Die Behaarung der Ruthe ist kurz, straff und leicht anliegend, ausgenommen kurz vor dem Ansatz derselben, wo sie in kurzen Locken in die Behaarung des Rumpfes übergeht.

12. Läufe, Pfoten. Vorderläufe gerade und stark in den Knochen, ringsherum gut mit welligem Haar bedeckt bis zu den grossen runden Pfoten hinunter. Hinterläufe von den Kniescheiben bis zu den Sprunggelenken, die nahe dem Boden stehen, lang und wellig behaart. Von den Sprunggelenken abwärts sind die Füsse glatt behaart.

13. Behaarung. Weder wollig noch schlicht, vielmehr bis zum Ansatz der Ruthe aus kurzen, krausen Locken bestehend. Das Kopfbüschel soll gut über die Augen fallen. Dieses und die Behaarung an den Behängen sind reich und wellig.

14. Farbe. Dunkel leber- oder flohfarben (genau so wie der Floh). Hellere Färbung ist fehlerhaft. Gänzliches Fehlen weisser Ab-

zeichen ist erwünscht und solche sind nur an der Brust und an den Zehen in ganz geringer Ausdehnung zulässig.

15. Fehlerhaft ist: Gänzliches Fehlen des Kopfbüschels. Volle Feder an der Ruthe. Jedes weisse Abzeichen an irgend einer Stelle des Körpers, ausser in geringer Ausdehnung an der Brust und auf den Zehen.

Positive Points:

Allgemeine Erscheinung	15
Kopf	10
Augen	5
Kopfbüschel	5
Behang	10
Hals	7·5
Rumpf	7·5
Vorderläufe	5
Hinterläufe	15
Pfoten	5
Ruthe . . . . , . . .	10
Beharung	15
	100

Negative Points:

Hellgelbe oder stachelbeerfarbene Augen . .	10
Schnürenförmiges Haar oder Strähne von mattem oder verfilztem Haar	12
Schnurrbart oder Pudelhaar an den Backen .	5
Schlichtes, offenes oder wolliges Haar . . .	7
Sandfarbiges oder helles Haar	8
Ruthe mehr als zur Hälfte krausbehaart . .	7
Setterfedern an den Läufen	10
Weisser Fleck auf der Brust	6
	65

Rassezeichen des Retrever.

1. Kopf. Breit und flach, mit einer ziemlichen Erhöhung in der Mittellinie. Eine zu hohe Stirn ist dagegen ein Fehler, es muss jedoch genügend Raum für das Gehirn vorhanden sein. Schnauze lang, ziemlich stumpf. Die Zähne weiss, regelmässig und stark. Die Kinnladen sind vor Allem kräftig, haben keine Lefzen. Nase gross, schwarz und feucht.

2. Augen. Ziemlich gross, dunkel, sanft und geistvoll blickend.

3. Behänge. Kurz, tief und rückwärts angesetzt. Sie liegen dicht am Kopf an und haben keine Franse. Eine setterartige Behaarung wird getadelt.

4. **Hals.** Derselbe muss lang sein, damit das Wild leicht aufgenommen werden kann.

5. **Brust und Schultern.** Brust ziemlich breit, sehr tief. Die Schultern sehr schräg und sehr kräftig.

6. **Rumpf.** Musculös und gut gerippt. Nierenpartie und Keulen sehr kräftig.

7. **Läufe und Pfoten.** Vorderläufe ganz gerade, musculös und gut unter den Leib gestellt; die Hinterläufe haben sehr starke Kniescheiben und Sprunggelenke, welche nahe am Boden stehen. Pfoten breit und fest, gut gebogen und mit starker dicker Sohle, zwischen den Zehen sind Haare.

8. **Ruthe.** Hoch getragen, mit guter Fahne.

9. **Behaarung.** Reich, wellig, glänzend und mittellang.

10. **Farbe.** Pechschwarz. Etwaige Abzeichen von weiss, braun, geströmt, röthlich, sind fehlerhaft.

11. **Grösse.** Mittelgross.

Französische Vorstehhunderassen.

Frankreich besitzt seit alten Zeiten ein sehr ausgebildetes Jagdwesen und hatte früher zahlreiche Meuten vortrefflicher Hunde. Die veränderten socialen Zustände in diesem Lande haben die alten hochgezogenen Rassen zurückgedrängt und Anderes, in dieser Richtung weniger Geordnetes an die Stelle treten lassen. Wenn heutigen Tages noch die Namen der früher bestehenden Jagdhundrassen in Frankreich angewandt werden, so ist dies eine Art Pietät, denn was sollte man z. B. mit den ganzen Parforcehundmeuten, die doch den Gipfel jener Zuchten bildeten, anfangen? Ferner glaube ich mich davon überzeugt halten zu können, dass in Frankreich die Lust an der Hundezucht im Allgemeinen nicht so gross ist, wie in Deutschland, damit sind auch die Haltung und Kenntnisse etwas eingedämmt, ferner habe ich ziemlich zahlreich englische Hunde in Frankreich beobachtet. Alles dies zusammen scheint zu beweisen, dass die französische Hundezucht nicht so hoch entwickelt und wohlgeordnet ist, wie die englische, ja dass sie sich wohl kaum mit der deutschen messen kann. Wenn also der deutsche Züchter zu der Zeit, als die rationelle Zucht in unserem Lande auftauchte, von Frankreich weniger gutes Material, noch weniger aber organisatorische und Züchterkenntnisse dort holen konnte, wie in England, so ist nicht zu verwundern, dass er mehr nach letztgenanntem Lande ging, um sich Beides zu erwerben; dazu kommt noch, dass seit dem Kriege 1870/71 nach und nach fast aller Verkehr zwischen Deutschen und Franzosen aufgehoben wurde, so dass, wenn selbst die Vortheile des Züchters nicht in England ihren Schwerpunkt gehabt hätten, die deutschen Züchter doch dorthin gewiesen worden wären.

Aus diesen Ursachen hat die französische Jagdhundzucht zur
Zeit nur geringe Bedeutung für Deutschland, weshalb hier die Angelegenheit auch ganz kurz abgehandelt werden kann.

Die französischen Vorstehhunde sind kurzhaarige
(Braques d'arrêt). Diese werden eingetheilt in:

a) Braques de la race royale, gross, kastanienbraun mit
schwarzen Platten, ähnlich dem deutschen Vorstehhund, aber
eleganter;

b) Braques Dupuy, grosse, weisse und kastanienbraune oder
weiss und schwarze Hunde, mit langer spitzer Nase und schlanker
wie die Royal;

c) Braques Picard, braun, roth oder weinhefefarbig. Die
Farbe über dem weissen Untergrund auf dem ganzen Leibe vertheilt
(gesprenkelt), dazwischen einzelne Platten untereinander durch diese
Sprenkel verbunden;

d) Braques sans queue, auch B. Bourbonne, stumpfschwänzige
Vorstehhunde, weisser Grund mit Dunkelkastanienbraun gesprenkelt.
untersetzte Hunde;

e) Braques d'Anjou, weiss und orangefarben, manchmal
mausgrau;

f) Braques bleux, blaue Vorstehhunde, die namentlich in
der Auvergne gezüchtet werden, mittelgross, elegant. Auf dem
dunkelblauen Haar sind schwarze Flecken;

g) Braques du Navarre, rauhhaarig, Haargrund weiss.
Oberhaar weinhefefarbig rothbraun, haben oft zweierlei Augen.
Die rothe Farbe ist eigenartig und typisch, die Thiere sind gross.

Langhaarige französische Vorstehhunde (Epagneuls).

a) Epagneuls de Pont-Audemer. Kleinfleckig, weiss und
kastanienbraun, mittellanges Haar; kurze und untersetzte Figur mit
plumpem Kopfe;

b) Epagneuls mit Doppelnasen, schwerfällig, braun.

Griffons und Barbets.

Der heutige „Griffon" ist nach dem französischen Autor De
Blanchere der „Barbet" des 16. Jahrhunderts. Mit diesem Namen
bezeichne man im Allgemeinen alle langhaarigen Hunde. (In dem
französischen Werke von Buffon, Ende des vorigen Jahrhunderts,
heissen die Pudel ebenfalls „Barbet" und in England werden die
französischen Griffons heutzutage French poodle, französischer Pudel,
genannt. — „Einst war diese Rasse in Frankreich verbreiteter als
heute, vor 25 Jahren waren sie fast ausgestorben, bis sich einige
Jäger ihrer annahmen und sie vor dem Untergange retteten." Der
Vorsteh-Griffon ist ein stämmiger, kräftiger, dichter Hund, sieht

nicht sonderlich distinguirt aus unter seinem rauhen grauen, gelben und rehfarbenen Zottelpelz. Einige haben auch eine mit Schwarz oder Dunkelgrau gemischte Farbe. Viele Griffons haben Doppelnasen.

Dachshunde.

Dachshund, Daggl, Teckel, Däxer, Dacker früher auch Dachskriecher, Dachsschliefer, Dachswürger, Dachsfinder, Erd- und Lochhündchen, Fuchshündchen etc. *(C. f. vertagus)* genannt, ist etwas ganz Eigenthümliches, eine Culturrasse oder Kunstproduct ersten Ranges. Es findet sich sehr häufig angegeben, dass es Dachshunde schon im alten Aegypten und im alten Babylonischen Reiche gegeben habe, die Formen seien unverkennbar, nur habe dieser altägyptische Dachshund gestellte Ohren gehabt. Mögen Diejenigen, welche diese Angaben machen, auch die Beweise liefern. Dass auf einer ägyptischen Tafel geschrieben steht: „Der Hund zwischen den Füssen des Königs wird ‚Tekal‘ genannt.“ — das kann sein, aber zu meinen, dass davon unser heutiges Wort „Teckel“ stamme, das müsste doch erst mit sehr vielen Beweisen versehen werden, wenn es etwa auch noch andere Leute ausser Corneli auch meinen sollen. Vorerst halte ich nicht für wahrscheinlich, dass die heutige Dachshundform schon zu jener Zeit existirte, u. zw. aus dem Grunde, weil die späteren Culturvölker, Griechen und Römer, den Dachshund heutiger Gestalt nicht gekannt haben werden. Nirgends findet sich in den Werken der alten Classiker, soweit ich unterrichtet bin, eine Beschreibung oder dergleichen, die auch nur andeuten würde, dass man damals den Dachshund gekannt hat. R. Corneli sagt zwar in seinem Werke „Der Dachshund“: „ein von Xenophon beschriebener, später Canis Castorius genannter Hund lässt unseren krummbeinigen Freund deutlich erkennen“. — Ferner: „Der von Arrianus beschriebene Agasses, p. 224, war sehr wahrscheinlich ein Dachshund.“ — Wir haben p 224 die Beschreibung des alten Castor'schen Hundes gegeben, der Schluss derselben: „solchen geht Schnelligkeit und Stärke nicht ab“ und „solche auch sind geschickt zum langgestreckten Jagdlauf, wie des Rehes und Hirsches, so auch schnellfüssiger Hasen“ — ferner der Anfang des nächsten Satzes: „schlechter und häufiger sind die kleineren etc.“ — das lässt doch bei auch nur ganz gewöhnlicher Aufmerksamkeit sicher den Schluss nicht zu, dass diese Beschreibung auf einen Dachshund passe, oder dass man gar lediglich aus dieser Beschreibung einen Beweis habe, die alten Griechen hätten den Dachshund gekannt und verwendet! Ueber die Agassäer Hunde, die nach Corneli ein Beweis sein sollen, dass die Römer den Dachshund kannten, ist von Oppian mitgetheilt, nachdem in Magerstedt im vorherigen Satz der grosse britannische Hund abgehandelt ist, „der im Kampfe mit wilden Thieren das Spiel verherrliche — —“. Hieher gehören auch die Agassäer, „eine tüchtige

Spürart, nicht nur auf Vierfüssler, sondern auch auf Geflügel. Der Gestalt nach gleichen sie leckeren Tischhunden; der Rücken ist fleischlos; sie haben grosse Zotteln, stark gezahnte Füsse, schwerfällige Augen, dichte, giftige Zähne". — Dass aber auch diese Beschreibung der Agassäer Hunde nicht geeignet ist zum Beweise, dass die Römer den Dachshund gekannt haben sollen, bedarf keiner weiteren Worte. Allerdings sagt Corneli, Arrianus habe den Agassäer Hund so geschildert, dass C. daraus folgerte, es sei der Dachshund; — eine solche Schilderung über den Agassäer Hund kenne ich aber von Arrianus nicht und falls Corneli thatsächlich eine weiss, so stelle ich derselben vorerst die von Oppianus entgegen und wiederhole, wenn die Herren Kynologen, welche annehmen und lehren, der Dachshund habe schon bei den alten Babyloniern, Aegyptern, Griechen und Römern existirt, wünschen, dass man ihrer Ansicht beitreten soll, dann müssen sie bessere, stichhaltigere Beweise bringen wie seither. Was bis jetzt bekannt ist, spricht gegen eine solche Annahme und es scheint mir, dass zur Zeit kein Grund vorhanden ist, das erste Auftreten des Dachshundes über das Mittelalter zurückzudatiren. — Schon im Nibelungenlied ist ein Name für einen Hund angeführt, der zur Verwechslung Anlass geben könnte, nämlich „Bracke". Allein auch hier ergibt sich aus dem Sinne und dem nachfolgenden directen Widerspruch, dass es sich um eine andere Rasse handelt. Die Verse lauten: „Da sprach Herr Siegfried: Der Hunde ich nicht bedarf, ausser einem Bracken, dess Witterung also scharf, dass er die Fährte erkenne der Thiere durch den Thau. Da nahm ein alter Jäger einen guten Spürhund" etc.

Eine solche Jagd, wie sie ein Dachs- oder Fuchsgraben mit Hunden oder ein Aushetzen dieses Wildes mit Dachshunden darstellt, wenn dieselbe den „Alten" überhaupt bekannt gewesen wäre, die wäre nicht so spurlos in dem alten Wortschatze der deutschen Sprache verschwunden, wie das thatsächlich der Fall ist. Albertus Magnus kennt in seinem „Thierbuche" von 1545 nichts von einem Dachshund und bei der Abhandlung über Dachs und Fuchs kennt er nichts von der Jagd dieser unter der Erde mit Hilfe von Hunden oder gar einer besonderen Rasse dieser. In den grossen Wörterbüchern der deutschen Sprache von Grimm und Sanders findet sich nichts, was auf ein höheres Alter des Dachshundes, als wie vielleicht bis in das 16. Jahrhundert schliessen liesse.

Gessner sagt in seinem „Thierbuche" 1563 „Von dem Lochhündle": „Ein Geschlecht und Art der kleinen Hunden so dem Geschmack nach leytend, in die Löcher schlieffend so die Füchs und die Tachsen gegraben sind, dieselbigen meldend und aussertreybend, werdend auf Teutsch Lochhund genonet mögend unter die Leithund gezellet werden." Dass aber das Gessner'sche „Lochhündle" krummbeinig war, ist aus dieser Angabe nicht zu entdecken.

Haller sagt in seiner „Naturgeschichte", 1757, über den Dachshund *(Taxinus):* „Man hat zwo Verschiedenheiten von diesen Pygmäen. Eine mit geraden kurzen Schenkeln, das andere mit auswärts gebogenen Füssen. Alle haben eine lange Schnauze, einen dicken Kopf, lappige Ohren, einen langen Leib und ganz kurze, gleichsam abgestumpfte Füsse. Es sind eigentlich Jagdhunde mit verstümmelten Schenkeln. Man hat schwarze mit rothen Flecken an der Brust, über den Augen und an den Füssen. Es gibt auch weisse, auch schwarz, falb und weiss gemischte. — Man nennt diesen Hund auch *Vestigator cunicularis,* Basset. — Die mit geraden Beinen sind wider den Dachsen zu hitzig uud matten sich zu bald ab. Man bringt also die Krummbeinigen an die Dachshöhlen."

Eine langhaarige Sorte ist Haller nicht bekannt.

In Täntzer's „Jagdgeheimnisse", 1734, p. 196, ist angegeben:

Dachs.

„Die Dachs-Kriecher sind gleichsam die Zwerge von den Hunden, welche gar eine sonderliche und niedrige schlimmbeinige Art, die gleichwohl am Leibe noch ziemlich stark sein, welche zu den Dächsen, Bibern, Fischottern und Füchsen dienlich."

In dem englischen Werke „The Pennant", Zoolog. Brittanica, 1771, ist mitgetheilt:

„Die erste Gattung Dachsschliefer (Terrier) ist klein, beiset sich aber mit dem Fuchse, Dachse, Kaninchen u. s. w. in ihren Löchern herum, ja vormals jagte er diese letzteren aus denselben in das Netz."

In Täntzer's „Jagdgeschichte" von 1734, ist p. 71, II, mitgetheilt: „Wie die Dachs-Hunde sein und gerichtet werden zu allerlei Schleiffen?" — „Es ist nöthig, dass zu diesem Weidwerk der Jäger junge Hunde erwähle, die von Natur gerne schleiffen, wie dergleichen Hundart sich findet; sonsten so es in der Eigenschaft nicht ist, kann keiner einen Hund dazu zwingen ausser ihrer Eigenschaft. Doch aber muss er die Dachshunde nach Proportion der Röhren wählen, nachdem auch zu Zeiten mittelmässige Hunde schleiffen wollen, sind aber zu gross, dass sie erstlich nicht wohl in die Geschleiff können und hernach sich der ersten Ursach halber in Schleiffen desto mehr abmatten und gleichwohl dem Dachs nicht recht nach können. Derohalben sind kleine, kurzbeinige, gefasste und sehr gebissige Hunde darzu zu erwählen, die Lust zum Schleiffen haben etc."

Freville hielt in seiner französ. „Gesch. ber. Hunde", 1797, folgende Charakteristik über den Dachshund:

„Die Dachshunde kommen aus Flandern und Brüssel, sie jagen die Hasen, Kaninchen, Dachse, Füchse, Wiesel und Marder, gewöhnlich sind sie roth, haben einen geringelten Schwanz und auswärts stehende Pfoten, sind lang von Leibe, fassen und bringen gut.“

Von höchster Bedeutung für die Ansichten über den Dachshund ist die Schilderung Buffon's („Naturgesch.“, 1793, p. 174) geworden. Buffon, ein zu seiner Zeit hochangesehener Gelehrter, der viele hervorragende, auf persönlicher Beobachtung ruhende Beschreibungen von Hunden gegeben hat, ist aber leider wegen seiner zahlreichen, durch nichts bewiesenen philosophischen Behauptungen, oft verhängnissvoll geworden, es sei hier nur an seine irrige Lehre mit den Kreuzungen, an seine irrigen Behauptungen, dass alle Hunde vom Schäferhund stammen, an seine Eintheilung mit 1., 2., 3., 4. Gattung von Blendlingen etc. erinnert, Dinge, die zum Theile heute noch, ab und zu auftauchen wie ein Gespenst. Von Buffon stammt nun auch die Behauptung, dass der Dachshund von rhachitischen Eltern stamme.

Fig. 22. Der Dachshund mit krummen Beinen (nach Buffon).

Buffon sagt entgegen der Ansicht Freville's: „In England, Frankreich und Deutschland scheinen die Jagd-, Spür- und Dachshunde besonders zu Hause zu sein.“

Ferner: „Es gibt von dieser Art kleiner Jagdhunde zwo besondere Rassen. An der einen sind allemal die Vorderschenkel auswärts gekrümmt und sie werden krummbeinige Dachse genannt, die andere, deren Schenkel eine gerade und natürliche Bildung zeigen, heissen Dachse mit geraden. Sie haben alle sehr kurze Beine, welche in Frankreich nicht allein zu der Benennung: Basset Anlass gegeben, sondern auch das vornehmste Merkmal ausmachen, wodurch man sie von den Jagdhunden unterscheidet. Ausserdem sind sie mit langer Schnauze, einem dicken Kopf, hängenden Ohren und einem sehr langen Leibe versehen. Doch würden diese nicht länger als der Körper des Jagd- und Spürhundes zu sein scheinen, wenn die Dachse auf eben so hohen Schenkeln als diese Arten einhergingen. Die Ohren der Dachshunde sind nicht so lang als an den

Jagdhunden, einige haben auch kürzere Schnauze. In Ansehung der Farbe sind sie schwarz, haben rothe Flecken auf der Brust, über den Augen und unten an den Füssen. Einige pflegen auch weiss oder schwarz, weiss und falb untereinander zu sein. Es finden sich auch unter anderen Hunden, als Budeln etc., einige, die von Natur kurze Beine haben. Bei dem Dachshunde scheint aber diese Bildung ein Fehler der Natur zu sein. Denn sie haben nicht allein sehr kurze, sondern gar missförmige, mit den sichtbarsten Zufällen der englischen Krankheit behaftete Schenkel. Die Knochen des krummbeinigen Dachses pflegen ebenso aufgeschwollen und krumm zu sein, wie die Knochen rhachitischer Menschen. Die Bestimmung dieser Hunde ist, in die Höhle der Dachse zu steigen und diese heraus zu treiben. Zu diesen Verrichtungen waren ihnen, da sie ohnehin kein sonderlich scharfes Gesicht haben, die kurzen Füsse und scharfen Zähne sehr behilflich

Fig. 23. Der Dachshund mit geraden Beinen (nach Buffon).

und nöthig. Die Dachshunde mit geraden Schenkeln sind wider die Dachsen zu hitzig und pflegen sich bald bei ihm abzumatten. Daher bringt man vorzüglich die krummbeinigen in einem Alter von ³/₄ Jahren an die Dachshöhle, wenn eben ein alter abgerichteter hinein gelassen ist. Dem gefangenen Dachs bricht man die Zähne aus und hetzt ihn sodann mit den jungen Hunden, damit diese nicht gleich durch den ersten fehlgeschlagenen Versuch allen Muth verlieren. Sonst werden auch Hasen, Füchse, Iltisse mit ihnen gehetzt." (Buffon, „Naturgesch.", 1793, p. 174.)

Bechstein schreibt in seiner gemeinnützigen „Naturgeschichte" von 1801: „Der Dachshund ist ein kleiner Hund mit langer, starker Schnauze, dickem Kopf, Hängeohren, langgestrecktem Körper. Der Rücken etwas ausgehöhlt, er hat kurze Beine und glattes Haar. Letzteres ist meist schwarz oder braun mit rothen Flecken an der Brust, über den Augen und unten an den Füssen. Zur Jagd wählt man die mittelgrossen und krummbeinigen, weil sie in enge Höhlen

20*

kriechen müssen." — Ueber das damalige Aussehen der Dachshunde schreibt Bechstein:

a) der krummbeinige oder dessen Schenkel etwas auswärts gekrümmt sind, Basset à jalubes torses (Buffon, „Naturgesch.". Taf. 39, Fig. 22, s. vorige Seite);

b) der gradschenkelige, Basset à jalubes droites (Buffon, „Naturgesch.", Taf. 29, Fig. 23, s. vorige Seite);

c) der zottige Basset unterscheidet sich von dem gemeinen bloss durch längeres krauses Haar.

Ueber die Dressur schreibt Bechstein:

„Man unterrichtet sie durch Anhetzen an Katzen und durch Einlassen in die Höhle vorgemeldter Thiere mit einem älteren Hund, der seine Kunst versteht. Hat man einen Dachs ausgegraben, so kann man ihm die Zähne ausbrechen, in eine bretterne Röhre, die mit Erde beschüttet ist, fahren lassen, an der ihn der junge Dachshund herausholen muss.

An die Füchse macht man sie hitzig, indem man ihnen zuerst Fuchsfleisch mit rohem anderen zu fressen vorlegt — und zum Fischotterfang gewöhnt man sie so, dass man ihnen, wenn man sie hungrig hat werden lassen, erstlich das Futter in flaches Wasser setzt und alsdann ein tieferes, dass sie dazu schwimmen müssen. Ihr Naturell lehrt sie auch schon von selbst in die Höhle der Thiere kriechen."

„Der krumme Dachshnnd." Eine Abbildung aus Albertus Brasch (2), 1789, Fig. 10, ist von einer Vollendung, dass man überrascht ist, wie ausserordentlich treu der Typus dieses Hundes erhalten wurde. Die Farbe dort ist schwarz und braun.

In F. v. Train's „Nieder-Jagd", 1844, p. 57, ist über den Dachshund *(C. f. vertagus)* gesagt:

Artkennzeichen: Kopf nicht zu stark, mit flacher Stirne, gutem Behänge, langer, spitzer Schnauze. Leib lang, schlank, mit ausgehöhltem Rücken, kurzen, im Kniegelenk gekrümmten, oft zum Erstaunen schiefen oder mit geraden Füssen und mit langer, dünner Ruthe, im Gange hochgetragen und spielend.

Behaarung theils glatt und glänzend, theils rauh oder etwas zottig, meist schwarz oder roth, oder schwarzbraun, oder rothbraun mit gelbrothen oder gelben oder in weissen Flecken auf der Brust (Manschetten), über die Augen (viergeäugelt) und unten an den Füssen oft mit gelben Extremitäten, auch braune, gelbe, reinweisse, rehfarbene, weiss- und roth- oder weiss- und schwarz- oder graugesprenkelte Behaarung. „Je niederer, schlanker, krummfüssiger, starkknochiger, länger und gebissschärfer der Dachshund ist, desto mehr eignet er sich zum Schliefen und Würgen."

Sinnesorgane etc. „Mit Sehkraft, Gehör und Nase vorzüglich gut ausgestaltet, zeichnet sich diese Hundeart durch Munterkeit, Treue,

Anhänglichkeit, Wachsamkeit, Muth im Angriff, ausdauernden Eifer, körperliche Stärke und mordgierige Feindschaft gegen Dachse und Füchse aus."

Was nun die Abstammungsfrage betrifft, so scheint mir die Annahme von der Entstehung einer primitiven kurz- und krummbeinigen Rasse in Freiheit, so dass der Mensch diese Rasse nur zu domesticiren brauchte, verfehlt. Dieselben Ursachen, welche in Freiheit eine kurz- und krummbeinige Rasse erzeugen könnten, vermögen dies auch bei domesticirten Thieren.

Welche Vortheile aber ein solch kurz- und krummbeiniges Individuum in Freiheit vor anderen haben soll, ist schwer einzusehen, der ganz zum Angriff gerichtete Charakter des Dachshundes verlangt für die Freiheit viel eher Schnelligkeit. Wäre der kurz- und krummbeinige Dachshund thatsächlich im Urzustande entstanden und so domesticirt worden, so hätte er seinen Charakter ändern müssen. In Anbetracht, dass der Mensch in der Thierzucht stets das Extreme und Monströse viel eher erhält und in Anbetracht der Nützlichkeit dieser kurz- und krummbeinigen Rasse für die Höhlenjagd ist viel eher wahrscheinlich, dass dieser Hund seinen ursprünglichen Charakter behalten, aber seine Form geändert hat. Er ist, wie schon früher gesagt ist, nach meiner Ansicht ein Kunstproduct, eine Kunstrasse, wie wir deren unbestritten noch viele besitzen, z. B. Möpse, Affenpintscher, die feinen Spaniels u. A. Bei all diesen wird Niemand einfallen, behaupten zu wollen, diese Thierchen hätten wild im Freien existirt und seien vom Menschen sowie sie jetzt sind, einfach domesticirt worden. Im Gegentheil, denn wer mit den Erfolgen der systematischen Thierzucht vertraut ist, weiss, welche grosse Veränderungen in verhältnissmässig kurzer Zeit an den Individuen eines Stammes oder einer Rasse möglich sind. Die Dachshundrasse ist aber so auffallend, so bestimmt gebildet, dass, wenn einmal die Richtung angegeben und beliebt war, die Weiterzucht in dieser Weise und Vergrösserung der extremen Bildung gar keine Schwierigkeit machte.

Die Annahme, die Dachshunde stammen von rhachitischen Hunden, ist gegenwärtig leicht zurückzuweisen. Buffon, der sie aufstellte, stand unter dem Banne der Cuvier'schen Katastrophen- oder Kataklysmentheorie, dass alle neuen Formen plötzlich erscheinen, dass der Fortschritt sprungweise erfolge, das war ihm so sicher, dass er im Allgemeinen von den rhachitischen Knochen der Dachshunde spricht, als ob er selbst solche gesehen oder untersucht hätte. Heutzutage würde man einem Gelehrten, der solches Zeug in die Welt behaupten würde, auf die Finger klopfen. Buffon aber, der in einer anderen Zeit stand, dem die philosophische Deduction, der logische Schluss noch so sicher galt, wie eine Untersuchung, muss man es verzeihen. Untersucht hat Buffon keine Dachshundknochen auf ihre Consistenz und Beschaffenheit, ob sie rhachitisch wären, hätte er das gethan, dann wäre er zu anderen Schlüssen gekommen, denn die Extremitätenknochen unserer Dachshunde sind so wenig wie ihre übrigen rhachitisch.

Ellenberger und Baum beschreiben in ihrer „Anatomie des Hundes", 1891, den betreffenden, die Krümmung gebenden Theil, folgendermassen:

„Der Vorarm des Dachshundes ist kurz und plump, er convergirt mit seinem distalen Ende mit dem der anderen Seite; das Spatium interosseum ist sehr breit und fast auf die ganze Länge des Vorderarmes ausgedehnt. Die Ulna liegt zum Theile seitlich neben dem Radius, das distale Radiusende ist wieder lateral gerichtet." Von rhachitischen Aenderungen aber wissen sie nichts zu berichten.

Untersuchungen und Beobachtungen, die ich anzustellen in der die Klinik an der hierortigen Hochschule so reichlich Gelegenheit habe, ergaben, dass die Knochen des Dachshundes, welche die Biegung des Vorderbeines verursachen, nicht mehr von Krankheiten betroffen sind wie andere, und dass namentlich rhachitische Processe an dieser Stelle fast gar nicht vorkommen, der Dachshund überhaupt weniger zu Rhachitis disponirt ist, wie andere Rassen. Aber auch angenommen, es hätte einmal einen Hund gegeben, der rhachitisch krummfüssig geworden wäre, dann sind die Verbiegungen ganz andere wie beim Dachshunde, die Formen, die ich gesehen habe und die regelmässig eintreten, sind derart, dass die in Frage kommenden Vorarmknochen vom Ellenbogen zum Carpalgelenk abwärts immer weiter auseinanderweichen und die Pfoten mit den Fusswurzeln einwärts gedreht sind, was gerade beim Teckel umgekehrt der Fall ist. Rhachitis ruft somit eine andere Stellung hervor, wie sie der Dachshund hat. Es stellt sich aber noch eine Schwierigkeit ein: Wenn thatsächlich durch Krankheit ein Individuum eine krummbeinige Stellung erlangt hätte, wie sie der Teckel hat, wie soll der dadurch der Stammvater einer Rasse werden? Man hat früher eine ähnliche Geschichte erzählt von einem rhachitischen Otterschaf in Amerika. Genauere Nachforschungen ergaben, dass es nie ein Otterschaf gegeben hat und ebensowenig haben wir einen rhachitischen Stammvater aller Dachshunde, denn ein solcher von dem aus systematisch weitergezüchtet worden wäre, wäre bei der verhältnissmässigen Jugend der Rasse bekannt geworden, dass aber die ganze Rasse rhachitisch ist, wie Buffon angibt, ist eine Fabel, denn Rhachitis ist eine Krankheit, die sich nicht vererbt. Es bleibt somit nach meiner Meinung nichts übrig, als die Annahme, bei den Jagden „unter der Erde" (welche die alten classischen Völker Aegypter, Griechen und Römer noch nicht wie wir mit Hunden betrieben, sondern die erst viel später aufkamen und die namentlich in Centraleuropa zur Ausbildung gelangten) verwandte man anfangs die kleinsten Jagdhunde und aus diesen ist durch consequente Auswahl allmälig der heutige Dachshund entstanden. Dass man den Dachshund noch viel krummer züchten könnte, als wie er heutigen Tages sein darf, das weiss jeder Züchter. Die Neigung, in der Kürze der Extremitäten und der starken Biegung derselben Fortschritte zu machen, ist eine ganz auffallende, der jetzt sogar entgegengestrebt werden muss, obgleich eine „Krankheit" oder rhachitische Anlage etc. nicht vorliegt.

Die heute existirenden Dachshunde sind in sehr verschiedenem Aussehen vorhanden. Es gibt grosse starke geradbeinige und krummbeinige und ganz kleine zarte, fast wieselartige, kurz- und langhaarige, solche lange, mit feinem, seidenweichem Glanze, andere mit borstigem, rauhem Charakter und fein-, kurz- und glatthaarige, die sich wie Sammt anfühlen. Auch die Dienstleistungen sind sehr verschieden. Die Bassets sind nur sehr entwickelte Dachshunde, desgleichen die Dachsbracken, und wie nahe die Gebirgsschweisshunde verwandt sind, braucht nicht lange erst bewiesen zu werden, ebenso gibt es zahlreiche noch unclassificirte Stämme, die als tirolische u. dgl., Wildbotenhunde bezeichnet werden, aus denen einen kleineren krummbeinigen Hund zu züchten, heute noch gar kein Kunststück wäre. Die Formen der heutigen Dachshunde sind, abgesehen von den registrirten, von denen auch schon Kurz- und Langhaar, Krumm- und Geradbein, Gross- und Kleinsorte existirt, noch sehr gross. Tritt das Bedürfniss ein, so lässt sich mit Leichtigkeit noch ein weiteres halbes Dutzend Dachshundschläge mit typirten, conformen und constanten Erscheinungen erzüchten, nach Principien, wie sie an anderer Stelle geschildert sind. Was den Charakter anbetrifft, so sind die verschiedensten Urtheile über ihn vorhanden und es ist interessant, solche wie folgt, nebeneinander zu stellen. Es wird gesagt: Der Dachshund ist ein ganz eigenthümlicher, vielseitiger Geselle, liebenswürdig, treu, anhänglich, muthig, zuverlässig, aufmerksam, folgsam, klug, schlau, listig, scharf, gelehrig, er ist bald possirlich, komisch und bald tiefernst, wie ein Clown. Er hat grosses Ehrgefühl und vornehme Anlagen. Durch Strenge und Barschheit lässt er sich nicht imponiren, sondern er wird dadurch rebellisch und kehrt dann alle seine schlimmen Eigenschaften hervor, was auch geschieht, wenn er sehr alt geworden oder sonst unrichtig behandelt wurde, dann ist er keck, unverschämt, bissig, händelsüchtig, ungehorsam, zänkisch, eigenwillig, hinterlistig, missmuthig, verstimmt, grillenhaft und giftig wie eine Kröte. Der Dachshund, auch Dächsel, Mäne, Dackerle, Min, Walde, Waldmann, Waldine, Waldl, Muck, Puck, Röhrle, Styps, Borstig etc. etc., läuft nicht, sondern wackelt und watschelt mit komischem Ernste und sein Benehmen ist zusammengesetzt aus dem eines griesgrämigen Philosophen und eines neckischen Clowns. Der Dachshund jagt laut über

und unter der Erde, er lässt sich als Stöberer, als Schweiss- und
Wasserhund benützen und er hat früher den Saufinder und später
den Schweisshund entbehrlich gemacht. Er jagt den Fuchs, den
Dachs, den Fischotter und verrichtet beim Ausgraben gleichsam
die Arbeit des Vorstehhundes, beim Hetzen die des Stöberers. Ist
er ins Wasser abgerichtet, so jagt man mit ihm den Fischotter. Als
Wächter im Hause ist er ausgezeichnet, wenn er gut gezogen und
nicht zu alt ist, seine Stimme ist für seine Grösse viel zu mächtig.
Ueber seine Dressurfähigkeit ist sehr Verschiedenes mitgetheilt
worden, so viel ist aber sicher, dass er eine zu strenge Behandlung
und Schläge nicht gut verträgt, statt Schlagens spritzt man ihn mit
Wasser. Gemessene, consequente, ernste Behandlung imponirt ihm
am meisten, hiedurch kann er an strengen Gehorsam gewöhnt
werden. Seine natürlichen Anlagen müssen geweckt und ausgebildet
werden, sein angeborener Hass auf Raubzeug, seine Passion zum
Einschlüpfen, müssen durch Uebungen, in denen er Sieger bleibt,
sein klares Bewusstsein werden. Er soll sich nicht auf fremde Hilfe
verlassen.

Ueber die Dressur zur Jagd sind nach Winkell folgende Angaben zu machen: „Am besten sind die glatthaarigen, ganz langhaarige Dachshunde taugen selten etwas. (Winkell schrieb 1805
und es kann seitdem wohl anders geworden sein. H.) Herzhaftigkeit,
Muth, Feuer ist diesen kleinsten aller Jagdhunde, nach Verhältniss
ihrer körperlichen Stärke, im höchsten Masse eigen und diese Eigenschaften dürfen nie fehlen. Bei guter Jagd und bedeutendem Holz-
revier sollte man immer Männchen und Weibchen zusammen verwenden. Man schlage nie, lasse sie möglichst allein aufwachsen.
Wenn der Teckel ein Jahr alt ist, lässt man ihn mit einem alten,
nicht zu scharfen aber zuverlässigen, in einen Fuchsbau. Zum Bau
trägt man ihn in der Jagdtasche oder, falls er leinenführig ist, führt
man ihn. Wenn der Junge auf den Alten, der im Fuchsbau laut
ist, aufmerksam wird, so streichelt man ihn und hetzt ihn an mit
„fass das Füchslein!“, setzt ihn dann in die Röhre, kommt er retour,
führt dem Alten nicht nach, so nimmt man ihn sofort wieder auf
den Arm und wartet, bis der Alte wieder retour kommt und cajolirt
dann diesen, das zweite Mal folgt der Junge dem Alten in der Regel
von freien Stücken und wird laut, thut er es aber auch jetzt noch
nicht, so ist er noch nicht alt genug. Mancher schlüpft erst, wenn
er $1\frac{1}{2}$ bis 2 Jahre alt ist. Vor dem Gebrauche soll er kein Futter
erhalten, unter der Erde soll er nicht würgen, selbst wenn er das
Abgewürgte herausbrächte, dagegen soll er oben sehr energisch
würgen, man hetzt ihn dazu an. Das Aufnehmen auf den Arm, so
oft er aus der Röhre kommt, macht ihn begieriger. Anfangs kommt
er oft, um nach seinem Herrn zu sehen, es ist ihm unbehaglich in
der Höhle, erst nach und nach hält er aus. Das Einschlagen muss

man üben, sonst scheut er das Getöse. Erst wenn er auf junge Füchse ferm ist, lässt man ihn an einen Dachs oder einen alten Fuchs. Gut und ferm ist der Hund, wenn er herzhaft, hart bei allen Bissen und Schlägen, im Bau sofort jede Röhre befährt, nie fährtenlaut wird, sondern erst Laut gibt, wenn er den Fuchs oder Dachs vor sich hat, er soll bis zu sechs Stunden, bis eingeschlagen wird, vorliegen, höchstens eine Elle vom Thier entfernt dasselbe verbellen, nie im Baue würgen und den alten Fuchs durch Necken austreiben.

Diese vor bald 100 Jahren gegebenen Rathschläge und Regeln sind im Allgemeinen noch giltig, haben aber doch manche Abänderungen erfahren, namentlich durch die Concurrenz des Foxterriers, dieser entfaltet eine Reisswuth und Bullenbeissercharakter, dass an ein Zurückhalten nicht zu denken ist, und man verlangt von ihm dass er den Fuchs im Baue verbellt und sobald er festgemacht ist, ihn packt, abwürgt und bringt, so dass der deutsche Foxterrierclub in seiner Instruction über die Arbeit des Foxterriers aufstellt: „Die Schärfe des Hundes soll beim Foxterrier unbegrenzt sein, ein Abwürgen im Bau ist daher nicht nur kein Fehler, sondern eine brave Leistung."

Durch diese gerühmte Eigenschaft des Foxterriers im Baue zu reissen und zu würgen, was den alten Jägern wegen der Erhaltung des Wildes ein Greuel war, ist auch an den Dachshund oft dieselbe Forderung gestellt worden, sicher nicht zu seiner eigenen Unannehmlichkeit, denn es liegt vielmehr in seiner Natur zu raufen und zu würgen, als wie sich zu mässigen und nur vorzuliegen. Im Vergleich mit dem Foxterrier ist der Dachshund ein Held gegen einem Gigerl, er sprengt auch den Fuchs heraus wie der Terrier, aber ranzende Füchse springen in der Regel nur dann aus dem Bau, wenn man sich draussen ruhig hält. Dann ist aber der Teckel noch nutzbar zum Stöbern, sogar Schwarzwild stellt sich vor ihm, er ist meist gut als Schweisshund und er kann Enten aus dem Wasser apportiren, aber gerade so gut jedes gesunde Kind lesen lernen kann, gerade so gut kann jeder Teckel nach dieser oder jener Richtung gearbeitet werden, von selbst macht sich in der Regel nichts.

Es sind noch einige für die Zucht wichtige Angaben zu machen: Junge Dachshunde von einem Wurf sind nicht selten verschieden gefärbt, gleichen sich aber in einigen Wochen oft sehr bedeutend aus. In der Zeitung „Hundesport" von 1891, p. 825, ist gesagt: Braune Teckel sollen ihre Farbe constanter vererben als anders gefärbte. Zu viel ist aber auf diese Angaben betreffend Farbe nicht zu geben. Es sind auch bereits Veröffentlichungen vorhanden, welche auch die unconstante Farbenvererbung der braunen Teckel beweisen und in derselben Zeitung von 1892, p. 539, ist über den Tigerteckel, auch „bunter Teckel", „Scheck", „Scheckle", Rothtigerteckel gesagt:

Fast Alles, was vom Tiger überhaupt existirt und in den letzten Jahren erschien, stammt aus Bayern," zum Theil Württemberg, „Tigerteckel zeigen auf hellem Grunde zahllose, unregelmässige, zerrissene Flecken von dunkelgrauer, schwarzer, brauner oder rother Farbe. Die rostgelben Extremitäten fehlen bei Tigerteckeln nie, Glasauge ist häufig, bei schwarzen Flecken ist die Nase schwarz, bei rothen schwarz oder braun, bei rothen Flecken stets braun."

Ueber die Lebenszähigkeit des Teckels ist Folgendes mitgetheilt: Ein Teckel wurde vor der Fütterung in einen Dachsbau geschickt. Der Hund wurde laut, kam aber nicht wieder zum Vorschein, zuletzt hörte man ihn auch nicht mehr Laut geben. Alle Anstrengungen, Luft in den Bau zu bringen, waren erfolglos. Endlich, nach 16 Nächten, am 17. Tage, kam der Teckel wieder zum Vorschein, furchtbar abgemagert und in jammervollem Zustande. Das Thier war anfänglich ganz unfähig, Nahrung zu sich zu nehmen, später schlürfte es jedoch etwas Milch und erholte sich wieder langsam. („Der Hund", 1890, p. 56.)

Ein ähnlicher Fall ist mir bekannt. An den Kalksteinfelsen der Jagst bei Lobenhausen schlüpfte ein Dachshund in eine Höhle, die von einem Fuchs befahren war. Er that dies gegen den Willen des Besitzers, der wusste, dass diese Felsenhöhlen gefährlich für Hunde sind. Der Hund kam erst am 18. Tage wieder zum Vorschein, erholte sich jedoch nicht mehr.

Ueber die Treue eines Dachshundes ist Folgendes mitgetheilt: „Das Dienstmädchen eines Kaufmannes F. war — so berichtet man der „Königsbg. Allg. Zeitung" und referirt der „Hundesport und Jagd", 1892, p. 589 — mit den beiden im dritten und vierten Lebensjahre stehenden Knaben ihrer Herrschaft in Begleitung eines Hundes nach einem in der Nähe gelegenen Wäldchen gegangen. Dort angelangt, tummelten die Kinder sich nach Herzenslust herum. Plötzlich legte sich der jüngere der Knaben im Grase nieder und schlief ein. Der Hund, ein schwarzer Teckel, hing derartig an dem Kinde, dass er Tag und Nacht nicht von seiner Seite wich. Als das Thier auch jetzt neben dem Knaben sich niedergelegt hatte, ging das Mädchen mit dem älteren Knaben ein Stückchen weiter. Nach einiger Zeit hörte das Mädchen auf einmal lautes Bellen des Hundes; Unheil ahnend, eilte sie zurück und hier bot sich ihr ein Anblick, der das Blut erstarren machte. Der Knabe schlief ruhig fort, neben ihm lag eine grosse Kreuzotter todt und zu den Füssen des Knaben sass der treue Hund, die im Kampfe mit der Schlange empfangene Wunde leckend. Der Körper des Hundes schwoll zusehends an und nur mit Mühe konnte sich das schwerverletzte Thier nach Hause schleppen. Kaum hatten die aufs Höchste erschreckten Eltern erfahren, in welcher Gefahr ihr Kind geschwebt, als das treue Thier verschied."

Ueber einige Nebenformen ist noch kurz anzuführen: Ueber Dachsbracken hat der Teckelclub festgesetzt, dass Dachshunde über 20 Pfund schwer, die zur Erdarbeit nicht mehr verwendet werden können, als Dachsbracken zu classificiren sind. Der französische Basset ist dem Dachshund nahe verwandt, doch soll er nur zur Jagd auf der Erde verwendet werden.

Ueber Otterhunde sagt Winkell: „Man hat grosse und kleine Otterhunde. Zu ersteren kann man starke Hühnerhunde, eigentliche Wasserhunde von sehr langhaariger Rasse oder auch leichte Hatzhunde, zu letzteren starke Dachshunde wählen. Beide müssen rasch im Wasser arbeiten, besonders im Tauchen geübt sein, sehr scharf packen, würgen und fangen. Man füttert sie von Jugend an mit Fischen, sogar ungekocht, selten Fleisch. Sobald es ihr Alter zulässt, sind sie ins Wasser zu dressiren. Man lässt sie hungerig werden, wirft ihnen dann Brot ins Wasser — allmälig immer weiter, endlich Knochen, die untersinken, so dass sie allmälig tauchen lernen im seichten Wasser; dann tiefer. Man hetzt sie viel auf Katzen, Marder, Dachse etc., dass sie sehr scharf werden und es sind zuerst nur an Halbwüchsigen Uebungen zu machen."

Corneli sagt: „Um den Dachshund recht scharf auf Otter zu machen, verfahre man ähnlich wie bei der Abrichtung des Vorstehhundes auf Otter und mache den Hund zuerst mit dem „Scent" des Otters bekannt. Hiezu verfahre man folgendermassen: Man spüre einen Wasserlauf, an dem Otter vermuthet werden, ab und verwische mit einem Tannenreis die vorgefundenen Spuren. Am folgenden Tag nehme man denselben Weg und mache den Hund, sobald man Otterspur findet, auf dieselbe aufmerksam, liebe den Hund und lehre ihn so die Witterung des Otters kennen. Wie Tags zuvor, verwische man wieder jede neue Spur, so dass man bei jeder aufgefundenen Spur sicher ist, dass dieselbe ganz frisch ist; der Scent wird sich hiedurch viel schneller dem Geruchssinn des Hundes einprägen. Mit dieser Arbeit fahre man so lange fort, bis der Hund die Spur selbst aufnimmt, was in kurzer Zeit geschehen wird. Das Hetzen auf Otterlosung, bestrichene Katzen oder junge Otter selbst, was man auch in künstlichen Bauen üben kann, ist für diese Abrichtung ausgezeichnet. Ein so gearbeiteter Dachshund wird sich auf den Otter sehr verwendbar zeigen.

Beim Dachsschliefen in Amsterdam, das von der Polizei mehrmals wegen Thierquälerei gestört wurde, erschien schliesslich der Polizeipräsident. „Die Reihenfolge fügte zufällig natürlich — dass ein als ziemlich scheu bekannter Hund, Max, aufgerufen wurde. Max fuhr zögernd ein und da sein mattes Vorliegen dem Richter kein genügendes Bild verschaffen konnte, wurde zwischen Hund und Fuchs aufgedeckt, eine Vorsatzgabel eingeschoben, so dass Raubzeug und Hund durch Gitter getrennt miteinander kokettirten. Diese humane Massregel verfehlte ihren Effect auf den Polizeipräsidenten nicht; nachdem er sich so persönlich von dem Verlauf der Schliefen überzeugt, gab er beim Weggehen natürlich gerne seine Genehmigung zur weiteren Abhaltung der Schliefen." („Hundesport und Jagd", 1892, p. 462.)

Künstliche Dachs- und Fuchsbaue zur Dressur und Prüfung von Dachshunden, sowie für den Sport.

Von Emil v. d. Bosch in Berlin, aus dem Werke „Der Dachshund" von Corneli.

Patentirt im Deutschen Reiche vom 21. April 1881 ab.

Die Erfindung gestattet den Hundeabrichtern, welche die Dressur grösstentheils gewerbsmässig betreiben, mit einem solchen Bau und einigen gefangen gehaltenen Füchsen oder Dachsen alljährlich eine grosse Anzahl von Dachshunden abzurichten.

Die Zeichnung zeigt, nach Dombowski's „Forst- und Jagdwissenschaften", in:

Fig. 1 den Grundriss eines in Form und Ausdehnung möglichst dem natürlichen nachgebildeten, künstlichen Raubzeugbaues mit den Röhren $a\ b\ c\ d\ e\ f\ g\ h\ i\ k\ l\ m$ und n, von welchen die Einlaufsröhren $a\ k$ und l durch je einen, Haube genannten, Deckel x verschliessbar sind, ferner die Kessel $a'\ f'$ und i', sowie die bei p endigende Röhre g und den bei o endigenden Kessel f';

Fig. 2 den Querschnitt einer Röhre;

Fig. 3 die obere Ansicht eines Kesseldeckels;

Fig. 4 die obere Ansicht einer Röhre;

Fig. 5 einen schematischen Querschnitt des ganzen Baues;

Fig. 6 die obere Ansicht, und

Fig. 7 die Seitenansicht einer Haube.

Behufs Herstellung künstlicher Raubzeugbaue wird ein dem natürlichen möglichst ähnlicher Bau, also nach Lage, Anordnung, Gestalt, Verticalschnitt und Grösse dem gezeichneten annähernd oder genau gleichend, an passender Stelle aus dem Erdboden ausgeschachtet. Der so hergestellte Canal wird an beiden Seiten, von 30 zu 30 cm etwa, mit je circa 65 cm langen Pflöcken oder Pfählen $q\ q\ q$ eingefasst, welche mindestens 35 cm tief in die Erde eingeschlagen werden und an deren Innenseite, mit 20 bis 25 cm lichter Weite, genügend starke, circa 30 cm hohe Wandungen $u\ u$ aus etwa 2·5 cm dicken Brettern, aus Steinen, Mauerwerk, Metall oder anderem geeigneten Material befestigt, während die Sohle des Canals unbekleidet bleibt. Biegungen der Röhren sind durch einzusetzende Ecken passend abzuschrägen.

Die Kessel werden durch stärkere Pfähle oder Pflöcke $r\ r$ und daran zu befestigende Wandungen, gleich denen der Röhren, in einer Grösse von circa 80 cm Seitenlänge, quadratisch hergerichtet, während

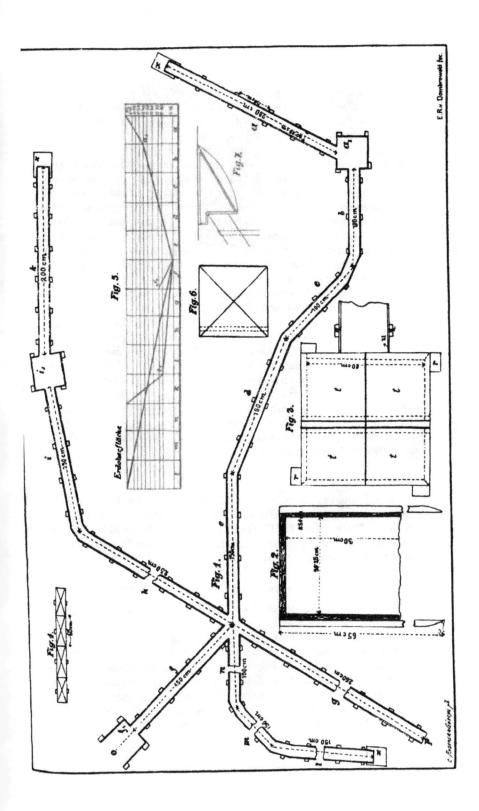

Fig. 1.

Fig. 2.

Fig. 3.

Fig. 4.

Fig. 5.

Fig. 6.

Fig. 7.

Erdoberfläche

E.R.v. Dombrowski fec.

C. Bernardini...

todte Röhren, wie *g* bei *p*, und todte Kessel, wie *f'* bei *o*, an den
Enden der Wandungen durch die Erdwand abgeschlossen, dem ein-
zusetzenden Raubzeug Gelegenheit bieten sollen, den Bau zu ver-
klüften, als natürlichen fortzusetzen.

Dieser ganze Canal, in den Röhren 20 bis 25 cm breit, mit
80 × 80 cm quadratischen Kesseln, durchweg circa 30 cm hoch, Alles
in lichter Weite, und aus Pflöcken, Wandungen und Sohle von
natürlichem Erdreich bestehend, wird mit dicht an einander gereihten
Deckplatten *s s s* von je circa 30 cm Länge und genügender Breite
aus Holz, Steinen, Metall u. s. w. derart eingedeckt, dass die Deckplatten lose auf der Oberkante der Wandungen liegen, auch die Kessel
in gleicher Weise mit einem aus vier losen Platten *t t* gebildeten
Deckel versehen, zu dessen besserem Halt eine Querleiste oder Schiene
in die Oberkante zweier einander gegenüberstehender Wandungen eingelassen wird. Der in dieser Weise vollendete künstliche Bau wird
wieder mit Erde bedeckt und die Oberfläche geebnet. Vor den Ein-
laufröhren ist eine kleine Höhlung, wie durch die Zeichnung erläutert,
ausgeschachtet, welche von der Haube überdacht und geschützt wird.

Bei der Benutzung wird die Haube entfernt, das Raubzeug
eingesetzt, der Hund nachgeschickt, dann verhört und der Durch-
schlag, die Abgrabung, wie beim Dachs- und Fuchsgraben üblich,
vorgenommen, wobei ohne Beschädigung des übrigen Baues stets nur
diejenigen Deckplatten aufzuheben sind, unter welchen der Dachshund das Raubzeug festhält (gestellt hat). Für erneuten Gebrauch
werden die abgehobenen Deckplatten wieder aufgelegt, die Grube
zugeworfen und wieder geebnet.

Patent-Anspruch.

Die Einlegung künstlicher Raubzeugbaue in die Erde in jeder
beliebigen, naturähnlichen Gestalt, Grösse, Anordnung und Vertical-
lage in der Weise, dass die Einfassung des an der Sohle unbekleideten
Canals mit Pfählen *q q* und *r r* und daran befestigten Wandungen *u u*
und die Eindeckung mit einzelnen losen Platten *s s* und *t t* hergestellt wird.

Der Kunstbau zur Erbeutung des Fuchses.

Die natürliche Beschaffenheit mancher Fuchs- und Dachsbaue,
speciell an Berghängen und in felsigem Terrain, macht manchen Raub-
wildschlupfwinkel dem passionirtesten Jäger unzugänglich, und lässt
auch die verwegensten Anstrengungen resultatlos. Es konnte deshalb
der Gedanke nicht ferne liegen, dem Fuchse künstliche Baue zu
schaffen, die so eingerichtet sind, dass der im Baue steckende Fuchs
dem Jäger zum Opfer fallen muss. Der königliche Förster und Jagd-
zeugjäger Luther legte im Laufe von sechs Jahren drei solche
künstliche Fuchsbaue an, und berichtet hierüber Folgendes:

„Veranlassung zur Errichtung der künstlichen Fuchsbaue gab das mir unterstellte Feldrevier von circa 18.000 Morgen Grösse, welches mit Hasen und Hühnern gut besetzt ist und zu dem sich infolge dessen die Füchse ganz besonders hingezogen fühlen. Während der ersten Jahre der Verwaltung und Beaufsichtigung waren auf diesem Terrain noch einige kleine Forstparcellen, in denen auch Fuchsbaue waren, und ist diesen mancher Rothrock entnommen. Seit etwa sechs Jahren ist aber jedes Fleckchen Holz verschwunden und zu Ackerland gemacht, und mit dem Roden des letzten Baumes ging auch bald über den letzten Fuchsbau die Pflugschar zerstörend hinweg. So war denn das Heim der Füchse vernichtet; diese selbst hatten aber nach wie vor Appetit auf Hasenbraten und statteten dem Reviere nächtlicher Weile aus den angrenzenden Forsten ihre Visiten ab, und des Morgens waren sie regelmässig wieder von der Bildfläche verschwunden. Dieserhalb sollten ihnen wieder Heimstätten errichtet werden, damit sie auch den Tag über auf dem Felde sicherer verweilen könnten. Auf den seitens Allerhöchster Behörde erpachteten Grundstücken zur Anlage von Feldremisen bot sich der beste Platz dazu und sind mittlerweile drei künstliche Fuchsbaue angelegt. Zu diesem Zwecke wurden auf dem geeigneten Platze circa 18 bis 20 laufende Meter Thonröhren in folgender Weise gelegt. Die Röhren selbst haben, im Lichten gemessen, circa 20 bis 22 cm Hohlraum, nur eine Röhre von 1 m Länge nehme man etwas weiter, etwa 40 cm, da diese gleichsam den Kessel bilden soll.

Zuvörderst wird nun die Form des anzulegenden Fuchsbaues ausgeschachtet, der nur einen Eingang haben darf, damit keine Zugluft entsteht, welche der Fuchs nicht liebt. Etwa 2 m lang in gerader Richtung aber schräg nach unten wird die Erde etwa 60 bis 70 cm breit so herausgenommen, dass am Endpunkte des zweiten Meters die Ausschachtung schon eine Tiefe von 1 m erreicht. Hier theilt sich der Bau rechts und links und geht kreisförmig, etwa nach 16 bis 18 m in voller Verbindung herum, so dass also das nachher darinsteckende Raubzeug, nachdem der Hund eingefahren, springen kann, respective springen muss. Die weite Thonröhre liegt in dieser Kreisform gerade entgegengesetzt dem Endpunkte der zu Anfang gelegten beiden Meter und ist diese Stelle am tiefsten; bis zur Sohle etwa $1\frac{1}{2}$ m.

Ist die Erde vollständig ausgeschachtet, so wird die grosse Thonröhre hinten zuerst gelegt, inwendig etwas Erde hineingeworfen und auswendig mit derselben ganz fest ausgefüttert und ebenso weiter rechts und links fortgefahren. Etwaige Fugen zwischen den einzelnen Röhren werden mit trockenem Grase etc. verstopft. Ist die Kreisform so weit fertig, so wird diese durch eine sogenannte Knieröhre (Röhre mit drei Oeffnungen) mit der geraden Eingangsform verbunden. Die Anfangsröhre überdecke man mit einigen Rasenplatten, und nachdem

Alles wieder planirt und festgetreten, ist der Bau fertig. Zur Anlegung eines solchen ist die Frühjahrszeit vorzuschlagen; bis zum Herbst ist dann Alles vollständig ausgewittert und der Fuchs wird bei schlechtem Wetter, eventuell bei irgend einer Gefahr, den Bau ohne Bedenken in Anspruch nehmen. Um den Fuchs möglichst bald vertraut zu machen, suche man frische Fuchslosung und lege diese auf den Auswurfshügel, den man auch bei den künstlichen Bauen aufwerfen muss.

Durch die Anlage der künstlichen Fuchsbaue ist es nun gelungen, der Füchse viel leichter Herr zu werden. Durch Nachstellungen jeder Art sind sie in der Umgegend schon sehr knapp geworden. Von diesem Winter sind von neun erbeuteten fünf aus diesen Bauen. Regnerische Herbsttage und hauptsächlich die Rollzeit sind zu benützen, um die Baue zu revidiren. Diese einfache und dabei doch genussreiche Methode, dem Fuchse durch künstliche Baue aus Thonröhren Abbruch zu thun, ist nur anzuempfehlen. Eine andere Art Baue, die empfohlen wird, ist folgende:

Die geeignetsten Plätze zur Anlage nachbeschriebener Baue sind alte Mergelgruben auf dem Felde, und überhaupt jedes steil abfallende Ufer, weil die Terrainbeschaffenheit (wagerechte Oberfläche, scharfe Kante mit steiler Böschung) die Arbeit bedeutend verringert.

Etwa 1 bis 1·50 m unter der scharfen Kante, am besten an der Nord- oder Ostseite der Grube oder Böschung, hebt man eine seitwärts parallel mit derselben sich hinziehende Rinne aus, in der Weise, dass das Ufer nach der Seite hin etwa 20 bis 30 cm unterhöhlt wird. Diese Rinne wird, etwas ansteigend, circa 8 bis 10 Schritte fortgeführt, worauf sie mit schwacher Krümmung in das Ufer einbiegen muss. Darauf zieht man zur Anlegung des Kessels oben zur ebenen Erde einen kreisrunden Graben von circa 3 m innerem Durchmesser, nicht breiter als der Arbeiter Raum für sich gebraucht, und etwa 1 bis 1·30 m tief. Die Peripherie dieses Kreisgrabens nähert sich dem Ufer bis auf 1 bis 1¼ m. Nun stellt man durch einen ebenso schmalen Graben die Verbindung zwischen Kreis und Rinne her, indem die Krümmung der Rinne gleichmässig verstärkt wird, bis sie die Richtung auf den Mittelpunkt des Kreises angenommen hat. Die Rinne muss deshalb bis zu ihrem Eintritte in den Kreisausschnitt im schwachen Bogen herumgeführt werden, weil sonst eine zu scharfe Ecke im Baue hervortreten würde, welche später sowohl dem Fuchse wie dem Teckel das Ein- und Ausfahren erschweren würde. Dem Eintritt der Rinne gegenüber wird der Kreisgraben auf circa 1 m ins Geviert erweitert und um circa 10 cm vertieft zur Aufnahme des Steinpflasters, welches den Fussboden des Kessels bildet. Die Pflasterung muss sauber und möglichst dicht ausgeführt werden, worauf bei allen ferneren Manipulationen wohl zu achten ist, da der Fuchs gerne versucht, weiter zu graben. — Die Seitenwände werden mit geeigneten flachen Steinen circa 30 bis 35 cm hoch ausgesetzt und gleich bei dieser Arbeit an jeder Seite eine Drainröhre fest mitgelegt, und zwar so, dass auch hier keine Lücken bleiben. Nachdem nun der Kessel von der hineingerutschten Erde u. dgl. gereinigt ist, streut man eine 2 cm hohe Schicht von trockenem Weizen- oder Haferkaff hinein, dem etwas Hinterkorn beigemengt wird, und deckt den Kessel mit einem oder mehreren, vorher aufgepassten flachen Steinen zu. Bei der Verschiedenheit der Feldsteine ist nicht genau zu bestimmen, wie tief man die Sohle ausheben darf, und es kann passiren, dass ein fertiger Kessel wieder herausgerissen werden muss, weil er zu flach unter der Erdoberfläche liegt.

Es empfiehlt sich daher von vornherein, die Kesselanlage etwas tiefer, etwa 1·40 bis 1·50 m zu machen, so dass 80 bis 90 cm Erde zuletzt als Bedeckung oben darauf kommen. Auf diese Weise können weder Ackergeräthe den Bau schädigen, noch der Frost eindringen. Hiebei ist allerdings die Wasserhaltigkeit des Terrains zu berücksichtigen.

Ist ein Feuchtwerden des Kessels zu befürchten, so muss der Kreisgraben nebst Eingangsrinne mit Gefäll vom Kessel her angelegt werden.

Die Drainröhren, welche nun anschliessend an jene zwei, bereits im Kessel festgelegten, zur Verwendung kommen, haben etwa 23 bis 25 cm Lichtweite. Sie werden möglichst fest an einander gelegt, und die durch die Krümmung an der Aussenseite entstehenden schmalen Ritzen durch angelehnte Stücke alter Dachziegel verblendet. Jede Röhre muss sofort beim Legen seitlich mit Erde gut eingefüttert werden, zu welchem Zwecke man sich eines Stück Holzes als Stampfe bedient. Dann kommt eine Hand voll Kaff in die Röhre, und so fort bis zum Ansatzpunkte des Eingangsrohres. Hier treffen sich also drei Drainröhren.

Wollte man nun an diesem Knotenpunkte alle drei dicht vor einander stossen lassen, so würde die freie Passage dadurch beeinträchtigt sein; es müssen daher die Röhren hier wieder einen kleinen Kessel bilden, indem ihre Mündungen so zu einander gerichtet werden, dass sie ein gleichseitiges Dreieck mit einander bilden. Der Boden, sowie die Zwischenräume der Röhren untereinander, werden mit Feldsteinen ausgesetzt, und ist dieser kleine Kessel ebenfalls mit einem Deckel zu versehen. Nachdem die Eingangsröhre zum kleinen Kessel fertig gestellt ist (das Einstreuen von Kaff und Hinterkorn darf dabei nicht vergessen werden), erhält dieselbe zuletzt da, wo sie ausmündet, eine geringe Krümmung. Es wird dadurch erreicht, dass der Fuchs vom Ufer der Böschung, respective der Grube direct nach unten springt und dann am gegenüberliegenden Ufer wieder emporstrebt. Dabei wird er dann leichter und sicherer erlegt als wenn er bei geradem Ausgange das Ufer des Schützen annimmt, hier denselben gewahrt, blitzschnell umschlägt und wieder einfährt.

21

Die Beschaffenheit der Localität kann es oft wünschenswerth machen, den Fuchs nach oben zu dirigiren. In diesem Falle können die letzteren zwei bis drei Röhren ein wenig aufsteigend eingelassen werden, während schräg die Böschung hinauf mittels des Spatens eine kleine Erdabschürfung vorgenommen wird, wodurch gewissermassen ein schmaler Fusssteig entsteht, den der ausfahrende Fuchs sicher annehmen wird. Man pflanze dann aber rechts und links an zwei Punkten in guter Schussweite ein bis zwei kleine Fichten hart an den Rand der Böschung als Schirm für den Schützen, damit dieser je nach dem Winde seinen Standpunkt erwählen und von da aus aber auch die Einfahrtsröhre stets im Auge haben kann. Die Fichten werden in späteren Jahren je nach Bedürfniss zurecht gestutzt. Auf diese Weise wird dem leidigen Kehrtmachen nach Möglichkeit vorgebeugt.

Meister Reineke springt nach einem solchen Schreck ebenso schwer wie beim natürlichen Bau. Er zieht sich vor dem schärfsten Dachshunde immer im Kreise herum, und es bleibt schliesslich nichts Anderes übrig, als den Bau theilweise aufzugraben — immerhin ein schlechter Nothbehelf. Allerdings folgt mitunter der Hund dem ausfahrenden Fuchse so schnell, dass er dem Zurückkehrenden in der langen Einzelröhre begegnet; dann ist es bei der nur schwachen Bedeckung dieses Theiles des Baues ein Leichtes, selbst nur mittels eines Spazierstockes die Röhre frei zu legen.

Der normale Fall, dessen wegen die Kunstbaue angelegt werden, ist und bleibt das Sprengen aus dem Bau.

Vor drei Jahren, als im Herbst die Baue angelegt worden, wurden bereits vier Wochen später daselbst zwei Füchse erlegt; gewiss ein Beweis dafür, wie gerne der Fuchs solche Kunstbaue annimmt.

Das Streuen von Kaff mit Hinterkorn trägt dazu bei, die an allen Uferrändern so gerne hausenden Mäuse baldigst in den Bau zu ziehen. Sie tragen durch ihre Anwesenheit wesentlich zum schnellen Verwittern des Baues bei und verführen den Fuchs umso eher zum Einschliefen.

Bei der Anlegung des Baues ist strenge darauf zu achten, dass die Leute nicht rauchen oder Tabak kauen. Ist das nöthige Material an Steinen etc. zur Stelle, so ist die ganze Anlage mit zwei fixen Arbeitern in zwei Tagen zu vollenden."

Im Weiteren gebe ich eine Beschreibung von solchen Bauen, die „Dohlbaue" genannt, aus welchen das Resultat: „Das Einfachste ist meist das Praktischeste", hervorgeht.

„An geeigneten Plätzen, im Walde, in Dickichten oder jüngerem Gestänge, im Felde, auf Hutangern mit coupirtem Terrain, besonders wenn Dornen etc. darauf stehen, sticht man in eine sanfte Hänge, oder eben so, dass in dem Bau das Wasser nicht stehen bleiben kann, circa 30 cm breite und 40 cm hohe Gräben mit rechtwinkeliger Wandung, und zwar zuerst in gerader Linie in einer Länge von 6·5

bis 7 m, dann im stumpfen Winkel gebrochen noch etwa 1·50 m
seitwärts weiter, und macht hier anschliessend eine etwas grössere
viereckige Oeffnung, in der nach der Einstellung der Steine zwei
Füchse oder Dachse nebeneinander müssen liegen können, als sogenannte Kessel. In rührigem Sand muss der Boden dieses Grabens
mit Steinen ausgelegt werden, in festem Boden ist das nicht nothwendig und erübrigt nur, die Seitenwände mit nicht grossen Steinplatten, wie man solche häufig im Walde findet, zu bekleiden und
den Graben auch mit solchen zu bedecken. Es können auch gebrannte Backsteine verwendet werden und zum Zudecken alte Brettchen
von 1 m Länge; diese werden dann durch Abreiben mit schlammiger
Erde verwittert. Der auf diese Weise gefertigte, durchlassartige Bau
muss im Lichten circa 17 cm Weite und 22 cm Höhe haben; man
deckt dann den Graben mit Erde, Moos etc. zu, und gibt demselben
noch eine Ausfüllung, respective Wölbung von 15 bis 20 cm Höhe, um
diese tiefer erscheinen zu lassen. In die Nähe des Einganges legt
man einen etwa 30 cm langen, zugehauenen Stein, der in die Röhre
passt und welchen man nur einzuschieben braucht, wenn man z. B.
bei Schnee-Neu einen Gast mit Pelzrock in dem kleinen Hôtel ausgemacht hat, dessen Bedienung man auf gelegene Zeit verschieben
möchte. In der Regel kann man durch Klopfen auf die Erde, hinter
dem Kessel anfangend, den Fuchs an den Eingang, welchen man nur
halb öffnet, treiben lassen und dort niederschiessen, oder man gräbt
die Erde weg, lässt einen Deckstein etwas lüften und drückt das in
dem Baue hin und her schlüpfende Thier mit einer gabelförmigen
Stange nieder und schlägt es todt. Derartige Baue legt man nun auch
in Hufeisenform mit zwei Oeffnungen an, oder solche mit kreisförmigen
Windungen; allein bei letzteren kostet die Anlage viel mehr, und es
macht das Habhaftwerden des Thieres mehr Umstände. Nach mannigfachen Erfahrungen nimmt das Raubzeug die Baue mit nur einer
Eingangsöffnung viel lieber an, weil sie sich, wie es scheint, in solchen
sicherer dünken oder auch weil keine Zugluft sie belästigen kann.
Zudem sind diese einfachen Dohlbaue viel billiger. Die Baarauslage
steht übrigens mit dem guten Erfolge, welchen man mit diesen Bauen
erzielt, in gar keinem Verhältnisse, und hat sich in der Regel schon
nach den ersten drei Jahren mindestens dreifach ersetzt. Hat man
z. B. einen Hauptdachsbau in Felsen etc., in welchem man mittels
Ausgraben, auf dem Anstande oder mittels Fangen nichts ausrichten
kann, so lege man getrost 400 bis 500 Schritte davon, in der Richtung,
welche die Dachse gerne nehmen, einen derartigen Bau an, und wenn
man dann im Jahre darauf den Hauptbau durch einige hineingefeuerte
schwache Schüsse verdirbt, so wird man 1 bis 2 Tage später das Vergnügen haben, Meister Grimmbart in dem Dohlbau interimistisch ein-
quartirt zu finden. Dasselbe ist der Fall, wenn eine Füchsin in dem
Felsenbau Junge haben sollte. Uebrigens nimmt der Fuchs die so

angelegten Baue in der Regel erst nach 1½ bis 2 Jahren an, während Dachs und Wildkatze sie schon nach 6 bis 8 Monaten bebesuchen. In die Nähe giesse man im Herbst Häringslake zur Anziehung der Füchse."

Rassekennzeichen des Dachshundes.

A. Kurzhaariger Dachshund.

1. **Allgemeine Erscheinung**: Niedrige, sehr langgestreckte Bauart, überwiegend entwickelter Vorkörper, Läufe auffällig kurz, die vorderen im Knie einwärts, mit den Füssen wieder auswärts gebogen. Die ganze Erscheinung wieselartig, die Rute wenig gekrümmt und im ruhigen Gang schräg aufwärts gerichtet oder abwärts hängend getragen. Das Haar kurz und glatt anliegend. Gesichtsausdruck intelligent, aufmerksam und munter. Gewicht nicht über 10 Kilo.

2. **Kopf**: Langgestreckt und spitzschnautzig, von oben gesehen am breitesten am Hinterkopf, nach der Nase zu sich allmälig verschmälernd, also nicht vor den Augen plötzlich abgesetzt, wie beim Jagdhund. Oberkopf breit und flach gewölbt, Nasenrücken schmal, der Absatz vor den Augen sehr flach ansteigend. Im Profil erscheint der Nasenrücken leicht gewölbt oder fast gerade, die Schnauze verläuft spitz, die Lippe hängt nur wenig über, bildet jedoch noch eine bestimmte Falte am Mundwinkel.

3. **Behang**: Mittellang, ziemlich breit, unten stumpf abgerundet, sehr hoch und meist nach hinten angesetzt, so dass der Raum zwischen Auge und Ohr hier verhältnissmässig grösser erscheint, als bei anderen Jagdhunden. Der Behang soll glatt und dicht, ohne jede Drehung am Kopfe, herabhängen.

4. **Auge**: Mittelgross, rund, klar vorliegend, das Weisse des Augapfels nur wenig zeigend, mit scharfem, stechenden Ausdruck.

5. **Hals**: Lang, beweglich, von oben gesehen breit und kräftig, vor den Schultern nicht plötzlich abgesetzt, sondern (im Profil) sich allmälig von der Brust bis zum Kopfe verjüngend. Halshaut locker, ohne eine Kehlwamme zu bilden.

6. **Rücken**: Sehr lang, in der Nierengegend breit und gewölbt, Croupe kurz und mässig schräg gestellt.

7. **Brust und Bauch**: Brust breit, Rippenkorb sehr lang und tief hinabreichend, Bauch von hinten stark aufgezogen.

8. **Rute**: Mittellang, an der Wurzel noch ziemlich stark, allmälig sich verjüngend und in schlanke Spitze auslaufend, fast gerade oder mit geringer Krümmung in schräg abwärts oder aufwärts gehender Richtung oder horizontal getragen.

9. **Vorderläufe**: Weit kräftiger ausgebildet als die hinteren, Schultern mit derber, plastischer Musculatur, Vorarm sehr kurz, kräftig, mit auswärts gehender Biegung, das Vorderknie etwas ein-

wärts gerichtet. Die Fusswurzel wieder auswärts gedreht, wodurch der Vorderlauf, von vorn gesehen, eine S-förmige Biegung erhält. Im Profil gesehen, erscheint der Vorderlauf jedoch gerade im Knie nicht überhängend und nur die Zehen seitlich herausgestellt.

10. Hinterläufe: Steiler als bei anderen Hunden, Keulen mit stark und eckig vorspringender Musculatur, Unterschenkel auffallend verkürzt wie die Fusswurzel, sowohl im Profil, wie auch hinten gesehen, fast gerade gestellt.

11. Fuss: Vorderfüsse viel stärker als die hinteren, breit, derb, mit gut geschlossenen Zehen, starken, gekrümmten, vorzugsweise schwarzen Nägeln und grossen, derben Ballen. Die Hinterfüsse kleiner, runder, die Zehen und Nägel kürzer und gerader.

12. Haar: Kurz, knapp und dicht anliegend, glänzend, glatt und elastisch mit stechender Spitze, an den Behängen äusserst kurz und fein, an der Unterseite der Ruthe gröber und länger, jedoch dicht aufliegend und keine abstehende Bürste bildend. — Ebenso ist das Haar an der Unterseite des Körpers von gröberer Beschaffenheit und soll den Bauch möglichst decken.

13. Farbe: Schwarz mit gelbbraunen Abzeichen am Kopf, Hals, Brust, Bauch, Läufen und unter der Rute, ausserdem dunkelbraun, goldbraun und hasengrau mit dunklerem Rückenstreif, wie auch aschgrau und silbergrau mit dunkleren Platten (Tigerdachs). Bei den dunkleren Farben treten fast immer die gelbbraunen Abzeichen auf; doch sollen bei diesen hellen Farben Nase und Nägel womöglich schwarz, die Augen dunkel gefärbt sein. — Weiss ist höchstens als schmaler, regelmässig geformter Streif an der Mittellinie der Brust, vom Brustknorpel abwärts, zu dulden.

14. Gebiss. Ober- und Unterkiefer genau aufeinander passend, so dass die Zähne des Unterkiefers die oberen weder überragen, noch hinter denselben stehen. Das Gebiss stark und mit derben Eckzähnen, gut geschlossen, die äusseren Schneidezähne des Oberkiefers noch stärker entwickelt als bei anderen Hunden.

Als fehlerhaft wird vom Tekelclub beim Dachshund betrachtet: Schmalen seitlich zusammengedrückten oder conisch gebildeten Oberkopf, zu kurze, zu stumpfe oder zu plötzlich abgesetzte, schmale Schnauze, zu lange Lippen, lange, gedrehte, faltige oder vom Kopf seitlich abstehende Behänge, dünnen Hals und schmale Brust, Vorderläufe mit unregelmässiger Biegung oder so starker Krümmung der Armknochen, dass die Knie sich berühren oder doch die Körperlast nicht unterstützt wird. Ferner unregelmässig verdrehte Füsse mit weitgespreizten Zehen und schwacher Fusswurzel. — Hinterläufe mit zu langen Unterschenkeln, infolge dessen die Fusswurzel entweder im Profil schräg unter sich gestellt ist, oder in den Sprunggelenken kuhhessig nach innen gedreht erscheint. Ferner eine zu lange und schwere, zu stark gekrümmte oder mit

auffälliger Bürste versehene Ruthe. In Bezug auf Färbung ist **Weiss**
als Grundfarbe sowohl, wie auch als Flecken und Abzeichen (mit
Ausnahmen des erwähnten schmalen Bruststreifens) immer als **Fehler**
zu betrachten.

B. Langhaariger Dachshund.

Diese Varietät unseres gewöhnlichen Dachshundes verdankt
ihre Entstehung wahrscheinlich einer früheren Spanielkreuzung, ist
indes allmälig zur constanten Rasse herausgebildet worden.

In Bezug auf Form, Farbe und Grösse gelten hier dieselben
Bestimmungen, wie für den gewöhnlichen Dachshund und ist allein
die seidenartige Behaarung des langhaarigen Dachshundes als unter-
scheidbares Rassezeichen zu betrachten. Das weiche, sanftgewellte
Haar verlängert sich unter dem Halse, der ganzen Unterseite des
Körpers und der Hinterseite der Läufe zu einer hervorragenden
Feder und erreicht seine grösste Länge an den Behängen und an
der Unterseite der Ruthe, wo es eine vollständige Fahne wie beim
Wachtelhunde bildet.

C. Rauhhaariger Dachshund.

Die Körperformen des rauhhaarigen gleichen denen des kurzhaarigen Dachshundes. Das Haar soll möglichst dick und hart sein
und an der Brust, Schultern und Nacken in verschiedener Richtung
abstehen. Am Rücken und an den Flanken ist es weniger abstehend. Am
Kopfe bildet es buschige Augenbrauen und einen Schnauzbart; die sonstige
Behaarung des Kopfes und der Behänge entspricht derjenigen des
übrigen Körpers. Die Ruthe soll verjüngt auslaufen, nicht einen Büschel
oder Fahne bilden. An den unteren Theilen der Läufe und an den
Füssen darf das Haar nicht länger sein, als dass es stachelig gerade
absteht. Die Farben sind, wie bei allen rauhhaarigen Hunden, weniger
rein, als bei den kurzhaarigen. Auch beobachtet man häufig, dass
die Zeichnung bei dem ersten und ferneren Haarwechsel heller und
das Haar länger wird.

Der Pudel *(Canis fam. genuinis s. aquaticus)*.

Der Pudel, Budel, Wasserhund, Barbet, ungarischer
Wasserhund, Grand Barbet, Trüffelhund *(Aviarius aquaticus)*,
ist ein mittelgrosser Hund von 50 bis 70 Centimeter Schulterhöhe
und von gedrungener kräftiger Statur mit dicht gekräuseltem,
flockigen Haar oder dasselbe ist zugedreht und hängt in langen
Schnüren herab. Man hat früher einen grossen und einen kleinen
Pudel unterschieden. Haller sagt 1757 in seiner Naturgeschichte
von dem Pudel: „Sein Vaterland ist Spanien. Sein Haar ist lang

und kraus, der Kopf rund, dick, die Ohren lang, breit herabhängend, der Leib dick und kurz, der Schwanz hängt meist auf die Kniekehle herab. Die Farbe ist weiss, gelblichweiss, roth, schwarz, braun. Er geht gern ins Wasser. Man lehrt ihn Trüffel suchen."

Auch Buffon spricht in seiner „Naturgeschichte", 1793, p. 121: „Spanien und die Barbarey sind eigentlich das Vaterland der spanischen Wachtelhunde und der Budel." Die hier vorgeführten Abbildungen entstammen dem Werke von Magnus Brasch (1789) und es sind dieselben hauptsächlich den Buffon'schen Mustern entnommen.

Ueber den grossen „Budel" sagt Buffon: „Die Budels oder Wasserhunde haben einen dicken, runden Kopf, lange hängende Ohren, kurze Schenkel, einen dicken, kurzen Leib und einen dicken,

Fig. 24. Abbildung eines Pudels aus dem 18. Jahrhundert.

fast gerade herabhängenden Schwanz, ein langes, über den Leib sehr krauses Haar. Gemeiniglich sind sie weiss oder gelblichweiss, doch gibt es auch rothe, schwarze, braune u. s. f. Es ist von den Budeln bekannt, dass sie gern ins Wasser gehen, dass man ihr Haar im Sommer abscheert, weil es ausserdem verfilzt, und solches zu Hüten verbraucht. Man lehrt sie auch Trüffeln suchen. Ihren Trieb, ins Wasser zu gehen, macht man dadurch immer vollkommener, dass man sie oft Holz, kleine Vögel, Enten, Wasservögel u. s. w. aus dem Wasser zu holen abrichtet. Sie durchsuchen das Schilf so lange, bis der geschossene Vogel erbeutet ist. Allenfalls jagen sie Ottern, wilde Katzen, Kibitze, Füchse aus dem schilfigen Gesträuch auf. Ausserdem sind sie zu allen Künsten aufgelegt und können mit Recht unter allen Hunden die getreuesten genannt werden."

Freville spricht in seinem Buche von den berühmten Hunden (1797) mit wahrem Entzücken von den Pudeln, er beschreibt sie wie folgt:

„Der Pudel von der grossen Art (Fig. 25) hat wolliges, gekräuseltes Haar, sein Kopf ist rund, seine Augen schön und belebt. Er hat eine kurze Schnauze, einen dicken, kurzen Leib, ist leicht abzurichten, geht freiwillig ins Wasser und erfordert mehr Sorgfalt wie die anderen. Ueberhaupt haben Pudel viel Einsicht. Von ihrem Instinct und Muthe hat man erstaunliche Beweise. Wenn er Hunger hat, fasst er seine Futterschüssel, trägt sie zu seinem Herrn, setzt sich vor ihn und betrachtet ihn sehr ernst und unverwandt." — Freville schliesst seine Darstellung mit dem Ausspruche:

„Welches Thier ist feiner wie der Pudel, sagt ein Schriftsteller, der ein guter Beobachter ist."

Fig. 25. Der grosse Pudel aus dem 18. Jahrhundert (nach Buffon).

Auch Buffon sagt von dem Pudel, er ist der gelehrigste, treueste Hund, lernt allerhand lustige Handlungen verrichten und lässt sich auch ebenso wie der Hühnerhund zur Jagd abrichten. Besonders gerne geht er, u. zw. aus natürlichem Triebe ins Wasser und ist daher zur Wasserjagd sehr nützlich. Er lernt auch Trüffeln suchen, und von dem „kleinen oder Zwergpudel" (Fig. 26) sagt Buffon, „derselbe gleicht dem grossen durchgängig, ist aber kleiner, das Haar und die Ohren sind überaus lang und gerade herunterhängend."

Nach Vorstehendem sind die Gestalt und die Eigenschaften des Pudels seit mehr als 100 Jahren ziemlich unverändert geblieben; allerdings hat seine Verwendung zur Wasserjagd und zum Trüffelsuchen so gut wie aufgehört, dafür ist er ausschliesslicher Gesellschaftshund geworden und hat dadurch seine geistigen Eigenschaften wahrscheinlich noch gesteigert. Die früher vorgenommene Eintheilung in grosse

und kleine Pudel, Zwergpudel (oder wie man früher fast durchweg
schrieb „Budel"), ist auch heute noch aufrecht erhalten, obwohl
eine scharfe Grenze, was zu dieser und was zu jener Classe gehört,
nicht aufstellbar ist. Dagegen hat man eine in der Neuzeit vorgenommene Trennung in kraushaarige und Schnürenpudel nicht
aufrecht erhalten können, sondern als unzweckmässig wieder fallen
gelassen.

Die Fähigkeiten und Eigenschaften des Pudels sind ganz hervorragend und machen diesen Hund ganz besonders werth, der Freund
und Genosse des Menschen zu sein. Er ist intelligent, lernbegierig,
eifrig, folgsam und dabei ein gutes, treues, ehrliches, närrisches
Pudelherz. Er hat das Bedürfniss, seinem Herrn dienstbar zu sein,

Fig. 26. Der kleine Pudel aus dem 18. Jahrhundert (nach Buffon).

er will erfreuen und er will selbst beobachtet und gelobt sein; wird
er vernachlässigt, so wird er traurig und melancholisch und träge
schleicht er dann mit hängendem Schwanze hinter seinem mürrischen
Herrn. Es gibt nicht leicht einen Hund, der sich so vollkommen in
jedes Verhältniss zu finden weiss und dasselbe mit so vollendeter
Bravour durchzuführen versteht. Stolz, majestätisch, mit hohem Bewusstsein schreitet der wohlgepflegte und gut genährte Pudel mit
seinem vornehmen Herrn durch die Strassen, weder nach rechts oder
links blickend, und niedergechlagen, mit bettlerhafter, scheuer,
Mitleid erregender Haltung und Miene, bettelt er für seinen armen
Gebieter. Herausfordernd und brutal benimmt er sich als „Kneiphund"
gegen Fremde und bei Raufereien beisst er nicht in blinder Wuth
drauf los, sondern er sucht mit Bedacht die schwächste Seite
des Gegners zu packen — und mit kläglich — dummpfiffigem

Gesicht duldet er Quälereien, die ihm von Kindern zugefügt
werden. Seine Leidenschaft zum Apportiren steigert sich in Einzelfällen zur Manie, was ihm den Namen „Apportirsimpel" eingetragen
hat — unverdientermassen, denn der Pudel steigert nicht nur diese,
sondern alle seine Fähigkeiten, sobald er merkt, dass er damit
Gefallen findet, deshalb ist der Pudel zur Erlernung von Kunststücken
geeignet, wie kaum ein zweiter Hund, nicht nur wegen der ihm nach-
gerühmten Klugheit, sondern hauptsächlich auch wegen seiner Gutmüthigkeit und seiner Geduld, die oft den Dressirmeistern nicht in
genügendem Grade innewohnt. Zu besonders feinen Kunststücken, der
sogenannten „Augendressur" und zu der „mnemonischen" Ausbildung
werden andere Rassen, namentlich Schäfer- und Wachtelhunde vorgezogen. Rühmend ist noch vom Pudel zu erwähnen, dass er nie
eine so „schmeichelnde, unterwürfige Kriecherei" zeigt, wie sie einzelne andere Rassen besitzen, sondern, dass seine Freundschaft mit
Ruhe und Würde gepaart ist.

Rassekennzeichen des grossen Pudels.

1. Allgemeine Erscheinung: Durchschnittliche normale Grösse,
etwa der eines mittleren Vorstehhundes entsprechend, anscheinend
plump und untersetzt gebaut, infolge der reichen Behaarung. Edel
gezüchtete Pudel zeigen, wenn sie geschoren sind, viel Aehnlichkeit
mit dem kurzhaarigen Vorstehhunde, auch findet sich ihre Musculatur
fast ebenso scharf ausgeprägt. Kecke selbstbewusste Haltung und
grosse Beweglichkeit nebst beständiger Aufmerksamkeit auf die Umgebung sind charakteristisch für die Pudelrasse. Kopf und Hals
werden immer aufrecht, die Ruthe meist horizontal oder schräg aufwärts, nicht über den Rücken gebogen, getragen.

2. Kopf: Mittelgross, jagdhundähnlich, mit langem, breitem
anliegendem Behang, jedoch mit höher gewölbtem Oberkopf, schwä-
cherem und schmälerem Schnauzentheil, die Lippen weniger überfallend, die Nasenkuppe runder als bei den Vorstehhunden.

3. Augen: Mittelgross, rund, dunkel, mit sehr intelligentem,
aufmerksamem Ausdruck.

4. Hals: Mittellang (eher kurz als lang), kräftig, Nacken
gewölbt.

5. Brust: Ziemlich tief, jedoch nicht zu breit, Rippenkorb
mehr rund als flachgedrückt, weit nach hinten reichend, Bauch gut
aufgezogen.

6. Rücken kräftig und nicht zu lang, Kruppe nur wenig
abfallend.

7. Ruthe, hoch angesetzt, von Natur nicht lang, daher
besser ungestutzt, leicht und möglichst gerade und schlank verlaufend; mässig gestutzte Ruthe ist zulässig.

8. **Vorderläufe** stämmig und ganz gerade gestellt.

9. **Hinterläufe:** Keulen kräftig, Unterschenkel von der Seite gesehen nur wenig schräg gestellt. Sprunggelenke weder nach innen, noch nach aussen gedreht.

10. **Pfoten:** Normal gestellt, klein, rund und nur durch das ringsum überstehende Wollhaar gross und platt erscheinend. Die Spann- oder Schwimmhäute sehr ausgebildet.

11. **Behaarung:** Weich, wollig, anfänglich kurz gerollt, bei zunehmendem Wachsthum spiralförmig gedreht. Wird das Haar nicht geschnitten oder ausgekämmt, so bilden sich die Wollstränge bei einigen Stämmen zuletzt zu langen, regelmässig gedrehten Schnüren aus, welche sich auf der Mittellinie des Rückens scheiteln und zu beiden Seiten des Körpers, oft bis zu den Pfoten des Hundes hinabreichen (Schnürenpudel). Auf dem Vorderhaupte laufen die einzelnen Strähne meist strahlenförmig auseinander, nach vorne die Augen und seitlich den Ansatz des Behanges überdeckend. An der Ruthe bilden die Haarstränge eine lang herabhängende Fahne, ebenso hängen dieselben lang von den Behängen herunter. Unterhalb der Augen zeigt sich das Gesicht ganz kurz und weich behaart, nach der Schnauze hin verlängert sich das Haar wieder zu einem Schnurr- und Knebelbarte. An den Pfoten ragt die Behaarung nach vorn und seitlich weit über die Zehen hinaus und lässt die Pfoten viel breiter und platter erscheinen, als sie wirklich sind. Durch anhaltend fortgesetztes Scheeren, Waschen und Auskämmen des Pudelhaares geht dessen krause Beschaffenheit und seine Neigung zur Schnürenform schliesslich ganz verloren und es zeigt sich dann als weicher, formloser Flaum mit seidigem Glanze.

12. **Farbe:** Einfarbig weiss oder glänzend schwarz ohne jedes Abzeichen. Einfarbig braune Färbung zulässig, doch weniger beliebt, da sie meistens fahl und glanzlos auftritt. Die Nasenkuppe bei den schwarzen und weissen Pudeln jederzeit schwarz, bei den braunen auch braun.

14. **Fehlerhaft** ist beim Pudel: Zu flache und zu lang gestreckte Kopfbildung, spitz auslaufende Schnauze, zu kurzer und zu schmaler Behang, zu lange schwere, abwärts hängende oder zu steil aufwärts gerichtete oder geringelte Ruthe. Ferner unbestimmte Beschaffenheit des Haares, gefleckte, wie überhaupt jede andere Färbung als einfärbig weiss, schwarz oder braun. Glasaugen, rothe, gefleckte oder fleischfarbene Nasen sind gleichfalls zu verwerfen.

Für das übliche Scheren der Pudel gilt keine Regel, auf Ausstellungen können jedoch nur solche Exemplare Preise gewinnen, welchen zwei Drittheile ihrer vollen Behaarung (von vorne bis etwa zu den Bauchrippen) belassen sind.

Rassenzeichen des kleinen oder Zwergpudels.

Er unterscheidet sich von dem grossen Pudel zunächst durch seine geringe Grösse, indem sein Gewicht 5 bis 6 Kilo nicht übersteigt. Die Haare des Zwergpudels sind etwas feiner, weicher, gelockt und glänzend, in Form und Farbe ist er wie der grosse Pudel.

Anmerkung: Die auch in der Neuzeit ausgesprochene Ansicht, dass der kleine Pudel ein Kreuzungsproduct sei, ist schon vor jetzt mehr als 100 Jahren von Buffon angegeben, jedenfalls hat er im letzten Jahrhundert so gut wie nicht variirt. Als Jagdhunde leisten die Pudel nicht viel.

Schäferhund. *Canis familiaris domesticus.* Buffon: *s. pastoralis pecuarius.*

Buffon, der grosse französische Naturforscher, hat 1789 in seinem berühmten Werke den Schäferhund als den Stammvater aller zahmen Hunde vorgeführt. Buffon ging von der biblischen Schöpfungsgeschichte aus und hielt den Schäferhund für den im Paradiese für den Menschen geschaffenen und als Stammvater über die Sintfluth in der Arche Noah's erhaltenen ersten Hund. Von ihm stammten nach seiner Ansicht direct ab der Jagd-, Wolfs-, isländische, lappländische und ibirische Hund, aus diesen bildeten sich andere Rassen durch erste Kreuzung und aus diesen durch weitere, zweite Kreuzung noch mehr verschiedene Rassen. Ein Schema, „genealogische Tafel“, soll diese Abstammungstheorie verdeutlichen. Abgesehen von der jetzt anderen Ansicht über die Entstehung der Haushunde ist die Buffon'sche Theorie mit den Kreuzungen und Bastardirungen als absolut haltlos erkannt, ebenso die sogenannte genealogische Tafel als willkürliche Darstellung, die nicht mehr Werth besitzt als den einer Spielerei. Aus dieser Ursache unterlassen wir auch deren Vervielfältigung.

Aus der Entwicklungsgeschichte des Menschengeschlechtes kann man aber entnehmen, dass der erste Hund des Menschen wohl der Schäfer- und Jagdhund gewesen sein wird und dass durch lange Zeit eine und dieselbe Rasse für beide Dienste gebraucht wurde.

Aus vorgeschichtlicher Zeit wissen wir, aus den Pfahlbauten, dass zuerst ein kleiner, wachtelhundartiger Pfahlhund vorhanden war; später kam ein grösserer dazu. Aus den ältesten Denkmalen der Aegypter ergibt sich, dass sie ursprünglich einen windhundähnlichen ziemlich grossen Hund besassen. Homer singt von den Hunden des göttlichen Schweinehirten Eumäos „vier Hund wie reissende Thiere“. Die Aegypter brauchten den Hund schon in den ältesten Zeiten zur Jagd und zur Herde, noch später galten — alle am sandigen Ufer des Nil als „Wächter der Herden“ (Opp. Cyng. I 374). Von den Epiroten und Molossern in Nordgriechenland

ist gesagt, dass sie Hunde hatten, die von dem von Vulkan aus
Erz gebildeten stammen sollten. Dieselben waren gross, stark,
intelligent, schnell, hatten scharfen Geruch, waren bissig, gewandt
und wachsam, sie waren gelbroth, hatten schlappige Lefzen, hartes
Gebiss und laute Stimme, sie wurden zur Jagd und zum Wachhalten
und von den Hirten verwendet. Die Valentiner aus dem weide-
reichen Calabrien hatten gute Hirtenhunde (Varro II. 9). Die
gallischen Hunde sind gewandt, kampflustig, bissig und belfern
auf der Suche — abgerichtet lassen sie sich zum Schutze der Heerden,
wegen ihrer Schnelligkeit zur Jagd auf freiem Felde gebrauchen

Fig. 27. Ein langhaariger Schäferhund aus dem vorigen Jahrhundert.

(Mart. III. 47. 16). — „Die dardanischen aus dem oberen Mösien
sind als gute Hirtenhunde weithin bekannt" (Sil. II. 443). Varro
sagt: „Die Hunde theilt man in Jagd-, Hof- und Hirtenhunde." Ferner:
„Nächst dem Jäger ist der Hund dem Hirten am nöthigsten, die
Hirten haben die meiste Kenntniss seiner Natur und seit den ältesten
Zeiten sich mit der Haltung und Zucht desselben zur Wacht und
Jagd abgegeben." In Italien ist er den Herdenhütern beständiger
Gefährte, ihr Schutz bei Tag und Nacht; von den Vorzügen des
seinen rühmt jeder gern und spricht etwa zum anderen: „Mein ist
der Hund, der die Herde bewacht und die Wölfe würget" (Theocrat.
V. 106). „Hirtenhunde entnehme man nur von Hirten, nie von
Jägern oder Fleischern. Fleischerhunde eignen sich nicht, Weidevieh

zu treiben, und Jagdhunde wollen lieber Hasen und Hirschen nachsetzen als Schafe begleiten" (Varr. II. 9). Die Gallier lassen die
Hündinnen von Wölfen belegen (Pl. VIII 61). Dasselbe geschieht
in Aegypten (Diod. S. I. 88), in Cyrene, vielleicht auch in Cypern
und Griechenland, dessen Hirten die laut bellenden, wilden, unbändigen Wolfshunde verwenden, welche die Gallier im Kriege gebrauchen (Aristot. h. a. VIII. 28, Ovid. M. III. 214, Virg. Ecl. III. 18).
Der Hirtenhund (c. *pastoralis*) braucht nicht so dünnleibig und schnell
wie der Jagdhund, aber auch nicht so wohlbeleibt und schwerfällig
zu sein wie der Wächter der Villa, doch sei er stark auf dem
Zeuge und wacker zum Beissen und Kämpfen mit Wölfen, zum
Laufen, Nachsetzen und Einholen der unbändigen Räuber und zum
Abnehmen ihrer Beute. Ein langer und gestreckter Körperbau ist
der Bestimmung desselben angemessener als ein kurzer, gedrungener
(Col. VII. 12). Dabei sei seine Gestalt schön und gross, die Augen
schwarz oder schwarzgelb, die Nasenlöcher geschlossen, die Lefzen
schwärzlich oder röthlich, nach oben nicht aufgeworfen, nach unten
nicht schlappend, das Kinn sei etwas eingedrückt und mit zwei aus
demselben zur Rechten und Linken hervorstehenden Zähnen, deren
obere mehr gerade als schief stehen müssen; das Gebiss sei scharf
von der Lefze bedeckt, der Kopf gross und schlapp das Ohr,
Nacken und Hals dick, der Zwischenraum der Gelenke lang, Schenkel-
bau gerade und lieber etwas auswärts oder einwärts gekrümmt, der
Fuss gross und erhaben, dass er sich beim Gehen ausbreitet, die
Zehen gespalten und die Nägel stark und krumm, die Fusssohle nicht
haarig und nicht zu hart, sondern geschwellt und weich, der Leib
an den äussersten Hüften etwas eingedrückt, das Rückgrat weder
hervorstehend noch gebogen, der Schwanz dick, das Gebell stark,
der Rachen weit; die Hündin soll grosse Euter mit gleichen Warzen
haben" (Varro II. 9). — Wir haben ausser dieser hochinteressanten
Mittheilung des alten Römers, aus der sich auch das eine mit Sicherheit feststellen lässt, dass die Wolfshunde jener Zeit Schlappohren
hatten, noch einige weitere von Bedeutung: „Zu junge und zu alte
Hirtenhunde sind ungleicher Weise untauglich, jene sind zu läppisch,
diese träge, beide aber nicht im Stande, sich oder die Heerde gegen
wilde Thiere zu vertheidigen. Ein guter Hirtenhund ist wachsam,
spürig, gelehrig, nicht träge oder verschlafen, nicht zu hitzig oder
bellhaft; er muss sich durch gewohnten Zuruf rasch besänftigen
lassen, kein Thier beissen, von der Heerde verscheuchen oder gar fressen.
Damit die Hunde von Wölfen und Bären nicht so leicht Genickfänge
erhalten, legt man ihnen Stoppelhalsbänder an; diese sind von festem
Leder mit Knopfnägeln, sie geben den besten Schutz gegen die
Bisse der Wildthiere; hat sich nur einer daran verwundet, so geht
er so wenig wieder an, dass auch andere Hunde vor ihm sicher
sind. Das weiche Fell, mit dem sie ausgefüttert sind, hindert, dass

der Hals wundgerieben wird" (Theocrat. VIII. 65, Long. I. 21, Varro II. 9). „Der Hirt, der, wie erforderlich, Hunde von guter Art haben will, geht bei der eigenen Aufzucht am sichersten, das Anlernen ist eine leichte Sache, selbstgezogene Hunde gewöhnen sich am besten an. Will oder muss er sich einen Hund kaufen, so sucht er sich entweder einen rohen und ungewöhnten oder einen solchen, der gelehrt ist, der Herde zu folgen. Man kauft den Hirtenhund stückweise oder eine Hündin unter der Bedingung, dass die Jungen der Mutter folgen, oder man rechnet zwei Junge für einen Alten. Nicht selten kommt es vor, dass eine schon zusammengewöhnte Kuppel oder Hunde mit der Heerde sammt dem Hirten verkauft werden. Gesundheit und Eigenthum wird ebenso gewährt wie bei anderem Vieh. Alle Viehhirten führen Hunde bei sich, nirgends sind dieselben aber nöthiger wie bei Kleinvieh — alle Weidethiere wehren sich gegen Raubthiere, nur die Schafe und Ziegen sind wehrlos, und ein guter Hund ist ihren Hirten noch nöthiger, als den Wächtern der Felder oder Weinberge zur Abwehr schädlicher Thiere. Diesen Heerden muss er zur Seite gehen, und er thut dies besser als es ein Mensch könnte. In Anerkennung seiner Wichtigkeit schliessen ihn die Hirten an den Palilien in ihr Gebet ein. Gewöhnlich rechnet man auf jeden Hirten einen Hund, wo aber viele Raubthiere vorkommen oder die Heerden auf entlegenen Waldweiden Trift oder Nachtung haben, müssen ihrer mehrere vorhanden sein, da man weiss, dass Wölfe sogar an besuchten Heerstrassen, sogar in Rom und in das Forum eindringen. Für eine auf Villenländerei weidende Heerde sind zwei ausreichend, sie reizen sich gegenseitig und sind thätiger als die einzelnen; erkrankt einer, so ist doch die Heerde nicht ohne Schutz. Am liebsten nimmt man einen Hund und eine Hündin. (Ovid. rem. 422, IV. 736. Hor. Od. III. Dio Cass. XLIV. 19.)" Diese Mittheilungen beweisen zur Genüge, dass der Hirtenhund früherer Zeit hauptsächlich zum Schutze gegen reissende Thiere gehalten wurde, weniger um die Heerde zu hüten, wie das heute bei uns fast der einzige Zweck ist. Je nach Land und Dienst haben die Hirtenhunde verschiedenes Aussehen. Einzelne sind so ausserordentlich wolfsähnlich, dass sie selbst von Geübten in der Dunkelheit nicht unterscheidbar sind, und es ist deshalb früher vorgeschlagen worden, man soll den Hirtenhund möglichst in weisser Farbe besitzen, denn wenn er nicht an dieser erkennbar wäre, sei er nur durch Anrufen und dadurch, dass der Hund dann horcht, eventuell folgt, der Wolf aber davongeht oder feindselig wird, unterscheidbar.

Wegen der heute gegen früher sehr veränderten Verhältnisse hat bei uns der Hirtenhund eine nur sehr beschränkte Bedeutung. Gegen grosses Raubzeug ist er nur noch an den Grenzen und da äusserst selten nöthig, im Innern des Reiches ist er Hütehund ge-

worden, und da fast einzig nur auf Schafe, ja, da diese zur Zeit
sehr gering im Werthe sind, sowohl wegen der beschränkten Weide
wie der Unbeliebtheit des Hammelfleisches, und des billigen Preises
der Wolle wegen auf dem Aussterbeetat stehen, so hat der Schäferhund seine einstige Bedeutung verloren. Die heutigen Schäfer sind
ein matter Abglanz gegen die, die noch vor 50 Jahren existirten, und
diese waren schon gegen die vorhergehenden sozusagen meist nur arme
Knechte. Bei dem Seltenerwerden der Heerden, bei dem Verarmen
der Schäfer, der veränderten Anforderung an die Leistung ist es nicht zu
verwundern, dass der heutige Schäferhund von viel geringerer Bedeutung geworden ist, dass man ihn in Hinsicht auf Rasse, Dressur
und Leistung vernachlässigt; Ausnahmen hievon bestätigen die Regel.

Fig. 28. Württembergischer, glatthaariger Schäferhund.

Was die deutschen Schäferhundrassen betrifft, so ist anzugeben,
dass schon seit langer Zeit Schafrassen und mit diesen auch Schäferhunde eingeführt wurden und dass in früheren Jahrhunderten die
Schafhunde auch als Hatzhunde und als Hofhunde benützt wurden;
namentlich mit der Einführung des Merinoschafes kamen auch kleinere
Schäferhunde und verdrängten zum Theile die alten, grossen, bissigen
Rassen, ferner ist die durch lange Zeit bestehende Ausfuhr, dass
gemästete Hammel auf der Landstrasse bis nach Paris getrieben
wurden, der Tausch und die Kreuzung mit Schäferhunden anderer
Länder nicht zu unterschätzen. Im Wesentlichen existiren zwei ver-
schiedene Typen, a) eine kurzhaarige mit Mähne, befiedertem
Schenkel und langbehaarter Rute und b) eine langhaarige mit krausen
Locken. Erstere mit wolfsähnlichem, ziemlich spitzen Kopfe und
stehenden oder an der Spitze überhängenden Ohren, kommt in

einem grossen, starken Schlage vor, dessen einzelne Vertreter fast
so stark sind wie ein Wolf, auch die Färbung ist derart, oben
dunkel, nach abwärts am Bauche und den Extremitäten heller; diese
Sorte ist zweifellos den ursprünglichen starken, bissigen Hirten- und
Hatzhunden am ähnlichsten. Ein anderer, glatthaariger Schlag ist viel
schlanker, leichter, eleganter, hat keine Mähne und glatte Ruthe, ist
sehr oft einfarbig kohlschwarz (Fig. 28 u. 29), auch sind die Manieren

Fig. 29. Württembergischer, langhaariger Schäferhund. (Dasselbe Exemplar wie Fig. 28.)

und Eigenschaften sozusagen cultivirter geworden. Dieser Hund, der
namentlich in Württemberg noch in einzelnen Gegenden gehalten
wird, wird auch von Kennern und Liebhabern als Begleithund bevorzugt und es wird dessen Klugheit und Treue ganz ausserordentlich
gerühmt.

Der zweite vorkommende Typus hat meist graue, ziemlich
lange, wenig gelockte, sehr starke Haare, der Kopf ist rundlich,
von eigenartiger Form, die Ohren sind nicht gross, aber hängend,
am Kopfe flach anliegend, die Rute ist lang und stark behaart,
gegen das Ende aber nicht buschig, sondern eher zugespitzt. Auch

von diesem Typus gibt es einen grossen und einen kleinen Schlag und es ist anzugeben, dass der letztere sehr beliebt ist; diese kleinen zottigen Schäferhunde leisten ausserordentlich viel, sind unermüdlich, klug, genügsam und namentlich auch gegen Kälte und Hitze ziemlich unempfindlich. Zahlreiche Kreuzungsproducte aus diesen existiren ebenfalls noch.

Es war wohl höchste Zeit, dass sich die deutsche Kynologie um den deutschen Schäferhund annahm und nicht das Feld dem englischen Collie überliess. Das Bestreben, einen deutschen Schäfer-

Fig. 30. Deutscher Schäferhund.

hund zu züchten, ist ja mit Erfolg unternommen worden und man hat ganz richtiger Weise Unterschiede gemacht in *a)* kurzhaarige, *b)* rauh- und *c)* langhaarige.

Wir glauben aber nicht, dass ganz das vollständig Richtige getroffen wurde, und es zeigt sich auch schon, dass man weiter abtheilte: die Wolfshunde.

Nach unserem Dafürhalten muss man auch noch die Grösse, die Ohren- und Schwanzstellung in Betracht ziehen.

Thatsächlich ist der oben (Fig. 28 u. 29) abgebildete, glatthaarige grosse württembergische Schäferhund von schwarzer Farbe hochelegant gegen die übrigen deutschen Formen. Auch der oben abgebildete, aus dem vorigen Jahrhundert stammende Schäferhund, der genau den entgegengesetzten Typus zeigt, dürfte zum Theil noch mustergiltig sein.

Die über den deutschen Schäferhund (Fig. 30) aufgestellten Rassezeichen sind:

1. Allgemeine Erscheinung. Trotz der verschiedenen Behaarung der deutschen Schäferhunde zeigen dieselben eine grosse Uebereinstimmung hinsichtlich der Formen und der Eigenthümlichkeiten in der Haltung und den Bewegungen, welche mehr als bei allen ausländischen Schäferhundrassen an die der Windhunde erinnern. Dahin sind zunächst zu rechnen das hochgetragene, immer scharf gespitzte Ohr, die gestreckte, spitz auslaufende Schnauze, die meist abwärts getragene buschige Ruthe, der rastlose Gang (Wandel) und die beständige Aufmerksamkeit auf die gesammte Umgebung.

Nach der Behaarung sind, wie bei den deutschen Hühnerhunden, drei verschiedene Classen oder Unterrassen anzunehmen, nämlich:

a) rauhhaarige,
b) glatthaarige,
c) langhaarige,

welche weiter unten nähere Beschreibung finden.

Die Grösse wechselt je nach den Terrainverhältnissen ziemlich bedeutend; in weiten uncultivirten Weiden finden sich grössere und stärkere Hunde als in hochcultivirten, aus kleinen Feldparcellen bestehenden Gegenden, wo meist kleine, rasche, bewegliche Hunde gehalten werden. Im Durchschnitt beträgt die Höhe mittelgrosser Schäferhunde etwa 55 cm, die der Hündinnen etwa 50 cm.

2. Kopf. Derselbe ist mittelgross, eher leicht als schwer zu nennen, die Schnauze ziemlich lang gestreckt und mässig spitz auslaufend, die Falte am Lippenwinkel nur schwach angedeutet, doch verläuft der Mundspalt nicht so gleichmässig als beim Spitz. Die Vorderstirn vor den Augen nur schwach ausgeschnitten, mässig gewölbt, ohne Mittelfurche. Die Stirn schräg ansteigend, oben verbreitert, das Hinterhauptbein nur schwach ausgesprochen.

3. Ohren. Mittellang, aufrecht stehend, im Grunde breit, nach oben spitz zulaufend, an der Innenseite lang und dicht behaart.

4. Augen. Mittelgross, fast klein, etwas schräg gestellt, klar, vorliegend, mit scharfem Ausdruck.

5. Hals. Derselbe ist von mittlerer Länge und erscheint durch das hier stark verlängerte Haar nicht kürzer.

6. Rumpf. Brust tief hinabreichend, vorn schmal, Rippenkorb flach, Bauch aufgezogen, Rücken gerade oder leicht gebogen, Kruppe kurz und schräg abfallend, Lendengegend breit und kräftig.

7. Ruthe. Bis über das Fersengelenk hinabreichend, an der Unterseite stark behaart, gewöhnlich abwärtshängend getragen, in der Erregung säbelförmig erhoben, nie geringelt. Kurz- oder Stumpfschwänze kommen nicht selten vor, sowohl als angeborene, wie als künstlich hergestellte Anomalie.

22*

8. **Vorderläufe.** Schultern schräg gestellt, flach, Ellenbogen gut niedergelassen, Armbeine von allen Seiten gerade.

9. **Hinterläufe.** Keulen breit, abgeplattet, Oberschenkelknochen lang, im Profil zu den Sprunggelenken schräg gestellt, von hinten völlig gerade, Unterfüsse kurz, fein, Sprunggelenke sehr gut ausgebildet.

10. **Pfoten.** Klein, rundlich zugespitzt, kurz und glatt behaart, Sohlen hart, Nägel derb.

11. **Behaarung.**

a) Die **rauhhaarige** Form: Hier ist das einzelne Haar einfach bogenförmig gekrümmt, an der ganzen Unterseite von der Kehle bis zur Ruthenspitze verlängert, ebenso an der Hinterseite der Läufe bis zu den Sprunggelenken und den Vorderknien herab. Die Pfoten sind kurz behaart, der Kopf ebenso, ohne Bart und Augenzotteln. Im Gefühl ist das Haar hart und drahtig.

b) Die **glatt-** oder **stockhaarige** Form: Diese ist wahrscheinlich eine Abart der rauhhaarigen Form. Das Haar ist hier kürzer, überall glatt und straff anliegend, hart, am Halse etwas voller und lockerer abstehend. Diese glatthaarigen Hunde entstehen oft in einem Wurfe rauhhaariger, werden auch häufig kurzschwänzig geboren, andernfalls meist gestutzt.

c) Die **langhaarige** Form: Hier bildet das lange, weiche Haar leicht wellenförmige und geschweifte Strähne, welche nicht wie das Haar der rauh- und stockhaarigen gelagert sind, sondern sich entlang der Mittellinie des Rückens scheiteln und zu beiden Seiten gerade herabfallen. Ebenso bildet das Haar mitten auf der Stirn einen Wirbel, von dessen Scheitelpunkt aus die einzelnen Strähne strahlenförmig ringsum über die Augen und Kopfseiten herabfallen. Die innere Behaarung der Ohren ist meist eigenthümlich verlängert und ragt bogenförmig seitwärts über die Ohren hinaus. Die Ruthe trägt eine Fahne. An der Hinterseite, oft auch an der Vorderseite der Läufe befindet sich eine zottige Feder. Ober- und Unterlippe sind mit einem Bart geziert, die Pfoten dagegen kürzer behaart, als der übrige Körper.

Bei allen drei Haarformen findet sich ein feines, weiches Grundhaar (Wolle) zwischen den gröberen Deckhaaren.

12. **Farbe.** Schwarz, eisengrau, aschgrau, rothgelb, entweder einfarbig oder mit regelmässigen gelben oder weissgrauen Abzeichen an der Schnauze, den Augen und den Pfoten (wie beim Dachshund). Ferner weiss, wie auch weiss mit grossen dunklen Platten, dunkel-

geströmt (schwarze Streifen auf braunem, gelbem oder blaugrauem Grunde), mit oder ohne gelbe Abzeichen.

13. Fehlerhaft sind hängende, vor- oder rückwärts gelegte und geknickte Ohren, stumpfe Ohren, unbestimmte Behaarung, lang behaarte Pfoten und gerollte Ruthen.

Dass die Schäferhunde früher zum Theil auch bei uns anders aussahen wie jetzt und auch andere Functionen hatten, ist aus Abbildungen und Mittheilungen nachweisbar. Tappins bildet in seinem Waidwerk und Federspiel von 1570 einen Schäferhund ab, dem ein Prügelchen angehängt ist, dazu ist folgender Vers geschrieben:

> „Das ist der Will' des Herren mein,
> Dass ich ihm hab viel Hirsch und Schwein,
> Dem Hirten ich den Hund nicht gan
> Er hängt ihm dann gross Prügel an." 1570.

In Magnus Brasch, 1789, findet sich auf Tafel 5 ein „Schafhund oder Saurüden" abgebildet, der einen mächtigen, fast bärenähnlichen Kopf besitzt (vergl. Ulmer Doggen).

Bechstein sagt in seiner Naturgeschichte, 1801, pag. 3, über den Schäferhund — „von dieser Art zieht der Jäger die Saufinder, er wählt dazu die Schwarzen und Braunen aus. — Ferner: zu Haushunden nimmt man von diesen dunkelfarbige, damit sie nicht von Dieben, und zu Schäferhunden hellfarbige, damit sie nicht vom Wolfe erkannt werden. Ferner ist angegeben, dass der Schäferhund nur etwas grösser sei wie der Spitz.

Ueber andere Eigenschaften als wie zum Hüten, zur Hatz und zur Wacht ist noch berichtet, dass dieselben als Trüffelhunde benützt werden:

„In Thüringen unterrichten die Trüffeljäger ihre Hunde (die sie aus Schäferhunden auswählen) auf folgende Weise: Sie lassen einen Hund lange hungern, alsdann geben sie ihm ein Stückchen Brot mit Trüffel. Ist der Hund gelehrig, so braucht man es nur einmal. Alsdann nimmt man ihn hungrig mit in den Wald, wo Trüffel gesucht werden, gräbt eine Trüffel ein, legt daneben ein Stückchen Brot und führt ihn auf den Platz und er gräbt sie gewöhnlich aus, nimmt sein Stückchen Brot und lässt die Trüffel liegen. Da die Trüffeln einen sehr starken Geruch von sich geben, so wird der Hund dann gewiss bald durch Scharren dieselben selbst angeben, dass sie ausgehackt werden können. Er bekommt dann allezeit ein Schnittchen Brot."

Ueber die Anhänglichkeit und den Ortssinn des Hirtenhundes ist in dem Buche von St . . . über „Hunde und Katzen", 1827, p. 89, mitgetheilt:

„In den 90er Jahren vorigen Jahrhunderts wanderte eine württembergische Familie nach Polen aus. Vor der Abreise kaufte

sie einen Schäferhund, den sie mit nach Polen brachte, etwa ein
halbes Jahr später kam der Hund wieder in seiner alten Heimat an.

Zu den Schäferhunden gehören auch die von Buffon abgebildeten und beschriebenen Hunde:

a) Der sibirische Hund, *C. f. sibiricus* (Buffon, übers.
Martini, Taf. XV). Nicht viel vom Wolfshunde verschieden. Doch ist
der Kopf etwas runder und langhaariger, die Farbe schwarz, weiss
oder grau. Er ist in Russland sehr gemein.

b) Der isländische Hund, *C. f. islandicus* (Buffon, übers.
Martini II, 167, Taf. 24, f. 2). Der Kopf ist rundlich, die spitze
Schnauze kurz, die aufrechten Ohren haben hängende Spitzen, der
Schwanz ist gewunden und aufrecht, der Hals dick und kurz, der
Leib kurz und kraushaarig, die Farbe verschieden, meist bunt. Er
war vor einiger Zeit Modehund in Holland und dadurch sehr ver-
feinert und vervielfältigt.

Inwieweit diese mit den jetzigen dort vorkommenden verwandt
sind, ist hier nicht entscheidbar. Ueber die russischen Schäferhunde
ist Folgendes mitgetheilt:

Russische Owtscharka

sind Schäferhunde im Süden Russlands, haben grosse Aehnlichkeit
mit den englischen Schäferhunden, nur hat ersterer eine lange Ruthe,
während der altenglische stutzschwänzig ist. Er ist stark gebaut
und hat lange, zottige Behaarung. Treue, Wachsamkeit, Klugheit
und Anspruchslosigkeit zeichnen ihn aus. Die Farbe ist gewöhnlich
weiss, gelblich, gelb oder grau. Auch andere kommen vor.

Russischer Laika,

früher zur Bärenjagd gebraucht, ist in Russland sehr weit verbreitet, kommt in verschiedenen Varietäten vor und wird jetzt als
Zimmerhund gehalten. Die Hunde sind mittelgross, der Kopf ist
ziemlich flach, die Schnauze zugespitzt, die Ohren stehend, die Ruthe
wird geringelt über die Kruppe getragen. Die Farbe ist verschieden,
die nordischen sind meist grau, wolfsgrau oder dunkelgrau, einige
fuchsgelb oder weiss. Die finnländischen Laika sind meist gelblich,
fuchsähnlich; die wogulischen weiss. Die Thiere sind sehr lebhaft
und wachsam.

Russische Medeljan

werden zur Bärenjagd gebraucht, war früher in Russland sehr beliebt, ist aber zu einer grossen Seltenheit geworden und war fast
ausgestorben, nur noch in einigen Zwingern der hohen Aristokratie
war er zu finden. Er ist gross, kolossal stark, hat ernsten Charakter
und grosse Anhänglichkeit, eignet sich als Schutz- und Wachthund

ausgezeichnet. In neuerer Zeit ist das Interesse für denselben ganz bedeutend erwacht.

Der schottische Schäferhund, Collie.

Ganz im Gegensatze von den deutschen und ausländischen, namentlich russischen Schäferhunden, die noch um Feststellung des Rassetypus ringen, ist der schottische Schäferhund eine wohlconstruirte Rasse, die seit lange in ihren Merkmalen festgestellt, typirt, conform und constant ist. Der Collie ist etwas kleiner wie der deutsche Schäferhund, langhaarig, die Haare ziemlich hart, aber glänzend und von ausserordentlicher Menge, namentlich besitzt er eine Mähne und Halskrause, so dass der Kopf gewissermassen darin versteckt werden kann. Die Erscheinung ist mehr auffällig und interessant als schön, obgleich das Thier sehr gefällige Formen zeigt und namentlich das prachtvolle Haar bestechend wirken kann, so zeigt doch das Thier durch sein eigenartiges huschendes Benehmen, das aussieht, als ob der Hund ein schlechtes Gewissen hätte und sich verkriechen wollte, oder ob er die Absicht hätte, einen Ueberfall auszuführen etc., keine sehr sympathische Erscheinung. Dagegen wird seine Klugheit und Treue sowie andere Hundetugenden, die er haben soll, sehr gerühmt. Wie der Collie im Werthe steht, beweist eine Mittheilung in der Zeitung „Der Hund“, 1890, p. 24, folgenden Inhalts: „Der berühmte Collie „Christopher“ ist für eine Summe von über 1000 Pfund Sterling nach Amerika verkauft worden. Er war der beste Collie Englands.“ In England und seiner Heimat Schottland wird aber von dem Collie nicht bloss die Eigenschaft als Stuben- und Begleithund verlangt, sondern man hat Leistungsprüfungen, wie nachstehende Schilderung aus dem „Hundesport und Jagd“, 1892, p. 369, beweist:

„Schäferhundprüfung in Kilmarnock (Schottland) am 14. April 1892. Das Terrain, auf dem die Prüfung abgehalten wurde, war sehr günstig und die gestellte Aufgabe sehr leicht, wenn Führer und Hund einander verstanden. Ein Platz war mit Flaggen gekennzeichnet. An einem Ende waren die Zuschauer, am anderen eine Hürde mit Schafen. Die Schafe wurden nun herausgelassen und mussten in dem Terrain an einen bestimmten Platz gebracht werden. Von hier aus mussten die Schafe wieder in die Hürde zurückgetrieben werden. Jeder Hund hatte seinen gewohnten Führer.

Mit je weniger Commando, je ruhiger und sicherer das vor sich ging, umso günstiger wurde die Leistung beurtheilt. Ein sehr folgsamer Hund, der auf den leisesten Pfiff ging und der ein Schaf, das ausbrechen wollte, wieder znrückbrachte, erhielt den ersten Preis.

Im Ganzen wurden die Arbeiten in bester und intelligenter Weise ausgeführt und sollten diese Prüfungen ein Mittel sein, die Herdenbesitzer zu weiterem Züchten von Arbeitshunden anzuspornen.“

In der Zeitung „Hundesport und Jagd", 1892, p. 312, und schon früher ist gehänselt worden, dass mit dem „deutschen Schäferhund" keine solchen Prüfungen stattfinden.

In Deutschland ist ihm noch eine ganz andere Aufgabe geworden, nämlich als „Kriegshund" ausgebildet und verwendet zu werden. Nicht nur zum Patrouillendienst, sondern namentlich als „Sanitätshund": „den Hund dem Dienste des Rothen Kreuzes nutzbar zu machen" — ist hauptsächlich der Collie befähigt gefunden worden; auch deutsche Schäferhunde sollen sich dazu eignen. Durch Prüfungssuchen, durch die Verwundete in allen möglichen Schlupfwinkeln, im dichten Unterholz im Walde, Gestrüpp, Gräben etc. gefunden werden, soll die Leistungsfähigkeit der Einzelnen alljährlich festgestellt werden, und wie es in einem im Juli 1893 versandten Aufrufe zur Gründung eines „Deutschen Vereines für Sanitätshunde" heisst, hat das königlich preussische Kriegsministerium dem um diese Art Leistung verdienten Maler und Schriftsteller Herrn J. Bungartz testirt: Dass er „namentlich auch in der Ausbildung von Hunden zum Aufsuchen Verwundeter (Versteckter) vorzügliche Ergebnisse erzielt habe". — Es klingt wie eine Ironie, wenn man den seit uralten Zeiten zum Packen und Beissen verwendeten Hirtenhund nun in dieser Art im Dienste sieht.

Rassezeichen des langhaarigen, schottischen Schäferhundes (Collie).

1. Allgemeine Erscheinung. Der Hund steht auf Läufen von angemessener Höhe und seine Bewegungen sind elastisch und anmuthig; namentlich ist am Kopfe der Windhundtypus verwerflich, weil er zu wenig Raum für das Gehirn im Schädel lässt und weil ein fader Ausdruck und lange, starke Kinnbacken damit verbunden zu sein pflegen. Ebenso ist der Settertypus mit Hängeohren, dem vollen, weichen Auge, stark befadeten Läufen und kurzer, gerader Fahne zu vermeiden.

2. Kopf. Der Oberschädel ist vollständig flach, etwas breit, die Schnauze fein zugespitzt und ziemlich lang, der Oberkiefer ein ganz klein wenig länger als der Unterkiefer. Die Augen weit voneinander entfernt, mandelförmig und schräg in den Kopf gesetzt. Die Kopfhaut glatt anliegend, an den Mundwinkeln kleine Falten bildend. Die Ohren so klein als möglich; halbaufgerichtet, wenn der Hund stutzt oder horcht, sonst zurückgelegt und in der Halskrause vergraben.

3. Hals, Schultern, Brust. Der Nacken lang, gewölbt und musculös. Die Schultern ebenfalls lang, schräg gestellt und fein am Widerrist. Die Brust tief und vorne eng, hinter den Schultern aber von guter Breite.

4. Rücken, Ruthe. Der Rücken kurz und gerade, die längliche kräftige Nierenpartie leicht gewölbt. Die Ruthe lang mit etwas aufgebogener Spitze und in der Regel herabhängend getragen.

5. Vorderläufe. Völlig gerade, mit ziemlich viel flachen Knochen, die Fesseln ziemlich lang, elastisch und etwas leichter in den Knochen als das übrige Bein. Die Füsse mit gut gewölbten und compacten Zehen und mit sehr dicken Sohlen.

6. Hinterläufe. Die Hinterhand ganz allmälig abfallend, sehr lang von den Hüftknochen bis zu den Sprunggelenken, die weder nach innen noch nach aussen gestellt sein dürfen, die Kniescheiben gut gebogen. Die Hüftknochen breit und etwas eckig, die Kruppe allmälig abfallend.

7. Behaarung. Ausser am Kopf und an den Läufen, so reich als möglich. Das Deckhaar straff, hart und etwas steif, das Unterhaar wie Pelzwerk und so dicht, dass es schwer ist, die Haut zu finden; besonders die Hals- und Brustkrause sehr voll behaart. An den Vorderläufen nur wenig Feder und gar keine an den Hinterläufen unterhalb der Sprunggelenke.

8. Farbe. Unwesentlich.

Der glatthaarige Collie

unterscheidet sich von den oben beschriebenen langhaarigen lediglich durch die Behaarung, welche hart, dicht und vollkommen glatt ist.

Points:

Kopf und Ausdruck	15
Ohren	10
Nacken und Schultern	10
Läufe und Pfoten	15
Hinterhand	10
Rücken und Nierenpartie	10
Ruthe	5
Behaarung einschliesslich der Krause .	20
Grösse	7
	102

(Für „allgemeine Erscheinung" sind keine Ziffern angeführt, und doch ist dieselbe beim Richten ein Punkt von der allergrössten Wichtigkeit)

Spitzerhunde, *C. familiaris Pomeranus.*

Es wird gesagt: Weil der Spitz Pomeranus, Pommer, Bummer heisst, stammt er aus Pommern; er heisst auch Porasch. Es erinnert das erstere an die spassige Ableitung von Fuchs aus dem griechischen Alopex, das sich folgendermassen gestaltet haben soll: Alopex, Opex,

Pix, Pax, Pux, Fuchs. — Im Französischen heisst der Spitz nämlich „chien loup“, was nach Obigem darauf hindeuten würde, dass der Urspitz ein Wolf oder ein zum Wolfsjagen verwendeter Hund war. Je mehr man gegen das Mittelalter zurückgeht, umsomehr findet man grosse mächtige Spitzerhunde, die als Wacht-, Schäfer- und Hetzhunde dienen und die auch unter verschiedenen Namen vorgeführt werden. Als Beweis hiefür führen wir unter Fig. 31 an: Eine Abbildung von Magnus Brasch. Derselbe bildet in seinem sehr schönen Werke (1789) „24 Abbildungen verschiedener Hunde, nach dem Leben gezeichnet, in Kupfer gestochen und mit Farben erleuchtet,“ einen „Haidhund“ ab, der den Typus des Spitzerhundes genau trägt, und sagt dazu: „Spitzen, kleinen Kopf, hohe Stirn, kleine gestellte Ohren, über den Rücken getragenen Schwanz und elegante dünne Extremitäten, sehr langhaarig, Farbe gelblich und in keifender Stellung.“

Fig. 31. Spitzhund aus dem 18. Jahrhundert, sog. Haidhund.

Ferner sind hier die Angaben von Buffon, Bechstein u. A. aus dem Ende des vorigen oder dem Anfang dieses Jahrhunderts bemerkenswerth:

Der Wolfshund (Wolfsspitzer, weisser Spitz) ist bloss an Kopf, Ohren und Füssen kurzhaarig, sonst langhaarig, schneeweiss oder gelblich weiss. Ein sehr gemeiner Haushund in Thüringen, den besonders gerne Fuhrleute um sich haben. Ich habe einen Hund dieser Art gesehen, der die Grösse eines Hühnerhundes mit langen zottigen, seidenartigen Haaren hatte.

Der Fuchsspitz (Wiesbader Spitz). Man sagt, dass er von voriger Art und dem Fuchs herstamme. Er hat runden Kopf, hohe Stirn, sehr spitze Schnauze und sehr lebhafte Augen. Das Gesicht ist schwärzlich und der übrige Körper fuchsroth. Der Körper ist sehr wollig und mit einzelnen Stachelhaaren besetzt und der Schwanz ist ein ordentlicher Fuchsschwanz, doch trägt er ihn gekrümmt wie ein Spitz. Er ist selten und falsch.

Ferner: Der Pommer ist glatt und kurzhaarig, an Bauch, Kehle, Schenkeln und Schwanz sehr langhaarig, von schwarzer, brauner oder gefleckter Farbe. Ferner ist früher unterschieden worden: Der „englische Spitz", dann der „gemeine Spitz", „Bassa"; dann der oben schon abgebildete Haidehund, von dem an anderer Stelle gesagt ist, er ist kurz- und steifhaarig, mit etwas wolligem Schwanz, mit weisser Kehle, sonst meist fuchsroth, selten von schwarzer Farbe. Eine Notiz, die vielleicht dahin gedeutet werden könnte, dass die Spitze nicht im Norden von Deutschland heimisch sind, ist in der Zeitung „Hund", Bd. XIII, Nr. 10, vorgeführt.

In Russland gibt es keine einheimische Spitzhundrasse (ein im Bericht über eine Ausstellung in Moskau diesbezüglicher Fehler ist festgestellt und widerrufen). Die Rasse, die ihn dort vertritt, die Laiki, sind zahlreich und ziemlich wolfsähnlich, doch gibt es auch weisse. Soviel steht aber fest, dass in diesem Jahrhundert der „Spitz oder Spitzer" sich über ganz Deutschland grosser Beliebtheit erfreut, und dass er wie kein anderer wohl zuerst einheitliche Formen bekam und nur in Grösse und Farben Verschiedenheiten zeigte. Die Ursache hiezu liegt in der Verwendung des Spitzers beim Fuhrwerk. Ob, vor Einführung der Eisenbahnen, ein schwerer Lastwagen mit vier oder sechs, selbst acht Pferden bespannt, oder ob ein Omnibus, eine Postkalesche oder Diligenze auf der Landstrasse daher gerumpelt kam, der Lenker des Fuhrwerks oder der „Conducteur" besass als treuen, unbestechlichlichen, bissigen, kläffenden Köter einen Spitzerhund und hier in der Verwendung bei diesem Fuhrwerk wurde auch der Grund gelegt zu den grösseren und kleineren Schlägen der Spitzer, weil die Fuhrleute einen kräftigen Hund brauchten, der nicht nur den Weg grossentheils zu Fuss machte, sondern der bergauf die Pferde antrieb und anhetzte durch fortgesetztes Bellen und Anfahren, selbst Beissen in die Fessel. Bergab sprang der Hund in die unten am Wagen hängende Lade und bei Nacht, selbst bei grimmigster Kälte verliess er diesen Platz auch nicht, auch niemals um einen Feind zu verfolgen, so toll er sich auch geberdete wenn Jemand in die Nähe des Wagens kam; hingegen suchten die „Conducteurs", die Begleiter der Posten, kleinere Spitze, welche sie oben auf dem Wagen placirten; diese sollten namentlich Räuber anzeigen, wenn der Postwagen bei Nacht im Walde langsam eine Anhöhe hinauf humpelte und seine Insassen sammt Postillon und Conducteur schliefen. Diesen Vertrauensposten hat denn auch der Spitzer von jeher zur grössten Zufriedenheit ausgefüllt und wenn je eine Postkutsche von Räubern überfallen wurde, so war es mit eine der ersten Handlungen dieser gewesen, womöglich den sich in wüthender Muthigkeit vertheidigenden Spitzer für sie unschädlich zu machen. — Heute sind diese Dienste überflüssig geworden und seine hauptsächlichsten Leistungen liegen in der Verwendung als Wachthund von Haus und Hof und zweifellos ist er der sorgsamste und treueste Wächter von allen Hunden. Noch heute gilt von ihm, was schon vor 100 Jahren gerühmt wurde:

„Ein geborener Hüter für seines Herrn Eigenthum wacht er mit solcher Sorgfalt, deren der Eigenthümer nicht fähig wäre. Wahrhaftig unermüdlich, schläft er nicht Tag und Nacht, und wenn die äusserste Ermattung endlich seine schwere Wimper schliesst, so ist sein Schlaf so leise, dass selbst der frechste Räuber sich zu nähern vergeblich sich bemühen würde."

Das Gehör des Spitzers ist unübertrefflich scharf und die geringste Ungehörigkeit auf seinem Terrain wird von ihm mit rasendem Gebell signalisirt, das er aber auch stundenlang mit steigernder Wuth fortsetzt, bis ihm die Stimme überschnappt und er ganz heiser wird. Erst nachdem der Gegenstand seines Missfallens verschwunden ist, beruhigt er sich wieder. Was unter seiner Obhut ist, das bewacht er mit einer solchen Gewissenhaftigkeit und hütet und schützt mit so zorniger Eifersucht, dass er bereit ist, für das Kleinste sein Leben einzusetzen, aber nicht dasselbe muthwillig preiszugeben. Sein Terrain, das er als sein Eigenthum, als seine Burg betrachtet, verlässt er nicht, so lange er seinen Wächterdienst ausübt, geht er ja ausserhalb dieses Bezirkes, flanirt umher und er sieht etwas Verdächtiges, so eilt er schnurstraks heim und erwartet den Feind an der Grenze, geht dieser, so ist der Spitzer zufrieden; über die Grenze hinaus verfolgen, hält er unter seiner Würde. Gegen seinen Herrn ist er liebenswürdig und ein grosser Schmeichler. Seine Augen leuchten und er windet und wälzt sich, kriecht und springt vor lauter Wonne, wenn ihn die Hand des Herrn streichelt, wenn ihm Schmeichelworte gesagt werden. Das Anbinden macht ihn traurig, er eignet sich absolut nicht zum Kettenhund und seine Dressurfähigkeit ist nicht besonders hoch. Seine Anhänglichkeit an den ersten Herrn und an die erste Heimat ist sehr gross, so dass er sich, in späteren Jahren verkauft, nur ungerne an einen neuen Besitzer und neue Verhältnisse gewöhnt. Nur da, wo ihm Alles genauestens bekannt ist, wo er sich als „Herr" gebärden darf, da ist ihm wohl und angenehm. In Städten ist der grosse Spitz wegen seiner Giftigkeit gegen jeden Fremden unbeliebt, auch auf dem Lande ist er bei der allgemeinen Sicherheit fast entbehrlich geworden; wo man aber eines treuen Hüters bedarf, ist er geradezu unersetzlich. Der Spitz ist aber wegen seiner Anhänglichkeit, seinem schmeichelhaften Benehmen, seiner Klugheit und gemessenen Fröhlichkeit als Stubenhund ganz ausserordentlich beliebt. Man züchtet ihn jetzt in verschiedenen Grössen und Farben, sein Charakter ist immer derselbe, aber die Kraft, mit der er seinen Gefühlen Ausdruck verleiht, bildet den Unterschied, während der zur Zeit grösste Spitz, der „Fuhrmanns- oder Wolfsspitz" einen Mann stellen und ein Rind packen kann, ist die kleinste Sorte, die „Zwergspitzer", kaum im Stande, eine Maus davon zu jagen, obgleich sie mit derselben Energie auf den Feind losgehen und mit kaum hörbarer Stimme in höchst komischer Wuth einen Mann anbellen, der sich in Acht nehmen muss, dass er das winzige Köterchen nicht zertritt.

Für den Pommer, meist grau und kräftigst, sowie den schwarzen und weissen Spitz sind folgende Rassezeichen festgestellt worden:

1. Allgemeine Erscheinungen. Höhe etwa 30 bis 45 cm und auch wohl etwas darüber. Kurze, gedrungene Figur von kecker Haltung mit fuchsähnlichem Kopfe, spitze Ohren und auf dem Rücken gerollter buschigen Ruthe. Behaarung reichlich und locker, am Halse eine starke mähnenartige Krause bildend. Kopf, Ohren und Pfoten kurz und dicht behaart. Unruhiges, argwöhnisches Wesen, beim geringsten Verdacht sofort belfernd und kläffend, daher vorzugsweise als Wachhunde gehalten und gezüchtet.

2. Kopf. Mittelgross; von oben gesehen erscheint der Oberkopf hinten am breitesten und verschmälert sich keilförmig bis zur Nasenspitze. Von der Seite zeigt sich der Oberkopf hoch gewölbt, vor den Augen plötzlich abfallend, die Schnauze spitz, der Nasenrücken gerade und schmal, doch erscheint die Schnauze rund, klein, Lippen nicht überfallend und keine Falte am Lippenwinkel bildend.

3. Augen. Mittelgross, länglich geformt und etwas schräg gestellt.

4. Ohren. Kurz, nahe bei einander, dreieckig zugespitzt, hoch angesetzt und immer aufrecht mit steifer Spitze getragen.

5. Hals und Rumpf. Infolge der reichlichen Behaarung ist es bei dieser Rasse unmöglich, die einzelnen Formen genauer zu beurtheilen. Bei geschorenen Exemplaren zeigt sich, dass der Spitz meist in guten Verhältnissen gebaut ist. Hals mittellang, Rücken völlig gerade, Brust vorn tief, seitlich gewölbt, und der Bauch nach hinten mässig aufgezogen,

6. Ruthe. Mittellang, hoch angesetzt, platt auf den Rücken gebogen und dann seitlich geringelt.

7. Läufe. Mittellang, im Verhältniss zum Rumpfe stämmig und gerade, die hinteren in den Sprunggelenken nur wenig gebogen.

8. Pfoten. Klein, rundlich zugespitzt, mit gewölbten Zehen.

9. Behaarung. Am ganzen Kopfe, den Ohren, an den Pfoten, wie an der Aussen- und Innenseite der Vorder- und Hinterbeine kurz, weich und dicht, am ganzen übrigen Körper reich und lang. Das Eigenthümliche des Spitzhaares besteht darin, dass es namentlich am Halse und an den Schultern, ringsum locker und gerade vom Körper absteht, ohne gewellt oder zottig zu erscheinen, und dass

es sich auf dem Rücken nicht scheitelt. Die grösste Länge erreicht das Haar unter dem Halse und an der Ruthe. Die Hinterseite der Vorderläufe trägt eine stark ausgebildete, nach unten verlaufende Feder von den Ellenbogen bis zu den Fussgelenken hinunter, an den Hinterläufen reicht die Feder nur bis zu den Sprunggelenken hinab, so dass die Hinterfüsse von da bis zu den Sohlen kürzer behaart erscheinen.

10. **Farbe:** *a)* Grauer, gewöhnlicher Spitz. Einfarbig wolfsgrau, d. i. gelbgrau oder aschgrau mit schwärzlichem Anfluge der einzelnen Haarspitzen; an der Schnauze und der Umgebung der Augen, an den Läufen, dem Bauche und der Ruthe heller graugelb und weisslich gefärbt, u. zw. in ähnlicher Ausdehnung, wie die bekannten Abzeichen der Dachshunde, jedoch weit unbestimmter und farbloser. *b)* Der weisse Spitz soll rein kreideweiss erscheinen, ohne jeden gelblichen Anflug, welcher namentlich an den Ohren häufig auftritt. *c)* Die Behaarung des schwarzen Spitzes muss auch im Grunde, ebenso die Haut dunkel gefärbt sein und auf der Oberfläche als glänzendes Blauschwarz ohne alle weissen oder farbigen Abzeichen erscheinen. Bei allen drei Spitzformen müssen Nase und Nägel schwarz, die Augen dunkelbraun gefärbt sein.

11. Als **Fehler** sind bei den Spitzen zu betrachten: Zu stumpfe Schnauze und flacher Oberkopf, zu lange oder nicht völlig steif gestellte, oder gar nach vorn oder seitlich überschlagende Ohren, eine nicht dicht am Körper liegende, sondern hoch getragene oder hängende Ruthe, wellenförmige, auf dem Rücken gescheitelte Behaarung. Beim grauen Spitze sind eine auffällige schwarze Gesichtsmaske und schwarze Flecken auf den Vorderfüssen (Daumenmarken), wie überhaupt alle schwarzen und weissen Abzeichen fehlerhaft; ebenso soll der weisse, wie der schwarze Spitz durchaus einfarbig weiss, bezw. schwarz und frei von allen Abzeichen und Flecken sein. Fleischfarbene Nasen und helle Augen sind immer fehlerhaft.

Der kleine oder Zwergspitz unterscheidet sich von den Genannten nur durch geringere Grösse und feinere Bauart. Man verlangt sehr kleine, feine, stehende Ohren (Mausohren). Die Pfötchen sehr zierlich klein und behaart, die Farbe ist weiss, schwarz oder silbergrau, ohne Abzeichen, das Gewicht nicht über 3½ Kilo, Augen und Nase immer schwarz, die Nägel dunkel.

Der Seidenspitz ist ähnlich wie der Zwergspitz, hat aber sehr feines, seideglänzendes, langes Haar, das aber möglichst gerade und locker abstehen, nicht gelockt hängen soll. Man sagt, er sei aus Mischung mit dem Malteser entstanden und es spricht die Angabe, dass man die Haare an der Schnauze, den Ohren und Füssen etwas scheren müsse, um die äussere Erscheinung der echten Spitze möglichst wiederzugeben, schon dafür, dass es sich um eine Kreuzung handelt. Wenn dies der Fall ist, dann steht in Aussicht, dass diese Sorte wieder verschwindet, in der Regel an den Folgen der Inzucht zu Grunde geht.

Pintscher oder Pinscher und Terriers.

Livingstone, der fromme Missionär und grosse Naturforscher sagte einmal: „dass der liebe Gott die weissen Menschen geschaffen hat, ist unser Glaube, dass er auch die schwarzen Menschen geschaffen hat, ist mein Glaube; aber die Mischlinge sind vom Teufel.“ — Wenn man die bis in das graueste Alterthum reichenden Typen, der Windhunde, Schäfer-, Dachshunde etc. etc. betrachtet, so sind die Pintscher und Terriers zweifellos „Mischlinge“, Producte neueren Datums, wenn es auch schon in früheren Zeiten „kleine Hunde“ gegeben hat. Die

Fig. 32. Ein moderner rauhhaariger Schnauzer.

Aufgabe der Pintscher und Terriers als Ratten- und Stallhunde ist erst in verhältnissmässig neuer Zeit entstanden; was, noch vor hundert Jahren, nicht zur Jagd oder zum Schutz oder zum Hüten taugte, das war nicht geachtet, man gab um „Hündchen“, die nur als „Schosshündchen“ taugten, zwar in Einzelfällen sehr viel, wie wir in der Geschichte der Spaniels mitgetheilt haben, aber für eine Sorte, wie die Pintscher und Terriers gibt es erst seit kurzer Zeit Platz auf dieser schönen Erde. Aber einmal vorhanden, hat diese Sorte von Hunden in einer so ausserordentlichen Weise zugenommen, haben dieselben alte eingesessene, von jeher in Ehren und Ansehen stehende verdrängt, dass in dem Sinne des „energisch Lebenden", des rücksichtslos das Andere, Aeltere, Verdrängenden, der Ausspruch Livingstone's auf diese Gesellschaft angewandt werden könnte. Man denke einmal einen vornehmen Spanielhund und eine ebenso vornehme Mopshündin, die über diesen Gegenstand philosophiren, ob nicht der feine Spaniel zu seiner Gesellschafterin sagen würde: „Dass der liebe Gott die Spaniels im Paradies erschaffen hat, wissen wir Alle und gewiss, ich glaube es, nachher auch noch die Möpse, — aber diese Sorte da, die Pintscher und Terriers, die sind sicher vom Teufel, denn sehen Sie nur, verehrtes Mopsfräulein, so ein Kerl ist der reinste Hanswurst im Springen und Umschwänzeln seines Herrn — nein, so hat sich in unseren Familien noch Keiner vergeben" — ja und was erst das Mopsfräulein dazu sagen wird — wir wollen das verschweigen.

Da liegt das Geheimniss, weshalb diese Sorte von Hunden, die, neu aufgetaucht, sich so ausserordentlich rasch verbreitet, dass sie die alten, lange bestehenden, wie eine böse Pest zurückdrängten, ja fast an den Rand der Existenz brachten. Um die Richtigkeit dieser Angabe mit Beweisen zu versehen, soll an die in Deutschland abgehaltenen Ausstellungen erinnert werden, wo im Grossen und Ganzen auf ein Dutzend Spaniels und Möpse mehr als hundert Exemplare Pintscher und Terriers kommen. Freilich ist die Auswahl in dieser hier zusammengestellten Gesellschaft sehr gross, vom fast nur faustgrossen hochbeinigen, glatthaarigen und rauhhaarigen Affenpintscherchen und vom langhaarigen kurzbeinigen Skye Terrier bis herauf zum über 30 Pfund schweren Schnauzer oder dem starken Bullterrier. Da ist eine grosse Zahl von Zwischenstufen vorhanden. Es ist auch zweifellos, dass in dieser Classe Thiere verschiedener Abstammung sind, z. B. der Bullterrier steht nach Aussehen und Charakter derart zwischen Bulldogg und Mops, dass deren rassliche Zusammengehörigkeit nicht bezweifelt werden kann, dennoch gehört der Bullterrier, eben als Terrier oder Erdhund hieher, der Foxterrier hat seine Verwandtschaft sehr nahe am Foxhound, trotzdem steht er wegen seiner Eigenschaft, zur Jagd in der Erde verwendet zu werden, bei den Terriers; der Skye Terrier u. A. haben ein von diesen total verändertes Aussehen, aber ihre Eigenschaften stellen sie hieher, während anderseits der Erdhund erster Classe, der Dachshund, seine besondere Stellung behauptet hat. Pintscher und Terriers sind somit eine sehr „gemischte Gesellschaft", sie treiben Jagd auf Wesen, die dem „hirschgerechten Jäger", selbst den „Dietzel'schen Niederjagdschützen" ein Greuel wäre; ja die den sogenannten „Aasjägern" keine Versuchung zum Mitbetriebe gäbe, die, obgleich diese Jagd den vornehmen Namen der „Kammerjägerei" führt, verachtet ist und mit Ekel erfüllt, die aber trotzdem wegen ihrer hohen Nützlichkeit selbst dem zimperlichsten Gemüthe Beifall entlocken kann, wenn es den Nutzen selbst verspürt, die Jagd auf Ratten und Mäuse. Wenn wir im Hühnerhund

die jetzt angeborene Eigenschaft bewundern, die der ursprünglichen
Rasse zum Verderben gereicht haben müsste, nämlich, das aufgespürte
Wild nicht zu fangen, sondern davor stehen zu bleiben bis der Jäger
kommt, selbst wenn ihn der Hunger quält und er den Leckerbissen
mit einem Satze sicher hätte — so sehen wir bei dem „Rattler"
gerade das Gegentheil in Erscheinung treten, eine Eigenschaft, die
dem ursprünglichen „Hund" der Familie der Caniden ebenso fremd
ist, wie das „Vorstehen" — nämlich das „Auflauern". Wie eine Katze
jagt, so legt sich der Rattler eventuell stundenlang auf die Lauer
vor ein Mausloch oder einen Rattengang und wartet mit angehaltenem
Athem bis sich seine Beute zeigt, um dann auf dieselbe loszuspringen,
sie zu tödten und eventuell sofort zu verzehren — nein auch das
Letztere hat man ihm abgewöhnt, nicht etwa, dass man ihm den
Leckerbissen nicht gönnte, sondern wegen seiner Sicherheit, da die
Ratten und Mäuse nicht selten durch Gift weggeschafft werden sollen,
so könnten sie nach Aufnahme von Gift eventuell noch die Beute
eines Hundes werden und diesem schaden, oder der Hund wird die
Jagd ausüben wollen, lediglich um sich Unterhaltung und eine Mahlzeit zu verschaffen, das soll er aber nicht, sondern er soll wie das
grimmigste Thier, ein Tiger in einer Schafherde lediglich des Mordens
wegen Jagd machen und nur tödten, tödten wollen. In welcher Weise
dies gelungen ist, ergibt sich aus den Schilderungen der Rattenhatzen,
die in England abgehalten werden. Der Kampfplatz ist eine mit
Sand hergerichtete Arena, die von Planken in entsprechender Höhe
eingeschlossen ist, hinter welcher das Publicum Platz nimmt. In diese
Arena werden die Ratten gebracht und losgelassen, diese bilden
zunächst ein unerhörtes Durcheinander, sobald sie sich aber einigermassen beruhigt haben, lässt man den oder die Hunde hinein, gewöhnlich nur einen, höchstens zwei. Wood berichtet, dass er einen
Bulldoggschnauzer gekannt habe, welcher unter dem Namen „Tiny"
berühmt geworden ist; derselbe wog bloss 5½ Pfund und seine
hervorragendste Leistung war, dass er in 28 Minuten 5 Secunden
50 Ratten todtgebissen hatte, man rechnet, dass dieses Thierchen
allein mehr als 5000 Ratten tödtete. Er konnte nicht zurück-
gescheucht werden, weder durch die Zahl noch durch die Grösse
seines Wildes und freute sich am meisten, wenn er recht starken
Ratten zu Leibe konnte. Seine Jagd trieb er in einer sehr regel-
rechten und klugen Weise. Zuerst suchte er sich die kräftigsten und
stärksten Ratten aus, um so die schwierigste Arbeit zu verrichten,
während seine Kräfte noch frisch waren, dann wurde es ihm leicht,
die übrigen zu vertilgen, selbst wenn er schon etwas angegriffen von
seiner Arbeit war. In seinen jungen Jahren rannte er mit solch
ausserordentlicher Behendigkeit auf dem Sandplatze herum, dass es
hiess, man könne den Schwanz von seinem Kopfe nicht unterscheiden.

Dass bei solchen Fähigkeiten ein ausgezeichneter Körperbau und ganz hervorragende Energie vorhanden sein muss, ist zweifellos, und hiezu kommt, dass diese Thiere noch ein gutes Theil der Eigenschaft vom wohlgebildeten Schosshunde besitzen. Die Mischlinge sind vom Teufel, ja es heisst auch sogar eine Sorte, der irische Terrier, dare devils = furchtlose Teufel; dieses Teuflische an Wuth und Grausamkeit tritt aber nur auf im Dienste seines Herrn und gegen den Gegner desselben, seinem Herrn gegenüber ist er anhänglich und treu und es gibt keinen zweiten Hund, der mehr Lustigkeit zu entwickeln vermag, ja die Anpassungsfähigkeit an ihm von Natur wenig zusagende Verhältnisse ist geradezu bewundernswerth. Ich kenne Pintscher, die von alten Junggesellen oder in sehr ruhigen Familien gehalten werden und diese benehmen sich mit derselben Würde und Gemessenheit wie ihre Herren, ja einer davon hat sich am „Stammtische" seinen Platz erobert und trinkt allabendlich ein stattliches Quantum Bier, so dass er manchmal taumelnden Schrittes nach Hause wandert, während er Bier, das ihm auf den Boden gestellt wird, sehr häufig verschmäht; trotz seines etwas ausschweifenden Lebenswandels ist er gegen 14 Jahre alt, der andere aber, der von seinem Herrn sehr mässig gehalten wird, ist bald 20 Jahre alt und ist derart „Freund" geworden, dass man nur mit Besorgniss der endlichen Auflösung dieses Verhältnisses entgegen sehen kann. Unwillkürlich wird man bei Betrachtung solcher Verhältnisse an das Klagelied Göcking's erinnert:

„Jammer! meinen Freund hab ich verloren!
Meinen einzigen auf dieser Welt!
Ha! da liegt er nun mit hingestreckten Ohren,
Der mir oft noch Muth in's Herz gebellt
Und mir Trost hat zugewedelt!
Ha! da liegt mein Letztes auf der Welt!"

Einen kleinen rauhhaarigen Pintscher, der lange seines unglücklichen Herrn einziger Genosse war, habe ich gekannt, und jahrelang benahm sich das Thierchen genau so melancholisch wie sein Herr, der endlich durch Selbstmord endete. In allen diesen Verhältnissen könnte ich mir einen Hund aus der Mops- oder Spanielrasse etc. gar nicht vorstellen und darin liegt eben das Grossartige, was dieser Sorte verhältnissmässig so rasch zu grosser Verbreitung verhalf, dass sie nicht nur selbst anspruchslos, energisch, gewaltthätig, sondern sehr widerstandsfähig, hart gegen Missgeschick und trotzdem treu und anhänglich sind. Sie sind eigentlich das Gegentheil jeder Sentimentalität und so wie der Naturalist dem Romantiker entgegensteht, so steht der Pintscher und Terrier dem Spaniel und Mops entgegen. Einige von ihnen haben besondere Specialitäten, sie lieben besonders die Pferde, gehen somit als „Stallhunde", andere sind besonders auf die Ratten- und Mäusejagd vorzüglich, die Rattler, und wieder andere

gehen hauptsächlich auf junges Raubzeug jeder Art, die Foxterriers
Dabei verleugnet sich aber das Hervorstechen des Temperaments bezüglich der näheren Verwandtschaft mit den Doggen oder einer
anderen Rasse in keiner Weise. Pintscher und Terrier ist eine zu-
sammengewürfelte Gesellschaft, deren Gemeinsames aber den Hund
für „moderne Ansprüche" darstellt. — Eine genaue Nachweisung
über die Entstehung der verschiedenen Pintscher und Terrierrassen
ist zur Zeit nicht möglich, doch ist bei den nachher angegebenen
Rassezeichen für einzelne die wahrscheinliche Entstehung gegeben.
In der Zeitung „Hundesport" 1891 Nr. 12 findet sich die bestimmt
ausgesprochene Behauptung: „Der Terrier ist ein Kreuzungsproduct,
sonst nichts", ferner: „Der Terrier stammt der weissen, in Norddeutschland vorhandenen, gedrungenen, fast geradbeinigen Dachshundrasse ab, den die Engländer zum Fuchssprengen und in der Farbe
in die Meute passend gezogen hätten."

Ueber eine Leistung des Foxterriers ist in der Zeitung
„Der Hund" (1890, Nr. 11) berichtet:

In der Früh fand man Spuren, dass ein Fuchs einen Bau frisch
befahren hatte. Es wurden zwei Teckel und ein Foxterrier mit
Personal zum Einschlagen zur Stelle geschafft. Die drei Hunde fuhren
ein. Nach zwei Stunden kamen die Teckel heraus, waren nicht mehr
zum Schlüpfen zu bewegen. Nach 8 Stunden, während welcher
Zeit der Terrier den Bau nicht verliess, stiess man auf ihn.
Die Situation war folgende: Der Fuchs war in eine blinde Röhre
gefahren, in der er sich nicht wenden konnte, hinter ihm lag der
Terrier, der ihn jämmerlich eingeschnitten hatte.

Ferner ist vom Foxterrier angegeben:

„Die Leistung der „Foxterriers", die ich gesehen, haben
mich in jeder Beziehung entzückt, dieselben schliefen ganz vorzüglich
und brachten den Fuchs viel rascher zum Springen, als ich es bis
jetzt von meinem Teckel gesehen habe."

Fehler des Foxterriers ist, dass er im Bau abwürgt, und
wenn er dies beim Dachs dann auch versucht, geschlagen wird, deshalb mit solchen lieber nicht züchten.

Dass aber Foxterriers alte Füchse abwürgen und zu Tage
bringen, ist kaum glaubbar, junge, Nestfüchse, auch halbgewachsene, ja.

Freunde des Dachshundes in Deutschland sagen allerdings, der
Foxterrier sei zur Jagd absolut überflüssig; dem entgegen brachte ein
Herr Rhan, unter Einsendung eines Fuchsschädels an die Redaction,
im „Hundesport" die Mittheilung, dass seine zwei Foxterriers den Fuchs
im Baue todtgebissen und nach 15 Minuten aus dem Baue herausge-
schleppt hatten, der Fuchsschädel war am Kiefer gebrochen und die
Schädeldecke mehrmals durchbissen. — Hiezu ist angegeben, dass
Dächsel, die das können, sehr rar seien, dass ferner Füchse vor dem
Terrier früher springen, dass der Terrier überhaupt durch „Schneid"

23*

vor dem Dächsel ausgezeichnet sei. — In der Zeitschrift „Der Hund"
(1889, Nr. 64) findet sich die Angabe, dass Herrn Max Hartenstein
für eine Foxterrierhündin vergeblich 3000 Mark geboten wurden; sonst,
ohne dass besonders hervorzuhebende Eigenschaften bestehen, handelt
es sich in der Regel bei dieser Sorte von Hunden um Preise bis zu
höchstens 500 Mark.

Noch eine Mittheilung wollen wir nicht zurückhalten: „Ihre
Majestät die Königin von England hat über die Bewegung zur Ab-
schaffung der Rabbit Coursings (Kaninchenhetzen mit Foxterriers) das
Protectorat übernommen."

Ueber den Bullterrier ist angegeben, dass er viele vorzügliche
Eigenschaften besitze und eigentlich der Gladiator unter den Hunden
sei, ein Raufbold und Beisser erster Classe, mit grosser Kraft, starkem
Nacken und scharfem Gebiss; er ist sehr dressurfähig, hat grossen
Appell, so dass ihn ein Pfiff, auch wenn er im Affect ist, jederzeit
zurückruft; als Katzenfeind ist er grimmig, doch lernt er bald, sich
mit ihnen vertragen, wenn es befohlen wird. Im Hause ist er wachsam, doch kein Kläffer, im Freien voll Feuer und Leben; mit
Leichtigkeit nimmt er Stacketen von 1¼ Meter Höhe, seine Wuth
auf Ratten macht ihn zum Wasserthier und Schwimmmeister, obwohl
er sonst das Wasser scheut. Im Hofe und als Kettenhund ist er sehr
scharf, Familienanschluss ist ihm Herzensbedürfniss, Kindern ist er
sehr zutraulich und freundlich, gegen rauhe Behandlung ist er sehr
empfindlich.

Ueber den Pinschertypus im Allgemeinen ist gesagt: Der
jetzt verlangte Pinschertypus ist mehr leicht, graziös und spitz-
köpfig, während die frühere Form, die nicht nur als Rattler, sondern
namentlich auch als Wächterhund Verwendung fand, mehr stämmig
und starkknochig war. In Süddeutschland findet man eine sehr stramme
Rattlersorte, mit rauhem Haare, starker Halskrause und ziemlich
kleinem, spitzen Kopfe. Der ernste, entschlossene Gesichtsausdruck,
durch die überhängenden Augenbrauen und dem starken Schnauzbart,
mit den klaren Augen, erhöht die Vortheilhaftigkeit der Figur. Vielfach hat diese Sorte eine sehr charakteristische Färbung: Schwarz-
graue Schabrake, röthliche Schenkel und gelb am Kopfe, Kehle,
Unterbrust, Bauch und den Läufen.

Ueber die weisse Bullterrierzucht und deren Schwierigkeit
ist angegeben, dass in einem Wurf von 8 Jungen stets einige fehlerhafte seien, die schwarze oder gelbe Flecken besitzen, ja, wenn sich
in der grossen Zahl nur zwei tadellose fänden, sei es schon gut. Dem
weissen Bullterrier gehört eine schwarze Nase, aber alle Bullterriers
kommen mit rother Nase zur Welt, erst nach 8 bis 14 Tagen entstehen blaue oder gelbbräunliche Flecken und allmälig wird die
Nase tiefschwarz; gelbbräunliche Flecken geben bräunliche Nasen.
Ferner angehende Schwarznasen haben nach dem Oeffnen der Augen

dunkelblaue Iris, die späteren Roth- und Weissnasen aber hellblaue, ab und zu finden sich Birkaugen; bis die Nase schwarz wird, dauert es 2¹/₂ bis 5 Monate. Schwarzgeränderte Augen gehören nicht her, aber sie werden übersehen, auch diese entwickeln sich in der Regel erst später. Oft entwickelt sich unter den weissen Terriers Taubheit; erst nachdem die Hunde circa zwei bis drei Monate alt sind, kann man Versuche machen mit Tellerklappern oder Geräuschen, die mit der Fütterung zusammenhängen, um die Gehörfähigkeit festzustellen.

Der rauhhaarige deutsche Pinscher.

1. **Allgemeine Erscheinung.** Gewicht 5 bis 10 kg und etwas darüber. Leicht, jedoch sehnig und ˈelastisch gebaut, etwas langgestreckt, ohne kurzläufig zu erscheinen. Haltung aufmerksam und frei, Kopf und Hals mehr in schräger Richtung vorwärts gestreckt als aufrecht, Ruthe meist schräg aufwärts getragen. Diese Hunde sind meist von lebhaftem Wesen, beständig wachsam, ohne unnützen Lärm zu machen, sehr intelligent und muthig, ohne dabei zänkisch oder besonders rauflustig zu sein, von grosser Anhänglichkeit an ihren Herrn, von unübertroffener Ausdauer, und zeigen eine besondere Vorliebe für Pferde. Sie sind auch gewöhnlich gewandte Ratten- und Mäusefänger und daher als Stallhunde beliebt.

2. **Kopf.** Nicht zu schwer, in durchaus richtigem Verhältniss zum übrigen Körper des Hundes stehend, kräftig und etwas langgestreckt. Der Oberkopf, von oben gesehen, nach den Augen hin nur wenig verschmälernd, die Schnauze, von oben gesehen, nach der Nase hin sich leicht verjüngend und weder spitz noch doggenartig breit erscheinend. Der flache Absatz vor der Stirn erscheint, von der Seite gesehen, infolge des aufgerichteten Haares an der Vorderstirn meist viel auffälliger, als er thatsächlich ist. Schnauzentheil stark, kräftiger Unterkiefer, die Backenmuskeln gut entwickelt, doch nicht auffällig vorspringend. Schnauze im Profil schräg abgestumpft, Gebiss gut schliessend, mit starken Fangzähnen. Nasenrücken völlig gerade, Nasenkuppe schwarz und nicht zu gross.

3. **Ohren.** Ziemlich hoch angesetzt, nicht zu weit auseinander, in natürlichem Zustande meist als kurzer dreieckiger Behang halb aufgerichtet getragen und daher am besten in der Jugend spitz gestutzt.

4. **Augen.** Klein, länglich, sehr lebhaft und ausdrucksvoll, von dunkelbrauner Färbung; stark entwickelte, buschige oder stachelige Augenbrauen.

5. **Hals.** Mittellang, kräftig, im Nacken gewölbt, ohne Erweiterung der Kehlhaut.

6. **Rumpf.** Brust kräftig, jedoch nicht breit, Rippenkorb vorne tief hinabreichend, nur schwach gewölbt und eher seitlich zusammen-

gedrückt als tonnenförmig. Bauch nur wenig aufgezogen. Rücken mässig gewölbt.

7. Ruthe. Im natürlichen Zustande kaum bis zu den Sprunggelenken reichend und schräg aufwärts mit schwach säbelförmiger Biegung getragen. Wird meist in der Jugend kurz gestutzt, ist jedoch auch ungestutzt zulässig, wenn ihre Form und Haltung gut ist.

8. Läufe und Pfoten. Schultern schräg gestellt, flach bemuskelt, wie auch die Keulen der Hinterläufe. Vorderläufe von allen Seiten völlig gerade, die Hinterläufe im Unterschenkel nur wenig schräg gestellt, Pfoten klein, rundlich, Zehen gewölbt.

9. Behaarung. 'So hart, straff und dicht als möglich, keineswegs lang oder zottig und am ganzen Körper gleichmässig, namentlich am Oberkopfe nicht weicher, an der Schnauze kurzen Schnurr- und Knebelbart, über den Augen buschige oder stachelige Brauen bildend. Ohren kurz und weicher behaart, Ruthe mit unregelmässig gedrehter, schwacher Bürste. Die Läufe bis zu den Zehen hinunter, vorzugsweise an der Hinterseite rauh, Pfoten kurz und dicht behaart

10. Farbe. Rostgelb oder graugelb, möglichst einfärbig, Kopf, Füsse und Unterseite des Rumpfes meist heller gefärbt, ferner schwärzlich, eisengrau oder silbergrau, möglichst einfärbig oder auch mit gelbbraunen oder blassgelben Abzeichen an den Augen, der Schnauze und den Läufen, wie beim Dachshunde. Auch einfärbig flachsblond oder trüb grauweiss, aber nicht mit schwarzen Flecken; ebenso einfärbig schwarz. Nägel dunkel.

11. Fehlerhaft sind: Plumpe, schwerfällige Bauart, zu schwerer, runder Kopf, doggenartig stumpfe, zu spitze oder zu kurze und zu schwache Schnauze, Doppelnase, zu langer oder zu kurzer Ober- und Unterkiefer, auffällig breite Brust, weit gespreizte oder gebogene Vorderläufe, geringelte oder stark gekrümmte Ruthe und seitlich abstehende Ohren. Ferner jede zu weiche, zu lange, gewellte, gerollte, zottige oder glatt anliegende Behaarung und das einfärbige Weiss.

Es ist sehr zu bedauern, dass man für den deutschen glatthaarigen Pinscher noch keine Rassezeichen aufgestellt hat. Dieselben sind in grosser Zahl in Süddeutschland vorhanden und es gibt ganz typische Exemplare in verschiedener Grösse. Die kleinste Sorte von Hunden, die ich je gesehen, gehören hieher.

Deutscher rauhhaariger Zwergpinscher.

Diese Rasse soll mit Ausnahme der Grössenverhältnisse, namentlich aber hinsichtlich der Kopfbildung und der Behaarung (auch des Oberkopfes) dem grossen rauhhaarigen Pinscher gleichen und ge-

wissermassen nur die Verkleinerung desselben sein. Gewicht nicht
über 3·5 kg.

Der Affenpinscher.

Es existirt von der Zwergform des rauhhaarigen Pinschers
eine ziemlich grosse Anzahl unter der Bezeichnung „Affenpinscher", welche zwar bisher nicht streng rassig gezüchtet
wurden, jedoch eine alte und im Volke sehr beliebte und bekannte
Form sind.

Diese Hunde haben hochgewölbte Oberköpfe, kurze Schnauzen
und grosse, runde, vorspringende Augen, welche mit verlängerten
Haaren kranzförmig umgeben sind, wodurch das Gesicht eher an das
einer Eule oder eines Affen, als an das eines Hundes erinnert. Die
Behaarung ist weicher und verhältnissmässig länger als beim grossen
rauhhaarigen Pinscher, jedenfalls im Gesicht.

Der Name „Affenpinscher" ist kein wissenschaftlicher, aber ein
volksthümlicher und sehr bezeichnender.

Rasse-Kennzeichen der Affenpinscher.

(Aufgestellt v. deutsch. A.-P.-Club.)

1. **Gesammterscheinung.** Kleiner, lebhafter, schneidiger Hund,
dessen Behaarung Widerstandsfähigkeit andeutet, wachsam, scharf
auf Ratten und Mäuse, von grosser Ausdauer.

2. **Kopf.** Gross, Oberschädel gewölbt, Schnauze im Verhältniss zum Oberschädel klein und kurz, Stirnabsatz scharf ausgeprägt,
Gebiss kräftig, Unterkiefer etwas vorstehend, ohne die Zähne zu
zeigen. Behaarung am Kopfe reichlich, unregelmässig zerzaust,
buschige Augenbrauen, Schnauzbart.

3. **Ohren.** Kurz und reich behaart, weit auseinander und aufrecht stehend getragen, stets coupirt.

4. **Augen.** Gross, feurig, dunkel, mit lebhaftem Ausdruck.

5. **Nase.** Immer schwarz, kurz, von Haaren umgeben, die bis
an die Augen reichen und einen Kranz um das Auge bilden.

6. **Hals.** Mittellang, gewölbt.

7. **Rumpf.** Brust weder zu schmal, noch zu breit; Rücken gerade, Bauch mässig aufgezogen.

8. **Läufe.** Gerade, mässig lang, Füsse klein, Zehen gewölbt,
Knochen verhältnissmässig kräftig.

9. **Ruthe.** Schräg aufwärts und flott getragen, stets zu zwei
Drittel coupirt.

10. **Behaarung.** Hart, trocken, ohne Glanz, nicht zu kurz,
reichlich, dichte, krause Unterwolle.

11. **Farbe.** Schwarzgrau, blaugraun, rothgelb, gelb, schwarzgelb, hellgrau, braun.

Die Reihenfolge bezeichnet die Beliebtheit der verschiedenen Farben.

12. Grösse. Da die Affenpinscher in typischen Exemplaren im Gewicht von $1^{1}/_{2}$ bis 4 kg vorkommen, so wird angenommen, dass dieselben in 2 Classen, nämlich:

    1. $2^{1}/_{2}$ bis 4 kg: Affenpinscher,
    2. $1^{1}/_{2}$ bis $2^{1}/_{2}$ kg: Zwerg-Affenpinscher

einzutheilen sind.

Werthscala:

1. Härte, Behaarung 15
2. Schädel (gewölbt, stark behaart) 12
3. Augen 5
4. Nase, Schnauze 5
5. Farbe 5
6. Läufe und Körper 3
7. Gewicht 3
                                 50

Fehler:

Breite Brust, gewölbter Rücken, zu lange Schnauze, sichtbares Gebiss, helle Augen oder Nase, zu weiche oder glatte Behaarung, flacher oder zu glatt behaarter Schädel, auffällig weisse Abzeichen.

Der Bullterrier.

1. Allgemeine Erscheinung. Ein ebenmässig gebauter Hund, eine Verkörperung von Behendigkeit, Anmuth, Eleganz und Entschlossenheit.

2. Kopf. Lang, Oberkopf flach, zwischen den Ohren breit und gegen die Nase hin sich allmälig verschmälernd, die Kaumuskeln nicht auffällig vorspringend. Die Stirnfläche geht durch eine flache Vertiefung in die Schnauze über, zwischen den Augen befindet sich keine ausgesprochene Stirnfurche. Die Kinnbacken sind lang und sehr kräftig, die Nase ist gross und schwarz, die Nasenlöcher weit geöffnet. Die Lippen so knapp als möglich anliegend, keine Falte am Lippenwinkel bildend. Die Zähne regelmässig geformt und genau aufeinander passend. Jede Abweichung hiervon, wie ein vorstehender Unterkiefer oder andere Missbildungen, ist sehr fehlerhaft.

3. Augen. Klein und tiefschwarz, mandelförmige werden bevorzugt.

4. Ohren. Für Ausstellungen werden dieselben stets gestutzt, und es muss dies von kundiger Hand, der jeweiligen Mode entsprechend, geschehen.

5. Hals. Lang und leicht gewölbt, schön an die Schultern angesetzt, gegen den Kopf zu sich verjüngend und ohne lose Haut schlank in denselben übergehend.

6. **Schultern.** Kräftig, musculös und schräg gestellt.

7. **Rumpf.** Die Brust tief und breit, die Brustrippen gut gerundet. Der Rücken kurz und musculös, doch nicht ausser Verhältniss zu den übrigen Formen des Thieres.

8. **Ruthe.** Kurz, im Verhältniss zur Grösse des Hundes, sehr tief angesetzt, dick am Ansatz und in eine feine Spitze auslaufend. Sie wird in einem Winkel von 45 Grad ohne Krümmung aufwärts, nie über dem Rücken getragen.

9. **Läufe und Pfoten.** Die Vorderläufe vollkommen gerade, mit gut entwickelter Musculatur und sehr stark in den Fusswurzelgelenken. Die Ellenbogen nicht nach aussen gedreht, sondern in derselben Fläche mit dem Schulter- oder Buggelenke liegend. Die Hinterläufe lang und in richtigem Verhältnisse zu den vorderen stehend, gut bemuskelt, mit starken, geraden, gut niedergelassenen Sprunggelenken. Die Pfoten gleichen mehr Katzen- als Hasenpfoten.

10. **Farbe.** Weiss.

11. **Behaarung.** Kurz und steif im Gefühl, mit feinem Glanz.

12. **Gewicht.** Von 7 bis 22 kg.

Der Black and tan-Terrier.

1. **Kopf.** Oberkopf schmal, fast ganz flach, mit schwacher Stirnfurche, leicht keilförmig geformt, nach der Nase zu sich verjüngend, mit gerader Schnauze, straff anliegender Haut, ohne sichtbare Kaumuskeln, unterhalb der Augen gut ausgefüllt, die Lippen knapp an den Kiefern anliegend, Nase vollkommen schwarz.

2. **Augen.** Klein, glänzend, funkelnd, mässig nahe beisammenstehend, so dunkel als möglich, von länglicher Form, an den Aussenseiten schräg aufwärts gerichtet, weder zu tief im Schädel liegend, noch vorstehend.

3. **Ohren.** Das kleine dünne Knopfohr. Die Behänge sind schmal am Ansatz und möglichst nahe bei einander an den höchsten Stellen des Oberkopfes angesetzt.

4. **Hals und Schultern.** Der Hals schlank und anmuthig gegen die Schultern sich allmälig verstärkend und gänzlich frei von Wamme, vom Genick ab leicht gewölbt; die Schultern schräg gestellt.

5. **Brust.** Zwischen den Läufen schmal und im Brustkorb tief.

6. **Rumpf.** Kurz, mit kräftiger Lendengegend. Die Rippen hinter den Schultern gut gerundet, der Rücken gegen die Lenden leicht gewölbt und gegen den Ruthenansatz wieder zu derselben Höhe wie an den Schultern abfallend.

7. **Ruthe.** Ziemlich kurz und am Ende der Wölbung des Rückens angesetzt, dick an der Verbindung mit dem Rumpfe und in schöner Linie in einer Spitze auslaufend, nicht über die Höhe der Lenden erhoben getragen.

8. **Läufe und Pfoten.** Die Läufe vollkommen gerade und gut unter den Leib gestellt, kräftig und von angemessener Länge, die Pfoten compact, die Zehen gespalten und gut gewölbt, mit kohlschwarzen Nägeln, die beiden Mittelzehen etwas länger als die übrigen, die Hinterpfoten wie die einer Katze geformt.

9. **Behaarung.** Dicht, kurz und glänzend, nicht weich.

10. **Farbe.** Das Schwarz und Lohfarben (tan) so bestimmt wie möglich, letzteres von kräftiger Mahagonifarbe. Ein ebensolcher Fleck über jedem Auge, ein weiterer an jeder Wange, der letztere so klein wie möglich, die Lippen des Ober- und Unterkiefers an den Rändern leicht ebenso gezeichnet, die nämliche Färbung am Unterkiefer bis zur Kehle herab und an letzterer in der Form des Buchstabens **V** nach unten verlaufend; die Innenseite der Ohren theilweise lohfarben, die Vorderläufe ebenso bis zu den Fusswurzelgelenken mit je einem schwarzen Fleckchen auf den Vorderseiten der Fusswurzeln; auf jeder Zehe ein deutliches, wie mit einem Pinsel aufgetragenes schwarzes Abzeichen. Die lohfarbene Zeichnung setzt sich an den Hinterläufen von den schwarzen Pinselstrichen an den Zehen auf der Innenseite nach oben fort bis kurz unterhalb der Kniescheiben, während die Aussenseiten der Läufe vollkommen schwarz sind. Auch an der unteren Seite der Ruthe und am After befinden sich lohfarbene Abzeichen, die jedoch nicht grösser sind, als dass sie mit der Ruthe bedeckt werden können. Jedenfalls muss die Lohfarbe scharf vom Schwarz abgegrenzt sein.

11. **Grösse.** Ein Zwergterrier darf 3, ein Hund mittlerer Grösse 6·5 und ein grosser 10 kg Gewicht nicht überschreiten. Specialclub für Black and tan-, Bull- & Toy-Terriers im Entstehen.

Der weisse englische Terrier.

Die Rassekennzeichen des weissen englischen Terriers stimmen mit denen des Black and tan-Terriers überein mit Ausnahme der Farbe, welche rein weiss ohne jedes Abzeichen ist. Gewicht 6·5 bis 10 kg. Werden die Ohren gestutzt, so hat das ganz in derselben Weise wie beim Bullterrier zu geschehen, besser jedoch ist das natürliche kleine, dünne Knopfohr. Die Behänge sind am Ansatze schmal und möglichst nahe aneinander an den höchsten Stellen des Oberkopfes angesetzt.

Rassezeichen des Black and tan-Terriers.

1. **Allgemeine Erscheinung.** Dieser Hund ist eine Verkörperung von Grazie und Lebendigkeit.

2. **Augen.** Klein, glänzend und funkelnd, tiefschwarz, länglich, weder hervorstehend noch zurücktretend.

3. **Nase.** Vollkommen schwarz.

4. Ohren. Entweder Rosen-, Knopf- oder Tulpenohr. Ersteres liegt nach rückwärts und lässt das Innere desselben frei, das zweite, welches beliebter ist, klappt über und das dritte steht aufrecht.

5. Kopf. Schmal, flach, lang, hübsch geschnitten, mit eng anliegender Haut, Schnauze gerade, Backenmuskeln nicht hervortretend wie bei der Bulldogge. Kopf leicht keilförmig gestaltet, nach der Nase zu schmäler werdend. Lippen straff.

6. Hals. Schlank, graziös, allmälig nach den Schultern zu breiter werdend, ohne jede Wammenbildung. Schultern hübsch schräg abwärts gehend.

7. Brust. Schmal zwischen den Läufen, tief im Brustbein.

8. Körper. Kurz, mit kräftiger Nierenpartie, gut gerippt, nicht aufgezogen wie beim Windhunde.

9. Läufe. Vollkommen gerade und gut unter den Körper gestellt, stark, von angemessener Länge.

10. Füsse. Mässig lang, compact, mit gewölbten Zehen, deren Nägel tiefschwarz sind.

11. Ruthe. Mittelmässig kurz, im richtigen Verhältniss zur Grösse des Hundes, dünn, horizontal getragen; jede Neigung zum Ringeln oder sich über den Rücken legen ist streng zu verwerfen.

12. Haar. Dicht, kurz, glänzend rein, nicht weich.

13. Farbe. Schwarz und lohfarben, so ausgeprägt und lebhaft wie möglich. Ein glänzend mahagonifarbener Fleck über jedem Auge und ebenfalls an jeder Backe. Die Lippen des Ober- und Unterkiefers sind lohfarben; diese Färbung erstreckt sich unter dem Kiefer bis zur Kehle, auch das Innere des Ohres hat dieselbe Farbe. Die Vorderläufe sind lohfarben bis zu den Knien, ausserdem soll jede Zehe einen deutlichen schwarzen, nach oben laufenden Streifen (plecil mark) aufweisen, sowie die äussere Seite über dem Fusse einen schwarzen Fleck (thumb mark). Lohfarben findet sich in den hinteren Seiten der Hinterläufe und der unteren der Ruthe, auch um den After herum, aber so wenig, dass es von der Ruthe bedeckt wird. Auf jeden Fall müssen sich das Schwarze und Lohfarbene deutlich voneinander abheben.

14. Gewicht. Beim Toy nicht über 3 kg, bei einem Hunde mittleren Schlages nicht über 6 kg, bei einem schweren Schlages nicht über 10 kg.

Schwarze und rothe (black and tan) Terriers,

auch Manchesterterriers.

Hohe Eleganz. Ursprünglich plump, lang- und kurzhaarig. Auf geistige Fähigkeiten gezüchtet. Ziemlich schneidig, aber Jagdhund. Zart, schönes Haar, das Schutz gegen Nässe und Kälte gibt.

Begleit- und Haushund. Warm halten, einhüllen, soll er glatt sein. Oft Hautkrankheiten, verlieren die Haare.

Früher allgemein coupirter Behang, jetzt seltener, aber dadurch haben viele spitze, schlechte Behänge, die durch Conjunctur schöner werden, schwarz-rothe Farbe, lebhaft, angenehm.

Roth beide Seiten des Oberkiefers, Unterkiefers und Kehle, rother Fleck auf jeder Backe, über jedem Auge, im Innern des Behanges roth und an jeder Brustseite.

Füsse und Läufe roth bis zum Knie, schwarze Striche über jede Zehe, schwarze Flecke an jedem Lauf über die Füsse. Inneres der Hinterläufe roth, aber nicht auch aussen (wohl heisst er behaart). Unter der Ruthe, am After etwas roth, aber beim Niederdruck die Ruthe bedeckt.

A. Rassezeichen des glatthaarigen Foxterriers.

(Vom Club gleichen Namens festgestellt.)

1. **Kopf.** Schädel flach und ziemlich schmal, sich allmälig gegen die Augen zu verjüngend. Der Einbug zwischen den Augen darf nicht stark hervortreten, aber im Profil ist der Absatz zwischen Stirn und Oberkiefer stärker als beim Windhunde. Backen nicht voll. Ohren in der Form eines V, klein, von mässiger Dicke, flach an den Backen nach vorwärts hängend, nicht an der Seite des Kopfes wie beim Fuchshunde. Kinnbacken stark, musculös, mit kräftigem Gebiss versehen, sie dürfen aber nicht dem Windhunde oder modernen englischen Terrier gleichen. Unter den Augen keine grosse Einsenkung, aber nicht in gerader Neigung keilförmig auslaufend. Nase, gegen welche sich die Schnauze allmälig verjüngt, schwarz. Augen dunkel gefärbt, klein und ziemlich tiefliegend, voll von Feuer, Leben und Intelligenz, möglichst rund. Zähne möglichst gleichmässig, d. h. die oberen genau auf der Aussenseite der unteren sitzend.

2. **Hals.** Trocken und musculös ohne Wammenbildung, von guter Länge, sich allmälig nach den Schultern erweiternd.

3. **Schultern.** Lang, schräg und gut zurückliegend, schön angesetzt und deutlich im Widerrist geschnitten. Brust tief und nicht breit.

4. **Rücken.** Kurz, gerade, stark, ohne eine Spur von Schlaffheit.

5. **Nierenpartie.** Kräftig entwickelt und ganz leicht gewölbt.

6. **Vorderrippen.** Mässig gebogen, die hinteren tief. Der Hund soll gut aufgerippt sein.

7. **Hintertheil.** Stark musculös, nicht eingefallen oder zu-
sammengesunken. Schenkel lang und mächtig. Sprunggelenke weit
unten, der Hund steht gut auf ihnen wie ein Fuchshund.

8. **Ruthe.** Ein wenig hoch angesetzt, lustig getragen, aber nicht
über dem Rücken, oder geringelt. Ziemlich stark, jedoch jede Aehnlichkeit mit einem „Pfeifenstopfer" durchaus zu verwerfen.

9. **Läufe.** Gerade, von welcher Richtung man sie auch betrachten mag; vorne wenig oder gar keine Fussknöchel zeigend,
starkknochig, kurz und gerade in den Fesseln. Vorder- wie Hinterläufe gerade nach vorne gesetzt, Sprunggelenke nicht nach auswärts
gedreht. Ellenbogen senkrecht zum Körper stehend und sich frei
von den Seiten bewegend. Füsse rund, compact und nicht gross.
Sohlen hart und fest. Zehen ein wenig gewölbt, weder nach innen,
noch nach aussen gedreht.

10. **Haar.** Glatt, straff, hart, dicht und reichlich. Bauch und
Unterseite dürfen nicht kahl sein.

11. **Farbe.** Weiss sollte vorherrschen, gesprenkelte, rothe
oder lederfarbene Abzeichen sind zu verwerfen. Uebrigens ist dieser
Punkt von geringer oder gar keiner Bedeutung.

12. **Symmetrie, Grösse und Charakter.** Der Hund muss
im Allgemeinen eine muntere, lebhafte bewegliche Erscheinung
aufweisen.

Knochenbau und Kraft sind wesentliche Erfordernisse, aber
ein Foxterrier darf nicht massiv oder plump sein. Schnelligkeit und
Ausdauer sind ebenso nöthig wie Kraft, und die Symmetrie des
Fuchshundes kann hiefür als Muster dienen. Beide dürfen auf keinen
Fall hochläufig sein, aber auch nicht zu kurz auf den Läufen. Er
muss ein gutes Stück Boden bedecken, doch kurz im Rücken sein.
Er wird dann den höchsten Grad von Schnelligkeit und Kraft erreichen, welcher mit der Länge seines Körpers vereinbar ist. —
Das Gewicht ist kein sicheres Kriterium für die jagdliche Tauglich-
keit eines Foxterriers; Gestalt, Grösse und Körperbau sind die
hauptsächlichsten Punkte, und wenn ein Hund galoppiren, stehen
und den Fuchs in einer Röhre verfolgen kann, so kommt es auf ein
Pfund mehr oder weniger nicht an. Auf Ausstellungen kann man
circa 9 kg als das höchste zulässige Gewicht annehmen.

B. Der drahthaarige Foxterrier.

Diese Varietät gleicht der glatthaarigen in jeder Beziehung,
abgesehen vom Haar, welches rauh ist. Je harscher und drahtiger
das Gewebe ist, desto besser. Auf keinen Fall darf der Hund wollig
aussehen oder sich so anfühlen, auch befindet sich kein seidenartiges
Haar am Hinterkopf oder sonstwo. Das Haar soll nicht zu lang
sein, so dass der Hund ein zottiges Aussehen bekommt. Er muss
einen ausgesprochenen Unterschied von der glatthaarigen Art zeigen.

	Points	Revidirte Points
Allgemeine Erscheinung		15
Kopf und Ohren	15	15
Hals	5	5
Schultern und Brust	15	15
Rücken und Nierenpartie	10	10
Hintertheil	5⎫	
Ruthe	5⎭	10
Läufe und Füsse	20	15
Haar	10	15
Symmetrie, Grösse und Charakter	15	
	100	100

Disqualificirende Points. Weisse, kirschrothe oder in hohem Grade mit einer dieser Farben gefleckte Nase. Aufrechtstehende Tulpen- oder Rosenohren. Sehr hervorstehende Ober- oder Unterkiefer.

Der irische Terrier.

1. **Allgemeine Erscheinung.** Der irische Terrier muss ein lebhaftes, geschmeidiges und drahtiges Aussehen zeigen, auch muss er kräftig und dabei leicht gebaut sein, da Schnelligkeit und Kraft bei ihm sehr nöthige Eigenschaften sind. Er darf weder plump, noch gedrungen aussehen, sondern muss den Eindruck eines schnellen Thieres hervorrufen und schöne gefällige Aussenlinien aufweisen. Sehr beherzte Hunde sind gewöhnlich mürrisch oder bissig. Der irische Terrier als Rasse bildet eine Ausnahme hievon, denn er ist bemerkenswerth gutmüthig, namentlich gegen Menschen, doch muss zugegeben werden, dass er die Annäherung fremder Hunde leicht übel nimmt. Es liegt in dem irischen Terrier ein verachtender rücksichtsloser Muth, der charakteristisch für ihn ist, und welcher zusammen mit dem ungestümen, für alle Folgen blinden Anprall, mit dem er auf seinen Gegner loszustürzen pflegt, der Rasse den stolzen Beinamen der furchtlosen Teufel (*dare devils*) eingetragen hat. Sind diese Hunde im Gehorsam, so zeichnen sie sich durch ruhiges, zu Liebkosungen aufforderndes Wesen aus, und wenn man sie zärtlich und schüchtern den Kopf in die Hand ihres Herrn drängen sieht, so kann man sich schwer vorstellen, dass sie bei Gelegenheit den Muth des Löwen zu zeigen und bis zum letzten Athemzuge zu kämpfen im Stande sind. Sie entwickeln ihrem Herrn gegenüber ganz ausserordentliche Ergebenheit und sind dafür bekannt, dass sie seinen Spuren auf nahezu unglaubliche Entfernung zu folgen vermögen.

2. **Kopf.** Lang, der Oberkopf ziemlich schmal zwischen den Ohren, nach den Augen hin sich leicht verjüngend, die Haut ohne

Falten, Absatz vor der Stirn ausser von der Seite kaum wahrnehmbar. Die Schnauze stark und musculös, nicht zu voll in den Wangen, kräftig und lang, jedoch keineswegs so fein wie beim weissen englischen Terrier. Ein leichter Einbug unterhalb der Augen lässt den Kopf weniger windhundartig erschienen. Die Behaarung des Gesichtes ist dieselbe wie die des übrigen Körpers, etwa 6 mm lang und dem Aussehen nach fast glatt und schlicht. Ein leichter Bart ist das einzige längere Haar, welches gestattet und der Rasse übrigens eigenthümlich ist; es ist hier jedoch nur lang im Vergleich mit der übrigen Behaarung. Die Zähne sind stark und passen genau aufeinander. Die Lippen liegen nicht so knapp an wie beim Bullterrier, schliessen jedoch gut und lassen durch die Behaarung hindurch ihre schwarze Einfassung erkennen. Die Nase ist immer schwarz.

3. Augen. Dunkel nussbraun, klein, nicht hervorstehend und voll Leben, Feuer und Intelligenz.

4. Ohren. Klein und V-förmig, mässig dick, hoch angesetzt und dicht an den Wangen anliegend nach vorn getragen. Der Behang ist frei von Franse und die Behaarung desselben kürzer und gewöhnlich dunkler als die des übrigen Körpers.

5. Hals. Ziemlich lang, gegen die Schultern zu sich allmälig erweiternd, schön getragen und frei von Wamme. Gewöhnlich befindet sich an beiden Seiten des Halses eine bis an die Ohren reichende Krause, welche für sehr charakteristisch gehalten wird.

6. Schultern und Brust. Die Schultern leicht, lang und schräg in den Rücken übergehend. Die Brust tief und musculös, aber weder voll noch breit.

7. Rumpf. Nicht übermässig lang, Rücken kräftig und gerade, namentlich hinter den Schultern nicht eingesunken, die Lendengegend breit, kräftig und leicht gewölbt, die Rippen gut gebogen, eher tief als rund und sich weit nach hinten erstreckend.

8. Ruthe. Gewöhnlich gestutzt. Sie ist frei von langem Haar und wird hoch, jedoch nicht über den Rücken erhoben oder gekrümmt getragen.

9. Läufe und Pfoten. Die Pfoten kräftig, mässig rund und ziemlich klein, die Zehen gewölbt und weder nach innen noch nach aussen gedreht. Schwarze Nägel sind vorzuziehen und erwünscht. Die Läufe ziemlich lang, schön an die Schultern angesetzt, vollkommen gerade, die Knochen und Muskeln derselben ausserordentlich kräftig; die Ellenbogen arbeiten frei an den Seiten, ohne den Rumpf zu berühren, die Fusswurzeln sind gerade und kurz, kaum wahrnehmbar. Die Vorderläufe wie die Hinterläufe werden beim Laufe gerade vorwärts gesetzt, die Kniegelenke nicht auswärts gedreht. Die Läufe sind frei von Feder und die Behaarung derselben ist ebenso hart, jedoch nicht so lang wie die des übrigen Körpers.

Hinterläufe stark und musculös, gut unter den Hund gestellt, die Keulen stark, die Sprunggelenke nahe dem Boden, die Unterschenkel nicht sehr schräg gestellt.

10. Behaarung. Hart wie Draht, frei von weichem oder seidigem Haar, nicht so lang, dass es die Umrisse des Körpers verdeckt, und besonders am Hinterkopfe schlicht und flach, keine Zotteln, Locken oder Ringel bildend.

11. Farbe. Stets einheitlich. Die beste ist hellroth, dann weizenfarbig, gelb und grau. Weiss kommt mitunter an der Brust und den Pfoten vor, ist aber an den letzteren mehr zu tadeln als an der Brust, weil ein weisser Brustfleck bei allen einfarbigen Rassen öfters auftritt.

12. Gewicht. In Ausstellungsform 7·25 bis 10·75 kg, nämlich 7·25 bis 10 kg für Hündinnen und 8 bis 10·75 für Rüden. Das zweckmässigste Gewicht ist 10 kg oder etwas darunter.

13. Fehlerhaft: Rothe oder braune Nasen und geströmte Farben.

Positive Points.

Kopf, Maul, Gebiss und Augen	15
Ohren	5
Hals	10
Schultern und Brust	10
Rücken und Lenden	10
Läufe und Pfoten	5
Hintertheil und Ruthe	10
Behaarung	15
Farbe	10
Grösse	10
	100

Negative Points:

Weisse Nägel, Zehen und Pfoten	minus	10
Viel Weiss an der Brust	„	10
Gestutzte Ohren	„	5
Zu kurzer Unterkiefer oder mangelhaftes Gebiss	„	10
Zottiges, krauses oder weiches Haar	„	10
Ungleichmässige Färbung	„	5
	minus	50

Der schottische Terrier.

1. Allgemeine Erscheinung. Das Gesicht des schottischen Terriers zeigt einen scharfen, durchdringenden, lebhaften Ausdruck und der Kopf wird erhoben getragen. Wegen seiner kurzen Be-

haarung erscheint der Hund höher auf den Läufen, als er in Wirklichkeit ist, gleichzeitig aber gedrungen und im Hintertheile mit bedeutender Muskelkraft begabt. Ein schottischer Terrier kann, obgleich er im Wesentlichen ein Erdhund ist, nicht zu kräftig gebaut sein. Seine Höhe beträgt 23 bis 30 cm.

2. Kopf. Der Oberkopf ist verhältnissmässig lang, leicht gewölbt uud mit kurzem, hartem, höchstens 20 mm langem Haar bedeckt. Zwischen den Augen ist eine leichte Stirnfurche sichtbar. Die Schnauze ist sehr kräftig und verjüngt sich allmälig nach der Nase zu, welche gross und stets schwarz ist. Die Kiefer sind durchaus von gleicher Länge und die Zähne genau aufeinander passend, obgleich die Nasenkuppe die Schnauze etwas überragt, wodurch der Oberkiefer länger erscheint als der Unterkiefer.

3. Augen. Dunkel oder hellbraun, klein, glänzend, voll Feuer und etwas tiefliegend.

4. Ohren. Sehr klein, stehend oder halb aufgerichtet (die erstere Form verdient den Vorzug), niemals hängend, scharf zugespitzt, sammetartig (nicht lang) behaart, nie gestutzt und frei von jeder Franse an den Spitzen.

5. Hals. Kurz, stark und musculös, fest. an die schräg gestellten Schultern angesetzt.

6. Rumpf und Ruthe. Brust im Verhältniss zur Grösse des Hundes breit und tief, der Rumpf mässig lang (nicht von der Länge des Skye Terriers), seitlich etwas abgeflacht, gut abgerippt und hinten ausserordentlich kräftig. Ruthe etwa 80 cm lang, nie gestutzt, wird mit einer leichten Rundung keck aufwärts getragen.

7. Läufe und Pfoten. Vorder- und Hinterläufe kurz, sehr stark in den Knochen, die Vorderläufe gerade und gut unter den Leib gestellt, niemals mit den Ellenbogen auswärts, die Sprunggelenke durchgebogen, die Keulen stark bemuskelt, die Pfoten kräftig, klein und dicht mit kurzem Haar bekleidet, die Vorderpfoten sind grösser als die Hinterpfoten.

8. Behaarung. Ziemlich kurz (etwa 5 cm lang), ausserordentlich hart, drahtig und am ganzen Körper sehr dicht.

9. Farbe. Stahl- oder eisengrau, schwarz, braun oder grau geströmt, einfarbig, schwarz, sand- oder weizenfarbig. Weisse Abzeichen sind verwerflich und nur an der Brust und in ganz geringer Ausdehnung zulässig.

10. Gewicht. 6·75 bis 9 kg. Das beste Gewicht für einen Rüden ist 8, für eine Hündin 7·25 kg im Gebrauchszustande.

11. Fehlerhaft: Zu langer oder zu kurzer Unterkiefer, grosse oder helle Augen, grosse, an den Spitzen runde, oder Hängeohren (auch sehr sark behaarte Ohren sind fehlerhaft), krumme oder verbogene Läufe und auswärts gedrehte Ellenbogen, seidiges, gewelltes,

krauses oder offenes Haar. — Schottische Terriers über 9 kg Gewicht sind nicht erwünscht.

Points.

Allgemeine Erscheinung 10
Kopf . . . . 7·5
Maul . . . . 7·5
Augen 5
Ohren 5
Hals 5
Brust 5
Rumpf 15
Ruthe . . . . 2·5
Läufe und Pfoten 10
Behaarung 15
Farbe . . . . 2·5
Grösse 10
_____
100

Der Welsh Terrier oder drahthaarige englische Black and tan Terrier.

1. **Kopf.** Der Oberkopf flach und zwischen den Ohren etwas breiter als beim drahthaarigen Foxterrier. Die Schnauze kräftig, scharf geschnitten, etwas tiefer und kräftiger (dem ganzen Kopfe einen mehr männlichen Ausdruck verleihend), als gewöhnlich beim Foxterrier der Fall ist, vom Stirnabsatz zur Nasenspitze ziemlich lang, die Stirnfurche nicht zu stark ausgesprochen.

2. **Ohren.** V-förmig, klein, nicht zu dünn, ziemlich hoch angesetzt und dicht an den Wangen anliegend, nach vorn getragen.

3. **Augen.** Klein, nicht zu tief liegend, aber auch nicht vorstehend, dunkelbraun, ausdrucksvoll und ausserordentlich scharfblickend.

4. **Hals, Brust und Rumpf.** Hals mässig lang und stark, leicht gewölbt und in schöner Linie in die langen, schräggestellten und gut zurückliegenden Schultern übergehend. Die Brust sehr tief und mässig breit. Der Rücken kurz und gut aufgerippt, die Lendengegend kräftig.

5. **Ruthe.** Ziemlich hoch angesetzt, aber nicht zu hoch getragen; gestutzt.

6. **Vorderläufe und Pfoten.** Vorderläufe gerade und musculös, mit guten Knochen und geraden starken Fusswurzeln. Pfoten klein, rund und katzenartig.

7. **Hintertheil.** Kräftig, die Keulen musculös und von guter Länge, die Fusswurzeln stark in den Knochen, gut nach dem Boden und etwas steil gestellt.

8. Behaarung. Drahtig, hart, sehr dicht und reichlich.

9. Farbe. Schwarz mit lohfarben (tan), oder schwarz, grau und lohfarben, keine schwarzen Abzeichen auf den Zehen wie beim glatthaarigen Black and tan Terrier.

10. Grösse. Schulterhöhe für Rüden 38 cm, Hündinnen entsprechend niedriger. 9 kg sind ein gutes Durchschnittsgewicht für einen Rüden in Arbeitsverfassung, doch kommt es auf ein halbes Kilogramm mehr oder weniger nicht an.

Der Skye Terrier.

1. Kopf. Lang, mit sehr kräftiger Schnauze und starkem Gebiss, die Zähne genau auf einander passend. Der Oberkopf ist schmal zwischen den Ohren, verbreitert sich nach den Augen hin und vermindert sich dann gegen die Nase zu wieder allmälig. Zwischen den Augen ist wenig oder gar keine Stirnfurche sichtbar. Die Nase ist stets schwarz.

2. Augen. Dieselben stehen nahe beisammen, sind von mittlerer Grösse und von dunkler Farbe.

3. Ohren. Sie sind entweder Hänge- oder Stehohren. Die ersteren sind etwas grösser als die letzteren und werden an den Seiten des Kopfes hängend, ein klein wenig nach vorn gerichtet getragen. Das Stehohr ist völlig aufgerichtet und an der Spitze ganz wenig nach aussen gewendet.

4. Hals. Lang und kräftig, der Nacken besonders dicht behaart.

5. Rumpf. Auffallend lang im Verhältniss zur Höhe des Hundes, die Schultern breit, die Brust tief und kräftig, die Rippen erstrecken sich weit nach hinten, wodurch der Rumpf flach erscheint. Der Rücken ist hinter den Schultern etwas eingesenkt.

6. Ruthe. Sie wird bis zur Mitte nach unten, von da bis zur Spitze aufwärts gebogen, aber nicht über die Rückenhöhe erhoben getragen.

7. Läufe. Sehr kurz und musculös, je gerader, desto besser, die Pfoten klein; Afterklauen sind verwerflich.

8. Behaarung. Die Länge des Haares am Rücken beträgt 9 bis 14 cm; es ist von harter, drahtiger, wasserdichter Beschaffenheit, liegt straff und flach am Körper an, ohne sich zu ringeln oder zu kräuseln, und theilt sich nach unten gleichmässig längs des Nackens und Rückens bis zur Ruthe. Haar von richtiger Beschaffenheit scheitelt sich von selbst und bedarf der Bürste nicht, um in Ordnung zu bleiben. Am Kopfe ist es etwa 7·5 cm lang und weicher als am übrigen Körper, aber straff und nach vorne über die Augen hängend. Die Behänge sind, um das Innere der Ohren zu bedecken, mit einer reichen Feder besetzt, welche sich mit der Behaarung an

den Seiten des Kopfes vermischt. Auch an der Ruthe befindet sich eine, jedoch nicht besonders stark ausgebildete Feder.

9. Farbe. Die Farben sind sehr verschieden; die geschätztesten sind dunkel- und hellblaugrau und dunkel- und hellgrau mit guten schwarzen Abzeichen. Der Kopf, die Läufe und der Rumpf müssen möglichst gleichmässig gezeichnet sein. An den Ohren ist die Farbe des Haares beträchtlich dunkler, als an den übrigen Körpertheilen.

10. Gewicht und Grösse. Rüden 6·5 bis 8·25, Hündinnen 5·5 bis 7·25 kg. Das mittlere Gewicht ist 7·25 kg für einen Rüden und 6·5 kg für eine Hündin. Ein halbes Kilogramm weniger ist nicht zu beanstanden, wenn das Thier in allen übrigen Punkten gut ist.

Messungen:

Von Rüden im Gewicht von 8·25 kg:

Schulterhöhe	23	cm
Länge von der Nasenkuppe bis zum Hinterhauptbein	20	"
Länge vom Hinterhauptbein bis zum Ruthenansatz	56	"
Länge der Ruthe ohne Haar	23	"
Ganze Länge von der Nasenkuppe bis zur Ruthenspitze	99	"

Von Hündinnen im Gewicht von 7·25 kg:

Schulterhöhe	21·5	"
Länge von der Nasenkuppe bis zum Hinterhauptbein	17·75	"
Länge vom Hinterhauptbein bis zum Ruthenansatz	53·5	"
Länge der Ruthe ohne Haar	20	"
Ganze Länge von der Nasenkuppe bis zur Ruthenspitze	91·5	"

Points:

Kopf	15
Ohren	10
Hals	5
Rumpf	10
Ruthe	10
Läufe und Pfoten	10
Behaarung	20
Farbe	5
Höhe	15
	100

Der Clydesdale Terrier.

1. Allgemeine Erscheinung. Der Clydesdale Terrier ist ein Hund von der Grösse eines Skyes, lang und niedrig, mit verhältnissmässig grossem Kopfe und mit einer Behaarung wie Seide oder gesponnenes Glas. Er zeigt wesentlich mehr Haltung und Vor-

nehmheit, als die meisten anderen Terrierarten und hat nicht die zarte Constitution des Yorkshire Terriers oder Maltesers, welche diese lediglich zu Stubenhunden geeignet macht.

2. Kopf. Der leicht gewölbte Oberkopf ist schmal zwischen den Ohren, wird nach den Augen hin allmälig breiter und verjüngt sich von da gegen die Nase zu wiederum ein wenig. Der ganze Kopf ist mit durchaus schlichtem, langem, seidigem Haar bedeckt, das keine Neigung sich zu kräuseln oder zu wellen zeigen darf und nach vorne bis über die Nase reicht. Besonders reich ist die Behaarung an den Seiten des Kopfes, wo sie sich mit der Behaarung der Behänge vereinigt, und dies gibt dem Kopfe ein sehr grosses und umfangreiches Aussehen im Verhältniss zur Grösse des ganzen Hundes. Die Schnauze ist sehr tief und kräftig, nach der Nase zu leicht verjüngt, letztere ist immer schwarz, gross und überragt die Schnauzenspitze völlig. Die Kinnbacken kräftig, und die Zähne völlig gleichmässig gestellt.

3. Augen. Ziemlich weit auseinander liegend, gross, rund, etwas voll, aber nicht hervorstehend; sie drücken grosse Intelligenz aus und sind braun, am besten dunkelbraun.

4. Ohren. Dieselben sind bei dieser Rasse sehr wichtig. Sie sind so klein als möglich, hoch am Oberkopf angesetzt und werden vollkommen aufrecht getragen. Sie sind mit langem, seidigem Haar bedeckt, welches, zusammen mit dem an den Kinnbacken, eine herrliche Franse rings an den Seiten des Kopfes herunter bildet. Diese gut getragenen und derartig fein befransten Ohren bilden nicht nur eines der wichtigsten Schönheitszeichen dieser Rasse, sondern sie sind auch sehr schwer zu erzielen. Schlecht getragene Ohren mit dürftiger Feder sind ein schwerer Fehler beim Clydesdale Terrier.

5. Hals. Ziemlich lang, sehr musculös, gut zwischen den Schultern liegend und mit ebensolchem Haar wie der übrige Körper bedeckt.

6. Rumpf. Sehr lang, tief im Brustkorbe und gut aufgerippt, der Rücken völlig gerade und von der Lendengegend bis zur Schulter nicht eingesenkt, wie z. B. beim Dandie Dinmont Terrier.

7. Ruthe. Völlig gerade, nicht allzulang, wird fast in gleicher Höhe mit dem Rücken getragen und muss gut befedert sein.

8. Läufe und Pfoten. Die Läufe so kurz und gerade als möglich und gut unter den Leib gestellt. Läufe und Pfoten reich mit seidigem Haar bedeckt. Bei einem guten Exemplare sind die Läufe kaum zu sehen, weil sie fast ganz in Haare gehüllt sind.

9. Behaarung. Sehr lang, völlig schlicht und keine Neigung sich zu ringeln oder zu kräuseln zeigend. Das Haar ist von stark glänzender und seidiger Beschaffenheit (nicht flachsartig) und ohne jedes dichtere Unterhaar, wie es z. B. der Skye Terrier besitzt.

10. **Farbe.** Die Farben wechseln von dunkelblau bis zur hellen Rehfarbe, die erwünschtesten sind die verschiedenen Abstufungen von blau, namentlich dunkelblau, jedoch nicht dem Schwarz oder der Russfarbe sich nähernd. Die Farbe am Kopfe soll prachtvoll blaugrau mit silbernem Glanze, an den Ohren etwas dunkler sein. Der Rücken ist in den verschiedensten Abstufungen von dunkelblaugrau gefärbt, an den unteren Theilen des Körpers und an den Läufen nähert sich die Färbung des Haares der Silberfarbe. Die Ruthe ist gewöhnlich ebenso oder etwas dunkler als der Rumpf an seiner Oberfläche gefärbt.

Points:

Allgemeine Erscheinung	15
Kopf	7·5
Ohren	10
Hals	7·5
Rumpf	15
Ruthe	10
Läufe und Pfoten	5
Behaarung	20
Farbe	10
	100

Der Bedlington Terrier.

1. **Allgemeine Erscheinung.** Der Bedlington Terrier ist ein leicht gebauter, aber kräftiger Hund, der keineswegs windig aussehen darf.

2. **Kopf.** Der Oberkopf schmal, aber tief und rund, am Hinterhauptbein erhöht, mit einem seidigen, am besten silberglänzenden Haarschopfe bedeckt. Die Schnauze lang, spitz auslaufend, musculös und mit scharfem Gebiss versehen; zwischen den Augen so wenig Stirnfurche als möglich — eine von der Nasenkuppe über den Oberkopf bis zum Hinterhauptbein gedachte Linie muss ziemlich gerade verlaufen. Die Lippen knapp anliegend ohne überhängende Lefzen. Die Nase gross und vorne scharf abgesetzt. Blaue und blau- und lohfarbene Hunde haben fleischfarbene Nasen, sandfarbene Bedlington Terriers von blauen Eltern haben gewöhnlich schwarze Nasen. Die Zähne gleichmässig gestellt und genau aufeinander passend. Manche Hunde haben einen leicht vorstehenden Oberkiefer, und obgleich dies eine fehlerhafte Bildung ist, so soll ein derartiger Hund doch nicht von der Preisbewerbung ausgeschlossen werden, falls er in allen übrigen Punkten gut ist.

3. **Augen.** Klein und tiefliegend, blaue Hunde haben dunkle Augen, blau und lohfarbene Hunde ebenfalls dunkle Augen mit einem bernsteinfarbenen Ton, leber- und sandfarbene Hunde haben hellbraune

Augen; sandfarbene Bedlington Terriers von blauen Eltern haben gewöhnlich dunkle Augen.

4. Ohren. Ziemlich gross, gut nach vorn und flach an den Wangen anliegend getragen, leicht mit feinem, seidigem Haar, von der nämlichen Farbe wie der Schopf auf dem Oberkopfe, bedeckt und unten spitz verlaufend.

5. Hals, Schultern und Brust. Der Hals lang, tief angesetzt und sich gut von den flachen Schultern abhebend. Die Brust tief, aber nicht breit.

6. Rumpf. Lang und wohlgeformt, flach gerippt, der Rücken leicht gewölbt, die Rippen hoch angesetzt, das Hintertheil nicht allzu kräftig.

7. Ruthe. Am Ansatze kräftig, spitz auslaufend, säbelförmig, 24 bis 28 cm lang und an der Unterseite leicht befedert.

8. Läufe und Pfoten. Die Läufe mässig lang und nahe bei einander, gerade und rechtwinklig zum Rumpfe gestellt, die Pfoten länglich und von entsprechender Grösse.

9. Behaarung. Hart mit dichtem Unterhaar und aufgerichtet, im Gefühl wie angesengt (knusprig).

10. Farbe. Dunkelblaugrau, blaugrau und lohfarben, leberfarben, leber- und lohfarben, sandfarben und sand- und lohfarben.

11. Grösse. Höhe 38 bis 40 cm, Gewicht 11, bezw. 10 kg für Rüden, bezw. Hündinnen.

Der Dandie Dinmont Terrier.

1. Der Kopf des Dandie Dinmont Terriers ist stark und erscheint sehr gross, steht aber im richtigen Verhältniss zur Grösse des Hundes; die Musculatur, namentlich die der Kinnbacken, ist ausserordentlich entwickelt. Der Oberkopf ist breit zwischen den Ohren, verjüngt sich nach den Augen zu allmälig und misst vom inneren Augenwinkel bis zum Hinterhauptbeine etwa ebenso viel als von einem Ohre zum anderen. Die Stirn ist gut gewölbt. Der Oberkopf ist mit sehr weichem, seidigem Haar bedeckt, das sich nicht nur auf einen Büschel beschränken darf. Je heller die Färbung dieses Haares und je seidiger dasselbe ist, desto besser. Die Backen laufen mit dem Oberkopfe von den Ohren an, nach der Schnauze hin spitz zu. Diese ist kräftig und tief, etwa 7·5 cm lang oder zur Länge des Oberkopfes im Verhältniss von 3 zu 5 stehend. Sie ist mit Haaren von etwas dunklerem Farbenton als der Oberkopf bedeckt, welche von derselben Beschaffenheit sind wie die Federn an den Vorderläufen. Die Spitze der Schnauze ist gewöhnlich unbehaart, diese unbehaarte Stelle beginnt über der nackten Nasenkuppe und erstreckt sich etwa 25 mm weit aufwärts, läuft nach den Augen hin spitz aus und ist an der Nasenkuppe etwa 25 mm breit. Die

Nasenkuppe ist schwarz, ebenso das Innere des Rachens dunkelfarbig oder schwarz. Die Zähne sind stark, besonders die Hakenzähne, welche für einen so kleinen Hund von aussergewöhnlicher Grösse sind. Diese müssen genau ineinander passen, um die grösstmögliche Kraft zum Zupacken und Festhalten zu geben. Die übrigen Zähne stehen gleichmässig neben einander, allenfalls dürfen die oberen ganz leicht über die unteren übergreifen. Zu langer oder zu kurzer Unterkiefer ist verwerflich.

2. Die Augen liegen weit auseinander, sind gross, voll, rund, glänzend, grosse Entschiedenheit, Intelligenz und Würde ausdrückend, tief unten an der Stirn liegend, nach vorn gerichtet und hervorstehend, von kräftiger dunkler Nussfarbe.

3. Die Ohren sind gross, beweglich, weit auseinander und tief hinten am Kopfe angesetzt und dicht an den Wangen anliegend. Sie sind breit an ihrer Verbindungsstelle mit dem Kopfe, jedoch hier nur wenig vorspringend, und verschmälern sich fast zu einer Spitze. Der Vordertheil des Behanges hängt indes fast gerade herab, so dass die Verschmälerung hauptsächlich am hinteren Theile des Behanges stattfindet. Die Ohren sind mit dichtem, weichem, braunem, manchmal fast schwarzem Haar und mit einer etwa 5 cm vor dem Ende beginnenden Feder von hellem Haar, von ziemlich derselben Beschaffenheit und Färbung wie das den Oberkopf bedeckende, bekleidet, was den Behängen ein auffallendes Aussehen gibt. Das Thier wird oft 1 bis 2 Jahr alt, ehe diese Feder sich zeigt. Der Knorpel und die Haut des Ohres sind nicht dick, sondern eher dünn. Die Länge des Behanges beträgt 7·5 bis 10 cm.

4. Der Hals ist sehr musculös, stark und gut entwickelt, zeigt grosse Widerstandsfähigkeit und liegt gut zwischen den Schultern.

5. Der Rumpf ist lang, kräftig und geschmeidig, die Rippen gut eingefügt und gewölbt, die Brust gut entwickelt und tief zwischen die Vorderläufe hinabreichend. Der Rücken an der Schulter ziemlich niedrig, bildet eine leicht absteigende und über die Lendengegend sich wieder erhebende flache Curve, von da zum Ruthenansatz leicht abfallend. Längs des Rückgrats liegen beiderseits kräftige Muskeln.

6. Die Ruthe ist ziemlich kurz, 20 bis 25 cm messend, oben mit drahtigem Haar von dunklerer Färbung als das des Oberkörpers bedeckt, während ihre Unterseite heller und weicher behaart und mit einer hübschen, etwa 5 cm langen, gegen das Ende spitz auslaufenden Feder besetzt ist. Die Ruthe, an der Wurzel ziemlich kräftig, wird auf weitere etwa 10 cm noch stärker und läuft dann in eine Spitze aus. Sie darf keineswegs gekrümmt oder geringelt, sondern muss mit einer Biegung nach oben säbelförmig getragen werden, so dass, wenn der Hund erregt ist, die Ruthenspitze senkrecht über

dem Ruthenansatz steht. Sie darf weder zu hoch noch zu niedrig angesetzt sein und für gewöhnlich trägt sie der Dandie Dinmont munter ein klein wenig über die Höhe des Rückens erhoben.

7. **Die Läufe.** Die vorderen kurz mit ungemein entwickelten Knochen und Muskeln, weit auseinander gestellt, der Brustkorb gut zwischen denselben niedergelassen. Die Pfoten sind gut geformt und nicht flach, mit sehr starken braunen oder dunklen Nägeln. Gekrümmte Läufe und flache Pfoten sind verwerflich. Die Behaarung der Vorderläufe und -Pfoten ist bei einem blauen Hunde lohfarben (tan), kräftig rostbraun bis fahl rehfarben, je nach der Färbung des Oberkörpers; bei einem senffarbenen (mustard) Hunde ist das Haar an den Vorderläufen einen Ton dunkler als das am Oberkopfe, welches sahnefarbig weiss ist; bei beiden Hunden ist eine etwa 5 cm lange Feder vorhanden, von etwas hellerer Färbung als die Behaarung der Vorderseite der Läufe. Die Hinterläufe sind ein wenig heller gefärbt als die vorderen und stehen ziemlich weit auseinander, jedoch nicht unnatürlich gespreizt, während die Pfoten derselben viel kleiner sind, als die vorderen. Die Schenkel gut entwickelt, die Behaarung daran von derselben Farbe und derselben Beschaffenheit wie an den Vorderläufen, jedoch ohne Feder. Keine Afterklauen. Die Nägel dunkel, u. zw. der Farbe des Oberkörpers entsprechend verschieden schattirt.

8. **Die Behaarung** ist ein sehr wichtiger Punkt. Das Haar ist etwa 5 cm lang und das vom Schädel bis zum Ruthenansatz reichende ist eine Mischung von härterem (nicht drahtigem) und weichem Haar, das sich mürbe (bröcklig) anfühlt. An der Unterseite des Körpers ist es von hellerer Färbung und weicher als auf dem Rücken. Die Farbe der Haut am Bauche stimmt mit der Farbe des Haares überein.

9. **Die Farben** sind eisengrau (Pfeffer, pepper) oder gelbgrau (Senf, mustard). Die erstere Färbung variirt von dunkel schwarzblau bis silbergrau, die dazwischen liegenden Schattirungen sind vorzuziehen; die Zeichnung des Oberkörpers erstreckt sich bis gut unterhalb der Schultern und Hüften und geht allmälig in die Zeichnung der Läufe über. Die senffarbenen Hunde sind ebenfalls verschieden gezeichnet, von röthlichbraun bis fahl rehfarben, der Kopf sahnefarbig weiss, Läufe und Pfoten einen Ton dunkler als der Kopf. Die Nägel dunkel, wie bei den andersfarbigen Hunden. Fast alle Dandie Dinmont Terriers zeigen etwas Weiss an der Brust, manche haben auch weisse Nägel.

10. **Grösse.** Die Schulterhöhe beträgt 20 bis 27 cm, die Länge von den Schulterspitzen bis zum Ruthenansatz nicht mehr als die doppelte Schulterhöhe, besser 2·5 bis 5 cm weniger. Das Gewicht beträgt 6·5 bis 9 kg. Das beste Gewicht für einen Rüden im Arbeitszustande ist so nahe wie möglich an 8 kg.

Points:

Allgemeine Erscheinung	5
Kopf	10
Augen	10
Behänge	10
Hals	5
Rumpf	20
Ruthe	5
Läufe und Pfoten	10
Behaarung	15
Farbe	5
Grösse und Gewicht	5
	100

Der Airedale Terrier.

1. **Allgemeines.** Der Ursprung dieser Rasse ist in ein gewisses Dunkel gehüllt, doch steht es zweifellos fest, dass sowohl der alte, drahthaarige, englische Black and tan Terrier als auch der Otterhund zu ihrer Entstehung beigetragen haben, auch Anzeichen einer Beimischung von Bulldoggenblut sind bei manchen Stämmen erkennbar. Durch die erfolgreichen Bemühungen begeisterter Züchter ist der Airedale Terrier in neuerer Zeit zu hohem Ansehen gebracht worden, welches ihm wegen seiner hervorragenden allgemeinen Eigenschaften auch in vollstem Masse gebührt. Was seine äussere Erscheinung anbelangt, so dürfte es in der That schwer halten, einen anderen Hund zu finden, der eine grössere Symmetrie der Formen aufwiese. Er ist von genügender Grösse und kräftig genug, um als persönlicher Beschützer des Menschen zu dienen, besitzt einen ausserordentlich ausgebildeten Geruchsinn und sehr viel Muth, und seine harte, dichte Behaarung, seine Ausdauer, seine Gelehrigkeit, sein Ausdruck und die Gefälligkeit seiner Bewegungen machen ihn zum Begleiter ganz besonders geeignet. Als Haushund ist er nicht zu gross, er ist sauber in seinen Gewohnheiten, von gutmüthigem Temperament und keineswegs zänkisch oder rauflustig.

2. **Kopf.** Der Oberkopf flach, zwischen den Ohren am breitesten, nach den Augen hin sich verjüngend und frei von Runzeln. Der Absatz zwischen Stirn und Oberkiefer wenig ausgesprochen und nur von der Seite gesehen wahrnehmbar. Die Schnauze lang und kräftig, ziemlich tief, vorn scharf abgesetzt, ohne überhängende Lefzen, die Kiefer gleichmässig, die Zähne gross und gesund.

3. **Augen.** Klein, glänzend, dunkel, mit Terrierausdruck.

4. **Ohren.** V-förmig, mässig gross und stark, nach vorn gerichtet und dicht an den Wangen anliegend getragen, wie beim Foxterrier, und frei von langem, seidigem Haar.

5. **Hals und Schultern.** Hals von angemessener Länge, gegen die Schultern sich allmälig erweiternd, erhoben getragen und frei von Wamme, Schultern fein geschnitten, lang und schräg gestellt.

6. **Brust und Rumpf.** Die Brust tief und musculös, jedoch weder voll noch breit. Der Rücken kurz, stramm und gerade, mit gut gewölbten runden Rippen, die Lendengegend breit, kräftig und gut aufgerippt.

7. **Ruthe.** Stark, ziemlich hoch angesetzt, aber nicht rechtwinklig zum Rücken erhoben getragen; gestutzt.

8. **Läufe und Pfoten.** Die Läufe sind vollkommen gerade und stark in den Knochen, die Pfoten rund und geschlossen mit starken Sohlen.

9. **Hintertheil.** Die Keulen stark, die Unterschenkel gut bemuskelt, die Kniescheiben hübsch abgerundet. Keine Neigung zu Kuhhessigkeit.

10. **Behaarung.** Rauh- oder stichelhaarig, von dichter und drahtiger Beschaffenheit, frei von wolligem oder seidigem Haar.

11. **Farbe.** Der Rücken vom Genick bis Ruthenende dunkelgrau, ebenso an den Seiten des Körpers herab mit dunklen Abzeichen an den Seiten des Schädels. Der Rest des Körpers ausgesprochen lohfarben, an den Ohren dunkler.

12. **Gewicht.** Rüden 17 bis 20, Hündinnen 15 bis 17 kg.

13. **Fehlerhaft:** Gefleckte Nase, weisse Abzeichen, namentlich im Gesicht, an der Kehle oder an den Pfoten, fehlende oder kranke Zähne, zu kurzer Unterkiefer.

Points:

Kopf	20
Ohren	8
Hals, Schultern und Brust	12
Rücken und Lenden	15
Hintertheil und Ruthe	5
Läufe und Pfoten	15
Behaarung und Farbe	20
Grösse	5
	100

Bedlington-Airedale Terrier.
Rassekennzeichen für Yorkshire-Terrier. („Der Hund." 1890, p. 14.)

(Im Auftrage der Delegirtencommission durchgesehen, bezw. neuaufgestellt vom Zweigverband der Züchter von Luxushunden und Foxterriers.)

1. **Allgemeine Erscheinung.** Der Yorkshire-Terrier ist ein lang behaarter Schosshund, dessen Haar auf beiden Seiten des

Körpers von der Nase bis zur Ruthenspitze gleichmässig gescheitelt, völlig schlicht herabhängt. Er ist gedrungen und dabei zierlich gebaut und ruft durch sein prächtiges Aussehen, sowie durch seine muntere und lebhafte Art, sich zu tragen, einen bedeutenden Gesammteindruck hervor. Obgleich seine Umrisse fast bis unten hin in einen Mantel von Haaren gehüllt sind, so lassen seine Aussenlinien doch das Vorhandensein eines kernigen, wohlgeformten Körpers vermuthen.

2. Kopf. Klein und nicht hoch oder gewölbt im Oberkopf, die Schnauze ziemlich breit, die Nasenkuppe schwarz. Die Augen von mittlerer Grösse, dunkel, scharf und intelligent blickend, so tief im Kopfe liegend, dass sie direct vorwärts zu blicken scheinen, jedoch nicht hervorstehend. Die Ohren, wenn glattgestutzt, ganz aufrechtstehend, wenn im Naturzustande, V-förmig und halb aufgerichtet.

Spaniels.

Eine für den Naturliebhaber und Forscher höchst interessante Erscheinung zeigt sich bei dem langhaarigen, seideglänzenden oder auch kurzweg „Seidenhunde" genannten Schlage. Es finden sich hier ähnlich wie bei der englischen Dogge, vom Mastiff bis zum Möpschen, grosse, mächtig entwickelte Thiere, wie die Neufundländer und dann ganz kleine Exemplare vom selben Typus, alle mit derselben Weiche und demselben Glanze im Haare, demselben milden Ausdruck des Auges und demselben sanften Charakter. Diese Familiencharaktere, welche die Gruppen so umfassen, dass man hier ganz wohl, wie auch in der übrigen Thierzucht, von „Schlägen" sprechen kann, sind aber bei den verschiedenen Schlägen in ganz verschiedener Zahl und auch verschiedener Grösse vorhanden, z. B. bei den englischen Doggen stuft sich die Grösse vom Mastiff zur Bulldogge, zum Bullterrier und zum Möpschen gradweise ab und es ist jedesmal nur ein Repräsentant vorhanden. Beim Seidenhund aber geht es vom Neufundländer zum Setter und von da zu den kleinen Spaniels, die dann aber in grosser Zahl auftreten. Die Lieblichkeit dieser kleinen Seidenhunde hat das Bedürfniss nach sehr vielen Nuancen seit alten Zeiten aufrecht erhalten. Während die Minimaldogge, der Mops, in einziger Form existirt und als solche im Kampfe ums Dasein zu unterliegen droht, sind die Seidenhündchen in sehr grosser Menge und mit verschiedenen, scharf von einander zu haltenden Merkmalen vorhanden.

Schon im alten Rom spielten die kleinen Hündchen und speciell die der „Malteser Rasse" eine grosse Rolle. Martial spricht von der Liebe der Städter besonders zu kleinen Hunden, „nicht bloss Männer unterhalten sie, mehr vielleicht Knaben und Jünglinge, Mädchen und Frauen der vornehmsten Familien. In Rom ist das Hündchen der Freund und Geselle des weiblichen Geschlechtes und nicht selten spielte dieses Gesellschaftshündchen in wichtigen Staatsactionen eine Rolle". Als Aémilius nach dem Auftrage gegen den Makedonier Perseus zu Felde ziehen sollte und vom Senate herkommend zu Hause von seiner ihm entgegen eilenden Tochter empfangen wurde, erzählte diese dem Vater betrübten Gesichtes, ihr Hündchen sei gestorben. Aemilius, vielleicht durch den Klang des Namens veranlasst, nahm aber die Erzählung so auf, dass er darin eine glückliche Vorbedeutung erkannte (Euripides).

Ferner: Einer vornehmen Römerin steht es nach unseren Sitten wohl an, sich zum Vergnügen und Kurzweil ein Schosshündchen *(catellus, catella)* gewöhnlich von der Malteserrasse zu halten, ihm zu Hause alle Bequemlichkeit, Pflege und Zärtlichkeit zu erweisen, es zu baden, zu liebkosen, das Lager mit ihm zu theilen und ihn der Aufsicht einer Sklavin anzuvertrauen. Geht die Gebieterin aus, trägt diese das liebenswürdige Geschöpf in der Stadt nach, ist das Wetter rauh, wird es mit einem Tuche eingewickelt; die Matrone nimmt es im Reisewagen mit auf das Landgut und gibt ihm die zärtlichsten Namen, die von der Beschaffenheit der Haare, der Gestalt, der Augen, dem Geburtsorte, der Grösse entlehnt sind; um nichts würde sie das Hündchen hergeben, nicht verschenken, nicht verkaufen; im Wochenlager pflegt sie es selbst und sorgt für die Jungen wohl mehr, als für die eigenen Kinder. Der Dominus selbst hält das Hündchen der Domina werth und lieb, denn es umbelfert und umspringt ihn ja, wenn er kommt, es stellt sich ungeberdig gegen den Fremden und Clienten und ist sehr gelehrig! Wehe dir, Sabina, wenn du meine Murrhina auf das Pfötchen getreten hättest, sagte Tullia drohend zu der sich ihrem Ruhepolster auf Befehl nahenden Sklavin! — Auch Männer erfreuten sich ihrer Schosshündchen. Man erzählt, dass Theodorus, ein geschickter Musiker, ein Malteserchen gehalten habe, welches von solcher Anhänglichkeit war, dass es sogar in den Sarg seines todten Herrn sprang und sich mit dessen Leiche begraben liess. (Magerstedt, Bilder aus der römischen Landwirthschaft.) — Da fast immer, wenn das Schosshündchen nach der Rasse genannt wird, es als ein Malteserhündchen bezeichnet wird, so werden wir auch die nachstehende sehr hübsche Erzählung, die als Beweis, wie schon damals die Hündchen abgerichtet wurden, dient, unserem Malteser zuschreiben dürfen, zumal auch heute noch keine Rasse, so wie diese, für derartige Kunststücke geeignet erscheint. Plutarch ist der Gewährsmann: „Ein Tausendkünstler im Theater des Marcellus zu Rom zeigte einen merkwürdig abgerichteten Hund, der allerlei Kunststückchen ausführte, zuletzt Gift bekommen, davon betäubt werden und sterben sollte. Er nahm das Brot mit dem vorgeblich darin verborgenen Gifte, frass es auf, fing alsbald an zu zittern und zu wanken, den Kopf, als ob er ihm zu schwer würde, zu senken, legte sich endlich nieder, liess sich hin

und her schleppen, tragen, ohne sich zu rühren, und streckte sich,
ganz wie ein Todter; sodann rührte er sich wieder, erst schwach,
später stärker, that, als ob er aus tiefem Schlafe erwacht wäre, hob
den Kopf, sah sich um und ging freundlich wedelnd zu dem, der ihn
rief. Alle Zuschauer, darunter auch der alte Herr, Kaiser Vespasianus,
waren davon gerührt." — Dass zu jener Zeit sich die Liebe zu den
Schosshündchen ausnahmsweise auch schon über das wohlgefällige
Mass steigert, geht aus einer Mittheilung des Plutarch hervor: „Cäsar
fragte einen Mann, der nach der Sitte der Barbaren ein Hündchen im
Busen trug und liebkoste, ob die Frauen seines Volkes keine Kinder
bekämen?"

Der Spaniel hat, wenn ein Volk des Alterthums unterging, bei
den Siegern sofort wieder Aufnahme gefunden. Thatsächlich gibt es
für ihn wohl keine Zeit, wo er nicht in einem in Wohlstand sich
befindenden Lande in Ehren gestanden hätte. Sehr beliebt waren von
jeher die Spaniels in England. König Heinrich III. gab jährlich
100.000 Goldgulden für „Lyoner Hündchen", von denen er stets
einige in einem Korbe am Halse hängen hatte, selbst in Audienzen
und in der Kirche. Karl II. ging nie ohne Hunde in den Stadtrath
und sein Nachfolger Jakob II. rief in einem Sturme: „Kinder rettet
mir nur meine Hunde und Marlborough!" Von König Karl II. haben
die Spaniels auch den Namen „King Charles-" oder in Deutschland
„König Karls-Hunde" (allmälig hat man den Namen nur auf eine bestimmte Sorte der Spaniels übertragen). — In England haben aber
nicht nur Männer, sondern auch Frauen für diese Hündchen besondere
Vorliebe gehabt. Zur Zeit der Königin Elisabeth waren sie derart
in Mode, dass wohl keine vornehme Dame ohne „Toyspaniel" war, ja
man trug sie an der Brust. Auch die Naturforscher waren gegen die
Spaniels galant, denn Dr. Cajus nennt dieselben in seinem Werke
1576 „canis delicatus", und schon im 14. Jahrhundert nennt die
englische Priorin Julia Bernes in ihrem Werke die Wachtelhunde.
Auch Abbildungen finden sich von ihm aus früheren Jahrhunderten.
Van Dyk malte einen Spaniel, weiss mit rothen Flecken, die Maler
Landseer und Frick, die vor jetzt etwa 100 Jahren ihre Kunstwerke
schufen, malten hauptsächlich dreifarbige. In den Klöstern von
Boulogne habe es 1646 kleine Schoss- respective Zimmerhündchen
gegeben, die dort gezüchtet und an vornehme Damen verkauft wurden,
„es gab dort eine Art kleiner Spaniel, denen man in der Jugend die
Nase eindrückte, um den sogenannten ¸Stop" zu erzielen".

Buffon, ebenso die deutschen Naturforscher, haben die Spaniels
eingehender Beschreibung gewürdigt und schon verschiedene Eintheilungen derselben, hauptsächlich nach den Farben (wie dies heute
noch üblich ist) vorgenommen.

Buffon gibt in seiner Naturgeschichte 1793, p. 175, folgende
allgemeine Beschreibung über den „spanischen Wachtelhund".

„Diese Hunde haben einen kleinen runden Kopf, breite, hängende Ohren, dürre kurze Sckenkel und einen in die Höhe stehenden Schwanz. Ihr glattes Haar ist an unterschiedenen Theilen des Körpers von sehr ungleicher Länge. An den Ohren, am Hals, an der hinteren Seite der Dickbeine und Füsse und an dem auf den Rücken geworfenen Schwanz hat es eine vorzügliche Länge, viel kürzer ist es an den übrigen Theilen des Leibes. Die meisten Wachtelhunde sind überall weiss. Die schönsten haben auf dem Kopfe eine andere braune oder schwarze Farbe und ein weisses Zeichen an der Schnauze und mitten an der Stirne. Gemeiniglich pflegen die schwarzen und weissen spanischen Hunde mit einem falben Fleck unter (?) den Augen bezeichnet zu sein. Die Barbarey und Spanien sind eigentlich das Vaterland dieser Hunde. Sie gehören unter die Lieblinge vornehmer Häuser", und über den englischen Wachtelhund sagt der Autor:

„Die ganz schwarzen Hunde dieser Art heissen englische, weil sie aus diesem Lande gebürtig sind. Ihr vorzüglichster Unterschied von den vorigen besteht in den kürzeren Haaren an dem Schwanz, an den Ohren und an den Schenkeln. Man sieht viel englische Wachtelhunde, welche in Vergleichung mit dem grossen spanischen klein oder von mittelmässiger Leibesgestalt sind. Wenn diese englischen Hunde unter den Augen, an der Schnauze, am Hals und an den Schenkeln feuerfarbig oder braunroth gezeichnet sind, heissen sie „Pyrame".

„Haller sagt in seiner Naturgeschichte von 1757: Der spanische Wachtelhund, *Canis aviarius terrestris:*

„Dieser Wachtelhund aus Spanien führet einen kleinen, runden Kopf, breite schwankende Ohren, trockene und dünne Schenkel, einen auf den Rücken geworfenen Schwanz. Das glatte (lange, feine) Haar ist an manchen Stellen sehr lang, besonders an den Ohren, am Halse, hinten am Dickbeine und am Schwanze. Sie sind weiss an Farbe, die schönsten sind am Kopfe braun oder schwarz gezeichnet und an der Schnauze und Stirne weiss."

„Der englische Wachtelhund ist schwarz, sonst dem vorigen gleich. Einige, welche unter den Augen, an der Schnauze, am Halse und an den Schenkeln fahlroth sind, werden „Pyrame" genannt."

Im Allgemeinen sagt Buffon über den spanischen Wachtelhund, er ist auch „Hühnerhund, *Canis aviarius terrestris*, der spanische, kleine Budel. *Fr. l'Espagneul Linn. l. c. Canis extrarius auriculus longis, lanatis, pendulis."*

Bechstein sagt von den „Seidenhunden", sie heissen auch „spanische Wachtelhunde", langhaarige Bologneser, Seidenbudel, *Canis f. extrarius Espagneul — s. hispanicus, s. ustus, s. brevipitus, s. militans, s. leonius* — wegen der langen Haare heisst er in Frankreich „Bouffe", auch „Malteser", weil die ersten aus Malta kamen.

Interessant ist, was man damals über das Entstehen der Rasse
und die Kleinheit der Thierchen dachte: Buffon leitet den Seidenhund von einer Kreuzung zwischen Jagdhund und kleinem Wasserhund ab und weitere Kreuzungen sollten die verschiedenen Nuancen
abgeben, z. B.: „Das Bologneser Hündchen stammt von einer Kreuzung
zwischen dem kleinen Budel und dem spanischen Wachtelhund, oder
der Bouffe stammt vom grossen spanischen Wachtelhund und von
dem Budel ab" etc. — Ferner über das Bologneser Hündchen: „Man
befördert ihre Kleinheit dadurch, dass man sie jung mit Branntwein
wäscht und ihnen wenig zu fressen gibt, daher sie ein Eichhörnchen

Fig. 33. Spanischer Hund (aus Brasch, 1789).   Fig. 34. Bologneser Hündchen
(aus Brasch, 1789).

an Grösse oft kaum übertreffen und von Frauen als Favoritchen im
Muff getragen werden. Jetzo gehört ein solcher Hund, wie der Mops,
schon zu den Seltenheiten. Vermuthlich hat man sie der unvermeidlichen
Unreinlichkeit wegen wieder aus der Liste gestrichen."

Aus dem Kunstwerke von Magnus Brasch, 1789, geben wir
die Abbildung von (Fig. 33) einem spanischen Hunde und (Fig. 34)
einem Bologneser Hündchen.

Aus dem oben Mitgetheilten geht zweifellos hervor, dass der
Typus des Seidenhundes seit mehr als tausend Jahren existirt. Zweifellos hat das Aussehen im Laufe der Zeit etwas gewechselt, denn erst
die Neuzeit hat das Verdienst, den Typus einer Rasse durch Wort
und Bild, sowie durch scharfe Punktirung zweifellos fixirt zu haben, für
werdende Rassen gewiss von Vortheil; für eine so uralte, die dadurch
auf engste Incestzucht hingedrängt wird, aber zum grossen Nach-

theil. Wenn man fortfährt, die Spaniels so rigoros nach Farben und in der Familie zu züchten, so steht der Ruin dieser schönen Rasse in Aussicht.

Ueber den Charakter der Spaniels ist zu berichten, dass er als höchst lobenswerth gilt, der Hund ist ein guter Gesellschafter, er ist erziehbar, intelligent, hat ein gutes Gedächtniss, ist aufmerksam, anhänglich und treu. Seine Wachsamkeit ist oft ganz ausgezeichnet, er ist munter, spielt gerne, selbst noch im höheren Alter, er zeigt für Einzelne innige dauernde Freundschaft und ebenso andauernde Abneigung; für Wohlthaten ist er dankbar und für Liebkosungen zugänglich. Seine Fähigkeit zur Jagd ist bekannt, man verwendet ihn auf Wachteln, Schnepfen, Bekassinen, grössere als Stöberer auch zur Wasserjagd. Seine Sinne sind scharf entwickelt, namentlich die „Nase" und dies ist zum Theile vererbt. Darwin theilt mit, dass ein junger Spaniel, den man zum erstenmal an eine Bekassine riechen liess, in die höchste Aufregung kam. — Leider ist die Zucht der kleinen Spaniels sehr erschwert. Oft sind die Weibchen unfruchtbar; nicht selten geht bei dem Werfen der ganze Wurf sammt der Hündin zu Grunde; ich kenne eine solche Zucht und bewundere die fortgesetzt angewandte Sorgfalt und trotzdem treten Verluste ein. Auch für die Jungen, wenn sie einmal glücklich zur Welt gebracht sind, sind noch Gefahren, die kaum bei einer anderen Rasse bekannt sind; es finden sich abnorme Bildungen, Wasserköpfe etc. Dann sind einige derart nervös, dass sie durch einen Schreck oder nur eine Aufregung in Krämpfe verfallen können, schon eine Ungleichheit oder nur zu reichliche Fütterung kann nachtheilig werden. Eine besondere Fertigkeit und geschickte sachgemässe Behandlung verlangt das lange seidenweiche Haar. So wunderschön ein reich und gleichmässig gut behaarter Spaniel ist, so ausserordentlich beeinträchtigt irgend ein Haardefect die Schönheit. Das Haar muss wohl gekämmt und gebürstet werden und die Haut muss vollständig gereinigt sein, aber mit grosser Sorgsamkeit und ja nicht zu heftig, so dass dadurch die Haare ausgerissen oder die Haut gereizt wird, auch Waschen kann nicht empfohlen werden. Einwickeln in einen passenden Teppich oder Bedecken mit einem Deckchen, das für die Körperform richtig geschnitten und mit Bändern befestigt wird, so dass es wie ein Hemdchen anliegt, ist zu empfehlen. Etwas Einfetten der Haare mit Vaselin (nicht aber mit Oel oder anderem Fett, das ranzig und übelriechend wird) ist zu empfehlen. Bewegung im Freien bei trockenem Wetter und mässige Nahrung ist für den Spaniel nothwendig.

In erster Linie stehen die Spanielrassen: 1. King-Charles, 2. Blenheim, 3. Ruby und 4. Prinz-Charles oder Tricolores.

Alle diese stimmen im Bau und der Behaarung überein und sind nur der Farbe nach verschieden. Im Allgemeinen ist der Kopf der Spaniel „kugelrund", der Schädel hochgewölbt, die Augen gross, hervorstehend, sollen aber nicht blöden, sondern intelligenten Ausdruck haben, das Näschen ist klein und scheint fast in der Stirne zu sitzen, der Behang ist ziemlich lang und gut befiedert, die Schenkel gut behaart, der ganze Bau gedrungen, die Läufe befiedert, die Schenkel behost und die Ruthe befahnt. Das Gewicht ist von 2½ kg bis zu 5 kg. Einzelne, auch noch ganz gute, sind sogar noch schwerer.

Ausser den genannten Zwergspaniels, deren Rassezeichen zunächst folgen, gibt es noch den Wasser-, Cocker-, Sussex- und Clumberspaniel, deren von den Clubs aufgestellte Rassezeichen wir ebenfalls anfügen.

Rassezeichen der Zwergspaniels.

1. **Allgemeine Erscheinung.** In der Gedrungenheit der Form wetteifern diese Spaniels fast mit dem Mopse, doch erhöht die Länge ihrer Behaarung den scheinbaren Umfang wesentlich, indem der Körper, wenn er nass, mit dem jenes Hundes verglichen, klein ist. Derselbe ist jedoch entschieden von gedrungenem Bau mit kräftigen, stämmigen Läufen, breitem Rücken und geräumiger Brust. Die allgemeine Erscheinung der Zwergspaniels ist zwar ziemlich wesentlich, indessen kommen in dieser Beziehung fehlerhafte Exemplare selten vor. Am wünschenswerthesten ist ein Gewicht von 3 bis 4·5 kg.

2. **Kopf.** Oberkopf hochgewölbt (bei guten Exemplaren ist derselbe völlig halbkugelförmig, mitunter sogar mehr als halbkreisförmig gerundet), die Stirn unbedingt über den Augen vorstehend und die aufwärts gerichtete Nase fast berührend. Die Stirngrube oder die Vertiefung zwischen den Augen ist ebenso oder gar noch mehr ausgesprochen als beim Bulldogg; manche gute Hunde zeigen eine Grube, welche gross genug ist, um eine kleine Kugel darin zu bergen. Die Nase ist kurz und nach oben zwischen die Augen gerichtet, ohne jede Andeutung, dass eine anderweitige Richtung der Nase durch einen operativen Eingriff corrigirt worden wäre. Die Nasenspitze schwarz, tief und breit, mit weit geöffneten Nasenlöchern. Der Unterkiefer ist breit zwischen den Kinnladen, viel Raum für die Zunge und die Verbindung der Unterlippen, welche die Zähne vollständig bedecken, freilassend und derartig aufgebogen und geformt, dass er in das vordere Ende des Oberkiefers überzugehen scheint, welcher in ähnlicher Weise aufgebogen ist.

3. **Augen.** Weit auseinander stehend; die Augenlider gerade zur Gesichtslinie, nicht schräg oder fuchsartig. Die Augen selbst sehr gross, glänzend und von sehr dunkler Färbung, so dass sie überhaupt schwarz genannt werden können. Ihre enormen Pupillen, welche durchaus von dieser Farbe sind, erhöhen diesen Eindruck noch. Wegen ihrer Grösse sind in den inneren Augenwinkeln fast

immer einige Thränen sichtbar, doch dürfen die Augen nicht auffällig thränen.

4. Ohren. Diese sind so lang, dass sie beinahe den Boden berühren. Bei mittelgrossen Hunden messen sie von einer Ohrenspitze zur anderen über den Oberkopf hinweg 50, manchmal sogar 55 cm oder gar noch etwas darüber. Sie sind tief am Kopfe angesetzt und reich befedert. Hierin soll der King-Charles den Blenheim noch übertreffen, und des ersteren Ohren erreichen mitunter bis 60 cm Länge.

5. Behaarung. Lang, seidig, weich und gewellt, aber nicht gelockt.

Der Blenheim hat eine dichte, vorn an der Brust weit hinabreichende Mähne, die Feder an den Ohren und den Pfoten ist gut entwickelt und an den letzteren so lang, dass sie wie Schwimmfüsse aussehen; die hinteren Seiten der Läufe sind ebenfalls gut befedert.

Beim King-Charles ist die Behaarung der Ohren sehr lang und dicht, um 25 cm und mehr länger als beim Blenheim. Die Behaarung der Ruthe (welche bis zu einer Länge von 9 bis 10 cm gekürzt wird) ist seidig, 13 bis 15 cm lang und bildet eine ausgesprochene Fahne von rechtwinkliger Form; die Ruthe wird nicht über Rückenhöhe erhoben getragen.

6. Farbe. Nach den Arten verschieden.

Der King-Charles ist glänzend schwarz mit tief lohfarben (mahagonibraun) ohne weiss gezeichnet, ebensolche mahagonifarbene Abzeichen über den Augen und an den Backen, auch die üblichen Abzeichen an den Läufen sind erforderlich.

Der Blenheim darf keinesfalls einfarbig sein, sondern er hat auf perlweissem Grunde glänzende, kräftig kastanienbraune oder lebhaft rothbraune, aus gleichmässig vertheilten grossen Flecken bestehende Abzeichen, Ohren und Wangen roth mit einer von der Nase bis über die Stirne reichenden und zwischen den Ohren in einer halbmondförmigen Curve nach beiden Seiten verlaufenden weissen Blesse, in deren Mitte ein deutlicher rother Fleck von der Grösse eines Zwei-Pfennig-Stückes sich befindet.

Der dreifarbige oder Charles I-Spaniel hat die Farbe des King-Charles mit den Abzeichen des Blenheims in schwarz anstatt in roth auf perlweissem Grunde. Die Ohren und die untere Seite der Ruthe sind mahagonifarben gesäumt. Der dreifarbige Spaniel hat keinen Fleck auf der Stirn, dieses Schönheitszeichen ist lediglich eine Besonderheit des Blenheims. Dieser dreifarbige, schwarz-weiss-rothe Spaniel führt auch den Namen Prince-Charles.

Der ganz rothe Zwergspaniel heisst jetzt Ruby-Spaniel. Die Farbe seiner Nase ist schwarz. Seine Kennzeichen sind die des

King-Charles und ist er von diesem nur durch die Farbe verschieden.

Schwarz und rothe Zwergspaniels mit weissen Abzeichen concurriren in den Classen für Prince-Charles, und rothe mit weissen Abzeichen in den Classen für Blenheims.

Rassezeichen des englischen Wasser-Spaniel.

(Festgesetzt im Spaniel-Club.)

Kopf. Lang, etwas gerade und ziemlich schmal; Schnauze ein wenig lang und womöglich ziemlich spitz.

Augen. Klein im Verhältniss zur Grösse des Hundes.

Behäng. Vorn angesetzt, innen und aussen dicht mit Haaren bedeckt.

Hals. Gerade.

Körper (einschliesslich Grösse in Symmetrie).

Rippen. Rund, die hinteren nicht sehr tief.

Nase. Gross.

Schultern und Brust. Schultern niedrig, Brust ziemlich schmal, aber tief.

Rücken und Nierenpartie. Stark, aber nicht plump.

Hintertheil. Lang und gerade, sich nach der Ruthe etwas erhebend, dann abfallend. Hiedurch und wegen der niedrigen Schultern hat es den Anschein, als ob der Hund hinten höher stände als vorne.

Ruthe. Auf 17 bis 25 cm coupirt, je nach der Grösse des Hundes, etwas über die Rückenhöhe getragen, aber auf keinen Fall hoch.

Füsse. Gut ausgespreitet, gross und stark, gehörig mit Haar bekleidet, besonders zwischen den Ballen. Läufe lang und stark, Sprunggelenke schön gebogen.

Haar. Kraus, gelockt oder geringelt, kein Haarbüschel auf dem Kopfe. Das dichte Gekräusel sollte auf dem Kopfe aufhören; Gesicht vollkommen glatt und trocken aussehend.

Farbe. Schwarz und weiss, lederfarbig und weiss oder einfarbig schwarz oder lederfarbig. Das Scheckige nach Wahl.

Allgemeine Erscheinung. Verständig aussehend, etwas schwerfälliger Gang. Er zeigt gewöhnlich wenig Temperament, was sich beim Anblick eines Gewehres sofort ändert.

Positive Points.

Kopf, Kiefer und Augen	20
Behänge	5
Hals	5
Fürtrag . .	30

```
              Uebertrag . .  30
Körper  . . . . . . . . . . .  10
Vorderläufe  . . . . . . . . .  10
Hinterläufe . . . . . . . . . .  10
Füsse . . . . . . . . . . . .   5
Ruthe . . . . . . . . . . . .  10
Haar . . . . . . . . . . . .   15
Allgemeine Erscheinung . . . . . 10
                              ────
                               100
```

Negative Points.

```
Feder an der Ruthe . . . . . .  10
Haarbüschel auf dem Kopfe . . .  10
                              ────
                               20
```

Rassezeichen des schwarzen Cocker-Spaniel.

(Festgestellt im Spaniel-Club in England.)

Kopf. Verhältnissmässig nicht so schwer und am Hinterhaupt nicht so hoch wie beim modernen Feld-Spaniel, mit schön entwickelter Schnauze und Kiefer; mager, aber nicht geziert, nicht so viereckig wie beim Clumber oder Sussex, weite und gutentwickelte Nase. Vorderkopf vollkommen glatt, er geht ohne starken Absatz von der Schnauze in einen verhältnissmässig weiten, runden, gutentwickelten Schädel über, der genügend Raum für das Gehirn besitzt.

Augen. Voll, aber nicht hervorstehend, hellbraun oder braun, von intelligentem und mildem Ausdruck, obgleich im wachen Zustande sehr weit, glänzend und freundlich, nie stierend oder matt, wie beim King-Charles oder Blenheim.

Behänge. Mässig lang, etwas breiter als beim grossen Feld-Spaniel, zu lang sind sie auf der Jagd in dichtem Gebüsch hindernd; höher angesetzt als bei den oben erwähnten Rassen mit genügender welliger Feder, niemals gelockt. Dieser muntere und sehr nützliche Jagdhund aus früheren Zeiten sollte nur wirkliche Jagdhundbehänge haben.

Hals. Stark, musculös, hübsch auf den schönen, schrägen Schultern sitzend.

Körper. Nicht so lang und niedrig wie bei den andern Arten Spaniels, compacter und fester verbunden, so dass er den Eindruck concentrirter Kraft und nicht ermüdender Thätigkeit macht. Das Gesammtgewicht soll 11 kg nicht übersteigen.

Nase. Hinreichend weit und gut entwickelt, wie es für die ausgezeichneten Geruchsorgane dieser Rasse nöthig ist, von schwarzer Farbe.

Schultern und Brust. Erstere schräg und schön, Brust tief und gut entwickelt, aber nicht zu breit und rund, damit sie die freie Bewegung der Vorderläufe nicht hindert.

Rücken und Kreuz im Verhältniss zur Grösse und zum Gewicht des Hundes ungeheuer stark und compact, nach der Ruthe zu etwas abfallend.

Hintertheil. Breit, gut gerundet und sehr musculös, so dass der Hund unter den schwierigsten Verhältnissen eines langen Jagdtages, bei schlechtem Wetter, auf rauhem und unebenem Boden und im dichten Gestrüpp nicht ermüdet.

Ruthe. Diese ist ein sehr charakteristisches Merkmal für echte Abstammung in der ganzen Spanielfamilie, sie kann bei dem leichteren und beweglichen Cocker, wenn auch niedrig angesetzt, etwas höher getragen werden, als bei den anderen Spaniels, aber nie über den Rücken, sondern ziemlich in einer Linie mit demselben; je niedriger ihre Haltung, desto besser. Wenn der Hund arbeitet, so ist die Haltung der Ruthe eine wahrhaft prächtige.

Füsse und Läufe. Die Läufe sind mit guten Knochen versehen, gefedert und gerade, passend für die ungeheueren Anstrengungen, welche dieser prächtige kleine Jagdhund durchmachen muss, entsprechend kurz, doch dürfen sie in ihrer vollen Thätigkeit hiedurch nicht gehindert werden. Füsse, fast rund und katzenähnlich, nicht zu gross, ausgespreitet und locker verbunden. Diese Rasse entspricht nicht dem grösseren Feld-Spaniel in der Länge, geringen Höhe u. s. w., sondern ist kürzer im Rücken und etwas höher auf den Läufen.

Haar. Flach und gewellt, von seidenartiger Textur, wie drahtartig, wollig oder gekräuselt mit genügender Feder von der richtigen Art, nämlich gewellt oder setterähnlich, aber nicht zu reichlich und nie lockig.

Farbe. Pechschwarz, ein weisses Vorhemd sollte nie disqualificiren, aber weisse Füsse sind nicht erlaubt.

Allgemeine Erscheinung. Eine Bestätigung dessen, was oben gesagt ist. Eine Vereinigung von reinem Blut und Typus, Intelligenz, Gelehrigkeit, gutem Temperament, Anhänglichkeit und Behendigkeit.

Positive Points:

Kopf und Kiefer	10
Augen	5
Behänge	5
Hals	5
Körper	15
Vorderläufe	10
Fürtrag	50

```
                 Uebertrag . .  50
        Hinterläufe . . . . . . . . .  10
        Füsse . . . . . . . . . .  10
        Ruthe . . . . . . . . . .  10
        Haar und Feder . . . . .  10
                              ─────
                               100
```

Negative Points:

```
Helle Augen (nicht wünschenswerth, aber nicht unzulässig)  10
Helle Nase (unzulässig) . . . . . . . . . . . . .  10
Zottiges Behäng (gar nicht wünschenswerth) . . . . . .  15
Zottiges Haar (gekräuselt, wollig oder drahtartig) . . . .  20
Haltung der Ruthe (gekrümmt oder gedreht) . . . . . .  20
Haarbüschel auf dem Kopfe (unzulässig) . . . . . . .  20
                                                   ─────
                                                    100
```

Rassezeichen von Sussex-Spaniel.

(Aufgesellt vom Spaniel-Club in England.)

Kopf. Mässig lang und massiv, mit entsprechender Tiefe, so dass er nicht flach aussieht. Schädel breit, Vorderkopf vorspringend.

Augen. Nussbraun, ziemlich gross, matt, der Fleck im Auge darf nicht zu stark sein.

Behänge. Dicht schön gross, lappenförmig, mässig tief angesetzt, aber verhältnissmässig nicht so niedrig wie bei den schwarzen oder anderen Varietäten des Spaniels, dicht am Kopfe liegend mit welligem Haar besetzt.

Hals. Musculös und leicht gewölbt.

Körper. Lang, mit gut gewölbten Rippen und einer schönen Vertiefung hinter den Schultern.

Nase. Lederfarbig.

Schnauze. Gross und viereckig, mit etwas herabhängenden Lefzen, Nasenlöcher gut entwickelt.

Schulter und Brust. Erstere schräg, letztere tief und weit.

Rücken und Kreuz. Rücken gerade und lang, Nierenpartie breit.

Hintertheil. Stark, Schenkel musculös, Sprunggelenk niedrig.

Ruthe. Coupirt auf 10 bis 20 cm, niedrig angesetzt, nicht über der Rückenlinie getragen.

Füsse. Gross, rund etwas gefedert, kurzes Haar zwischen den Zehen.

Läufe. Kurz und stark, von mässigem Knochenbau und mit einer leichten Biegung am Vorderarm.

Haar. Am Körper dicht, glatt oder leicht gewellt, keine Neigung zur Kräuselung, mässig gefedert an Läufen und Ruthe, aber glatt unter den Sprunggelenken.

Farbe. Dunkel goldlederfarbig, nicht hell ingwer- oder schnupf-
tabakfärbig, ziemlich lebhaft bronzefarben, nicht schwarzbraun; die
Farbe variirt und wird dunkler, wenn der Hund aus Sussex herauskommt, besonders in solchen Gegenden, wo sich Klima und Boden
wesentlich von demjenigen von Sussex unterscheiden.

Allgemeine Erscheinung. Ziemlich massiv und musculös,
aber mit freien Bewegungen und schöner Haltung der Ruthe; der
Hund zeigt ein gefälliges und heiteres Temperament. Gewicht 16
bis 20 kg.

Positive Points:

Kopf und Kiefer	15
Augen	5
Behänge	5
Hals	5
Körper	15
Vorderläufe	10
Hinterläufe	10
Füsse	5
Ruthe	5
Haar und Feder	10
Allgemeine Erscheinung	15
	100

Negative Points:

Helle Augen	5
Schmaler Kopf	10
Schwache Schnauze	10
Gelockte oder hochangesetzte Behänge	5
Gekräuseltes Haar	15
Tragen der Ruthe	5
Haarbüschel auf dem Kopf	10
Weiss an der Brust	10
Farbe (zu hell oder zu dunkel)	10
Hochläufigkeit und zu schwache Knochen	5
Kurzer Körper und flache Seiten	5
Allgemeine Erscheinung (mürrisch oder gedrückt)	10
	100

Rassezeichen des Clumber-Spaniel.

(Festgestellt vom Spaniel-Club in England.)

Kopf. Gross, viereckig und massiv, oben flach, am Hinterkopf
sich zuspitzend, über den Augen rund, mit einem tiefen Einbug.
Schnauze schwer und gesprengt, Lefzen des Oberkiefers leicht
überhängend. Haut unter den Augen triefend und behaart.

Augen. Dunkelbraun, etwas tiefliegend, einen Fleck zeigend.

Behänge. Gross und gut mit schlichtem Haar bedeckt, ein wenig nach vorne hängend, die Feder darf sich nicht bis nach innen erstrecken.

Hals. Sehr dick und kräftig, unten gut befedert.

Körper. Sehr lang und schwer, sehr dicht am Boden. Gewicht der Rüden 25 bis 29 kg, der Hündinnen 20 bis 25 kg.

Nase. Viereckig und fleischfarben.

Schultern und Brust. Letztere breit und tief, erstere stark und musculös.

Hintertheil. Sehr kräftig; Schenkel zum Rücken des Körpers gut gestellt.

Ruthe. Sehr tief angesetzt, gut befedert, ungefähr in gleicher Höhe mit dem Rücken getragen.

Füsse und Läufe. Füsse gross, rund, gut mit Haar bedeckt; Läufe kurz, dick und stark; Sprunggelenke niedrig.

Haar. Lang, dicht weich und glatt.

Farbe. Rein weiss mit citronenfarbiger Zeichnung, orangefarben zulässig, aber nicht so wünschenswerth, unbedeutende Zeichnung am Kopf bei weissem Körper wird vorgezogen.

Allgemeine Erscheinung. Die eines sehr langen, niedrigen, massiven, schweren Hundes mit nachdenklichem Gesichtsausdruck.

Positive Points:

Kopf und Kiefer	25
Augen	5
Behänge	5
Hals	5
Körper	20
Vorderläufe	5
Hinterläufe	5
Füsse	5
Ruthe	5
Haar und Feder	10
Allgemeine Erscheinung	10
Summa	100

Negative Points:

Helle Nase	10
Lockige Behänge	10
Krause Haare	20
Summa	40

Rassezeichen der Malteser.

Allgemeines. Wenn der Malteser bei uns in Deutschland noch zu wenig gewürdigt und bekannt ist, so ist die Ursache lediglich die, dass nur die wenigsten Leute jemals einen reinrassigen wohlgepflegten Malteser gesehen haben. Was man bei uns als solche hält, sind sehr oft unschöne und schlecht gepflegte Hunde, fast alle viel zu gross und sehr oft mit entstellenden gelben und schwarzen Abzeichen verunziert, viele auch mit kurzem Haar oft auch geschoren. Die Gesammterscheinung ist die eines zierlichen, äusserst wohlproportionirten Hundes, der Kopf ist rund, reich mit Seidenhaar bedeckt, das Schnäuzchen kurz, aber gegen die Nase spitz auslaufend, eher an Pinscher als an Mops erinnernd, die Nase ist ganz schwarz, die Augen sind rund, lebhaft, voll, aber nicht so gross wie beim King-Charles. Die Ohren etwas hoch angesetzt, nicht ganz flach herabhängend, eher Rosenohren, mit langen seidenen Haaren, der Rumpf nicht zu lang, der Rücken gerade, die Läufe kurz, die Nägel dunkel, Ruthe mit langen Haaren, leicht über den Rücken gebogen, aber nicht gerollt, das Haar schlicht, nie gerollt oder gekräuselt, bis zu 30 cm lang, weich, seidenartig, aber nicht gescheitelt. Die Farbe ist rein weiss, bei ganz Jungen wird ein leichter Stich ins Gelbliche oder Graue geduldet. Grösse 20 bis 40 cm, Gewicht vier, höchstens fünf Pfund.

Der Mops, Steinmops, *C. f. Fricator, le Doguin.*

Vorstehende Abbildung (Fig. 35) ist aus Magnus Brasch, 1789, Tafel 9. — Die Grösse, gelbe Farbe mit schwarzer Schnauze, kleinen Oehrchen, reichlichen Hautfalten am Halse und Stock und das Ringelschwänzchen lassen unseren Mops deutlich erkennen, nur ist er hochbeiniger, hat etwas längere Schnauze und verhältnissmässig weniger Masse wie der heutige.

Buffon schreibt in seiner Naturgeschichte 1793, p. 186: „Diese Hunde sind im Kleinen, was der Bullenbeisser im Grossen vorstellet. Sie unterscheiden sich von Letzterem bloss dadurch, dass sie eine mindere Grösse, einen schwächeren Kopf, dünnere und kürzere Lefzen, eine schmälere und nicht so stumpfe Schnauze haben, übrigens gleichen sie den Bullenbeissern sowohl in Ansehung der Gestalt ihres Körpers, als der Länge und Farbe des Haares. Sie stammen auch von ihnen ab und sind bloss durch die Vermischung mit anderen Hunden ein wenig ausgeartet. Diese Hundeart ist eine der sanftmüthigsten und es ist sonderbar, wie man darauf verfallen konnte, den Mopsen gemeiniglich ihre hängenden Ohren glatt vom Kopfe abzuschneiden."

Freville äusserte sich in seiner Geschichte berühmter Hunde 1797, p. 159, folgendermassen: „Der Mops ist eine Dogge, nach verjüngtem Massstab gemacht. Sie trägt den Schwanz auf dem Rücken zusammengekrümmt, ist kurz, hat ein breites, aufgeblasenes Gesicht mit einem schönen schwarzen Streif bezeichnet, wird zum Vergnügen sehr gesucht und ist oft nicht grösser als eine Faust."

Der Vater der deutschen Naturgeschichte, Albertus Magnus, sagt 1545 über die „Schosshündchen", zu denen der Mops in erster Linie gehört: „Die gemeinsten Hündchen, so weder zum Waidwerk, noch anders gebraucht werden mögen, gewöhnet man dazu, dass sie vor dem Tisch aufrecht sitzen, die Mildiglichkeit ihres Herrn zu erwarten."

Die Möpse hatte man im Anfange unseres Jahrhunderts nur noch selten, Ridiger theilt aus der Zeit mit, dass sich diese Thiere nicht häufig fortpflanzen und nur noch vereinzelt in Thüringen vorkommen; etwa in der Mitte dieses Jahrhunderts wurde gelehrt,

Fig. 35. Mops (aus Brasch).

dass die Möpse so gut wie ausgestorben seien; Ende der Sechziger-jahre waren dieselben noch sehr selten, von da aber traten sie immer häufiger auf und es scheint, als ob bereits wieder ein Rück-gang in der Zahl bemerkbar wäre.

Der Mops kann als eine Miniaturausgabe oder als Liliput der englischen Dogge bezeichnet werden, denn er ähnelt seinen mäch-tigen Vettern ganz ausserordentlich, nur macht ihn seine ·winzige Figur und seine Gutmüthigkeit, die gerade das Gegentheil von dem beweisen, was sein martialisch ernstes Gesicht zeigt — zum Komiker. Ein junger Mops ist etwas höchst Zierliches und Erheiterndes und seine Eigenschaften, grosse Reinlichkeit, Ruhe, Treue und Gut-müthigkeit machen ihn zum berechtigten Liebling der Damenwelt. Ein Nachtheil ist, dass er bald altert, zur Fettsucht neigt und dass er dann träge und im höchsten Grade griesgrämlich wird — fast glaubt man, es ihm anzusehen, dass er sich in solchen Zeiten nach der Stärke seiner Vettern sehnte, um sich damit einmal gründlich in Respect zu setzen, weil aber sein Wunsch ein „frommer", d. h. unerfüllbarer bleibt, so dauert sein Grimm auch nicht lange und bald sinkt er wieder — die Zunge etwas hervorgestreckt, wie ihn schon Brasch im vorigen Jahrhundert abgebildet hat — in sich zusammen und schnarcht weiter. Bei den Möpsen zeigt sich wie bei verschiedenen anderen ganz kleinen Rassen, bei deren Entstehung und Forterhaltung die Incestzucht mitspielt, neben geringer Fruchtbarkeit auch eine verhältnissmässig kurze Lebensdauer, die Thierchen, die in der Jugend so elegant, flink und zierlich, lebendig sind, verleben den Frühling ihres Daseins sehr rasch, sie werden bald gesetzt, ernst und durch ihre ganz hervorragende Neigung zur Fettsucht werden sie träge, entwickeln dann oft einen verhältnissmässig grossen Appetit und wo es angeht, werden sie Feinschmecker in der höchsten Potenz, so dass sie nur noch weiche süsse Sachen aufzunehmen wünschen und damit hört er dann auf, seinem Herrn absichtlich Vergnügen zu bereiten; nur sein Blick, sein unendlich trauriges Gesicht, mit dem er scheinbar beweisen möchte, dass er das unglücklichste Geschöpf sei, sowie seine mit fast stöhnenden Geberden erfolgenden mühevollen Bewegungen lassen ihn oft zum bemitleideten Familiengenossen avanciren, um dessen Wohl und Wehe sich dann sehr Vieles zu drehen hat. Wer Möpse halten will, muss hier viel strenger darauf achten, wie bei jeder anderen Rasse, dass die Hunde nicht zu fett werden und dass sie lebendig, frisch und beweglich bleiben. Einfache, magere Kost, etwa Milchsuppe, und diese ist das Beste für den ausgewachsenen Hund, täglich nur einmal. Das Thierchen darf ja nicht gewöhnt werden, dass es an den Tisch kommt und unter fortwährendem Betteln schliesslich von allen Sachen geniesst und zu viel verzehrt. Eine solche Fütterung des zur Fettsucht neigenden Mopses ist eine Schwäche des Besitzers, die das Thierchen schädigt und es bald zum gealterten hässlichen Wesen macht. Ebenso sehr wie vor Ueberfütterung ist vor zu anhaltendem Müssiggange zu warnen, der Mops muss täglich verhältnissmässig energische Bewegungen machen, auch bei schlechtem Wetter und bei Kälte ins Freie, dafür ist er auch von Natur aus ausgerüstet, denn gegen Erkältungskrankheiten u. dgl. ist der Mops sehr widerstandsfähig.

Rassezeichen des Mopses.

1. **Allgemeine Erscheinung.** Der Gesammteindruck des Mopses ist der eines vierschrötigen, gedrungenen, kleinen Hundes. Ein dürrer, hochläufiger Mops und ein solcher mit kurzen Läufen und langem Rücken sind beide durchaus verwerflich. Er soll multum in parvo sein, und dies soll sich in der Gedrungenheit des Körperbaues, in wohlgefügten Umrissen und in der Festigkeit der Musculatur

zeigen. Sein Gewicht beträgt 5·75 bis 7·75 kg für Rüden und Hündinnen.

2. Kopf. Gross und schwer, der Oberkopf rund, nicht apfelförmig. Die Schnauze ist kurz, stumpf, eckig, aber nicht aufgestülpt, die Nase kurz und schwarz. Die Marke ist schwarz, je intensiver und je deutlicher abgegrenzt sie ist, um so besser. Auf der Stirn liegen grosse und tiefe Runzeln.

3. Augen. Dunkel, sehr gross und voll, vorstehend, rund, gewöhnlich weich und ängstlich blickend, sehr glänzend, in der Erregung aber voll Feuer.

4. Ohren. Dünn, klein, weich wie Sammet und schwarz. Dem Knopfohre ist vor dem Rosenohre der Vorzug zu geben.

5. Hals. Kurz, dick und fleischig. Obgleich eine ausgesprochene Kehlwamme selten vorhanden ist, muss die Haut am Halse doch sehr lose und reichlich sein, weil sonst auch die Stirnrunzeln fehlen.

6. Rumpf. Kurz und gedrungen, gut aufgerippt, die Brust breit.

7. Ruthe. Sie wird so eng als möglich zusammengerollt über der Hüfte getragen; ist sie doppelt geringelt, so gilt sie als vollkommen. Sie ist durchweg glatt behaart.

8. Läufe. Sehr kräftig, gerade, nicht zu lang und gut unter den Leib gestellt.

9. Pfoten. Weder so lang wie die des Hasen, noch so rund wie die einer Katze, die Zehen gespalten, die Nägel schwarz.

10. Behaarung. Fein, glatt, weich, kurz und glänzend, weder steif noch wollig.

11. Farbe und Abzeichen. Die Farbe ist silbergrau oder gelbgrau, jedenfalls muss sie deutlich ausgesprochen sein, um den Contrast mit der schwarzen Maske und den Aalstrich zu vervollständigen. Die Abzeichen müssen ebenfalls deutlich ausgesprochen sein, die Maske, Ohren, die Abzeichen an den Wangen, ein Fleck an der Stirn, Aalstrich bestimmt ausgesprochen und so schwarz als möglich. Letzterer ist eine vom Hinterhaupt bis zur Ruthe reichende schwarze Linie auf der Mitte des Rückens.

Nackte Hunde *(Canis africanus).*

Dass die nackten Hunde, die sehr weit verbreitet sind, sämmtlich verwandt und auf einen Stammvater zurückzuführen sein werden, wird nicht nur wegen der Haarlosigkeit derselben, sondern hauptsächlich, weil alle Windhundsaussehen und Charakter haben — auf keinen grossen Widerstand stossen; gleichviel ob diese Hunde afrikanisch, mexikanisch oder chinesisch genannt werden. Anderseits erscheint es mir zweifellos, dass diese Rasse „monströs" entstanden ist. Gelegentlich finden sich bei allen Säugethieren solche, die haarlos geboren werden und haarlos bleiben, bei allen ist, wie auch bei den Menschen von derselben Missbildung in der Pigmentbildung der Haut oder in der Epidermisbildung eine Abnormität und eine ebensolche in der Zahnbildung. Beides trifft bei den nackten Hunden zu, dieselben haben alle — soweit ich mich bis jetzt überzeugen konnte — schlechte Zähne und die Pigmentbildung ist eine auffallend reiche, manchmal aber ungleich vertheilte, so dass hellere, vielleicht sogar fleischfarbig aussehende Flecken von verschiedener Grösse und Form entstehen. Eine weitere Eigenartigkeit, die für monströsen Charakter spricht, ist, dass die nackten Hunde vielfach nicht bellen und dass sie mit anderen Hunden gekreuzt, in der Regel unfruchtbar sind, obwohl gerade die nackten männlichen Hunde verhältnissmässig sehr gross entwickelte Sexualtheile besitzen. Es gibt eine Anzahl nackter Hunde, welche einige Behaarung zeigen, ich habe solche gesehen, die nur an der Schwanzspitze eine Quaste hatten, andere hatten Härchen um das Maul und die Augenbrauen und wieder andere hatten einen Strich von hellen borstenähnlichen Haaren über den ganzen Rücken und auf dem Scheitel. Dass aber das Aussehen dieser Thiere ein lieblicheres geworden wäre, kann ich nicht sagen. Es ist sehr Geschmacksache, einen solchen Hund zu haben, übrigens kannte ich einen solchen höchst intelligenten, der sich durch seinen auffallenden Muth und seine Selbständigkeit besonders auszeichnete.

Rengger (Naturgeschichte der Säugethiere in Paraguay 1830) sagt: „Es ist wohl keinem Zweifel unterworfen, dass Amerika schon vor dessen Entdeckung durch die Spanier eine eigene Rasse von Hunden besass. 1535 trafen die Spanier in Neu-Granada stumme Hunde an, dasselbe war der Fall in Peru. Diese Thiere wurden zum Theil göttlich verehrt. Die Mexikaner hielten gleichfalls schon vor der Eroberung einen stummen Hund, den sie assen und dessen Fleisch später auch den Spaniern so unentbehrlich wurde, dass er ganz ausgerottet wurde." In Quinto und Peru findet sich eine grosse Zahl schwarzer nackter Hunde, und R. hält dieselben für die Nachkommen jener ursprünglichen indianischen Hunde.

Diese peruanischen Hunde sind klein, schwach, haarlos, der Kopf ist klein, die Schnauze spitz, die Ohren aufrecht oder nur an der Spitze überhängend, der Rumpf fett, die Extremitäten fein, spindelförmig, der Schwanz hängend, die Farbe dunkelaschgrau, etwas ins Bläuliche spielend, zuweilen mit einigen fleischfarbenen Flecken. Diese Rasse hat mit dem sogenannten türkischen Hunde (canis aegypticus), der aus Afrika kommen soll, grosse Aehnlichkeit, wird aber in Amerika nicht für gleichen Ursprungs gehalten. Auch die zahlreichen Stammwörter in der Sprache der Eingeborenen beweisen zum Theil diese Annahme. Sodann ist dieser nackte Hund über ganz Südamerika verbreitet, obschon er seiner Hässlichkeit und Unbrauchbarkeit

wegen gering geschätzt wird und man seine Vermehrung eher zu
mindern, als zu begünstigen sucht. Ebenso merkwürdig ist, dass
sich nackte Hunde weniger mit anderen Rassen mischen und dass,
wenn dies geschieht, die Jungen der Mutter nachschlagen.
R. hat in Peru nie eine nackte Hündin gesehen, die auch nur zum
Theil behaarte Junge geworfen hätte. Ausnahmsweise finden sich
nackte Hunde, die einige weisse Borsten besitzen. Ferner gibt es in
dieser Rasse zahlreiche Hunde, die nicht bellen, sondern nur heulen
können, einige können sogar nur winseln.

Ueber einige fremdländische Hunderassen.

Wir geben in Nachstehendem eine kleine Sammlung über einige
fremdländische Hunderassen, welche in der neueren Zeit auf deutschen
Ausstellungen zu sehen waren, oder die auch zum Theil bereits so
viel Anklang fanden, dass sie in grösserer Anzahl gezüchtet werden
oder auch nur, dass sie durch die Presse bekannt wurden und dadurch höheres allgemeines Interesse gewannen. Es ist hier ganz
besonders aufmerksam zu machen, dass es sich nur um einige Rassen
handeln kann, welche das kynologische Interesse in der letzten Zeit
mehr oder weniger erweckten. Die Angaben, die sich hier finden,
stammen von Mittheilungen, die kritiklos angenommen sind, sie
bleiben daher ohne jeden Comentar und werden auch für wissenschaftliche Schlüsse nicht verwendet.

Ueber den japanischen Mops *(Chin)* ist folgende Mittheilung gegeben worden:

Es ist zu bedauern, dass eine so liebliche und mit dem glück-
lichsten Charakter versehene Rasse, wie die der japanischen Chins
bei uns noch so wenig verbreitet und bekannt ist. Dass wir es mit
reizenden Thieren zu thun haben, davon ist man überzeugt durch einen
Blick auf das niedliche Geschöpf. Mit dem schönsten Exterieur
vereinigt jedoch der Chin noch alle erdenklichen guten Eigenschaften.
Wo man einen Versuch damit machen wollte, sich einen Chin als
Schosshund zu halten, würde sich derselbe sehr rasch Zuneigung und
Beliebtheit zu erwerben wissen.

Ohne wählerisch oder heikel im Futter zu sein, ist zumal der
hier geborene nicht einmal zart und empfindlich, sofern man ihn nicht
unverständiger Weise verweichlicht. Sein Vergnügen ist es, den
Herrn oder Herrin, an welchem er mit grösster Liebe und Treue
hängt, zu erheitern und ihnen durch drollige Sprünge die Zeit zu
vertreiben. Immer ist er zum Scherzen und Spielen aufgelegt, und
Schmeicheln und sich schmeicheln lassen, ist sein Vergnügen. Dabei
ist er wie die Katze, mit der er viele gute Eigenschaften theilt,
sehr reinlich und putzt sich und leckt sich sauber. Von Eitelkeit
ist er nicht frei, er ist stolz auf seine Schönheit und versteht es

sehr wohl, wenn man von ihm lobend spricht; dann spreizt er sich förmlich, reckt das Köpfchen in die Höhe, und stolzirt wie ein Hahn einher — er coquettirt. Ohne wie der Spitz immer zu kläffen, ist er wachsam und ungemein muthig; wie er sich auf Mäuse, die er mit grosser Vorliebe und Geschick fängt, stürzt, so packt er auch den grössten Hund voll Zorn an, zumal wenn er Grund zur Eifersucht zu haben meint.

Sein Aeusseres lässt sich am besten durch Vergleiche mit anderen Rassen beschreiben, von verschiedensten Rassen besitzt er einige Eigenthümlichkeiten. Vom Mops hat er die kurze Schnauze, die vorstehenden Augen und die überhängenden Lippen, vom King-Charles die seidenweiche reiche Behaarung, vom deutschen Spitze die keck geschwungene buschige Ruthe und die kurze Gestalt. Seine Höhe ist etwa 20 bis 25 cm, sein Gewicht 2 bis 3 kg.

Die beliebte Farbe ist weiss mit gelben regelmässigen Abzeichen, zugleich auch die seltenste. Am häufigsten findet man Schwarz mit Weiss, und besonders drollig nimmt sich ein schwarzer Fleck auf jeder Seite des Kopfes mit schmaler weisser Schnippe aus.

Das Eigenartigste am Hund ist jedoch sein Schädel, der sowohl was Form als Gebiss anlangt, sich ganz von der gewöhnlichen Schädelform der Hunde entfernt und dem der Katze und des Affen ähnelt. Der Oberschädel ist ganz flach und abgerundet, wie der des Affen und zeigt nur leichte Spuren von Erhöhung am Hinterkopfe, welche der Windhund so ausgesprochen zeigt. Die Seitenwandknochen sind ganz glatt und bilden nur eine gewölbte Oberfläche. Das Ueberbein der Augenhöhlenknochen, das der Windhund sehr ausgeprägt zeigt, ist auch ganz verflacht und kaum markirt, und die grosse Augenhöhle erinnert ganz an die Katze. Die Nasentheile sind fast verschwunden und zusammengeschrumpft, an gewisse Affenfamilien erinnernd.

Noch mehr aber entfernt sich sein Gebiss von dem der Familie Canis. Man pflegt die Backenzähne des Hundes durch folgende Formel darzustellen:

$$\frac{3 \quad 1 \quad 2}{4 \quad 1 \quad 2} (1)$$

Hievon weicht jedoch das Gebiss des Chins völlig ab, indem die Formel für sein Gebiss (ausser Augen- und Schneidezähne folgende:

$$\frac{2 \quad 1 \quad 1}{2 \quad 1 \quad 2}$$

u. zw. ganz genau wie die für Katzen ist.

Nun bildet aber gerade die Form, Zahl und Stellung der Zähne für den Zoologen die Basis der Classification der Säugethiere und ist entscheidend für Familie und Gattung, und gerade hienach wäre der Chin gar nicht zur Classe der Caniden zu rechnen, obschon er sonst in Bau und Allem sich von anderen Rassen nicht unterscheidet. Es beweist uns diese Thatsache, wie wunderbar und mannigfaltig die verschiedenen Rasse-Eigenthümlichkeiten sind, und dass das Wort „Rasse" doch noch mehr bedeutet als bloss Spielart.

1. **Allgemeine Eigenschaften.** Ein ausgezeichneter, treuer, kleiner Wachtelhund, ist misstrauisch gegen Fremde, unruhig, behende, unermüdlich und beständig von dem in Anspruch genommen, was in seiner Umgebung vorgeht. Er ist sehr scharf bei der Bewahrung ihm anvertrauter Gegenstände und hervorragend gutmüthig im Verkehr mit Kindern, wohlbekannt mit den Gebräuchen des Hauses, stets neugierig, zu erfahren, was hinter einer Thüre vorgeht oder hinter einem Gegenstande, welchen man zu verrücken im Begriffe steht, und er pflegt die empfangenen Eindrücke beständig durch seine scharfe Stimme und durch Sträuben der Mähne zu erkennen zu geben. Er liebt die Gesellschaft von Pferden und jagt gern Maulwürfe und anderes Geschmeiss.

2. **Kopf.** Oberkopf ziemlich breit zwischen den Ohren, nach den Augen zu sich verjüngend und von der Seite rund erscheinend. Die Schnauze fein und nicht zu lang, Stirnabsatz nur wenig ausgesprochen. Nase klein. Augen dunkelbraun, klein, mehr oval als rund, weder zu tiefliegend, noch vorstehend, lebhaft und scharf blickend, die Zähne schön weiss, stark, spitz und genau aufeinander passend.

3. **Ohren.** Ganz aufrecht stehend, klein, dreieckig, hoch angesetzt und so steif, dass sie beim Zurücklegen nicht die geringste Falte oder Biegung bilden, ausserordentlich beweglich und, wenn aufgerichtet, mit den Spitzen gegen einander geneigt.

4. **Hals und Schultern.** Der Hals ist kräftig und wird erhoben getragen. Die Schultern sind schräg gestellt und sehr beweglich.

5. **Brust.** Vorn breit, hinter den Schultern breit und tief.

6. **Rumpf.** Kurz und gedrungen, der Rücken vollkommen gerade, aber geschmeidig, die Lendengegend kräftig und musculös, der Bauch gut aufgezogen.

7. **Ruthe.** Fehlt gänzlich.

8. **Vorderläufe und Pfoten.** Die Vorderläufe gerade und gut unter den Leib gestellt, fein in den Knochen, die Pfoten klein, rund und geschlossen, die Nägel gerade, stark und kurz, nicht gekrümmt.

9. **Hinterläufe.** Keulen gut entwickelt, lang und musculös, die Sprunggelenke nahe an den Boden.

10. **Behaarung.** Reichlich und im Gesicht hart. Am Kopfe glatt, an den Ohren, der Vorderseite der Läufe und den Fusswurzeln kurz, am Rumpfe ziemlich kurz, am Halse jedoch verlängert, u. zw. von der Hinterseite der Ohren an, wo das Haar eine Art Mähne, bis zur Brust, wo es eine Brustkrause bildet, welche sich zwischen

den Vorderläufen fortsetzt und hier sowie an der Rückseite der Hinterschenkel eine Art Feder (culotte) bildet, deren Enden einwärts gerichtet sind.

11. **Farbe.** Tiefschwarz ohne jedes Abzeichen.

12. **Grösse.** Wenigstens 4, höchstens 9 kg Gewicht.

13. **Fehlerhaft.** Helle Augen, halbaufgerichtete, zu lange oder halbgerundete Ohren, schmaler und zu langer oder zu kurzer Kopf, mangelhaftes oder gewelltes Haar, Fehlen der Mähne oder Feder (culotte).

Rassezeichen des Griffon bruxellois.

1. **Allgemeine Erscheinung.** Ein kleiner Damenhund, intelligent, lebhaft, kräftig, von gedrungenem Bau, dessen fast menschlicher Ausdruck auffällt

2. **Kopf.** Rund, reichlich besetzt, mit hartem, zerzaustem Haar (ébouriffé = nicht glatt liegend, nicht gescheitelt), welches um die Augen, Nase, Lefzen und Backen etwas verlängert ist. Die Lefzen schwarz eingesäumt, mit Schnauzbart versehen, ein schwarzer Anflug desselben ist nicht fehlerhaft. Das Kinn ist vorstehend, jedoch ohne die Zähne sehen zu lassen, mit Bärtchen versehen.

3. **Nase.** Immer- schwarz, kurz, von Haaren umgeben, die bis an die Augen reichen und den Kranz um das Auge bilden. Stirnabsatz markirt, aber nicht übertrieben.

4. **Augen.** Sehr gross, ohne feucht zu sein, rund, fast schwarz, Ränder oft von schwarzem Strich begrenzt, Wimpern gut behaart, das Auge nicht verdeckend und einen Kranz um dasselbe bildend.

5. **Ohren.** Stehend, stets spitz coupirt.

6. **Ruthe.** Hoch getragen, zu $^2/_3$ coupirt.

7. **Läufe.** Gerade, mässig lang.

8. **Behaarung.** Hart, rauh, trocken, nicht zu kurz, reichlich.

9. **Farbe.** Rothgelb.

10. **Grösse.** Nach Gewicht anzugeben nicht über 4 kg. Das beste Gewicht ist etwa 3 bis $3^1/_2$ kg.

11. **Fehler.** Braune Nase, helle Augen, seidiger Schopf auf dem Schädel, weisse Abzeichen an Brust oder Läufen.

Points:

Harte Behaarung	15
Rothgelbe Farbe	10
Augen	7
Nase und Schnauze	7
Ohren	3
Läufe und Körper	5
Kleinheit	3
	50

Diese Rasse unterscheidet sich vom Affenpintscher durch kräftigere Figur und hauptsächlich in der Farbe, da bei derselben nur rothgelb, bei Affenpintschern hingegen, alle Farben mit Ausnahme von weiss und leberbraun zugelassen sind.

Ueber die Hunde in Britisch-Birma findet sich von einem Herrn Sieber ein Bericht in der Zeitschrift „Der Hund", 1889: „Unterbirma mit Rangun, in Indien, ist seit 1852 englisch. Engländer und andere Europäer haben die verschiedensten europäischen Hunde dorthin gebracht, die sich mit einheimischen kreuzten. Alle Hunde, welche nicht Europäern gehören und nach englischen Begriffen als Hausthiere gehalten werden, gelten als „Paria". Es sind somit unter diesem Namen nicht nur die einheimischen Rassen, sondern auch Bastarde mit europäischen Rassen, ja reinrassige europäische im Besitze von Eingeborenen darunter verstanden, Namentlich ist anzuführen, dass in der Umgegend von Rangun Pudel und Pudelbastarde bei den Eingeborenen sehr beliebt sind".

Die von Herrn Sieber beobachteten Parias, die er als echte einheimische erkannte, sind leichte, schlanke, hochläufige Hunde mit schmalem, spitzem Kopf, spitzen mittelgrossen Stehohren, langem, meist etwas hängend, in leichtem Bogen getragenem, aber nicht geringeltem Schwanz. Rothe Farbe herrscht vor, doch gibt es, wohl je nach der Reinheit, auch mehrfarbige, schwarze u. dgl. Die Thiere sind scheu und ängstlich und laufen bei der geringsten drohenden Bewegung mit eingeklemmtem Schwanze davon. Von ihresgleichen angegriffen, wehren sie sich derart, dass sie mit unter den Leib gezogener Ruthe, gekrümmtem Rücken, gesträubtem Haar und fletschenden Zähnen den Gegner anknurren oder gegen ihn beissen.

Die Schakale (Canis aureus) sind gegen diese Parias starkleibiger und kurzköpfiger, haben grössere, breitere Stehohren, die sehr beweglich sind, und die sie rasch zurücklegen können. Der Schakal ist länger behaart und hat buschigeren Schwanz. Die Farbe der dortigen Schakale ist grauroth mit hasengrauem Mantel.

Ein im Museum in Rangun ausgestopfter Cuon rutilans (Adjacj, Jamainu) sah einem hochrothen Paria mit etwas zu grossen oder in der Spitze zu breiten Ohren nicht unähnlich — doch war der Schädel nicht in dem ausgestopften Exemplar, welcher deutlichere Unterschiede gestatten soll.

Im Birmaischen heisst der Hund Khwae — der Cuon tan Khwae — der Schakal myae Khwae.

Ueber die Haltung der Hunde dortselbst ist mitzutheilen, dass die Einwohner als Buddhisten die Thiere mild behandeln, ja 1879 hatte der englische Consul das Land verlassen müssen, weil er einen „heiligen" Hund getödtet hatte. Im „Ausland", 1885, findet sich die folgende Mittheilung: „Im Jahre 1879 sah ich in Thayetmyr in Oberbirma auf dem Bazar eine junge Birmanin ihrem Sprössling die

Brust reichen, während an der anderen Seite ein kleines Hündchen
säugte.

Man schien das gar nicht auffällig zu finden. In birmanischen
Märchen ist der Specht der „Hund der Geister".

Ueber den mexicanischen Hund Chihuahua (spr. Tschiwáwa)
haben wir Folgendes sammeln können:

Der Präsident von Mexico hat der Sängerin Adelina Patti
einen kleinen Chihuahua-Hund zum Geschenk gemacht, so hiess vor
einigen Jahren eine Mittheilung, und jedenfalls haben die mit den
Geheimnissen der Kynologie Vertrauten sich gedacht, dass das etwas
Besonderes sein müsse, und so ist es auch.

Herr Dr. Langkavel schreibt hierüber, dass er schon lange
danach strebe, ein solches Exemplar zu bekommen, des unmässig
hohen Preises wegen davon jedoch absehen musste. Bei der in
Hamburg 1889 abgehaltenen Ausstellung wurde ein Exemplar als
„Erdhund" aus der Provinz Chihuahua in Nord-Mexico ausgestellt,
und es hat nun Herr Dr. L. Folgendes hierüber mitgetheilt: „In
der Provinz Chihuahua, die ungefähr mit Marokko unter einem Breitegrad liegt, herrscht acht Monate im Jahre beständiger Sommer,
während der vier anderen Monate ist die Temperatur wie im October
in New-York. Die Trockenheit der Luft ist so bedeutend, dass
Fleisch im Freien dörrt, aber nicht fault." — Im Norden kommen
die Ruinen, von den alten Peruanern herrührend, vor, die schon
250 Jahre vor Ankunft der Spanier in Trümmern lagen. L. erwähnt dies
besonders „wegen der Frage nach den Ahnen des Zwerghundes". In
der Stadt Chihuahua werden viele Hunde gehalten, besonders Schäfer-
und Jagdhunde, „in einigen wenigen Häusern, als Schosshunde gehalten und sorgfältig gepflegt, unsere Zwergrasse". Der Erste, der
Eingehendes über diese Zwergrasse schrieb, war 1854 Barlett, der
folgende Darstellung gibt: „In Chihuahua gibt es eine besondere
Zucht diminutiver Hunde, die nur hier gefunden werden, und alle
Reisenden, welche die Gegend besuchen, versuchen es, solch ein
Thierchen zu kaufen. Ueber den Ursprung und die Herkunft dieser
kleinen Creaturen konnte ich trotz aller meiner Bemühungen nichts
erfahren. Sie haben nicht das Aussehen gewöhnlicher Schosshunde,
auch nicht das verkümmerter, zwerghafter Köter mit langem Körper
und kurzen Beinen, sondern sie besitzen die elegante Form eines
ausgewachsenen Mastiffs mit kleinem Kopf, zarten, zierlichen Gliedern
und Leib. Das Haar ist kurz und fein auf dem Rücken, während es
an den unteren Theilen des Körpers wenig mehr als Milchhaar
(Dunen) ist. Der Vorderkopf ist stark hervortretend, die Augen
sind gross und voll. Diese Hündchen stehen in ganz Mexico
in hohem Werthe und werden in der Hauptstadt mit 50 Dollars bezahlt, während man in Chihuahua für einen etwa käuflichen 5 bis 16
Dollars gibt. Von zwei ausgewachsenen Exemplaren wog der eine 3,

der andere 3 Pfund und 6 Unzen. Eine Hündin warf zweimal in den Vereinigten Staaten, aber die Jungen übertrafen ausgewachsen in Grösse und Gewicht viermal die Mutter, behielten jedoch genau deren Aeusseres. A. Obers schreibt 1884 über dieses Hündchen: „Seine Vergangenheit ist in völliges Dunkel gehüllt und seine Zukunft sehr problematisch, denn soweit der Staat Mexico dabei in Betracht kommt, steht sein Aussterben nahe bevor. Die meisten Exemplare werden jetzt zu fabelhaften Preisen aufgekauft und nach den Vereinigten Staaten gebracht." Versuche, sie ausserhalb Mexicos fortzupflanzen, schlugen 1884 im Ergebniss noch ebenso fehl, wie 1854.

Die Beschreibung des mit ausgestellten Chihuahuahündchens gibt Dr. L. folgendermassen:

„Schulterhöhe 16 cm, Länge 18 cm. — Kopf mittelgross. Oberkopf stark gewölbt, Hinterhaupt gut entwickelt. Nasenrücken eingedrückt, Nase fuchsartig, spitz verlaufend. Behang mittelmässig gross, aufgerichtet, spitz verlaufend, das obere Viertel überfallend. Augen gross, nicht schiefliegend, etwas vorspringend, klar, freundlich, fast schwarz, Lider gut schliessend. Hals mittellang. Rücken nicht eingesenkt. Brust ziemlich breit. Bauch nicht aufgezogen. Leib corpulent. Ruthe nicht tief angesetzt, coupirt. Läufe sehr zart, im Verhältniss zum Leibe. Vorderläufe gerade, etwas auseinander gestellt, Hinterläufe nicht sehr steil gestellt, aber auch nicht windhundartig gebogen. Zehen gut geschlossen. Nägel sehr lang, stark gebogen, spitz. Haar glatt und dicht, verhältnissmässig kurz, fein, fast fehlend am Bauche und der Innenseite der Schenkel, Farbe weisslich, am Rücken, Hals und bis zur Hälfte der Seiten schwach ockerfarben weisslich, um den Hals deutlicher, 1 cm breiter Ring von schneeweisser Farbe, das obere Dritttheil des Behanges mit kurzen, dunkelbraunen Haaren besetzt. Laute, helle, feine Klangfarbe. Lieblingsspeisen: Aepfel, Birnen, Kirschen und Trauben".

Ueber die Hunde in Kamerun sagt Herr Dr. B. Langkavel, dass hauptsächlich drei Rassen vorkommen: 1. eine hyänenartige, mit spitzem Kopf und Hängeohren; 2. eine schakalähnliche, die am weitesten verbreitet ist, und 3. eine hässliche. Die schakalähnliche ist von gelbbrauner Farbe, am Bauche und unten am Halse weiss, mittelgross, struppig, langohrig, mit aufwärts gekrümmter Ruthe, hochläufig und aufrecht stehenden Spitzohren.

Die Thiere besitzen den Weissen gegenüber anfangs ein scheues, schakalartiges Benehmen, allmälig lernen sie aber dasselbe ablegen, lernen bellen und werden nützliche kluge Hunde, aber ein gewisser plebejischer Zug bleibt doch haften. Als der in Kamerun verstorbene deutsche Naturforscher Flegel 1879 den Pio grande in Kamerun bestieg, fand er in einem Gebirgsdorfe einen blinden Krüppel, dessen sich Niemand annahm. Aber er besass einen treuen Hund, und dieser führte ihn durch eine Leine sicher auf den schlechten Wegen von einem Dorfe zum anderen. — Die Ruthenbewegung der Hunde Kameruns ist keine so mannigfaltige wie die der europäischen. Der Preis für einen Hund schwankt dort zwischen 10 bis 40 Mark. Zur Jagd dressirte kosten 20 bis 40 Mark. Vielfach werden sie gegessen.

Ueber verwilderte Hunde findet sich von Dr. Langkavel in der Zeitschrift „Der Hund", Bd. XIII, Nr. 1, Folgendes:

1. Auf Cuba verwilderte lebten lange Zeit paarweise, die auf den Galapagos, den Sandwichinseln und in Australien (Warrizul) jagen truppenweise, in den Pampas dagegen einzeln oder in Trupps.

2. Die auf der Insel Juan de Nora (im Canal von Mozambique) verwilderten Hunde bellen nicht, haben keine Neigung zu Geselligkeit, aber ihre Nachkommen nach einer Reihe von Generationen erhielten ihre Stimme ebenso wieder wie jene aus Juan Fernandez, als sie, von dort weggeführt, wieder mit Haushunden zusammenkamen.

3. Die in den Pampas umherjagenden Hunde graben sich, wie die Füchse, Höhlen, aber die den Indianern Nordamerikas entlaufenen benutzen, wie die Wölfe, Aushöhlungen in festem Gestein zu ihrem Zufluchtsorte.

4. In Australien sind verwilderte Hunde, wahrscheinlich Abkömmlinge von Schäferhunden, nicht uniform in der Behaarung geworden, auch nicht jene in den La Plata-Staaten und auf Juan Fernandez, aber auf den Galapagos wurden sie rothbraun und auf Cuba fast alle mäusegrau mit auffallend blauer Iris und kurzen Ohren.

5. Bei dem Aufstande der Mohammedaner im westlichen China in den Sechzigerjahren verwilderten 1500 Hunde der von den Kalmücken niedergemetzelten Kirgisen, irrten monatelang umher, nährten sich von den Leichen der Erschlagenen und verbreiteten solchen Schrecken, dass kein Reiter wagte, in ihren Bereich zu kommen. Sie waren gefürchteter als Wölfe und starben schliesslich an Hunger — auch die Wuth soll unter ihnen ausgebrochen sein.

Tibet-Mastiff.

Tibetanische Hunde sind seit alter Zeit berühmt. Mr. Gill sah in der Nähe der tibetanisch-birmanischen Grenze einen solchen und gibt folgende Beschreibung: „Der Häuptling von Sha-Su hielt einen mächtigen Hund in einem Käfig auf der Mauer nächst dem Eingangsthor. Es war ein sehr schweres, schwarz und rothbraunes Thier (das Braune von sehr guter Farbe), mit Rostflecken über den Augen und an der Brust. Die Behaarung war ziemlich lang, aber schlicht, die Ruthe buschig, die Läufe glatt und rostbraun gefärbt, der Kopf enorm gross, geradezu unproportionirt zum Körper, ähnlich dem eines Bluthundes mit den überhängenden Lippen und den tieflie-

genden, die blutunterlaufene Bindehaut deutlich zeigenden Augen,
der Behang flach angesetzt und hängend. Es mass vier englische
Fuss von der Nasenspitze bis zur Schwanzwurzel und zwei Fuss,
zehn Zoll hoch an der Schulter. Sein Alter war drei Jahre, und
er gehörte der reinen Tibetrasse an".

Hesse-Wartegg schreibt in seinem Werke über Mexico: „Eine
hübsche ländliche Scene (Anahuac und die Tolteken) blieb mir
lebhaft im Gedächtniss. Eine kleine Indianerfamilie war unter einem
Baum gelagert, die Frau war mit dem Backen von Tortilles beschäftigt,
die Kinder suchten einander die kleinen Raubthierchen in dem Ur-
waldwuchs ihrer Köpfe, ein Esel stand an einen Baum gebunden,
ein Köter umschnüffelte das Feuer mit den darauf bratenden Genüssen.
Ein Mann brachte eben einen Kübel voll Wasser, um den Esel
trinken zu lassen. Der Hund eilt herbei, um selbst seine trockene
Kehle zu netzen, erhält aber von dem Indianer einen Fussstoss in
die Rippen. Heulend schleicht er davon, das Indianerweib eilt auf
ihn zu, nimmt die räudige Bestie in ihren Arm und küsst sie und
herzt sie vor lauter Mitgefühl. Die Frauen sind doch in ihrer Liebe
zu den Hunden überall gleich. Die gute Indianerin hätte gewiss den
nützlichen Esel vom Wassertrog hinweg gejagt, um den unnützen
Köter saufen zu lassen. Uebrigens sind die zahllosen Hunde der
mexicanischen Dörfer sehr anständig und benehmen sich ebenso
tactvoll wie die Hunde von Cairo, nur haben sie eine Schattenseite:
bei Tag schlafen sie und kümmern sich in der Regel um keinen
Fremden, sofern er nicht vielleicht einen Schinken im Rockschoss
mit sich herumträgt, dafür heulen sie zur Nachtzeit, als ob sie am
Bratspiess stecken würden. Wie oft wurden mir hier die Nächte
durch das scheussliche Geheul vergällt."

Ueber den Aguarachay, *Canis Azarae s. Brasiliensis*,
sagt J. R. Rengger (in seiner Naturgeschichte der Säugethiere von
Paraguay, 1830): „Einige Naturforscher halten den Fuchs von
Paraguay, welchen Azara zuerst unter dem guranischen Namen beschrieben hat, für identisch mit dem nordamerikanischen dreifarbigen
Fuchse, *Canis cinereo-argenteus.*" Der Pelz dieses Fuchses besteht
aus kurzen, äusserst feinen Wollhaaren und etwas gekräuselten, nicht
sehr weichen Deckhaaren. An der vorderen Hälfte des Gesichtes
und an den Beinen sind sie kurz, sonst aber bis 2 $\frac{1}{2}$ Zoll lang. Ueber
der Oberlippe, hinter den Maulwinkeln und über den Augen stehen
einige lange steife Tasthaare. Die Farbe des Pelzes ist im Gesicht,
von der Nasenspitze bis zu den Augen, bräunlichschwarz, jedoch
unmittelbar unter den Augen in etwas dunkler als auf der Nase, wo
einige Haare eine weisse Spitze haben. Die Unterkinnlade ist grau-
lichschwarz mit Ausnahme des vorderen Theiles der Lippe, welcher
eine weisse Farbe hat. Die Haare der Stirn und des Scheitels sind
röthlichbraun mit weisser Spitze; die vordere Seite des Ohres ist

grau, die hintere röthlichbraun. Der Nacken, der Rücken, die Seiten des Halses und des Rumpfes sind graulichbraun, mit etwas Gelb in der Mischung, das Resultat des ringförmigen Farbenwechsels der einzelnen Haare (grau, schwarz, gelbweiss), die äussere Seite der Extremitäten ist bräunlichroth, innen und abwärts schwärzlich. Kehle, Hals, Brust, Bauch und oben innen die Extremitäten sind weiss. Ganze Länge 3′ 2″ — Kopf 6″ 4‴ — Schwanz 1′ 1″ 9‴ — Höhe 1′ 3″.

Der Zahnbau ist genau wie bei unserem Fuchse, ebenso Aussehen, Gang und Haltung. Er scheint in dem grössten Theile von Südamerika östlich der Anden vorzukommen. Der Aguarachay wurde damals in Paraguay sehr häufig jung eingefangen und gezähmt. R. kannte zwei solcher Thiere, die von einer Hündin aufgezogen waren, sich sehr gut mit den Hunden vertrugen, aber nie recht folgsam wurden. Man nahm sie mit auf die Jagd, woselbst sie sich durch vortreffliche Geschicklichkeit im Aufsuchen und Verfolgen einer Fährte auszeichneten und dabei die besten Hunde übertrafen. „Am liebsten jagten sie Rebhühner, Acutis, Tatus und junge Feldhirsche, alles Thiere, denen sie auf ihren nächtlichen Streifereien nachzustellen gewohnt waren.“ Dauerte aber die Jagd mehrere Stunden, so ermüdeten sie früher als die Hunde und kehrten dann nach Hause zurück, ohne auf das Zurufen ihrer Herren zu achten. R. schreibt noch über die sonderbare Gewohnheit der Aguarachay, ein Stück Leder, einen Lappen, Tuch etc. zu erfassen, eine Strecke weit zu tragen und dann einzuscharren.

Russische Bracken.

Die russischen Treibhunde, wie wir sie heute auf der Ausstellung sehen, sind durchweg kräftig und musculös gebaute Thiere von so ausgeglichener Rasse, dass es schwer wird, in einer Meute den einen Hund von dem anderen zu unterscheiden. Sie gleichen im Körperbau dem englischen Fuchshund, ebenso in der Grösse, haben aber struppiges Haar und tragen die Ruthe nicht aufrechtstehend gekrümmt, sondern mehr horizontal. Am Halse und auf dem Rücken ist das Haar struppiger und länger, als am übrigen Körper. Die jagdlichen Eigenschaften sind vorzüglich. Ihre hauptsächlichste Verwendung finden sie bei der Wolfsjagd; es ist ihre Aufgabe, den Wolf aus dem Walde zu treiben, wenn er mit Windhunden gehetzt werden soll. Dass diese Aufgabe nicht leicht ist, wird Jeder einsehen, der den scheuen Charakter des Wolfes kennt und weiss, wie ungern er die sichere Deckung im Walde verlässt, umsomehr, wenn er merkt, dass die ihn im Felde erwartenden Windhundkoppeln es auf seinen Balg abgesehen haben. Zur Lösung dieser Aufgabe ist deshalb ein starker Hund nöthig, dessen weitere

Eigenschaft, ein tödtlicher Hass gegen alles Raubgesindel überhaupt
und ganz speciell gegen den Wolf ein angeborener Charakterzug ist.
Moskauer Ausstellungsbericht 1889, „Der Hund", Bd. XIV, p. 35.

Russische Vorstehhunde, Mazklovka-Rasse.

Unter den einheimischen russischen Rassen nimmt die Vor-
stehhund-, Mazklovka-Rasse, eine hervorragende Stelle ein. Diese
Hunde sind bedeutend schwerer gebaut als die heutigen Pointers,
ihre Schulterhöhe beträgt 60 bis 70 cm; sie sind gewöhnlich braun,
mit Schmutzig-weiss gesprenkelt, haben ein hohes Schädelbein, lange,
gefaltete Behänge und braun gebrannte Flecken über den Augen
und an den Extremitäten. Die Ruthe ist pointerartig dünn und wird
horizontal getragen. Die jagdlichen Eigenschaften, Nase, Ausdauer
und Passion sind gut, sie suchen jedoch nur langsam und sind für
grosse Hitze empfindlich.

Ueber die heutigen Kriegshunde.

Seit etwas mehr wie einem Jahrzehnt, aber noch in keinem
modernen Kriege erprobt, haben wir wieder das Bestreben, den Hund
als Kampfgenossen mit in die Schlacht zu führen. Wenn auch heute
nicht mehr die Anforderungen des Alterthums an ihn gestellt werden,
in erster Reihe zu stehen und den Feind anzufallen und zu zerfleischen,
so sind andere, sehr wichtige, im Depeschentragen und in der
Auffindung der Truppenkörper verlangt worden. Wir geben im
Nachstehenden die Anforderungen und Dressurvorschriften für einen
Kriegshund.

Vorschriften für die Behandlung, Dressur und Verwendung der Kriegshunde.

Einleitung.

1. Die ausserordentlichen Eigenschaften des Hundes, seine
Gelehrigkeit und Wachsamkeit, die Schärfe gewisser Sinne, seine Anhänglichkeit an den Menschen und seine Schnelligkeit befähigen ihn,
für militärische Zwecke verwendet zu werden.

Insbesondere ist der Hund im Aufklärungs- und Sicherheits-
dienste, zum Ueberbringen von Meldungen vorgesandter Patrouillen, zur
Unterstützung der Posten, zur Aufrechterhaltung der Verbindung
zwischen Posten und Feldwachen, sowie zwischen anderen Theilen
der Vorposten und schliesslich in beschränktem Masse zum Aufsuchen
Vermisster zu gebrauchen.

I. Rasse, Anforderungen an fertige Kriegshunde, Dressur.

A. Rasse.

2. Zur Ausbildung für militärische Zwecke sind Hühnerhunde, Pudel und Schäferhunde geeignet. Es kommt bei der Auswahl weniger auf die Rasse an, der der Hund angehört, als darauf, dass das Thier reinen Blutes ist und die für den Kriegshund erforderlichen Eigenschaften besitzt.

3. Diese Eigenschaften sind in erster Linie: Volle Gesundheit, kräftiger Körperbau, insbesondere breite Brust und sehnige Läufe, scharfes Gehör und gute Nase, leichte Auffassungsgabe, Ausdauer und Wachsamkeit.

4. Die Pudel sind ihrer Gelehrigkeit wegen besonders schätzbar und werden deshalb zur eigenen Ausbildung jüngerer Lehrer im Abrichtungsverfahren gut zu verwenden sein. Im späteren Lebensalter lassen sie jedoch vielfach die Freudigkeit zur Arbeit vermissen und werden grösseren Anstrengungen gegenüber leicht versagen. Sie sind daher nicht ausschliesslich zu verwenden.

Der Schäferhund hat mit dem Pudel die leichte Auffassungsgabe gemein; seine Widerstandsfähigkeit gegen Witterungseinflüsse, seine Wachsamkeit und seine Aufmerksamkeit für die Befehle seines Herrn würden ihn besonders zur Verwendung als Kriegshund geeignet machen, wenn nicht in vielen Fällen die Ausbildung durch den wenig zutraulichen Charakter des Hundes erschwert würde.

Der Hühnerhund vereinigt die guten Eigenschaften beider genannten Rassen und zeichnet sich durch reges Pflichtgefühl und Anhänglichkeit aus. Die Neigung zur Jagd verliert sich bei ihm, je mehr er zum Bewusstsein gelangt, dass Anderes von ihm gefordert wird.

5. So lange die Bataillone nicht aus militärischen Zuchtanstalten Hunde erhalten, steht ihnen die Wahl der Rasse frei. Bei eigener Aufzucht, die zu empfehlen ist, haben sie auf geeignete Kreuzung Werth zu legen.

B. Leistungen, die von fertigen Kriegshunden zu fordern sind.

6. Vom fertigen Kriegshunde muss verlangt werden:

dass er eine allgemeine, vorbereitende Dressur durchgemacht hat, zum Gehorsam, zur Folgsamkeit auf Ruf und Zeichen erzogen worden ist;

dass er Botengänge mit Sicherheit ausführt, d. h. von vorgesandten Patrouillen zu den rückwärtigen Abtheilungen zurückläuft und zu ersteren wieder zurückkehrt, die Verbindung zwischen stehenden Abtheilungen und Posten innehält,

dass er wachsam ist und die Annäherung fremder Personen an Posten diesen bemerkbar macht.

Nach diesen Gesichtspunkten ist bei der Abrichtung zu verfahren.

7. Die Abrichtung zum Aufsuchen Vermisster ist im Allgemeinen **nicht** zu fordern. Zeigen sich einzelne Hunde hierfür besonders geeignet, **und haben die Lehrer das hinreichende Geschick, es ihnen beizubringen, so darf auch das Aufsuchen Vermisster** in den Kreis der Ausbildung **hineingezogen** werden.

C. Die Dressur.

Allgemeines.

8. Im Allgemeinen kommen bei der Abrichtung von Hunden **zwei Dressurweisen** zur Geltung: eine **scharfe Erziehung des abgeschlossen gehaltenen Hundes** unter Anwendung von Gewaltmitteln, **um den Willen des Hundes** demjenigen seines Herrn unbedingt **unterzuordnen, und eine mildere Art der Behandlung,** die Werth auf **den Verkehr des Thieres mit dem Menschen und auf die Ausbildung der Verstandeskräfte des Hundes** legt.

9. Die Wahl der Erziehungsweise wird sich nach der Individualität des Hundes richten, doch ist **die zuletzt erwähnte Methode vorzuziehen.** Sie liegt den nachstehenden Angaben über den Gang der Ausbildung zu Grunde.

Die Lehrer.

10. Die gesammte Ausbildung der Hunde eines Bataillons ist im Allgemeinen in die Hand **eines** mit dem Gegenstande vertrauten und darin erfahrenen **Officiers** — Lieutenants — zu legen, dem das **Lehrpersonal,** die Führer der Hunde und deren Gehilfen (dem Oberjäger- oder Mannschaftsstande entnommen) unterstellt ist.

11. Ist bei jeder Compagnie ein geeigneter Officier vorhanden, so kann die Dressur der Hunde compagnieweise unter Leitung dieser Officiere stattfinden.

In Ermangelung geeigneter Officiere sind **Vicefeldwebel** an deren Stelle zu verwenden. Die Anordnungen in dieser Hinsicht trifft der Bataillonscommandeur.

12. Zu **Führern** oder Lehrern der Hunde sind Oberjäger, Gefreite oder Jäger auszuwählen, die sich durch ruhigen aber bestimmten Charakter auszeichnen, durch ihren Bildungsgrad und ihre Dienstführung für diese Verwendung geeignet erscheinen. Dass sie bereits Hunde bearbeitet haben, ist nicht Erforderniss; wesentlich ist es, dass sie Lust zur Sache besitzen, Eifer und das Bestreben zu lernen zeigen, und dass sie durch ihr Dienstverhältniss längere Zeit hindurch der Compagnie angehören. Jäger der Classe A sind aus letzterem Grunde in erster Linie für diesen Dienstzweig heranzuziehen.

13. Im weiteren Verlaufe der Ausbildung sind den Führern noch **Gehilfen** zuzutheilen, deren Auswahl sich ebenfalls nach den vorher

genannten Gesichtspunkten richtet, da sie den Ersatz für ausscheidende Führer bilden sollen.

Ein häufiger Wechsel unter Führern und Gehilfen ist möglichst zu vermeiden.

14. Sind einem Officier beim Bataillon die Kriegshunde anvertraut, so trifft er im Vernehmen mit den Compagniechefs die Wahl des Lehrpersonals. Wird eine Einigung nicht erzielt, so entscheidet der Bataillonscommandeur unter Berücksichtigung des sonstigen dienstlichen Interesses.

Verhalten des leitenden Officiers.

15. Dem Leitenden untersteht:

die Beschaffung des Hundematerials,

Vertheilung der Hunde auf die Compagnien,

Ueberwachung der Aufzucht junger Hunde,

Ueberwachung der Fütterung und Pflege der Hunde.

Er hat das Lehrpersonal für dessen Aufgaben durch fortgesetzten Unterricht vorzubereiten und während der Dressur zu überwachen und anzuleiten.

16. Nachstehende Bemerkungen sollen für ihn als Anhaltspunkte in dieser Hinsicht dienen.

Die Unterweisung des Lehrpersonals durch den Leitenden erstreckt sich auf das Bekanntgeben der zu erstrebenden Ziele, auf Anleitung in der Führung eines Tagebuches (s. Anl. 2) und in Prüfung des Letzteren, auf die Methode der Dressur und den Lehrgang, der in stufenweiser Folge, den Fähigkeiten und Anlagen des Hundes entsprechend, innezuhalten ist. Bei Störungen, die im Laufe der Dressur eintreten, ist es Aufgabe des Leitenden, durch Ergründung der Ursachen und Abstellung der vorgekommenen Fehler helfend einzugreifen.

Dem Leitenden liegt ob, zu beurtheilen, ob der Führer die Eigenschaften besitzt, die an ihm vorausgesetzt wurden; es muss sein Bestreben sein, durch Beispiel und Belehrung die Führer, wenn unter gewissen Verhältnissen ihre Thätigkeit und Neigung zur Sache nachlässt, aufzumuntern und in angemessener Weise zum unermüdlichen Ausharren anzuregen.

Der Lehrgang.

17. Die Dressur hat sich zu erstrecken auf

1. Führen an der Leine (dem Riemen),
2. Hervorrufen der Wachsamkeit,
3. Ausführung von Botengängen.

Vorbereitende Bemerkungen.

18. Der Gang eines Unterrichtstheils, einer Uebung, wird zur Erleichterung des Verständnisses des Hundes in einzelne vor-

bereitende Theile oder Stufen zerlegt. Je weiter in der Arbeit vorgeschritten wird, desto mehr wächst die Auffassungsgabe des Hundes,
desto leichter wird er der Belehrung zugänglich. Es ist daher wichtig,
vom Einfacheren zum Schwereren allmälig überzugehen und dem
Hunde niemals mehr, als sein Begriffsvermögen zu fassen vermag,
zuzumuthen. Hat der Hund begriffen, was er soll, so handelt es sich
darum, das Erlernte durch fortgesetzte Uebungen in derselben Weise
zu befestigen, ehe zu einem anderen Gegenstande übergegangen wird.
Von der Wichtigkeit und Schwierigkeit der Uebung wird die Zeit-
dauer abhängen, die darauf zu verwenden ist.

Flüchtiges Erlernen einer Uebung führt häufig zu Missverständnissen
seitens des Hundes, die schwer wieder auszugleichen sind.

Es ist daher als Grundsatz aufzustellen:

Der Führer bemühe sich, mit Ruhe und Ausdauer dem Hunde
verständlich zu machen, was er thun soll, und halte darauf, dass sein
Zögling das Erlernte in sich befestige. So zerlegt sich ein Dressurzweig

in die Belehrung,
Befestigung des Erlernten und
in volle Ausbildung.

19. Je weniger Strafmittel zur Anwendung kommen, ein desto
günstigeres Zeugniss ergibt sich daraus für Lehrer und Hund. Möglich
ist ihre Anwendung überhaupt erst dann, wenn der Hund verstanden
hat, was von ihm verlangt wird, und deshalb ist Ungehorsam allein
zu bestrafen.

Der Lehrer hat sich sorgsam klar zu machen, ob Ungehorsam
vorliegt, ehe er straft. Als Strafmittel gelten harte Worte und Stock-
schläge, die Anwendung von Korallen ist unthunlich.

Ebenso ist mit Belohnungen sparsam zu verfahren. Grundsätzliches Verabreichen von Leckerbissen ist nicht rathsam, da sie
den Hund mehr zerstreuen, als ihm nützen, freundliche Worte genügen
in den meisten Fällen als Belohnung.

20. Was das Alter der Hunde hinsichtlich des Beginnes der
Dressur anbetrifft, so kann bei denjenigen Hunden, die der eigenen
Aufzucht entstammen, schon frühzeitig mit der Erziehung, d. h. mit
der Gewöhnung an den Führer, mit dem Abstellen von Untugenden
begonnen werden.

Aufzucht, Erziehung und Dressur müssen Hand in Hand gehen,
doch darf zur eigentlichen Dressur nicht vor dem sechsten Lebens-
monat geschritten werden.

Führen an der Leine (dem Riemen).

21. Die Uebung besteht darin, dass der Hund, der sich an
der Leine (dem Riemen) (s. Nr. 64) befindet, links neben seinem
Führer geht, ohne dass dieser die Leine mit der Hand festhält. Es

ist dabei gleichgiltig, ob der Hund etwas vor oder hinter seinem Herrn läuft, er darf nur nicht an der Leine ziehen, sondern diese hängt stets lose zwischen beiden.

22. Zur Unterweisung in dieser Uebung wird schon im jugendlichen Alter des Hundes in der Art vorgegangen, dass der Hund nur an der Leine die Kaserne verlässt. Das junge Thier wird zuerst Schwierigkeiten machen, vorlaufen oder stehen bleiben wollen. Ein Ruck an der Leine, Zureden, Streicheln führen bald dahin, dass der Hund ahnt, um was es sich handelt. Versucht er aber nach einigen Ausgängen, sich in die Leine zu legen und zu ziehen, so verwehrt ihm der Lehrer durch Gebrauch einer dünnen Ruthe das Vorlaufen. Der Hund muss inne werden, dass er, wenn er angeleint ist, nur auf seinen Herrn und sonst auf nichts zu achten hat.

23. Der gewöhnliche Dienstbetrieb bietet hinreichende Gelegenheit, das Führen an der Leine einzuüben, Vorübungen in der Stube oder auf dem Kasernenhofe sind deshalb nicht erforderlich.

Hervorrufen der Wachsamkeit.

24. Die Wachsamkeit ist dem Hunde angeboren und bedarf nur der Entwicklung.

Zu verlangen ist vom Kriegshunde, dass er, bei seinem Herrn sich aufhaltend, im Quartier oder Bivouac die Annäherung Fremder anzeigt; dass er, einem Posten mitgegeben, diesen auf die Annäherung Fremder aufmerksam macht; dass er, angebunden, das Herankommen unbekannter Personen verhindert.

Diese Dienste des Hundes werden nur zur Nachtzeit oder in ganz unübersichtlichem Gelände zur Geltung kommen; sie äussern sich dadurch, dass der Hund durch Knurren anmeldet.

25. Die Ausbildung in der Wachsamkeit beginnt in der Stube. Der Lehrer hält sich mit seinem Hunde im Zimmer auf, in dessen nächster Umgebung es möglichst ruhig sein muss, und lässt von dem Gehilfen an die Stubenthür klopfen. Dann macht er den jungen Hund auf das Geräusch aufmerksam und reizt ihn durch „pass auf!" u. dgl. zum Knurren, das voraussichtlich sofort zum Bellen übergehen wird. Bellt der Hund, so ist er vorläufig dabei zu belassen, um ihn nicht furchtsam zu machen.

26. Zur nächsten Stufe darf man erst übergehen, wenn der Hund stärker und kräftiger geworden ist und damit an Selbstvertrauen und Muth gewonnen hat. Der Lehrer stellt sich mit dem angeleinten Zögling zur Nachtzeit, wo er leichter vernimmt und auch aufmerksamer ist, als am Tage, an einem einsamen Platze auf. Ein Gehilfe schleicht sich dann nach einiger Zeit von der Windseite her an Beide heran, u. zw. bei den ersten Uebungen nicht allzu leise. Bellt der Hund nicht von selbst, so regt ihn sein Führer dazu an.

Es ist dabei zu verhindern, dass der Hund den Gehilfen anspringt, um zu vermeiden, dass er „scharf auf den Mann" gemacht wird. Derartige scharfe, bissige Hunde sind im Truppendienst nicht zu verwenden. Wesentlich ist es, dass bei diesem Unterricht, wenigstens anfänglich, kein Bekannter des Hundes die Dienste des Gehilfen versieht.

27. Ist der Hund im Anmelden sicher, so wird zum Anzeigen durch Knurren geschritten, indem als Grundsatz festgehalten werden muss, dass der fertige Hund nur durch Knurren anmeldet. Man bringt ihn dazu durch Uebungen gleicher Art, wie die erwähnten; wenn der Hund vom Knurren, das stets dem Bellen vorausgeht, zu diesem übergehen will, beruhigt man ihn durch leisen Zuruf und, wenn er darauf nicht hört, durch einen leichten Schlag mit dünner Gerte.

28. Die Uebungen sind hauptsächlich in der Dunkelheit anzustellen, und auch besonders während der Herbstübungen vorzunehmen, wo sich günstige Gelegenheit und geeignete Gehilfen finden werden.

Botengänge.

29. Unter Botengängen sind folgende Thätigkeiten des Hundes zu verstehen. Der Hund, von seinem Führer durch einen Gehilfen fortgeführt, läuft, zurückgeschickt, zu jenem und dann wieder zu dem Gehilfen zurück. Der Lehrer verlässt mit dem Hunde den Gehilfen, schickt ihn zu diesem zurück, und von diesem läuft der Hund wieder zu seinem Herrn.

Der Hund soll dies beliebig oft thun und auf Entfernungen bis zu 4 km, wobei ihm die Punkte, zwischen denen er hin- und herläuft, und der Weg, den er benutzt, bekannt sind.

Auf grössere Entfernungen von einem Gehilfen zu seinem Führer zurückgeschickt, sucht sich der Hund den kürzesten Weg.

30. Die Zwischenstufen für diese Dressur bestehen in:

Apportiren.

Zurücklaufen und Verlorenes apportiren.

Vorlaufen und einen von dem Gehilfen mitgenommenen Gegenstand dem Führer apportiren.

Fortlassen des Apportirgegenstandes und Gebrauch der Tasche.

Ausdehnung der Uebungen auf weite Entfernungen.

31. Zum Apportiren sind nur ganz leichte Gegenstände, wie Handschuhe, zusammengeknotete Taschentücher zu verwenden. Der Lehrer benutzt Augenblicke, in denen der Hund Lust zur Beschäftigung zeigt; er wirft ihm den Gegenstand hin und lässt sich ihn bringen. Es empfiehlt sich nicht, den Hund dabei zum Hinsetzen zu nöthigen, um ihm aus dieser Stellung den aufgehobenen Gegenstand abzunehmen. Wird der Hund zunächst zum Hinsetzen gezwungen,

so weiss er oft nicht, ob das Aufheben richtig war, und lässt das
Geholte fallen. Wird Letzteres dem Hunde, sobald er heran kommt,
aus dem Fang genommen, und wird der Hund belobt, so weiss dieser
genau, dass er gethan hat, was er thun sollte.

Zweckmässig ist es, die ersten Versuche im Apportiren auf
der Stube vorzunehmen, damit das junge Thier nicht spielend fort-
laufen kann.

32. Zur zweiten Stufe, zu der man erst schreiten darf, wenn
der Hund den geworfenen Gegenstand sicher und gern dem Lehrer
einige Schritte weit heranholt, nimmt man den Hund an die Leine,
wirft den Gegenstand, macht den Hund los und lässt ihn apportiren.

Nachdem er auch dies verstanden hat, geht der Führer mit
dem Hunde ins Gelände, lässt etwas — dem Hunde sichtbar —
hinfallen, geht dann noch einige Schritte weiter und fordert ihn
zum Apportiren auf.

Sowie der Hund das Geworfene fallen sieht, wird er es aufheben wollen, doch setzt man, ohne darauf zu achten, den Weg
noch um einige Schritte fort.

Später lässt man den Gegenstand vom Hunde unbemerkt fallen
und fordert den Hund dann nach einigen Schritten, indem man nach
rückwärts auf den Boden zeigt und ihn mit dem Ruf „vorwärts!"
oder ähnlichem Zuruf antreibt, zum Zurücklaufen und Herbeiholen
auf. Läuft er nicht zurück, so geht man mit ihm so weit zurück,
bis er das Geworfene sieht und holt.

33. Zu häufige Wiederholungen und zu grosse Anspannung
bei diesen Uebungen sind fehlerhaft; der Lehrer muss beurtheilen
können, ob der Hund freudig läuft oder sich belästigt fühlt, um
rechtzeitig abzubrechen. Schmale, menschenleere Wege eignen sich
am besten zum Uebungsplatz. Der Apportirgegenstand muss dem
Hunde bekannt sein und auf dem Wege offen liegen, da es zunächst
nur erforderlich ist, dass der Hund zurückläuft, aufhebt und wieder-
kommt.

34. In der Belehrung weiter fortschreitend, bedient sich der
Führer des Gehilfen. Dieser geht mit dem Apportirgegenstand offen
in der Hand von dem Führer fort. Nach kurzer Zeit schickt der
Führer den Hund mit „vorwärts!" oder dem sonst gewählten Zuruf
dem Gehilfen nach. Der Hund wird den Gegenstand aus der Hand
des Gehilfen, der sich dabei vollkommen theilnahmslos zu verhalten
hat, nehmen und seinem Herrn zurückbringen.

Ohne dass das Verständniss gestört wird, wird jetzt der Hund
nach jedesmaliger Handlung an die Leine genommen werden können.

35. Die Uebungen setzen sich in der Weise fort, dass Lehrer
und Hund stehen bleiben und der Gehilfe vorgeht, oder Letzterer
stehen bleibt und die Erstgenannten sich entfernen, um zu bewirken,

dass es dem Hunde gleich ist, ob er vor- oder zurückläuft, um den
Apportirgegenstand von dem bekannten Orte zu holen.

36. Ein weiterer Fortschritt im Lehrgange wird dadurch erreicht, dass Anfangs- und Endpunkte der zu durchlaufenden Strecke
so gewählt werden, dass sie von einer Stelle zur anderen nicht
gesehen werden können.

Allmäliges Vorgehen ist hiebei Bedingung; es kommt darauf
an, diese Uebung voll zu befestigen und demgemäss Zeit und Mühe
darauf zu verwenden. 150 bis 300 Schritte werden die für die
Kräfte des Zöglings geeignete Entfernung sein.

37. Ist der Unterricht so weit vorgeschritten, so tritt nicht
selten der Fall ein, dass der Hund den Eindruck macht, als ob
alle bisherige Unterweisung spurlos an ihm vorübergegangen sei.
Umsomehr ist dann für den Lehrer Geduld und Besonnenheit Bedingung. Das erwähnte Benehmen des Hundes wird weniger dadurch
hervorgerufen, dass er die Aufgabe nicht verstanden hat, sondern dass
ihm deren Ausführung überdrüssig geworden ist. Der Lehrer wird
sich zu prüfen haben, ob er nicht vielleicht zu schnell vorgegangen
ist, ob er nicht von dem bereits ermüdeten Hunde noch Arbeit
verlangt, ob er nicht durch sein eigenes Verhalten den Hund ver-
wirrt hat. Letzteres führt häufig dazu, dass der Hund nach dem
Ablaufen in kurzer Entfernung von seinem Herrn stehen bleibt. Als
Hilfsmittel dagegen empfiehlt sich für den Lehrer, seinerseits in
entgegengesetzter Richtung fortzugehen, wodurch der Hund, um
seinen Herrn bald wieder zu finden, zu schneller Ausführung seines
Auftrages meistens veranlasst wird.

38. Eine andere Stufe in diesem Lehrgang besteht darin, dass
der Hund, von seinem Herrn zum Gehilfen geschickt, von diesem
kurze Zeit zurückbehalten wird. Zur Ausführung nimmt der Gehilfe
den Hund geschickt und ruhig an die Leine und lässt ihn erst
nach einigen Minuten zu seinem Herrn mit entsprechendem Zuruf
zurücklaufen. Auf richtiges und gewandtes Anfassen beim Ankommen
des Hundes und beim Anlegen an die Leine ist besonderer Werth
zu legen. Durch plumpes, den Hund schmerzendes Anfassen kann
er oft auf längere Zeit verdorben werden; Verabreichungen kleiner
Leckerbissen dienen dazu, ihn wieder vertraut zu machen.

39. Demnächst kann zum Gebrauche der Meldetasche geschritten werden. Diese wird dem Hunde gezeigt und dann an
ihm befestigt. Anfänglich gibt man dem Hunde noch einen Gegenstand zum Ueberbringen in den Fang. Nach einigen Wiederholungen
wird das entbehrt werden können, und der Hund wird in einfachsten
Botengängen, die ihn allerdings noch nicht zur Verwendung im
Dienste befähigen, ausgebildet sein.

Es ist zweckmässig, beim Gebrauche der Meldetasche stets
ein Stück Papier vor dem Ablauf in die Tasche zu thun und nach

dem Ankommen daraus zu entnehmen, u. zw. so, dass der Hund dies bemerkt. Das Papier, der Zettel, wird später zum Vermerken der Abgangs- und Ankunftszeiten benutzt.

40. Unter Vergrösserung der Entfernungen, nach Massgabe der Kräfte des Hundes, wird die Arbeit in der Weise fortgesetzt, dass der Hund einen ihm bekannten Weg von dem Herrn zum Gehilfen oder umgekehrt zurücklegt. Unter Berücksichtigung, dass man auf die Schnelligkeit des Hundes nur wenig Einfluss hat, ist darauf Werth zu legen, dass seine Freudigkeit zur Arbeit erhalten wird. Ueberanstrengung und Langweilen des Hundes sind daher zu vermeiden, und deshalb ist mit der Ausdehnung der zu durchlaufenden Strecke nur allmälig vorzugehen.

In diesem Stadium der Dressur, vorausgesetzt, dass der Hund das sicher erlernt hat, was von ihm verlangt wird, kann er im Dienste der Compagnie verwendet werden.

41. Es erübrigt dann, das Zurücklegen grösserer Entfernungen auf dem kürzesten Wege einzuüben. Die Arbeit wird in unübersichtlichem Gelände vorgenommen. Der Gehilfe begibt sich auf weitere Entfernung mit dem am Riemen befindlichen Hunde vom Führer fort, macht einige Kreuz- und Quergänge und sendet ihn dann mit entsprechendem Zuruf zu seinem Herrn zurück. Nach einigen Versuchen, auf der Fährte zu folgen, wird der Hund von selbst den kürzesten Weg wählen. Mittel, ihn auf das Abschneiden hinzuweisen, gibt es nicht. Allmälig werden die Entfernungen bis auf 4 und 5 km ausgedehnt.

42. Der Hund muss dabei auch gewöhnt werden, Hindernisse der Bodengestaltung zu überwinden und Wasserläufe von grösserer Breite nicht zu scheuen.

Für letztere Leistung gilt als Vorbedingung, dass der Hund schwimmen kann. Hierin wird er unabhängig von der sonstigen Dressur beim Baden und Schwimmen angelernt. Geht er bereits gern ins Wasser, so begibt sich, um ihm das Durchgehen durch Wasserläufe beim Auftrage beizubringen, der Gehilfe mit dem Hunde an das eine Ufer des Wassers, der Führer an das andere. Der Führer ruft den Hund, der Gehilfe schickt ihn in das Wasser hinein.

43. Hat der Hund an Selbstvertrauen gewonnen, und ist er in der bisherigen Arbeit sicher geworden, so werden die Uebungen auch an belebten Orten, in Dörfern und in der Dunkelheit vorgenommen.

An das Schiessen gewöhnt sich der Hund leicht ohne Anwendung besonderer Mittel, da er häufig, sobald er die Kaserne verlassen darf, zum Dienst auf den Schiessständen mitgenommen wird und als erste Dienstleistung die Verbindung der schiessenden Abtheilung mit den Anzeigern mit Nutzen von ihm gefordert werden kann.

44. Als Schlussstein der Ausbildung gilt, dass der Hund, auch von einem Anderen als seinem Lehrer geführt, die Arbeit in derselben sicheren Weise verrichtet. Schon durch die Verwendung des Gehilfen ist dem Hunde klar geworden, dass er nicht nur seinem Herrn zu gehorchen hat. Tritt ein Anderer an die Stelle des bisherigen Erziehers, so hat jener sich mit dem Wesen des Hundes, seiner Art zu arbeiten und vor allen Dingen mit dem Verfahren und der Handlungsweise des Lehrers vertraut zu machen, um genau wie dieser den Hund anzuleiten.

Arbeitet der Hund auch unter diesen Umständen sicher, so kann er als ausgebildet für die Verwendung im Dienst gelten. Es handelt sich nur darum, dass er fortgesetzt in der Uebung gehalten wird.

Aufsuchen Vermisster.*)

45. Die Ausführung besteht darin, dass der Hund Buschwerk, einen Waldtheil, ein unübersichtliches Stück im Gelände oder bei Nachtzeit das Gelände überhaupt absucht, sobald er einen Menschen darin gefunden hat bei diesem bleibt und bellt bis sein Herr hinzukommt.

46. Der Lehrgang zerfällt in folgende Stufen:

Bellen auf Commando.

Apportiren.

Verlorensuchen und Apportiren.

Vor Gegenständen, die zum Apportiren zu schwer sind, bellen lernen, wenn der Hund zum Apportiren aufgefordert wird.

Vereinigung beider Leistungen.

Vor liegenden Menschen bellen.

Es sind dies Zwischenübungen, die theils nebeneinander hergehen, theils aufeinander folgen müssen.

47. Es handelt sich darum, zuerst dem Hunde das Bellen beizubringen. Als Lehrzeit ist am besten die frühe Jugend des Hundes geeignet, im späteren Alter gelingt es weniger leicht, Hunde, die daran nicht gewöhnt sind, zum anhaltenden Bellen zu veranlassen.

Zunächst ist zu beachten, welche Veranlassung das junge Thier zum Bellen bewegt, und diese wird wahrgenommen. Unter Benutzung der sich darbietenden Gelegenheiten gibt der Lehrer die Anregung zum Bellen und lässt später der Anregung das Commandowort „Laut" oder ähnliches folgen. Der Unterricht im Apportiren wird auf das Herbeibringen schwerer Dinge, Hirschfänger mit Koppel u. dgl., ausgedehnt.

---

*) Diese Fertigkeit ist im Allgemeinen nicht zum Gegenstand der Dressur zu machen, da sie nur bei Sanitäts-Detachements, Abtheilungen von freiwilligen Krankenpflegern u. dgl. Verwendung finden wird. Sie ist nur solchen Hunden beizubringen, die besonders dafür beanlagt erscheinen, um letztere im Kriegsfalle an die genannten Formationen abzugeben.

Sind diese Versuche mit dem Hunde in jugendlichem Alter vorgenommen, so wird mit den weiteren Vorübungen zum Aufsuchen Vermisster erst begonnen, wenn der Hund in den Botengängen völlig sicher ist.

48. Es folgt das Verlorensuchen.

Die Uebung ist zunächst in übersichtlichem Gelände oder lichtem Walde vorzunehmen. Leichte Gegenstände, ein Taschentuch, Handschuhe, eine alte Mütze werden durch den Gehilfen, dem der Platz ungefähr bezeichnet ist, so ausgelegt, dass ihre Witterung weit zieht, damit der Hund sie mit der Nase wahrnehmen kann. War der Hund in seiner bisherigen Thätigkeit weniger auf den Gebrauch seiner Nase angewiesen, so hängt das gute Ergebniss seiner jetzt von ihm geforderten Arbeit hauptsächlich von seinem Geruchssinn ab. Es würde daher nutzlos sein, Hunde mit nicht ganz ausgezeichneter Nase in diesem Dienstzweig zu arbeiten.

Der Lehrer sucht mit dem Hunde gegen den Wind mit dem Commando „Such' verloren“, und geht selbst hin und her, gleichfalls suchend. Letzteres Verhalten seines Herrn fordert den Hund zur Nachahmung auf und treibt ihn an, streifend zu suchen, während er bisher nur in einer Richtung zu laufen gewöhnt war.

Die Handlung muss wiederholt werden, bis der Hund selbstständig sucht.

Hat der Hund begriffen, und sucht er von selbst, so unterlässt der Lehrer seine Kreuz- und Quergänge und verlegt allmälig die Uebung in weniger übersichtliches Gelände.

49. Der Hund muss ferner lernen, vor Sachen zu bellen, die er nicht apportiren kann. Als Mittel dazu kann Folgendes dienen. Der Lehrer hat den Hund zur Vorbereitung gewöhnt, ihm vor dem Verlassen des Zimmers den Hirschfänger zu bringen. Der Hirschfänger wird nun festgemacht und der Hund, nach den üblichen Vorbereitungen zum Ausgehen, aufgefordert, ihn zu holen. Er versucht es, aber vergebens; der Lehrer fordert ihn dringender auf, zu apportiren und dann zum Lautgeben. Nachdem dies geschehen, muss der Lehrer den Hund ausbellen lassen, dann nimmt er den Hirschfänger selbst und verlässt in gewohnter Weise die Stube.

Uebungen dieser Art werden nun vom Zimmer in's Freie, auf den Kasernenhof oder einen sonst geeigneten Platz verlegt.

50. Demnächst ist das Verlorensuchen mit Apportiren und Verbellen, beides abwechselnd, im Gelände durchzunehmen, und dann kann man zur letzten Stufe, dem Aufsuchen und Verbellen von Menschen, übergehen.

Ein Mann versteckt sich und wird von dem Führer mit dem Hunde in der üblichen Weise gesucht. Der Hund wird den Gesuchten leicht finden und sich bemühen, ihm ein Kleidungstück, etwa die Mütze, wegzunehmen und seinem Herrn zu bringen. Thut er das, so wird er belobt, aber zu erneutem Suchen aufgefordert. Er wird zu dem Versteckten zurücklaufen, um ihm etwas Anderes wegzunehmen; gelingt ihm das nicht, so wird er bellen. Bellt er nicht, so wird er dazu aufgefordert.

51. Es würde sich nun darum handeln, dem Hunde klar zu machen, dass von ihm das Aufsuchen von Menschen allein verlangt wird. Zu dem Zwecke hat sich auf grösserem Raume ein Mann zu verstecken, und gleichzeitig werden schwere Ausrüstungsstücke (beschwerte Dachstornister), die der Hund nicht fortschleppen kann, versteckt hingelegt Bellt der Hund, so eilt der Lehrer nach gewohnter Art zu ihm; hat er den Mann gefunden, so wird er belobt und an den Riemen genommen.

Bellt er vor etwas Anderem, so wird er auch belobt, aber sofort ohne Berücksichtigung des Gefundenen zum Weitersuchen aufgefordert.

Die Uebungen sind dann in unübersichtlichem Gelände und in der Dunkelheit fortzusetzen.*)

52. Bei weiterer Arbeit hat der Mann, der gesucht werden soll, sich so zu verstecken, dass auch der Führer den Platz nicht kennt. Letzterer wird dann die Erfahrung machen, dass der Hund oft gerade dann findet, wenn er ihn auf falschem Wege glaubt.

Kleinere Aufgaben.

53. Mit den besprochenen Dressurzweigen, die den Hund zur Verwendung im Truppendienst befähigen, können noch kleinere Dinge eingeübt werden, die zur allgemeinen Erziehung des Hundes, zur eigenen Belehrung des Führers in der Dressur, sowie dazu dienen, den Hund für den Umgang und Verkehr angenehm zu machen.

Es gehören dazu:

Sich hinsetzen,
ablegen lassen und
kleinere Kunststücke.

54. Sich hinsetzen. Die Ausführung ist einfach, auf Commando „Setz' dich" soll sich der Hund niedersetzen; er wird dazu durch Auflegen der Hand auf das Hintertheil und durch Niederdrücken bewogen.

55. Sich ablegen lassen. Es ist darunter zu verstehen, dass der Hund an einem Ort, an dem er sich hat niederlegen müssen, so lange liegen bleibt, bis er abgeholt wird. Zur Einübung bindet man den Hund an dem Orte, an dem er liegen bleiben soll, mit einer

---

*) Die Einübung dieser Dressur wird erleichtert, wenn die Umstände die Verwendung einer dem Menschen nachgebildeten Puppe gestatten, an der der Hund das Bellen zu lernen hat, und die bei den weiteren vorbereitenden Uebungen im Gelände benützt werden kann.

dünnen Kette fest. Einen Riemen oder Strick hiezu zu benützen, würde fehlerhaft sein, da der Hund früher oder später lernen würde, sich abzuschneiden.

Zunächst lässt man einen Gehilfen bei dem Hunde, der ihn nöthigenfalls beruhigt.

56. **Kleinere Kunststücke.** Der leitende Officier darf schliesslich die Einübung kleinerer Kunststücke gestatten. Wenn diese auch nicht für die Ausbildung als Kriegshund erforderlich sind, so sind sie doch mittelbar insofern von Werth, als sie die Auffassungsgabe des Hundes stärken und dazu beitragen, dem Hund unter den Mannschaften Freunde zu werben. Zu solchen Dingen gehören Sprungübungen aller Art, Verlorensuchen in der Stube, Oeffnen und Schliessen der Thür, Apportiren verschiedener Gegenstände nach ihrer Benennung u. dgl. m.

Es ist darauf zu achten, dass Niemand anders, als der augenblickliche Führer des Hundes die Kunststücke von ihm fordert.

57. Ihren Abschluss findet die Dressur darin, dass der Hund auch von anderen Jägern geführt wird, denn Hunde, die nur mit ihrem Lehrer arbeiten, sind für den Dienstgebrauch nicht verwendbar.

Prüfung der Hunde.

58. Abgesehen von der ununterbrochenen Beaufsichtigung und Leitung der Dressur durch die hiemit beauftragten Officiere, müssen das Fortschreiten der Ausbildung des Hundes und das Schlussergebniss zeitweiligen Prüfungen unterzogen werden. Diese Prüfungen finden in Gegenwart des Bataillons-Commandeurs statt, der sich dabei, falls die Dressur nicht in Händen der Compagnie selbst liegt, durch einen Compagnie-Chef vertreten lassen kann.

Der Gegenstand der Prüfung und die hiefür zu treffenden Anordnungen hängen von dem Alter des Hundes und der Stufe seiner Ausbildung ab. In letzter Hinsicht wird das über ihn geführte Tagebuch (s. Anlage 2) zu prüfen sein, das vollen Aufschluss geben muss.

59. Wenn sich die Prüfungen auch auf alle Fächer zu erstrecken haben, so ist doch hauptsächlich der Werth auf die Leistungen der Hunde im Ueberbringen von Meldungen zu legen. Es ist dabei nicht rathsam, das Gelände, in dem die Ausbildung hauptsächlich stattgefunden hat, für die Vorführung zu wählen, sondern es empfiehlt sich vielmehr, sich dazu in von der Garnison entferntes, dem Hunde weniger bekanntes Gelände zu begeben.

Die Vorführung erfolgt in der oben angegebenen Stufenfolge und Weise.

Um ein Urtheil über die Brauchbarkeit des fertigen Hundes zu erlangen, müssen die zurückzulegenden Strecken von hinreichender Ausdehnung sein. Entfernungen von 1 bis 2 km genügen, um die Fähigkeit des Hundes, Meldungen zu überbringen, überhaupt festzustellen. Anderseits aber ist es auch geboten, den Hund auf seine Leistungsfähigkeit im Durcheilen weiter Strecken zu prüfen.

Der Hund darf sich unterwegs nicht aufhalten, muss willig laufen und sich ebenso an den Riemen nehmen lassen; der Sicherheit der Verbindung ist vor der Schnelligkeit der Vorzug zu geben.

Ferner ist hiebei zu prüfen, ob der Hund in gerader Richtung durch bedecktes Gelände oder über freies Feld die Verbindung vermittelt, sich durch Wildfährten oder dergleichen ablenken lässt. Um festzustellen, ob der Hund auch bei Störungen durch Menschen seinen Auftrag ausführt, sind Ortschaften, belebte Wege auszuwählen, auf denen der Hund der Gefahr, angerufen oder angehalten zu werden leicht ausgesetzt ist. Derartige Belästigungen des Hundes durch Mannschaften vornehmen zu lassen, würde unrichtig sein.

60. Dem Bataillons-Commandeur ist es überlassen, aus den für die Haltung der Kriegshunde gewährten Mitteln Preise an die Führer für besonders gute Leistungen in der Dressur zu zahlen.

Die Höhe und die Zahl der Prämien werden sich nach dem jedesmaligen Stande dieses Fonds richten und dürfen nicht auf Kosten der Anzahl der Hunde und des Hundematerials wachsen.

II. Ausrüstung der Hunde.

61. Zur Ausrüstung der Hunde gehören:

Ein Halsband,
eine Tasche für Meldungen,
zwei Leinen (Riemen) und
eine Kette.

62. Das Halsband ist 50 bis 60 cm lang, aus 3 bis 4 cm breitem und starkem Leder gearbeitet und mit einer einfachen Schnalle versehen; ein zweiter 2 cm breiter Lederstreifen ist darauf aufgenäht, der ein kleines Metallschild trägt, auf dem der Name des Bataillons und die Nummer der Compagnie lesbar eingeschlagen sind, z. B.:

Truppentheil.

und der ferner 2 bis 3 kräftige Messingringe gewöhnlicher Form festhält, die in 10 cm Abstand von einander angeordnet sind. Die Ringe dienen zum Einhaken des Carabinerhakens der Leine; mehrere Ringe sollen vorhanden sein, damit stets einer von ihnen leicht gefasst werden kann.

63. Die Tasche für Meldungen ist aus Segeltuch hergestellt und ca. 5 cm breit und 15 cm lang; an einer schmalen Seite ist sie zum Zuknöpfen oder Schnallen eingerichtet. Der Länge nach ist sie

auf einem circa 2 cm breiten und 50 bis 60 cm langen Riemen aufgenäht, der mit einer Schnalle ebenso wie das Halsband befestigt wird.

64. Die Leine ist aus einem 1½ cm breiten starken rindledernen Riemen gefertigt; der obere Theil ist zum Umhängen (für den Führer des Hundes) eingerichtet und mit einer Schnalle zu schliessen. Der untere, einfache Theil ist circa 85 cm lang und endigt in einem kräftigen Carabinerhaken. Jeder Führer braucht zwei Leinen.

65. Die Kette ist eine einfache eiserne Hundekette.

III. Vereinigung der Dressur mit dem übrigen Dienst.

66. Es ist Sache der Compagnien, den Lehrern ausreichende Gelegenheit zur Beschäftigung mit den Hunden zu geben. Mit der Dressur sind, um die übrigen dienstlichen Verrichtungen nicht darunter leiden zu lassen, nur Leute von guter Führung und guten Leistungen im Dienst zu betrauen. Oberjäger, die besondere Dienstfunctionen haben, eignen sich nicht dazu, da sie ihre anderweitige Beschäftigung genügend in Anspruch nimmt.

Auch wenn die Leitung der Hundedressur in den Händen eines Officiers beim Bataillon liegt, wird sich der Dienst ohne Schwierigkeiten ordnen lassen, indem der Officier im Einvernehmen mit den Compagnien den Dienst für die Führer der Hunde einrichtet.

67. Um Zeit für die Dressur der Hunde ohne Beeinträchtigung des anderweitigen Dienstes zu finden, empfiehlt es sich, die Aufzucht der jungen Hunde in die Wintermonate zu verlegen, in denen die Lehrer sich am regelmässigsten mit den jungen Thieren beschäftigen, genügend für sie sorgen und die erste Erziehung ihnen angedeihen lassen können.

Im Frühjahr kann der Hund zum Schiessen mitgenommen und hiebei im Gehen an der Leine, sowie in den Botengängen geübt werden. Er wird dann bis zum Ausrücken zu den Herbstübungen körperlich soweit entwickelt sein, dass er die Anstrengungen der Märsche u. s. w. auszuhalten vermag, und auch in seiner Arbeit wird er es zu Leistungen in Botengängen auf Entfernungen bis 1·5 km gebracht haben.

68. Die Rücksicht auf seine körperliche Entwicklung macht es jedoch erforderlich, dass der Hund jetzt noch geschont wird, so dass es sich auch empfiehlt, beim Ausrücken zum Manöver den Hund unbedingt zurückzulassen, falls sein Führer aus irgend welchen Ursachen zurückbleiben muss.

Ist man bei entwickelten Hunden gezwungen, sie zurückzulassen, ohne dass der Lehrer in der Garnison bleibt, so ist es bei dem Mangel an Leuten, die zur Weiterbildung geeignet sind, geboten, nur für Beaufsichtigung und Pflege des Hundes zu sorgen, in seiner Dressur aber während der Abwesenheit seines Erziehers nicht fortzufahren.

69. Während der Herbstübungen findet sich oft Zeit und Gelegenheit zur weiteren Ausbildung, auch zu einfacher Verwendung im Dienste nach Massgabe der Stufe, die der Hund in der Dressur erreicht hat.

70. Nach der Rückkehr in die Garnison wird dann die Dressur fortgesetzt; es wird dazu übergangen, weitere Strecken zurücklegen zu lassen und Uebungen in der Dunkelheit werden angestellt. Begleitet der Hund seinen Führer zum Dienst und während des Dienstes, so darf der Führer nicht von ihm belästigt werden; der Hund befindet sich stets am Riemen und wird so dem Führer auch bei Dienstverrichtungen, die dessen Aufmerksamkeit voll in Anspruch nehmen, wie z. B. bei den Felddienstübungen, bei Uebungen des Schützendienstes u. dergl. nicht hinderlich sein.

Dem Bataillons-Commandeur bleibt es anheimgestellt, darüber zu entscheiden, zu welchen Dienstverrichtungen die Hunde mitzunehmen sind oder nicht. Wenn im Allgemeinen festzuhalten ist, dass die Hunde möglichst viel ihren Führer in den Dienst begleiten, so sind doch Dienstzweige davon ausgeschlossen, die die Aufmerksamkeit und Thätigkeit der Führer der Hunde für sich selbst voll beanspruchen, wie Exerciren der Compagnien und Bataillone, vorbereitende Uebungen aller Art, bei denen es allein auf die Ausbildung der Mannschaften ankommt.

Sind die Hunde zu den Herbstübungen mitgenommen, so befinden sie sich stets, auf Märschen sowohl wie bei den Truppenübungen selbst, bei ihren Führern.

71. In Anbetracht, dass die Führer der Hunde durch die Beschäftigung mit ihren Zöglingen, durch ihre Fürsorge für sie, viel in Anspruch genommen sind, empfiehlt es sich, soweit thunlich, sie andererseits zu entlasten. Bei allen Uebungen, auch während der Herbstübungen, bei denen das Gepäck getragen wird, gehen die Führer der Hunde ohne Gepäck.

72. Aus dem unter Nr. 6 Gesagten, sowie nach den Angaben über den Dressurgang ist zu entnehmen, dass die Verwendung ausgebildeter Kriegshunde im Frieden und im Kriege nur in gewissen Grenzen möglich ist und gefordert werden kann. Wenn das Bataillon allein in Thätigkeit ist, können die Hunde bei allen Dienstverrichtungen zu Arbeitsleistungen herangezogen werden.

Befindet sich das Bataillon in grösserem Verbande (vom Brigade-Verband aufwärts), so sind die Hunde nur im Sicherheitsdienst zu gebrauchen. Insbesondere ist die Thätigkeit der Hunde im Gefecht, sobald das Bataillon im grösseren Verbande auftritt, ausgeschlossen.

73. Im Unterricht der Mannschaften ist der Zweck, den die Kriegshunde haben, ihre Behandlung seitens der Mannschaften, deren Verkehr mit ihnen, wiederholt zu besprechen.

IV. Aufzucht und Pflege der Hunde.

74. Bei der Aufzucht junger Hunde ist grösste Sorgfalt am Platze. Als Futter ist im ersten Lebensjahre hauptsächlich Milch und Hundekuchen zu geben. Allmälig können andere Futtermittel, die die Bataillone verwenden, hinzugefügt werden. Die kräftige, gesunde Ernährung des jungen Hundes ist für seine Widerstandsfähigkeit gegen Krankheiten, seine körperliche Entwicklung von Einfluss.

Befindet sich die Mutter bei dem Wurf, so bleiben die jungen Hunde bei dieser im Zwinger, und die Aufzucht kann auch zur schlechten Jahreszeit erfolgen; andererseits sind besondere Vorkehrungen zu treffen, um die Hunde vor Nässe zu bewahren.

75. Die Verpflegung der älteren Hunde wird sich bei dem Stande der zur Verfügung stehenden Mittel auf Verabfolgung von Resten aus der Mannschaftsmenage beschränken. Wenn es möglich ist, empfiehlt sich auch für sie die Zugabe von Hundekuchen und Herstellung eines besonderen Futters aus Gersten- oder Haferschrot, mit Wasser und Fett gekocht.

76. Für den Aufenthalt der Hunde dient ein Stallzwinger, der aus Mauersteinen oder Holzbohlen aufgeführt ist und im Allgemeinen folgende Einrichtungen hat:

a) Ein grösserer Raum, an der Längsseite mit einer Pritsche versehen, dient zum gemeinsamen Aufenthalt der älteren und gesunden Hunde. Die Thüre dieser Hütte hat eine Klappe, die den Hunden das Hinaus- und Hineinlaufen gestattet.

b) Vor der Hütte ist ein grösserer Platz als Laufplatz, durch einen hohen Drahtzaun eingefriedigt.

c) Kleinere Hütten liegen daneben für hitzige und säugende Hündinnen.

d) Von diesen Stallungen räumlich getrennt sind in ähnlicher Weise Hütten für kranke Hunde anzulegen.

e) Auch die unter c) und d) erwähnten Unterkunftsräume haben durch Drahtgitter abgeschlossene Laufplätze und in den Thüren Vorrichtungen, die den Hunden freien Ein- und Austritt gestatten.

Bei Neueinrichtung von Zwingern sind vorstehende Anleitungen zu beachten.

77. Tägliche Reinigung der Zwinger und der Laufplätze ist unter Aufsicht eines Oberjägers (Hundeführers) vom Dienst durch hiezu commandirte Mannschaften zu besorgen.

Die Hütten sind täglich mindestens einmal auszukehren, die Laufplätze mindestens zweimal von der Losung zu reinigen. Die Futternäpfe, aus Metall, müssen täglich ausgescheuert werden, um sie immer sauber zu halten; nach dem Gebrauch sind sie aus dem Zwinger zu entfernen.

Der Wasservorrath ist wiederholt zu erneuern, so dass stets reines, frisches Wasser vorhanden ist.

78. Erkrankte Hunde, äusserlich oder innerlich kranke, sind möglichst frühzeitig von den gesunden Hunden zu trennen und in den Krankenräumen unterzubringen. Für ihre Behandlung sind, soweit die Erfahrungen nicht ausreichen, gute Lehrbücher nicht zu entbehren; nöthigenfalls ist ein Thierarzt hinzuzuziehen.

79. Bei der Aufzucht ist darauf zu achten, dass hauptsächlich nur männliche Hunde (Rüden) zur Abrichtung als Kriegshunde zu verwenden sind. Das Castriren dieser Hunde ist nicht statthaft.

.....Truppentheil....   Anlage 1.

Nationale*)

eines Kriegshundes.

Name	Rasse	Geschlecht	Abstammung	Alter (Monat und Jahr der Geburt)	Angekauft oder selbst-gezogen	Beginn der Dressur	Führer des Hundes		Erkrankungen	Bemerkungen
							Name des Führers	von bis		

*) Das Nationale ist dem Tagebuch vorzuheften.

Anlage 2.

Muster für das Tagebuch.

Jahr Monat Tag	Angabe der Arbeit	Bemerkungen des Führers	Bemerkungen des leitenden Officiers
1892 7 14. V.	Zurück- schicken vom Gehilfen zum Führer.	Uebung wurde auf dem Wege zum Scheibenstande vorgenommen. Hund mit dem Gehilfen fortgeschickt, konnte mich nicht sehen, kam in schnellster Gangart an.	
„ N.		Uebung wiederholt.	
4. 3. V.	Stuben- dressur, Apportiren.	Bringt geworfenen Hand- schuh freudig und lose im Fang an, gibt ihn willig her.	
4. 5.	Keine Arbeit.	Hund ist seit gestern Abend anscheinend krank, habe ihn in der Stube behalten.	
4. 6.		Staupe festgestellt, in den Krankenstall aufgenommen. (Angabe der gebrauchten Arznei.)	

Der Hund als Zugthier.

Der Hund ist wohl eines der ältesten Zugthiere und erst allmälig befreit ihn die Cultur aus diesem Verhältnisse. An sich wäre
das Bespannen eines geeigneten Wagens und Anlegen eines guten
Geschirrs bei Verwendung kräftiger Thiere nicht zu verwerfen, allein
gerade unter den Verhältnissen, unter denen Hundefuhrwerk gebraucht
wird, ist sehr oft Mangel an Allem, was zur Voraussetzung für die
Zulässigkeit nothwendig ist. Wir finden daher, dass man es in vielen
Staaten für nöthig gehalten hat, Verbote zu erlassen, so z. B. in
London schon 1839, dann für ganz England, Schottland und Irland
1855, in Paris 1875 und diesen Beispielen sind die süddeutschen
Staaten meistens gefolgt, so dass man kaum mehr auf ein solches
Fuhrwerk trifft. Umsomehr aber hat sich in Norddeutschland das
Hundefuhrwerk erhalten und wenn sich dortselbst die Regierungen

auch nicht entschliessen konnten, ein directes Verbot zu erlassen, so haben andererseits die Polizeibehörden, hauptsächlich auf die Anregungen der Thierschutzvereine, Vorschriften erlassen, welche die mit dem Hundefuhrwerk möglichen Quälereien nach Thunlichkeit verhindern sollen.

Diese Methode scheint uns richtiger zu sein, wie das absolute Verbot, denn es darf nicht übersehen werden, dass in den Kreisen, in denen der Zughund nützlich ist und gehalten wird, nach dem Verbote keine Hunde mehr gehalten werden. Es wird dadurch die Zahl der Hundebesitzer und -Liebhaber und -Züchter vermindert und es werden werthvolle Dienste des Hundes, die seine Existenzberechtigung erhöhen, ausgeschaltet. Dagegen halten wir Belehrung und sorgsame Aufsicht für sehr zweckmässig und nothwendig.

Die neuesten Bestrebungen Eselsfuhrwerk statt des Hundefuhrwerks einzubürgern sind sehr zu loben.

Entwurf einer Polizeiverordnung, betreffend die Benutzung der Hunde als Zugthiere.

(Aufgestellt von dem Thierschutzvereine zu Dortmund.)

Abschnitt I. Erlaubnisscheine.

§ 1. Wer einen Hund zum Ziehen benutzt, bedarf dazu eines Erlaubnisscheines, welcher bei der Polizeibehörde seines Wohnortes unter Vorzeigung des Hundes, des Wagens und Geschirres nachzusuchen und nur dann zu ertheilen ist, wenn der Hund zum Ziehen des vorgezeigten Wagens von dem mit der Begutachtung beauftragten Thierarzt für tauglich befunden ist, und wenn Wagen und Geschirr den nachstehenden Anforderungen entsprechen. Personen, die im Auslande oder in einem solchen Bezirke des Inlandes ihren Wohnsitz haben, in welchem eine dem Vorstehenden entsprechende polizeiliche Bestimmung nicht besteht, bedürfen, wenn sie in der Provinz Westfalen einen Hund zum Ziehen benutzen, eines bei einer Ortspolizeibehörde der hiesigen Provinz in gleicher Weise nachzusuchenden und zu ertheilenden Erlaubnisscheines.

§ 2. Der Erlaubnisschein (§ 1) ist alljährlich im Monate December unter Vorzeigung des angeschirrten Hundes, nebst Wagen der Ortspolizei an den von dieser näher zu bestimmenden Tagen zur Verlängerung vorzulegen. Die Verlängerung ist nur unter den im § 1 angegebenen Voraussetzungen zu gewähren. Ausstellung und Verlängerung des Erlaubnisscheines erfolgen kosten- und stempelfrei, nach dem unten angegebenen Muster. Derselbe muss die Bestimmungen dieser Polizeiverordnung als Anhang abgedruckt enthalten.

§ 3. Bei einer Aenderung eines der im § 1 gedachten Bestandtheile des Hundefuhrwerks, für welcher der Erlaubnisschein ertheilt ist, ist eine neue Untersuchung und Ertheilung eines neuen Erlaubnisscheines erforderlich. Der Erlaubnisschein kann zu jeder Zeit zurückgezogen werden, sobald sich herausstellt, dass in irgend einem Punkte gegen die vorliegende Polizeiverordnung verstossen wird. Die Zurückziehung kann auch wegen schlechter Behandlung der Hunde oder wegen Nichtgewährung einer ordentlichen, namentlich gegen die Witterung nicht genügend geschützten Unterkunft erfolgen.

§ 4. Der Führer des Hundefuhrwerks hat den Erlaubnisschein stets bei sich zu führen und ihn dem controlirenden Polizeibeamten auf Erfordern vorzuzeigen.

Abschnitt II. Beschaffenheit der Hunde.

§ 5. Hunde dürfen zum Ziehen nur dann verwandt werden, wenn sie körperlich völlig ausgebildet, gesund und wenigstens zwei Jahre alt sind, sowie eine Höhe von mindestens 50 em und ein Körpergewicht von mindestens 25 kg haben.

Hunde, welche dürftig genährt sind, oder mangelhaftes Gebiss haben, oder andere Spuren des Alters zeigen, dürfen zum Ziehen nicht verwandt werden.

§ 6. Hunde, welche infolge von Krankheit oder äusseren Verletzungen zum Ziehen vorübergehend untauglich sind, desgleichen trächtige und säugende, sowie hitzige Hündinnen dürfen für die Dauer dieses Zustandes zum Ziehen nicht verwandt werden. Trächtigkeit im Sinne dieser Verordnung liegt vor, wenn dieser Zustand äusserlich erkennbar ist.

Während einer zweiwöchigen Dauer nach dem Werfen sind auch nicht säugende Hündinnen zum Ziehen nicht zu benutzen.

Abschnitt III. Beschaffenheit des Geschirres.

§ 7. Das Geschirr der Hunde muss ein Sielengeschirr sein, welches aus einem breiten, die Brust umfassenden und der Form derselben angepassten, aus weichem Leder, Gurte oder aus ähnlichem Material hergestellten Streifen besteht, an dessen beiden Enden sich hinter den Schulterblättern die Zugriemen oder Zugstränge anschliessen. Das Bruststück wird durch einen in der Gegend des untersten Halswirbels — des Widerrisses — aufliegenden, 4 cm breiten, unterfütterten Trageriemen in seiner richtigen Lage gehalten.

Ein zu gleichem Zwecke dienender zweiter Trageriemen ist weiter rückwärts so anzubringen, dass derselbe etwa auf der Mitte des Rückens des Hundes aufliegt.

Die einzelnen Theile des Geschirres müssen, wo sie anliegen oder scheuern, mit festen Tuchstreifen oder ähnlichem weichen Material unterlegt sein.

Ebenso müssen die etwa zur Verbindung einzelner Theile des Geschirres benutzten Ringe, wenn sie anliegen oder scheuern, mit einer weichen Unterlage versehen sein. Hintergeschirre, sowie Gurt- oder Bauchriemen sind verboten.

Abschnitt IV. Beschaffenheit des Fuhrwerkes.

§ 8. Die Benutzung zweirädriger Karren als Hundefuhrwerk ist verboten.

§ 9. Die einbäumigen und die zweibäumigen Deichseln — sogenannte Scheeren — müssen bei vierrädrigen Wagen mit dem Kehrwerke des Forderwagens derart verbunden sein, dass dieselben sich über die horizontale Richtung hinaus nicht nach unten beugen können. Die an den hinteren Trageriemen des Geschirres zur Aufnahme der Scheerenbäume anzubringenden Schlaufen sind mit einer Schnallvorrichtung zum Losschnallen zu versehen, welche bei einem über 10 Minuten dauernden Anhalten zu lösen ist.

Bei mit zwei oder mehr Hunden bespannten Wagen ist zur Anbringung der Zugkraft eine feststehende Hinterbracke zu verwenden, deren Endkappen mit Oesen zum Einhaken der beweglichen Ortscheite zu versehen sind.

Bei der zweibäumigen Deichsel ist das Ortscheit an einem auf oder unter dem hinteren Ende der Deichsel anzubringenden Haken zu befestigen.

§ 10. Das Gewicht eines einspännigen leeren Wagens darf in der Regel 60 kg, das eines zweispännigen 75 kg nicht übersteigen.

Abschnitt V. Benutzung der Hundefuhrwerke.

§ 11. Mit Ausnahme dringender Krankentransporte darf das mit Hunden bespannte Fuhrwerk zum Transport von Personen, namentlich auch des Führers, nicht benutzt werden.

Es ist verboten, derartiges Fuhrwerk mit einer die Kraft der Hunde übersteigenden Ladung zu belasten und einen Wagen mit einer geringeren Anzahl von Hunden zu bespannen, als für welche derselbe zugelassen ist.

Die Last, ausschliesslich des Wagens, darf für jeden Hund das Dreifache seines Körpergewichtes nicht übersteigen.

Bei steigenden Wegen ist die Belastung entsprechend zu vermindern oder von dem Führer Hilfe zu leisten.

Mit spitzigen oder scharfkantigen Steinen belegte Wegestrecken dürfen mit Hunden nicht befahren werden.

Dasselbe gilt von solchen Wegen, welche ein Einsinken der Räder zulassen, oder sich in einem anderen mangelhaften, das Befahren erheblich erschwerenden Zustande befinden.

Die Hundefuhrwerke sind nach dem Gebrauche, namentlich bei nassem Wetter, zu reinigen und insbesondere auch die alte verdorbene Schmiere von den Achsschenkeln und aus den Buchsen der Naben zu entfernen und die Räder durch Schmieren der Achsschenkel und Buchsen stets leicht gangbar zu erhalten.

§ 12. So lange Hunde angespannt sind, müssen sie mit einem Maulkorbe versehen sein, welcher mit dem Halsbande oder Geschirr nicht verbunden sein darf und so eingerichtet sein muss, dass er das Beissen verhindert und gleichzeitig das freie Athmen und Abkühlen der Zunge gestattet.

§ 13. Die Führer der Hundefuhrwerke sind verpflichtet, ein Trinkgefäss und eine Strohmatte als Unterlage für die Zughunde, sowie eine wollene Decke zum Auflegen auf dieselben bei sich zu führen.

Sie haben die Hunde rechtzeitig mit möglichst reinem Wasser zu tränken und ihnen bei kaltem oder nassem Wetter, während sie länger als 10 Minuten halten, die Unterlage zum Liegen zu unterbreiten und die Decke aufzulegen, wozu ein möglichst* trockener Platz auszuwählen ist.

Als Führer von Hundefuhrwerken dürfen nur erwachsene Personen fungiren.

§ 14. Die Führer der Hundefuhrwerke haben während der Fahrt den angespannten Hund, resp. die angespannten Hunde an einer Leine zu führen, welche an dem Halsbande mittelst einer Schlaufe oder eines leichten Ringes zu befestigen ist.

Die auf abschüssigem Terrain sich bewegenden Wagen müssen mit einer Hemmvorrichtung versehen sein.

Das Steuern zu eifrig ziehender Hunde darf nicht durch Zurückhalten des Wagens erfolgen.

Auch ist es den Führern und anderen Personen verboten, sich durch Anfassen des Wagens von den Hunden vorwärts ziehen zu lassen.

Jede rohe Behandlung der Ziehhunde durch Schlagen oder Fusstritte etc. ist verboten.

Beim Anhalten dürfen die Führer das Fuhrwerk nicht verlassen, ohne die Hunde abzusträngen oder festzulegen.

Die Verbindung des Halsbandes mit dem vorderen Ende der Deichsel dient nur dazu, ein zu grosses Seitwärtsentfernen der Hunde beim Ziehen zu verhindern, nicht aber zum Zurückhalten — Steuern — des Wagens.

Das Halsband muss zu diesem Zwecke mit einer zweiten aufgenähten Schlaufe oder einem leichten Ringe versehen sein, welcher
unter dem Halse des Hundes seine Sitz hat.

Die hierbei zur Anwendung kommenden Ketten oder Stricke
müssen eine solche Länge haben, dass sie den Hunden beim Hin-
legen nicht hinderlich sind, andernfalls sind dieselben beim Anhalten
zu lösen.

Das Leitseil oder die Leitkette dürfen nicht mit dem anderen
Ende derselben am Wagen befestigt und vom Führer des Hundefuhrwerks oder anderen Personen dazu benutzt werden, um an
denselben den Hunden ziehen zu helfen.

Das an den Markttagen oft vorkommende stundenlange Liegen
der Ziehhunde im Regen oder was noch schlimmer ist, in den
heissen Sonnenstrahlen, müsste ebenfalls untersagt werden.

§ 15. Zum Transporte von lebendem Vieh, sowie des Fleisches
von den Schlachthäusern zu den Verkaufsstellen, darf Hundefuhrwerk
nicht benutzt werden.

§ 16. In Städten und geschlossenen Ortschaften darf mit
Hundefuhrwerk nur im Schritt gefahren werden.

Das Gleiche gilt, wenn das mit Hunden bespannte Fuhrwerk
einem anderen Fuhrwerk oder anderen Zugthieren, Reitern oder
Heerden begegnet, oder an denselben vorbeifährt.

Sobald sich ein Scheuen dieser Thiere bemerkbar macht, hat
das Hundefuhrwerk so lange zu halten, bis dieselben vorbeipassirt sind.

Strassen, auf denen viel Verkehr ist, dürfen mit Hundefuhrwerk
nicht befahren werden.

Den Ortspolizeibehörden bleibt überlassen, die Strassen und
die Zeit, für welche dieselben mit Hunden nicht befahren werden
dürfen, zu bestimmen.

Auf öffentlichen Fusswegen, Banquetts und Trottoirs darf
überhaupt nicht gefahren werden.

§ 17. Alles mit Hunden bespannte Fuhrwerk muss beim öffentlichen Gebrauch mit einer, Jedem sofort sichtbaren Tafel versehen
sein, welche auf schwarzem Grunde in lesbarer und unverwisch-
barer weisser Schrift Namen, Wohnort und Hausnummer des Besitzers angibt.

§ 18. Mit Hunden bespannte Fuhrwerke dürfen nicht an
andere in der Fahrt begriffene Gefährte angehängt werden.

§ 19. Beim Abspannen und Einstellen der Hunde sind dieselben
sofort vom Geschirr zu befreien.

II a.

Erlaubnisschein
zum Gebrauche
des umstehend beschriebenen Ziehhundes
(der umstehend beschriebenen (Zahl) Ziehhunde)
unter Benützung des vorgezeigten, mit der obigen Nummer bezeichneten
Geschirrs und Wagens,
(unter Benützung der vorgezeigten, mit den obigen Nummern bezeichneten
Geschirre und des Wagens),

für ....

zu ....

giltig für das Jahr 19...

II. Seite.

Beschreibung des Hundes (der Hunde) und des Wagens.

1. Name:........................　　3. Name:......................
Rasse:.......................　　　Rasse: ....
Alter: ......Jahr.　　　　　　　　Alter:......Jahr.
Grösse:... ...Centimeter hoch.　　Grösse:.. ....Centimeter hoch.
Farbe:....　..............　　　　Farbe:...... ....
Abzeichen:... ....　　　Abzeichen........... ......
Gewicht:......Kilogramm.　　　　　Gewicht.....Kilogramm.

2. Name:......................　　4. Name ....
Rasse:.....................　　　Rasse:......................
Alter:......Jahr.　　　　　　　　Alter:......Jahr.
Grösse: ......Centimeter hoch.　　Grösse:.. ....Centimeter hoch.
Farbe: ... .　　　Farbe: ....
Abzeichen:......　...........　　Abzeichen:...............
Gewicht:......Kilogramm.　　　　　Gewicht.....Kilogramm.

Gewicht des Wagens:.. ....Kilogramm.
Derselbe ist zugelassen zur Bespannung mit dem vorstehend beschriebenen
Hunde.
(Derselbe ist zugelassen zur Bespannung mit den vorstehend beschriebenen
Hunden.)
Der oben beschriebene, dem................hierselbst gehörige Ziehhund
(Die oben beschriebenen, dem...... ......hierselbst gehörigen Ziehhunde)
ist diesseits zum Ziehen bis zu......Kilogramm } ausschliesslich Wagen
sind diesseits zum Ziehen bis zu......Kilogramm } tauglich befunden worden.
worüber dem Besitzer dieser Erlaubnisschein ertheilt worden ist, welcher
jährlich im Monat December unter Vorzeigung des angeschirrten Hundes (der
angeschirrten Hunde) und des Wagens zur Verlängerung vorzulegen ist.

Derselbe kann zu jeder Zeit zurückgezogen werden, wenn sich herausstellt, dass die in der nachstehenden Polizeiverordnung enthaltenen Vorschriften
nicht in allen Punkten erfüllt werden.

(Ort.)　　　　　　　　　　　　　　　　　　Obrigkeit.

Verkauf, Kauf, Tausch und Handel.

Züchter müssen gelegentlich auch verkaufen oder kaufen, wer ein Geschäft daraus macht, Hunde zu züchten und sie zu verkaufen, der kommt sehr bald in den Hundehandel, und zur Zeit hat leider der gewerbsmässig betriebene Thierhandel und der Titel „Hundehändler" etwas Anrüchiges. Es war dies aber von jeher so und wird wohl noch lange so bleiben. Columella, ein römischer Landwirthschafts-Schriftsteller, der zur Zeit des Beginnes unser Zeit lebte, gibt schon den Rath: „Der Hausvater muss verkäufisch, nicht käufig sein" und Varro theilt mit: „Beim Kauf und Verkauf eines Hundes wird für Gesundheit und Eigenthum ebenso Gewähr geleistet wie bei dem übrigen Vieh, es sei denn, dass man beliebt, eine Ausnahme zu machen".

Manchmal werden für einzelne Thiere, die wenig werth sind, ganz enorme Summen bezahlt, weil dieselben einer Laune dienen sollen. Es kann sein, dass die „Mode" verlangt, dass die Damen mit einem Hündchen erscheinen, dass auf einmal folgende Mittheilung das bezeichnet, was jetzt „chic" oder „pschütt" ist:

Hundetoiletten im Monat X in X.

1. Galaanzüge aus himmelblauem Atlas mit weissem Schwanenpelz besetzt, Halsband von Gold.

2. Promenadeanzüge aus dunklem Stoff, z. B. dunkelgrünes Tuch mit rother Bordure, Schwarzsammt mit Gold, mit Wappenstickerei (für Windhunde).

3. Reisecostüm, schwarzblau mit hellblauem Band, um welches sich ein doppelter, mit Handgriff versehener Lederriemen schlingt, so dass der betreffende Hund von seiner Herrin wie ein Gepäckstück getragen werden kann.

In solcher Zeit kann sein, dass alle „kleinen" Hündchen in dieser Gegend rapid im Preise steigen. Dann steigen wieder die einzelnen Rassen im Ansehen und Preise. Einige Jahre war der englische Collie und der Terrier, dann war der Windhund und der Spaniel der Liebling, und zur Zeit ist es der deutsche Tekel. Gebrauchshunde, Sicherheitshunde, zu denen die Jagdhunde, die Ulmer Doggen, Bernhardiner u. A. gehören, die behalten ihren „Cours" viel sicherer wie die sogenannten „modernen" oder reinen Luxushunde.

Manchmal trifft es sich, dass eine Hündin durch „Zufall" trächtig wird und Jemand wider seinen Willen Züchter wird, und es bleiben dann aus irgend welchen Gründen alle Jungen dieses Wurfes am Leben, die dann nach einiger Zeit „um jeden Preis" oder „geschenkt" zu haben sind. Eine solche „Brut" kann einem „Züchter" das ganze Spiel verderben und ihn „um den Markt" bringen. Es trifft sich überhaupt selten, dass gerade zur Zeit, wenn man gerne verkaufen möchte, ein Liebhaber da ist, noch seltener, dass für mehrere Hunde gleich mehrere Liebhaber da sind. Deshalb muss vorgesorgt werden; die etwaigen Jungen werden „vor der Geburt" schon verstellt. Ein anderes Mal sucht Jemand lange Zeit in der Nähe und in grosser Entfernung einen Hund mit bestimmten Eigenschaften, und er bekommt ihn nicht.

Bedürfniss und Nachfrage wechseln ausserordentlich, ebenso die Zahl der vorhandenen verkäuflichen Thiere. Kurz vor und nach grossen Ausstellungen ist der Handel, Kauf und Tausch am lebhaftesten.

Züchter sein ist somit etwas Riskirtes, und ausschliesslich nur von solchen kann zur Zeit das wechselnde Angebot und die wechselnde Nachfrage nicht gedeckt werden. Hiezu gehört ein „Depot", eine Art „Lagerhaus" und von Rechtswegen müssten sich um diese Vermittlung die „Verbände" noch viel mehr annehmen. Das ist auch der Fall in England, wo die Hundezucht schon länger rationell betrieben wird wie bei uns, und um etwaigen unliebsamen Sachen vorzubeugen, geschieht Folgendes:

Die englische Zeitschrift „Stock-Keeper" hat täglich am Kopfe ihres Inseratentheiles folgende Warnung: „Warnung: Wir übernehmen keine Verantwortlichkeit hinsichtlich der Vertrauenswürdigkeit der Inserenten, die diese Spalten benützen. Wir rathen ernstlich jedem Käufer, den offerirten Hund zur Probe zu verlangen. Nachdem viele Käufer wieder Sicherheit hiefür begehren, so erklären wir uns bereit, die Kaufsumme bei uns deponiren zu lassen und dem Verkäufer auf Ordre des Käufers hin auszuhändigen und bei Nichtzustandekommen des Verkaufes den Betrag wieder zu retourniren. Um unsere Auslagen, Spesen etc. zu decken, beanspruchen wir bei Abschluss des Kaufes $2^{1}/_{2}^{0}/_{0}$ des Betrages." Die Redaction ist ferner bereit, den Hund von einem Thierarzt untersuchen zu lassen. — So etwas, meint man nun, müsste man auch für unsere Verhältnisse haben, und man ist geneigt zu glauben, dass von den Verbands- oder Vereinsvorständen oder Clubvorständen in dieser Angelegenheit alles in bester Absicht und Jedermann mit gleicher Gerechtigkeit behandelt wurde, aber die Thätigkeit dieser reicht nicht aus, ja es gibt auch sogar ein principielles „Dagegen", ein grundsätzliches, vorsätzliches Täuschen, welches Neulingen gegenüber angewandt werden soll. Man höre und staune: In der Zeitschrift „Der Hund", 1890, Nr. 12, findet sich folgende Mittheilung:

„Kurz vor der Schau in Hannover im Mai 1890 besprach ich mit einem Herrn die allgemeinen für Prämiirungen, bezw. Ertheilung von Eintragsberechtigungen massgebenden Grundsätze. Gegenüber meiner Ansicht, dabei mit Strenge zu verfahren, entwickelte er ein ganz neues, mich geradezu verblüffendes Princip, nach welchem man bei Eintragung auch von zweifelhaften Hunden nicht so rigoros sein solle, es schade nichts, wenn sie in's Stammbuch kämen! Auf meine

Entgegnung, das Stammbuch wäre doch dazu da, unerfahrenen
Züchtern als Adressbuch für den Nachweis guten Zuchtmaterials zu
dienen, erhielt ich die Antwort: „Das ist den Leuten ganz recht,
wenn sie schlechte Erfahrungen machen. Es braucht auch nicht Jeder
zu züchten." — „Der mir das sagte, ist ein Gentlemen durch und
durch, der guten Sache mit Leib und Seele zugethan und kein
Züchter, also nicht interessirt, er sprach nur seine ehrliche Meinung
aus! Mir gab das, was ich gehört, sehr zu denken, und ich glaube,
darin den Schlüssel eines mir bislang unfasslichen Räthsels gefunden
zu haben!" — Ein solcher Standpunkt kann selbstverständlich nicht
scharf genug verurtheilt werden, Neulinge im Züchterkreise sollen
belehrt, es soll ihnen in jeder Weise Beihilfe geleistet werden, aber
sie sollen nicht durch absichtliche Täuschung mit schlechtem Zuchtmaterial gegen theures Geld schlimme Erfahrungen machen, um dann
enttäuscht der ganzen Kynologie entrüstet den Rücken zu kehren;
damit ist der Sache schlecht gedient. Wenn aber das geschieht „am
grünen Holze", wenn man „Züchter in spe", die „extra" mit Vertrauen kommen, so behandelt, was soll „am dürren Holze", das
heisst Denjenigen gegenüber, die nur einmal Käufer sind, geschehen?

Die Hundehandlungen heissen sich in der Regel „Zuchtanstalten" oder „Züchtereien" etc., sie haben meist nur eine
Anzahl von Thieren „auf Lager" und lassen wohl auch einmal
„eine" . oder „einige" Hündinnen wölfen, aber in der Hauptsache
tauschen, kaufen und verkaufen dieselben, sie sind nicht Züchter,
sondern Händler. Damit sei noch nichts Schlimmes gesagt, ja es sei
zugegeben, dass es wirkliche Zuchtanstalten gibt, und dass die Züchter
nur ihre selbst gezogenen, überschüssigen Thiere verkaufen, solche
haben aber dann meistens nur eine einzige oder doch nur einige
Rassen. In einer grossen Zahl von Fällen und ich bin fast geneigt anzunehmen, dass es beinahe die Mehrzahl sein könnte, wird nicht ein
glatter Kauf abgeschlossen, sondern gegen ein Thier wird ein anderes
gegeben. Nun gibt es Hundehandlungen, die nur Hunde dagegen nehmen,
aber es gibt auch andere, wo man andere Thiere nimmt: Einen Hund
gegen einen Pfau, oder ein Ponny, oder ein Silberzeug, einen Preis,
da oder dort gewonnen, etc. etc. Dass bei solchen Tauschgeschäften
das eigene Interesse sehr gewahrt werden muss, wenn man auf die
Dauer gewinnen will, von einem solchen Geschäfte leben und seine
Existenz darauf gründen will, das ist selbstverständlich, und wenn
einmal ein Tauschobject schlecht ausfällt, wenn ein Hund grosse
Mängel hat, so verlangt eben der „Betrieb", dass das Thier wieder
an den Mann gebracht wird, u. zw. mit möglichst hohem Gewinn.
Es fragt sich nun, wie das etwa gemacht werden kann. Ganz ein-
fach, durch übertriebenes Lob, durch Suchen eines Käufers in weiter
Entfernung und durch rigorose Bedingungen. Es besteht auch der

„Kniff", dass von Handlungen unter fingirter Adresse gesucht wird ein schlechtes, geringes Thier zu verkaufen.

Hundehandel, „direct", in den sogenannten „Hunde-börsen", wo an einem bestimmten Wochentag, an einem bestimmten Ort, in der Regel einer Wirthschaft mit passendem Hofraum, oder auf „Hundemärkten", wie z. B. in Stuttgart, in Verbindung mit dem Pferdemarkt, wo ein städtischer freier Platz angewiesen und polizeiliche Ordnung gehalten wird, ist sehr zu empfehlen, weil der Käufer die Hunde sehen und vergleichen kann, hier werden die reellsten Preise gewahrt; freilich hat ein solcher Markt auch Nachtheile; es werden nur die Hunde am Platze und in nächster Umgebung zum Verkaufe gebracht, und mancher Köter bekommt dadurch in kurzer Zeit eine Reihe von Herren, weil er eben nur als Handelsgegenstand wandert. Ferner entstehen Nachtheile durch Zeitversäumnisse und Verlockungen zur Bummelei, es drängen sich ganz zweifelhafte Elemente ein, es werden Geschäfte von Unter-händlern gemacht, und die Hunde selbst sind Gefahren, wegen An-steckung, Erkältung u. dergl. m., ausgesetzt.

Hundehandel durch Vermittlung der Zeitungen ist infolge der ungleichen Nachfrage und des ungleichen Angebots, sehr im Schwunge, es gibt hier eine „Hausse und Baisse". Der Hund wird Speculationsobject, das zeigt sich deutlich an dem Auf- und Niedergehen aller Preise und der Zahl der Annoncen, namentlich zur Zeit der Ausstellungen. Vor und nach denselben ist das „Geschäft" in Blüthe, ebenso im Frühjahr, wenn die meisten „Würfe" kommen. Wer hier vertrauensvoll auf irgend eine Anzeige „anbeisst", kann recht unangenehme Erfahrungen machen und meistens ist es nur der verhältnissmässig geringe Betrag, der von gerichtlichem Verfolg der Sache abhält.

Käufer sind der Gefahr ausgesetzt, dass ihnen um hohen Preis, den sie irgendwo erlegen mussten, ein ganz geringwerthiger Hund zugesandt wird, den sie dann nicht mehr losbekommen können, weil der Verkäufer alle möglichen Schwierigkeiten macht oder gar nicht aufzufinden ist oder kein Vermögen hat etc.

Verkäufer sind dadurch der Gefahr ausgesetzt, dass man sich ihre Thiere zur Ansicht schicken lässt, und dass dann die merk-würdigsten Anforderungen an dieselben gestellt werden, ja dass diese förmlich unterschlagen und gestohlen werden. Aus der Zeitschrift „Hundesport und Jagd", 1892, führen wir folgende Vorkomm-nisse an:

1. „Anfangs November schrieb mir ein Herr C. Th. R . . . . . in Amsterdam auf meine Offerte im „Hundesport" hin, dass er auf meine Foxterrierhündin reflectire. Er, bat ihm dieselbe zur Ansicht zu senden, und gab als Referenz das Bankgeschäft von Mayer & Cie. in Amsterdam, Spuistrasse 257 q auf. Ohne bei diesem anzu-

fragen, in dem Glauben, dass, wenn Jemand sich auf ein Bankgeschäft bezieht, der Betreffende ein ehrlicher Mensch ist, sonst könnte er durch eine Anfrage zu leicht entlarvt werden, schickte ich die Hündin per Eilgut ab, bin aber noch heute ohne jede Nachricht von dem obgenannten Herrn, trotz mehrfacher Briefe, welche nicht retour kamen, so dass derselbe doch dort existiren musste. Ein jetzt nachträglich an das Bankgeschäft adressirten Brief kam als unbestellbar zurück, weil dasselbe wohl nicht existirt. Auf meine Anfrage an das deutsche Consulat in Amsterdam erhielt ich die Nachricht, dass „zufolge einer kürzlich in einer ähnlichen Angelegenheit bei der dortigen Polizeibehörde nach C. Th. R..... eingezogenen Auskunft, dieser seine bisherige Wohnung heimlich verlassen habe. Der Betreffende soll ein Schwindler sein." Vielleicht bewahrt meine Nachricht andere Hundefreunde vor ähnlichen Erfahrungen.

Ltn. K.

2. Gleich in der nächsten Nummer derselben Zeitung theilt ein anderer Geprellter mit, dass sich ein Gerhard U.... in Amsterdam aus Deutschland zwei Bernhardinerhunde „zur Bewachung seiner Lagerräume" zur Ansicht kommen liess. Die Hunde wurden von einem Mann in Empfang genommen, der damit auf Nimmerwiedersehen verschwand.

3. Ein Schwindler treibt Hundehandel durch Reclame, preist sich als Züchter, rühmt seine Zuchtanstalt und die einzelnen Thiere, schreibt an Anfragende, er gebe das Thier, das alle vortrefflichen Eigenschaften in höchster Potenz besitzen soll, nur ab, wenn es gut behandelt werde, sendet aber nur auf Vorauszahlung, u. zw. Fixköter, die er um einige Mark erstanden hat, gegen hohe Summen.

4. Unter dem Namen Zuchtinstitute, Zuchtanstalten etc. verbergen sich oft die gewöhnlichsten Hundekitschereien. Oft ist der Titel nur gewahrt, dass einige Zuchtthiere pro Forma vorhanden sind, alles Andere aber gekaufte und auf den Verkauf hergerichtete Thiere sind.

Selbstverständlich benützen nicht nur nach unserer Meinung viel mehr ehrliche Leute die Zeitungen zwecks Kaufes, Verkaufes oder Tausches, als wie unehrliche. Es handelt sich also darum, den Weizen von der Spreu zu sondern und Folgendes anzurathen: Jedem Fremden gegenüber ist Vorsicht nöthig, das ist gegenseitig und kann Niemand übelnehmen. Möglichst einen erfahrenen Vertrauensmann zu Rathe ziehen, bevor man etwas unternimmt. Will man plötzlich verkaufen, so rechne man auf die geringsten Preise. In den Sportzeitungen, Thierbörsen etc. sind die Anzeigen in der Regel wirksam, aber die erzielten Preise nicht hoch, und oft sollen Tauschobjecte entgegengenommen werden. Die Anzeigen seien klar, es muss Alles angegeben werden, kurz und präcis; z. B. „Windspiel verkäuflich! Farbe — Grösse — Gewicht — Alter — Abstammung

— Eigenschaften — Kunststücke — besondere Bedingungen — Zugaben: Halsband, Kette, Schabracke, im Werth von —. Wird der Hund zur Ansicht verlangt, so muss Sicherheit gewährt und der Hund zu bestimmter Zeit wieder retour gesandt sein, in der Regel auf Kosten und Risico des Liebhabers. — Will man kaufen, so sieht man die vorhandenen Empfehlungen an und notirt sich dieselben, zweckmässig ist aber immer auch noch auszuschreiben. Hier ist man sehr kurz: Windspiel zu kaufen gesucht: Geschlecht — Alter — Farbe —; Offerte mit ganz genauer Angabe etc. etc. — Von den eingegangenen Anzeigen wählt man aus und lässt den am besten scheinenden zur Ansicht kommen. Man kaufe nie, ohne das Thier gesehen zu haben. Bei Ankunft hat man einen sachverständigen Zeugen bei sich, es wird der Zustand der Kiste und des Thieres genau festgestellt, und passt es nicht, sofort zurückgeschickt, unter Angabe warum. Auch der Versandt retour muss unter Zeugenschaft vorgenommen werden, sonst kann man das Opfer werden. Manche Leute senden sofort auf die Anzeige ihre Thiere zur Ansicht und machen nachher Schwierigkeiten, als ob dieselben schon fest gekauft gewesen wären; darauf achtet man aber gar nicht. Wie bei jedem Geschäft, stellt man seine Bedingungen klipp und klar, erfüllt die eingegangenen ganz präcis und damit punctum. Auf Weiteres lässt man sich nicht ein, denn sobald man der „Gute" ist, ist man auch der „Dumme". Grobe, ungerechte Briefe, die nachfolgen, beantwortet man nicht mit gleicher Münze, sondern man sendet sie zurück, legt sie beiseite oder verklagt den Schreiber.

Thierärztliche Atteste. Beim Versandt in das Ausland muss das Thier ein Zeugniss mitbringen, dass es thierärztlich untersucht und gesund ist, auch bei Streitigkeiten werden nicht selten vom Gericht oder von Privaten Atteste oder Gutachten über den Zustand, die Gesundheit, Alter, Werthigkeit etc. verlangt, es gelten hier dieselben Bestimmungen, wie sie für die gerichtliche und polizeiliche Praxis überhaupt vorgeschrieben sind, so dass ein näheres Eingehen auf diese Materie hier nicht absolut nöthig ist. Dass die Gutachten und Atteste mit grosser Genauigkeit ausgestellt werden müssen, wie das überhaupt zu geschehen hat, ist selbstverständlich, es folgt aber deshalb der Hinweis auf besondere Präcision, weil die gesetzlichen Bestimmungen über Hundehandel von den Gerichten nicht so gleichmässig gehandhabt werden, wie diejenigen bei Grossvieh. Man wird daher mit einem etwas oberflächlich ausgestellten Zeugniss im Streite wegen eines Hundes, weit eher im Unrecht bleiben, wie wenn das Object ein Pferd oder ein anderes Stück Grossvieh gewesen wäre.

Ausstellungen und Prämiirungen.

Wenn man die schönsten und bestgebauten Thiere einer Rasse kennen lernen will, so muss man dieselben miteinander vergleichen und nach dem aufgestellten „Muster", „Ideal" oder „Normaltypus" nach den „Rassekennzeichen" dem „Standard" vergleichen und prüfen. Clubausstellungen enthalten naturgemäss nur Thiere einer Rasse, die besten der verschiedenen Richtungen werden gegeneinander abgewogen, und das praktische Resultat soll sein, dass das für die Rasse Tauglichste anerkannt und als erstrebenswerth, als neue Richtung zur Vervollkommnung angenommen wird. Dabei muss der Neigung der Züchter, nur das „Extreme" zu bevorzugen, sachgemäss entgegengetreten werden. Vereinsausstellungen haben ein weiteres Gebiet, hier können die Thiere der Vereinsmitglieder, aber auch Thiere von Nichtmitgliedern, Gegenstände, Belehrendes und Unterhaltendes, zur Aufmunterung und Verbreitung der Liebhaberei ausgestellt werden. Verbandausstellungen sollen den Stand der Zucht im ganzen Reiche darthun. Hier sollen sowohl alte anerkannte Rassetypen, wie neue, sich erst zur Geltung ringende ausgestellt und vorgeführt werden.

Das Ideale wäre bei allen Ausstellungen, dass das Publicum sich selbst sein Urtheil bildet, allein das kann man nur auf Clubausstellungen erwarten und da kaum. Die Mehrzahl der Menschen steht der Sache so fern, dass sie kein Urtheil abgeben können, das einige Bedeutung hätte, und dann kann man von Niemand (ausser von einigen Specialisten) erwarten, dass er alle Rassen gleich gut kennt. Das Urtheil des Publicums wird somit zweckmässig durch einen Kenner geleitet. Eine anerkannte Persönlichkeit, zu der die sämmtlichen ausstellenden Besitzer Vertrauen haben, wird gebeten, die ausgestellten Hunde zu untersuchen und nach ihrer Güte neben- oder hintereinander zu stellen, somit zu entscheiden, zu „richten", welches der bessere und welches der geringere ist. Diese Persönlichkeit heisst kurzweg „Richter", und um dem Urtheil des Richters mehr Gewicht beizulegen, auch um den Werth, der auf ein solches Urtheil gelegt wird, deutlicher und markanter zu machen, werden „Preise" festgesetzt: 1., 2. und 3. Preis, lobende Erwähnung etc., welche der Richter mit seiner Qualificirung zugleich austheilt. Thiere, die mit dem ersten Preise bedacht sind, erregen die Aufmerksamkeit, das Publicum prägt sich das Aussehen eines solchen ein, die Höhe und Menge der Preise lässt die materielle Werthigkeit der ausgestellten Thiere ungefähr erkennen. Ausser dem Aussehen, dem „Aeusseren" der Thiere, den Rassezeichen etc. kann man auch die Fähigkeiten, die Leistungen prüfen und hienach eintheilen, z. B. Dachshunde im Einschliefen und Hetzen etc. etc.

Hiedurch kann eintreten, dass ein Hund wegen seines „Exterieurs" vom ersten Richter einen ersten Preis bekommt, von dem folgenden, der die Leistung prüft, aber kaum eine „lobende Erwähnung"; auch kann ein Hund in mehreren Classen concurriren, z. B. *a)* in der Classe der einfarbigen rothen Dachshunde und *b)* in der Siegerclasse etc.

Ausstellungen sind somit nicht nur ausserordentlich zweckmässig, sondern nothwendig: · *a)* um die Züchter zu unterrichten,
was zur Zeit das Beste ist in der Rasse und was für die Zukunft
„modern" werden wird; *b)* durch den äusseren Glanz Liebhaber für
die Sache zu gewinnen, Gelegenheit zu geben, sich über den Werth
der Thiere zu informiren, Anschluss an Züchter zu bekommen, auch
für die Beschaffung durch Tausch oder Kauf Wege zu schaffen.

Man kann noch manchen Vortheil herausfinden, und der letzte
ist nicht der, dass die Züchter Gelegenheit haben, sich gegenseitig
kennen zu lernen und in persönlichen Verkehr zu treten. Wie aber nichts
Vollkommenes existirt, was schon bei der Einführung des Stammbuches
gesagt werden musste, so haben auch die Ausstellungen Nachtheile.

Zunächst seien einige solche durch Mittheilungen von Fällen
aus der periodischen Literatur vorgeführt:

„Im Kennel-Club zu London stellte Pfarrer O'Callaghan den
Antrag, alle Hunde, die nach festzusetzendem Termin noch auf Ausstellungen, die nicht unter Patronat des Kennel-Clubs stattfinden,
erscheinen, von allen Ausstellungen unter Kennel-Club-Rasse auszuschliessen. Er motivirt seinen Antrag damit, dass die Ausstellungen
in England zu zahlreich würden, Einigungen über Datum fänden
nicht mehr statt. Bestimmte Hunde machten das ganze Jahr Reisen
auf allen solchen Ausstellungen, Preis auf Preis gewinnend, kämen
aber nie auf Kennel-Club-Schauen, so dass eine Meldung von 30,
40, ja 50 Preisen dem Hund in den Augen des Publicums und Auslandes einen ganz eingebildeten Werth verleihen. Auf gewissen
Ausstellungen werden die Rollen der siegenden Aussteller geradezu vertheilt.

Folgen zu langandauernder Reisen auf der Eisenbahn in
mangelhaften Kisten zu Ausstellungen oder an Käufer.

In der Zeitung „Hundesport und Jagd", 1892, p. 449, findet
sich von der Berliner Ausstellung folgende Angabe:

„Das Schicksal fügte es, dass gerade die besten drei Luxushunde der Ausstellung nicht zu ihrem Recht kommen konnten. Die
Preisrichter .... bezeichneten die gelbe Dogge „Sandor" als den
besten anwesenden Doggenrüden, der in Adel und Formen seinesgleichen nicht fand. Derselbe war aber so schlecht in Condition,
theilweise blutrünstig aufgelegen, dass er nur den zweiten Preis erhalten konnte. Die Hündin „Senta ex Valeria" erschien, wie der
Führer selbst zugab, nahezu kreuzlahm und war nicht im Stande zu
laufen, so dass auch sie nicht gewürdigt werden konnte. Beide Hunde
hatten allerdings vorher die Reise zur Ausstellung nach München,
zurück zu ihren Besitzern und sodann nach Berlin gemacht. Thatsachen, die der Richter weder wissen, noch berücksichtigen konnte.

Die dritte endlich, die langhaarige St. Bernhardshündin Hero, war an den Hinterläufen fast nackt.

Also Missbrauch des Ansehens der reellen Ausstellungseinrichtung wie in Fall 1 und Beschädigung von guten Zuchtthieren durch ungeschickte Ueberanstrengung in unpassenden Reisekisten. Ferner,

in der Zeitung „Hundesport" 1891, p. 817, findet sich folgende Mittheilung:

„Nach jeder Ausstellung erhebt sich in der Fachpresse ein Sturm der Entrüstung seitens der Besitzer von Hunden, die von den Herren Preisrichtern nicht genügend gewürdigt oder die gar leer ausgegangen sind."

Gegen die besten, kundigsten, ehrenhaftesten Preisrichter erhebt sich „ein Sturm der Entrüstung", aber was soll geschehen gegen eine Sorte von Preisrichtern, wie die nachstehend geschilderten?

„Aussteller: Aber Freund — hol's der Henker, ich dachte doch, Du würdest mir mehr als den zweiten Preis geben, alter Kumpan!

Richter (überrascht): Aber wieso denn! Was konnte ich denn mehr für dich thun? Der Hund, dem ich den ersten Preis gab, ist ja mein eigener!"

Ferner, durch die Ausstellungen werden etwaige vorkommende Unregelmässigkeiten wie etwas allgemein Dazugehöriges verbreitet oder Ungewohntes falsch aufgefasst, dagegen Opposition gemacht und gegen die ganze Sache eingenommen, wie die hier angeführte Nachricht aus dem „Hundesport und Jagd" 1892, p. 406, beweist:

„Während der Amsterdamer Hunde-Ausstellung (6. bis 8. Mai 1892) wurden in Kunstbauten Preisschliefen auf Fuchs abgehalten. Der Vorstand der Amsterdamer Thierschutzvereinigung hat nun die Veranstalter dieses Schliefens wegen Thierquälerei verklagt."

Ferner ist anzufügen, dass nicht selten die zur Ausstellung gesandten Thiere auf der Reise so beschädigt werden wie die oben genannten, sondern dass auf der Ausstellung ansteckende Krankheiten, Räude und Staupe verbreitet werden.

Vorbereitung zur Ausstellung und zum Verkaufen.

Es ist nicht nur erlaubt, sondern es gehört zur guten, verständigen Haltung, einen Hund zur Ausstellung oder zum Verkaufe in vortheilhaftester Weise zu produciren, ihn in „Condition" zu bringen. Wie weit dieses erlaubte „Ausstatten" gehen darf, ist nicht genau festzustellen. Ein Kenner wird noch eine Freude haben, wenn ein Fehler an einem Thier verdeckt zu werden gesucht wird, weil er sieht, bis zu welchem Grade die Sache unschädlich sein kann, über den gleichen

„Tric" stolpert aber ein Unkundiger, kauft das Thier zu theuer und nun ist dieselbe Handlung Betrug.

„Lerne mein Sohn, wie man ausstellt", ist ein Wahrwort, das der erfahrene Züchter und Aussteller an seinen Liebsten richtet. Das Ausstellungsobject muss in bester „Condition" sein, es soll sich auf vortheilhafteste Weise zeigen, ein „fetter" Windhund ist eine lächerliche, beklagenswerthe Figur, es muss demnach ein solcher vor der Ausstellung „abgespeckt" werden, ein Pudel mit ungepflegten schmutzigen Haaren wird nie einen Preis erringen. Er muss gewaschen, der weisse gebleicht, die Haare gekämmt, gebürstet und gelockt werden, zu lange Haare werden abgescheert oder ausgerissen, glänzend sein sollenden Haaren gibt man die letzte Politur durch Befeuchten mit Zuckerwasser, drahthaarige macht man borstiger mit etwas Alaun- oder Sodawasser, gelbliche Stellen werden mit etwas Kreide zu verdecken gesucht — doch halt! das ist nicht mehr erlaubt — ferner Afterklauen werden durch Operation entfernt, das ist aber auch nicht mehr erlaubt, eine rothe Nase bei einem weissen Bullterrier, der eine schwarze haben soll, mit Anilin zu färben, ist verboten, einen weissen Strich an der Brust eines Dachshundes braun zu färben ist Betrug, einem alten Hund seine Zähne, die gelb und voll Zahnstein sind, flott zu putzen und mit Bürste zu reinigen ist erlaubt, aber stumpfe Zähne spitz zu feilen, um den Hund jünger erscheinen zu lassen, das ist verboten. Stutzen der Haare an der Ruthe ist verboten, aber Coupiren der Ruthe ist erlaubt.

Den Hund durch Dressur einen flotten Gang anzugewöhnen ist erlaubt, ihm, wenn er die Ruthe zu hoch und geringelt trägt, anzugewöhnen, dass er auf ein bestimmtes Zeichen dieselbe senkt, ist zwar nicht erlaubt, aber es geschieht doch. Dem Hunde durch Bürsten und Scheeren, durch Halsband, Maschen und Deckchen das schönste Aussehen zu geben, ist erlaubt, und wird erwartet, mit dem Deckchen aber einen Ausschlag zuzudecken und den Hund als gesund verkaufen, das ist verboten.

Im Allgemeinen kann man sagen, zu einer Ausstellung ist viel mehr erlaubt, an dem Hunde au künsteln, ihn in vortheilhaftes Licht zu setzen als wie zum Verkaufe, weil es sich zunächst nicht um eine Person handelt, die durch diese Künsteleien geschädigt wird, und weil anzunehmen ist, dass der Sachverständige, der Preisrichter, in der Lage ist, sofort an jedem Thiere das „Echte" vom „Unechten" unterscheiden zu können und dass er falls die Grenze des Erlaubten überschritten wird, sofort zurückweisen kann. Allerdings liegt auch damit eine Schädigung für einen Dritten ganz nahe, wenn z. B. zwei sonst gleich gute Hunde mit Federruthe auch die gleichen Fehler an dieser Behaarung haben und an dem einen ist dieser Fehler durch Scheeren, Rupfen, Brennen etc. corrigirt, so erlangt dieser den Vorzug über jenen, obwohl er nicht besser ist. Niemand wird

aber daraus eine rechtsgiltige Anklage machen wollen, wenn aber
dieser „frisirte" Hund deshalb zur Zucht und teuerer verkauft wird
als der andere und der Käufer den Fehler, den er gerade umgehen
wollte, dadurch doch bekommt, so ist er betrogen und direct geschädigt.

Der Versandt der Hunde zur Ausstellung.

Eisenbahn und Post übernehmen die Beförderung von Hunden:
1. im Coupéwagen III. oder IV. Classe oder in einem Güterwagen,
wenn der Herr dabei ist und eine Karte für den Hund gelöst hat.
Diese Beförderung ist für den Hund die beste, ist aber wegen eventueller Belästigung von Mitreisenden und unliebsamer Aeusserungen
von „Hundefeinden" manchmal unangenehm für den Besitzer; 2. im
„Hundecoupé", einem eisernen Kasten unten an einem Gepäck-
wagen. In diesen wird der Hund während der Fahrt eingesperrt,
sein Herr muss ihn ein- und ausladen. Abgesehen von der Angst,
die ein Hund hier durchmachen muss, sind solche Coupés zu verwerfen wegen Ansteckungsgefahr. Staupe, Krätze und Räude kann
dadurch verbreitet werden; 3. der Hund wird in eine Kiste gebracht
und als lebende Waare versandt. Die Kiste muss geräumig sein, sie
muss genügend Luft und Licht zulassen, sie muss so construirt sein,
dass andere Kisten nicht zu nahe angerückt werden können, d. h. es
müssen dies an den Oeffnungen nach aussen gebogene Eisenstäbe
abhalten, oder es muss durch eine eckige Form hiefür gesorgt sein.
Die Kisten müssen genügend stark, nicht zu schwer, mit Bändern
und Eckschützern, sowie mit Vorrichtungen zum Tragen mittels
Handgriffen oder Ringen zu Stäben versehen sein. Oben ist ein
Loch gebohrt, durch welches eine Kette, mit welcher der Hund
innen angebunden sein muss, geführt ist, die Kette muss mehrere
„Wirbel" haben, damit sie sich nicht aufdreht und den Hund in
Gefahr bringt. Bei Versandt auf grosse Entfernungen ist eine durch
Riegel, eventuell beigegebenen Schlüssel zu öffnende Lücke anzubringen, durch welche dem Hund Futter und Wasser gereicht werden
kann. Dem Hund ein passend grosses Brot in die Kiste zu legen,
ist zweckmässig, auch eine befestigte Tränkevorrichtung, die nur
soviel Wasser nachfliessen lässt wie weggetrunken wird, ist zu
empfehlen. Als Lager wird eine Strohmatte, die am Boden befestigt
ist, empfohlen, das Stroh oder Heu locker einzulegen ist wegen
eventuellen „Stürzens" der Kiste nicht anzurathen. — Im Nachstehenden geben wir einige Kistenformen aus Täntzer's Jagdgeheimnissen,
welche damals dem Thier- und auch Hundetransport gedient hatten.
Dass die Aufschriften sehr in die Augen fallend gemacht werden,
dass man eine grelle Farbe wählt, um sie rasch unter zahlreichen
anderen zu erkennen, dass man seinen Namen aufschreiben lässt,

Kisten zum Hundeversandt aus dem vorigen Jahrhundert.

Die Formen sind beachtenswerth, ebenso die grosse Solidität, dagegen sind sie für den Transport etwas schwer und könnten ausgiebiger ventilirt werden.

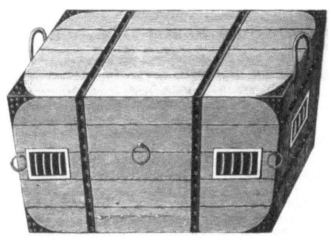

Fig. 36.

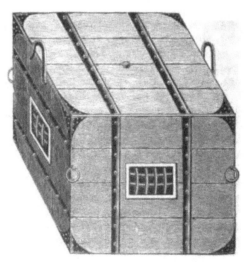

Fig. 37.

Fig. 38.

Fig. 39.

Fig. 40.

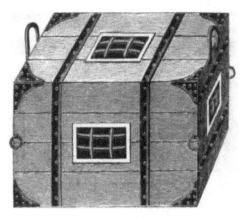

Fig. 41.

sie mit Nummern versieht und überall „Piano!" „Nicht stürzen!" etc.
anbringen lässt, ist ganz empfehlenswerth.

In Körben kann man nur kleinere Thiere versenden, das
Polster wird am Boden festgenäht und darf nicht die Luftcirculation
behindern.

Preisrichten.

Es soll vorgekommen sein, dass ein Herr, dem der Antrag
gestellt wurde, dass er auf einer Hunde-Ausstellung ein Preisrichter-
amt übernehmen soll, gesagt habe: „Nein — ich war bis nun
ein unbescholtener Mann und möchte es bleiben." — Die Mittheilung lässt eine Ablehnung aus diesem Grunde wohl verstehen,
aber trotzdem nicht entschuldigen. Wer in bester Absicht seine
Kenntnisse und sein Geschick der Gesammtheit darbringt, der kann
eine sich anknüpfende Kritik, auch wenn sie herb wäre, im Interesse
der Sache wohl hinnehmen, und ist die Kritik unberechtigt, so ist
sie ja mit Gründen widerlegbar.

In erster Linie muss der Preisrichter über jeden Zweifel an
seiner Fähigkeit und seinem Charakter erhaben sein, und es muss ein
solches Amt mit grosser Sorgsamkeit und auch mit einiger Würde
ausgeübt werden. Ein Preisrichter soll nicht zu oft dieselbe Classe
von Hunden richten, weil er zu leicht einen neuauftretenden Hund
hinter solche, die ihm von früher bekannt und von ihm prämiirt sind,
zurückstellt. Die Besitzer sollen ihm unbekannt sein. Das Urtheil
ist zu begründen, auf Verlangen auch öffentlich. Während des
Richtens ist er am besten allein, nur mit einem Secretär, der seine
Bemerkungen genau notirt. Beeinflussungen durch das Publicum etc.
müssen abgehalten werden. Es ist sehr gut, dass man abgeschlossene

Ringe geschaffen hat, in denen die Preisrichter ungestört amtiren können.

Es sollte möglich sein, einen Hund von mehreren Richtern beurtheilen zu lassen und ein Gesammtergebniss von einem Collegium zu erhalten, aber die grosse Umständlichkeit und die dennoch mögliche Unzufriedenheit mit dem Ergebniss, die damit unterlaufenden Verletzungen des Gefühls und der Sicherheit der Einzelpreisrichter, lassen einen solchen Apparat der Werthigkeit in der Wirkung des unantastbaren Urtheils des Einzelrichters nachstehen. „Das Urtheil des Preisrichters ist unumstösslich", das ist ein Satz, der sich fast für alle Thierschauen als richtig bestätigt hat, und lässt man je Ausnahmen zu, so werden zugleich bedeutende Erschwerungen mit verbunden, so dass man den Unzufriedenen schon damit abschreckt. Ob man einen oder mehrere Richter eine Classe richten lassen soll und diese sich jedesmal über den Fall einigen müssen, das ist eine Zweifelsfrage. Zwei Richter scheinen allerdings mehr Sicherheit zu bieten, doch sind gute Preisrichter in der Hundezüchterei noch nicht im Ueberfluss vorhanden, und bei den zahlreichen Classen und Rassen bleibt es wohl am besten beim Einzelrichter.

Das kann man aber verlangen, dass die Namen der Preisrichter so zeitig vor der Ausstellung bekanntgegeben werden, dass man sich als Züchter danach richten kann, anderseits sollte der Preisrichter Versuche, ihn zu bestechen, nachher rücksichtslos veröffentlichen, jedenfalls dem Comité mittheilen.

Wie der verehrte Leser sieht, spitzt sich die Sache immer mehr zu. Man kann noch hundert Forderungen stellen und ablehnen, und es bleibt dabei, das Preisrichten ist eine heikle Sache, man schafft sich damit mehr Gegner als Freunde, aber es ist ein Ehrenamt, das auch die Besten nicht ausschlagen sollten, und ist man Züchter und Aussteller, so muss man sich über einen Treffer nicht unmässig freuen, denn ein schlechter Hund kann durch einen Preis wohl vorübergehend werthvoller werden, besser wird er aber dadurch nicht. Das Gute muss schliesslich doch zu Siege kommen, und bei der nächsten oder übernächsten Ausstellung wird sich das richtige Resultat schon zeigen.

Um die Hunde zu beurtheilen, sie zu richten, hat man verschiedene Methoden:

1. Man kennt den Standard der Rasse selbstverständlich sehr genau, lässt sich den Hund vorführen, betrachtet ihn, und nach dem allgemeinen Eindruck wird er classificirt. Punctum!

Preisrichter, die so vorgehen, die haben grosses Selbstbewusstsein nöthig, sie haben eine Art „Genieanlage" bei sich anzunehmen, ein „angeborenes Talent", einen „vererbten Kennerblick", ein „natürliches richtiges Gefühl" und was dergleichen Dinge mehr sind, welche aber gerade die verstandlich am meisten beschränkten

Menschen von sich nur zu gerne glauben, und wenn dann der Fuchs noch den Segen darüber gesprochen hat, wenn ein solcher Mann durch ungebührliches Lob in seinem Wahn bestärkt wird, dann ist's aus mit Gründen. Diese Sorte von Preisrichten muss also als unzuverlässig bezeichnet werden — aber, diese Art zu richten, sie ist sehr bequem, und sie führt sehr rasch zum Ziele; es macht auch der ganze Act den Eindruck von etwas majestätischem, infalliblen, und das ist nicht zu gering zu achten.

2. Die andere Art des Richtens besteht im „Punktiren" oder „Pointiren". Theil für Theil wird vorgenommen und nach den Gesetzen des Standards, hauptsächlich aber nach anatomischen und physiologischen Gründen beurtheilt, und sodann wird eine „Note", eine „Zahl", aufgeschrieben. Ist der Theil „ausgezeichnet", bekommt er die höchste Nummer, die vorher als höchstmöglichste Bezeichnung festgestellt ist — ist der Theil bloss „gut", bekommt er eine oder einige Zahlen weniger ist er „genügend" oder „zureichend", noch weniger — ist er „unzureichend" gibt es 0, und ist er gar „fehlerhaft", „schlecht", bekommt er Minus. Letztere Zahlen werden mit anderer Schrift und in andere Rubrik eingetragen. Wenn die Einzeltheile so durchpunktirt sind, so bekommen die Allgemeinerscheinung, eventuell die Abstammung, Alter, Grösse, Haare, Farbe etc. etc. ihre Ziffer. Gewiss, es ist etwas umständlich, das Punktiren, aber es ist viel mehr Gewähr leistend; es tritt eine grössere Sicherheit ein, das Vertrauen heftet sich nicht blind an die Person, ebensowenig die Unzufriedenheit. Das Punktiren sollte jeder Züchter kennen, üben und seine Thiere auf den einzelnen Punkt hin verstehen, dann kann er mit Ruhe das Urtheil des Richters erwarten, seine eigene fehlerhafte Meinung danach corrigiren, oder mit Aussicht auf Erfolg Rechenschaft verlangen. Der Preisrichter beurtheilt zunächst nur die Form, die Anatomie. Werden höhere Anforderungen gestellt, dann muss auch die Leistung, die Physiologie geprüft werden.

Preisrichter-Schema für die Beurtheilung des Aeusseren von Hund Nr.

Name: ———   Besitzer: ———

Allgemeine Erscheinung	Stand	Kopf	Behang	Hals	Brust	Rücken	Ruthe	Extremitäten
Grösse	Höhe	Stirn	Ansatz	Länge	Tiefe	Länge	Ansatz	Stand
Länge	Weite	Schnauze	Breite	Stärke	Breite	Richtung	Länge, Dicke	Stärke
Farbe		Augen	Länge	Form	Schulterlage	Breite	Haltung	Form
Haar		Zähne	Rundung	Wamme		Lenden	Behaarung	Knochenlänge
Muskulatur			Stellung			Croupe		Knochenstellg.
Knochenbau								Gelenke
								Pfoten
								Klauen
								Tritt

Besondere Bemerkungen:
(In diese Rubrik kommen die für die einzelnen Rassen besonders wichtigen Spezialangaben.)

(Es ist vorgeschlagen von Herrn v. Daacke: 1 bedeutet normal, 2 übernormal, 0 darunter, sehr gut + und schlecht —. Ich finde es zweckmässiger, die Zahl 4 als genügend, als normal, — 7 als non plus ultra, — 0 als absolut schlecht zu Grunde zu legen.)

29*

Stammbücher:

Ein Stammbuch ist ein Familienregister, durch welches der Nachweis geführt wird, welche Eltern ein in Frage kommender Hund hatte. Geradeso wie das Standesregister die Namen der Staatsbürger, ihre Eltern, Geburtstag, Heirat, Vermehrung und Tod bezeugt, so gibt das Stammbuch diese Verhältnisse des Hundes. Weiter hat es von Rechtswegen nichts zu geben. Aber da in Deutschland erst seit kurzer Zeit Stammbücher geführt werden, so waren bei Beginn des Werkes die Eltern der aufzunehmenden Hunde (mit wenigen Ausnahmen) unbekannt. Man musste somit eine Grundlage schaffen, dadurch, dass man für die Rasse bestimmte Merkmale, den „Standard", die „Rassekennzeichen" oder „Rassemerkmale" festsetzte, und nun wurden solche Hunde, welche diese Merkmale hatten, in das Stammbuch aufgenommen, sobald dies der Besitzer wünschte und die für die Aufnahme festgesetzte Prämie bezahlte.

Hiedurch wurde das Geschäft des Schriftführers, vergleichsweise gesprochen, des Standesbeamten, aber ein ganz anderes, als es eigentlich sein darf und später auch sein wird; er wurde vom einfachen Registrator zum prüfenden Richter, ob der ihm vorgeführte, die Aufnahme verlangende Hund, auch den festgesetzten Rassezeichen entspricht, ob er „aufnahmefähig" ist.

Der Beginn des Stammbuches war somit ein Unternehmen, das in höchst lobenswerther Weise etwas ins Dasein rief, was aber, schwieriger Weise, schon längst hätte bestehen müssen.

Schon die Aufstellung der „Rassezeichen" ist, wenn es sich vollends um etwas ganz Neues handelt, sehr schwierig, und es bleibt nichts übrig, als wie entweder: 1. einen Hund als „Ideal" zu nehmen, ihn zu beschreiben und ihn als Rassetypus gelten zu lassen, oder 2. neben diesem ersten einen zweiten aufzustellen und auch einzelne Theile von diesem als Rassezeichen anzugeben, oder 3. einen Hund zum Muster nehmen, „wie er nicht sein soll" und gerade das Entgegengesetzte von dessen Eigenschaften als Rassemerkmale zu verlangen, rein Phantasie zu treiben.

Da das „Ideal", welches auf diese Weise festgestellt wird, im ersteren Falle mindestens einmal existirt, im zweiten Falle aber nur theilweise und im dritten Falle noch gar nicht, sondern überhaupt erst geschaffen werden muss, so steht die Schwierigkeit, welche dem Commissär oder der Commission erwächst, klar vor Augen. Sobald diese Commission nach Muster 1 vorgeht, so ist zweifellos, dass sie nur einen Hund, eine Familie als „typirt", als rasseecht ansehen kann und alle übrigen Hunde sind verworfen. Geht sie nach Muster 2 vor, so kann es zwar mehrere Hunde geben, welche dem Ideal theilweise entsprechen, aber bei scharfer

Prüfung müssen alle verworfen werden, und geht sie auf dem Weg 3 vor, so sagt sie in ehrlicher Weise, was sie schon bei 2 thun musste, dass Alles erst neu geschaffen werden soll.

Nun ist aber erst ein Theil der Schwierigkeit genannt: Ein solches Beginnen, wie der Anfang eines Stammbuches, geschieht zu einer Zeit, an einem Orte, im Reiche, und von hier aus sollen sich die Beschlüsse wie ein Gesetz allmälig über das ganze Reich erstrecken und alle Züchter sollen sich unterordnen. Rechnet man hinzu, dass die menschliche Natur nicht vollkommen ist, dass Irrungen und Absichten das gesammte Werk zu hindern suchen, so sieht man die Schwierigkeit, und wenn gleich angefügt wird, dass trotzdem der Gedanke der Gründung lebendig blieb und Wurzel fasste, dass wir trotz alledem ein Stammbuch haben, so sehen wir auch die Grösse der Idee vor Augen.

Verzeichnen wir den Gang, wie er in Wirklichkeit ging: Im Jahre 18 . . wurde in Hannover die Gründung eines Stammbuches für einzelne Rassen unternommen. Im Jahre 18 . . wurde in Berlin eine zweite Gründung zum nämlichen Zwecke gemacht. Unter diesen grossen Centren stehen die „Vereine" und „Clubs" mit vorerst noch sehr verschiedenen Zielen.

Der „Club", auch „Klub", ist eine Vereinigung von Züchtern und Interessenten oder Liebhabern, die eine Rasse, z. B. Ulmer Doggen, züchten. Der Club stellt den „Standard", die „Rassezeichen" für diese Rasse fest, hält Versammlungen, in denen die Merkmale vorgeführt werden, und er ändert das „Ideal", sobald er es für gut findet.

Solange der Club als selbständiger Theil existirt, beschliesst er nach Gutdünken, sobald er sich einem der grossen Centren, Hannover oder Berlin, unterordnet, so hat er seine Beschlüsse als Vorschläge zu unterbreiten, und nun werden diese den anderen Clubs für dieselbe Rasse der Gesellschaft zur Begutachtung und endlich der Gesammtheit oder dem Ausschuss zur Beschlussfassung vorgelegt. Angenommen, der Club für Dachshundezucht Stuttgart beschliesst etwas, was dem Club mit gleichen Zwecken in Berlin nicht angenehm ist, z. B., dass in der Zukunft nur Hunde mit feiner Ruthe, „bleistiftartig", gelten dürfen, dagegen solche mit dicker, borstiger Ruthe, „besenstielartig", ausgeschlossen wären, so könnte sein, dass der Berliner Club Einsprache erhebt, und Sache des Verbandes wäre es nun, hier Recht zu sprechen, entweder dem A. oder dem B. zuzustimmen, oder aber beide zuzulassen.

Diese Clubs befinden sich naturgemäss in einem Wettstreite, denn der Typus der einen Zucht unterscheidet sich von dem der anderen und die Uniformirung gelingt nur allmälig.

In der Zeitschrift „Der Hund" 1899, pag. 66, findet sich folgende hieher passende Mittheilung: „Die beiden Gesellschaften *a)* Nationaler Doggenclub und *b)* Deutscher Doggenclub zu verschmelzen, wurde in Kassel angebahnt, aber bedauerlicherweise vergeblich". Wenn ein grosser Verband existirt, dem beide angehören, dann wird die Streitfrage auf eine Weise aus der Welt geschafft werden müssen, und entweder muss eine Zuchtrichtung siegen und die andere unterliegen, oder es kommen beide zur Geltung, die sich ohne den grossen Verband bekämpfen.

Ein „Verein" hat nicht so ausgesprochene Ziele wie der Club, er kann mehrere Clubs vereinigen, und er kann, wie dies der Stuttgarter Verein der Hundefreunde that, durch verschiedene Mittel, die Liebe zum Hunde überhaupt, die rationelle Zucht und Haltung etc. zu pflegen suchen.

Der Schwerpunkt der deutschen Züchterei liegt somit vorerst in den Clubs. Irgendwo im Lande finden sich noch Hunde aus früherer Zeit, welche durch einen Liebhaber oder mehrere herausgegriffen und gezüchtet werden. Nun kommt der Club, der sich dieser „Rasse" annimmt, sie zu verbreiten, zu „typiren" und zur Anerkennung zu bringen sucht. Erst wenn soweit vorgearbeitet ist, ist die Rasse reif, um zur Aufnahme in das allgemeine Stammbuch zu kommen. So ist es z. B. mit dem württembergischen dreifarbigen Jagdhund gegangen, der sich in Hannover keine Geltung verschaffen konnte, anfangs in Berlin auch nicht, bei der Ausstellung in München sind diese Hunde aber als vorzüglich und typirt anerkannt und prämiirt worden, und steht ihrer Aufnahme in das allgemeine Stammbuch nichts mehr entgegen. Zur Zeit ist die vorhandene Rassenzahl in Deutschland noch lange nicht festgestellt, noch weniger in die Stammbücher aufgenommen, und es werden noch auf viele Jahre hinaus sich jährlich neue „Rassen" zur Aufnahme melden, nur muss ein Einzelner nicht verlangen, dass er, wenn er „einen" Hund vorstellt und beschreibt, gleich vom Verband die Anerkennung erlangt. In Württemberg existiren z. B. noch die uralten Rassen, *a)* der Rottweiler Hund, ein ganz vortrefflicher Haushund und *b)* der alte Schäferhund württembergischer Rasse. Von beiden will zur Zeit, ausser einigen Kennern und Züchtern, welche diese Thiere gebrauchen, Niemand etwas, so wie hier wird es auch anderwärts sein. Der grosse Verein, der Verband hat sich aber zu hüten, dass ihm bei der Vorstellung eines Hundes mit neuen absonderlichen Formen, nicht ein Kreuzungsproduct, das für die Zucht werthlos ist, als „rasseecht" vorgestellt wird.

Je mehr die Zahl der Exemplare einer Rasse verbreitet und vermehrt wird, umso rigoroser kann die Auswahl stattfinden. Es ist daher im Interesse jeder Zucht gelegen, dieselbe möglichst zu verbreiten. Die Zahl der Hunde ist aber begrenzt, und es muss deshalb ein mächtiger Kampf entstehen, sobald etwas Neues auf den Plan tritt, weil dadurch seither Bestehendes weichen soll. Hart stossen sich die Sachen — ist ein altes Wahrwort, und in Deutsch-

land haben wir dadurch die begreifliche Ers cheinung, dass viele
Züchter, zu den über diesen Kämpfen stehenden Hunderassen anderer
Länder, hauptsächlich der englischen, greifen. Allein in der Regel
nur auf kurze Zeit, denn ebenso verschieden wie der englische
Charakter des Menschen und dessen Bedürfnisse von denjenigen des
deutschen sind, ebenso verschieden sind die Hunde in beiden Ländern
und das, was einem Engländer ganz gut passen kann, das passt
einem Deutschen noch lange nicht. Es ist daher auch mit aller
Bestimmtheit zu erwarten, dass von jetzt an von vorhandenem reinem
Material nichts mehr, oder jedenfalls nicht mehr viel verloren gehen
wird, sondern dass die Schätze unserer alten deutschen Rassen vollends gehoben und Gemeingut werden. Jedenfalls aber muss vor
einem zu engherzigen Vorgehen seitens der Verbände, als ob zur
Zeit schon Alles was gut ist, bekannt wäre, gewarnt werden. Vieles
„Neue", was aber alt, rein und gut ist, muss noch Aufnahme
finden.

Einige Kunstausdrücke, die besonders bei der Abrichtung und dem Gebrauch der Jagdhunde verwendet werden:

Abbrechen: dem verfangenen oder verbissenen Hunde mittels eines
kleinen hölzernen Klötzchens das Maul öffnen.

Abhalsen: den Hunden Halsband und Hängeseil abnehmen.

Abziehen: von der Fährte, die er nicht zeichnen soll, hinwegziehen.

Anfallen: eine Spur entdecken und fortsuchen, auch das Wild
anpacken oder fassen.

Anhalsen: Anlegen des Halsbandes und Hängeseils.

Anhalten: dauernd dem Wild nachjagen.

Anhatz: der Ort, von wo die Hetze beginnt.

Anhetzen: Loslassen und Hetzen auf das Wild, der Zuspruch hiezu.

Ankoppeln: die Jagd- oder Dachshunde zusammen zu binden,
das Lösen heisst ab- oder loskoppeln.

Anlegen: den Hund anbinden, oder auch, ihn auf eine Fährte
bringen.

Annehmen: den Hund an der Leine anbinden, auch wenn der Hund
eine Fährte findet und darauf weiter sucht.

Anschlagen: Bellen, Lautwerden.

Anschneiden: Anfressen des Wildes.

Anziehen: wenn der Hund den Geruch des Wildes in die Nase
bekommt und direct darauf losgeht.

Appell: Achtsamkeit und Folgsamkeit.

Apportiren: Gegenstände, hauptsächlich geschossenes Wild auf
Geheiss holen.

Arbeiten: den Hund arbeiten, dressiren, üben.

Arche: Leine.

Aufnehmen: das Anfallen einer Fährte und darauf fortsuchen, auch wenn der Hund den Apportirbock oder andere Gegenstände zum Apportiren aufnimmt.

Apfelköpfig: runder Schädel (Mops).

Aufstechen: Aufjagen, auch aufstossen.

Augen sehen, nach einer bestimmten Richtung blicken, im Auge behalten: den Gegenstand im Verfolgen immer beobachten.

Ausser Athem kommen, die Kräfte verlieren, nicht mehr können.

Ausziehen: mit dem Hunde fortgehen.

Behang: die Ohrlappen, auch die seitlich am Maul herabhängenden Lippen oder Lefzen.

Behängezeit: Vorübung des Leithundes.

Beischlagen: wenn junge Hunde den alten nachbellen, der Alte schlägt an, der Junge bei.

Bestätigen: mittels des Leithundes feststellen, wie viele Hirsche in den Wald zogen, Hetze richten.

Das Bellenanschlagen, laut sein: Halsgeben.

Blenden: dem Hund mit der Hand die Augen bedecken, damit er vorübergehendes Wild nicht sieht.

Boll: Bellen, Art des Bellens, hat hellen, lauten oder tiefen Boll.

Doppelnase: Buldoggnase, gespaltene Nase.

Dressieren: den Hund abrichten.

Drücken: wenn der Hund beim Apportiren das Wild zu fest anfasst.

Dudleynase: fleischfarbige.

Einfahren: das Einschlüpfen des Dachshundes oder auch des Wildes in den Bau.

Einhetzen: den Windhund an die Hetze, Hetzjagd gewöhnen.

Einjagen: junge Jagdhunde mit alten eingewöhnen.

Einspringen: wenn der Vorstehhund von selbst oder angehetzt auf das Wild, dem er vorstand, einspringt und es aufjagt.

Euter: Gesäuge.

Erneuern, versichern: widerholt feststellen ob, das Wild noch am seitherigen Orte ist.

Färben: Bluten bei der läufigen Hündin.

Fahne: die langen Haare an der Ruthe des Hundes.

Fangen: der Windhund fängt oder nimmt, wenn er das gehetzte Wild ergreift.

Fänge: die Eck- oder Fangzähne des Hundes.

Fassen: den Hund an den Pürschriemen oder die Fangleine nehmen und führen.

Feder: Haarfranse hinten an den Läufen.

Ferm oder firm: vollendet, vollkommen.

Ferse des Vorderlaufes ist der Oberballen.

Festmachen: der Dachshund liegt fest vor dem Fuchs oder Dachs, er irt dazu dressirt, auch der Fuchs etc. ist „festgemacht", wenn er eingeschlossen ist im Bau.

Flaum: kurze, wollige Unterhaare, verdeckt.

Fortbringen: die Fährte verfolgen.

Frass: die Nahrung, das Futter des Hundes, der Hund frisst.

Führig, leinenführig: er geht in bestimmter Weise neben und hinter dem Jäger an der Leine, führige Hunde sind solche, die schon ein Jahr gearbeitet sind.

Gängig, wenn er am Hängeseil oder Riemen gut sucht.

Gänsefüsse, gänselätschig, nicht geschlossene Pfoten.

Gehen, auf den Schweiss gehen, die Spur eines schweissenden Thieres verfolgen.

Geläuf, der Weg, der Boden, das Geläuf ist gut oder schlecht, je nach der Beschaffenheit gut bei trocken ebenem Boden und günstigem Wind, schlecht bei Nässe, weichendem Schnee, Regen und starkem Gegenwind.

Genossen machen, dem Hunde etwas von dem erbeuteten Wild zu fressen geben.

Gerecht, es ist dem Hund passend, es ist ihm gerecht, es ist ihm nicht gerecht, er nimmt die Fährte nicht gerne.

Gesäuge, das Milcheuter der Hündin.

Die Hündin lässt zu, wird belegt, bedeckt, gedeckt oder bezogen; die Hunde belaufen sich, hängen; sie muss die Hitze verliegen, darf nicht bezogen werden; sie wölft oder schüttet, die Jungen heissen Wölfe, alle zusammen Wurf.

Hängen: Zusammenhängen bei der Begattung.

Hängeseil: Aus Pflanzenfasern und Haaren gemachtes dünnes Seil um den Leithund zu führen.

Hackenschlagen: Absprünge und Wendungen von der geraden Bahn.

Halskrause, Haarfranse: Kehle, Brust.

Halsung: Halsband.

Hasenrein ist ein Hühnerhund, wenn er selbst einen angeschossenen „kranken" Hasen nur auf Aufforderung verfolgt und sich jederzeit abpfeifen lässt.

Hatz, Hetze: Jagd, bei der das Wild von Hunden gejagt, eingeholt und gehalten wird.

Hatz- oder Hetzhund: zu dieser Jagd verwendete Hunde.

Harnen heisst Feuchten.

Hatzmann: einer, der einen Hatzhund am Riemen führt.

Hatzriemen: Lederriemen oder Strick an dem die Hetzhunde geführt werden.

Hitzig: zu rasch, unbesonnen, auch Brunst der Hündinnen.

Hoden-Geschröte, Steine

Jugend: Stammhaar.

Kopfhund, der vorderste Hund in der Meute.

Kreisen, das Wild im Bogen umkreisen.

Koppel: 2 bis 3 Jagdhunde am Halsband zusammengebunden.

Koppelbändig: wenn sie gut zusammengehan.

Kurz suchen, so viel wie nahe.

Läufig: die brünstige Hündin.

Lauf: gleich Fuss.

Laufzeit, Belaufzeit: die Periode der Brunst in der die Hündin den Rüden annimmt.

Laut: das Gebell.

Liebeln: abliebeln zur Belohnung für eine richtig gemachte Arbeit liebkosen, streichen, beklopfen oder mit einem Zweige streicheln.

Lösen: die Jagdhunde losmachen, auch Rothentleeren.

Losung: Hundekoth auch solcher von Wild.

Mäuseln: Ohrenstutzen.

Markiren, Zeichnen: wenn der Hühnerhund durch Geberden anzeigt, dass Wild in der Nähe ist.

Meute: eine Anzahl von Hunden, 10 bis 60 zur Parforcejagd.

Nachhängen: auf einer Fährte den Hund an der Leine suchen lassen.

Nachhetzen: einem angeschossenen Wild den Hund auf der Spur folgen lassen.

Nase: Geruchsorgan, fein zu riechen, feine Nase.

Nägel: Die Nägel heissen Klauen, der Daumen Afterklauen. unter den Füssen sind Ballen.

Nuss: Vagina der Hündin.

Pfriem: Penis des Hundes, auch Frucht- oder Feuchtglied.

Reinrassig, reine Rasse, es ist keine Einmischung von fremdem Blut weder in den Eltern noch Voreltern.

Rahmen: Einfangen des Hasen durch Windhunde.

Retter ist derjenige Windhund, der den gerahmten Hasen von den anderen nicht zerreissen lässt.

Revieren, das Hin- und Hersuchen des Hühnerhundes.

Rüde: der männliche Hund.

Ruthe: Schwanz des Hundes.

Schiessen lassen: dem Schweisshund am Riemen mehr Raum geben.

Schlagen: wenn ein Wildschwein einen Hund verletzt.

Schnalle: Vagina der Hündin.

Schussrein: wenn der Hühnerhund auch nach dem Schuss ohne angebunden zu sein, ruhig beim Jäger bleibt bis er fortgeschickt wird.

Schwärmen: wenn die Hunde statt zu suchen planlos umherspringen.

Schwanz: Ruthe, auch der hinterste Hund der Meute.

Schweiss: Blut der Jagdthiere und des Hundes.

Stehen des Vorstehhundes vor aufgesuchtem Wild.

Stellen: wenn sich das Wild vor dem verfolgenden Hunde stellt.

Stocheln: wenn der Hund sehr langsam sucht.

Stöbern: aufjagen des Wildes und lautes Verfolgen.

Stopfen: bei der Parforcejagd die Meute aufhalten.

Strick: 3 bis 4 Windhunde, die zusammen jagen.

Strickbändig: wenn sich Windhunde am Hetzstrick gut führen lassen.

Stumm: wenn der Hund ohne zu bellen das Wild verfolgt.

Tasche: Vagina der Hündin.

Tod verbellen, das verendete Wild anbellen bis der Jäger kommt.

Tragen: er trägt die Nase hoch, sucht hoch, oder er trägt den Schwanz gut oder schlecht.

Uebergehen: wenn der Hund über eine Fährte von Wild geht, ohne sie zu bemerken oder zu zeichnen.

Ueberhetzt: wenn die Hunde nicht mehr können.

Ueberschiessen: wenn er über eine Fährte hinausspringt ohne sie zu bemerken.

Verbellen: angeschossenes Wild, das nicht weiter kann, durch Bellen am Platze halten.

Verbrechen: die Fährte durch einen Bruch d. h. Zweig bezeichnen.

Verfangen: so fest beissen, dass sie nicht mehr loslassen können.

Verhetzt, wenn der Hund durch unzweckmässige Behandlung nicht mehr gehen will.

Verplafft: die Hunde haben keinen Muth mehr, sich dem Wilde zu nähern.

Verschlagen, durch unzeitgemässes Strafen versagt der Hund jeden Gehorsam.

Verwerfen: Frühgeburt.

Vorlaut: der Hund bellt, bevor er das Wild gesehen hat.

Vorliegen des Dachshundes vor dem Fuchs oder Dachs in der Höhle.

Vorsuchen: den Wald vor der Jagd umgehen, um die Zahl des hineingegangenen Wildes festzustellen.

Werfen, wölfen, die Geburt.

Windholen: wenn der Hund ein Stück hinausläuft um dann rückwärts gegen den Wind zu suchen.

Witterung: der jedem Wild eigenartige Geruch.

Wölfe sind junge Hunde.

Wurf: alle zugleich von einer Hündin geborenen Jungen.

Zeichnen: wenn der Hund stehen bleibt und die Fährte mit der Nase berührt.

Zukommen: das Trächtigwerden.

Zwinger: Hundehaus für mehrere Hunde.

Hundenamen.

Für die Hauptklassen der Hunde führen wir nachstehend Namen an, wie sie zur Zeit gebräuchlich sind. Dieselben entstammen nicht eigener Phantasie, sondern sind Namen von Thieren aus Ausstellungen und aus der hiesigen Klinik etc.

Es ist selbstverständlich, dass nur ein kleiner Theil angeführt ist, um die beliebte Richtung anzuzeigen. Die Namen sollen anzeigen, die Heimat, das Aussehen, allgemeine oder besondere Eigenschaften, Dienstleistungen etc.

Für Schweisshunde: Drusus, Hirschmann, Fides, Flock, Myra, Zakie, Wodan. — Windhunde: Grey, Barzoi, Gentleman, Lady, Iwan, Zaar, Romanow, Tullus, Hobni, Krilát, Padrasch, Trougok, Ossip; Hassan, Milli, Paulowna, Mirjam, Raja, Milka, Kascha, Duschinka, Marsa, Souja, Wijuga, Zaaritzka. — Vorstehhunde: Tom, Ankas, Hektor, Treff, Tyras, Pekas, Feldman, Baldur, Roland, Lektor, Tell, Hasso, Thorr, Boy, Fassan, Perdrix, Troll, Arminius, Falko, Muskat, Haras, Rheno, Rolf, Zeus, Chasseur, Seppl, Flock, Flüchtig, Fingal, Lord, Luck, Prinz, Flora, Brünette, Dido, Norma, Herta, Senta, Corra, Sylva, Juno, Frieda, Lottchen, Gräfin, Freya, Lilli, Diana, Eva, Lady, Blume, Bella, Lisette, Resi, Selke, Allright, Flocke, Linde, Röschen, Rose, Kora, Medea. — Dachshunde: Waldmann, Bergmann, Dakl, Samson, Said, Attila, Waldteufel, Sticks, Waldl, Günther, Lohengrin, Fassan, Flick, Reinecke, Strick, Michel, Schnich, Nuäben, Groll, Knurr, Schnapp, Lakl, Zieten, Muck, Adam, Tempo, Monsieur, Schneidig, Flott, Fips, Rax, Zackig, König, Puck, Gnom, Fax, Fritz, Schufterle, Spiegelberger, Hallo, Tiger, Rother, Schwarzer, Scheck, Röhrle, Dux, Struwolpeter, Borstig, Krup, Kriechfex, Schliffer, Krumbein, Spork, Buschbold, Aegir, Hansel, Mordax, Muck, Wally, Fuchsteufel, Zottl, Waldine, Bella, Berolina, Gretle, Lory, Coquette, Wally, Judith, Thyra, Dame, Schnappe, Wanda, Schöne, Lo, Hexe, Midei, Männe, Lisel, Longine, Loni, Perle, Rubra, Mignon, Mitzi, Kutschka, Burgei, Zwergmücke, Fricka, Bärbel, Zwiebel, Demut, Gretel, Tini, Lari, Donita, Unke, Rita, Leda, Jo, Hal, Zigeunerin, Rothkäppchen. — Foxterriers: Sport, Spot, Patrick, Spleen, Troll, Karl, Toni, Franklin, Fix, Fox, Rating, Tipton, Blanco, Lustig, Bell, Tasso, Stromboli, Bobby, Foxidakl, Foxel, King Bell, Ascan, Harald, Byron, Tiruwy, Erik, Miss, Direktress, Bessie, Tella, Merry, Slava, Blanka, Eglantine, Girl, Pride, Siva, Nelly, Sherry, Susie, Aranka, Kokette, Luka, Yum Yum. — Deutsche Doggen oder Ulmer-Hunde: Ulmer, Tyras, Riese, Leo, Mikado, Harras, Cäsar, Hannibal, Sultan, Kaiser, Helios, Rolf, Hödur, Baldur, Zeus, Hatto, Argos, Porthos, Reif, Therold, Achill, Moro, Mentor, Donau, Sandor, Bertram, Melak, Nero, Leander, Norman, Bruno, Peter, Marko, Alexander, Krösus, Viktor, Brunner,

Urban, Nepomuk, Pluto, Talismann, Ekkehardt, Senta, Ella, Hansa, Noriga, Ulma, Bella, Flora, Lena, Meta, Sting, Merra, Kora, Eva, Toska, Juno, Kara, Iris, Otter, Leily, Lollo, Asträa, Asta, Perle, Zampa, Fassila, Isaria, Janka. — St. Bernhardshunde: Barry, Brutus, Pascha, Bello, Jupiter, Nero, Moro, Mustapha, Wallberg, Lord, Halgo, Rawyl, Hektor, Ingo, Wotan, Stivo, Rasko, Sultan, Milan, Hero, Lola, Queen, Gemmi, Rena, Meta, Venus, Flora, Blanka, Minko, Iva, Rose, Beline, Alma, Jura, Grete, Freya, Sresa, Furka, Sulamita, Rega, Rohna, Eva, Beresina, Bianka. — Neufundländer: Nelson, Dingo, Marko, Moldau, Duke, Manko, Prinz, John, Roland, Fischermaid, Lady, Danubia, Undine, Unda, Hertha, Hero. — Bulldoggen: John Bull, Holy, Bubi, Count, Harper, Dog, Punsch, Unile Tom, White, Prince, Bier, Padker, Fassan, Schnarcher, Klob, Tralle, Komiker, Latsche, Griesgram, Bella, Snow, Carita, Rose, Miss, Holde, Medusa. — Collies: Armskirk, Amsel, Doctor, Jack, Lord, Tom, Thur, Bischof, Fox, Harras, Hallifax, Check, Lady, Countess, Queen, Lisel, Primadonna, Flower, Alice, Letti. — Dalmatiner: Tiger, Scheck, Tintenfleck, Nero, Mars, Pello, Zingara, Putty, Lucca, Nora. — Pudel: Karo, Cato, Stickel, Pascha, Fidelio, Zulu, Moro, Rijou, Fintel, Cäsar, Pascha, Tanko, Blach, Bruno, Gigerl, Bella, Lory, Minca, Pretiosa, Luna, Rezia. — Terriers: Jack, Diplomat, Tom, Cherry, Twito, Faust, Vesuvian, Christian, Prinz, Amsel, Queen, Miss, Lady, Hexe, Drulla, Kathi, Nelly, Rita. — Bullterriers: Cosmo, Stupp, Flock, Lord, Excelsior, Cavalier, Little, Moppi, Donna, Blanka, Countess, Queen, Rose, Maja, Sneewitt, Ines, Kawa. — Pintscher: Hans, Schnauzer, Russ, Kuno, Radker, Raubein, Naze, Belzebub, Peter, Besenstiel, Vetter, Flamm, Zabo, Rat, Michel, Jockel, Lerche, Nane, Esther, Mucke, Mitze. — Spitzer: Pommer, Spitzer, Mohrle, Flott, Wächter, Micado, Gerson, Pitt, Wecker, Flock, Putzi, Ursus, Pippin, Peter, Liliput, Buby, Ben, Zulu, Zottel, Lieschen, Fräulein. — Schosshunde: Buby, Ben, Ali, Affi, Käsperle, Amy, Ginkele, Minko, Tänzer, Pitt, König, Fürst, Puzzi, Mingo, Dipferl, Gigerl, Augustus, Rappi, Piccolo, Hansl, Nanki, Micado, Kei-Ko, Chin-Chin, Flock, Venus, Königin, Wunderdame, Balleteuse, Lita, Laura, Etelka, Liebchen, Lisa, Tiny, Gretel, Japana, Clara, Bijou, Little, Wota, Lilli, Amy, Goldelse, Mäuschen, Wally die Liliputanerin.

III. ABTHEILUNG.

ALLGEMEINES ÜBER HEILUNG DER HUNDEKRANKHEITEN UND DIE UNTERSUCHUNG.

Das Arzneien der Hunde.
(*Nach Jost Ammon.*)

Allgemeines über Heilung der Hundekrankheiten und die Untersuchung.

„Das Heilen ist die Krone der Medicin", und „das wahre Mitleid besteht in der Hilfe". Wer nicht regelrecht untersuchen, die Art und den speciellen Fall des Leidens feststellen kann, wer nicht einen Heilplan entwerfen und aus dem Schatze der Heilmittel das für diesen Fall Zweckmässige aussuchen und anwenden kann, oder wer kann, aber es unterlässt, der ist ein Pfuscher, ein unverständiger oder gewissenloser Thierquäler.

Es ist zweckmässig, über empirische und rationelle Heilkunst Einiges anzuführen. Die Kunst, Hunde von Krankheiten zu heilen, ist so alt wie die Thierheilkunde und diese so alt wie die Menschenheilkunde. Im Alterthum war der Thierarzt zugleich Menschenarzt oder umgekehrt. Nach dem Verfall der Wissenschaft errang sich die Menschenheilkunde zuerst und allein Anerkennung; jetzt ist die Thierheilkunde umfangreicher wie erstere. Die Ausübung der Hundepraxis verlangt gründliches Wissen und Können, Fleiss, ein strenges Gewissen, Muth, Entschlossenheit, Geistesgegenwart und wahres Mitgefühl mit der Thierwelt. Man gebe nie den Rath, ein Lieblingsthier zu tödten, ausser es ist absolut nöthig, und man sei unnachsichtlich strenge gegen unnöthige Quälereien und gegen Pfuscher.

Nirgends sitzt die sogenannte „Volksmedicin" noch tiefer wie in der Heilung von Hundekrankheiten. Es ist erklärlich, aber bedauerlich und muss anders werden. Von Haus aus ist die Medicin überhaupt eine praktische Wissenschaft, entstanden aus dem Bedürfnisse, dem Schwachen und Leidenden beizustehen. Sobald man die vorhandenen Mittel zusammenstellte, sie auf ihren Gehalt und ihre Wirksamkeit prüfte, das Wesen der Krankheiten erforschte, erwies sich die Volksmedicin als trügerisch, und aus dem Studium der Lebensvorgänge und dem der Naturwissenschaften entstand die rationelle medicinische Wissenschaft.

Für die Praxis ist die reine Empirie deshalb zu verwerfen, weil sie lehrt: „Was in diesem Falle wohlthätig wirkte, muss es auch in einem anderen"; das ist ein Trugschluss. Eine Erfahrung kann erst nach zahlreichen Wiederholungen und kritischer Prüfung zur Thatsache erhoben werden. Anderseits müssen die Deductionen der rationellen Medicin erst durch die Erfahrung geprüft werden.

Schon Hippokrates sagt, man soll in der Heilkunde nichts unversucht als gewiss behaupten und auch nichts ganz verwerfen. Man muss die Entwicklung der Sache kennen. Die Religion, die Philosophie, Lehrsätze von hervorragenden Meistern, das Dogma, schliesslich die Naturwissenschaften haben ihre Einflüsse auf die Medicin ausgeübt, und in letzter Instanz sind es die klinischen Beobachtungen, die das Ausschlaggebende sein dürften. Wir haben jetzt eine Gesammttherapie, darin bestehend, wegen eines Leidens das ganze Individuum zu behandeln, und wir haben eine Localtherapie, gegen den Krankheitsherd vorzugehen. Die Erstere ist hauptsächlich das Gebiet der inneren Medicin, Letztere das der Chirurgie. Ein gewissenhafter Thierarzt geht niemals über die Grenze des Interesses seines Patienten, ein Charlatan aber benützt die Schwächen seiner Kunden, betreibt wohl auch noch mystische Medicin, sobald er Wunderglauben wittert. Eine gewisse Verwandtschaft hiemit hatte auch die specifische Therapie, die früher in der teleologischen Ansicht wurzelte, dass es für jede Krankheit auch ein Mittel geben müsse. Paracelsus hat diese Lehre gepflegt und mit dem Mantel des Geheimnisses umgeben. Seine Arcana waren specifische Mittel, und Hahnemann hat mit seiner Homöopathie den alten Irrthum neu belebt. Wirkliche Specifica haben wir vorerst in der Hundeheilkunde noch wenige, ausser man lässt die chirurgischen gelten. Es ist aber Aussicht vorhanden, dass auch hier Fortschritte erfolgen. Gerade entgegen-

gesetzt der specifischen Therapie ist die exspectative, welche die
jetzigen sog. „Naturheilkünstler" fast ausschliesslich anwenden.
Sie will dem Kranken nützen und helfen, aber nicht dadurch, dass
sie die Krankheit beeinflussen oder abkürzen will, sondern nur
dadurch, dass sie die Kräfte des Patienten schonen und stärken,
weitere Schädlichkeiten ferne halten und einen ungestörten Heil-
verlauf will. Dicht neben ihr steht der medicinische Nihilismus,
den die pathologischen Anatomen am Anfange ihrer Thätigkeit ver-
schuldeten, der darin besteht, der Krankheit ihren Lauf zu lassen,
und sie gewissermassen nur zu beobachten, alle Eingriffe, welche
das Leiden beeinflussen sollen, als nutzlos, ja für schädlich zu
halten. Letztere Methode ist sehr bald als eine fahrlässige erkannt
worden, und die exspectative ist als eine selbstverständliche Neben-
sache bei jeder rationellen Cur zu betrachten. Gewissermassen
zwischen der specifischen, der exspectativen und nihilistischen steht
die symptomatische. Diese will nicht die Quellen des Uebels
stopfen, sondern nur die gefährliche Erscheinung beseitigen, dieselbe
planlos zur Heilmethode gemacht zu haben, ist das traurige Verdienst
Hahnemanns, des Begründers der Homöopathie. Ihr gebührt zwar, beachtet und geachtet zu werden, aber es müssen die Heilanzeichen
und die Gegenzeichen, Indication und Contraindication berücksichtigt
werden. Die ätiologische Therapie richtet sich gegen Krank-
heitsursachen, die bereits in Wirksamkeit waren, z. B. die Wuth-
behandlung Pasteur's. Oft weicht die Krankheit mit der Ursache;
z. B. bei Würmern im Darme oder Schmarotzern in der Haut. Hat
die Ursache bereits Zerstörungen erzeugt, z. B. ein brandiges Absterben von Körpertheilen, oder hat sie nur kurz und vorübergehend
eingewirkt, so müssen ihre Folgen bekämpft werden. Wo Bacterien
sind, kann die Ursache oft direct und damit die Krankheit entfernt
werden. Bei solchen Dingen steht die Homöopathie mit ihrem
„similia similibus curantur", Gleiches mit Gleichem heilen — in
lächerlicher Hilflosigkeit, ebenso ist es bei der prophylaktischen
Therapie. Diese sucht durch Vorsichtsmassregeln zu schützen, z. B.
durch Schutzimpfung gegen Hundswuth, Milzbrand u. dgl., aber
auch die ganze moderne antiseptische Chirurgie beruht hierauf. —
Der rationelle Arzt kennt und erwägt diese Methoden, ihm stehen
alle zu Gebote, und wenn er die Art des Vorgehens festgestellt hat,
dann kommt die Wahl der Mittel. Die Zeit der Universalheil-
mittel, der Lebenselixire u. dgl. ist vorbei, der Schatz der
Heilmittel ist immer grösser und kostbarer geworden, es kommt nur
darauf an, dass man denselben kennt und zu verwerthen versteht.
Der Charlatan kennt nur eine Krankheit, die er mit dem Patienten
identificirt, und nur ein Mittel, mit dem er Alles heilen will, auch
z. B. Kneipp, der kein Charlatan war, hielt ein Mittel, das kalte
Wasser für alle Schäden. Pfuscher sind die Peiniger der Kranken,

und die sinnlos erzeugten Qualen und Fahrlässigkeiten schreien nach Rache.

Um den Gang der Untersuchung eines kranken Hundes kurz darzustellen, ist zweckmässig, eine allgemeine und eine specielle Untersuchung zu fixiren. Bei der allgemeinen Untersuchung betrachtet man zunächst den Körperbau, die Rasse, Grösse, den Skeletbau, Veränderungen der Haare und Haut, Anschwellungen, Verbiegungen, den Ernährungszustand, Altersveränderungen, den Gang, das Temperament, endlich kommt die Untersuchung der Schleimhäute, die Feststellung von Puls, Herzschlag, Athmung und Temperatur. Bei der speciellen Untersuchung werden zunächst Wunden, Bauch- und Knochenbrüche, sodann die Infections- und Constitutionskrankheiten berücksichtigt, und es werden die Theile nach Regionen, Kopf, Hals, Brust, Bauch, Extremitäten etc. oder nach Systemen, Athmungs-, Verdauungs-, Circulations-, Harn- und Geschlechtsorgane und das Nervensystem, untersucht.

Um den Körperbau des einzelnen Thieres, seine Entwicklung beurtheilen zu können, ist nothwendig, die Allgemeinheit dieser in Frage kommenden genau zu kennen, zu wissen, welche Verschiedenheiten in dieser Rasse vorkommen, ob das, was sich hier vielleicht im ersten Anblick als Entwicklungsfehler darstellt, nicht eine Rasseneigenthümlichkeit ist. Stärke der Knochen, Geradheit derselben, Rippenwölbung, Zeichen von Rhachitis, Verkrümmungen der Wirbelsäule sind hier zu beachten. Die Entwicklung der Musculatur, Fettansatz oder Magerkeit. Durch das Alter werden namentlich die Haare um die Augen und an der Schnauze grau, die Thiere haben oft abgeriebene, mangelhafte Zähne, Zahnstein und nicht selten grauen Staar. Der Gang ist munter, lustig, oft hüpfend, springend bei gesunden und jüngeren; aber träge, schleichend bei alten; hochbeinige, im Rücken kurze Hunde, wie etwa die Pintscher, gehen oft schräg oder hüpfen eine Zeitlang auf drei Beinen, weil sie sich leicht mit den Klauen der Hinterbeine in die Ballen der Vorderbeine treten (Eingreifen, Einhauen). Im Rücken lange und kurzbeinige Hunde, z. B. Dackel, gehen nur ausnahmsweise in dieser Gangart. Das Temperament ist ebenfalls grossentheils vererbt, zum Theil ist es Rasseneigenthümlichkeit, zum Theil Folge der Erziehung, trotz alledem ist aber die Kenntniss des gerade in Frage kommenden Thieres von grösster Bedeutung, denn ob dasselbe jetzt eine weniger gute Laune hat, ob es unlustiger, unwirscher ist wie früher, das sieht in der Regel nur der Besitzer; erst bei höheren Störungen, wie sie Gehirn-, Rückenmarks- oder Nervenleiden erzeugen, z. B. durch Vergiftungen mit Atropin sehr weite Pupillen; durch Strychnin Streckkrämpfe, oder durch Parasiten im Gehirn und Rückenmark, z. B. Echinokokken, Zwangsbewegungen, durch Pentastomen in der Stirn- oder Nasenhöhle fast wuthähnliche Erscheinungen werden sie auffallend. Es kommen durch diese und noch andere Krankheiten Gehirnentzündungen, Reizungen, Staupe etc., die verschiedensten Erscheinungen von der beginnenden Reizung bis zu den Erscheinungen der Verrücktheit, des Irreseins, des unbegründeten Zornes und endlich des Nachlasses des Schwachsinnes, Blödsinnes und der theilweisen oder allgemeinen Lähmung vor. Sodann wirkt aber ausser den genannten, durch centrale Störungen erzeugten Leiden noch verändernd auf das Seelenleben, jedes schmerzhafte Localleiden und hier ist die individuelle Anlage von Bedeutung. Sehr empfindliche, hyperästhetische Thiere, sog. „weheleidende“ oder „weheleidige“ sind schon wegen kleiner Beschwerden deprimirt und klagen, während andere, „harte“, sich nicht gleich niedergebeugt zeigen; dann gibt es bei den Hunden zweifellos auch ein „heroisches“ Ertragen von Schmerz und, je nach der Gemüthsstimmung, der Zahl und Heftigkeit äusserer Eindrücke folgend, verschiedene Aeusserungen für eine und dieselbe Unlust.

Alle diese bis jetzt genannten und noch andere auffallende Erscheinungen beobachtet man an dem Thiere, ohne es angefasst zu haben. Zweckmässig ist, den Vorbericht, die Anamnese, ganz sorgsam festzustellen, während dessen das Thier beobachten, auf die genannten Merkmale und dann mit der Untersuchung derart beginnen, dass man den Patienten auf einen Tisch etc. stellen oder legen, oder ihn auf den Schoss oder den Arm legen lässt, ihm die Schnauze mit einem Tuche oder Band umwickelt und nun die Untersuchung vornimmt, auf die Besichtigung der Schleimhäute des Maules, der Augen und eventuell des Afters, ob dieselben a) regelrecht, b) bleich, c) blau, d) gelblich aussehen. Bei Blässe ist Bleichsucht, innere Blutung, Nieren-, Blasen-, chronisches Magenleiden möglich, bei zu dunkler Farbe, Cyanose, ist das Blut mit Kohlensäure überladen, daher bei Lungen- und Herzkrankheiten, oder bei Luftmangel der mechanisch erzeugt ist, etc. d) gelblich, bei Gelbsucht, Ikterus, meist mechanisch verursacht und beim Hunde ein bedrohliches Symptom. Die Schleimhäute der Nase sind wegen ihrer Enge für gewöhnlich nicht zu beobachten, aber die dort vorhandenen Ausflüsse sind besonders als Zeichen von Katarrhen, Staupe etc. wichtig. Von grösster Bedeutung und auch allgemein bekannt, sogar sprichwörtlich, ist die Beschaffenheit der „Nase“, der „Nasenkuppe“, „Nasenspiegel“. Für gewöhnlich ist dieselbe feucht und kühl, bei Fieber wird sie heiss und trocken, bei Katarrhen, Staupe etc. beschmiert und borkig. Die Untersuchung der Kreislauforgane erfolgt durch Feststellung von Zahl und Beschaffenheit des Pulses; denselben zählt man am besten an der Schenkelarterie oder direct am Herz. Alte Hunde haben sehr oft Herzfehler. Zur Aushorchung, Auscultation, legt man vorher ein reines Tuch auf die Brustwand, kleine Hunde hebt man hoch, hält sie selbst, drückt sie an sich heran, so dass man bequem die Auscultation vornehmen kann. Die Zahl der Athemzüge ist beim Hunde sehr wechselnd; bei grossen Anstrengungen, aber auch bei Aufregung, athmen sie heftig unter Hervorstrecken der Zunge (hecheln). Die Körpertemperatur kann schon auf Betasten, namentlich des Bauches, ungefähr taxirt werden, es gehört aber zu jeder sorgsamen Befundaufnahme, dass man das Thermometer einführt; in der Rege. in den Mastdarm, bei Weibchen in die Scheide. Wenn man hier nicht mit dem nöthigen Geschick verfährt, so wird die Sache leicht „anstössig“. Man muss den Besitzer vorbereiten, was man will, und weshalb das nöthig ist. Das Thermometer wird vor der Einführung in lauwarmes Wasser getaucht oder noch besser etwas angefettet. Aeltere Hunde haben meistens schmerzhafte Secretansammlung in den Afterbeuteln und -Drüsen, deshalb dulden dieselben den Eingriff nicht gerne. Die Normaltemperatur ist circa 38·5° C. (somit circa 1° höher wie beim Menschen). Alle Hunde, vom faustgrossen Pintscher bis zur grössten Dogge haben diese Temperatur. Ueber 39 bis 39·5° bezeichnet man als „gereizte Temperatur“, noch höher als „Fieber“. Ueber letzteres ist anzugeben, dass eine rasch vorübergehende Temperatursteigerung noch nicht als Fieber aufzufassen ist, erst die andauernde, mindestens 24 Stunden anhaltende Steigerung kann dafür gelten. Das Fieber tritt auf unter den äusseren Erscheinungen des „Frostschauers“, des „Schüttelfrostes“ oder auch den Erscheinungen der Depression, Niedergeschlagenheit, Appetitstörung und Verzögerung der Ausscheidungen, sowie Erhöhung von Puls und Zahl der Athemzüge. Fieber ist in der Regel bei Staupe, besonders im Anfang und bei entzündlichen Krankheiten vorhanden, während bei Vergiftungen, namentlich bei septischen Zuständen, nach grösseren Blutungen, oder bei Schwäche und beginnendem Absterben, die Körpertemperatur unter die Norm sinkt, subnormal wird, ein stets sehr bedenkliches Symptom. Bei localen Störungen, wie etwa Lähmungen des Hintertheils oder einer Gliedmasse, kann die betroffene Partie etwas kühler sein wie der übrige Körper, es kann auch sein, dass local etwas vermehrte Temperatur auftritt bei entzündlichen Processen, deren Signatur schon Galen mit den vier Cardinalsymptomen „Hitze, Röthe, Geschwülst und Schmerz“ feststellte.

Nach dieser allgemeinen Untersuchung kommt die Feststellung des Locallatens und hierauf werden die krankhaften Erscheinungen zusammengefasst, „Epikrise“, miteinander in Verbindung gebracht und möglichst für sämmtliche Symptome eine Ursache fixirt, sodann erfolgt die Bezeichnung des Symptomencomplexes mit einem technischen Ausdruck, die Diagnose. Es ist werth anzuführen, dass nach homöopathischen Grundsätzen kein solches Zusammenfassen erfolgt, keine Diagnose gestellt, sondern nur ein, u. zw. das hervorragendste Symptom behandelt wird, nach diesem Grundsatze gibt es

z. B. keine Wuth, keine Staupe, keine Cholera etc., sondern jeweils
das hervorragendste Symptom wird behandelt. Es ist wichtig, darauf
hinzuweisen, um die Behauptung, der Homöopath behandle den Patienten, nicht die Krankheit, in ihrer Haltlosigkeit erkennen zu
können.

Ueber Wunden und deren Behandlung.

Jede Verletzung mit Trennung der Haut, gleichgiltig ob allgemeine Decke oder Schleimhaut, ist eine Wunde, dieselbe ist charakterisirt durch: 1. Blutung, 2. Schmerz und 3. Klaffen der Wundränder. Nach der Form heissen die Wunden regelmässig, glatt-
wandig oder unregelmässig gezackt etc. nach der Richtung, Längs-,
Quer- und Schrägwunden, nach der Ursache: Schnitt-, Hieb-, Riss-,
Quetsch-, Biss- und Schusswunden, nach dem verletzten Gewebe:
Haut-, Unterhaut-, Muskel-, Knochenwunden etc. Nach der Tiefe:
oberflächliche, auch Schürfungen, Excoriationen und durchdringende,
perforirende, sie durchdringen die Haut, oder die Brust- oder Bauchwand, oder dringen in eine Höhle, Gehirn- oder Gelenkshöhle etc.
Nach der Oertlichkeit: Kopf-, Halswunden etc. Die Blutung ist
arteriell, das Blut ist hellroth und spritzt hervor, stossweisse
gleichzeitig, isochron, mit dem Puls, oder sie ist venös, es ist
dunkel und fliesst gleichmässig, oder sie ist capillär oder paren-
chymatös, quillt über die Wundfläche. Durch Ausscheidung auf die
Oberfläche setzen sich sofort die Leukocyten um, bilden Fibrin-
ferment, dadurch gerinnt das Fibrin sehr rasch, bildet ein Fadennetz
und schliesst die anderen Theile in sich ein, so dass ein lockeres
Gerinsel, der Blutkuchen entsteht, welcher auch die blutenden Gefäss-
wunden verschliessen und dadurch den Stillstand erzeugen kann.
Wenn soviel Blut verloren ist, dass der Blutdruck in den Gefässen
geringer ist wie der Luftdruck, so hört die Blutung auf. Das tritt
erst ein, wenn ein Drittel Blut verloren ist. Die künstliche Blut-
stillung geschieht durch Unterbinden zwischen der blutenden Stelle
und dem Herz, durch Fassen des blutenden Gefässes mit einer Zange
oder Pincette und Unterbinden hinter dem Zangenmaul, durch Tam-
poniren der Wunden, also Druck von aussen gegen den Blutstrom
oder chemische Mittel, oder das Glüheisen.

Wenn die Blutung nicht zeitig genug aufhört, so tritt der Tod
durch Verblutung ein. Zeichen dieser sind: Pulslosigkeit, Blässe der
Schleimhäute, Kleinheit des Herzstosses, Krämpfe, Ohnmacht.

Die Wunde heilt: a) durch erste Vereinigung per primam
intentionem oder b) durch Eiterung, per secundam intentionem.
Ersteres ist möglich, wenn die Wundränder vollkommen rein sind,
wenn die Secrete abfliessen können, und wenn vollständige Ruhe
vorhanden ist. Fehlt eine dieser drei Bedingungen, so eitert die
Wunde, es treten Granulationen von der Tiefe aus ein, und allmälig

erfolgt durch das Wachsthum derselben die Heilung oft erst nach langer Zeit. Es ist bei jeder Verletzung die Heilung auf ersterem Wege anzustreben, die Wunde muss durch gründliche Reinigung mit antiseptischen Mitteln, Sublimatwasser, Carbol, Creolin, Lysol, Thioform etc. aseptisch, d. h. frei von allen Mikroorganismen gemacht werden, die Wundränder sind dauernd aneinander zu halten durch Nähte, der Secretabfluss ist durch Drainagen zu bewerkstelligen und die vollständige Ruhe durch Verband zu erzielen. Wenn ein Hund an seiner Wunde leckt, so heilt sie nicht auf erste Vereinigung, das Lecken ist nur dann statthaft, wenn eine alte Wunde nicht nur eitert, sondern auch ein schlechtes Aussehen hat, auch da leistet es nicht die früher erhofften Vortheile. Nachtheile aber sind zu heftige Reizung der Wunde und gieriges Belecken. Jede Wunde, die heilt, ruft Juckreiz hervor, wodurch die Hunde geneigt werden, die Verbände abzureissen und nicht mehr zu lecken, sondern sich im vollen Sinne des Wortes anzufressen, solche Thiere sind in der Regel unheilbar. — Heilung unter trockenem und nassem Schorfe ist a) bei kleinen Hautverbrennungswunden etc., die flach sind, künstlich bedeckt und aseptisch gehalten werden, b) wenn Blut in Höhlen, statt resorbirt zu werden, organisch wird und so rasche Heilung erfolgt.

Wenn die Heilung von Wunden nicht rasch erfolgt, sondern sich Taschen bilden, die Secrete anstauen, sich senken, zersetzen, zum Theil in den Säftestrom aufgenommen werden, so entstehen die Wundkrankheiten, a) die fieberhafte, mit Schüttelfrösten verbundene Pyämie und b) die mit Temperaturabfall und Lähmung einhergehende Septikämie. Beide sind lebensgefährlich. Hilfe ist nur durch energisches Eingreifen zu ermöglichen, Oeffnen der Hohlräume, Auswaschen mit starken Antisepticis. Drainage und Verband ist nöthig, innerlich werden Wein, Chinin u. dgl. Mittel verabreicht, kalte Klystiere, Injectionen von Kampher vervollständigen das Verfahren.

Ueber Bauchbrüche und deren Behandlung.

Bauchbrüche, auch Hernien, sind a) äussere und b) innere Verlagerungen von einem Theil des Eingeweides. Es tritt dasselbe durch eine natürliche oder künstlich gebildete Oeffnung unter die äussere Haut und bildet so die äusseren Brüche, oder es kommt der Eingeweidetheil in die Becken- oder Brusthöhle, wodurch der innere Bruch entsteht. Die Oeffnung, durch welche der Eingeweidetheil hindurch geht, heisst Bruchpforte oder Bruchring, das Eingeweide schiebt vor sich her und ist in demselben eingeschlossen, einen Theil des Bauchfells, welches an der Bruchpforte in der Regel eine Einschnürung, den Bruchhals, ausserhalb aber eine Aussackung, den Bruchsack, erhält. Durch Absonderung von etwas Feuchtigkeit ist etwas Bruchwasser neben dem anderen Bruchinhalte in dem Bruchsack vorhanden. — Die Brüche entstehen dadurch, dass die natürlichen Oeffnungen zu gross bleiben, oder dass Erschlaffung infolge von Krankheit, Abmagerung, Narbenbildungen etc. eine solche verursachen, wodurch das Eingeweide direct hindurch treten kann: indirecte Brüche, oder dass infolge heftigen Drängens und Pressens mit den Bauchmuskeln bei Verstopfung, Erbrechen, Geburten, anhaltendem heftigem Bellen etc. das Eingeweide durch sonst normale Oeffnungen hinausgepresst wird: directe Brüche, und drittens, dass durch mechanische Ursachen, Sturz, Stoss, Fusstritt etc. eine Zerreissung entsteht, so dass das Eingeweide heraus kann: traumatische Brüche.

Wenn auf Druck mit der Hand, oder dadurch, dass der Hund so gelegt wird, dass das Eingeweide zurücksinken kann; dasselbe in die Bauchhöhle zurückgeht, so ist der Bruch reponibel, bleibt er aber wie zuvor, so ist er irreponibel. Erstere Sorte kann lange Zeit unschädlich fortbestehen, bei letzterer tritt Verwachsung ein zwischen dem Bruchsack und dem Eingeweide, diesem unter sich oder der allgemeinen Decke, und es kann zur Einklemmung, Incarceration führen, so dass der Bruchinhalt, der Darm und die Bauchfell- und Netzpartie entzündet wird, dass kein Darminhalt mehr durchgelassen wird, die eingeklemmte Darmpartie brandig abstirbt und der Tod erfolgen muss. Mit diesen Vorgängen ist Fieber verbunden, die Thiere erbrechen, und der Bruch ist anfangs höchst schmerzhaft, entzündet, später brandig abgestorben.

Bei älteren, kleinen, reponiblen Brüchen lässt man die Sache, falls kein besonderes Gewicht wegen Schönheit oder Verkaufswerth besteht, in Ruhe, es besteht aber die Gefahr, dass der Bruch eingeklemmt wird, und sobald dies der Fall ist, muss energisch dagegen eingegriffen werden. Der Bruch muss reponirt und dafür gesorgt werden, dass er nicht mehr retour tritt, dies geschieht auf unblutigem Wege der Taxis dadurch, dass der Hund aufgelegt und chloroformirt wird und nun durch geeignetes Drücken und Pressen, vom Rande der Geschwulst gegen den Bruchring der Bruchinhalt zurückgeschoben und dann ein Verband angelegt wird, oder auf blutigem Wege, durch Operation, die Herniotomie, dass in der Narkose und unter antiseptischen Cautelen der Bruchsack eröffnet, eventuell der Bruchring erweitert und sodann der Bruchinhalt zurückgebracht und nachher zuerst der Bruchring, sodann die äusseren Theile genäht und dann verbunden werden. — Eine Angabe, dass man den eingeklemmten Bruch oberflächlich öfters mit Chloroform bepinseln soll, ist dahin richtigzustellen, dass dieses Verfahren höchst schmerzhaft ist, eventuell zu brandigem Absterben führen kann, dass es ferner unzuverlässig ist und dadurch die beste Zeit zur Operation versäumt werden kann. Naturheilung kann entstehen

durch spotanen Durchbruch nach aussen, Kothfistel. Die genannten
Heilverfahren gelten für alle Brüche, die je nach ihrem Sitze folgende
Namen bekommen: 1. Nabelbruch, *Hernia umbilicalis*, dessen
Bruchring vom Nabelring gebildet wird, oft ist nur Netz vorgelagert,
manchmal auch Darm, er ist häufig bei jungen Hunden, und es sitzt
eine haselnuss- bis taubeneigrosse Geschwulst unten am Bauche, oft
heilt er von selbst, ist er nicht oder nur theilweise reponirbar oder
hat er einen grossen Bruchring, so wird er am besten operirt, u. zw.
bei vollkommener Reponirbarkeit durch Unterbinden oder blutige
Operation, im anderen Falle nur durch Operation; bei männlichen
Hunden ist die blutige Operation deshalb gefährlicher, weil die
Thiere den Verband durch Harnen benetzen. 2. Leistenbruch,
Hernia inguinalis, entsteht: dass ein Eingeweide durch den Leisten-
ring in den Leistencanal eintritt, kommt es bis in den Hodensack,
so ist es der Hodensackbruch, *Hernia scrotalis*. Beide sind sehr
selten. 3. Der Schenkelbruch, *Hernia cruralis*, entsteht innen
und oben am Schenkel in dem lang dreieckigen Raume, der nach
vorn und hinten von den einwärts ziehenden Schenkelmuskeln gebildet und der gewöhnlich von Gefässen, Nerven und Fett erfüllt ist.
Sobald die Eingeweide in diesem Theile angelangt sind, können sie noch
zwischen der Musculatur und der Schenkelbinde vorwärts und endlich
unter die Haut gelangen. Der Schenkelbruch ist selten, er kann nur
durch Operation vollkommen geheilt werden. 4. Der Mittelfleisch-
bruch, *Hernia perinealis*, kommt nach meinen Erfahrungen nächst
dem Nabelbruch am häufigsten vor, immerhin ist er noch eine nicht
häufige Erscheinung. Neben und über dem After, zwischen Sitzbein-
höcker und Schwanzwurzel bei männlichen, bei Hündinnen neben
der Nuss tritt eine Anschwellung hervor, die je nach der Grösse
des Hundes und der Ausbildung sehr verschieden gross ist. Der Bruchinhalt kann Dünndarm, Mastdarm oder Harnblase, bei weiblichen trächtigen
ein Theil vom Uterus sein. Der Bruch führt auch, ohne eingeklemmt
zu sein, zu Schmerzäusserungen. Hebt man das Thier hinten hoch
und drückt entsprechend, so sinkt der Bruchinhalt zurück, er fällt
gewissermassen plötzlich hinein, in kurzer Zeit tritt er aber wieder
hervor. Heilung ist nur auf operativem Wege möglich. Mehrmals habe ich
durch tiefes Einlegen einer doppelten Perlnaht den Bruch geheilt,
gelingt es nicht, so muss chloroformt und auch in der Tiefe der
Weg mit Catechu verschlossen werden.

Fälschlich wird als Bruch bezeichnet: a) der Fleischbruch,
Sarcocele, der in einer Anschwellung des Hodens besteht, und
b) der Wasserbruch, *Hydrocele*, eine Ansammlung von eiweiss-
haltiger Flüssigkeit im Hodensack zwischen Hoden und Scheidenhaut.
In beiden Fällen empfiehlt es sich, den Hoden abzusetzen und nicht
erst langwierige Curen einzuleiten.

Knochenbrüche, *Fracturae*.

Plötzlich entstandene Trennung eines Knochens, meist infolge äusserer heftiger Einwirkung oder auch, aber höchst selten, infolge Muskelzuges, heisst Knochenbruch. Wegen eventueller Verwechslung mit den Bauchbrüchen darf niemals nur die einfache Bezeichnung „Bruch" gebraucht werden. Der Knochen bricht entweder an der Stelle, wo die äussere Gewalt: Schlag, Stoss, Sturz, Tritt etc. einwirkt, oder entfernt von der Stelle, infolge Uebertragung der Kraft durch die Hebelwirkung der Knochen. Knochenbrüche sind häufig, meist bei jungen oder ganz alten Thieren und eine besondere Neigung haben rhachitisch Erkrankte. Die Knochenbrüche sind v o l l s t ä n d i g oder v o l l k o m m e n, wenn der Knochen in zwei oder mehrere Theile getrennt ist und man unterscheidet hier Längs-, Quer-, Schräg-, Spiral-, Splitter- und D o p p e l b r ü c h e. U n v o l l k o m m e n e oder u n v o l l s t ä n d i g e Brüche sind Spalten oder Sprünge, die Fissuren, ferner Einknickungen, die Fracturen und Eindrücke, die De- oder I m p r e s s i o n e n. Knochenbrüche, bei denen die umgebenden Weichtheile wenig und die Haut nicht verletzt ist, heissen e i n f a c h e oder s u b c u t a n e, die anderen sind o f f e n e oder c o m p l i c i r t e. Erstere heilen weit leichter, bei letzterer Sorte besteht Gefahr, dass Eiterung und infolgedessen schlechte Heilung eintritt. Die E r k e n n u n g ist ermöglicht durch die Schmerzhaftigkeit, namentlich auf Druck an der gebrochenen Stelle, durch Nichtbenützen des betroffenen Körpertheiles, durch abnorme Beweglichkeit, ein rauhes, reibendes Gefühl in den Fingerspitzen bei der Untersuchung und Crepitation, Reibegeräusche. Man hält den Knochen „stammwärts" mit einer Hand, fasst mit der anderen den äusseren Theil und führt die Bewegungen „kunstgerecht" aus, um so auch einen Bruch an einem Knochen feststellen zu können, der neben anderen unbeschädigten liegt. Um einen einfachen Knochenbruch zu heilen (namentlich wenn es sich um solche an den Extremitäten handelt), muss der Bruch „eingerichtet" werden (Reposition). Die Einrichtung erfolgt in der Regel in der Narkose. Die Bruchenden werden auseinander gezogen, die Theile an der Bruchstelle genau in ihre richtige Lage gebracht und nun erfolgt die Anlegung eines Verbandes, um die Knochenenden bis zur Heilung in der gehörigen Lage zu erhalten (Retention). Zum Verband verwendet man Gips- oder Tripolithbinden, Wasserglas, Schienen aus Holz, Pappdeckel, Stroh, Eisendraht, plastischem Filz, ferner Guttapercha, Leim etc. Der Verband muss fest genug sein, um die Knochen zusammenzuhalten und er muss locker genug sein, damit keine Störungen eintreten. Ich verwende mit Vorliebe an den Vorderextremitäten Verbände, die auch um die Brust angelegt werden, sogenannte Kürassverbände. — Bei complicirten Fracturen muss sorgsamst desinficirt, genäht und drainirt werden, auch die Verbände müssen entsprechend angelegt und häufig gewechselt werden. Es ist ein Kunststück, einen solchen Bruch schön zu heilen; wer die Antiseptik nicht beherscht, nicht mit unverdrossenem Fleisse sachgemäss die Cur durchführen kann, der lasse die Hand von solchem Leiden und quäle nicht nutzlos die arme Creatur.

Die Heildauer ist bei einfachen Knochenbrüchen, bei jungen kleinen Thierchen verhältnissmässig kurz, namentlich wenn es sich um mehrfach nebeneinander gelagerte Knochen handelt, von denen nur einer gebrochen ist. Ich habe schon nach zehn Tagen solche Festigkeit des Callus beobachtet, dass der Verband hinwegbleiben konnte: Knochen von beträchtlicher Stärke und namentlich einfach gelagerte brauchen viel längere Zeit, drei Wochen, und mehr schräg gelagerte Knochen, wie das Armbein, oder solche, an denen nur schwierig Verbände anzulegen sind, wie das Backbein und der hintere Schenkelknochen, die heilen sehr langsam und oft unter Verschiebung der Bruchenden, so dass ein zu kurzes oder krummes Bein entsteht. Der Heilvorgang ist hier insoweit von Bedeutung, als zuerst ein sogenannter primärer oder provisorischer Callus gebildet wird, welcher noch weich und wenig widerstandsfähig ist, so dass bei zu frühzeitiger Benützung leicht eine andauernde Beweglichkeit, ein sogenanntes „falsches Gelenk" entsteht. Erst wenn der primäre Callus verknöchert, in den sogenannten secundären oder definitiven Callus umgewandelt ist, ist die Heilung vollständig und der Knochen bricht an einer solchen gut geheilten Stelle fast gar nicht mehr.

Infectionskrankheiten.

Wuth, Hundswuth, Tollwuth, Rabies oder Lyssa.

Dank der vortrefflichen Wirkung der strammen Durchführung des deutschen Reichs-Viehseuchengesetzes ist die Wuth, diese gefürchtete Krankheit, in Centraldeutschland seit Jahrzehnten vollständig verschwunden. Welche Bedeutung diese schreckliche Krankheit, die auf den Menschen übergehen kann, hatte, was es hiess: „es ist ein wüthender Hund im Bezirke", das braucht man Denen, die die Sache noch miterlebt haben, nicht zu schildern, den anderen ist die Krankheit aber schon so ferne gerückt, dass ihnen die Ausmalung jener Schrecken als Uebertriebenheit vorkäme. Das Verdienst, diese Krankheit ausgerottet zu haben, kann sich die Thierheilkunde zum grössten Theile zu Gute schreiben, nicht ganz, denn in anderen Ländern, wo die Thierärzte ebensogut wie die deutschen die Verhältnisse kennen, ist trotzdem die Wuth noch weit verbreitet, weil die vorgeschlagenen Massregeln nicht durchgeführt werden. Wegen der Ursache, dass diese Krankheit immer seltener wird, werden wir dieselbe nur kurz behandeln.

Die Hundswuth, Rabies oder Lyssa, ist eine reine Infectionskrankheit, die nie spontan entsteht. Das Krankheitsgift ist sehr fixer Natur und überträgt sich in der Regel nur durch den Biss eines wuthkranken Thieres, oder sie wird künstlich übertragen durch Impfung von Gehirn oder Rückenmarkstheilen von wuthranken, woselbst das Gift hauptsächlich seinen Sitz hat, obwohl eine genauere Kenntniss desselben noch fehlt. Die Wuth ist hauptsächlich bei den Caniden, ist aber auch auf Katzen, Pferde, Wiederkäuer und andere Hausthiere, sowie den Menschen übertragbar. Im Speichel, von wo aus der Ansteckungsstoff in die Bisswunde gelangen kann, ist derselbe weniger wirksam wie in der Nervensubstanz, ebenso ist es mit dem Blute und anderen Körpersäften. Von 100 Thieren, die von wüthenden gebissen wurden, erkrankten in Einzelbeobachtungen nur 4 bis 8%, in anderen Serien allerdings weit mehr. Bei der Impfung von Nervenmasse von Wuthkranken erkranken die Impflinge, die nicht vorher künstlich immun gemacht sind, regelmässig. Die Zeit, die von dem Biss oder der Impfung bis zum Ausbruche der Krankheit verstreicht, die Latenz- oder Incubationsperiode ist sehr verschieden lang, selbst nach Monaten, ja nach Jahren kann der Ausbruch noch erfolgen, das bildet das „Unheimliche" bei dieser Krankheit. In der Mehrzahl der Fälle tritt beim Hunde die Krankheit 3 bis 5 Wochen nach dem Bisse auf, beim Menschen beträgt das Mittel des Ausbruches nach dem Bisse 72 Tage. Bei der Impfung mit dem sogenannten „Virus fixe" 6 bis 7 Tage. Während der Incubationszeit ist an dem Gebissenen nichts Auffälliges zu beobachten, mit dem Wuthausbruche treten jedoch bestimmte Erscheinungen auf, welche das „Schreckliche" der Krankheit bilden. Man unterscheidet eine rasende und eine stille Wuth, und man kann ausserdem noch einige Stadien unterscheiden. 1. Bei der rasenden Wuth das Stadium *a)* Prodromal- oder Melancholiestadium, verändertes Benehmen, launisch, unruhig, schreckhaft, aufgeregt, reizbar, selten sehr zutraulich, der Appetit ist gestört, es ist eher Neigung zur Aufnahme unverdaulicher Gegenstände, oft ist der Geschlechtstrieb gesteigert, und manchmal ist schon leichtes Schwanken im Hintertheil zugegen. *b)* Irritations- oder Maniakalstadium. Die Thiere zeigen Drang zum Entweichen, sie suchen ins Freie zu gelangen, schweifen planlos umher, und manchmal suchen sie nach 1 bis 2 Tagen wieder nach Hause zu kommen und sind dann namentlich anfangs sehr einschmeichelnd, hierauf kommt die eigentliche Wuth, die Beisssucht, das Wüthendsein zur Geltung, die Thiere beissen auf Alles los, was ihnen in den Weg kommt, es ist eine Art Tobsucht,

auch auf leblose Gegenstände, selbst in die Luft zu beissen oder
zu schnappen, manchmal aber auch Hunde, die in den Häusern
oder angebunden sind, anzufallen und sich damit herumzubeissen;
regelmässig ist das Beissen nur ein einmaliges Zuschnappen und
nachher Weiterlaufen, ferner ist in diesem Stadium verändert die
Stimme, der Hund bellt nicht wie gewöhnlich, sondern es ist ein
Anschlagen wie zum Bellen, das aber mit Heulen endigt, sogenanntes
„Bellgeheul". c) Das End-, Paralyse- oder Lähmungsstadium ist
durch Abmagerung und zunehmende Lähmung, Schwanken im
Hintertheil, Herabhängen des Schwanzes, Schlingbeschwerden, Herabhängen des Unterkiefers, die Zunge hängt aus dem Maule und der
Speichel, der nicht abgeschluckt werden kann, fliesst heraus,
schliesslich totale Lähmung und Tod am fünften bis siebenten Tage.
Bei der sogenannten „stillen Wuth" ist das Stadium der Reizung
weniger ausgesprochen, und die Lähmungserscheinungen treten frühzeitig
auf. Alle von der Wuth befallenen Hunde sterben, auch regelmässig die
betroffenen Menschen, man hat früher nur den Ausbruch zu verhindern gesucht durch Brennen mit einem Schlüssel, dem man
magische Kräfte zuschrieb etc. Die Wuthheilung ist durch Pasteur
in ein anderes Stadium gerückt worden. Obschon P. und seine Nachfolger das eigentliche Wuthgift nicht kannten, so haben sie doch festgestellt, dass dasselbe seinen Sitz hauptsächlich im Gehirn und dem
Rückenmark hat. Wenn ein solches inficirtes Gehirn oder Rückenmark
unter aseptischen Cautelen herausgenommen wird, so kann man damit
impfen, d. h. man kann Theile hievon auf andere Thiere übertragen,
und bringt man solche direct auf das Gehirn, so bekommen die Geimpften
regelmässig die Tollwuth, impft man aber in die Blutbahn oder unter
die Haut, so folgt regelmässig die stille Wuth. Wenn man einen Affen
mit Wuthgift inficirt, und man impft von dem erkrankten Affen wieder
auf einen solchen, so tritt nach und nach in der sechsten oder siebenten
Generation eine Abschwächung des Giftes derart ein, dass dasselbe
nicht mehr tödtlich wirkt; umgekehrt erlangt die Wirksamkeit des
Wuthgiftes eine Steigerung, wenn mit demselben auf Meer-
schweinchen oder Kaninchen fortgeimpft wird; etwa in der sechsten
oder siebenten Generation ist der höchste Grad der Giftigkeit
erreicht, und damit das sogenannte „Virus fixe" erzielt; wird
nun ein Rückenmark von einem Thiere, das von diesem Gifte
inficirt ist, langsam getrocknet, so verliert der Ansteckungsstoff allmälig seine Wirkung, so zwar, dass er nach circa 14 Tagen
vollständig unschädlich ist. Es ist also möglich, Rückenmarkstheile
in sehr verschiedener Wuthgiftigkeit herzustellen, und wenn man
einen gesunden Hund vom abgeschwächtesten impft und sodann von
Stufe zu Stufe steigt, so erträgt das Thier diese allmälige Steigerung
und schliesslich selbst die directe Einführung von dem giftigsten
Wuthgift. Ein solch geimpftes Thier ist gegen die Wuth immun.

Nun ist aber folgender Schluss gemacht: Wenn ein Mensch von einem wüthenden Hunde oder Wolf gebissen ist, und es wird sofort an diesem Menschen diese Impfung mit Wuthgift in steigernder Dosis systematisch durchgeführt, so erkrankt derselbe nicht an der Wuth, also diese Impfung wirke nicht bloss prophylaktisch, sondern sei ein Heilmittel und schütze vor der bereits eingetretenen Infection. Es ist bekannt, dass eine grosse Reihe von Personen geimpft wurden, von denen ein grosser Theil genas, ein anderer aber starb, und man machte der Methode zum Vorwurf, die Geheilten wären auch ohne Impfung geheilt, d. h. die Wuth wäre ohnedies nicht ausgebrochen, und bei den an der Wuth nach der Impfung Gestorbenen ist möglich, dass Pasteur die tödtliche Wuthgabe geimpft hat. Soviel steht jedenfalls sicher, dass geordnete polizeiliche Massregeln, die vor dem Bisse schützen, besser sind wie Impfungen, um den Biss unschädlich zu machen.

Staupe, Sucht.

Diese mit Recht die gefürchtetste Hundekrankheit heisst auch „Leune oder Laune" oder „Hundekrankheit" auch Katarrhfieber. Die Krankheit ist ansteckend, der Ansteckungsstoff ist nicht so fixer Natur wie bei der Wuth, sondern auch durch Einathmung oder indirecten Verkehr ist eine Uebertragung möglich. Der Sitz des Leidens ist hauptsächlich auf den Schleimhäuten, woselbst katarrhalische Erkrankungen entstehen; es können aber von hier aus auch andere Theile betroffen werden, und nicht selten erkrankt auch das Nervensystem oder die allgemeine Decke. Disponirt sind namentlich jugendliche Thiere, und wegen der weiten Verbreitung der Staupe werden fast alle Hunde von derselben betroffen. Die Meinung aber, dass die Hunde die Staupe haben müssen, ist unrichtig, dieselbe stellt keine Entwicklungskrankheit dar, allerdings aber haben Hunde, welche die Seuche durchgemacht haben, nachher gegen dieselbe eine gewisse Unempfindlichkeit, sind aber nicht vollkommen geschützt. Der Ansteckungsstoff der Staupe ist noch nicht mit voller Sicherheit bekannt, in dem eiterigen katarrhalischen Product fand man kettenförmig angereihte Kokken, in der Leber, Milz etc. feine Stäbchen und im Blute ebenfalls zahlreiche feine Kokken. Dass zahlreiche Mikroorganismen bei dieser Krankheit vorhanden sein werden, ist von vorneherein wahrscheinlich, ob aber die secundären Erscheinungen nicht lediglich von Ptomaïnen herrühren, ist zur Zeit unbekannt. Vom Tage der Aufnahme des Giftes bis zum Ausbruche der Krankheit, die Incubationszeit, dauert es 5 bis 7 Tage, selten länger, für gewöhnlich wird aber die Zeit der Ansteckung unbekannt bleiben. Der Ausbruch kündet sich an durch Unwohlsein des Patienten, Müdigkeit, Appetitmangel, Unruhe, Aufsuchen warmer Orte, selten Erbrechen, die Nase wird trocken und heiss, die Temperatur steigt bis auf 40° C. und darüber. Im weiteren Verlaufe treten die Erscheinungen bald mehr an diesen, bald mehr an den anderen Organen oder Systemen auf. Als die mildeste Form ist die Erkrankung der Haut, das Staupeexanthem oder die Staupepusteln anzusehen. Meist werden verhältnissmässig nur ganz junge Thiere betroffen, und in der Regel ist diese Form ganz allein auch ohne katarrhalische Erscheinungen vorhanden, es gibt allerdings Ausnahmen, wo beides zugegen ist. An der zarten weissen Haut, an der Innenfläche der Schenkel und unten am Bauche, sehr selten anderswo, treten die Staupepusteln auf, zuerst als rothe flohstichähnliche Fleckchen, dann folgen Knötchen, zarte Bläschen mit hellem Inhalt, diese platzen und bilden zu leichten Borken eintrocknende Krusten, die bald abfallen. Es ist kein Juckreiz dabei. Der Verlauf erfolgt ziemlich rasch, und diese Form bedarf keiner Behandlung. Als häufigste Form ist die des Katarrhs der Nasenschleimhaut und der oberen Luftwege anzusehen. Die Thiere niesen, es fliesst eine klare Flüssigkeit aus, die Nase ist oben an der Kuppe trocken, heiss, dabei besteht Mattigkeit, Fieber, Schnupfen, auf der Jagd sind solche unbrauchbar, oft besteht Juckreiz, die Thiere reiben die Nase, wischen mit den Pfoten daran, die angeschwollenen Schleimhäute bedingen ein schniefendes Athmen, wenn die Thiere schlafen, schnarchen sie. Allmälig wird der Ausfluss dicker, weisslicher, schliesslich eiterähnlich, die allgemeine Körpertemperatur sinkt etwas, aber der nach hinten vorrückende Katarrh bedingt Appetitmangel, Husten und steigende Athembeschwerde.

Wenn der Katarrh von hier aus weiterrückt, so geschieht es a) in die Lunge, durch die Respiration und directen Abfluss katarrhalischer Producte, b) in den Magen und die Gedärme, durch Abschlucken der katarrhalischen Massen und c) in die Augen, durch Fortschreiten des Katarrhs durch die Thränenorgane oder durch directes Uebertragen in die Bindehäute. Die katarrhalische Lungenentzündung besteht in einer katarrhalischen Entzündung der Schleimhäute der Bronchien und Bronchiolen, hiedurch wird die Athmung sehr erschwert, die Hunde athmen durch das Maul und blasen namentlich mit den Backen, die Temperatur steigt erheblich. Bei der Auscultation des Brustkorbes hört man Rasselgeräusche, die Percussion liefert in der Regel nichts Erhebliches. Die hiebei bestehende Gefahr ist sehr kohlensäurehaltiges Blut und jedenfalls Toxinenbildung, endlich Tod unter Lähmungserscheinungen. Man verwendet zweckmässig lösende und herzkräftigende Arzneien, gibt jede Stunde etwas Milch, Eierschaum, Fleischbrühe oder als Nahrung täglich zwei- bis dreimal Natronseifenpillen, ferner innerlich Salmiaklösung mit Chloroform, Kampfer- oder Aethereinspritzungen, öfters Klystiere, ferner hält man die Thiere warm und sorgt für frische Luft. — Bei jeder ausgedehnteren Staupe erkrankt auch der Verdauungsapparat, Appetitlosigkeit, manchmal Erbrechen, Verstopfung oder Diarrhöe kann eintreten, bei jungen Thieren habe ich mehrmals

Drängen bis zur Entstehung eines Vorfalles gesehen. Es empfiehlt sich, den Magen und Darm sehr zu beachten, damit die Thiere Futter aufnehmen, verdauen und bei Kräften bleiben. Kalomel und Kochsalz, Salzsäure, auch ab und zu Aloe und Rheum, sind die besten Mittel; Massage des Bauches uud Klystiere sind zweckmässig. — Die sogenannte Augenstaupe besteht in einer katarrhalischen Entzündung der Bindehaut, Conjunctivitis, Thränen, Schwellung der Bindehaut und Lichtscheue tritt ein, das Product kann schleimig, schliesslich eiterig werden, in verhältnissmässig grossen Mengen entstehen und sich in der Umgebung in Krusten ansammeln; schliesslich wird die Cornea trüb, geschwürig, es entsteht eine sogenannte Keratitis, die oft an der höchsten Stelle der Cornea zu einer Geschwürbildung führt, die trichterförmig in die Tiefe geht, endlich die vordere Augenkammer eröffnet, so dass die Iris durch die Oeffnung vorfällt, dort verwächst und eine sogenannte vordere Synechie bildet oder zur Vereiterung des Augapfels, Panophthalmie, führt. Es ist in erster Linie Reinlichkeit nöthig, anfangs Austupfen mit Watte, die in 1% Zinkvitriollösung oder in 1 bis 2%ige Höllensteinlösung getaucht ist, bei tiefergehenden Processen Atropineinträufelungen. Sobald der Katarrh ein schleimig-eiteriges Product liefert muss stündlich mit diesen Mitteln gereinigt und nachher Sublimatwasser, Kalomel-Jodoform oder Thioform eingestreut werden, auch Chlorwasser und u. A. ist zu empfehlen. — Die nervöse Form der Staupe ist die gefährlichste, sie tritt in der Regel nur nach längerem Bestehen der Krankheit auf, sie hat ihre Ursache höchstwahrscheinlich in der Aufnahme von Ptomaïnen aus den erkrankten Organen, es sind Reiz- und Lähmungszustände vorhanden, erstere erklärt man am besten durch Lähmung von Hemmungscentren. Im grossen Ganzen sind es epilepsieähnliche Krämpfe, die in der Regel zunehmend heftiger werden und länger andauern, schliesslich gar nicht mehr aufhören, so dass fortwährende Zuckungen an einzelnen Muskelpartien existiren, Zähneklappern etc., schliesslich kommt es zu totalen Lähmungen, besonders vom Hintertheile ausgehend, so dass die Thiere das Hintertheil nachschleppen, Harn und Koth unwillkürlich entleeren. Solche Patienten sind regelmässig verloren. Ich habe mir mit einigen monatelang Mühe gegeben, habe elektrisirt, Veratrinkochsalz- und andere Injectionen gemacht, die Thiere ausserordentlich reinlich gehalten, reichlich ernährt, gebadet, frottirt etc., meist erfolglos, allerdings in einigen Fällen, nach mehreren Monaten, Besserung und Heilung erzielt. Ausnahmsweise kommen bei der nervösen Staupe Formen vor, die an rasende Wuth errinnern, ferner Lähmungen einzelner Partien, Staar, Taubheit oder veitstanzähnlichen Erscheinungen. Die begleitenden Symptome geben die Erkenntniss von der wahren Krankheit.

Zu den bei Hunden vorkommenden Infectionskrankheiten gehören auch Tuberculose und Milzbrand, beide sind aber sehr selten und

für ihre Erkennung eine mikroskopische Untersuchung nöthig, so dass
wir an dieser Stelle auf Einzelausführungen verzichten und auf das im
Allgemeinen über diese Krankheit Bekannte verweisen können.

Constitutionskrankheiten.

Wir haben hier Krankheiten vorzuführen, die infolge von Con-
stitutionsfehlern entstehen, es sind dies hauptsächlich Fettsucht,
Bleichsucht, Zucker- und Blutharnen, Skorbut und Urämie. Am
häufigsten kommt die erstgenannte, die Fettsucht vor. Gutgehaltene
meist ältere Thiere mit etwas trägem Temperament, namentlich aber
kleinere Rassen, Stubenhunde, neigen dazu. Die anfänglich gern
gesehene zunehmende Rundung, die einen Beweis von Wohlbehagen
und Wohlhabenheit darstellt, wird gar bald zur Last, die Thiere
werden träge, faul, näschig, launisch, bekommen Athemnoth, Circu-
lationsstörungen, neigen zu allerlei Erkrankungen, namentlich auch zu
Wassersucht. Um eine Entfettungscur einzuleiten ist nöthig, das Thier
aus seiner seitherigen Umgebung zu entfernen. Ich wäge dieselben
am Beginne der Cur und gebe denselben nur mageres Fleisch, aber
bis zur vollkommenen Sättigung und Wasser. Man kann auch andere
Methoden, nach Banting, Oertel und Schwenninger etc. anwenden,
ich finde aber obengenannte leicht anwendbar und wirksam.

Bleichsucht findet sich namentlich bei jüngeren, zarten, in
engster Familie gezüchteten Hündchen, die Thierchen sind oft nervös,
zittern, haben manchmal subnormale Temperatur, und sie zeichnen
sich aus durch grosse Blässe am Zahnfleische und den Conjunctiven;
manchmal ist Appetitlosigkeit, wechselnder Appetit und Verstopfung
oder Diarrhöe zugegen. Man füttert solchen Thierchen hauptsächlich
Fleisch, gibt verdauungsbelebende Mittel, namentlich Salzsäure, Kochsalz, ferner Eisenpräparate; zahlreiche kleine Aderlässe sind in der
Neuzeit anempfohlen.

Die Zuckerharnruhr, *Diabetes mellitus* und das Blutharnen,
Hämoglobinurie sind beim Hunde so seltene Vorkommnisse, dass
ein näheres Eingehen darauf hier nicht nöthig ist, sondern auf das
Allgemeine, das über diese Krankheiten bekanntgegeben ist, verwiesen werden kann.

Skorbut, Neigungen zu Blutungen in die Schleimhäute und
die allgemeine Decke, ist ebenfalls sehr selten, so dass Zweifel
entstanden, ob derselbe überhaupt bei Hunden vorkommt, und das
Gleiche gilt von der Urämie, der Vermehrung von Harnstoff im
Blute, die zwar rasch und sicher eintritt, wenn beide Nieren entfernt oder erkrankt sind, die aber für gewöhnlich selten zu beobachten ist. Das Leben der Hunde ist so kurz bemessen, und durch
fortwährende rigorose Auswahl zur Zucht sind solche Verhältnisse

geschaffen, dass sich solche Constitutionskrankheiten beim Hunde
weniger entwickeln können, wie beim Menschen.

Krankheiten der Athmungsorgane.

Wir beginnen mit dem Anfange derselben, der Nase. Bei
gesunden Hunden ist die Nase, d. h. der haarlose vorderste Theil,
der Nasenspiegel, stets feucht und etwas kühler wie die übrigen
oberflächlich gelagerten Körpertheile, Ausnahmen gibt es wenn z. B.
Jagdhunde bei grosser Hitze mit niedergehaltener Schnauze anhaltend suchen oder bei grosser Kälte oder nassem Boden andere
Theile, z. B. die Fussballen, stark abkühlen; für gewöhnlich aber ist
ein Warm- und Trockenwerden des Nasenspiegels ein Zeichen von
fieberhafter Erkrankung. Eine Untersuchung der Nasenschleimhäute
ist auch bei grösseren Hunden wegen der Enge der Canäle nur
umständlich und beschränkt zu erreichen. Anschwellungen, Geschwüre an der Mündung etc. deuten auf die Möglichkeit weiterer
krankhafter Zustände im Innern, Nasenausfluss entsteht durch
verschiedene krankhafte Zustände, derselbe ist wässerig, klar oder
dicklich, schleimig, endlich eiterig, zum Theil mit etwas zersetztem
Blut vermischt, grünlich; erzeugt kann er werden durch stark
riechende Stoffe, Katarrhe, besonders bei der Staupe, Geschwülste
etc. durch Einwanderung von Schmarotzern (Pentastomum tänioides)
Dieser ist bandwurmähnlich und gehört zu den Arachniden, der Sitz
derselben ist hauptsächlich in den Stirnhöhlen, und es werden durch
die Reizung nicht nur Nasenausfluss erzeugt, sondern es kann soga-
Aufregung und Beisssucht eintreten, so dass Tollwuthverdacht entstehen kann, die Folge sein kann. Uebrigens ist diese Erkrankung
so selten, dass ich dieselbe bis jetzt, trotzdem ich Tausende von
Hunden behandelt habe, noch nie gesehen habe. Dasselbe habe ich
vom Nasenbluten zu sagen. Mit den Erkrankungen der Nase ist
öfters eine Störung der Athmung verbunden, dasselbe kann schniefend
oder schnarchend werden, ersteres ist mit einem in der Nase
selbst enstehenden halb blasenden oder pfeifenden Tone verbunden,
während das Schnarchen am Gaumenfegel entsteht. Bei der katarrhalischen Lungenentzündung der Staupe ist das Luftbedürfniss so
bedeutend, dass die Thiere auch durch das Maul athmen dasselbe
aber ziemlich geschlossen halten, wodurch bei jeder Ausathmung
sich die Backen hervorwölben, aufblasen; ein sehr häufiges und
schlimmes Symptom, während Athmen bei offenem Meule und hervor-
hängender Zunge mit starkem Geräusch, sowohl bei der Ein- wie Ausathmung, sogenanntes „Hecheln" bei jeder grösseren Anstrengung
sich einstellt und auch bei ruhenden Hunden, bei grosser Hitze
gehört werden kann, da die Thiere hiebei den Speichel nicht immer
abschlucken, sondern derselbe an der Zungenspitze abtropft, so gab

dies früher Veranlassung zu der Meinung, der Hund „schwitze durch die Zunge", eine unrichtige Ansicht, da der Hund in seiner Haut ebenso Schweissdrüsen besitzt wie andere Thiere, obwohl er auffallender Weise nicht schwitzt. Oefters haben Hunde ein starkes Juckgefühl an der Nase, was sie durch Reiben oder Bekratzen äussern, dasselbe kann durch die bis jetzt genannten Ursachen, aber auch durch Magenverstimmungen oder Eingeweidewürmer erzeugt werden.

Erkrankung der Rachenhöhle, des Kehlkopfes und der Luftröhre. Diese Partien erkranken ziemlich häufig an katarrhalischen Leiden, schwerere, z. B. diphtheritische, croupöse Zustände kommen dort selten vor. Die Untersuchung ist von Aussen ziemlich leicht bis an selbst in den Kehlkopf hinein möglich, auch ist eine directe Behandlung durch Bepinseln mit Bromkaliumwasser, Cocaïn und Anderes möglich. Priesnitzumschläge um den Hals, reizlose Kost und innerliche Gaben von Bromkaliumlösung mit Syrup sind eine angenehmere Art der Behandlung. In Fällen von Husten, der hauptsächlich durch krankhafte Reizzustände an der Schleimhaut des Rachens und des Kehlkopfes entsteht ist ein vorübergehender durch acuten Kehlkopfkatarrh und ein anhaltender, chronischer Husten, andauernde Veränderungen, Katarrhe, aber auch sogenanntes nervöses Asthma vorhanden. Im letzteren Falle tritt der Husten mit Athemnoth und periodisch, anfallsweise auf, besonders bei Aufregungen, oder wenn die Brustwandungen mit der flachen Hand beklopft werden. Hunde mit vorübergehenden acuten Kehlkopfkatarrhen werden mit beruhigenden, schleimlösenden Mitteln behandelt, wie oben bereits angegeben ist. Bei chronischen Zuständen die meist bei älteren Stubenhunden vorkommen, ist zu beachten, dass von selbst Perioden mit steigender und abnehmender Reizbarkeit eintreten, dass aber ein vollständige Heilung nur sehr selten eintritt, auch wenn eine solche gelungen wäre, die Thiere leicht wieder erkranken. Die Behandlung ist undankbar, aber sie wird oft durch lange Zeit verlangt. Es ist daher von vorne herein aufmerksam zu machen, dass nur Linderung erreichbar ist und niemals verscherze man in solchen Fällen sich das Vertrauen des Patienten selbst zu gewinnen, das Thierchen muss stets wissen, dass ihm kein Leid geschieht. Pinselungen, Inhalationen lässt man nur bei robusten Thieren und vielleicht in Kliniken anwenden, sonst wird man durch Priesnitzumschläge um den Hals, Bromkaliumarznei, Ruhe, Schutz vor Erkältung und Aufregung, sehr einfacher und reizloser Kost, hauptsächlich Milch, mit entsprechendem Wechsel in der Behandlung am weitesten kommen. Die gegen die sogenannten „Schwellkörper" in der Menschenheilkunde üblichen Aetzungen in den Nasengängen sind leider zur Zeit bei Hunden nicht anwendbar. Durch einseitige Lähmung der Kehlkopfmuskeln in seltenen Fällen unheilbare Hartschnaufigkeit. Dass durch krankhafte Zustände im Magen Husten entsteht, sogenannter Magenhusten, ist früher vielfach angenommen worden, aber trotzdem unwahrscheinlich.

Erkrankungen der Luftröhre, der Bronchien und der weiteren Verzweigungen dieser sind häufig und regelmässig bei der Staupe vorhanden, ausnahmsweise treten sie auch auf durch mechanische Reize oder andere Ursachen. Wenn die katarrhalischen Zustände chronisch werden, so können sie aus der Anatomie dieser Theile Veränderungen erzeugen, z. B. Verengungen. Der Bronchien, Stenosen oder Erweiterungen Bronchiektasien, auch Zusammensinken einzelner Partien der Lungen, Atelektase oder übermässige Erweiterung der Lungenbläschen mit noch anderen Veränderungen Lungenemphysem kann die Folge sein. Solche chronische Leiden sind schwer heilbar, es ist daher sehr zu empfehlen die Katarrhe im Anfangsstadium nicht zu vernachlässigen. Es werden die schon bei Kehlkopfkatarrh empfohlenen Mittel angewandt, ferner Salmiak, Salmiakgeist, Terpentinöl und Anderes in passenden Arzneiformen.

Von den Erkrankungen der Lunge selbst steht die katarrhalische Lungenentzündung, wie sie bei der Staupe häufig auftritt obenan, und es ist dieserwegen an diesen genannten Abschnitt zu verweisen. Es hat diese Krankheit aber häufig noch andere Störungen im Gefolge, und es sind namentlich auch Eiterherde und deren Folgen, Verkäsungen, narbige Schrumpfungen oder Oedeme zu beachten. Andere Formen der Lungenentzündung sind beim Hunde sehr selten. Gemeinsam mit dem Menschen, nur nicht in so hohem Grade, hat der Hund die Schwarzfärbungen einzelner Lungentheile durch Russtheilchen, die sogenannte Anthrakosis, welche mit besserer Beleuchtung der Wohnräume immer seltener wird und auch seither wenig Nachtheile brachte.

Die Brust- oder Rippenfellentzündung, Pleuritis, findet sich hauptsächlich infolge der durch Staupe erzeugten Lungenentzündung dadurch, dass die krankhaften Veränderungen schliesslich von der Lunge zum Lungenfell und von hier zum Brustfell übergehen. Sie zeichnet sich beim Hunde durch geringe Exsudatmassen aus, so dass der klinische Nachweis erschwert ist, namentlich wenn sich die Pleuritis mit der Lungenentzündung vergesellschaftet. Einseitiges Einziehen einer Brustwand, Schmerzhaftigkeit bei Druck, Athmen hauptsächlich mit der Bauchmusculatur und Reibegeräusche bei der Auscultation, das sind die Hauptsymptome. Die Percussion. die beim Hunde in der Regel nur mit dem Plessimeter und dem Finger oder durch Fingerpercussion ausgeübt wird, liefert nur ausnahmsweise positive Resultate. Zu operativen Eingriffen, Punction der Brusthöhle, um die Diagnose zu sichern, ist man wohl nur ausnahmsweise veranlasst. Sogenannte rheumatische Pleuritis auf Er-

kältungen etc. kommen wohl nicht vor. Die Behandlung ist von
derjenigen der Lungenerkrankung nicht wesentlich verschieden, dass
was den Hauptunterschied bilden würden, ein grosses Exsudat,
wodurch harntreibende Mittel oder operatives Vorgehen anzuwenden
wäre, das ist nur ausnahmsweise vorhanden, sonst ist eine diätetische
Cur, Milch, ganz kleine Kochsalzgaben, ferner Kampferinjectionen,
Priesnitzumschläge angezeigt. Gegen Pleuresie, die infolge von äusserer
Einwirkung, etwa offenem Rippenbruch oder durch Durchbruch eines
Abscesses entsteht, wobei sich ein eitriges jauchiges Exsudat bildet,
ist nur auf operativem Wege mit antiseptischen Ausspülungen der
Brusthöhle und Drainage derselben ein Erfolg zu erwarten. Die
Sache ist derart complicirt und mühsam, dass ich die Durchführung
in der Privatpraxis nicht anrathen kann.

Luft in der Brusthöhle, Pneumothorax entsteht, wenn
die Luft von den Lungen oder der Luftröhre aus oder von Aussen
her sich zwischen Lungen und Brustwand ansammelt. Meist ist damit
auch Luft in anderen Theilen angesammelt, sie geht zwischen dem
ersten Rippenpaare am Halse empor, im subcutanen Gewebe,
eventuell bis zum Kopfe und der Schnauze weiter, sogenanntes Hautemphysem. Im ersteren Falle ist der Percussionsschall hell, tympanitisch, es fehlt das Athemgeräusch und es kann die Brustwand
einseitig aufgetrieben sein. Bei Hautemphysem knistert es beim
Darüberstreichen, und der Percussionsschall ist tympanitisch. Die
Aussicht auf Heilung ist günstig. Die Luft wird absorbirt, nicht als
solche, sondern sie wird in ihre Elementartheile zerlegt und in
anderen chemischen Verbindungen fortgeführt. Ein mechanisches Auslassen an Stellen, wo hohe Spannung besteht, ist günstig, auch
empfiehlt es sich, beim Beginne Binden umzuwickeln, damit die
Ausdehnung beschränkt bleibt.

Krankheiten der Verdauungsorgane.

In der Maulhöhle sind zahlreiche Organe gelagert, welche
sämmtliche erkranken können. Zur Untersuchung sind besondere Vorsichtsmassregeln nöthig, nicht nur ein fremder, sondern auch ein
bekannter, ja der eigene Hund kann bei ungeschickter Untersuchung
absichtlich oder unabsichtlich verletzen.

Chirurgie.

Krankheiten der Zähne sind die häufigste und wichtigste
Erkrankung in der Maulhöhle. Schon beim Zahnwechsel können
Störungen eintreten dadurch, dass die Ersatzzähne nicht am ganz
richtigen Orte oder in zu grosser Zahl hervorkommen und Weichtheile beschädigen. Die sonderbaren Stellungen, dass bei der Bulldogge die Schneidezähne des Unterkiefers und beim Dachshunde

häufig die des Oberkiefers vorstehen, somit nicht oder ungleich abnützen, bedingen ebenfalls öfters Unregelmässigkeiten, bei älteren Thieren sind die vorderen Zähne stark abgenützt, stehen schräg und sind seitlich nicht mehr anschliessend, am meisten wird nachtheilig der Zahnstein (fälschlich von früher her auch Weinstein bezeichnet), namentlich an den Backen-, Lücken- und Eckzähnen lagert derselbe oft in grossen Massen, so dass eine ganze Reihe in diesen Kitt eingebacken erscheint, dadurch wird das unterliegende Zahnfleisch gedrückt, wund, eiterig, alles schmerzhaft, die Thiere vermeiden das Maul zu öffnen, nehmen nur noch flüssige Nahrung und riechen höchst übel aus demselben; nicht selten führt es von hier aus noch zur Erkrankung der Zahnwurzeln und der Zahnhöhle. Die Thiere haben Zahnschmerzen, und, wenn nicht geholfen wird, kann ein solcher Znstand jahrelang andauern. Dass dadurch das Wohlbefinden, die Lustigkeit und Freudigkeit die das Thier überhaupt angenehm macht, gestört wird, kann man sich wohl vorstellen, es ist daher Pflicht, bei jedem älteren Hunde recht oft nach den Zähnen zu sehen und diese reinlich zu halten.

Mit passenden Instrumenten wird der Zahnstein abgekratzt oder abgesprengt, nachher gebürstet und lose Zähne ausgezogen. Erkrankung des Zahnes selbst, sogenannte Zahnkaries, ist sehr selten, doch besitze ich ein kariös erkranktes Exemplar. In einigen Fällen tritt infolge einer Eiterung an der Zahnwurzel der oberen Backzähne ein Abscess ein, der auch nach oben in der Höhe der Augenhöhle durchbrechen und so zur Meinung, dass eine Thränenfistel bestehe, führen kann. Nähere Untersuchung mit der Sonde wird den Irrthum leicht klären.

Krankheiten des Zahnfleisches. Entzündung, Gingivits Stomatitis, kommt beim Zahnen und Zahnwechsel, sowie auf mechanische, chemische oder thermische Reize vor, dass es auch nicht selten eine merkurielle Stomatitis gibt, ist von Müller behauptet, von Fröhner widersprochen worden. Eine Entscheidung aus Erfahrung zu geben, ist mir nicht ganz möglich, da ich das Quecksilber bei Hunden selten anwende, in den Fällen aber in denen ich es, namentlich auch gegen Staupe gebrauchte, habe ich keine Stomatitis beobachtet. Eür gewöhnlich ist nicht nöthig die Krankheit zu behandeln, nur wenn schlechte Zähne oder andere mechanische oder sonstige Reize vorhanden sind, die fortwirken, ist selbstverständlich absolut nothwendig, dass diese Ursachen gründlichst entfernt werden. Wenn grössere Defecte entstanden Geschwüre u. dgl., so muss alles Krankhafte am Besten unter Cocainwirkung entfernt und bis zur Heilung der leidende Theil täglich gereinigt und mit passenden Wundmitteln versehen werden.

Krankheiten der Zunge entstehen hauptsächlich durch Beschädigungen, durch Fremdkörper, ich habe solche gesehen durch

Einschnüren eines Fadens, Verletzung durch eine Nadel, eine stecken gebliebenen Zwetschkenkern, durch ein einem Stück Leder das sich zwischen die Zähne des Oberkiefers eingekeilt hatte, auch ringförmige Stücke von Gummi- oder Luftröhrentheilen können sich festsetzen und einschnüren Bei sorgsamer Untersuchung findet man die Ursache stets sicher und die Entfernung geschieht in der Regel leicht durch Losschneiden. Nachher erfolgt die Reinigung und falls es nöthig, eine tägliche Nachbehandlung der Wunde bis zur Heilung.

Froschgeschwulst, Ranula, ist eine blasige Geschwulst unten und zur Seite der Zunge, sie kann verhältnissmässig sehr gross werden, so dass auch noch die Backen mit anschwellen; ihre Entstehung beruht wahrscheinlich in der Verstopfung der Ausführungsgänge von dort gelagerten Drüsen, sowie weiterer ödematöser und cystischer Anschwellung in deren Umgebung. Die Heilung erfolgt in der Regel langsam, eine Behandlung erscheint nothwendig, und es ist am besten operativ vorzugehen, die obere Wand mit der gekrümmten Scheere abzutragen, und das entsprechende Geschwür nachher zu behandeln. Bei Thieren, die sich nicht leicht erbrechen, ist Pilocarpin sehr wirksam, deshalb das Mittel auch bei Hunden vor einer Operation zu versuchen.

Honigcysten, auch Schleimcysten; heissen rundliche, blasige, kleine Gebilde, die regelmässig in mehrfacher Anzahl in der Kehlgegend ihren Sitz haben, einen schleimigzähen Inhalt besitzen und als theilweise Entartung der Unterzungendrüse durch Zurückhaltung des Secretes also Retentionscysten vorstellen. Die Cysten werden unter antiseptischen Cautelen eröffnet, der Grund gereinigt, sehr sorgsam genäht und antiseptisch verbunden. Ein anderes älteres Verfahren besteht darin, die Cyste nur zu eröffnen und bis zur Heilung täglich Aetzmittel einzuspritzen.

Mumps, Ziegenpeter, ist eine Entzündung der Ohrspeicheldrüsen, Parotitis. Es werden namentlich jüngere Thiere, nach meiner Erfahrung hauptsächlich kleinere Rassen betroffen. Die Krankheit tritt periodisch häufiger auf. Die Betroffenen bekommen durch die ein- oder beiderseitige Anschwellung ein ganz verändertes Aussehen, haben bedeutende Schmerzen, klagen, versagen das Futter, speicheln eventuell und suchen den erkrankten Theil möglichst ruhig zu halten; Fieber ist zugegen. Die Heilung erfolgt ziemlich langsam, in Einzelfällen entstehen Abscesse. Die Behandlung besteht zweckmässig in der Anwendung von reichlichem Auftragen von Oel und Umlegen von trockenen, warmen Kissen mit Kleie oder mit Sägespänen gefüllt, ausserdem Wärme und Ruhe.

Von den verschiedenen Erkrankungen, die am Schlunde möglich sind, und die ab und zu wohl auch vorkommen, wie z. B. Geschwülste, Entzündung, Verengerung oder Erweiterung des Schlundes,

Parasiteneinwanderung und Anderes halten wir das Festsitzen von Fremdkörpern für die am zahlreichsten vorkommende Ungehörigkeit. Es sind die Speisetheile, Fleischstücke, Knochentheile, Gräten, auch andere verschiedene Gegenstände. In den meisten Fällen in denen ein Steckenbleiben von Fremdkörpern im Schlunde vermuthet wird ist dies aber nicht der Fall, sondern in der Regel handelt es sich nur um heftige katarrhalische Zustände. Die Einführung einer Schlundsonde eventuell eines Katheters gibt hierüber sicheren Aufschluss. Selbst steckengebliebene Fremdkörper werden in der Regel sehr leicht durch die Würg- und Brechbewegungen, die der Hund rasch und mit so grossem Erfolge ausführen kann, wieder entfernt. Stecken wirklich Fremdkörper im Schlunde, so kann sein, dass der Hund Würgbewegungen und, namentlich wenn der Kehlkopf gedrückt wird, Athemnoth zeigt, steckt der Fremdkörper tiefer, so ist das Abschlucken von Nahrung oder Getränk erschwert oder unmöglich, und die Thiere halten Kopf und Hals gestreckt. Sicherheit gibt nur das Sondiren. Wenn Theile stecken geblieben sind, so werden dieselben nach oben zu entfernen gesucht, vom Maule aus durch Eingehen mit passenden Zangen unter Nachhilfe von aussen. Der Schlundschnitt wird nur sehr ausnahmsweise zweckmässig sein können wegen der Kürze des Halses. Steckt der Fremdkörper in der Brustportion des Schlundes, so ist nur an ein Hinunterbefördern in den Magen, durch mechanisches Hinabdrängen mittelst der Sonde, das Glatt- und Schlüpfrigmachen durch Oeleingiessen, sowie Zuwarten, bis der Muskelkrampf nachgelassen und die Störung verschwindet, zu denken.

Krankheiten des Magens und Darmes.

Acuter Katarrh. Infolge der Aufnahme von unverdaulichen Stoffen, die verhältnissmässig lange im Magen liegen bleiben (ich habe eine ganze Sammlung von Holz, Knochen, Metall, Ledertheilen etc., die alle aufgenommen waren), ferner infolge der Aufnahme von grosser Menge zu warmer Nahrung, ferner durch schädliche Wirkung der aufgenommenen Stoffe, Aetzung oder sonstige Vergiftung, durch die Producte des Fiebers u. A. entstehen katharhalische Erkrankungen der Magenschleimhaut die sich durch Störungen des allgemeinen Wohlbefindens, Appetitlosigkeit, eventuell Erbrechen, Durst, eventuell Fieber und Störungen in dem Absatz der Excremente, sowie manchmal Schmerzäusserungen auf Druck in der Magengegend äussern. Am einfachsten gibt man in solchen Fällen ein Brechmittel. Magenausspülungen und nachheriges Einführen von Arzneien in den entleerten Magen sind etwas umständlicher, nicht jedesmal von erwünschter Wirkung, immerhin verdienen sie Beachtung. Untersuchung des Mageninhaltes, ob er noch sauer reagirt, Diät, einige

Tage bloss flüssige Nahrung, sowie einige Bittermittel, Rheum, Enzian, dann Salzsäure, eventuell auch Mittelsalze und Anderes sind angezeigt. Bei dem chronischen Magenkatarrh, sind die veranlassenden störenden Ursachen anhaltender, doch müssen sie nicht andauernd sein, sondern häufigere Wiederholung der acuten kann ihn ebenfalls erzeugen. Hier ist neben der katarrhalischen Störung auf der Schleimhaut noch tiefer gehende Entartung mit Störung der normalen Anatomie, Narbencontraction u. dgl. vorhanden, auch ist anzunehmen, dass der Darm und andere Theile in Mitleidenschaft gezogen sind. Zur Diagnose gehört genaue, namentlich auch chemische und mikroskopische Untersuchung des Magensaftes, der aus dem zuvor entleerten Magen ausgehebert wird. Antiseptisch wirkende, verdauende und verdauungsbelebende Mittel werden angewandt. Salicyl- und Borsäure, Wismut, namentlich der subsalicylsaure Wismut, sodann Kochsalz und Salzsäure, ferner bittere Mittel.

Von den Krankheiten des Darmes ist anschliessend an den Magenkatarrh in erster Linie zu nennen der Darmkatarrh *(Enteritis catarrhalis)*. Die betroffenen Partien können klein oder sehr ausgedehnt, leicht oder ganz schwer erkrankt sein. Es ist daher nach der Dauer und den Erscheinungen eine Eintheilung in acuten und chronischen Katarrh, ebenso in Dünndarm- und Dickdarmkatarrh und Entzündung gerechtfertigt. Das Allgemeinbefinden ist mehr oder weniger gestört, Appetit, Durst wechselnd, der Hinterleib beim Betasten öfters empfindlich, die Kothentleerungen wechselnd, meist diarrhöisch, die entleerten Excremente verfärbt, grau schleimig, vielleicht mit etwas Blut gemengt, oft besteht Afterzwang, Tenesmus, es kann auch zur Verstopfung und Ansammlung von Kothmassen im Mastdarme kommen. Bei längere Zeit fortbestehender Unregelmässigkeit tritt Abmagerung ein. Die Behandlung muss den Ursachen, der Dauer und Schwere des Leidens anpassen. In erster Linie ist eine möglichst genaue Feststellung über Qualität und Quantität des Leidens nöthig, sodann müssen möglichst die Ursachen entfernt werden, der Hund muss in ganz gute äussere Verhältnisse gebracht, gut und passend gepflegt und ernährt werden, sodann kommt die medicamentöse Behandlung. Bei längere Zeit bestehendem Durchfall ist zunächst eine gründliche Entleerung der im Darme anwesenden fauligen Bestandtheile durch ein Laxans zu bewerkstelligen und dann der Darm mit desinficirenden Mitteln zu behandeln, hiezu eignet sich Calomel am besten, man kann auch ein anderes Abführmittel geben, Ricinusöl oder Jalappen verabreichen und das Desinfectionsmittel Naphthalin, Wismuth, Salicyl, nachher geben. Später kommen verdauende und verdauungsbelebende Mittel. Wärme, Einhüllungen, Ruhe leisten ganz gute Dienste. Diarrhöen, die infolge von plötzlichen Einwirkungen entstehen, z. B. nach einem kalten Bad oder Liegen auf kaltem nassen Boden etc., die werden mit beruhigenden Mitteln, Opium oder mit adstringirenden Mitteln gestillt. Bei Vergiftungen mit faulem Fleische sind noch die belebenden: Wein, Kampferinjectionen, Aether u. dgl. anzuwenden.

In Fällen von Mastdarmerkrankung, Entzündung, Prostitis müssen diese Partien täglich zwei- bis dreimal mit dem Gummischlauch gründlich ausgewaschen und nachher mit passenden Mitteln, Höllensteinlösung, Cocaïnlösung, Oelklystieren, auch anderen antiseptischen und leicht zusammenziehenden Mitteln behandelt werden.

Bei Kothansammlung im Mastdarm, so dass ein sogenannter Kothstrang entsteht, derart, dass er vom Bauche aus wie ein Stock hart und derb nach vorne dringend gefühlt werden kann, ist das zweckmässigste in mechanischer Weise unter Irrigation und Anwendung von passenden Instrumenten den Darm zu entleeren, andernfalls wären Oelklystiere und Abführmittel anzuwenden, eventuell auch Massage.

Infolge von Verschlucken unverdaulicher Gegenstände, Steinchen, Kugeln, Geldstücken etc. kommt vor, dass ein solcher Gegenstand im Darme stecken bleibt, die Folge ist, dass kein Darminhalt mehr aber das Hinderniss nach hinten treten kann, dass sich sogenannte falsche Gährungen bilden, schliesslich kein Koth mehr abgeschieden und häufig erbrochen wird. In derartigen Fällen nützt nur eine Operation, Eröffnen der Bauchhöhle und des Darmes, Herausnahme des Fremdkörpers, sorgsamer Verschluss und Verband. Es kann sein, dass die genannten Symptome alle vorhanden sind, auch dasjenige, dass man beim Durchpalpiren des Bauches den beweglichen Fremdkörper fühlt und bei der Eröffnung findet man statt eines Fremdkörpers einen festen Kothballen, während der Darm sonst ziemlich leer ist; auch Darmineinanderschiebungen, Invaginationen können einen solchen Fremdkörper vortäuschen.

Mastdarmvorfall ist namentlich bei jungen Hunden ziemlich häufig, doch kommt er auch bei älteren vor. In frischen geringgradigen Fällen ist die Zurückbringung und Zurückhaltung ziemlich leicht, in älteren, hochgradigen dagegen schwierig. In erster Linie wird gründlichst gereinigt, dann der Hund an den Hinterbeinen hoch genommen und der befettete Vorfall allmälig zurückgedrängt, nachher muss man dem Darme in der Tiefe eine gestreckte, faltenlose Lage verschaffen und weiters durch Zunähen des Afters (ich führe eine tiefe Drahtperlnaht quer hindurch) einen wiederholten Vorfall verhindern, Oelklystiere, Cocaïn ist ebenfalls zweckmässig anzuwenden. In Einzelfällen, in denen das vorgefallene Stück nicht zurückgehalten werden kann, muss die Amputation vorgenommen werden.

Afterdrüsengeschwülste. Es ist eine Eigenartigkeit der Hunde, am After ausser den gewöhnlichen Drüsen noch andere, weitverzweigte grosse Drüsen und Drüsenbeutel zu besitzen. Es hängt dies zweifellos zusammen mit dem Geschlechtsleben und den Gewohnheiten, den Koth auf erhöhte Gegenstände und freie Plätze abzusetzen. Am häufigsten erkranken die Analbeutel. Es sind bei mittelgrossen Hunden etwa haselnuss- und sogar wallnussgrosse Säckchen, die rechts und links vom After je ihren Ausführungsgang besitzen, durch Zurückhaltung von dem im Innern des Beutels abgesonderten Secret, das einen dicken, braunen, höchst übelriechenden Brei darstellt, wird der Beutel gross, drückt und reizt und der Hund rutscht auf dem After mit zwischen den Vorderbeinen hindurchgeschobenen Hinterbeinen, „fährt Schlitten". Es können noch weit bedeutendere Ungehörigkeiten eintreten, dadurch, dass sich das zurückgehaltene Secret eindickt und dass ein Durchbruch durch die Haut erfolgt, was schon mit Mastdarmfisteln verwechselt wurde. Bei fast allen älteren Hunden haben die Analbeutel eine zu starke Anfüllung und wenn den Thieren diese Drüsen ab und zu entleert werden, dadurch, dass man sie durch Druck mit Daumen und Zeigefinger von Innen nach Aussen entleert, so ist dies sehr vortheilhaft. Bei Entzündungen und schmerzhaften Erkrankungen ist es vortheilhaft, die Oeffnung gegen den Mastdarm zu erweitern. Ich ziehe einen Draht hindurch, so dass für alle Zeiten die Drüsenmündung offen bleiben muss.

Bandwürmer im Darmcanal. Hunde haben sehr häufig und ganz verschiedene Sorten Bandwürmer im Darmcanal, es sind hauptsächlich: Tänia cucumerina, T. marginata, T. serrata, T. cönurus und T. Echinococcus. Durch die Anwesenheit von grösseren Mengen Bandwürmern wird Unbehagen, Launenhaftigkeit, wechselnder Appetit, nervöse Erscheinungen, die sogar ausnahmsweise hochgradig werden können, erzeugt. Jucken am After und an der Nase ist ebenfalls beobachtet worden. Am sichersten ist die Anwesenheit durch Abgang von einzelnen Stücken, Proglottiden, nachweisbar. Zum „Abtreiben" der Bandwürmer gehört Sachkenntniss und Sorgsamkeit. Das beim Menschen als bestes Mittel angewandte Farnwurzelextract Filix mas ist für den Hund nicht ungefährlich und wird sehr leicht erbrochen. Ich habe folgendes Verfahren als zweckmässig erkannt: 1. Tag, Milchdiät. 2. Tag, Morgens 8 Uhr einen 10procentigen Thee aus Sennesblättern, 10 bis 60 g, je nach Grösse des Hundes. Um 10 Uhr einem mittelgrossen Hunde 4 g Kamala als Pulver mit Zucker, um 12 Uhr dieselbe Dosis wiederholt, um 3 Uhr 10 bis 40 g Ricinusöl, je nach Grösse des Thieres. Ueber Nacht kommt der Hund in einen gepflasterten Stall ohne Stroh und hat dortselbst einen Korb mit einem Teppich, so dass man anderen Tages die abgegangenen Bandwürmer mit dem Kothe sammeln, nachher in eine Schüssel geben und auswaschen kann. Es gehen manchmal staunenerregende Mengen ab. Hat sich der Hund während der Cur erbrochen, und es gehen keine Bandwürmer ab, so muss das Verfahren anderen Tages wiederholt werden. Andere Mittel, Kürbiskerne, Areca, Kousso, Terpentinöl und

Andere werden wohl bei besonders zweckmässigem Gebrauche ebenfalls mit Erfolg angewandt werden können.

Rundwürmer oder Spulwürmer sind beim Hunde viel seltener Ursache einer Behandlung wie Bandwürmer, obwohl sie oft in grossen Mengen vorkommen und selbst Darmkatarrhe, nervöse Störungen, ja Anschoppungen erzeugen können. Der am meisten vorkommende und allein wichtige Hundespulwurm, Ascaris Mystax, ist klein, das Männchen circa nur $\frac{1}{2}$, das Weibchen circa 1 cm lang. Als vortrefflichstes Mittel gegen Spulwürmer werden die Zittwerblüthen, Flores Cinae oder das in demselben wirksame Princip, das Santonin, gebraucht. Von ersterem gibt man bis zu 10 g als Latwerge, von letzterem bis zu 0·4 mit Zucker als Pulver. Eine Stunde nachher kann man ein Abführmittel verabreichen.

Andere Schmarotzer im Darme des Hundes sind Ausnahmen. Durch solche wird jedenfalls nur sehr selten ein medicamentöser Eingriff nöthig, es handelt sich vielleicht noch um einen kleinen fadenförmigen Wurm, der im Dickdarm vorkommt, Oxyuris vermicularis, welcher Reiz am After erzeugt, und der durch reichliche Klystiere mit wurmwidriger Wirkung, die aus leichten Abkochungen oder Lösungen der genannten Mittel bestehen, oder auch mit Salz- oder Essigwasser abgetrieben werden soll.

Ein kleiner fadenförmiger Wurm, Dochimus, kommt nur in südlichen Klimaten im Dünndarme des Hundes vor und soll schwerere Störungen erzeugen können, namentlich auch Anämie und mit Blut untermischten Nasenausfluss.

Andere Schmarotzer, Trichocephalus, Botryocephalus, dann Coccidien rufen nur ausnahmsweise Krankheitserscheinungen hervor.

Von den zahlreichen Krankheiten der Leber, Steinbildungen, katarrhalischen Zuständen, Hyperämie, Entzündung, Fettleber u. A. interessirt hier am meisten der Folgezustand, der nach Rückstauung der Gallenfarbstoffe in das Blut vorkommt, die Gelbsucht, Ikterus. Es ist zu berücksichtigen, dass es neben dem sogenannten Stauungsikterus auch noch einen gibt, bei dem die Gallenfarbstoffe im Blute gebildet werden sollen, den hämatogenen Ikterus. Letzterer hat aber wahrscheinlich mehr theoretische Bedeutung. Auffallend ist, dass die Gelbsucht beim Hunde stets als ein sehr bedenkliches Symptom aufzufassen ist. Während diese Krankheit beim Menschen oder Pferde sehr oft unbedenklich erscheint, scheint beim Hunde nicht nur die erzeugende Ursache, sondern, höchstwahrscheinlich durch eine besondere Empfindlichkeit gegen Gallenbestandtheile oder mit diesen in das Blut eindringende andere Stoffe, auch die Galle etc. selbst an dem falschen Orte eine Gefahr zu sein. Die Gelbsucht entsteht wohl am meisten durch katarrhalische Verdickung und dadurch Verschluss des Lebergallenganges, aber auch infolge anderer Ursachen, namentlich Invaginationen des Dünndarmes, auch Steinbildungen können die Rückstauung verursachen. Die Gelbsucht hat also nicht immer dieselbe Ursache, sie ist ein Symptom, aber ein wichtiges, und wenn dieselbe hochgradig ist, so dass die Gelbfärbungen ins Bräunliche gehen, so spricht man von schwerem Ikterus, *Icterus gravis*, der in der Regel tödtlich endet. Die Gelbfärbungen sind am ehesten zu erkennen an den Schleimhäuten der Augen und des Maules und der zarten Haut innen und zwischen den Schenkeln. Je höher der Grad, desto dunkler die Farbe und damit die Allgemeinstörungen, hauptsächlich Mattigkeit, Hinfälligkeit, subnormale Temperatur, Verlangsamung des Pulses und der Athmung, und schliesslich tritt der Tod unter allgemeinen Lähmungserscheinungen ein. Die Behandlung muss auf Hebung der Ursache, Unschädlichmachung der Gallenfarbstoffe und Erhaltung der Kräfte gerichtet sein. Bei Invaginationen ist ein operativer Eingriff nöthig, bei katarrhalischen Zuständen Hebung dieser. Diät, nur Milch, antiseptische Stoffe in den Darm, namentlich *Bismutum subnitricum* oder Thioform, ferner Karlsbader Salz, Elektricität wurde angerathen. Um die Kräfte zu erhalten Erregungsmittel, Wein, Alkohol, Kampferinjectionen. Es sind ferner noch angerathen zur Ausscheidung der Gallenstoffe durch den Harn harntreibende Mittel, essigsaures Kali oder Natron, ausserdem Brechmittel und reichliche Ausspülungen des Mastdarmes.

An die Krankheiten der Leber und die Gelbsucht reihen wir diejenigen des Bauchfells und die Bauchwassersucht. In erster Linie die Bauchfellentzündung, Peritonitis, die meist als Folgekrankheit von äusserer Einwirkung, Schlägen, Stössen auf den Bauch, durchdringende Bauchwunden, oder von Erkrankungen der innen gelagerten Organe, Abscessen in der Leber oder Niere, Erkrankungen, die mit Perforationen, wenn auch nur ganz kleinen, am Darme verbunden sind etc., herrühren, auch entzündliche Zustände dortselbst, sowie solche an den Geschlechtsorganen können eine Bauchfellentzündung erzeugen. Wegen der Möglichkeit der raschen Ausdehnung, der Production grosser Exsudatmassen, die zersetzt werden können, und der Aufnahme von ptomaïneähnlichen Stoffen in das Blut ist diese Krankheit gefährlich, selbstverständlich ist die Ausdehnung der Entzündung, die Qualität des Exsudates, sowie die Widerstandsfähigkeit des Betroffenen von Bedeutung. Durch die Bauchfellentzündung entstehen Schmerzen an den betroffenen Theilen, namentlich auf Druck, in dem Exsudate wird die Peristaltik der dort gelagerten Gedärme verlangsamt, der Koth bleibt liegen, und es entstehen falsche Gährungen mit Auftreibung des Bauches, Appetitlosigkeit, manchmal Erbrechen, ferner Fieber, Puls- und Athemsteigerung ist mit verbunden. Der Tod erfolgt in der Regel unter Lähmungserscheinungen. Die Behandlung muss eine sehr sorgsame und sachgemässe sein, wenn Erfolg eintreten soll. Womöglich Entfernung der Ursachen, antiseptisches Vorgehen, Erhalten der Kräfte ist Haupterforderniss. Bei Wunden wird sorgsam desinficirt, bei inneren Leiden die schädlichen Stoffe zu entfernen gesucht, der Darm mit passenden Mitteln, Salicyl, Borsäure oder Wismut desinficirt, die jauchigen Exsudatmassen abgelassen, die Bauchhöhle mit warmen Desinfectionsmitteln durchgespült und neben Priesnitzumschlägen, Einreibungen von Jod- oder Quecksilbersalben und Klystieren, namentlich innerlich kleine Dosen Chloroform und subcutan Kampferinjectionen angewandt.

Bauchwassersucht, Ascites, ist wie die Gelbsucht ein Symptom einer Reihe verschiedener Ursachen. Durch Störungen im Kreislaufe, sei es durch Geschwülste, Leberkrankheiten, Störungen im Pfortadersystem oder im Herzen durch Klappenfehler, ebenso durch Lungenleiden oder Nierenerkrankungen entstehen Stauungen im Kreis- laufe des Hinterleibes, und ohne entzündliche Reizung, also auch ohne Fieber, tritt ein Theil des Blutwassers aus den Gefässen und sammelt sich in der Bauchhöhle an. Diese Ansammlungen können sehr hoch- gradig werden, und sie bedingen Erscheinungen, welche als Bauch- wassersucht bezeichnet werden. Erst wenn grössere Mengen auftreten, wirken sie störend, durch solche wird der Bauch vergrössert, er sinkt nach abwärts, so dass die Flanken einfallen, und er wird namentlich unten breiter; die Flüssigkeit bedingt trägere Darmthätigkeit, und es tritt deshalb leicht Verstopfung, Appetitlosigkeit, Abmagerung ein, der Gang wird beschwerlich, die Thiere wollen beständig liegen, aber hiebei steigert sich durch Druck der Flüssigkeit auf das Zwerch- fell und die Lungen leicht das Athmen, sie sitzen daher häufig mit erhobenem Vordertheil oder suchen dieses höher zu lagern. Auf passende Bewegungen fühlt man den Wellenschlag im Innern, und man kann durch Auscultation die Flüssigkeit plätschern hören. Durch Aufheben des Hinterleibes, so dass die Flüssigkeit auf die Lungen sinkt, entsteht bald Athemnoth. Durch Einstechen mit einem feinen Punctionstroikart (der bei regelrechter Behandlung nie schaden kann) entleert man eine wasserklare, leicht gelbliche oder etwas geröthete Flüssigkeit, (Hydrops) die viel Wasser, wenig Salze und Eiweiss, noch seltener Blutkörperchen oder andere körperliche Elemente, Epithelzellen, ent- hält. Die Behandlung gewährt in der Regel nur wenig Aussicht, weil das Grundleiden in erster Linie behoben werden sollte, was nur selten möglich ist, sodann soll das Wasser schleunigst entfernt werden, a) durch vermehrte Ausscheidung durch die Nieren, also harntreibende Mittel, von denen die Kantharidentinctur obenan steht, dann kommen Digitalis, essigsaures Kali oder Natron, Terpentinöl u. A., b) durch Ausscheidung von viel Wasser durch den Darm infolge von Laxantien und geringer Wasseraufnahme, hiebei muss man sehr vorsichtig sein und das Thier genau beobachten, c) durch directe Entleerung durch den Troikart. Neben diesen Eingriffen ist von grösster Bedeutung, das Allgemeinbefinden des Thieres zu kräftigen und es zu passenden Bewegungen zu veranlassen.

Es gibt noch eine sogenannte Hautwassersucht, Anasarka, bei welcher das zu reichlich ausgeschiedene Transsudat im Bindegewebe unter der Haut, namentlich an den tiefsten Körperstellen, den Füssen, der Bauchhaut, dem Hodensack etc. angesammelt wird. Wenn ein solcher Zustand local bleibt, so heisst er auch „kaltes Oedem", und er ist dadurch ausgezeichnet, dass Fingereindrücke eine Zeitlang stehen bleiben. Die Ursachen sind ziemlich dieselben wie bei der Bauchwassersucht, nur sind die Störungen nicht hauptsächlich im Hinterleib und dem Pfortadersystem, sondern es sind mehr Klappenfehler im Herzen, Nierenentzündungen und Blutkrankheiten. Die Behandlung ist ähnlich der vorhin genannten, nur fällt die Punction hinweg, und statt derselben kommen Wickelungen in Betracht.

Krankheiten der Kreislaufsorgane.

An den Kreislaufsorganen gibt es eine grosse Zahl von verschiedenen Erkrankungen, und wenn die Anatomie an so wichtigen Theilen, wie das Herz und einzelne Gefässe es sind, gestört ist, so treten auch je nach der Qualität und Quantität der Störung verschiedene Grade der Veränderung in der zu leistenden Arbeit ein, da aber solche Störungen wieder weitere Folgen haben, so schliessen sich an einen Defect oft eine ganze Reihe von Symptomen. Es kann als eine höchst unglückliche Eigenartigkeit der Haushunde bezeichnet werden, dass sie eine Prädisposition haben, an Herzfehler, namentlich Klappenfehler zu erkranken. Es geht diese Disposition so weit, dass weitaus die Mehrzahl — ja Gesunde bilden die Ausnahme, fast sämmtlicher alten Hunde an Herzfehler leiden. Klappenfehler ist das Häufigste. Sobald dieser Defect eine gewisse Höhe erreicht hat, stellen sich Allgemeinerscheinungen ein. Die Leistungsfähigkeit wird geringer, die Thiere werden nervös, es kommt bei verhältnissmässig geringen Leistungen zu Athembeschwerden, die sichtbaren Schleimhäute werden bläulich, cyanotisch; Verdauungsbeschwerden, Wassersucht, Eiweissharnen stellen sich endlich ein, und schliesslich kommt es zur Abmagerung und zum allgemeinen Kräfteverfall. Je nachdem das linke oder das rechte Herz oder die Arterien betroffen sind, sind die Erscheinungen etwas verschieden. Im Allgemeinen sind Klappenfehler unheilbar, wegen sogenannter Compensation können sie jedoch längere Zeit ohne zu grossem Nachtheil bestehen. Handelt es sich um heilende, bessernde Eingriffe, so ist in erster Linie zu sorgen, dass keine Ueberanstrengungen, sondern allmälig zunehmende passende Bewegungen eintreten; ferner sind sehr gute Ernährung und herzkräftigende Mittel zweckmässig, Kaffee oder das Alkaloid, Coffeïn, ferner Digitalis und in der neueren Zeit Strophantus; die weiteren Folgeerscheinungen, Wassersucht etc., werden nach den in diesem Capitel angegebenen Regeln behandelt. Von den übrigen Herz- und

Herzbeutelerkrankungen ist keine so häufig und praktisch bedeutsam, dass hier eine eingehendere Besprechung nöthig erschiene; es handelt sich namentlich um Herzbeutelentzündung und Wassersucht desselben, Blutung dorthin, ferner um Würmer im Herz, die aber während des Lebens in der Regel nicht diagnosticirbar sind. Auch im Blute des Hundes finden sich verschiedene Sorten von Würmern: a) *Filaria immitis* (130 [♂]—250 [♀] mm lang), hauptsächlich im rechten Herzen; die viel kleineren Embryonen sind oft zu Hunderttausenden zugegen, aber fast immer nur in ausländischen Hunden, in Deutschland wohl nur in importirten, ferner b) *Spiroptera sanguinolenta* (30 [♂]—70 [♀] mm lang) besonders in Aortenaneurysmen gefunden, und c) *Strongylus vasorum*, der kleinste von allen, sehr selten und nur im rechten Herz gefunden.

Krankheiten der Harn- und Geschlechtsorgane.

Krankheiten der Nieren. Die Nieren können in sehr vielfältiger Weise erkranken und man hat früher in zusammenfassender, dem klinischen Bedürfniss angepasster Art fast die sämmtlichen Nierenkrankheiten unter dem Namen „Bright'sche Krankheit" bezeichnet. Es können an einer Niere durch lange Zeit zunehmend grösser werdende Veränderungen entstehen, so dass schliesslich dieselbe ganz verloren geht und es stellen sich trotzdem keine bedeutenden Störungen des Allgemeinbefindens ein, weil die andere Niere die Functionen übernimmt. Wenn dagegen beide Nieren gleichzeitig in ihrer Function gestört sind, so kann sich ein schmerzhaftes schweres Leiden in kurzer Zeit ausbilden, das mit Fieber und Gefahr verbunden ist.

Die Nierenentzündung, Nephritis, wird in eine acute und in eine chronische Form unterschieden, hauptsächlich nach der Dauer und dem fieberhaften oder fieberlosen Zustande. Bei entzündlichen Processen, die sich infolge von Reizungen durch Scharfstoffe, z. B. Kanthariden, aber auch zahlreichen anderen, etwa Terpentinöl, Theerpräparate, Chrysarobin etc. einstellen, kann die Wirkung schon durch Aufsaugung dieser Mittel von der Haut entstehen und es sind sehr häufig Blutungen damit verknüpft, so dass der Harn in manchen Fällen dunkelbraun entleert wird. Ich habe dadurch wochenlang andauernde, blutige Harnentleerungen gesehen. Ausser diesen Giften kann auch Ptomaïn oder mechanische Einwirkung eine Nierenentzündung veranlassen. Durch Einwanderung von Eiterkokken entstehen Abscesse, Eiterungen im Nierenbecken, Steinbildungen, chronische Entartungen durch Fett- oder amyloide Veränderungen. Im Wesen sind die Erscheinungen der Nierenerkrankungen: Veränderte Harnqualität, Beimengung von Eiweiss, Blut, Abstossung von Harncylindern, Schmerzhaftigkeit bei Druck in der Nierengegend, seltener auch Schmerz bei der Harnentleerung.

Harn. Derselbe ist normal und frisch gelassen klar, bernsteingelb bis röthlich, durchsichtig, von eigenartigem Geruch, oft unangenehm, knoblauchartig. (Letzterer tritt namentlich nach Zusatz von Kalk oder Baryt auf.) Die Reaction ist meist sauer, selten alkalisch. Mikroskopisch enthält er Pflasterepithelien von der Harnblase und vereinzelte Schleimkörperchen. Chemische Bestandtheile sind normal: Wasser, Harnstoff, Harnsäure (ausnahmsweise bei vegetabilischer Nahrung Hippursäure) Kreatin, Kreatinin, Xanthin, Harnfarbstoffe, besonders Urobilin, Indican, Schleim von der Harnblase und eine schwefelhaltige, organische Säure. Was den Hundsharn auszeichnet, das ist eine von Liebig entdeckte Säure, die Kynurensäure, dieselbe bildet vierseitige, durchsichtige, glänzende, glashelle Nadeln, die aus kleinen Kryställchen bestehen, beim Trocknen auf 150.° ihr Krystallwasser verlieren und beim Erhitzen sich zersetzen unter Entwicklung eines Geruches wie Benzonitril. Aus der Säure kann ein charakteristischer chemischer Körper, das Kynurin, gewonnen werden.

In abnormer Weise finden sich im Harn Eiweiss, Zucker, Milchsäure, Ammoniumsalze, Gallenfarbstoffe, Blut. Blutfarbstoffe, Harnsedimente, Schleim, Epithelien, Eiter, Pilze, Infusorien u. A. m. Wenn der Harn in die einfacheren chemischen Bestandtheile zerlegt wird und es werden diese mit ähnlichen aus dem Blute verglichen, so zeigt sich eine überraschende Aehnlichkeit:

In 1000 Theilen	Harn	Blut
Asche	67·26	55·63
Kochsalz	13·64	11·24
Kali	1·33	6·27
Natron	1·15	1·85
Kalk	13·4	1·28
Bittererde	Spur	8·68
Eisenoxyd	11·21	11·10
Phosphorsäure	4·06	1·64
Schwefelsäure	—	6·95
Kohlensäure	—	—

Bei ganz jungen Hunden ist der Harn blasser, weniger salzhaltig, enthält aber manchmal etwas Eiweiss. Die Harnmenge, die in 24 Stunden ausgeschieden wird, schwankt ausserordentlich und ist im Allgemeinen abhängig von Alter und Geschlecht, indem ausgewachsene, kräftige, männliche Thiere mehr ausscheiden wie weibliche. Schwächlinge, Junge scheiden verhältnissmässig am meisten ganz alte am wenigsten aus. Die Absonderung in den Nieren erfolgt nicht gleichmässig, sondern ist sogar zwischen der rechten und linken verschieden. Bei häufigen Entleerungen wird mehr Harn producirt wie unter gewöhnlichen Umständen. Kurze Zeit nach der Futteraufnahme wird die Ausscheidung vermehrt. Bei geschlechtlich erregten Thieren ebenfalls, sowie auch bei trächtigen. Sehr angestrengte Bewegung, namentlich in hoher Temperatur, macht die Harnmenge geringer, steigert jedoch die Ausscheidung der Harnsäure, ja es kommt dadurch in Einzelfällen selbst zu Eiweissausscheidungen. Wasserreiche Nahrung erhöht die Harnmenge, ebenso reichliches Trinken. Aufnahme bestimmter Stoffe: Kochsalz, Kaffe, Thee, Alkohol, einige Medicamente, wie z. B. Kanthariden, erhöhen die Harnmenge. Andere, z. B. Arsenik oder Phosphor, vermindern dieselbe. Bei reiner Brotfütterung fehlt die Kynurensäure. Die Bestandtheile des Harns sind überhaupt, je nach Fütterung mit Fleisch oder Brot, etwas verschieden, ebenso ist die Harnmenge nach Fleischfütterung bedeutend höher als nach Brotfütterung. In einem Falle betrug dieselbe bei ersterer 1500 g, bei letzterer nur 500 g.

Ferner steht die Nierenentzündung in gewisser Beziehung zum Herzen. Ist erstere vorhanden, kann auf Erkrankung des letzteren mit ziemlicher Sicherheit geschlossen werden udn umgekehrt. In Fällen, in denen die Nieren die Harnbestandtheile nicht mehr aus dem Blute entfernen, entsteht infolge der schädlichen Wirkung derselben Harnvergiftung, Urämie, die mit Mattigkeit, grosser Schwäche, niederer Temperatur und in der Regel tödtlich verläuft. Derart erkrankte Thiere werden möglichst vollkommen ruhig und warm gehalten, auf die Lenden kommt ein feuchtwarmer Umschlag, als Futter hauptsächlich Milch. Innerlich gebe ich in der Regel einige Gaben Kampher, er nützt aber nicht immer, wie überhaupt das Leiden schwer heilbar oder je nach der Veränderung fast unheilbar ist. Bei starken Blutungen wird Mutterkorn und Bleizucker gegeben. Ferner Tannin u. a. Auch Abführmittel sind angerathen. Gegen eine Reihe von einseitigen Nierenkrankheiten, Steinbildungen, Abscessen, Wanderniere kann von geübten Chirurgen mit Erfolg operirt werden. Die Eingriffe sind jedoch sehr bedeutend und müssen, wenn Erfolg erwartet wird, sehr sachgemäss durchgeführt werden.

Krankheiten der Harnblase. Es kommt in Betracht:

Der Blasenkatarrh, Cystitis, der auf dieselben Ursachen entstehen kann, wie die Nierenentzündung. Es ist die einfache Anatomie der Blasenwand wohl zu beachten. Es treten aber noch Ursachen mit hinzu, dass von der Harnröhre ein Katarrh in die Tiefe geht, dass Harnverhaltung, alkalische Gährungen, sogenannter Blasentripper u. A. eine katarrhalische Erkrankung der Blasenschleimhaut erzeugt, die bei längerem Bestehen auf die tieferen Schichten, die Muskelhaut, wirken und grosse Veränderungen erzeugen kann. Blasenkatarrh ist ein schmerzhaftes Leiden, Harndrang und Entleeren von

nur kleinen Mengen mit Schmerzen tritt ein, auch unwillkürliche
Entleerung geringer Mengen folgt, Appetitlosigkeit, Traurigkeit und
schliesslich Abmagerung kann die Folge sein. Der entleerte Harn,
am besten der mit dem Katheder entfernte, ist in der Regel unverändert, hat starken Geruch nach Knoblauch oder riecht noch unan-
genehmer, fast faulig, amoniakalisch, er ist in höheren Graden trübe
und setzt eventuell reiche Mengen Sedimente ab. Blut kann ebenfalls
vorhanden sein, findet sich solches in geronnenem Zustande, so ist
anzunehmen, dass es nicht aus der Niere, sondern einem geplatzten
Gefässchen der Blasenwand entstammt, wogegen Harncylinder nur
von den Nieren kommen können. — Die Behandlung des Blasen-
katarrhs besteht im Wesentlichen in Diät, Milch, ferner Gaben von
leicht harntreibenden, kohlensauren Wässern, Karlsbader Salz. essigsaures oder chlorsaures Kali, ferner Salicyl- und Borsäure, ausserdem sind täglich Blasenausspülungen mit dem Katheder zu empfehlen.
Man verwendet lauwarmes Wasser und nachher passende, leicht
antiseptische Mittel, Höllensteinlösung ½°/₄ig oder Creolin, Lysol u. A.

Blasensteine sind beim Hunde ziemlich selten, ihre Entfernung geschieht auf operativem Wege, ebenso bei Harnrohr-
steinen. Harnrohrstricturen am hinteren Ende des Ruthenknochens
können ebenfalls operirt werden, ich habe öfters ein Stück des Ruthenknochens entfernt und dadurch eine bedeutende Strictur geheilt.

Lähmungen des Schliessmuskels der Blase, wodurch ein an-
dauerndes Abfliessen des Harnes erfolgt, treten ausser seltenen localen
Ursachen in der Regel in Gemeinschaft mit Lähmungen des
Mastdarmes und der hinteren Extremitäten ein. Durch
Krankheiten in dem Mastdarm, der Blase, dem Bauchfell, dem Uterus,
den Nieren etc. entsteht an den erkrankten Theilen auch eine Nerven-
erkrankung, welche fortschreitend bis in das Rückenmark führt
(Neuritis ascendens) und dortselbst eine Erkrankung desselben erzeugt,
worauf eine Parese oder Paralyse eintritt. Die Aussicht auf Heilung
ist gering. Täglich ein- bis zweimalige gründliche Entleerung und
Auswaschung des Mastdarmes und der Blase, eventuell auch der
Scheide oder der Gebärmutter, ferner innerlich Secale cornutum,
subcutan Strychnin, Massage, Elektricität und Bäder sind eventuell
anzuwenden.

Krankheiten der männlichen Geschlechtstheile.

Strictur der Harnröhre und deren operative Beseitigung ist
oben schon angeführt. Prostatageschwülste, acute, die in Eiterung
übergehen, oder chronische, die zur Verdickung führen, sucht man
anfangs durch Jodeinreibungen, Jodgaben oder Jodinjectionen (bei
Jagdhunden, bei denen Jod wegen der Nase wegzulassen ist, nimmt
man Secale cornutum) zu verkleinern. Abscesse werden vom Mittel-

fleische oder dem Mastdarme aus eröffnet und operativ entfernt.
Eine viel bedeutendere Krankheit ist das Herausdringen oder derVorfall
des Penis aus der Vorhaut, die Paraphimose. Der Penis des
Hundes ist auf die ganze Länge mit Schleimhaut überzogen, die
Vorhaut somit viel grösser, wie beim Menschen. Die Paraphimose tritt nun auf zweierlei Weise ein: *a)* der hervorgedrungene
erigirte Penis wird am Grunde vor der Vorhautmündung fest umfasst, es kommt zu einem entzündlichen Zustande, und die Zurückziehung ist unmöglich; *b)* der kleine, erschlaffte Penis fällt vor, und
die Eichel schwillt etwas an. Der unter *a)* genannte Fall ist sehr
selten, doch habe ich denselben nach nur theilweise ausgeführter
Begattung entstehen sehen und war überrascht, bis zu welcher Grösse
der Penis des Hundes vergrösserungsfähig ist. In solchen Fällen
werden kalte Waschungen, Berieselungen, eventuell Scarificationen,
Massage oder Spaltung der Vorhautmündung anempfohlen; schwieriger
ist die Sache im Falle *b)*. Die Reposition gelingt hier leicht, aber
die Zurückhaltung, die Retention, ist schwer bis unmöglich. Zunächst
muss gründlichste Reinlichkeit und Anwendung leicht adstringirender
Mittel empfohlen werden, nach Reposition habe ich in der Regel
quer durch die Vorhautmündung eine Naht gelegt, manchmal genügt
dieser Verschluss jedoch auch nicht, und der Penis fällt immer wieder vor, so dass die Amputation in Aussicht zu nehmen ist. —
Katarrhalische Erkrankung der Schleimhaut des Penis und der
Vorhaut, Vorhaut- und Eicheltripper, ist sehr häufig; fast alle
älteren, vielfach schon junge Hunde, besitzen ihn, der Hundetripper
ist aber nicht ansteckend, es drückt sich häufig ein Tröpfchen Eiter
hervor, das an der Mündung der Vorhaut etwas eintrocknet. Die am
Grunde des Penis sitzenden Follikel sind oft sehr angeschwollen,
der Penis wie gekörnt. Die Heilung gelingt in der Regel leicht.
Zuerst gründliche Auswaschung, dadurch, dass man den Hund auf
den Rücken legt, eine Spritze voll lauwarmes Wasser hineingibt,
die Mündung der Vorhaut zuhält und massirt, dies wiederholt, bis
das Wasser klar abfliesst. Zum Schlusse gibt man eine Tannin- oder
Höllensteinlösung oder Aehnliches hinein.—Hodensackerkrankung
durch Verwundung, Erfrieren u. dgl. tritt öfters ein, es kann sogar
Castration nothwendig werden. Ich verwende nach Desinfection sehr
weiche, dicke Schichten von Mull und Verbände mit einem Sus-
pensorium. Hodensackwassersucht, Erkrankung der Hoden
kann zur Exstirpation eines Hodens Veranlassung geben.

Krankheiten der weiblichen Geschlechtstheile.

Krankheiten der Eierstöcke führen manchmal zu abnormen
Aeusserungen im Geschlechtsleben; hiegegen wird die nachher zu
beschreibende Castration anzuwenden sein. Krankheiten der

Gebärmutter treten meist auf als eine Folge von Trächtigkeit. In
erster Linie haben wir die acute Entzündung, acute Metritis,
zu erwähnen. Dieselbe ist als eine Wundinfection aufzufassen; nach
der Geburt ist der Uterus auf einem grossen Theil seiner Oberfläche
als Wunde anzusehen, die dortselbst vorhandenen Producte werden
sehr leicht zersetzt und gelangen als faulige, ptomaïneähnliche Stoffe
in den Kreislauf. Die localen Erscheinungen sind in der Regel Ausfluss von höchst übelriechenden Eiter- und Jaucheproducten aus der
Scheide, Schmerzhaftigkeit auf Druck, ebenso reichlicheres Ausfliessen
der zersetzten Massen, Fieber, Störungen des Allgemeinbefindens,
nicht selten Schlaf- und Lähmungserscheinungen. Diese acute, septische
Metritis ist sehr gefährlich und tödtet oft in kurzer Zeit. Zwecks
Behandlung muss in erster Linie auf Erhaltung der Kräfte, Entfernung der störenden Substanzen und Heilung der wunden Stellen
Bedacht genommen werden. Man gibt innerlich Wein mit Chinin,
auch Ergotin oder Salicylsäure, subcutan Kampfer. Local werden
sehr sorgsame Ausspülungen des Uterus vorgenommen und nachdem die anfänglich benützte Spülflüssigkeit (in der Regel nur warmes
Wasser oder, um den Gestank zu nehmen, ganz leichte Lösungen
von übermangansaurem Kali oder Chlorwasser) hell abfliesst, wird
ein passendes, desinficirendes Mittel eingeleitet: Lysol 1- bis 2%ig,
oder Borsäure 3- bis 4%ig, Sublimat nur in Lösungen von 1 : 3000.
— Chronische, katarrhalische Gebärmutterentzündung,
weisser Fluss, Fluor albus, findet sich in Einzelfällen, meist
ebenfalls nach Geburten. Der Ausfluss aus der Scheide ist in der
Regel mehr eiter- und schleimähnlich, oft in grossen Mengen ; das
Allgemeinbefinden ist nicht gestört. Die Heilung erfolgt manchmal
von selbst, oft aber erst nach sehr langer Zeit. Es ist zweckmässig,
Ausspülungen zu machen mit leicht zusammenziehenden und desinficirenden Mitteln, Alaun, Zinkvitriol, Tannin ; auch stärkere
Antiseptika können zur Anwendung kommen. — Bezüglich der Ausspülungen der Gebärmutter ist noch anzuführen, dass dieselbe durch
Einführung eines männlichen Metallkatheters, wie er für den Menschen
verwendet wird (auch ein Doppelkatheter zugleich für den Abfluss
ist zu gebrauchen), an welchem ein Gummischlauch mit Trichter aufgestülpt ist, sehr leicht gelingen. Die Einführung geschieht entlang
der oberen Wand des Muttermundes. — Erkrankung der Scheide
ist meist im Anschluss an die genannten der Gebärmutter oder an
die der Harnblase vorhanden, es kann auch infolge der Begattung
oder infolge anderer localer Einwirkungen, namentlich aus
Geschwülsten, zur Entzündung, Verletzung und Geschwürsbildung
kommen. Von Wichtigkeit ist die locale Untersuchung, die eventell
mit künstlichem Licht und mit Anwendung von Scheidenspiegeln
zu machen ist. Die Auspinselung mit Cocaïn vor der Anwendung von
schmerzhaften Eingriffen ist sehr zu empfehlen. Verhältnissmässig

häufig kommt vor: a) Der Scheidenvorfall und b) der Uterus-vorfall (Prolapsus vaginae und P. uteri). Die Zurückbringung bietet in der Regel wenig Schwierigkeiten, dagegen die Zurückhaltung oft sehr bedeutende. Nach gründlicher Reinigung, eventuell auch Entfernung von Geschwülsten, wird unter Hochheben des Hintertheiles der vorgefallene Theil zurückgeschoben und innen möglichst faltenlos angelagert. Bei gewöhnlichen Scheidenvorfällen genügt es dann, durch die Schamlippen eine Perlnaht zu legen, oder einen doppelten Stich mit Faden, unter Anwendung von Unterlagen, damit derselbe nicht schädlich drückt, zu machen. Wenn ein Theil vom Uterus durch den Muttermund vorgefallen und eventuell zu Tage tritt, so hat die Zurückbringung sehr sorgfältig zu geschehen. Nach Abwaschung, Desinfection, eventuell Anwendung von adstringirenden Mitteln wird unter Gebrauch des Scheidenspiegels, Hochheben des Hintertheiles und Anwendung sehr starker Sonden, eventuell besonders construirter, vorne etwas gebogener und abgerundeter, glatter Stäbe der Uterus in seine normale Lage möglichst faltenlos zurückgebracht und das Thier längere Zeit, $\frac{1}{2}$ bis 1 Stunde, in dieser Lage gehalten; die Cocaïnisirung ist zweckmässig. Reicht dieses Verfahren nicht aus, so kann unter Zuhilfenahme passender Instrumente der Uterusmund mit einer tiefgehenden Naht zugenäht und dadurch einem wiederholten Vorfall vorgebeugt werden. Wenn aber nachträglich sehr heftiges Drängen erfolgt, so wird der Uterus auch neben dieser Naht wieder hervorgepresst, sogar wenn der Uterus nach Eröffnung der Bauchhöhle an die Bauchwand angenäht wurde, kann derselbe unter Abreissung der Ligatur wieder hervorgedrängt werden; so dass noch die Amputation in Frage kommt. Partielle Amputation der Scheide wurde mit Erfolg vorgenommen, indem von der oberen Wand die Schleimhaut ein Stück entfernt und die Wunde mit Naht verschlossen wurde. Bei so anhaltendem Drängen ist auch die Anwendung von krampfstillenden Mitteln zu empfehlen.

Geburtshilfe.

Am häufigsten kommen Schwergeburten vor bei Hündinnen kleiner Rassen; Thierchen, die wenig Bewegung haben, deren Lebensenergie durch Inzucht erschüttert ist, leiden am häufigsten hieran. Dass ein Junges durch zu starkes Wachsthum im Uterus, weil der Vater zu gross war, nicht geboren werden könnte, ist nicht der Fall. Bei einer künstlichen Befruchtung einer Rattlerhündin von einem Bernhardinerrüden ging die Geburt glatt von statten. Abnorme Lagerung des Jungen kann ebenfalls ein Geburtshinderniss bilden. Am meisten wird dadurch gefehlt, dass man eine Hündin, die Wehen hat und nicht gebären kann, erst noch einige Tage liegen lässt, bis man Hilfe gewährt. Dadurch wird das todte Junge zersetzt, und wo man anfasst, reisst es. Um Geburtshilfe an solchen kleinen Thierchen auszuüben, muss man äusserst vorsichtig und zart zu Werke gehen, sonst sterben sie oft während der Operation. Man schafft ein weiches Lager auf einen Tisch, legt das Thierchen auf den Rücken und lässt es halten. Nun reinigt man die äusseren Theile, führt den geölten Finger ein und sondirt die Lage des Jungen unter Druck auf den Bauch mit der anderen Hand. Nach dem erfolgt gründliche Ausspülung mit warmem Borwasser und schliesslich Einspritzung von Oel, damit die Geburtswege schlüpfrig sind. Von der Bauchpartie aus sucht man dann das Junge in die Geburtswege einzudrängen und von der Scheide aus durch angewandten Zug dasselbe hindurch zu befördern. Sehr oft ist ein Eingehen mit dem Finger in den Mastdarm und Druck von hinten auf die Frucht von bester Wirkung. Die Anwendung der Instrumente, Zangen, Haken Schlingen etc. erfordert Achtsamkeit, damit die Scheiden- oder Uteruswand nicht beschädigt wird. Nach der Geburt wird der Uterus ausgespült, den Thieren eine Kampferinjection verabreicht und innerlich Wein mit Chinin gegeben. In Fällen, wo das Junge oder die Jungen nicht in den Uterus eingebracht werden, kann der Kaiserschnitt angezeigt sein. Sehr wichtig ist hiebei, zuerst den Uterus möglichst gut auszuspülen, damit das grüne, stinkende Fruchtwasser, soweit es dortselbst frei gelagert ist, entfernt wird. Die Operation muss antiseptisch und unter Narkose gemacht werden, schon letztere ist gefährlich. Der Schnitt wird in der Flanke oder der weissen Linie gemacht. Nach Hervorziehen von dem Uterus erfolgt der Einschnitt auf das Junge, rasches Herausnehmen desselben und nachherige Spülung mit warmem Wasser, zu langes Freiliegen und Abkühlungen sind gefährlich, ebenso Verunreinigung der Wundränder. Die Uteruswunde wird verschlossen, nachdem auch die Eihäute entfernt sind. Die Wunde in der Bauchwand heilt in der Regel leicht. Thiere, die schon sehr schwach sind, noch zu operiren, ist ein Fehler, weil sie in der Regel während oder kurz nach der Operation sterben, und so dem Operirenden die Lust zu ferneren derartigen Eingriffen verleiden, auch die Operation im Allgemeinen in Misscredit bringen. Es handelt sich nicht nur darum, dass die complicirte Operation in allen Theilen correct durchgeführt wird, sondern dass nachher Heilung eintritt.

Eklampsie säugender Hündinnen tritt einige Tage oder Wochen nach der Geburt auf. Der Krankheitszustand, der ohne näher gekannte Veränderungen auftritt, besteht in tonisch-klonischen Krämpfen, ähnlich denen der Epilepsie, aber ohne gänzliche Aufhebung des Bewusstseins. Die Anfälle beginnen in der Regel mit plötzlichem Steifwerden einiger Muskelpartien, Umfallen, einige Zeit steif und ruhig Liegenbleiben; hierauf treten Zuckungen ein. Die Anfälle dauern verschieden lang. In Einzelfällen sind die Zwischenpausen nur ganz kurz, und Berührung oder Aufregung ruft sofort neue Anfälle hervor, ja es kann der Anfall tagelang fortbestehen. Während der Anfälle tritt Athemnoth ein, der Puls ist alterirt, die Thiere nehmen weder Futter noch Getränke auf, und die Excremente werden in der Regel zurückgehalten. Früher konnte man nicht helfen und die Betroffenen starben meistens; gegenwärtig wird durch narkotische Mittel das Leiden ziemlich rasch gehoben. Es sind empfohlen: Einspritzungen von Morphium, Anwendung von Chloralhydrat, Chloroform oder Aetherinhalationen. Ich habe mehrmals gefunden, dass solche Patienten ausserordentlich rasch, schon nach einigen Athemzügen chloroformirt sind, es ist daher vorsichtig vorzugehen.

Krankheiten des Nervensystems.

Es handelt sich um verschiedene anatomische Veränderungen im Gehirn, Rückenmark oder in den Nerven, welche je nach den betroffenen Gebieten und den Functionen derselben sehr verschiedene Symptome erzeugen. Im Allgemeinen handelt es sich darum, dass das Centrum irgend einer Körperthätigkeit erkrankt. Geschieht dies in der Weise, dass dasselbe gereizt ist, dass es auf normale Reize übermässige Leistungen erzeugt, so besteht eine Ueberreizung, eine Hyperästhesie oder Neuralgie, ja es kann die Ueberreizung so weit gehen, dass eine fortdauernde Thätigkeit, krampfähnliche Zustände eintreten. Entgegengesetzt leisten die Theile auf Einwirkungen zu wenig, die Thiere sind an den betreffenden Stellen weniger empfindlich und schliesslich, im höchsten Grade, ist totale Lähmung zugegen. Das Gebiet der Nervenpathologie ist ein ausserordentlich grosses und verlangt Specialstudien. Je nach den betroffenen Nervengebieten unterscheidet man: *a)* Störungen des Bewusstseins, Schwindel, Ohnmachten; *b)* Störungen der Empfindung, zu wenig, als locale oder allgemeine Anästhesie oder zu viel, als Hyperästhesie oder Neuralgie, mit zum Theil falschen Empfindungen; *c)* Bewegungsstörungen in Form vollständiger Lähmungen, Paralysis oder nur theilweiser Aufhebung, Schwächezuständen, Paresis. Entgegengesetzt kommen Krämpfe vor, unwillkürlich Zittern, Zuckungen, Schütteln, Epilepsie, Eklampsie, Tetanus, Tetanie, Veitstanz und andere Zwangsbewegungen, bei aufgehobenem oder bestehendem Bewusstsein. Einige besonders ausgesprochene Krankheitsbilder sollen nachher noch vorgeführt werden. Eine allgemeine Therapie ist deshalb so schwer anzugeben, weil in einigen Fällen von scheinbaren Reizzuständen, lediglich die sogenannten Hemmungscentren gelähmt sind, somit auch in diesen Fällen nur zu selten eine Lähmung vorliegt. Diese Fälle ausgenommen, ist im Allgemeinen bei Ueberreizung und krampfähnlichen Zuständen, ebenso wie bei Lähmungen, in erster Linie auf Entfernung der veranlassenden Ursachen hinzuwirken, und bei gröberen mechanischen Einwirkungen, zum Theil auch bei chemischen, gelingt dies öfters. Die früher sogenannten dynamischen Ursachen haben sich meist als feine mechanische Veränderungen in der anatomischen Einrichtung erwiesen, gegen welche soviel wie nicht anzukämpfen ist. Es bleibt somit für den Behandelnden bei all' diesen Krankheiten in erster Linie die Hauptaufgabe, die Ursache zu erkennen. Selbstverständlich müssen lebensgefährliche Symptome sofort beachtet werden. Wenn infolge einer Blutung Ohnmacht entsteht, so wird man nicht zuerst nach der Ursache der Blutung suchen, sondern zuerst diese stillen und dann die causale Behandlung einleiten; gelingt dies nicht, ist die eigentliche Ursache nicht auffindbar, so wird eine symptomatische Cur eingeleitet, und die besteht bei allen Nervenkrankheiten zunächst in Ruhe und bester Verpflegung des Körpers; sodann wird man bei Reizzuständen beruhigende Mittel, bei Lähmungserscheinungen aber Reizmittel anwenden, und hier steht ein ganzes Heer von Mitteln zur Verfügung. Bei Reizzuständen: Ruhe, Dunkelheit, kalte Umschläge auf den Kopf, eventuell ein lauwarmes Bad, Klystiere, innerlich Chloralhydrat, Bromkalium, eventuell Aethernarkose. Bei Depressions- und Lähmungserscheinungen: Kampfer- oder Aetherinjection, innerlich Wein, Hoffmann's Tropfen, reizende Mittel auf die Haut, Elektricität u. A.

Fallsucht, Epilepsie ist eine periodisch, mit krampfhaften Zuckungen und Bewusstlosigkeit verlaufende Krankheit, die in Störungen der Gehirnfunctionen ihre Ursache hat und höchstwahrscheinlich durch Krampfzustände von gewissen Gefässbezirken dortselbst erzeugt wird. Wenn durch nachweisbare äussere Einwirkungen ähnliche Zustände erzeugt werden, so bezeichnet man diese als falsche Epilepsie oder epileptiforme Krämpfe. Namentlich treten auch bei jungen Hunden, zur Zeit des Zahnwechsels manchmal solche epileptiforme Krämpfe ein. Die wahren epileptischen Anfälle treten ohne vorausgegangene besondere Ursachen auf. Die Patienten werden von dem Anfall überrascht, der aber nicht plötzlich in vollster Stärke auftritt, sondern in der Regel langsam beginnt, sich dann aber rehr rasch steigert. Die Thiere zeigen Unbehagen, bleiben im Laufe stehen, gehen wohl etwas rückwärts, zur Seite oder im Kreise, oder fangen an unregelmässig und wohl auch gegen Hindernisse zu laufen. Die Pupillen sind in der Regel weit, oft ist das Maul offen, es werden mit dem Kopfe heftige, kurze, ruckartige Bewegungen ausgeführt, mit dem Hinterkiefer lebhafte aber unzweckmässige Kaubewegungen gemacht, der Kopf wird in die Höhe oder auch in anderer Richtung verzogen, die Musculatur des Halses und des Rumpfes, auch die der Extremitäten werden sehr rasch, manchmal wie auf elektrische Einwirkung steif und die Thiere fallen um, oft so heftig, wie niedergeschlagen. Der Krampf ist nun in der Regel so, dass die Thiere Anfangs steif, wie Holz, alle Extremitäten von sich gestreckt, wie in einer Strychninvergiftung liegen, bald aber wird der Körper in mehr oder minder heftiger Weise von Krämpfen durchschüttelt, die so bedeutend sein können, dass der Körper umhergeworfen und der Kopf hart auf- oder angeschlagen wird, dabei steht das Maul in der Regel offen, der Unterkiefer klappt an den Oberkiefer und der Speichel fliesst reichlich aus dem Maule und wird zum Theil zu Schaum geschlagen. Ein solcher epileptischer Anfall ist ein Bild des Jammers und erweckt tiefes Mitleid, daher auch die Namen für Epilepsie: Unglück, Elend, Wehetag u. dgl. Während der Anfälle ist das Bewusstsein und die Empfindung geschwunden. Die Anfälle dauern in der Regel nur kurz, beschränken sich auf eine oder einige Minuten und kehren in sehr verschiedenen Perioden wieder. Jahre, Monate, Wochen, Tage, ja nur Stunden können vergehen bis wieder ein Anfall eintritt. Mit längerem Bestehen nimmt in der Regel Dauer und Heftigkeit der Anfälle zu, die Zwischenpausen aber ab; eine Heilung tritt wohl selten ein, doch scheint mir eine solche beim Hunde percentuell doch öfters vorzukommen wie beim Menschen. Als hervorragendstes Mittel ist Bromkalium auch Bromnatrium empfohlen, auch eine Reihe anderer Arzneistoffe, Baldrian, Belladonna, neuere Mittel Chloralhydrat u. A. sind angewandt worden.

Zwangsbewegungen bei vorhandenem Bewusstsein, Veitstanz, Chorea, treten nur sehr selten auf, dagegen sind ähnliche, durch vorübergehende krankmachende Ursachen, z. B. durch Staupegift oder durch Entzündungen gewisser Gehirntheile, namentlich des Kleingehirns, die Rollbewegungen, auch Kreis-, Zeiger- oder Reitbahnbewegungen nicht sehr selten erzeugt. Mit dem Verschwinden der krankmachenden Ursache hören dann auch diese Erscheinungen auf.

Starrsucht, Katalepsie, ist eine eigenartige Starrheit der Muskeln, wobei das Thier bewegungslos liegt oder steht, und bei dem man die Extremitäten in beliebige Stellung zu bringen vermag, die dann in der gegebenen künstlichen Lage oder Stellung verharren. In einem Falle von Versuchen mit Schilddrüsensaft wurde ein solcher Zustand zufällig erzeugt. Praktisch scheint mir die Krankheit wegen ihrer Seltenheit nur von ganz geringer Bedeutung.

Starrkrampf, Tetanus, besteht in einer allgemeinen krampfartigen Steifigkeit der Musculatur, welche durch einen bestimmten Infectionsstoff, den Tetanuspilz, erzeugt wird. Die Krankheit ist beim Hunde sehr selten und zur Zeit fast noch so unheilbar, als wie zu derjenigen, wo man die Ursache nicht kannte. Tetanie, krampfhafte Zuckungen einiger Muskelgruppen bei sonst ziemlich ungestörtem Befinden habe ich mehrfach beobachtet, namentlich an den Oberhauptsmuskeln. Therapeutische Eingriffe schienen wenig zu nützen.

Krankheiten einzelner Theile.

Krankheiten des Ohres.

Blutohr. Ein Erguss von Blut oder Lymphe zwischen Ohr-
knorpel und Haut, meist innen, manchmal auch an der äusseren Ohr-
seite. Die Geschwulst kann so gross werden, dass das Ohr vom
Kopfe absteht, sogar wie ein Zapfen aufgerichtet wird; meist ist
Entzündung und Schmerz mit verbunden.

Ohrenschneiden und Schwanz coupiren.

Das Abschneiden der Ohren und des Schwanzes ist eine grausame Praxis. Früher hat man auch Pferden, trotzdem sie die Ohren
stellen, dieselben abgeschnitten, „gemäuselt", d. h. Mausöhrchen gemacht, und man hat ihnen die Schweife nicht nur coupirt, sondern
hat sie auch englisirt. Bis auf das Coupiren ist diese Mode an
Pferden anders geworden. Dass das Ohrenschneiden etc. an
Hunden unter Umständen nicht so gleichgiltig ist, beweist
folgende Mittheilung (Anmerk. Merzinger, Kreisblatt und Hundesport 1892, p. 423): „Der weitverbreiteten Unsitte, Hunden, insbesondere bestimmten Rassen, Schwanz und Ohren zu stutzen (beschneiden) wird durch ein hier gefälltes Urtheil wohl etwas Einhalt
gethan werden. Ein Herr verkaufte seinen Affenpintscher für 5 Mark
an .... unter der Bedingung, dass der Hund gute Pflege erhalten
müsse. Der neue Besitzer hatte nichts Eiligeres zu thun, als dem
4 Jahre alten Thiere Schwanz und Ohren zu beschneiden. Der
frühere Besitzer fand einige Tage darauf den Hund wieder jammernd
in seiner Wohnung, elend verkümmernd. Das Gericht bestrafte K.
wegen boshafter Quälerei und roher Misshandlung des Hundes mit
10 Mark Geldbusse."

Seitens einiger Thierärzte wird gesagt, da diese Operation
lediglich eine unnütze Quälerei ist, und deshalb sei es eines gebildeten
Mannes unwürdig, dieselbe auszuführen.

Die Ohren der Hunde und die Schwänze derselben werden
coupirt aus folgenden Gründen: In Kobell Wildanger, 1859, p. 135,
findet sich folgende Angabe:

Eine Weimar'sche Verordnung vom Jahre 1736 bestimmt, dass
zum Zwecke des leichteren Erkennens einem Haushund der Schwanz
abgeschnitten werden soll, einem Schäferhund die Ohren und
einem Metzgerhund sowohl Ohren wie Schwanz.

Diese Unterscheidung, die hier gekennzeichnet sein sollte, war
zwischen Hund und Wolf damals von Bedeutung, diese ist heute
hinfällig.

Rengger sagt in seiner Naturgeschichte der Säugethiere von
Paraguay, 1830: „Das Gehör ist namentlich scharf bei denen, die
aufrechtstehende Ohren haben."

Es könnte also sein, dass man, um dieses Merkmal zu erzeugen, die Ohren coupirte. Zweifellos ist aber eine solche wissenschaftliche Beeinflussung auszuschliessen. Im „Hundesport und Jagd", 1892, p. 368, ist angegeben: „Dass coupirte Thiere, sich hiedurch dem Urhunde nähernd, fast gar nicht unter den lästigen Ohrkrankheiten zu leiden haben, denen die langohrigen so sehr ausgesetzt sind. In das coupirte Ohr dringen Luft und Regen, kühlen und reinigen es. Dass die Gehörfähigkeit gelitten, habe ich nie beobachtet." Dass Hunde mit kurzgeschnittenen Ohren vor den Ohrenkrankheiten a) Ohrwurm, b) Gehörgangentzündung und c) Blutohr, so gut wie verschont sind, ist eine Thatsache. Darin ruht aber nicht die Ursache zum Coupiren, sondern in dem veränderten Aussehen. Kurze Stehohren geben dem Kopf etwas Interessantes, Aufmerksames, Fuchsartiges; das Thier erscheint intelligenter, lebhafter und schöner. Aber man will diese Wirkung nur bei einigen Rassen, zweifellos deshalb, weil es dem Charakter einzelner besser ansteht als anderen, das ergibt sich aus der Verschiedenartigkeit der zu schneidenden Formen: ein Bullterrierohr muss in einem schmalen Streifen geschnitten werden, während das eines Rattlers oder einer Bulldogge breit und tief sein kann. Das passt zur Kopfform.

Es handelt sich darum: Wird die Mode, einzelnen Hunderassen Ohren und Schwanz zu coupiren, verschwinden, wenn die Thierärzte sich weigern, dies zu thun? Gewiss nicht. In dem schon oben genannten Artikel findet sich noch Folgendes:

„Hunde aller Rassen werden unter Garantie vorschriftsmässig coupirt." So lautete das Inserat, auf das ich hineinfiel. Die Herren Coupeure (also gleich eine Anzahl) kamen, zeigten sich ebenso ungeschickt in ihrer Forderung wie in ihrer Kunst. Als sich nach einiger Zeit die Ohren mangelhaft erwiesen und sich die Nothwendigkeit eines Nachschnittes herausstellte, da liessen sich die Coupeure nimmer sehen, trotz mehrfachen Hinweises auf die geleistete Garantie.

Ferner in der Broschüre „Rassenkennzeichen der Hunde", München, 1892, ist p. 13 gesagt:

„Wer es nicht versteht, Ohren zu coupiren, der kaufe junge Hunde schon coupirt. Doggen werden im Alter von 4 bis 5 Monaten, Bullterriers, Black and tan terriers im Alter von 6 Monaten coupirt. Der Züchter coupirt am besten selbst mittels sogenannter geschweifter Ohrenklammern, die von Meester, Berlin, Friedrichstrasse 95, zu beziehen sind. Will man aber weder selbst coupiren, noch hat man eine fachkundige Hand in der Nähe, so sende man den jungen Hund an Herrn N in X, Y-Strasse. Derselbe besitzt ausserordentliches Geschick und Routine darin. Besser ist es, die geringen Kosten nicht zu scheuen, als sich durch ungeschickte Hand ein Thier für immer verunstalten zu lassen."

Ferner ist mitgetheilt: „Das Coupiren ist das schwierigste Capitel in der deutschen Kynologie" — weiter: „Schneiden könnten wir schon, aber die Nachbehandlung, die allein den guten Stand bewirkt, die ist schwierig."

Ueber das Schwanzcoupiren ist zu sagen, dass seit den ältesten Zeiten die Sitte besteht, den Hunden den Schwanz zu coupiren. Praktische Zwecke mögen zunächst die Veranlassung gegeben haben, denn der lange Schwanz ist sehr oft Beschädigungen und Verletzungen ausgesetzt, beeinträchtigt somit den Dienst in irgend einer Weise. Es spielte aber ausser dem Zweckmässigen von jeher auch noch ein Stück Aberglaube mit; weil man in früherer Zeit annahm, dass die Hundswuth neben Anderem auch ihre Ursache im Schwanze haben könne. Plinius sagt: „Die Schäfer und Hirten suchen in einem vom Rücken auslaufenden Nerv in der Schwanzspitze die Ursache der Wuth," und ferner: um den Hund vor der Wuth zu schützen, schneidet man ihm im Alter von 40 Tagen die äusserste Spitze des Schwanzes ab". Dass aber auch schon zu jenen Zeiten nicht bloss Zweckmässigkeit, sondern auch die Mode mitwirkte, geht daraus hervor, dass, Alkibiades, der einem sehr berühmten Hund, den er um eine enorme Summe kaufte, den Schwanz abschlagen liess, in Athen grosser Unwille entstand, weil man gerade dieser Sorte von Hunden seither die Schwänze gar nicht oder doch nicht so kurz stutzen liess. Ich habe die Ansicht, dass wenn die Thierärzte sich dieser Operation entziehen wollen, dass die Ohren und Schwänze dennoch herunter kommen. Dass einzelne Personen sich unter schwierigen Verhältnissen einiges Geschick erwerben, zahlreiche Hunde verschimpfiren, unnütze Quälereien ausüben und sich zudem zu thierärztlichen Pfuschern heranbilden. Ich halte dafür, dass jeder Thierarzt das regelrechte Coupiren der Ohren und des Schwanzes können muss, und dass er es durchführt, sobald es verlangt wird. Das hindert nicht, dass er, falls er die Ueberzeugung hat, dass es sich um unnütze Quälereien handelt, dass er bei der Operation höchst sorgsam zu Werke geht, um jede unnütze und schmerzhafte Handlung zu vermeiden, wodurch dem Thiere mehr genützt wird, als wenn es in die rohe Hand eines Empirikers kommt, und dass er ferner gegen das Ohrenschneiden etc. überhaupt agitirt.

Um die Ohren und den Schwanz zu coupiren, gibt es verschiedene Methoden:

Die Ohren schneidet man nur, wenn das Thier fast ausgewachsen ist, weil sich dieselben sonst, wenn sie in zu früher Jugend geschnitten werden, leicht „verwachsen", d. h. zu gross werden und nochmals geschnitten werden müssen, auch ist der Erfolg bezüglich des Stehens der Ohren weit besser, wenn der Hund älter ist. ¹/₂ bis ³/₄ Jahre sollte der Hund sein. Man setzt sich mit dem Besitzer in's Einvernehmen, wie die Länge und Form sein soll, setzt den Hund auf einen Tisch und markirt mit der Scheere die Stellen. Am einfachsten werden die Ohren coupirt, dadurch, dass man von zwei Gehilfen den Hund auf der Seite liegend festhalten lässt und mit der Scheere den überschüssigen Theil des Ohrlappens abträgt, hierauf den Hund unter Festhalten der Beine auf den Rücken umdreht, den abgeschnittenen Theil auf das andere Ohr passend auflegt und hienach auch dieses coupirt. Man hat dabei zu achten, dass man die Haut nicht zu stark anzieht, sonst steht der Knorpel hervor und hindert nachher die Heilung.

Die andere umständlichere aber sicherere Methode, die bei allen werthvollen, grösseren und älteren Hunden anzuwenden ich empfehle, ist die mit eisernen Klammern und Kluppen. Dieselben werden beiderseits an dem auf dem Tische sitzenden Hunde angelegt, nachdem sie festgeschraubt sind wird die obere Schraube nochmals etwas nachgelassen und das Ohr nach innen angezogen, wodurch eine feine Spitze erzielt wird, nachdem mit einem Zirkel die Länge beiderseits abgemessen ist, wird mit einem langen scharfen Messer in einem kurzen raschen Zuge, die Schneide gegen die Kluppen gerichtet, innen an diesen heraufgeschnitten.

Um den Schwanz zu coupiren, wird man sich ebenfalls zunächst mit dem Besitzer verständigen, sodann an der Coupirstelle die Haare abscheeren und eine Ligatur fest umlegen, nach nochmaliger Ueberzeugung, dass die Ligatur richtig die Länge angibt, wird der hintere Theil circa $^1/_2$ bis 1 Cm von der Ligatur entfernt abgetragen. Bei kleinen, jungen Hunden mit einer gewöhnlichen Scheere, für grössere habe ich eine besondere Coupirscheere in Verwendung.

Nach dem Coupiren bluten die Ohren ziemlich stark, es muss daher das Thier so gehalten werden, dass es wenig verunreinigt und nachdem das Bluten aufgehört hat, nach circa $^1/_2$ Stunde wird eine Sublimatsalbe aufgepinselt. Nach dem Coupiren des Schwanzes entsteht wegen der Ligatur keine Blutung, um aber Ungehörigkeiten, Sepsis u. dgl. zu vermeiden, brenne ich auf den Stumpf mit einem weissglühenden Eisen einen ziemlich dicken Schorf.

Bei Hunden, denen ziemlich lange schmale Ohren anzuschneiden sind, welche noch wenig Widerstand haben, setze ich in beide Ohrmuscheln je ein passendes dünnes Holz, das die Ohren aufrecht halten kann, durchsteche diese und die Ohren mit einer mit Draht gefädelten Nadel und halte die Ohren so bis zur Heilung aufrecht. Andere Methoden, Leimen, Anbringen von Tuch, Umlegen nach oben und Verband etc. etc., habe ich alle verworfen.

Die Thiere halten den Kopf einseitig, und sie sind höchst übler Laune, wenn man den kranken Theil berühren will. Die Ursache der Entstehung ist meist mechanische Einwirkung, sobald das Blutohr begonnen hat, wächst es ohne weitere äussere Einwirkung von selbst grösser. Der Zustand erfordert möglichst raschen passenden Eingriff.

Entleerungen mit geringer Oeffnung nützen in der Regel nichts. Einfaches Aufschneiden führt zur Eiterung, ich rathe daher, das Blutohr unter antiseptischen Cautelen breit zu spalten, das Gerinsel und alles Krankhafte entfernen, nachher nähen, Drainiren, das Ohr herauflegen und verbinden.

Ohrenschmalz ist ein Gemisch von Talg- und Schweissdrüsen, die im knorpeligen Theil des äusseren Gehörganges und dessen Schleimhaut sich befinden. Bei näherer Untersuchung finden sich Talgzellen, freies Fett, Epithelzellen und eigenthümliche runde oder eckige Zellen. Die chemischen Bestandtheile des Ohrenschmalzes sind: Eiweisskörper, Oleïn, Margarin, ein in Wasser löslicher, gelber, bitter schmeckender Körper und anorganische Salze. Die Consistenz des Ohrenschmalzes ist von einem Gehalt an Kaliseife abhängig. Das Ohrenschmalz des Hundes ist ziemlich bräunlich und hat namentlich in etwas erhöhter Temperatur sehr scharfen unangenehmen Geruch.

Aeusserer Ohrwurm ist ein geschwüriger Process an der Spitze des Schlappohres. Der krankhafte Zustand scheint oft unbedeutend, ist aber schwer heilbar. Man scheert die Haare höchst sorgsam ab, reinigt gründlich und bringt täglich eine Cocaïnsalbe auf, oder, falls das nicht zum Ziele führt, man schneidet unter antiseptischen Cautelen das Krankhafte heraus, näht die Theile sorgsamst aneinander, ohne den Knorpel zu durchstechen, legt das Ohr nach oben und verbindet, wodurch in circa einer Woche Heilung erfolgen kann.

Entzündung des äusseren Gehörganges, Otitis externa.

Eine häufige und sehr wichtige Erkrankung, namentlich bei langohrigen Hunden, ist die Entzündung des äusseren Gehörganges, wobei ein höchst übelriechendes Ohrenschmalz mit anderen Zersetzungsproducten existirt. Die Krankheit schreitet bei Vernachlässigung oder falscher Behandlung fort und kann zu grossen Zerstörungen und Taubheit führen. Bei hochgradigen und in die Tiefe gehenden Erkrankungen scheint eine Heilung fast ausgeschlossen, jedenfalls kehrt der Zustand leicht wieder. Charakteristisch sind auf seitlichen Druck, Zusammenpressen und Wiederloslassen in der Tiefe entstehende Flüssigkeitsgeräusche, Schnalzen oder Quatschen. Die Behandlung erfordert grösste Reinlichkeit und Ruhe. Frische, oberflächliche Erkrankungen heilen rasch auf Pulverbehandlung, Einpudern von Jodoform, Wismut, Thioform u. A., geht der Process in die Tiefe, so muss der Gehörgang täglich mit Wattestäbchen ausgetupft werden, nachher gibt man adstringirende und desinficirende Mittel in die Tiefe. Ausstopfen des Gehörganges in die Tiefe mit Wattekügelchen und nachherigen Verband habe ich sehr günstig wirkend gefunden. In Fällen von geschwüriger Zerstörung muss operirt werden.

Krankheiten der Augen.

Verwachsung der Augenlider. Alle Fleischfresser werden „blind" geboren, d. h. die Augenlider sind miteinander verwachsen und erst nach 1 bis 2 Wochen oder, wie man gewöhnlich sagt, nach 9 Tagen werden sie sehend. Die Augen selbst sind anfangs zu sehr lichtempfindlich, schmerzen auf grelles Licht, und die oft tiefe blaue Farbe der Iris wird nach einiger Zeit blasser und heller. In Einzelfällen trennen sich die Augenlider nicht von selbst, so dass sie mit dem Messer geöffnet werden müssen, was unter Hochhebung und Faltenbildung der Lider geschieht. Manchmal sind die Augenlider viel zu klein gespalten und die Erweiterung geschieht gegen den äusseren Winkel mit einer Scheere. Um das nachherige Wiederverwachsen zu verhindern, werden die Wunden täglich einigemal mit etwas Vaselin bestrichen oder mit Höllenstein touchirt, oder auch die Wundränder jederseits passend genäht.

Einstülpung des Augenlides, Ektropium. Das Augenlid ist nach innen eingerollt, so dass die Wimperhaare die Bindehaut reizen. Beständiges Thränen, Lichtscheue, ja Erkrankung des Augapfels erfolgt. Der Zustand wird zunehmend schlimmer und ist, je früher je besser, durch Operation zu heilen.

Ausstülpung des Augenlides, Ektropium, ist eine Hervorwölbung des fleischig roth aussehenden Theiles der Bindehaut am unteren Augenlid. Die Thränen rinnen dabei über das Gesicht, Triefauge. Es ist möglich durch passende Aetzung mit einem Stift den Zustand zu bessern, am einfachsten und sichersten aber ist eine Operation.

Entzündung des Blinzknorpels. In Fällen von besonderen Reizzuständen kommt es zur entzündlichen Erkrankung des Blinzknorpels auf dessen unterer, dem Auge zugekehrter Fläche, namentlich sind die dort gelagerten Lymphfollikel angeschwollen. Man muss den Blinzknorpel hervorziehen und umkehren, um die Krankheit zu sehen. Am einfachsten ist Hinwegnahme des Blinzknorpels mit der Scheere.

Zu grosser Blinzknorpel. Ein solcher bedeckt den Augapfel fortwährend fast bis zu dessen Mitte und verdeckt bei der entsprechenden Augenstellung die Pupille, so dass Sehstörung eintritt, auch ist die Sache sehr unschön. Wenn man den Blinzknorpel hervorzieht und mit einem Längsschnitt vom Rande gegen den Grund versieht, so ist schon bedeutende Besserung die Folge, am sichersten aber ist gänzliche Entfernung des Blinzknorpels.

Entzündung der Bindehaut, Conjunctivitis. Man unterscheidet eine einfache, katarrhalische und eine eiterige Form. Letztere vergesellschaftet sich leicht mit der Staupe und kann auf den Augapfel selbst übergehen. Die Bindehaut ist geröthet, geschwollen, das

Auge thränt, oder es fliesst Schleim, im schlimmsten Falle eiter-
ähnliche Masse aus, die in der Umgebung vertrocknet. Es besteht
Lichtscheue und oft Zukneifen der Augen. Es ist nöthig, möglichst
rasch und sorgsam die Krankheit zu behandeln. Man verwendet
Lösungen von Zinkvitriol und Höllenstein zum Einträufeln, nachdem
vorher alles mit Wasser und Sublimatwasser sorgsamst gereinigt ist.
Bei schweren, mit Staupe verketteten Fällen muss stündlich gereinigt
und eventuell Jodoform, Thioform oder Kalomel ausgestreut werden.
Cocaïnlösungen, Atropinlösung, selbst Aetzungen mit dem Höllen-
steinstift können angezeigt sein. In schweren Fällen lege ich mit
Sublimatwasser getränkte Wattebauschen auf beide Augen und darüber
einen lockeren Verband.

Hornhautentzündung, Keratitis. Es kommen verschiedene
Formen vor, am wichtigsten ist die mit der Staupe verbundene, bei
der es zum Hornhautgeschwür kommt, das regelmässig in der Mitte,
auf der höchsten Wölbung entsteht, dort kesselförmig in die Tiefe
geht, die vordere Augenkammer eröffnet, so dass das Kammerwasser
ausfliesst und eventuell die Iris vorfällt (Staphylom), oder dass die
Iris mit der hinteren Wand der Cornea verwächst, vordere Synechie.
Die Behandlung besteht in grosser Reinlichkeit und der Anwendung von
Umschlägen mit antiseptischen und adstringirenden Mitteln. Namentlich
ist, so lange eine Perforation nicht erfolgt ist, die Anwendung des
Atropins womöglich stündlich sehr zu empfehlen.

Grauer Staar. Fast nur bei alten Hunden, hier aber sehr
häufig. Es ist eine milchige Trübung der Linse, wodurch die Sehfähigkeit gestört, ja fast aufgehoben werden kann. Das Leiden ist
operirbar und damit die Sehfähigkeit bedeutend zu verbessern.

Vorfall des Augapfels entsteht, wenn geeignete starke
mechanische Einwirkungen den Augapfel aus seiner Höhle heraus-
drängen, namentlich kurzköpfige Hunde, Möpse, Wachtelhunde, Bulldoggen sind dazu disponirt. Je rascher der Augapfel wieder in seine
Lage zurückgedrängt wird, umso besser, oft gelingt das aber nicht,
weil der hintere Theil vollgeblutet und das Blut geronnen ist, aber
auch dann, wenn die Zurückbringung und Zurückhaltung gelang, ist
der Augapfel sehr in Gefahr, weil in der Regel gefährliche Zerstörungen bei der Herauspressung entstanden, so dass nichts übrig
bleibt, als die Exstirpation. Nach der Heilung ist möglich ein Glasauge einzusetzen.

Andere Erkrankungen des Augapfels sind weniger häufig und
lassen wir hier unerörtert.

Geschwülste.

Sehr häufig und wichtig ist eine Anschwellung der Schilddrüse, Kropf. Es finden sich bei jungen Hunden nicht selten

dortselbst entzündliche Zustände: Balggeschwulste, die in Eiterung
übergehen, sogenannter acuter Kropf, die aber mit dem eigentlichen
chronischen Kropf nichts zu thun haben. Die Schilddrüse geht
zugleich mit ihrer chronischen Vergrösserung auch verschiedene Umänderungen ein, so dass man von einem Cystenkropf, einem fibrösen,
einem Gefässkropf, sowie von einem sarkomatösen oder krebsigen
Kropfe spricht. Die Geschwulst von und zur Seite des Halses kann
klein und beweglich sein, sie kann aber auch eine enorme Grösse
erreichen und bis tief zur Brust herabreichen. Je rascher harte,
nicht cystische Kröpfe wachsen, umso gefährlicher sind sie. Der
Kropf steht in einiger Beziehung zu Herzerkrankungen. Durch grosse
Kröpfe wird das Athmen behindert, und die Thiere sind nicht im
Stande, grössere Leistungen zu vollführen, schliesslich gehen sie
nicht mehr vom Platze und sind beklagenswerthe Geschöpfe. Man
kann die Kröpfe der Hunde manchmal erfolgreich mit Jod behandeln.
Man scheert die Haare dort ab und reibt täglich eine Jodjodkalium-
salbe ein, gibt innerlich Jodkalium und kann noch Injectionen von
der Lugol'schen Lösung machen. Bei Jagdhunden soll man aber
keine Jodbehandlung anwenden. Nützt diese Behandlung nicht, so
ist durch Operation eine Drüse entfernbar, aber nie beide, sonst ist
der Tod regelmässig die Folge. Bei kleinen, einseitigen Kröpfen
heilt die Wunde bei sachgemässer Operation schon in wenigen Tagen.
Bei grossen Kröpfen ist die Operation gefährlich.

Krebs, Carcinom ist namentlich bei alten Hunden im Euter.
Er stellt harte, knollige Geschwülste dar, und oft sind die Lymphdrüsen in der Umgegend geschwollen. Den Krebs lässt man am besten
unberührt, soll er aber heraus, so muss eine gründliche Exstirpation
unter antiseptischen Cautelen vorgenommen werden. Die Heilung der
bei der Operation gesetzten Wunde erfolgt oft sehr rasch und schön,
trotzdem kann die Krebsentartung weitergehen.

Sarkom, ist eine mehr verschieden zusammengesetzte Geschwulst-
form, die namentlich im Innern des Körpers vorkommen kann. Ich
habe weissliche speckige Massen von dieser Sorte gesehen, welche
die ganze Bauchhöhle derart ausfüllten, dass die Eingeweide fest
umschlossen waren und der Bauch aufgetrieben erschien wie bei der
Wassersucht, auch an den Knochen, namentlich der Ulna und dem
Radius der Vorderextremität habe ich solche sarkomatöse Entartungen
gesehen. Heilung ist nicht zu erwarten.

Von anderen Geschwülsten Lipom, Chondrom, Fibrom,
Osteom etc. ist hauptsächlich noch das Melanom zu nennen, eine
schwarzgefärbte, sarkomähnliche Geschwulst, die oft multipel vor-
kömmt, die aber ebenfalls am besten unberührt bleibt. Andere, nicht
bösartige, können auf verschiedene Weise entfernt werden, und ich
empfehle möglichst den Gebrauch des Messers und nachfolgenden
Verband.

Knochenbrüche, Fracturen.

Knochenbrüche sind sehr häufig bei Hunden, namentlich an den Extremitäten derselben. Sobald ein Extremitätenknochen von Bedeutung gebrochen ist, so tritt das Thier nicht mehr mit dem Fusse auf, es äussert Schmerz, namentlich auf Druck. Der gebrochene Theil kann eine schiefe Stellung einnehmen und bei der kunstgerechten Untersuchung findet man an der Bruchstelle Beweglichkeit, man fühlt dort ein Reiben der Knochenenden und kann dieses eventuell auch hören (Crepitation). Einfache Brüche, ohne Wunden, an normal gerade stehenden Knochen heilen in der Regel bei kunstgerechter Behandlung ganz gut, bei kleinen jungen Hunden oft in überraschend kurzer Zeit, complicirte Brüche, bei denen die Wunde bis in die Knochen reicht oder bei schiefstehenden Knochen, dem Arm- oder Backbein, auch dem Becken erfolgt in der Regel mangelhafte Heilung.

Die Heilung wird eingeleitet durch das Einrichten, die Reposition und die dauernde Festhaltung in der Lage, den Verband, die Retention. Man legt den Patienten auf einen Tisch, chloroformirt eventuell, zieht die Bruchstelle voneinander und ordnet die gebrochenen Theile in eine regelmässige Lage, hierauf kommt ein fester steifer Verband, am besten Gips oder Tripolyth, auch Schienen, Wasserglas etc. Die Anlegung der Verbände, dass sie den Zweck erfüllen und nicht drücken, ist eine kleine Kunst, die ein Ungeübter nicht ausüben kann. Es muss täglich nachgesehen werden, ob der Verband noch gut liegt, und ob keine Beschädigung im Innern eintrat; sowie eine Ungehörigkeit eintritt, muss nachgeholfen werden. Sehr nachtheilig ist es, den Verband zu frühzeitig zn entfernen, weil dann die Thiere doch ab und zu auftreten und sich dann leicht ein falsches Gelenk, d. h. Beweglichkeit an der Bruchstelle mit einfacher Gelenkeinrichtung, krummes Bein und Unheilbarkeit ausbildet.

Von den zahlreichen Gelenkerkrankungen, Entzündung in verschiedener Form, Verletzungen, Contusionen und Distorsionen führen wir besonders an die Gelenkverrenkung, Luxation, die hauptsächlich am Hüftgelenk eintritt. Der Gelenkkopf tritt in der Regel nach hinten und oben, so dass das Bein zu kurz erscheint. Bei sorgsamer Vergleichung der Knochentheile rechts und links am Becken ist die Diagnose sicher zu stellen. Die Thiere hinken dauernd und der Schenkel atrophirt. Eine Heilung ist mir nie gelungen. Ich habe in der Narcose vergeblich die Einrichtung versucht. Ferner ist wichtig, die Kniegelenksentzündung namentlich bei jüngeren grossen Hunden, die viel an der Kette liegen müssen, zu beobachten. Das Hinterknie und seine Umgebung ist geschwollen, schmerzhaft, knarrt bei Bewegung, die Thiere gehen lahm und der Schenkel wird atrophisch. Eine Heilung erfolgt nur sehr schwer, Ruhe und täglich Einpinseln von Lugolscher Lösung ist zu empfehlen.

Wundbehandlung.

Wunden kommen bei Hunden sehr oft vor. Es ist eine alte Erfahrungssache, dass viele Wunden ohne ärztliche Hilfe heilen, auch besteht die Ansicht, dass die Wunden, welche die Hunde lecken können, rasch zur Heilung gelangen. Viele Wunden heilen aber nicht ohne kunstgerechte Hilfe, und öfters wird der Heilungsverlauf einer Wunde durch das Belecken verzögert als wie beschleunigt. Antiseptische Wundbehandlung ist heutigen Tages allein noch anerkennbar. Eine Reinlichkeit, die man früher nicht kannte, die weit über die gewöhnlichen Begriffe von Reinlichkeit geht, muss in Anwendung kommen. Haarabscheeren, Rasieren, Blutstillen, Reinigen, Desinficiren der Wunde, Naht, Drainage, Verband, das sind lauter Dinge, die regelrecht angewandt werden müssen.

Man hat kennen gelernt, dass Wunden, welche weder während der Verletzung noch nachher verunreinigt werden, sehr schnell auf erstem Wege, *per primam* heilen, wenn die Wundflächen derart aneinander lagern, dass sie sich innig berühren, wenn ferner dafür gesorgt ist, dass diese Berührung nicht gestört wird, somit möglichste Ruhe vorhanden ist, bis zur Heilung; dies wird erreicht durch künstliche Aneinandersetzung und Festhaltung entweder mittels Verklebung oder in den meisten Fällen und am sichersten durch die Nath. Der Abfluss des entstehenden Secretes muss eingeleitet und durchgeführt werden durch Offenlassen einer kleinen Stelle an dem tiefgelagertsten Orte derselben, oder dass eine Röhre in der Regel aus Kautschuk eingelagert wird, oder dass man die aussen genähte Wundhöhle, — was aber in der Thierheilkunde selten angewandt wird — vollbluten lässt. Nachdem eine Wunde in dieser Weise hergerichtet, Toilette gemacht ist, wird sie in entsprechender Weise, mit passenden Stoffen, Wundwatte, Borlint, Gaze etc. und mit Binden, die antiseptisch gehalten sind, verbunden. Wenn alles regelrecht gemacht ist, so heilt die Wunde in wenigen Tagen, ohne dass der erstmals angelegte Verband gewechselt werden musste, wenn jedoch Unreinlichkeiten von bestimmter Qualität vorhanden sind (es handelt sich hauptsächlich um kleinste Lebewesen, erst mikroskopisch sichtbare Pilze, Staphylokokken und Streptokokken), so beginnen diese in dem Wundsecret ihr Wachsthum und verursachen Eiterbildung, wodurch die Heilung ganz ausserordentlich verzögert wird, so dass dieselbe erst durch allmäliges Hervorwachsen von Gefässchen und Bindegewebsneubildung etc. durch Granulationen auf zweitem Wege, *per secundam*, verschlossen wird. Solche Wunden bedürfen keines Verbandes, sondern es müssen nur die Granulationen geregelt werden, die zu üppigen Wucherungen, das sogenannte wilde Fleisch Anlass geben, dieselben müssen durch Aetzmittel zurückgehalten und die zu spärlichen, sogenannten atrophischen Geschwüre durch Reizmittel angeregt werden, ausserdem ist für

Abfluss des Eiters zu sorgen, durch Eröffnen von Taschenbildungen, Gegenöffnungen, Haarseilen u. dgl. Geschieht dies nicht, so senkt sich der Eiter, oder er steigt in der Richtung in die Höhe, wo der geringste Druck ist, er kann sich auch zersetzen, faulig werden und sogenannte Jauche bilden, welche, wenn in das Blut aufgenommen, Pyämie oder Septikämie erzeugt, die rasch zum Tode führt.

Krankheiten der Haut.

Die Zahl der Hautkrankheiten beim Hunde ist sehr gross. Glücklicherweise heilen die meisten von selbst oder auf gründliche Reinigung, aber es gibt immer noch eine stattliche Anzahl, welche erst einer ganz sachgemässen Behandlung weicht, und einige sind überhaupt so gut wie unheilbar. Wenn daher eine erfolgreiche Behandlung durchgeführt werden soll, so ist in erster Linie ganz präcise Diagnose erforderlich. Wegen der Behaarung und oftmals auch Dunkeloder Schwarzfärbung der Haut ist die Erkennung feinerer Veränderungen in der Regel sehr erschwert, weshalb ich folgendes Verfahren anrathe: Der Hund wird auf einen Tisch gelegt, an der betreffenden Stelle die Haare mit der Scheere auf eine ziemliche Strecke entfernt, hierauf wird rasirt, abgetrocknet, und nun werden einzelne kleine Felder mit einem Farbstift, blauem Pyoktanin u. dgl. umgrenzt, wodurch bei günstiger Beleuchtung die Veränderungen sehr deutlich werden, es kann sein, dass es vortheilhaft ist, noch die Lupe zu nehmen, oder dass nothwendig wird, einzelne Theile sachgemäss zu entnehmen und mit dem Mikroskop zu untersuchen.

Die Ursachen der Hautkrankheiten sind sehr verschieden. Es kommen in Betracht: 1. solche, die durch ein inneres Leiden des Thieres erzeugt sind, z. B. Störungen des Blutlaufes in der Haut oder durch krankhafte Stoffe, die vom Blute aus dort niedergelagert werden, sogenannte dynamische; 2. Hautkrankheiten, erzeugt durch mechanische, chemische oder thermische Ursachen, Staubreize, Aetzungen, Verbrennungen etc. etc.; 3. solche durch Infectionen erzeugt, es sind dies a) die Flechten, entstanden durch Pilzwucherungen und b) die Räuden, hervorgerufen durch die Einwanderung von Milben.

Das Ekzem ist die häufigste Hautkrankheit der Hunde, welches namentlich im Sommer entsteht. Es lässt sich diese Krankheit aber nicht nur auf eine der eben genannten Ursachen zurückführen, sondern eine ganze Reihe von diesen erzeugt Veränderungen auf der Haut, welche mit so bestimmten Erscheinungen auftreten, dass diese nach der anatomischen Beschaffenheit so bezeichnet werden. Es ist also die Eintheilung der Hautkrankheiten nicht nur nach der Ursache wie oben vorgeführt, sondern auch nach anderen

Merkmalen möglich. Alle Ekzeme, welche durch Parasiten, seien es pflanzliche oder thierische, erzeugt sind, rechnen wir nicht hieher, sondern zur Flechte oder Räude, weil damit noch andere Erscheinungen verbunden sind, ebenso wenig solche, die etwa durch Verbrennungen oder durch Insecten, Flöhe etc., erzeugt sind, weil diese Sorten in der Regel verschwinden, wenn die Ursachen entfernt sind und eventuell noch eine passende Nachbehandlung erfolgt, die aber gar nicht das Ekzem zu berücksichtigen braucht. Das hier vorgeführte Ekzem gehört zu den dynamischen, d. h. wenig bekannten Ursachen, und man nimmt an, dass es sich um Gefässerkrankungen der Haut, namentlich artificielle Zustände handelt. Meist werden schon etwas ältere Thiere betroffen und der Lieblingssitz des Ekzems ist der Rücken, von der Schwanzwurzel bis nach vorne zum Widerrist oder Stock oder noch höher hinauf. Das Wesen der Krankheit besteht darin, dass an einer Stelle zuerst ein Knötchen entsteht, aus diesem wird ein wasserklares Bläschen, aus diesem eine Eiterpustel, diese platzt, es bildet sich eine Kruste, und nachdem diese abgestossen ist, schuppt die Haut noch einige Zeit stärker ab. Da nun zahlreiche solcher Bläschen zugleich auftreten und alle denselben Verlauf haben, so hat man für das Ekzem Stadien festgestellt, das der Papeln, der Bläschen etc., und sobald eine Stelle an die Abschuppung angelangt ist, so ist sie geheilt, aber es kommen stets neue Erkrankungen dazu und deshalb wird das Krankheitsbild etwas getrübt. Es ist noch anzugeben, dass das Ekzem am Anfang auf und in der Haut keine weiteren Veränderungen zeigt wie die genannten, und so lange heisst das Ekzem ein acutes, später aber tritt eine Hautentzündung in die Tiefe ein, die Haut wird dick, hart, spröde, bekommt leicht Risse, Schrunden, blutet leicht und nun heisst das Ekzem ein chronisches. Die Aussicht auf Heilung, die Prognose, ist beim acuten günstig, wenn das Leiden richtig behandelt wird; auch beim chronischen ist die Aussicht auf Heilung nicht gerade ungünstig, aber die tieferen Hautveränderungen verschwinden nur zum Theil und geben leicht Ursache zu Neuerkrankungen. Die Behandlung des Ekzems besteht im Wesentlichen in gründlicher Reinigung. Zu diesem Zwecke überdecke ich die erkrankte Hautstelle mit einer stark desinficirenden Salbe, Sublimat 1 : 500, Borsalbe 1 : 15, 5%ige Carbolsalbe etc. sehr reichlich, darüber kommt ein feuchtwarmer Umschlag. Nach 24 Stunden nehme ich letzteren hinweg und reinige die Stelle mit Seife und lauwarmem Wasser gründlichst, nachher schere ich die Haare dortselbst glatt ab. Zur eigentlichen Cur ist alle Nässe, alles Baden sorgsam zu vermeiden. Ausgezeichnet wirken bei acuten Ekzemen die Streupulver Thioform in erster Linie, Wismuth, Salicylsäure, Zinkblumen, kohlen- und essigsaures, sowie salpetersaures Blei. Sehr schön wirken auch einfache Bepuderungen mit Weizen- und Bohnenmehl,

sowie Kleieabreibungen. Bei etwas schwereren Fällen können
Salbenmullverbände sehr empfohlen werden.

Das chronische Ekzem kann nach erfolgter Reinigung nicht
sofort mit den Pudern etc. behandelt werden, sondern es ist
zweckmässig, zuerst eine oberflächliche Aetzung vorzunehmen,
Pinselung mit 5 bis 10°/₀ kaustischem Kali oder mit Kantharidentinctur
(letztere in nicht zu grosser Ausdehnung wegen Nierenreizung) u. dgl.,
nachher erfolgt die Anwendung von Fetten, Oel, Glycerin, Lanolin,
Vaselin, die Salbenmulle und Salbenstifte, auch eine Theerbehandlung
kann angezeigt sein. In Fällen, in denen Verbände nicht anzubringen
sind, etwa bei Rüden oder auch bei der Anwendung von Scharfsalben, ist
jedenfalls das Auflegen einer Lederdecke anzurathen, damit die Thiere
nicht nagen.

Psoriasis. Eine glücklicherweise ziemlich seltene Hundekrankheit, die aber deswegen von Bedeutung ist, weil sie mit Ekzem verwechselt werden kann, und weil sie fast so gut wie unheilbar ist. Der
Sitz des Leidens ist aber hauptsächlich an der Unterseite des Leibes
und an den Streckseiten der Extremitäten, doch auch jedoch weniger
an den Seiten, dem Rumpfe und Kopfe. Es treten kleinste rothe
Pünktchen auf, die sich mit einem Epithelschüppchen bedecken.
Diese Schüppchen sind festsitzend, und die Knötchen bleiben als solche
lange bestehen, allmälig stossen sich die Epithelschüppchen am Rande
los, bleiben aber in der Mitte auf dem Knötchen noch sitzen, so dass
sie eine kleinste Scheibe bilden mit perlmutterartigem Glanze. Die
Krankheit verbreitet sich derart, dass in der Umgebung des ersten
Knötchens sich neue bilden und so fortschreitend nach aussen, da
die Haare an den betroffenen Stellen ausfallen, so gibt es bis zu
thalergrosse, flache, geröthete Stellen, und wenn sich bei der Ausbreitung mehrere solcher begegnen, so entstehen 8- oder kleeblatt-
förmige Figuren. Während der Zunahme besteht geringgradiger Juckreiz, der später noch abnimmt. Die Kur ist sehr undankbar, weil
immer wieder neue Stellen auftreten. Die Behandlung ist local- und
allgemein. Man muss die Schüppchen an den Knötchen entfernen,
wendet Theereinpinselungen an, auch Chrysarobin und innerlich Arsenik.
Ich habe für letztere Kur ein Schema entworfen. Der Arsenik wird stets
nach dem Futter gegeben, man gibt zuerst eine mittlere Dosis, andern
Tags einen Tropfen mehr und so fort bis zur höchsten Gabe und dann
wieder rückwärts. Vor 6 Wochen regelmässiger Arsenikcur ist an
keinen Erfolg zu denken. Ausser dieser grossen Mühe ist noch die
Giftigkeit des Arkeniks zu beachten.

Lichen ruber besteht in ähnlichen Knötchen wie die Psoriasis,
dieselben stehen aber mehr zerstreut, finden sich hauptsächlich an den
Beugeseiten der Extremitäten und mehr gegen den Rücken. Hiebei
besteht fortwährender Juckreiz. Die Thiere magern ab. Die Behandlung

besteht in innerlicher Anwendung des Arseniks, eine locale Behandlung gilt als zwecklos.

Akne und Furunkulosis ist eine umschriebene entzündliche Infiltration der Haut, die in Eiterung übergeht, so dass kleine Furnukeln entstehen, die mit Acarusräude verwechselt werden können. Die Krankheit ist selten, tritt sie aber auf, so verbreitet sie sich über grössere Strecken und ist sehr schwer heilbar. Man öffnet die Knoten mit dem Messer, kratzt sie mit einem kleinen scharfen Löffel aus, dann folgt Aetzen des Grundes und nachher antiseptischer Verband. Sehr zerstörte Hautstücke habe ich ausgeschnitten und die Wunde zusammengenäht.

Prurigo, Juckblattern treten in der Regel nur bei jungen Hunden auf. Es bilden sich flache, quaddelartige Erhebungen, die sehr stark jucken, nach einiger Zeit schwindet die Quaddel, und es bleibt ein kleines Korn zurück, das auf der Spitze ein Blutbörkchen hat. Lieblingsstellen sind die Ellenbogen und die Aussenflächen der Extremitäten, allmälig wird die Haut verdickt und bekommt schwarze Pigmentirungen, ich habe solche Schwarzfärbungen und Hautverdickungen in sehr grosser Ausbreitung gesehen. Bei fortschreitendem Process kommt es zur Anschwellung der Lymphdrüsen. Ich habe diese sogenannten Prurigobubonen namentlich bei jungen Ulmer- und Dachshunden gesehen. Die Aussicht auf Heilung ist gering. Man gebraucht dagegen Reinlichkeit, Seifenbäder, Schwefeltheersalben oder Naphtholsalbe.

Pruritis. Der Pruritis ist ein krankhafter Zustand der Haut mit starkem Juckreiz, ohne dass eine sichtbare Hautveränderung vorhanden ist. Die Kratzeffecte können sehr bedeutend werden. Die Thiere magern allmälig ab. Man verwendet Wärme und Bäder.

Eiterige Hautentzündung, Dermatitis suppurativa, kommt auf kleineren oder grösseren Flächen der Haut, namentlich an den Backen vor. Die Erscheinungen sind derart, dass die kranken Hautstellen sich röthen, schmerzhaft anschwellen, die Haare sträuben sich, es erfolgt Exsudation auf die Oberfläche, Fieber und Störung des Allgemeinbefindens tritt ein. In Einzelfällen kommt es zur deutlichen Pustelbildung, in der Mehrzahl der Fälle ist aber die ganze Oberfläche sezernirend, und es erfolgt eine reichliche Bildung von dickem, bald übelriechendem Eiter, nicht selten sterben einzelne Stellen der Haut brandig ab. Die Prognose ist ziemlich günstig. Die Behandlung ist streng reinlich und antiseptisch. Ich gebe zunächst dick Olivenöl darauf, reinige mit lauem Wasser und Seife, schere die Haare ab und wende eine trocknende Pulverbehandlung mit antiseptischem Verbande an, der aber täglich gewechselt wird.

Receptformeln.

In das Ohr oder Auge nehme man nur solche Mittel, die extra hiefür tauglich angegeben sind, ja nie andere, zu starke.

Gegen Augenkatarrh:

Rp. Borsäure 3·0
Salicylsäure 1·0
Wasser 100·0
Augenwasser.

Gegen innere Augenentzündung:

Rp. Atropin 0·1
Wasser 20·0
Täglich zweimal einige Tropfen einzuträufeln.

Gegen Augengeschwüre:

Rp. Borsäure
Jodoform je 5·0

Augentropfen:

Sp. Jodkalium 1·0
Soda 0·5
Wasser 30·0
Täglich dreimal einen Tropfen einzuträufeln.

Ohrtropfen:

Rp. Zinkvitriol 0·1
Borsäure 1·0
Wasser 40·0
Aeusserlich.

Gegen Ohrentzündung:

Rp. Borsäurepulver 5·0
Zum Einblasen in den Gehörgang.

Gegen äussere Ohrenentzündung:

1. Rp. Kupfervitriol 0·1
Wasser 30·0
Täglich dreimal erwärmt, je 15 Tropfen in das Ohr zu giessen.
2. Rp. Jodoform 5·0
Feinstes Eichenrindenpulver 20·0
3. Rp. Thioform
Tannin je 10·0

Gegen chron. Husten:

1. Rp. Bromkalium 10·0
Morphium 0 06
Wasser 150·0
Syrup 30·0
Arznei dreistündlich ein Esslöffel.
2. Rp. Salmiak 5·0
Opiumtinctur 0·2
Wasser 180·0
Süssholzsaft 5·0
Zweistündlich ein Esslöffel voll zu geben.
3. Rp. Salzsaures Morphium 0·5
Wasser 25·0
Täglich einmal 1 cm zu injiciren.

Gegen Bronchialkatarrh:

1. Rp. Benzoesäure 0·2
Kampher 0·1
Zucker 0·5
Zehn Stück solcher Pulver, täglich zwei Stück. Z. G.

2. Rp. Salmiak 3·0
Süssholzpulver und Wasser
zu 30 Pillen
Dreistündlich ein Stück.

Bei chron. Katarrh:

Rp. Alaun 2·0
Opiumtinctur 0·5
Wasser 200·0
Zur Inhalation.

Gegen Krämpfe und nervöse Staupe:

Rp. Chloralhydrat 2·5
Wasser
Gummischleim je 30·0
M. Zum Klystier.

Arznei gegen Lungenentzündung und Staupe:

Rp. Chloroform 3·0
Veratrintinktur 1·0
Rothwein 50·
Arznei zweistündlich einen Esslöffel.

Gegen Staupe:

Rp. Goldschwefel 1·0
Zucker 10·
Messerspitzenweise.

Gegen nervöse Staupe:

Rp. Baldrianaufguss 10·0
Anissalmiakwasser
Aether je 5·0
Zimmtsyrup 10·0
Arznei dreistündlich ein Esslöffel.

Gegen Staupe:

1. Rp. Brechweinstein 0·5
Salmiak 5·0
Süssholzsaft 10·0
Wasser 3000·0
Arznei esslöffelweise viermal täglich.

2. Rp. Kalomel 0·05

G. Fünf solcher Dosen und täglich eine Pille zu geben.

Arznei gegen nervöse Staupe:

Rp. Anisgeist 5·0
Rothwein 100·0

Gegen Nervenschwäche:

Rp. Terpentinöl
Aether je 10·0
Je zehn Tropfen.

Gegen Veitstanz:

Rp. Zinkblumen 10·0
Chloroform 5·0
Gummischleim 150·0
Zucker 5·0
Vor dem Gebrauch zu schütteln. Esslöffelweise.

Gegen Krämpfe:

1. Rp. Asanttinctur
Baldrian je 10·0
Täglich dreimal je zehn Tropfen.

2. Rp. Baldriantinctur 2·0
Kamillenthee 20·0

Gegen chronische Appetitlosigkeit:

Rp. Salpetriges Wismut 0·5
Zucker 1·0
Fünf solcher Pulver täglich eines zu geben.

Gegen Magenkatarrh:

Rp. Salzsäure 2·0
Wasser 150·0
Syrup 30·0
Dreimal täglich einen Esslöffel voll.

Gegen Appetitlosigkeit:

Rp. Chinarindeabkochung 10·0
Salzsäure 5·0

Arznei dreistündlich einen Esslöffel voll.

Gegen Magenkatarrh:

Rp. Pepsin   0·5

Fünf solcher Dosen, B. täglich eine Pille zu geben.

Gegen Durchfall:

1. Rp. Höllenstein   0·5
    Argilla   5·0
    Destill. Wasser.
Zu 20 Pillen. In schwarzem Glase abzugeben. Täglich drei Stück.

2. Rp. Tannin   2·0
Arabischen Gummi und Zucker zu zehn Pillen.
Dreistündlich ein Stück zu geben.

3. Rp. Tannin   0·5
    Arnikapulver   2·0
Sechs solcher Dosen.
Dreistündlich eine Pille zu geben.

4. Rp. Salicylsäure   2·0
    Tannin   5·0
    Kamillenthee   50·0
Arznei esslöffelweise drei- bis viermal.

5. Rp. Carbolsäure   1·0
    Jodtinctur   0·25
    Opiumtinctur   1·5
    Baldriantinctur   3·5
    Pfefferminzwasser 15.0
Stündlich fünf bis zehn Tropfen.

6. Rp. Opiumpulver   0·02
    Katechu   0·5
G. Zehn solcher Pulver dreistündlich i. St.

7. Rp. Rheumapulver   15·0
    Soda   60·0
Messerspitzenweise.

Gegen Verstopfung:

Rp. Rheumtinctur   30·0
    Glycerin   20·0
    Esslöffelweise.

Rp. Ricinusöl   20·0
    Crotonöl drei Tropfen.
    Arab. Gummi   5·0
M. Emulsion stündlich einen Esslöffel.

Emulsion zum Laxiren:

Rp. Ricinusöl   30·0
    Gummi, arabischen   10·0
    Wasser   150·0

Gegen Hartleibigkeit:

Rp. Aloe   2·5
    Med. Seife   1·0
    Spiritus sechs Tropfen.
Zu Pillen.

Eröffnendes Klystir:

Rp. Ricinusöl   50·0
    Crotonöl zwei Tropfen
    Gummischleim   200·0

Laxirmittel:

Rp. Kalomel   0·5
    Jalappenpulver   1·0
G. Drei solcher Pulver.

Gegen Rundwürmer:

Rp. Santonin   0·1
    Zucker   0·5
G. Zehn solcher Pulver.

Gegen Bandwürmer:

1. Rp. Farrenwurzelpulver 5·0
    Farrenwurzelextract   2·5
    Gelbes Wachs nach Bedarf.
Zu zehn Stück Pillen.

2. Rp. Camala   10·0
    Cakaobutter und gelbes Wachs.
Zu Pillen.

Zu Waschungen bei Mastdarmvorfall:

Rp. Salicylsäure   3·0
     Wasser   1000·0

Harntreibende Arznei:

Rp. Kalisalpeter   02·0
     Wasser   150·0
     Colchicumtinctur   5·0
     Zucker   5·0
Esslöffelweise zu geben.

Gegen Blasenentzündung:

Rp. Pernbalsam
     Terpentinöl je   5·0
     Gelbes Wachs und Zucker.
Zu zwanzig Pillen täglich zwei Stück zu geben.

Gegen Erbrechen:

Rp. Dover'sches Pulver   0·5
     Fünf solcher Dosen.
Dreistündlich eine Pille zu geben.

Brechpulver:

1. Rp. Brechweinstein   0·2
     Ipekakhuanawurzelp.
     Zucker je   2·0
Pulver in zwei gleichen Theilen zu geben.
2. Rp. Brechweinstein   0·1
     Ipekakhuana   1·0
     Drei solcher Pulver.

Brecharznei:

Rp. Brechweinstein   0·1
     Ipekakhuanapulver   1·0
     Wasser   50·0

Zum Erbrechen:

Rp. Apomorphin   0·1
     Wasser   10·0
     Salzsäure zwei Tropfen.
Zur Injcetion auf ein bis viermal.

Gegen Herzklopfen:

Rp. Bromkalium   2·0
     Zucker   0·5
     20 solcher Pulver.

Gegen Herzkrankheit:

Rp. Digitalisblätterinfus   150·0
     Salpetergeist   10·0
     Syrup   20·0
Stündlich einen Esslöffel voll zu geben.

Gegen Herzfehler:

Rp. Digitalisblätterpulver   0·1
     Zucker   0·5
Pulver und hievon sechs solcher Gaben.
Täglich eine Pille zu geben.

Gegen Bleichsucht:

1. Rp. Eisenpulver   1·0
     Kochsalz   5·0
Auf jedes Futter eine Messerspitze voll.
2. Rp. Chinin, salzsaures   5·0
     Arsenige Säure   0·05
     Glycerinsalbe u. B.
Zu 20 Pillen, täglich drei Stück zu geben.

Gegen Chronische Abmagerung:

Rp. Jodoform   1·0
     Leberthran   400·0
Täglich drei Esslöffel voll zu geben.

Gegen Rhachitis:

Rp. Präparirtes Kohlenpulver
     Phosphorsauren
     Kalk je   20·0
     Messerspitzenweise.

Liniment gegen Lähmungen:

Rp. Chloroform   10·0
     Schweinefett   30 0

Gegen Epilepsie:

Rp. Bromkalium
Bromnatrium je 15·0
Wasser 300 0
Täglich drei Esslöffel voll zu geben.

Gegen Muskelschwund:

Rp. Chloroform 5·0
Kamphergeist 100 0
Zum Einreiben.

Liniment gegen Rheumatismus:

Rp. Kampherspiritus 100·0
Terpentinöl 3·0

Verbandsalbe:

Rp. Borsäure
Gelbes Wachs je 10·0
Vaselin 20·0

Jodoformcoliodium auf frische Wunden:

Rp. Jodoform 1·0
Collodium 10·0

Borwasser zum Desinficiren:

Rp. Borsäure 1·0
Wasser 50 0

Wundsalbe:

Rp Borsäure 2·0
Vaselin 20·0

Zur Wundbehandlung:

Rp. Jodoform 5·0
Cacaobutter 20·0
Ricinusöl
Zu Stiften.

Wundwasser:

Rp. Quecksilbersublimat 1·0
Kochsalz 2·0
In einem Liter Wasser aufzulösen.

Wundsalbe:

1. Rp. Jodoform 2·0
Vaselin 20·0

2. Rp. Thioform 3·0
Lanolin 10·0

Salbe für eiternde Wunde:

Rp. Kampher 5·0
Vaselin 30·0

Wundwasser gegen chronisches Geschwür:

Rp. Kupfervitriol 1·0
Wasser 10·0

Gegen alte Wunden:

Rp. Tannin 1·0
Kampherspiritus 20·0
Zum Einpinseln.

Verbandsalbe:

Rp. Carbolsäure 5·0
Vaselin 50·0

Gegen Geschwüre:

Rp. Carbolsäure
Spiritus je 1·0
Wasser 5·0
Jodtinctur 0·5
Zum Pinseln.

Emulsion auf alte Wunden:

Rp. Kampheröl 10·0
Arab. Gummi 5·0
Wasser 100·0

Wundsalbe:

1. Rp. Creolin 2·0
Schweinefett 20 0
2. Rp. Lysol 1·0
Vaselin 15·0

Gegen eiternde, schlecht heilende Wunden:

Rp. Perubalsam 2·0
Vaselin 20·0

Salbe gegen Geschwür:

Rp. Weisse Präcipitatsalbe 10·0
Salicylsäure 1·5
Schweinefett 4·0
Lanolin 8·0

Verbandbaumwolle:

Es gibt solche, entfettet und mit verschiedenen antiseptischen Stoffen imprägnirt, z. B.

Salicylsäure 4—10%ig
Carbolsäure 5—10%ig
Sublimat
Creolin
Jodoform
Borsäure
Thymol
Resorcin u. A.

Für gewöhnlich verwendet man nur einfach chemisch gereinigte und entfettete, sogenannte Bruns'sche Watte.

Insektentötendes Pulver:

Statt Zacherlin, Thurmelin u. dgl. schreibt man auf: Persisches (nicht dalmatinisches) Insectenpulver 20·0

Zu Umschlägen, bei Verbrennungen:

Rp. Leinöl
Kalkwasser je 100·0
Carbolsäure 1·5

Salbe gegen Alopeci:

Rp. Kalbsgehirn 30·0
Rosmarinöl zehn Tropfen
Chinaextract 4·0
Kantharindentinctur 2·0

Salbe gegen Hautjucken:

Rp. Chrysarobin 2·0
Vaselin 40·0
B. Salbe.

Gegen Haarausfall und Kahlheit:

Rp. Aloetinctur
Myrrhentinctur
Chinintinctur je 50·0
Kampherspiritus 100·0
Einreiben täglich einmal.

Salbe gegen Hautaffectionen:

Rp. Quecksilbersublimat 0·5
Vaselin 20·0

Salbe gegen Intertrigo:

Rp. Weisses Quecksilber
präcipität 1·0
Vaselin 30·0

Emulsion gegen Krusten u. Borken:

Rp. Olivenöl 4·0
Arab. Gummi 2·0
Wasser 40·0

Streupulver gegen Ekzem:

1. Rp. Borsäure
Gestossenen Zucker
je 20·0
2. Rp. G. Zinkoxyd 20·0
In einer Schachtel.

Salbe gegen Ekzem:

Rp. Benzoesäure 0·5
Diachylonsalbe 20·0

Tanninsalbe gegen Ekzem:

Rp. Tannin 1·0
Vaselin 10·0

Liniment gegen chron. Ekzem:

Rp. Arnicatinctur 10·0
Kaliseife 25·0

Salbe gegen nässendes Ekzem:

Rp. Salicylsäure 2·5
Spiritus zur Lösung
Benzoetinctur 1·0
Glycerinsalbe 35·0

Salbe gegen eitrige Hautentzündung:

Rp· Theer 3·0
Schweinefett 30·0

Liniment gegen Räude:

Rp. Creolin
Kaliseife je 100·0
Spiritus 100·0

Salbe gegen Sarkopteeräude:
Rp. Schwefelblüten 15·0
Pottasche 7·0
Schweinefett 60·0

Liniment gegen Akarusräude:
Rp. Perubalsam
Spiritus je 25·0
Kantharidentinctur 5·0

Gegen Tripper:
Rp. Tannin 4·0
Rothwein 40·0
Zum Einspritzen.

Gegen Blasenkatarrh:
Rp. Copaivabalsam 10·0
Cubebenpulver 15·0
Gelbes Wachs 5·0
Theile es in 20 gleiche Theile zu Pillen, täglich 1 Stück.

Gegen Läufigwerden:
R. Kampherpulver 0·2
10 solcher Gaben.

Geschlechtsaufregend:
Rp. Kantharidentinctur 5·0
Rothwein 200·0
Stündlich 1 Esslöffel.

Gegen weissen Fluss:
Rp. Mutterkornextract 1·0
Tannin 2·0
Wasser 180·0
Syrup 20·0
Die Arznei ist zweistündlich ein Esslöffel voll zu geben.

Zur Injection bei trägen Wehen:
Rp. Ergotin 0·02
Glycerin
Weingeist je 2·0

Injection zur Wehenerzeugung:
Rp. Mutterkornextrakt 5·0
Wasser 15·0
Carbolsäure 0·1

Resorbirende Einreibung:
Rp. Jod 0·5
Jodkalium 2·5
Glycerin 25·0

Salbe gegen geschwollene Drüsen:
Rp. Graue Quecksilbersalbe
Kaliseife je 10·0

Liniment gegen Drüsen:
Rp. Kampheröl 40·0
Graue Quecksilbersalbe 10·0

Salbe gegen Kropf:
1. Rp. Jod pur 1·0
Jodkalium 5·0
Vaselin 25·0
2. Rp. Jodkaliumsalbe 20·0
Jod 0·2
3. Rp. Jodkalium 2·0
Wasser 1·0
Schweinefett 2·0
Lanolin 05·0

Salbe auf eiternde Wunde:
Rp. Höllenstein 1·0
Vaselin 10·0

Arznei gegen Krebs:
Rp. Fowler'sche Lösung 10.0
Zimmtwasser 25·0
Täglich 10 Tropfen innerlich zu geben.

Anmerkung: Die Arzneidosen sind für einen mittelgrossen Hund berechnet.

Register.

548

————•————

CPSIA information can be obtained
at www.ICGtesting.com
Printed in the USA
LVHW101022201022
730905LV00018B/106